中国古代政治诗史 上册

The History of Political Poems in Ancient China

文航生 著

中国社会科学出版社

图书在版编目（CIP）数据

中国古代政治诗史：全二册/文航生著 . -- 北京：中国社会科学出版社，2020.12
　ISBN 978-7-5203-7197-1

Ⅰ.①中… Ⅱ.①文… Ⅲ.①诗歌史—研究—中国 Ⅳ.①I207.2

中国版本图书馆CIP数据核字（2020）第177573号

出 版 人	赵剑英
责任编辑	郭晓鸿
特约编辑	王　潇
责任校对	闫　萃
责任印制	王　超

出　　版	中国社会科学出版社
社　　址	北京鼓楼西大街甲158号
邮　　编	100720
网　　址	http://www.csspw.cn
发 行 部	010-84083685
门 市 部	010-84029450
经　　销	新华书店及其他书店

印　　刷	北京君升印刷有限公司
装　　订	廊坊市广阳区广增装订厂
版　　次	2020年12月第1版
印　　次	2020年12月第1次印刷

开　　本	710×1000　1/16
印　　张	62.5
字　　数	1116千字
定　　价	358.00元（全二册）

凡购买中国社会科学出版社图书，如有质量问题请与本社营销中心联系调换
电话：010-84083683
版权所有　侵权必究

国家社科基金后期资助项目
出版说明

　　后期资助项目是国家社科基金设立的一类重要项目，旨在鼓励广大社科研究者潜心治学，支持基础研究多出优秀成果。它是经过严格评审，从接近完成的科研成果中遴选立项的。为扩大后期资助项目的影响，更好地推动学术发展，促进成果转化，全国哲学社会科学工作办公室按照"统一设计、统一标识、统一版式、形成系列"的总体要求，组织出版国家社科基金后期资助项目成果。

全国哲学社会科学工作办公室

总 目 录

上 册

绪　论	1
第一章　先秦政治诗	1
第二章　汉魏南北朝政治诗	28
第三章　唐代政治诗	86
第四章　宋代政治诗	183
第五章　元代政治诗	340

下 册

第六章　明代颂政诗	437
第七章　明代怨政诗	486
第八章　清代颂政诗	627
第九章　清代怨政诗	709
主要引用书目	931
后　记	938

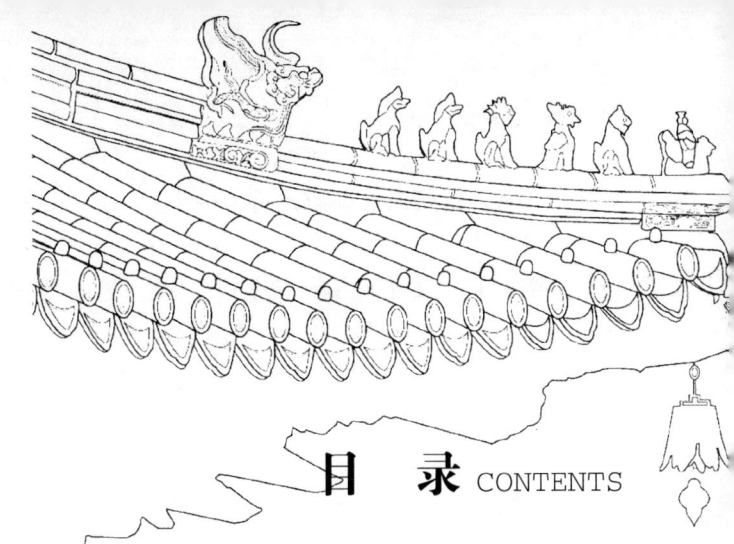

目 录 CONTENTS

上 册

绪 论 ………………………………………………………… 1
  一　中国古代政治诗的概念范畴 ………………………………… 1
  二　中国古代政治诗的文本依据 ………………………………… 5
  三　中国古代政治诗的作品类别 ………………………………… 6
  四　中国古代政治诗的功能效用 ………………………………… 11
  五　中国古代政治诗的价值取向 ………………………………… 24

第一章　先秦政治诗 ……………………………………………… 1
 概　论 …………………………………………………………… 1
 第一节　《诗经》颂政诗——王权天命　崇德尚武 ……………… 5
  一　德政天佑 …………………………………………………… 6
  二　创业兴邦 …………………………………………………… 8
  三　武功卫国 …………………………………………………… 12
 第二节　《诗经》怨政诗——孤臣之忧　士庶之怨 ……………… 15
  一　昊天昏君 …………………………………………………… 16
  二　谗谄奸佞 …………………………………………………… 18
  三　徭役痛苦 …………………………………………………… 20
  四　政德荒败 …………………………………………………… 22
 第三节　《楚辞》怨政诗——信而见疑　忠而被谤 ……………… 23
  一　君王愚聩 …………………………………………………… 24
  二　廷臣谗慝 …………………………………………………… 26

第二章　汉魏南北朝政治诗 ··· 28
概　论 ··· 28
第一节　汉魏文人颂政诗——称颂统一　歌赞匡乱 ············ 38
一　刘邦　唐山夫人　朝廷乐歌 ·································· 35
二　孔融　曹操　王粲　缪袭　曹植　韦昭　曹叡 ············ 38
第二节　汉魏南北朝文人怨政诗——忧虑战乱　嗟叹失志 ······ 44
一　韦孟　赵壹 ·· 45
二　孔融　曹操　陈琳　王粲　蔡琰　曹植 ····················· 47
三　阮籍　嵇康　郭遐叔　左思 ·································· 53
四　何承天　鲍照　阳固　杨文佑 ································ 58
第三节　两晋文人颂政诗——浮夸功德　谀颂泛滥 ············· 61
一　傅玄 ·· 61
二　荀勖　成公绥　张华　潘岳 ·································· 65
三　石崇　陆机　陆云　曹毗　王珣　何承天 ·················· 67
第四节　南北朝文人颂政诗——皆言奉天　价值趋同 ·········· 70
一　王韶之　谢庄　刘彧　王融 ··································· 71
二　沈约　王俭　谢朓　齐朝廷乐歌 ······························ 73
三　周舍　萧子云　萧纲 ··· 75
四　陆卬　庾信 ·· 76
第五节　两汉魏晋民间颂政诗——口碑载道　良官颂歌 ········ 77
一　两汉民间颂政诗 ··· 78
二　魏晋民间颂政诗 ··· 80
第六节　汉魏南北朝民间怨政诗——愤言刺世　怨讽劣治 ····· 81
一　君昏臣贪 ··· 82
二　虐政殃民 ··· 83
三　兵灾战祸 ··· 84

第三章　唐代政治诗 ··· 86
概　论 ··· 86
第一节　初唐、盛唐颂政诗——蒸蒸国运　治世之愿 ·········· 94
一　李世民　武曌　李显　李隆基　朝廷乐歌 ·················· 95
二　魏征　卢照邻　杨炯　张说　苏颋　张九龄 ··············· 99
第二节　初唐、盛唐怨政诗——幽暗侧面　盛世之憾 ········· 102
一　陈子昂　张九龄　李颀 ······································· 102

二　高适　李白 …… 105
第三节　中唐颂政诗——削藩安邦　中兴之声 …… 110
　　一　杜甫　杨巨源　权德舆 …… 111
　　二　韩愈　刘禹锡 …… 113
　　三　白居易　柳宗元 …… 118
第四节　中唐怨政诗——大乱转治　谏政救危 …… 121
　　一　杜甫 …… 124
　　二　刘长卿　元结　戴叔伦　韦应物 …… 137
　　三　孟郊　张籍　王建　韩愈　刘禹锡 …… 142
　　四　白居易 …… 150
　　五　柳宗元　元稹　李贺　卢仝 …… 158
第五节　晚唐颂政诗——朝政颓败　颂声寥落 …… 161
　　一　杜牧　李商隐 …… 162
　　二　薛能　赵光逢 …… 164
第六节　晚唐怨政诗——劣政无望　衰世哀音 …… 165
　　一　杜牧 …… 169
　　二　李商隐 …… 171
　　三　曹邺　皮日休　杜荀鹤 …… 177

第四章　宋代政治诗 …… 183
　概　论 …… 183
　第一节　北宋颂政诗——皇帝宏功　官员德业 …… 190
　　一　田锡　赵湘　寇准　杨亿 …… 197
　　二　朝廷乐歌　赵恒　赵祯 …… 202
　　三　夏竦　尹洙　石介 …… 205
　　四　金君卿　王安石　李覯 …… 209
　第二节　北宋怨政诗——朝廷弊策　地方酷吏 …… 214
　　一　王禹偁　梅尧臣　石介 …… 222
　　二　欧阳修　苏舜钦　李覯　刘敞 …… 226
　　三　王安石　刘攽　王令 …… 234
　　四　苏轼　黄庭坚　张耒 …… 240
　第三节　南宋颂政诗——和议息兵　修政攘夷 …… 243
　　一　朝廷乐歌 …… 254
　　二　周紫芝 …… 256

三　李纲　李正民　邓肃 …………………………………… 261
　　四　张嵲　周麟之　庞谦孺 ………………………………… 265
　　五　王十朋　王子俊　释宝昙　朱熹　张孝祥 …………… 267
　　六　曾丰　赵蕃　程珌　释居简　杜范 …………………… 272
　　七　徐元杰　姚勉　刘黻 …………………………………… 278
第四节　南宋怨政诗——媾和贻祸　"弭盗"失策 …………… 281
　　一　李光　周紫芝　李纲　吕本中　沈与求　左纬 ……… 296
　　二　苏籀　华岳　邓肃　李若水　刘子翚 ………………… 306
　　三　陆游 ……………………………………………………… 313
　　四　范成大　释居简　刘宰　戴复古　赵汝鐩 …………… 317
　　五　刘克庄　严羽　高斯得　释文珦 ……………………… 325
　　六　方回　汪元量　郑思肖　于石 ………………………… 332

第五章　元代政治诗 ………………………………………………… 340
概　论 ……………………………………………………………… 340
第一节　元代前期颂政诗——申言正统　宣示仁政 …………… 346
　　一　铁木真　忽必烈　耶律楚材　伯颜 …………………… 347
　　二　郝经　胡祗遹　王恽　滕安上　张之翰 ……………… 351
第二节　元代前期怨政诗——指斥战祸　怨尤重役 …………… 355
　　一　胡祗遹　王恽　公孙辅　戴表元　仇远 ……………… 356
　　二　鲜于枢　黄庚　蒲道源　尹廷高　黄玠　王祯 ……… 362
第三节　元代后期颂政诗——称颂农政　褒赞官德 …………… 365
　　一　汪炎昶　揭傒斯　王结　刘敏中　释希陵 …………… 366
　　二　姚畴　陈应举　王昭德　马祖常　聂古柏　汪志坚 … 370
　　三　铁穆耳　海山　爱育黎拔力八达　图帖睦尔　和世㻋 … 375
　　四　张翥　黄镇成　成廷珪　苏天爵　杨维桢　史伯璇 … 377
　　五　泰不华　迺贤　顾瑛　陈基　张庸　王祎　吴讷 …… 382
第四节　元代后期怨政诗——怨刺庸政　忧叹"盗患" ………… 388
　　一　萨都剌　朱思本　揭傒斯　胡助　马祖常 …………… 398
　　二　李存　吴师道　王冕　成廷珪　刘鹗　周霆震 ……… 404
　　三　朱德润　杨维桢　谢应芳　贡师泰　傅若金 ………… 416
　　四　舒頔　释大圭　迺贤　陈基　袁士元 ………………… 424

绪　论

一　中国古代政治诗的概念范畴

中国古代政治诗，主要记述中国历朝历代国家治理的各种状况，是中国古代诗人创作的以政治事务为题材的专类诗歌。从中国古代国家治理的实际情况看，政治事务涉及君主权力、朝廷政令、府衙行政、征战讨伐、财税征收、徭役派遣、赈灾济荒、刑狱惩罚等。这诸多政治事务交叉涉及政权、政制、政令、政德、政绩、政声等泛政治的方方面面，具体分布在农政、兵政、税政、役政、田政、粮政、荒政、漕政、河政、盐政、法政、刑政、狱政、驿政等政事政务的各个领域。在中国古代政治文化传统里，政治的权力属性又与道德属性密不可分，形成了举世无双的德型政治。有关君主德行、官吏政德等方面的事务也可归属中国古代政治的范畴。中国古代政治诗全方位地观照和反映了历朝历代国家政权建立、运行、兴盛、衰败过程中的各种政治事务。

在现代政治学的研究中，关于"政治"的定义林林总总，关于"政治事务"的解释多种多样。如："政治就是参与国家事务，给国家定方向，确定国家活动的形式、任务和内容。"①"（政治）是那种以权威声势为一个社会分配价值的行为。"②"政治生活包括那些与价值的权威性分配有关的活动。"③"所有的政治定义都建立在权力或冲突的概念之上。"④"每一个社会都有一个政治系统，该系统被定义为权威性地分配价值。"⑤"政治与使用权力以调停物品和

---

① 《列宁全集》第三十一卷，中共中央马克思恩格斯列宁斯大林著作编译局编译，人民出版社1985年版，第128页。
② ［美］戴维·伊斯顿：《政治体系：政治学状况研究》，马清槐译，商务印书馆1993年版，第128页。
③ 同上书，第136页。
④ ［美］艾伦·C.艾萨克：《政治学：范围和方法》，郑永年等译，浙江人民出版社1987年版，第21页。
⑤ 同上书，第23页。

价值分配上的冲突有关。特别是，它是通过政府机构来完成的。"① "政治产生和发展的根源是社会的经济基础。政治在本质上体现了社会经济发展的利益要求和客观过程，反映了社会经济生活中各个集团、各个阶级的根本利益和利害冲突。"② "在国家存在的情况下，一切政治活动、政治关系、一切政治现象都与国家政权有关，都是以国家政权的活动为中心的。"③ "政治权力是实现经济利益的手段。"④ "在暴力后面，总是隐藏着深刻的经济动机。因此，就本源与派生的关系而言，社会历史的发展不是由政治决定的，而是由经济决定的。"⑤ "政治是处理国家内部各阶级、地域、民族以至行业之间关系的实际事务，它以利益为标准，以暴力、强制性法规为手段。"⑥ 等等。关于"政治"概念的这些观点，都强调了这类社会活动、社会关系的利益本质属性和权力本质属性，尽管这种本质属性有时是以间接的、隐性的方式体现出来的。而与"政治"相关联的概念元素，除了最重要的"经济"之外，"战争"也反映了"政治"的社会本质属性。"战争只是政治通过另一种手段的继续。""战争不仅是一种政治行为，而且是一种真正的政治工具，是政治交往的继续，是政治交往通过另一种手段的实现。"⑦ "所有战争都能看成政治行为。"⑧ 战争这种人类活动，是政治斗争最激烈的表现手段，是人们争夺社会利益的最高政治形式。在现代政治学关于"政治""政治事务"的各种解释中，权力和利益都占据了核心位置。因此，可以这样说，政治，就是以公共权力处理和支配社会成员之间重大利益关系尤其是经济利益关系的人类社会活动。涉及国家治理的公共权力运行及公共事务活动都属于政治事务的范畴。

在中国古代典籍中，"政"的概念有多个含义。①有政治、政事之义。如："以是观之，粟者，王者大用，政之本务。"⑨ ②有政权、权柄之义。如："天下有道，则政不在大夫。"⑩ ③有政令、政策之义。如："政宽则民慢，慢则纠之以猛。猛则民残，残则施之以宽。宽以济猛，猛以济宽，政是以和。"⑪ ④有治

---

① [美]艾伦·C.艾萨克：《政治学：范围和方法》，郑永年等译，浙江人民出版社1987年版，第26页。
② 王沪宁等：《政治的逻辑：马克思主义政治学原理》，上海人民出版社2004年版，第5页。
③ 同上书，第6页。
④ 同上书，第173页。
⑤ 同上书，第176页。
⑥ 周桂钿：《中国传统政治哲学》，河北人民出版社2007年版，第129页。
⑦ [德]卡尔·冯·克劳塞维茨：《战争论》，张蕾芳译，译林出版社2010年版，第18页。
⑧ 同上书，第19页。
⑨ (汉)班固：《汉书》卷二十四《食货志上》，中华书局2000年版，第954页。
⑩ 程树德：《论语集释》，《季氏》，中华书局1990年版，第1144页。
⑪ 杨伯峻：《春秋左传注》，《昭公二十年》，中华书局2009年版，第1421页。

理（国事）之义。如："盖善政者，视俗而施教，察失而立防，威德更兴，文武迭用。"① 除了政治、政事、政权、政令、政策、治理等含义外，在中国伦理型文化、农耕型文化的社会传统中，"政"的概念还有更广泛的运用空间，涉及当政者对公共道德的遵守与否。如孔子言："为政以德，譬如北辰，居其所而众星拱之。"② 认为治理国家要靠当政者的德行感召。"政"的概念又涉及民众的生存状况如何，如孟子称："养生丧死无憾，王道之始也。"③ 认为国家政治的最高境界就起步于让老百姓温饱安居。"政"的概念还涉及贫富悬殊的社会反应，如孔子称："丘也闻有国有家者，不患寡而患不均，不患贫而患不安。盖均无贫，和无寡，安无倾。"④ 认为诸侯和大夫当政，要紧的是不要让财富分配不均。孟子称："庖有肥肉，厩有肥马，民有饥色，野有饿莩，此率兽而食人也。兽相食，且人恶之；为民父母，行政，不免于率兽而食人，恶在其为民父母也。"⑤ 指出造成贫富极端不公的施政等于吃人。由此可见，中国古代"政"这个概念中的政事、政权、政令、政策、治理等含义，与前述现代政治学论及的"政治"含义，有很高的吻合度，也符合中国古代国家治理中"政"的实际丰富内涵。

中国古代政治诗反映了中国古代社会的各种政治事务，作品内容与中国古代政治史、中国古代政治制度史、中国古代政治思想史、中国古代史都有密切关联。但中国古代政治诗史不等同于以阐释理论为主的中国古代政治史、中国古代政治制度史、中国古代政治思想史，也不等同于记载了巨量政治事件和政治人物的中国古代史。究其实，中国古代政治诗史是历代诗人以诗歌形式记述中国古代政治事务的专类诗歌史，亦即中国古代诗人笔下的中国古代政治兴衰史。比如，就政治学而言，有关政治体制的理论是其中一个重要范畴。"所谓政治体制，是指以国家政权组织为中心的各种政治制度和政治行为规范的总和。它包括国体、政体和具体的政治规范，以及政治权力行使的范围与方式，政治运行机制，等等。不同的政治体制，表明不同的国家形态。"⑥ 中国古代政治诗，绝少有直接完整表现抽象政治体制理论的作品，但实际上又点点滴滴涵盖了政治体制理论的方方面面，尤其是以描述朝廷和官府的各种政事政务，描述朝廷和官府行使政治权力的范围和方式，间接而丰富地揭示了中国古代政治体制的运行情况。中国古代政治诗史的大量作品，揭示了中国古代政治演变、中国古代政治思想演变的一些重要特点。中国古代政治诗没有一般性宣示国家治理的

---

① （南朝宋）范晔：《后汉书》卷二十八《桓谭冯衍列传》，中华书局2000年版，第640页。
② 程树德：《论语集释》，《为政》，中华书局1990年版，第61页。
③ （清）焦循：《孟子正义》，《梁惠王上》，中华书局1987年版，第55页。
④ 程树德：《论语集释》，《季氏》，中华书局1990年版，第1137页。
⑤ （清）焦循：《孟子正义》，《梁惠王上》，中华书局1987年版，第62页。
⑥ 白钢：《中国政治制度通史·总论》，社会科学文献出版社2011年版，第1页。

原则和规则，没有泛泛阐释政治原理，而是针对国家治理的各类政治事务进行具体描述，以功过成败、善恶忠奸、是非曲直、清浊正邪的对立标准去描述事实和人物，直接表达对这些政治事象的褒扬或贬斥。中国古代政治诗这种正反对立的褒贬描写，包含了大量直接的、简明的政治命题；这些命题虽然不能像在理论著作中那样得到细致严密的推理论证，但这些命题内在的政治逻辑仍然可以被清晰感知，具有独到的说服力。如清代魏源的怨政诗，"《都中吟》十三首着重揭露了清政府所推行的制度和政策的弊端，并认为这是造成吏治和政治腐败的根源。组诗中涉及取士制度、捐纳制度、海防政策、治水方略、漕运盐务等。"① 从制度和政策角度去探究政权运行低效、劣效、失效和失败的原因，是魏源和历代善于思考的怨政诗人强烈关注和反映现实政治的创作传统。以现实性和实践性的直接具体描写，去间接揭示理论性的抽象原则，是历代政治诗的共性。

中国古代政治诗史上的成千上万诗篇，就单首作品而言，不可能对所在时代的国家政治事务进行完整的记述和评判。但大量的这类作品汇集而成的拼图和画廊，往往完整地展示了所在朝代的政权兴衰、政治成败的总体面貌。这些鲜活、具体、真实的政治事务、政治场景、政治人物描写，是一般的古代史、政治史、政治制度史、政治思想史所不具备的。以清代赋税问题为例，理论著作有这样的概括分析："清代的田赋额，据梁方仲教授从《清朝文献通考》所载数据推算，顺治十八年（1661）全国平均每亩赋银是3.9分，粮1.18升；康熙二十四年（1685）银4分，粮0.71升；雍正二年（1724）银3.9分，粮0.69升；乾隆十八年（1753）银4.2分，粮1.19升；乾隆三十一年（1766）银4分，粮1.12升。若以全国平均亩产量2石，每石粮合银1两计算，上述田赋额，只不过是亩产量的2.3%—2.0%。但由于国家所订科则、科额不尽合理，对某些科额高或田土瘠薄的地区，其负担就会远远高于平均数了。尽管如此，从整体来看，清朝政府所实行的仍属轻赋政策。"② 而在清代政治诗里，大量作品直接呈现了作者们所闻见的农家交纳田赋的情况，与正式史书和官方公文的记载有不小的差异，这些差异恰好是诗人们所能提供的具体而微的形象资料。清代怨政诗中的大量作品怨责朝廷和官府的苛税重赋，这些诗篇的作者几乎都是从个人的见闻去表现个体认知的微观现象，很少有像理论著作那样去进行宏观的整体分析，不可避免会呈现理论著作与诗歌作品这两种表现形态所提供的信息在内涵和数量上的差异。将清代政治诗描述的情况与史书和公文的记载做对应分析，可以对清代的赋税情况获得更

---

① 王学泰：《中国古典诗歌要籍丛谈》，天津古籍出版社2004年版，第580页。
② 白钢等：《中国政治制度通史·清代》，社会科学文献出版社2011年版，第367页。

为全面的认知。总之，中国古代政治诗对中国古代国家治理从宏观到微观的形象写照，反映出具体的社会人对国家治理事务的直接感受，提供了中国古代国家治理的直观材料和丰富样本，揭示了中国古代国家治理的演变趋势，是中国古代政治文化不可或缺的重要组成部分。

二 中国古代政治诗的文本依据

（一）文本来源

本书采集的中国古代政治诗歌文本，分别来自不同朝代的诗歌总集、别集。从先秦到元代的政治诗歌文本，来自这些朝代的诗歌总集，如《诗经》《楚辞》《先秦汉魏晋南北朝诗》《全唐诗》《全宋诗》《全元诗》。明代、清代的政治诗歌文本，来自明清的一些诗歌总集和别集。明代的总集如《列朝诗集》《明诗综》；明代的别集如《槎翁诗集》（刘崧）、《高青丘集》（高启）、《怀星堂集》（祝允明）、《空同集》（李梦阳）、《大复集》（何景明）、《杨忠介集》（杨爵）、《文忠集》（范景文）、《石臼集》（邢昉）、《楼山堂集》（吴应箕）、《四思堂文集》（傅维鳞），等等。清代的总集如《清诗汇》《清诗铎》等；清代的别集如《梅村家藏稿》（吴伟业）、《田间诗集》（钱澄之）、《陋轩诗集》（吴嘉纪）、《西堂诗集》（尤侗）、《学余堂集》（施闰章）、《翁山诗外》（屈大均）、《松桂堂集》（彭孙遹）、《独漉堂集》（陈恭尹）、《白鹿山房诗集》（方中发）、《东江诗钞》（唐孙华）、《邵子湘全集》（邵长蘅）、《敬业堂诗集》（查慎行）、《饴山诗集》（赵执信）、《耕余居士诗集》（郑世元）、《归愚诗钞》（沈德潜）、《小仓山房集》（袁枚）、《瓯北集》（赵翼）、《更生斋集》（洪亮吉）、《天真阁集》（孙原湘）、《青芝山馆诗集》（乐钧）、《小谟觞馆诗文集》（彭兆荪）、《意苕山馆诗集》（陆嵩）、《古微堂诗集》（魏源）、《平昌诗草》（吴世涵）、《思伯子堂诗集》（张际亮）、《怡志堂诗初编》（朱琦）、《复庄诗问》（姚燮）、《巢经巢诗集》（郑珍）、《乐潜堂诗集》（赵函）、《半行庵诗存稿》（贝青乔）、《秋蟪吟馆诗钞》（金和）、《小匏庵诗存》（吴仰贤）、《人境庐诗草》（黄遵宪），等等。本书的政治诗歌文本是从这些总集、别集里仔细搜集、甄别而来，为研究历代政治诗提供了充足而可靠的文本材料。

另外，需要说明的是，本书所说的政治诗的文本，在体裁上不包括词、曲这类更广义的诗歌，历代词、历代曲不属于本书诗歌文本的采集范围。本书这样确定文本采纳的范围，是以历代诗歌总集如《先秦汉魏晋南北朝诗》《全唐诗》《全宋诗》《全元诗》《列朝诗集》《明诗综》《清诗汇》《清诗铎》为参照标准的。如，本书少数颂政类的政治诗属于曲辞，考虑到这些颂政类的曲辞被《先秦汉魏晋南北朝诗》《全唐诗》《全宋诗》《全元诗》《列朝诗集》《明诗综》《清诗汇》《清诗铎》等总集予以收录，本书也将这类曲辞作为政治诗歌文本加以收录。

(二) 文本使用

对文本的收集和使用，遵从尊重文本、立足文本的原则。

从文本收集的工作来看，是根据本书关于政治诗概念的内涵和外延的标准，从历代总集、别集里尽可能多地去全面收集文本，而不是按照预设的观点所需去选择性地搜集文本。收集文本做到尊重实际的文本事实，保持真实的文本面貌。如南宋诗人周紫芝，在高宗绍兴年间秦桧当权时期曾写下了大量谀颂之作以媚结秦桧，但周紫芝早年身处底层，目睹靖康之乱及民间事变的各种苦难场景，写下了不少表现战祸兵灾、"盗贼"肆虐的怨政诗。本书在收集周紫芝的政治诗歌文本时，就没有因要表达对周紫芝写有大量谀颂之诗的厌憎，而不正视他曾经创作有不少深刻批判乱政祸世的怨政之作。在从《全宋诗》里收集周紫芝的政治诗时，对他所有的颂政、怨政之作都予以采录，以反映周紫芝政治诗歌文本的全貌。基于这样的认识，本书尽可能多地保留了历代大量政治诗歌文本，以最大限度真实呈现留存至今的历代政治诗的本来面目。

从文本使用的工作来看，是从所能收集到的政治诗歌原始文本出发去提炼相应的观点。从诗歌文本的实际描述中去归纳相应的观点，而不是根据先入为主的倾向性观点去定性文本内容，不是以主观预设的观点去排斥客观存在的文本描述。比如，晋代颂政诗、南宋颂政诗的谀颂之风很盛，从规模范围上超过了其他各个朝代、各个时期颂政诗的谀颂程度。这个结论，是从两晋颂政诗、南宋颂政诗的文本和其他各个朝代、各个时期的颂政诗的文本进行比较分析而得出的认识，不是想当然地作出的判定。又如，关于"盗贼"，即武装反叛者，历代怨政诗的基本态度是，既赞成"剿贼"，也抱怨官府逼民为"盗"，更怨责官军"剿贼"不力、戕民有余。这个观点，是从历代大量有关"剿贼"的怨政诗中归纳出的，不是简单推导而来的。又如，清代后期怨政诗对鸦片战争的描写，提供了许多关于鸦片战争的珍稀资料，贡献了许多关于鸦片战争的独特评判。这个认识，是从许多清代诗人描写鸦片战争的怨政诗中发现的，不是凭空拔高而来的。此外，关于诗歌文本和史载资料的关系，不搞简单地以史证诗，也不搞简单地以诗证史。在诗歌文本呈现相应的史实描述时，征引史料互为印证，并结合诗歌文本实际，进行适当的阐发。

三 中国古代政治诗的作品类别

中国古代政治诗从《诗经》时代就开启了美刺褒贬的传统。美，即赞颂；

刺，即怨责。汉代儒者概括"国风"和"颂"的功能称，"下以风刺上"①，"美盛德之形容"②。后世政治诗作者继承和发扬了这个诗歌传统，并对诗歌的美刺功能作了进一步的指向性的强化和光大。政治诗的美刺功能，在唐代一些诗人的诗序里有直接的阐释。如白居易的《新乐府》五十首篇首自注称："《道州民》，美贤臣遇明主也。""《蛮子朝》，刺将骄而相备位也。""《骊宫高》，美天子重惜人之财力也。""《牡丹芳》，美天子忧农也。""《捕蝗》，刺长吏也。""《阴山道》，疾贪虐也。""《官牛》，讽执政也。"等等。皮日休的《正乐府十篇·序》直言："乐府，盖古圣王采天下之诗，欲以知国之利病，民之休戚者也。诗之美也，闻之足以观乎功；诗之刺也，闻之足以戒乎政。"白居易的自注、皮日休的阐释都很有代表性，强调了政治诗褒贬以用世的社会功能，对良政善治予以褒扬，对弊政劣治予以怨刺，显示出这类诗歌指向明确的创作动机和社会功效。

从中国历代政治诗的文本实际出发，按题材内容的不同，可以将中国古代政治诗划分为颂政诗和怨政诗两大类作品。中国古代政治诗描述各种社会事象时，没有完全中立的、无倾向的评判。相反，鲜明的褒贬，是非的选择，是中国古代政治诗的题中之义，几乎没有例外。一部中国古代政治诗史，保持着一以贯之的稳定明确的价值取向，即褒扬善政、良政、德政、惠政、廉政、勤政，贬斥恶政、虐政、暴政、苛政、贪政、惰政。中国古代政治诗歌，泾渭分明地形成了颂政和怨政这两大类别的作品，居于中间地带的诗作极为稀少。

各个时代的颂政诗和怨政诗，反映所在时代社会政治运行状况的密集度和深广度，并不一定同步地、成正比例地与所在时代的社会政治运行状况相关联。亦即是说，政治清朗、经济繁盛、社会安定的历史时期，未必就同比例地地出现颂政诗多、怨政诗少的现象；政治昏败、经济凋敝、战乱频仍的历史时期，未必就同比例地出现怨政诗多、颂政诗少的现象。如，历代颂政诗多有对太平盛世的夸耀，但像盛唐时期一样有令人信服的历史依据的并不普遍。史载："是时，海内富实，米斗之价钱十三，青、齐间斗才三钱，绢一匹钱二百。道路列肆，具酒食以待行人，店有驿驴，行千里不持尺兵。"③ 但开元盛世的这种景况，在唐代颂政诗里并未得到相应的充分展示。这个现象说明，历代政治诗对时代生活的描写，与所在时代的社会政治状况并不一定保持同比例关系。实际上，某个时期颂政诗、怨政诗创作的多寡，与那个时

---

① （清）阮元：《十三经注疏·毛诗正义》，中华书局2009年版，第566页。
② 同上书，第568页。
③ （宋）欧阳修等：《新唐书》卷五十一《食货志一》，中华书局2000年版，第884页。

代的政治环境、诗界风尚、创作意识等因素有着直接或间接的复杂关联,各个时期的政治诗不可能做到对社会政治状况具有相同程度的记述。这也显示出,中国古代政治诗史,不等于中国古代政治史,也不等于中国古代史。中国历代的颂政诗和怨政诗,只是中国历代政治运行状况的部分折射,并不是中国古代社会政治运行的编年史记载。因此,看待颂政诗和怨政诗的产生时代及其相应作品,不应简单机械地将其视为与所在时代的国家治理状况相对应的完整记录。

在中国古代政治诗史上,数量占压倒优势的是怨政诗,但这个创作情势在不同历史阶段有很大的差异。在《诗经》的政治诗中,颂政诗和怨政诗所占比例相差无几。两晋时期,政治诗几乎都是颂政诗,怨政诗难觅踪影。南北朝政治诗的情形也大致相同。但从唐宋直至清末,政治诗的创作情势出现了彻底的改变,怨政诗占据了政治诗的主要位置。虽然唐代直至清代的颂政诗数量也不少,但与同时期怨政诗创作规模相比,已经居于很次要的位置。怨政诗占政治诗主流地位的情形,到明清时期越来越明显。

(一) 颂政诗

"颂政诗"是一个广义的概念,是对中国古代诗歌史上称颂政治功业及政德、政绩、政能、政声的社会政治诗的总称。颂政诗的基本内容包括:颂扬皇帝圣德伟业,歌颂朝廷良政善治,称颂国家统一,称颂国泰民安,称颂轻徭薄赋,歌赞官员勤政尽职,称道官员德政恤民,褒扬官员廉政奉公,等等。颂政诗的价值取向主要包括尊天命、尊祖德、尊一统、尊王道、尊明君、尊贤臣、尊安定、尊繁荣、尊仁政、尊勤政、尊廉政、尊德政、尊恤民、尊济民、尊惠民、尊平叛、尊"剿贼"、尊举贤、尊授能、尊武功、尊文德、尊礼治、尊法度、尊官德、等等。包含这类题旨的作品在全部颂政诗中占了最大比例。

在中国古代政治中,治国的良好境界是实行善政,使民以时,轻徭薄赋,尊老扶幼,崇礼重教,赈灾济荒,丰衣足食,国泰民安,等等,符合中国农耕经济社会以儒家理念施政的基本范畴。"养民之善政,十有八焉:勤农丰谷,土田不荒芜,为上善政一。桑肥棉茂,麻苎勃郁,为上善政一。山林多材,池沼多鱼,园多果蔬,栏多羊豕,为上善政一。廪蓄不私敛,发济不失时,水旱蝗蟊不为灾,为上善政一。犯其父母必诛,兄弟相残必诛,为上善政一。阐幽发潜,彰孝举节,为上善政一。独骑省从,时行乡里,入其茅屋,抚其妇子,民不以为官,无隐不知,为中善政一。强不凌弱,富能周贫,为中善政一。除强暴奸伪,不为民害,为中善政一。居货不欺,商贾如归,为中善政一。省刑轻杖,民自畏服,为中善政一。察奸发隐,四境无盗,为中善政一。学校殿庑常新,春秋享祀必敬,为下善政一。城隍道路桥梁庐舍修治,为下善政一。纳赋有方,致期不烦,为下善政一。选勇力智谋,具戈甲干楯,教之骑射,以卫四境,为下善政一。天灾流行,疫疠时作,使医疗治,为下善政一。蔬食布衣,燕宾必俭,为下善政一。上善政六,中善政六,下善政六,凡十八善政。"[①] 清人唐甄列举的善政举措和效果,与历代颂政诗对善政的描述多有交集,不约而同。

歌颂皇室、皇帝治国功德的颂政诗和称扬地方官员政绩政德的颂政诗,在主题上各有侧重。颂扬皇室、皇帝的历代颂政诗,很多主题贯穿始终,具有很高的重合度。比如,称颂天下一统,海内安宁,是历代颂政诗的主题之一。其他诸如表现奉天承运、顺天应人的天道观、天命观等,在历代颂赞皇室、皇帝的颂政诗里都一再出现,成为长传不衰的主题。而历代颂政诗涉及歌咏地方治理的作品,称颂地方官员政绩和政德的所占比例最高。歌赞地方官员施政业绩和为官之道的作品,重在称颂其政安民,其政利民。这样的颂政诗,题旨本身便具有很高的道义价值。历代颂政诗歌赞地方治理,集中于称颂良官善政的官德政绩,称颂勤政廉政的为官之道。可知对善政良政的嘉许和期待,是历代政治诗不变的诉求和吁请,是中国古代政治文化极其宝贵的价值传统。

必须说明,中国历代颂政之诗,除了文实相符的作品,也有很多文实不符的篇章。因此,历代颂政诗可分为正颂之诗和谀颂之诗。正颂之诗反映所在时代的治国功绩,符合或基本符合所在时代实际的社会政治状况。如汉代唐山夫人的《安世房中歌》称颂汉高祖的功德,唐代武则天的《武后明堂乐章·皇帝行》歌赞唐王朝国运兴隆的欣荣景象,明代杨维桢的《上大明皇帝》称颂新王朝的宏大气势和蒸腾国运,清代唐孙华的《进呈御览诗一百韵》称颂康熙时期的国家治理之绩,都可归为正颂之诗。谀颂之诗夸耀所在时代的治国功绩,则不符合或基本不符合所在时代的社会政治状况,甚至极度扭曲事实,肆意虚饰滥夸,如两晋时期词臣们浮泛夸耀司马氏皇朝功绩的大量颂政诗,南宋时期周紫芝等人连篇累牍矫饰浮夸丞相秦桧功德的大量颂政诗,都属于典型的谀颂之作。对地方官员政绩的颂赞之作,既有正颂之诗褒扬主政者勤谨履职、造福一方,也有谀颂之诗为当政者虚夸政绩、涂抹官德。这类庸劣的谀颂之作,是历代颂政诗的一大顽疾,是传统政治文化中的污秽之迹。它们的存在,应该正视,不必遮掩。

(二) 怨政诗

"怨政诗"是一个广义的概念,是对中国古代诗歌史上批判性地反映社情

[①] 黄敦兵:《潜书校释》,《达政》,岳麓书社2011年版,第186页。

政况的社会政治诗的总称。怨政诗的"怨",有多种含义。①有怨恨、仇恨之义。如:"怨,恚也。"① "武安由此大怨灌夫、魏其。"② ②有埋怨、责怪之意。如:"爽惟天其罚殛我,我其不怨。"③ "事父母几谏,见志不从,又敬不违,劳而不怨。"④ ③有讥刺、嘲讽之义。如:"诗可以兴,可以观,可以群,可以怨。"⑤ ④有悲愁、哀怨之义。如:"乐不乐者,其民必怨,其生必伤。"⑥ "此处仿佛华林园,使人聊增凄怨。"⑦ 本书所述中国古代诗歌对政事、政情的批判描写,与"怨"的这几种含义都相符合。怨政诗怨责朝政昏暗,怨恨奸佞谗诌,痛斥官吏贪酷,怨愤税负之苛,怨诉徭役之苦,悲怨战争灾难,谴责投降苟安,讥讽奢侈靡费,怨叹社会不公,不满贫富悬殊,等等,分别涉及"怨"的这些义项。因此,本书中的"怨"是广义的,历代怨政诗对社会政治生活所作的怨愤、不满、斥责、讥刺、哀怨等不同类别的情感抒写,都属于这类批判描写,并非只有怨恨的单义。

相对于颂政诗,中国古代怨政诗对社会政治事务的描述有更强的现实性和更高的真实度。历代怨政诗大多数作品都是直接描写现实社会的具体政治事务,极少泛泛的描述,极少虚浮的感慨。中国历代怨政诗描绘所在时代的社会生活画面,虽然不能做到编年史那样的逐年记载,但其所汇集的中国历代社会政治生活的大大小小的事件,从怨声载道的税赋徭役之苦,到荒政、田政、河政、漕政、盐政、狱政的诸政之弊,到影响巨大的历史事件,勾画出了中国历代政治进程的重要轮廓,堪称简明缩略的历史实录。

历代的主流怨政诗是诗人们怀着强烈的道义感创作的。历代诗人以济世安民的态度,践行为君为民的使命,其忧国忧民之心真诚深厚,天地可鉴。历代怨政诗的价值尺度有着明显的承传轨迹,如同情民间疾苦、怨责弊政苛酷的杜甫怨政诗,成为后世诗人自觉仿效的创作目标。元代刘鹗《野史口号碑四十四首》(其九)感慨杜甫忧国忧君:"当时一片心如血,赢得千秋万古知。"杜甫式忧国悯民的怨政诗不仅赢得后世无数读者的感动思悟,更赢得后世大量诗人的跟进创作。后世怨政诗创作在规模上不断扩大,长期成为诗歌创作生气勃勃的重要一隅。当然,在实际的创作中,历代怨政诗不可避免地混杂着一些沽名钓誉、附庸风雅之作,间杂着一些挟私发泄、轻佻牢骚之作,

---

① (汉)许慎:《说文解字·心部》,凤凰出版社2012年版,第893页。
② (汉)司马迁:《史记》卷一百七《魏其武安侯列传》,中华书局2000年版,第2185页。
③ (清)阮元:《十三经注疏·尚书正义·康诰》,中华书局2009年版,第435页。
④ 程树德:《论语集释》,《里仁》,中华书局1990年版,第270页。
⑤ 程树德:《论语集释》,《阳货》,中华书局1990年版,第1212页。
⑥ 许维遹:《吕氏春秋集释》,《仲夏纪》,中华书局2009年版,第113页。
⑦ (唐)李延寿:《北史》卷五《魏本纪》,中华书局2000年版,第113页。

正如明代袁宏道《显灵宫集诸公以城市山林为韵》（其二）所讽刺的："自从老杜得诗名，忧君爱国成儿戏。"但少数的庸劣之作毕竟不是怨政诗的主流。

历代怨政诗在总体上保持了对历代社会政治生活的本质刻画，从诗歌这个重要侧面表现出中国古代政治文化所具有的批判力。作为文学作品，怨政诗对社会政治生活各种场景的描写有其体裁所决定了的修辞需要，必须追求文学渲染效果；但其对社会政治生活的本质刻画，才是其更具实质意义的作品真正内涵。如曹操的《蒿里行》，描写汉末军阀混战的乱世情景，对政局的剖析直指要害："势利使人争，嗣还自相戕。淮南弟称号，刻玺于北方。"概括极为简洁有力。其他诸如"万姓以死亡""千里无鸡鸣""生民百遗一"之类描述，虽是文学的渲染，但其反映汉末政治危局及战乱纷争带来的严重后果得到相关史载的印证："人民饥困，二年间相啖食略尽。"①"是时天下户口耗减，十裁一在。"②《蒿里行》的准确度和概括力是毋庸置疑的。古代怨政诗中有很多作品是描写战乱的，直接展示了战祸的种种血腥场景。诗人们描述的这些见闻，惨绝人寰，却又实实在在，揭示了政治失败、乱世殃民的可怕程度。在历代怨政诗文学渲染的背后，其对社会政治生活深刻的洞察力，其反映社会政治生活的广度和深度，要远远超过历代颂政诗。

除了反映国计民生相关问题的主流诗篇，历代怨政诗还有一类作品，记述个人冤屈境遇，由此揭示和批判朝廷政治及国家治理的弊端。从先秦时期的屈原、宋玉，到唐宋时期的刘长卿、刘禹锡，直至明清时期的李梦阳、杨爵等，历代怨政诗人在此领域留下了不少颇有内涵深度和认识价值的作品，明代杨爵创作的一百多首专题式系列怨政诗即为显例。

四 中国古代政治诗的功能效用

从先秦直至清末，成千上万的历代诗人参与了政治诗的创作。这个以士大夫官员为主体的政治诗创作群体，作者个性各异，情志有别，经历不同，创作时面对的场景千差万别；但寻究起来，历代政治诗的创作动因仍然有着较为显著的一致性，由此而产生的作品功能和社会效用也有着较为显著的一致性。而历代颂政诗和历代怨政诗在功能效用上又有各自的特点。

就历代颂政诗而言，主要是歌赞皇室、天子的宏业圣德，以及地方官员的政德政绩。前一类作品的功能，主要是宣扬国家政权及其统领者的德仪、威仪。不管作者是帝王，还是词臣、士大夫官员，这类作品对皇室、天子功德的颂扬，基本意图都是展示国家最高当政者德仪、威仪的至高无上，张扬

---

① （晋）陈寿：《三国志》卷六《魏书·董卓传》，中华书局 2000 年版，第 137 页。
② （晋）陈寿：《三国志》卷八《魏书·张绣传》，中华书局 2000 年版，第 197 页。

皇室、天子的权威。如先秦时期的《诗·大雅·文王》，歌颂周文王兴邦垂统，诗篇以"仪刑文王，万邦作孚"作结，相信效法文王，也能像文王一样获得万世的景仰。又如清代洪亮吉的《皇帝南巡诗》，作者在诗序里表白写作此诗的意图："上以纪皇帝文武神圣，中以达士民爱戴之忱，下庶竭微臣夙夜之职。"这类诗歌的功能，就是要让天下臣民对皇室、对天子充满景仰、敬畏之感。颂政诗后一类作品的功能，主要是宣扬良官善治的为官之道。这类赞扬地方治理佳绩的诗歌，作者既有士大夫官员，又有一般民众。"大多数歌谣主要涉及地区性议题、地方性人物评价（包括地方长吏）。"① 民歌颂政诗表现的就是与民众利益直接相关的人和事。这类颂政诗赞扬地方官员的政德和治绩，要么表达钦敬，要么表达感激，要么表达思考，传扬的都是勤政履职、德政惠民的为官之道。

就历代怨政诗而言，由于其作者主要是士大夫官员，这个群体的诗人创作怨政诗，在当时有着明确的谏政和用世意图，历代怨政诗发挥了这个社会功能；此外，从社会效用看，以怨政诗为主的历代政治诗，描写所在时代的社会政治生活，为后世打开了考察历代国家政治运行实况的真实窗口，也留下了记录历代社会政治演变的丰富样本。

（一）谏政与用世

班固《汉书》称："古有采诗之官，王者所以观风俗，知得失，自考正也。"② 这是对周代王官采诗制度的概括。班固揭示了周代这种采诗制度的用意，即从采自民间的歌谣中察知民情、政情，察知舆论所反馈的施政状况，察知治理措施的优劣成败，由此找到并实施改进国家治理的办法。采诗制度在汉代被继承改造，进一步发挥察知民情、政情，改进国家治理的功能。班固称："自孝武立乐府而采歌谣，于是有代赵之讴，秦楚之风，皆感于哀乐，缘事而发，亦可以观风俗，知薄厚云。"③ 这种做法的实质，是王朝当政者主动从诗歌中获知改进国家治理的信息。唐代白居易《新乐府·采诗官》揭示采诗制度的功能："采诗官，采诗听歌导人言，言者无罪闻者诫，下流上通上下泰。"察知舆论、影响舆论，是中国历代政治诗的用世功能之一。先秦直至清代，这种诗歌功能一直都发挥了作用。如清代朱绶《寄林少穆督部》："宜留去思碑，棠歌采舆评。"《永康谣》："我歌永康谣，采之在舆评。"明白宣示了政治诗对舆论的自觉察知和自觉传递。历代政治诗作者，对国家治理的关注，对改进国家治理的诉求，往往通过诗歌形式予以表达。许多作品不仅

---

① 吕宗力：《汉代的谣言》，浙江人民出版社2011年版，第101页。
② （汉）班固：《汉书》卷三十《艺文志》，中华书局2000年版，第1355页。
③ 同上书，第1384页。

包含了深刻的社会批判，也包含了建言的施治方案。

　　在历代怨政诗创作中，许多诗人抱着以诗谏政的动机叙事议事，希望将民苦民怨的事实上达朝廷，传至当道，进而影响决策，改良朝政。唐代元结《舂陵行》即明白表达了这个意图。《舂陵行》描述了朝廷和官府凶酷催征税赋的情况："军国多所需，切责在有司。有司临郡县，刑法竞欲施。供给岂不忧，征敛又可悲。"诗人在篇末直接表达了希望朝廷察知和改变苛政现状的强烈忧思："何人采国风，吾欲献此辞。"这种"舂陵行"式的谏政之作，在历代怨政诗中为数极多，希望通过怨政诗实现讽谏，达到纠改弊政的目的。如宋代梅尧臣《田家语》诗序："录田家之言次为文，以俟采诗者。"欧阳修《答朱寀捕蝗诗》："因吟君赠广其说，为我持之告采诗。"李清照《上韩公枢密》诗序："寄区区之意，以待采诗者。"释文珦《感时》："老夫为悲吟，闻者当致思。"《夏暑正隆望秋得雨风赋长句》："愿将此意达君王，毋官贪冒官循良。"元代迺贤《颍州老翁歌》："愿言观风采诗者，慎勿废我颍州老翁哀苦辞。"明代盛彧《耙盐词》诗序："叹有司之不便于民。观风化者，庶几或有采焉。"王鏊《行次相城有感》："作诗当风谣，以告民父母。"清代王昊《鹿城吏》："谁写舂陵行，献之圣天子。"李化楠《欠粮民》："为民请命牧民事，莫似舂陵俏咏诗。"陆费瑔《灾农谣》："感讽舂陵行，呻吟我心恻。"黄任《筑基行》："拟上河渠书，言高嫌位卑。谁是采风者，为吾陈此诗。"历代怨政诗有无数作品都出于谏政的动机披露朝廷和官府各项政策的弊端和施治的劣效，期望当政者察知和警戒，使这些弊政能够得到纠正。但以诗歌进行谏讽，有时会不可避免地招致打击，极端情况下甚至惹来杀身之祸。如，北周时期，杨文佑作诗讽刺周宣帝滥饮误国，被人奏报，受杖而亡。"帝既酗饮过度，尝中饮，有下士杨文佑白宫伯长孙览，求歌曰：'朝亦醉，暮亦醉。日日恒常醉，政事日无次。'郑译奏之，帝怒，命赐杖二百四十而致死。后更令中士皇甫猛歌，猛歌又讽谏。郑译又以奏之，又赐猛杖一百二十。"① 又如，宋代邓肃作诗讽谏徽宗花石纲事，触怒皇帝，被逐归乡里。"（宣和元年十一月）时朱勔以花石纲媚上，东南骚动，太学生邓肃进诗讽谏，诏放归田里。"② 明代中期，韩邦奇作诗讽谏武宗贡鱼、贡茶事，被贬为民。"邦奇悯中官采富阳茶鱼为民害，作歌哀之。堂遂奏邦奇沮格上供，作歌怨谤。帝怒，逮至京，下诏狱。廷臣论救，皆不听，斥为民。"③ 这种情况虽不普遍，但以诗谏政确实不是没有风险的轻松之举，需要良知和勇气。

---

① （唐）魏征：《隋书》卷二十五《刑法志》，中华书局2000年版，第481页。
② （元）脱脱等：《宋史》卷二十二《徽宗本纪四》，中华书局2000年版，第270页。
③ （清）张廷玉等：《明史》卷二百一《韩邦奇传》，中华书局2000年版，第3543页。

怨政诗具有谏政意图并加以直接表达，是较为常见的创作现象。出于怨世动机，怨政诗基本都是针对具体的事件陈情言事。如组织捕蝗、治蝗，是古代官府常规的政务之一，但这项政务在很多时候施行的效果得不偿失，劳民伤财。反映这类弊政的怨政诗很多，也是政治诗直接用世的体现。如唐代白居易《捕蝗》："捕蝗捕蝗竟何利，徒使饥人重劳费。一虫虽死百虫来，岂将人力定天灾。"宋代郑獬《捕蝗》："虽然捕得一斗蝗，又生百斗新蝗子。只应食尽田中禾，饿杀农夫方始死。"清代严我斯《捕蝗谣壬子夏作》："蝗食民苗，吏食民膏。蝗食民苗诚可忧，吏食民膏何时瘳。捕蝗不如捕虐吏，宽租停扑蝗何尤。"何纶锦《捕蝗谣》："驱民入野供役使，踏遍田头及田尾。蝗孽未除十二三，蝗食余禾尽践死。蝗惊起向他处飞，县吏怒逐如合围。田中父老眼流血，敬告县吏牵吏衣。天灾未可人力胜，愿勿捕蝗听民命。"指出治蝗举措不当及其后果，希望官府改进治灾办法。这类直接描述和剖析现实弊政的政治诗，意在将这些弊政现象传达于有司，影响于社会，作用于舆论，达到推动纠弊补正的谏政用世目的。

历代怨政诗不仅是对弊政殃民发出谴责之言，希望朝廷和官府纠改弊政，也有很多作品直接提出察弊纠弊的建言献策。如，关于税政弊端，宋代曾巩《追租》认为要减轻对民众的租税重压，就应该从整顿吏治、减员省费做起："暴吏理宜除，浮费义可削。"财政负担减轻了，赋税的征收压力也就得到舒缓。又如，关于盐政弊端，清代周凯《青盐叹》："我朝立法尤周详，以之利民兼利商。转输天下无食淡，胡为所异独襄阳。吁嗟乎，利之所在民必趋，贪食便宜较锱铢。严禁岂能断根株。何如改淮食潞两便之，民食不缺课不亏。"针对盐政弊端，提出了改进盐政管理的具体建议。吴慈鹤《官盐行》："但使关津出权缩，何须淮粤分商运。畸叹采风献至尊，此事亦足苏疲民。"对盐运路经和方式提出了异议，希望纠改劳民伤财的旧模式。又如，关于漕政弊端，清代陆嵩《闻有以苏松粮重议废漕运改采买者感之而为此诗》："深知西北食，不藉香秔红。杂粮遍采买，近自燕豫雍。商贩免关税，亦易舟车通。南漕听民折，转运诚何庸。岁省无益费，足抵挑河工。"诗篇对事倍功半的漕运事务不以为然，展望了改进措施的前景。王槐《转漕行》："害十当变法，此理须推研。海运有故道，岛屿分湾澴。数旬已毕事，繁费半可蠲。次复理河运，疏通无梗湮。近海海可渡，近河河则先。坐收河海利，弗使困一偏。岂惟便转输，兼可清盗源。"对漕运路线的不同效果进行了细致的对比分析，明确指出了优选漕运路线的有利前景，希望以此建言改进漕政的运行效率。

又如，怨政诗里有大量作品对"剿贼""治盗"献计献策，表现出作者以诗歌影响政治决策的致用动机。所谓"盗贼""贼寇",是指对抗官府的民间武装,成分复杂,类别多样。这些被官府称为"寇"的武装势力,既有反贪官、杀劣绅、劫富济贫的绿林好汉,也有欺男霸女、烧杀劫掠、残民以逞的恶匪凶徒。"盗贼"势力的形成,对国家政权秩序显然是一种实质威胁。"'盗匪'的主要基础在于'前农夫',即失去土地者,田产被霸占者,以及移民。一旦加入匪帮,他们就会被称为'盗匪'。"① 这些"前农夫"不仅不交粮纳税,反而大幅增加了官家资源的消耗,历来是当政者的心腹大患。相反,要消除这种忧患的根源,就应该实行善政,安民治世。唐太宗李世民曾感慨:"民之所以为盗者,由赋繁役重,官吏贪求,饥寒切身,故不暇顾廉耻耳。朕当去奢省费,轻徭薄赋,选用廉吏,使民衣食有余,则自不为盗,安用重法邪。"② 主张以善政达到弭盗的目的。灾荒也是催生"盗贼"的重要原因。"连年久旱,百姓饥穷,故为盗贼。"③ "所在盗起,盖由岁饥民贫。"④ "畿辅、山东、山西、河南,比岁旱饥。民间卖女鬻儿,食妻啖子,铤而走险,急何能择。一呼四应,则小盗合群。"⑤ "历史上,几乎每次由灾荒所引起的农民起义,都以饥民抢米、分粮为前奏。"⑥ 历代怨政诗对"盗贼"形成的原因深怀忧虑,主张以治本之道消除饥寒起盗心的社会乱源。如元代朱德润《水围深》反映乡间胥吏替官府强征高额赋税,出现了官逼民反的激烈抗争:"东南民力日渐穷,不愿为农愿为盗。人生盗贼岂愿为,天生衣食官迫之。"体现出作者希望以安民达到"治盗"的良苦用心。明代宋儒醇《壬午寇从六安来复破庐江尽歼老稚捕系丁壮庐舍金币焚掠殆尽堞垣践毁如平地盖从来未有之惨也纪事一首》对官府不切实情的严苛政策深为忧愤:"何不宽其网,招之返农圃。腐儒无长算,良民气莫吐。纪此戒后人,抚循望慈父。"诗人希望朝廷和官府宽待从"贼寇"中逃归的乡民,放弃为丛驱雀的愚蠢对策,是看到了明末已成燎原之势的民变力量的不可遏制,苦心孤诣地提出了这样的献策。清代程含章《受降》歌赞降服海盗,化盗为民:"散尔兄与弟,收尔楫与舟。携尔衣与履,献尔戈与矛。给尔文与引,分尔粮与糇。归尔乡与里,买尔犊与牛。耕桑为正业,工作亦良谋。"官府的策略是拆散其人员联系,供给其食粮与农具,促成其自食其力,安居乐业。诗人赞同让"投诚"的"海盗"成为能够以农商之业安身立命的"良民"。这种对官府"治盗"之策的

---

① [英] 塞缪尔·E. 芬纳:《统治史》卷二,王震译,华东师范大学出版社2014年版,第204页。
② (宋) 司马光:《资治通鉴》卷一百九十二《高祖武德九年》,中华书局2011年版,第6139页。
③ (汉) 班固:《汉书》卷九十九《王莽传下》,中华书局2000年版,第3047页。
④ (明) 宋濂等:《元史》卷四十一《顺帝本纪四》,中华书局2000年版,第590页。
⑤ (清) 张廷玉等:《明史》卷二百三十《马孟祯传》,中华书局2000年版,第4021页。
⑥ 邓云特:《中国救荒史》,商务印书馆2011年版,第120页。

评判，也是一种建言。而朱士稚的《怨诗行》对时局乱象很有怨言，直接提出乱世用重典："国乱治以猛，民乃怀其刑。"显然是希望朝廷对民变蜂起的乱世强力压制。张应昌《苏州薛觐堂太守焕治奸民事》从乱世用重典的治国思路切入："乱国宜重典，锄莠斯安良。""酷吏不可学，乱民亦宜防。""救宽利用猛，燕翼能虎张。姑息与选懦，坏法贻祸殃。""纵弛在一日，毒痛流四方。"这些诗人推崇这样的政策取向，在文人怨政诗里虽不多见，但也有其传统政治思想依据，即刑德并用的原则。"刑者德之辅。"① "前德而后刑。""大德而小刑。"② "当刑德交融时，暴力的原则便取得了合理的形式。"③ 这些"剿贼""治盗"类诗歌提出的主张，其建言的意愿十分强烈，用世的动机十分明显。

　　议政以用世还表现在诗人们对各项社会政治事务的积极介入姿态。税政、兵政、荒政、盐政等，是重大的常规政务，叙及和论及这些事关国计民生的重大政务自然是怨政诗的题中之义。此外，诗人们还对国家治理中一些人们见惯不惊的社会问题发表自己的观点，如量刑尺度问题、人口政策问题等。如宋代陈昉《辞役》："刑重惟恐囚人怨，情轻又怕本官嗔。不如无事早归去，免得生魂对死魂。"陈昉在诗中提及的"刑重惟恐囚人怨，情轻又怕本官嗔"的司法困境，直接触及量刑的原则如何实际贯彻的问题。刑政量刑中的严明公正是公理正义所认可的司法原则，但在实际运作中的分寸把握又是司法政务的难题。陈昉具体而微地指出了这个司法困境的由来，虽然给出的消极回避的解决办法并不妥当，但对中国古代司法司空见惯的弊政提出了带有普遍意义的质疑，显示出政治诗很强的议政以致用的社会功能。又如清代洪亮吉《升平》："升平一百载，众庶多于虱。山侵豺虎居，水夺蛟龙窟。蛟龙犹有海，豺虎何所逸。御之不以理，势必转奔突。强梁或逃窜，老弱遭噬啮。不知六合内，御物固有术。欲人妥厥居，先使兽有穴。物物安其天，人禽庶堪别。"对于人丁兴旺的现象，一般人都认为是盛世佳事，诗篇却将人口太多视为潜在危机，从人与其他生类的关系、人与自然环境的关系加以分析，作出了与众不同的评判，对当时人口政策的负面后果提出了异议，表现出政治诗积极用世的社会功能。这种积极介入社会政治的创作态度，似与安分守己的古训有所不合，如孔子有言："不在其位，不谋其政。"④ 但这些政治诗的创作动机符合为君为民的谏政用世初衷，是先秦以后政治文化自身的可贵演进。

---

① 苏兴：《春秋繁露义证》，《天辨在人》，中华书局1992年版，第336页。
② 苏兴：《春秋繁露义证》，《阳尊阴卑》，中华书局1992年版，第327页。
③ 杨国荣：《善的历程：儒家价值体系研究》，华东师范大学出版社2009年版，第171页。
④ 程树德：《论语集释》，《泰伯》，中华书局1990年版，第541页。

实际上，历代政治诗的作者，大部分是入仕的官员，参政议政是其用世思想与用世行为的自然表现。即使布衣文人，其议政的动机也是出于积极用世的价值选择，即如桓宽所言："瞽师不知白黑而善闻言，儒者不知治世而善訾议。"① 历代怨政诗人热衷议政的行为，是历代士大夫文人治国平天下用世情怀的自然流露。

（二）窗口与样本

中国历代的史家、哲人写下大量描述中国历代治国施政历史轨迹的论著，是认识中国古代政治运行实况和演变趋势的重要文化资源。而中国历代政治诗对历代治国施政具体事象的种种描述，从不同侧面印证了中国古代历史著作、思想著作的记述和论析，展示了中国历代治国施政的极其丰富的社会画面。中国古代政治诗呈现了最直观的国家治理全景图，是考察中国古代历史政治演变的重要窗口；中国历代政治诗记述国家治理（包括地方治理）的实况，包含了各类施政的微观案例。这些珍贵的政治文化样本，认识价值极高。

比如，中国古代州县官员施行政务，构成了中国古代国家治理的基本层面，是中国古代国家政治的基本范畴，历代政治诗对这方面的情况多有记述。即以明清地方治理为例："知县掌一县之政。具体为：1. 征收田赋、佥派人役。这是知县的最基本的任务。赋税每年要实征，十年一次攒造黄册，以人丁事产为差。赋有钱谷、布帛和货物之征；役有本人力役、雇人当役和不时之役。2. 岁有歉收，则请府减免赋役。3. 养老、祀神、贡士、宣读法令、表善良、恤穷乏、稽保甲、严缉捕、听狱讼，都要事必躬亲。4. 凡山海泽薮之特产，要按户籍而征派。"② "知县掌一县治理，决讼断辟，劝农赈贫，讨猾除奸，兴养立教。凡贡士、读法、养老、祀神，靡所不综。"③ 地方官吏在国家治理中的作用，具有无可比拟的普遍性和基础性。"地方行政全在州县官们手中。没有他们，地方行政就会停滞。""作为一州一县的行政首脑，州县官被要求熟悉当地的各方面条件情况，并对其辖界内的一切事情负有责任。尤其重要的是，他必须维持辖区的秩序。他是法官、税官和一般行政官。他对邮驿、盐政、保甲、警察、公共工程、仓储、社会福利、教育、宗教和礼仪事务等都负有责任。"④ 历代政治诗对地方官府的运行状况及地方官员的施政行为有着广泛而具体的描写，提供了大量鲜活真实的地方治理记录。如元代胡祗遹的《送信县令乐平任满东还》："县尹诚卑职，烦劳责最先。条条论国

---

① 王利器：《盐铁论校注》，《诏圣》，中华书局1992年版，第595页。
② 张显清等：《明代政治史》，广西师范大学出版社2003年版，第516页。
③ 赵尔巽等：《清史稿》卷一百一十六《职官三》，中华书局1977年版，第3357页。
④ 瞿同祖：《清代地方政府》，法律出版社2011年版，第28页。

政,一一自民编。秋敛征输税,春耕劝力田。张灯昏理讼,应限夜催钱。但恐成逋欠,安能问瘠捐。顽嚚哀健讼,水旱虑凶年。"诗中所言县令的职务行为"条条论国政,一一自民编",正说明地方官员的行政施为与国家政治息息相关,与公众生活息息相关。中国古代政治诗对基层官员包括县令在地方治理中的重要性有明确的认知。如清代朱绶的《永康谣》:"儒有致用实,莫如善为令。腰组径寸铜,乃系万人命。赈灾格成例,民死令所阱。救民生死地,令敢上官诤。此令强项哉,上官悚生敬。一邑便宜事,一省布为政。偏灾有时有,缺赈苦亿姓。令衹尽厥心,岂自谓予圣。民今尸祝之,激感亦恒性。令昔播文教,诵言法孔孟。令昔整风俗,除恶殟枭獍。"良吏在造福一方、保一方平安中发挥的作用是显而易见的。陆嵩的《与王亥坪德茂大令》:"邑令非卑官,民命重斯选。"亦这样看待县令安宁一方的保障作用。吴嵩梁的《丹徒赠万廉山明府》感慨:"县令官岂崇,贵行其志耳。实惠及斯民,权乃卿相比。"诗人将县令施政惠民的职能推崇为能与朝官大臣相比,肯定了县令的施政在国家治理中的基础作用。

又如,历代政治诗很多作品描述吏胥在地方治理中的特殊角色和作用,提供了认识中国古代吏治状况的丰富资料。与官员相比,吏胥虽然职位卑微,但职位功效并不微弱。"在中国政治上的流品观念里,吏胥被人看不起。这一观念始于元,到明成祖时而确定。"① "衙役构成了一种有组织的力量,州县官们依靠他们推行法律和政令。没有这些人供其驱使,州县官可能没办法征收赋税和漕粮,也没法征调人民从事修筑城墙、铺设道路、兴修水利之类的力役或为官府供办车马及别的交通工具。承担警察职能的衙役也为政府所依赖,用于执行传唤或拘捕及其他经常性的警察职能。"② 因其职位具有很强的专业性,官员行政用权过程离不开吏胥的参与,这就在客观上造成吏胥职卑权重,直接影响地方官府行政效能的高低优劣。"官与吏的区别在于:职责不同,任期不同(官僚实行限任制,吏胥实行常任制),官僚放任要回避本籍,而吏胥则基本上是土著,二者政治素质上差异也很大。由于吏胥的任用不避本籍,而且父子兄弟相传,加上官暂而吏久,官少而吏多,于是造成为官者迁徙不常,历官有如传舍;吏人虽不入流品,但却可以终身窟穴公堂,以长子孙,从而形成吏胥左右官场的局面。他们凌驾于公卿之上,舞文弄法,稽延政务,恐吓州县,飞车走牍,要索当道,降低了行政效率,搅乱了行政秩序。在承办赋役、刑狱事务中,招摇纳贿,敲骨吸髓,草菅人命,实为'养

---

① 钱穆:《中国历代政治得失》,生活·读书·新知三联书店2005年版,第112页。
② 瞿同祖:《清代地方政府》,法律出版社2011年版,第89页。

百万虎狼于民间'。它是官僚政治腐败性的典型表现。"① 但在官和吏的相互关系中，官毕竟居于主导地位，吏在行政中的作用优劣，往往取决于官的作为。"应该说，主要是主管官员的腐败无能和贪赃枉法，才导致大权旁落，反由吏胥操纵地方政治，听任吏胥为非作歹。"② 历代政治诗里有大量作品反映吏胥在地方治理中的恶劣作用，如清代阮元《行赈湖州示官士》所概括的情形："天下有好官，绝无好胥吏。政入胥吏手，必作害民事。"将官员和吏胥的行为作了切割，反映了一定的实情。潘际云《治邑》指出了吏胥的行为对官民关系的直接影响："我从田间来，颇识田间苦。乡民怕入城，畏吏如畏虎。讼事一牵系，动辄一年许。所嗟久羁留，衣食贷无所。黄绸一被眠，朱票百弊舞。吾欲劝同僚，讼狱结为主。"吏胥在公务事宜里上下其手，舞弊弄权，就可造成施政的恶劣结果。郭仪霄《老太公》："士民见官如见父，州人见差如见虎。虎伥虎子何牙牙，事未到官已破家。"揭示的也是这种吏胥作威作福、作恶多端的现象。

涉及吏胥的政治诗，绝大多数都是记述吏胥滥权欺民的，也有作品叙及吏胥办事勤廉，奉公尽职。如清代黄安涛的《赠刑胥方峰》，对比写出了不同的吏胥角色。诗人感慨，官府里的吏胥形形色色，良莠不齐，才德兼优者百难一遇："牙吏事趋走，卑冗等厮役。鲁者苦迟顿，巧者患奸慝。守法兼用聪，若曹颇难得。"而在潮州这样的岭南之地，作者办理公务更需要熟悉方言的吏胥人才。遇到"刑胥"方峰这样才德皆优的当地吏胥，就成了作者在潮州履职经历的一件幸事。"传宣有佳吏，形语罔差忒。""上意靡不宣，民隐无或隔。官吏相与成，案牍少尘积。""怜才一寸心，惘惘剧难释。"在古代政治诗中，怨责恶劣吏胥的诗篇比比皆是，称赞良善吏胥的作品难得一见，这种情况基本符合古代官府中吏胥表现的实情。但并非所有的吏胥都是恶吏，吏胥正常当差的情况之所以很少得到政治诗正面记述，原因很复杂，也包括等级观念对诗人的影响所致。实际上，吏胥的正常履职是古代官僚制度运行的重要保障。"吏胥在各级政府机构中，作为一般的行政人员或具体办事人员，发挥了重要的作用。他们承担了各级机构中日常的大量公务，如起草和誊写、传递、保管公文，管理账目，主持搬运官物，预审案犯，逮捕和看押犯人，催督赋税，征收商税，出纳官物，摆渡，治病，守门，等等。各级官员都离不开吏胥做他们的助手，替他们做许多具体的行政事务。"③ 黄安涛《赠刑胥方峰》反映的是吏胥优良履职的情况，与一般怨政诗的吏胥形象有很大差异。

---

① 白钢：《中国政治制度通史·总论》，社会科学文献出版社2011年版，第34页。
② 白钢等：《中国政治制度通史·宋代》，社会科学文献出版社2011年版，第551页。
③ 同上书，第552页。

中国古代政治诗中有大量描写吏胥表现的作品，对了解中国古代官僚体制的运行情况具有较高的指标意义。

从历代政治诗中可以看到，官员及吏胥履职的优劣，直接决定着地方治理的成败。而一些朝代在俸禄待遇方面的弊策，严重影响官员及吏胥的履职表现。除了对官德约束不严的原因外，官员及吏胥的正常俸禄得不到基本的保障，也直接导致了吏治的败坏。"官员俸禄太低，加重了官吏的贪污。特别是对一些小吏来说，若不贪污盘剥，就无法满足家人及自己的基本生活需要。在中国历史上，元朝吏治之腐败是空前的，其原因固然是多方面的，而其俸禄制度的缺陷，如当支不支、俸数太薄等，显然是一个重要的原因。"① 这里提到的元代吏治腐败与官吏俸禄情况，在元代政治诗中有生动的记录。如朱德润《无禄员》，描写官府不给固定俸禄而差遣雇员带来的吏治败坏。收入很低且不固定，这些"无禄员"就利用职务之便勒索钱财，以补生存之需。"既无禄米充口食，家有妻儿徒四壁。冬来未免受饥寒，聊取于民资小力。宁将贪污受赃私，不忍守廉家菜色。贪心一萌何所止，转作机关生巧抵。"无禄员巧设名目，擅自收费，中饱私囊，显然跟朝廷相关政策的施行后果有直接关系。诗篇提供的信息有助于多角度认识历代吏治败坏的复杂原因。

又如，在历代政治诗中，有数量浩繁的荒政题材的作品。荒政，是朝廷和官府赈灾济荒、救助灾民的重要政务。历代荒政诗，大多数作品怨责朝廷和官府荒政的缺失、劣效，也有一些作品称颂朝廷和官府荒政的功德、业绩。还有一些诗篇，揭示了古代赈荒救灾事务的艰难复杂等各种实际问题，很有认识价值，是考察历代荒政实际运行状况的重要文化资源。以清代为例，尤侗的《纪赈》描述荒政赈济的完整过程："朝驱北平东，暮驰北平西。问君何所行，奉诏赈灾黎。使者上头来，千骑压城堤。箕踞高堂上，意气吞虹霓。金盘罗几席，椎牛烹黄羝。官长左右立，指挥似童奚。百工尽奔走，执役到鸣鸡。凿银细如粟，权衡慎毫厘。赫蹏重封裹，筐箧与山齐。大示张通衢，远近争扶携。一口散丁夫，二口散丁妻。子女三四口，半口及孩提。七十赐匹布，老人学儿啼。前行既匍匐，后至还推挤。号哭填街巷，秽臭闻堂基。哀哉饿鬼道，形状同牢狴。握纸不盈掬，珍重如琉璃。此行良不易，跋涉更山溪。昨日至今日，明日候期期。供作数日粮，空手归田畦。吏呼方咄咄，妇叹仍凄凄。乌呼小民苦，尧舜病难医。闾阎分芥子，内府破须弥。后宫减纨绮，至尊撤咸醨。岩岩廊庙臣，为尔遍轮蹄。大吏口舌敝，小吏筋骨疲。栉沐风雨中，面目等黄泥。岂敢辞况瘁，但愿慰调饥。使者乘传还，户口满箱赍。入朝告天子，咨嗟叹靡遗。祈谷吁上帝，努力勤耕犁。"描写作者所见

---

① 黄惠贤等：《中国俸禄制度史》，武汉大学出版社2012年版，第362页。

所历的赈荒各个环节，既有大员颐指气使，也有小吏奔走劳碌，更有饥民满城啼号；既交代朝廷发赈耗费巨资，也交代赈粮短缺难解饥困；既交代官员尽心国事努力赈荒，也交代饥民嗷嗷待哺怨声载道；既有对官府赈荒事功的肯定，也有对粮食丰登的期望。诗篇包含的荒政信息十分丰富。又如，赵翼的《逃荒叹》反映外来灾民和流落地居民的矛盾："其来渐多胆渐壮，十百结队担箩筐。""居人被扰竟罢市，大街可射箭穿杨。""有司不敢下令逐，稍给资斧遣出疆。""他乡故乡总无路，惟有待毙祈早亡。"灾荒年景中，常有饥民流落到异乡，与当地居民产生了利益冲突。荒政诗描述当地吏民与外来灾民的互动，从中可以认识古代荒政事务的复杂性。又如，郭仪霄的《哀鸿叹》感慨荒政救助的城乡差别问题："城中得粥犹可全，穷乡僻壤安得前。"荒政救助中的一个突出问题是施赈覆盖面的大小。在城乡施赈中，偏远乡村的饥民往往被忽略，完全得不到荒政的救助。诗篇反映了这种实情。又如，陆嵩的《散赈谣》揭示朝廷赈灾资源与地方赈灾需求之间的巨大差距："朝廷万万钱，饥民万万口。小口一月米几升，大口一月米几斗，饥民依旧满街走。"地方荒政施行面临粮食资源短缺困境，而官吏贪渎又加重了这样的困境。诗篇描述的这个情形具有相当高的代表性。又如，贝青乔的《蠲赈谣》反映施行荒政与官员政绩的关系："蠲户含咽卖田产，饥户糜骨填沟塍。明年荒政叙劳绩，拜章入奏官高升。"地方官员以作伪的荒政业绩欺上瞒下，获得升迁。这也间接说明，荒政考核是官员政绩考核的重要内容之一。一些地方官员在荒政运行和荒政统计中的舞弊作伪，也往往与矫饰政绩有密切关系。诗篇提供了认识官府荒政运行和官员政绩考核之间关系的范本。

又如，中国历代施行的常平法，是平抑粮价、防御饥荒的一项政举，但其各个时期运行状况差异很大，从政治诗中可以得到比较认识。清代俞森《常平仓考》引宋代司马光《常平札子》之论："勘会常平仓法，以丰岁谷贱伤农，故官中比在市添价收籴，使蓄积之家无由抑塞农夫须令贱粜。凶岁谷贵伤民，故官中比在市减价出粜，使蓄积之家无由邀勒贫民须令贵籴。物价常平，公私两利，此三代之良法也。向者有州县阙常平籴本缺，虽遇丰岁，无钱收籴。又有官吏怠慢，厌籴粜之烦，虽遇丰岁，不肯收籴。又有官吏不察知在市斛斗实价，只信凭行人与蓄积之家通同作弊。当收成之初，农夫要钱急粜之时，故意小估价例，令官中收籴不得，尽入蓄积之家。直至过时，蓄积之家仓廪盈满，方始顿添价例，中籴入官。是以农夫粜谷止得贱价，官中籴谷常用贵价，厚利皆归蓄积之家。又有官吏虽欲趁时收籴，而县申州，州申提点刑狱，提点刑狱申司农寺取候指挥，比至回报，动涉累月，已是失时，谷价倍贵。是致州县常平仓斛斗有经隔多年，在市价例终不及元籴之价，出粜不行，堆积腐烂者，此乃法因人坏，非法之不善也。"① 这样的深度分析，充分阐释了常平仓法的运行弊因，对政务政事的分析是诗歌功效所不能比拟的。但诗歌也有自身独特的形象感发的效能。如宋代李若水（1093—1127）的《村妇谣》描写官吏怠惰渎职，造成常平仓的失效。"村妇相将入城去，呵之不止问其故。我闻官中新粜米，比似民间较钱数。常平常平法甚良，先帝惠泽隆陶唐。愿尔官吏且勤守，无使斯民流异方。"司马光的论政札子和李若水的论政诗歌，所论之事相同，功能效用差异显著。在中国古代政治文化传统中，对国家治理之道的探寻，既有司马光这样的史家哲人所作的具有深广度的观察与思考，也有李若水这样的历代政治诗人所作的各具个性的观察和描述，这些政治诗篇也是认识中国古代政治运行的良好资源。

又如，中国历代朝廷施政和地方行政之间，很难完全做到上令下行，步调一致。地方官府对朝廷政令的执行有时是脱节的，也有很多遗漏，并不总是政令畅通。古代政治诗对这个状况的反映，有助于认识古代行政体制运行的实情。如清代乔莱《确山道中》描述诏令在地方遇阻的情况："余谓殊不然，汝等逢圣主。赐租吏发粟，修文已偃武。牛种亦易致，旱涝非所苦。休养四十年，胡不治场圃。老翁泪纵横，斯理公未睹。户少徭益繁，民贫吏如虎。"诗人所言皇德仁厚和老翁所诉官吏贪酷，都是实情，这是政令施行过程中产生落差的现实治理情况。与此相类，朝廷诏令有时并未在地方得到执行，往往成为一纸空文。这种情况在古代政治诗里也多有直接的反映，如清代唐孙华《发粟行》感慨："可怜赈富不赈贫，官吏欢呼穷户哭。初闻恩命尽欣欣，诏书挂壁徒空文。"把朝廷政令的初始意图与地方行政的最后结果作了鲜明的对比，揭示中国历代治国施政过程中，政令上下传导发生极大偏差的客观事实，披露了中国古代国家治理长期存在的一个顽疾，很有样本意义。

中国历代政治诗描述朝廷及地方官府的役政、河政、漕政、盐政、狱政等多项政务的实际运行状况，从中可以具体而微地了解这些领域的国家治理真实状况。如，历代狱政的实际运行情况，与历代朝廷对狱政的制度设计有很大差距，历代政治诗涉及狱政的作品对此屡有披露。如宋代米芾《狱空行上献府公朝奉麾下涟水令米芾皇恐》以楚州地方的狱政变化情况揭示了施政尺度的决定性作用。以前的监狱人满为患："两狱百间塞有罪，有耳未闻一日空。"新来的长官"太守"实行新的狱政："百姓小妄赦不罪，庶几小屈能自致。"对犯有小过的民众加以宽赦，反而对官吏加以约束，"久而官悚吏皆畏"，官吏不再敢随心胡为，其结果狱政状况顿然改观。"虽欲呼之亦不至，

---

① 李文海：《中国荒政全书·第二辑·第一卷》，北京古籍出版社2003年版，第42页。

乃知狱空空有理。百万无冤无枉吏，来者迎刃无留滞。"监狱不再人满为患，民间也不见治安恶化。"赦来两狱久无事，太守政声既如此。"诗人的结论是："政由吏人民乃扰，政由太守民气通。"对怎样实施狱政作出了自己的评判，认为要保证狱政制度有好的运行结果，制度实施者的作用比制度本身所起的作用更大。有学者概述清代狱政施行中滥用酷刑的情况："虽统治者对滥用刑具制定了严厉的惩处措施，但有清一代滥刑不止，私刑不绝，狱内酷刑盛行，成为狱政管理的一大顽疾，为后人所诟病。"[1] 历代怨政诗中也多有反映狱政阴惨残酷的作品，可知这种狱政黑幕具有顽固的延续性。如，明代申佳允《清狱》："下车泣囚心，千载生生意。顾兹缧绁场，惨烈魂为悸。旱魃煽炎威，能无冤气积。""虐吏何为者，竟以杀为媚。"透露了狱政官吏枉法虐害囚徒的严重性。清代金埴《哀东狱》："上天下地两局促，始信人间有地狱。""狱卒借口防逋逃，不闻狱中夜半声嗷嗷。"诗中记述的用刑具拘夹囚徒的残酷行为，显然也是枉法之举，凸显出狱政现实中的阴暗内幕，是认识古代狱政的样本案例。

税政、农政、役政、漕政、兵政、盐政、狱政等这些古代政治事务的大类，在历代政治诗中得到广泛描写；也有一些事类不在常规政务的范围内，但古代政治诗也有观照，留下了这些政务的宝贵记录。如生态环境问题，清代吴农祥《墓树行》披露朝廷用兵对生态环境造成的严重毁损："江南打船斫大树，严檄浙河东西路。""县吏持簿点树根，号叫江村小民惧。""深山大泽已零落，曲港疏篱空爱护。龙颠虎死委道傍，凤栖鸾啸随霜露。"山林生态遭到严重破坏，造成系列恶果。朱实发《禁石宕》歌颂整治滥采乱凿，采取措施保护环境："开石宕，斧凿之声惊天上。开石宕，玉厄穿破使无当。县南一带山延绵，藉为一县之保障。奸民牟利贿其官，官受其贿随所向。朝采石，入幽矿。暮采石，登列嶂。有如一人身，刳剜至腑脏，坐使四境元气皆凋丧。长绳系其匠，对山加棰搒。朱书栲栳立禁状，永保山灵得无恙。山灵无恙民陶陶，使君之德如山高。"诗篇十分赞赏官府主动采取行政手段制止破坏自然环境的经济活动。这些作品论述社会政治与自然生态的关系，颇有新意，文献价值很高。

中国历代政治诗的许多作品直接记述了一些重大时政事件，是深度了解中国历代重大时政事件值得珍视的参考资料。如《诗·小雅·出车》《诗·小雅·六月》记述西周时期征伐狁，缪袭《战荥阳》《获吕布》《克官渡》《定武功》《平南荆》记述汉末曹操的系列征战，杜甫《悲陈陶》《悲青坂》记述安史之乱战事，韩愈《元和圣德诗》记述唐宪宗平叛削藩，李商隐《有

---

[1] 曹强新：《清代监狱研究》，湖北人民出版社2011年版，第84页。

感二首》《重有感》咏叹朝廷甘露事变，李纲《建炎行》记述北宋靖康惊世巨变，庞谦孺《闻虏酋被戕淮南渐平喜而作诗》歌咏南宋采石矶之战，李贤《述土木之难》记述"土木堡"明英宗被俘事件，皇甫冲《筑垣行》记述嘉靖年间"庚戌之变"京师之战，区大相《定朝鲜》《纪朝鲜》记述明朝万历年间援朝抗倭之战，查慎行《班师行》歌咏康熙皇帝平定三藩之乱，弘历《西师底定伊犁捷音至诗以述事》歌咏平定准噶尔叛乱，等等。清代后期更有大量诗篇记述中英鸦片战争、太平天国战争、甲午中日战争，乃至戊戌政变等重大事件。历代记述重大时政事件的这些政治诗，多是士大夫文人独自观察和思考时代政治生活的记录，在官方档案和正史记载之外提供了难得的个人描述，具有不可替代的窗口作用和样本价值。

五　中国古代政治诗的价值取向

（一）正统政治

中国历代政治诗包含很多长传不衰的政治文化观念，作品的价值取向十分鲜明。其中，正统政治文化观念是历代政治诗最突出的价值观之一。所谓正统政治，是指政权权力的来源和继承具有正当性，得到天下臣民的普遍认可；政权秩序的存在和维持具有权威性，得到天下臣民的普遍服从。政权在统绪上一脉相承，亦即强调政权的延续具有排他性，不承认僭窃、偏安政权的正当性；政权在统治上完整有效，亦即强调政权具有统一性，坚决清除对政权的完整性构成威胁的叛逆势力和造反行为。正统政治，突出强调政权的正当性天经地义，政权的权威性不容挑战。

在中国古代政治文化传统中，就王朝政权权力的来源而言，其正统性来自天。天，本来是覆育万物的大自然。"天者，万物之祖，万物非天不生。"[1]"天之所能者，生万物也。"[2] 在古人敬畏的仰视下，天又进一步升格为主宰万物的天帝："获罪于天，无所祷也。"[3]"天者，百神之君也，王者之所最尊也。"[4] 将天帝视为必须敬畏的主宰者。这里的天帝和授予君权的天神是同一个主宰者。即孟子所称："'然则舜有天下也，孰与之。'曰：'天与之。'"[5] 是天帝给予尧舜以天子之位。"天生民而树之君，以利之也。"[6]"天子作民父

---

[1] 苏兴：《春秋繁露义证》，《顺命》，中华书局1992年版，第410页。
[2] （清）董诰：《全唐文》卷六百七《天论》，上海古籍出版社1990年版，第2715页。
[3] 程树德：《论语集释》，《八佾》，中华书局1990年版，第181页。
[4] 苏兴：《春秋繁露义证》，《郊义》，中华书局1992年版，第402页。
[5] （清）焦循：《孟子正义》，《万章上》，中华书局1987年版，第643页。
[6] 杨伯峻：《春秋左传注》，《文公十三年》，中华书局2009年版，第597页。

母，以为天下王。"① 即董仲舒所称："惟天子受命于天，天下受命于天子。"② 天子的权位是天帝授予的。也即韩愈《元和圣德诗》所称："天锡皇帝，为天下主。"是天帝赐予天子为天下之主的权位。"中国传统政治的格局是大一统。大一统的政治中心是天子。天之子就是人间的最高权威，是政治权力的核心，也是大一统的中心。"③ "在中国，一个从未间断的政治传统就是：政府存在于皇帝，也即政府依附于绝对而至高无上的天子。"④ 从商周直至清末，历代最高当政者都被赋予代天行政的政治资格，皇权（王权）天然具有正统权威。"西周统治阶级把王权与天命进一步结合起来。"⑤ 这个传统自西周即已十分明确。"周人崇拜的保护神被称作'天'，也被翻译为'上天'。为了证明他们推翻商朝神圣国王的正当性，他们诉诸于'天'，自称'受命于天'。'上天'为惩罚商朝的罪恶，剥夺了其统治权，代之以道德广厚的周人。'上天授命'成为有效统治的条件，这一原则成了后来所有统治者的标杆。"⑥ 在中国古代的天道观里，天子被赋予如此之高的权位，只是意味着天子权位具有正统性，并不意味着天子可以为所欲为。相反，天子必须履行天子之责，不违天意，不违天道，不违天理。中国古代天道观强调，天道无亲，天道公正，无偏无私。"天道福善祸淫，降灾于夏，以彰厥罪。政善天福之，淫过天祸之。"⑦ 天帝护佑那些治国良善的君王，惩罚那些治国恶劣的君王，体现的就是这个天道、天理。在中国传统政治文化语境里，天是自然秩序，更是社会秩序；天道是自然秩序，更是政治秩序。"在董仲舒那里，天便具有了双重涵义：它既是广义的自然，又是一种超自然的存在，而后者在其整个体系中又居于更主导的地位。"⑧ 王朝政权的正统性来源于天，即受命于天，君权神授；王朝政权的正统性也取决于天子执政的结果，即天命所归，天佑德政。君权神授与天佑德政是一枚硬币的两面，不可分离。

中国历代颂政诗有大量作品宣示当政者承天命而治天下，即强调王权（皇权）的正统性。如，《诗·大雅·皇矣》："皇矣上帝，临下有赫。监观四方，求民之莫。"赋予了周部族必然兴起的天命正道的神圣感。《诗·周颂·敬之》："敬之敬之，天维显思，命不易哉。无曰高高在上，陟降厥士，日监

---

① （清）阮元：《十三经注疏·尚书正义·洪范》，中华书局2009年版，第403页。
② 苏兴：《春秋繁露义证》，《为人者天》，中华书局1992年版，第319页。
③ 周桂钿：《中国传统政治哲学》，河北人民出版社2007年版，第152页。
④ ［英］塞缪尔·E. 芬纳：《统治史》卷二，王震译，华东师范大学出版社2014年版，第153页。
⑤ 白钢：《中国政治制度通史·总论》，社会科学文献出版社2011年版，第83页。
⑥ ［英］塞缪尔·E. 芬纳：《统治史》卷一，王震等译，华东师范大学出版社2014年版，第480页。
⑦ （清）阮元：《十三经注疏·尚书正义·汤诰》，中华书局2009年版，第342页。
⑧ 杨国荣：《善的历程：儒家价值体系研究》，华东师范大学出版社2009年版，第159页。

在兹。"认为天理不可欺违,敬畏天意理所应当。晋代傅玄《夕牲歌》:"皇矣有晋,时迈其德。受终于天,光济万国。万国既光,神定厥祥。"赞颂晋朝皇室受天命而得天下。荀勖《正旦大会行礼歌》:"光光邦国,天笃其祜。丕显哲命,顾柔三祖。"颂赞晋帝拥有天下是天命所赐。南朝宋王韶之《高祖武皇帝歌》:"惟天有命,眷求上哲。至道惟王,大业有劭。"歌赞皇帝秉承天命,获得治国之资。南朝梁萧子云《胤雅》:"天下为家,大梁受命。眷求一德,惟烈无竞。"专意宣示了梁朝"建国"是以符合天道的"受命"而实现的。唐代武则天《郊庙歌辞·武后大享昊天乐章》:"大阴凝至化,真耀蕴轩仪。德迈娥台敞,仁高姒幄披。"宣告作为女性掌权者秉承至高无上的天道至理君临天下,堂堂正正,无所愧惧。宋代赵湘《法天》:"天监王德,莫如宋赫。宋道平平,莫如法天。皇法昊天,覆冈攸私。达乎鬼方,化被孔时。"歌赞了宋室秉承天命以统治天下四方的法统合理性。元代铁穆耳《守成之曲》:"天开神圣,继世清宁。"歌赞元朝得到神圣皇天的眷顾,王朝延续了清平安宁的局面。明代陶安《驾幸狮子山应制》:"圣皇应天运,出以安民生。拨乱反之正,仁敷臻泰宁。"称赞皇帝顺应天命,平息战乱,为天下带来太平。清代魏源《天助师》:"所至天佑,天讵我私。""帝王天授,縻人是任。"歌赞努尔哈赤率领"大金"军队与明朝军队在萨尔浒决战,得到皇天护佑,君权得之于天。魏源已是清代后期的诗人,以组诗回顾清朝诸帝的历程时,仍不忘强调清朝政权受命于天的正统地位。历代政治诗强调君权天授,是要天下臣民认可:"皇帝承受天命而为人间的最高统治者,其所秉承的秩序原理是天所定的。"[①] 其实质目的和价值就是赋予皇权以神圣的正统性。这些颂政诗对政权来源正统性的强调,不论其意愿真伪如何,但在表达上都不会违逆这个政治文化传统。事实上,皇帝作为王朝政治的最高代表,其政治权力的边界自然也是无远弗届:"皇帝具有颁发诏旨、封授赐予,大赦天下,大阅军队,接受朝贺,颁定律例、追夺籍没,以及蠲免钱粮、税银等特权。总之,全国生杀予夺的一切权力,均属于皇帝。"[②] 历代颂政诗对皇权的颂赞,即是对王朝政治正统性的强调和张扬。

除了政权来源的正统性外,政权秩序的正统性也是中国古代正统政治文化观念的重要成分。维持政权秩序的稳定,保证对国家实行统一有效的统治,这是政权具有正统地位的基本要求。其中,天下一统是政权有效统治的重要

[①] 甘怀真:《皇权、礼仪与经典阐释:中国古代政治史研究》,华东师范大学出版社2008年版,第232页。
[②] 白钢:《中国政治制度通史·总论》,社会科学文献出版社2011年版,第132页。

标志。这里的"天下"意指全国:"奄有四海,为天下君。"① "先秦时代,百家并存。除了老子提倡的'小国寡民'和庄子所崇尚的虚无观念外,其余各家说法尽管不同,却都是主张统一的。"② 孟子回应梁惠王"天下恶乎定"的问题称:"定于一。"③ 明确指出,归于一统,天下就会安定。即如朱熹所释:"王问列国分争,天下当何所定。孟子对以必合于一,然后定也。"④ 因此,中国历代治国方略,将武功安邦定国作为国家政权保持正统地位的基本条件。中国历代政治诗有大量颂政作品称颂一统天下,讨逆平叛,定国安邦。先秦时期,如《诗·大雅·常武》:"徐方既同,天子之功。四方既平,徐方来庭。"颂扬周宣王平叛安邦、维护一统。汉魏南北朝时期,如唐山夫人《安世房中歌》:"竟全大功,抚安四极。"称颂汉高祖平定天下,安宁海内。石崇《大雅吟》:"荡清吴会,六合乃同。"歌赞晋室先帝一统河山的功业。唐宋时期,如李世民《执契静三边》:"执契静三边,持衡临万姓。""已知隆至道,共欢区宇一。"称颂皇室完成统一大业的丰功伟绩。赵湘《宋颂》:"天下一致,夫何虑思。清之净之,平之泰之。倏变于道,殊途同归。"称颂海内一统的安宁局面。元明清时期,如忽必烈《皇帝入门》:"熙熙雍雍,六合大同。维皇有造,典礼会通。"表达了对大一统事业的欣然赞美。释希陵《正元祝赞诗》:"天锡皇元,混一寰宇。""天锡皇元,作万邦主。"歌赞元朝海内归一,统治四方。杨维桢《舟次秦淮河》:"九天日月开洪武,万国山河属大明。"称颂新朝开启了久违的大一统安宁秩序。朝廷乐歌《大一统之曲》:"大明天子驾飞龙,开疆宇,定王封。江汉远朝宗,庆四海,车书会同。东夷西旅,北戎南越,都入地图中。遐迩畅皇风,亿万载,时和岁丰。"将统一海内称颂为王朝奉天承运的千秋大业。田从典《拟七德九功舞歌效乐天体》:"八年荡扫昆明穴,普天率地归皇图。羽骑宵驰传露布,从此江山复如故。""嘉与吾民共休息,欲偕斯世为陶唐。"称颂康熙皇帝平藩胜利,终于安邦定国、百姓得以安居乐业。叶方蔼《海氛清》:"与子偕作,与子同仇。悉率左右,歼此群丑。""彼强者跳,我攘我逐。彼黠者穷,我珍我戮。"称扬清廷征伐郑氏政权,彻底收取台湾的赫赫武功。诗篇充满杀伐之气,显示王师奉诏实施统一之战的威严和伟力。弘历《巡幸铙歌》:"混车书,山河一统。声灵四讫,万国来修贡。"诗篇对大一统的国威浩荡充满了自豪。从先秦到明清,历朝历代,即使南北朝时期的分裂状态、分治政权下的臣民,即使少数民族入主中

---

① (清)阮元:《十三经注疏·尚书正义·大禹谟》,中华书局2009年版,第283页。
② 葛剑雄:《统一与分裂》,商务印书馆2013年版,第151页。
③ (清)焦循:《孟子正义》,《梁惠王上》,中华书局1987年版,第71页。
④ (宋)朱熹:《四书章句集注》,《梁惠王章句上》,中华书局1983年版,第206页。

原建立的政权,也都尊崇这一价值传统。如南朝梁周舍《梁鞞歌三首》组诗歌赞"文轨同一土""天下咸所归""就日朝百王"的一统局面,诗篇描述的江山一统与南北分离的现实图景有很大差异,是对偏于一隅的南方王朝版图现状的夸饰,但其中流露的希冀一统的愿景,仍然折射出鲜明的大一统观念,也是借以标榜自己的政权具有正统性,表现出对正统政治观念的内在认同。又如元代苏天爵《送都元帅述律杰云南开阃》:"世祖神武真天纵,万里中华归一统。"这是来自蒙元王朝统治阶层的声音,明白无误地表达了对中华版图宏大完整的颂赞。历代政治诗称颂一统江山,显示对一统和大同观念的持久认同。这种价值取向,是中国古代政治诗奉行正统政治文化观念的重要表征。

为取得天下和统治天下,实行征战杀伐,通过对征伐对象的武力征服,使政治集团在伐暴诛恶、替天行道的政治号召下获得政权,并巩固和维护政权的正统地位,这是中国历代王朝政权共同经历的正统地位的实现途径。历代颂政诗中有大量作品歌赞王朝政权建立、巩固、延续过程中发生的征战杀伐,往往都突出了这样的征伐所具有的正统政治意义。先秦时代,如《诗·大雅·常武》:"赫赫明明,王命卿士。""王谓尹氏,命程伯休父。""赫赫业业,有严天子。""王奋厥武,如震如怒。"诗篇凸显将士衔命征战、维护天子威严、维护政权秩序的军事行动的正统意义。汉魏南北朝时期,如缪袭的组诗《魏鼓吹曲十二曲》,连篇累牍称颂曹魏集团的征战杀伐之业。其《初之平》云:"汉室微,社稷倾。皇道失,桓与灵。阉宦炽,群雄争。边韩起,乱金城。中国扰,无纪经。赫武皇,起旗旌。麾天下,天下平。济九州,九州宁。创武功,武功成。"其后的《战荥阳》《获吕布》《克官渡》《定武功》《平南荆》等,无不彰显征战杀伐所要达到的政治目标,彰显恢复政权正统地位的征伐意义。唐宋时期,韩愈、刘禹锡、柳宗元等人的颂政诗都热烈地称颂平定藩镇叛乱的系列战争。如韩愈《元和圣德诗》,刘禹锡《平齐行二首》,柳宗元《奉平淮夷雅表·皇武命丞相度董师集大功也》《奉平淮夷雅表·方城命诉守也卒入蔡得其大丑以平淮右》等。韩愈《元和圣德诗》力赞唐军对藩镇武装的攻伐,突出了王师之威和王师之义,尤其突出了征伐所要达到的维护政权正统地位的政治目标。"天地中间,莫不顺序。幽恒青魏,东尽海浦。南至徐蔡,区外杂虏。怛威粮德,蹴踏蹈舞。掉弃兵革,私习篪簋。"江山一统,皇权威严,正统神圣,诗篇题旨包含的征伐行动的政治意义十分明显。元明清时期,伯颜《克李家市新城》夸示元军征战的威势:"皇天有意亡残宋,五日连珠破两城。"诗篇以皇天之名宣示了征战的正统政治目标。《军回过梅岭冈留题》描述元军江南征战的武功:"马首经从庾岭归,王师到处悉平夷。"除了夸示元军武功的显赫之外,也突出了元军"王师"的定位，强调了元军征伐的正统意义。刘基《平西蜀颂》《上陵》《圣人出》《战城南》等，陶安《阅兵奏凯》《大明铙歌鼓吹曲》《重登凤凰台献歌奉进时岁丙午剪除群凶殆尽喜而有作》等，歌赞统一天下的征战，都突出宣示了征战的正统政治价值。朱琦《新铙歌》组诗作于清代后期，包括《战图伦》《战界藩》《沈之阳》《辽以西》《天佑兵》《山海关》《平逆藩》《噶尔丹》《平台湾》等数十首作品，称述自太祖、太宗、世祖开基创业，以武定国，统一天下，到圣祖、高宗、仁宗平定叛逆，怀远招抚，安定边疆，拓展版图，保境安民，都着力凸显了这些征伐所包含的正统政治文化价值取向。

与此相关，主张实行威政严治，对"盗贼"予以剿灭，维护江山社稷的稳定，这种立场符合士大夫文人维护政权秩序的正统政治观念，也符合那个时代的国家政治逻辑。在德政与威政的关系上，古代政治诗反映的良政，不是单一的德政，而是结合有必要威权的有效统治。在历代政治诗中，谴责恶政虐政，赞颂威政严政，动机都是为了维护政权秩序的稳定和延续。古代政治诗对民变抗官的大量"盗贼"事件，基本持谴责和否定的态度，是因为这些"盗贼"事件威胁到政权秩序的稳定和延续。也有大量诗作对导致这些事件的缘由予以解释，对赋敛沉重、施政苛酷而逼良为盗的民变事件表达了怨愤情绪，事实上承认了官逼民反的道理。这种态度从动机上看，也是希望纠改弊政，消除官逼民反的根源，维护政权秩序的稳定。唐宋以后，这类政治诗尤为增多。如宋代李光《海外谣》："嗟尔海南民，遭此脏吏厄。衔冤无所诉，相炽起为贼。"吴芾《有感》："我闻江湖间，细民竞流离。疗饥已无食，卒岁还无衣。民穷聚为盗，自古诚有之。"方回《五月初二日闻祁门县四月二十七日大水没鼓楼蛟龙斗争溺死者多休宁县江潭等处亦多漂溺》："民叛非无说，官贪有自来。"元代舒頔《故里叹》："仁义日益衰，盗贼日益昌。古今治乱象，此理明昭彰。""始因官府贪，朝廷乏忠良。"明代高启《送陈秀州》："中间致兹变，主吏失抚循。须知奋梃徒，原是负耒民。虐之乃为敌，爱之则相亲。"钱嶫《悯黎咏》："生当剥肌肉，死则长已矣。薄诉吏转嗔，锁缚不复视。黎儿愤通决，挺身负戈矢。"清代郭廷翕《警捕人之虐》："流民便作贼，迫于不得已。"这种既维护皇庭统治秩序，敌视叛逆的民间武装，又同情百姓、期望仁政的政治立场，在许多古代政治诗作者身上都存在，是政治诗创作的一个正常现象。诗人对朝廷、官府严厉剿灭"盗贼"的支持是毫不含糊的，对贪官虐政的谴责是极其严厉的。这种态度看似矛盾，又不相矛盾，都鲜明表达了希望维护政权秩序的政治态度。如清代黄遵宪《喜闻恪靖伯左公至官军收复嘉应贼尽灭》，对剿灭"盗贼"持完全拥护的立场。虽然看到了"盗贼"作乱包含有走投无路、官逼民反的因素，但仍然表示了不允许对抗王朝政权的态度："黄天当立空题壁，赤子虽饥莫弄兵。"这类政治诗对朝廷"剿匪""杀贼"的支持，代表了那个时代士大夫阶层维护政权秩序的正统立场，不能以今天的眼光和标准去简单地否定那个时代的政治逻辑。

(二) 德型政治

中国古代政治诗鲜明地展示了德型政治文化的价值取向。中国古代传统政治，是一种以仁德为核心价值的德型政治，其要素包括民为邦本、为政以德、修德抚远，等等。德型政治文化的传统早在周代之前就已萌芽，周代已经比较成型。"德惟善政，政在养民。"① 把良好政治的标准定为能使民众过上好生活。德政和善政是紧密相关的。前述君权神授与天佑德政不可分离，跟此述的中国古代德型政治在观念和逻辑上是相通的。天佑德政，意味着天帝（天道）以君王施政是否仁德惠民而决定护佑或惩罚君主："天视自我民视，天听自我民听。"② "皇天无亲，惟德是辅。民心无常，惟惠之怀。天之于人，无有亲疏，惟有德者则辅佑之。民之于上，无有常主，惟爱己者则归之。为善不同，同归于治。为恶不同，同归于乱。"③ 这种将民众置于核心地位以考量施政优劣成败的政治观，是中国古代德型政治的最突出特征之一。更早时候的民为邦本的命题，与天佑德政的命题，在精神上是一脉相通的："民惟邦本，本固邦宁。"④ 唐代孔颖达注疏："民惟邦国之本，本固则邦宁。"再次强调了重视民众地位的治国之道的实质。春秋时代，人们对德型政治已有明确认识，如评述郑庄公的治绩称："既无德政，又无威刑。"⑤ 将"德政"和"威刑"对举，把对民众的仁慈善惠的政治措施和取得的政绩称为德政，说明了德政的要义是善待民众、善利民众，得到民众的拥戴。战国时代，百家争鸣的焦点论题之一是王道、霸道孰优孰劣，孟子为代表的学派推崇王道主张，申张的是以仁义治理天下、以德政服膺臣民的根本治国之道，这个主张成为后世长盛不衰的政治理论。孟子称："得天下有道：得其民，斯得天下矣。得其民有道：得其心，斯得民矣。得其心有道：所欲与之聚之，所恶勿施尔也。"⑥ 王道政治的要义就包括当政者要善待民众、善利民众，让民众有恒产从而有恒心，当政者因得民心而得政权永固。可以说，王道政治就是德型政治。

德型政治推崇德政，德政是德型政治在国家治理中要实现的基本功能。

---

① （清）阮元：《十三经注疏·尚书正义·大禹谟》，中华书局2009年版，第283页。
② （清）阮元：《十三经注疏·尚书正义·秦誓中》，中华书局2009年版，第385页。
③ （清）阮元：《十三经注疏·尚书正义·多方》，中华书局2009年版，第484页。
④ （清）阮元：《十三经注疏·尚书正义·五子之歌》，中华书局2009年版，第330页。
⑤ 杨伯峻：《春秋左传注》，《隐公十一年》，中华书局2009年版，第76页。
⑥ （清）焦循：《孟子正义》，《离娄上》，中华书局1987年版，第503页。

如《周礼》提及的荒政十二条措施中，前四条都是直接资助民众急需、直接减缓民众负担的办法："一曰散利，二曰薄征，三曰缓刑，四曰弛力。"① "散利"即发放救济物资给灾民；"弛力"即放宽向灾民征派力役。这些举措都体现了救助民众以争取民心的民本政治的宗旨。儒家所谓仁德之政，实际上跟善利民生最直接相关："仁政必有具体之设施。孟子所言，似可以教养二大端概之。而其养民之论，尤深切详明，为先秦所仅见。七篇之中，孟子所注重者为裕民生、薄赋税、止争战、正经界绪事。""孟子于养民之要不厌反复申详，而教民一端则多附带及之，仅举梗概。"② 周代古圣先贤首创的民为邦本的思想，在中国古代政治传统中的作用远远超出了纯理论的范畴："中国传统政治思想中的民本论对于现实政治影响巨大，它对上层统治者行使政治权力给予指导，并对各种违反民心的政治行为从思想上、舆论上加以制约，构成中国传统政治稳定和社会发展的基础。"③ 清人唐甄曾论及民和政的关系："为政者多，知政者寡。政在兵，则见以为固边疆；政在食，则见以为充府库；政在度，则见以为尊朝廷；政在赏罚，则见以为叙官职。四政之立，盖非所见。见止于斯，虽善为政，卒之不固不充，不尊不叙，政日以坏，国随以亡。国无民，岂有四政。封疆，民固之；府库，民充之；朝廷，民尊之；官职，民养之。奈何见政不见民也。"④ 非常明智地指出，有"民"才有"政"，"民"决定"政"的成败；见"政"不见"民"的政治不是好的政治，以民为本的政治才是好的政治。康熙皇帝晚年回顾自己的施政宗旨："朕临御天下垂五十年，诚念民为邦本，政在养民。迭次蠲租数万万，以节俭之所余，为涣解之弘泽。惟体察民生，未尽康阜，良由生齿日繁，地不加益。宜沛鸿施，藉培民力。自康熙五十年始，普免天下钱粮，三年而遍。"⑤ 可见民为邦本、政在养民的政治文化传承十分久远。民本思想是中国古代德型政治的核心价值："'民惟邦本'之说，系中国上古文化之精华。"⑥ 中国古代颂政诗和怨政诗从正反两方面鲜明传达了民为邦本、政在养民的德型政治观念。

中国古代政治诗对德政的描述，多与民生有关，行政恤民，施政惠民，往往体现在具体的民生政策层面。如宋人赵蕃《呈赵常德四首》（其三）："丰年易为政，凶年易为德。政本拙催科，德乃足民食。蛮貊忠信行，田里愁叹息。德政只如斯，何用求赫赫。"所谓"德政只如斯，何用求赫赫"，目标

---

① （清）阮元：《十三经注疏·周礼注疏·地官司徒》，中华书局2009年版，第1520页。
② 萧公权：《中国政治思想史》，商务印书馆2011年版，第92页。
③ 周桂钿：《中国传统政治哲学》，河北人民出版社2007年版，第295页。
④ 黄敦兵：《潜书校释》，《明鉴》，岳麓书社2011年版，第146页。
⑤ 赵尔巽等：《清史稿》卷八《圣祖本纪三》，中华书局1977年版，第278页。
⑥ 金耀基：《中国民本思想史》，法律出版社2008年版，第59页。

并不高远难求，让老百姓丰衣足食就是德政的实际体现。中国古代政治文化在独尊儒术的理论形成主导地位后，儒家仁德为政的核心理念在后世当政者治国过程中一直得到不同程度的贯彻，即使游牧民族入主中原，其政权高倡的立国准则也没有偏离传统的仁德政治。如元代文矩《题中庆学庙壁二首》："吾元有至德，万古钦皇仁。"在自诩之中，还包含了对仁德政治的价值认同。"一般说来，立君为民、民为国本、政在养民是中国古代社会人群的政治价值共识。"① 这种价值传承，虽经改朝换代，但历久未易。"数千年来人们如何不断地复述相关的语句，乃至数以千计的政论性图书的大部分篇幅如抄袭之作而了无新意，更谈不上创新性的思维。"② 包括施行德政在内的德型政治，为历代士大夫文人所赞同和拥护。德型政治文化观念，也是历代政治诗评判社会政治生活的重要价值标准。

德型政治必然涉及国家治理中的赋税政务问题。处理好恤民、惠民的德政与征税于民的税政之间的关系，是国家治理中的一个长期难题。与德政和税政相关联的各种社会生活场景，即税赋相关的场景，在中国古代政治诗中有最大量的直接记述。这些作品对各种税政生活场景的褒贬描述，极有代表性地体现了中国古代政治诗作者们秉持德型政治观念的价值取向。中国古代社会以农耕生产为经济基础，国家行政体系、军事体系等庞大社会体系是以向天下农夫织妇征收赋税，获取巨量物资资源来维持运转的。如宋代李觏所言："民之大命谷米也，国之所宝租税也。"③ 又如，关于明代田赋支出，当代学者有简明的概括："明代的田赋，主要供官僚、军队和宫廷消费。明代田赋消费分为存留和起运两大部分。存留粮归地方开支。它包括，第一，地方官俸禄。第二，生员廪食米。第三，抚恤孤寡病老等社会救济。第四，分封在各地的皇族禄米开支。起运粮主要供京师中央政府和边境驻军消费。供京师中央政府消费粮称'京粮'，供边军消费称'边粮'，两者合称'京边粮'。"④ 这个概括很有代表性，而明代之前和之后的历代税赋维持政权运行的情形也大致类似。历代朝廷和官府的核心政务之一就是向以农民为主体的民众征收赋税，税赋政策及其实施效果是考察中国历代政治成败的主要指标，也是考察国家治理优劣状况的主要指标。"按照中国传统，对农民课以轻税总是被奉为一个重要的准则。"⑤ 中国古代政治诗有大量作品描写历朝历代税赋政策及其实施效果，这些作品有小部分是颂政诗，大部分则是怨政诗。涉

---

① 张分田：《民本思想与中国古代统治思想》，南开大学出版社2009年版，第2页。
② 同上书，第461页。
③ （宋）李觏：《李觏集》卷十六《富国策》，中华书局2011年版，第311页。
④ 王毓铨等：《中国经济通史·明》，经济日报出版社2007年版，第179页。
⑤ 王业键：《清代田赋刍论（1750—1911）》，人民出版社2008年版，第108页。

税赋政策的颂政诗,一般是歌咏朝廷和官府蠲免税赋,宽缓税期,将这些政举称颂为德政,歌赞其政悯民,其政惠民,依据的标准当然为是否善待民众、善利民众。如,明代朱瞻基(宣宗)《减租诗》郑重昭告天下:"下诏减十三,行之四方均。"宣宗从国家政治高度强调了轻徭薄赋、减租减税要达到的目的:"兹惟重邦本,岂曰矜吾仁。"明确表示悯农不是为了沽名钓誉,而是要贯彻民为邦本的施政理念。民为邦本的施政理念在蠲减赋税的政策中得到了具体的推进,明宣宗的《减租诗》典范地展示了以蠲减租税赢得民心的德型政治观念。明代赵同鲁《平赋诗》:"天子元首,我公股肱。一德交孚,福我苍生。"评议当朝赋税政策,歌赞仁君贤臣德政惠民。又如,清代龚鼎孳《蠲租行用元次山舂陵行韵》称扬了清王朝新政权施行的蠲免租税的仁政举措。"国计在本根,毛附先存皮。民困必失所,拯溺焉能迟。丞相下郡国,一切蠲除之。"诗篇申明,纾解民众之困是长治久安之道,新朝在此大政国策上采取了正确的措施。唐孙华《壬午岁特诏蠲江南租赋恭述三首》称颂皇帝蠲免租税的德诏。"圣主深仁正汪濊,普天翘首望循良。"将蠲减租税的政举视为体现皇帝仁德政治的善政良策。鄂尔泰《雍正三年恩免苏松浮粮四十五万恭纪四章》描述苏松百姓对朝廷大幅度蠲减粮税的莫大喜悦:"吴民喜逾望,流涕翻浪浪。""一朝天语颁,万户乐无央。"表现德政惠民的社会效应,虽有夸大,但价值取向是正面的。杨芳灿《粮草税》:"我朝覃天泽,深仁被边氓。蠲赈若山积,休养致太平。"歌颂朝廷对边地百姓蠲免租税,德政泽民。宋翔凤《纪邓嶰筠中丞善政》组诗,直接将邓廷桢据实上报民情地力、奏请朝廷蠲减赋税等政务称颂为"善政",以示对惠民德政的拥戴。

在涉及赋税问题的政治诗中,绝大部分是怨政类作品。一方面,说明历代诗人感知到朝廷和官府征收赋税的普遍苛重和百姓承受赋税重负的普遍痛苦;另一方面,说明历代政治诗能够直面社会现实中的税赋痛苦,以仁德政治的标准谴责朝廷和地方的苛酷税政,是诗人们奉行德型政治文化观念评判社会政治问题的必然结果。反映税赋问题的怨政诗,主要有两个关注点:(1)朝廷蠲减赋税的德政良策被地方官府欺上瞒下的渎职行为严重扭曲。如唐代白居易《杜陵叟》:"不知何人奏皇帝,帝心恻隐知人弊。白麻纸上书德音,京畿尽放今年税。昨日里胥方到门,手持尺牒榜乡村。十家租税九家毕,虚受吾君蠲免恩。"元代黄庚《田家辞》:"官司明文减分数,苛征急欲催全课。我愿君王莫赐租,转教官吏急追呼。"明代何景福《伤田家二首》:"缲车未歇取丝分,私债官逋夜打门。里正不慈胥吏酷,穷民空感半租恩。"傅维鳞《望都谣》:"曾闻有诏出京华,来年仍未到贫家。贫家犹纳已赦税,不知恩诏果赦未。""前时有诏民尽知,后来有诏民狐疑。昨日纳税到官府,依稀沾惠闻天语。"清代孙宗彝《责田》："国恩有蠲除,胥吏肆贪黩。多寡是耶非,止凭算手画。知之不敢问,问之惧生毒。"李光地《农民苦》："朝廷时有蠲优诏,农钱多不上官衙。""或逢徭役富者免,追胥仍向农家挝。"孙廷铨《挽船行》："蠲除虽有诏,趑趄未敢言。哀哀挽船行,时命亦已然。"叶兰《匿眷黄》："圣恩宽大赦赋缗,布告天下咸使闻。省颁眷黄逮州县,嗟尔乡民未经见。"(2)地方官府施行严苛税政,冷酷催科逼税。如唐代张籍《野老歌》："苗疏税多不得食,输入官仓化为土。"《山头鹿》："贫儿多租输不足,夫死未葬儿在狱。"《促促词》："家中姑老子复小,自执吴绡输税钱。家家桑麻满地黑,念君一身空努力。"韩愈《赴江陵途中寄赠王二十补阙李十一拾遗李二十六员外翰林三学士》："有司恤经费,未免烦征求。富者既云急,贫者固已流。传闻间里间,赤子弃渠沟。"杜荀鹤《山中寡妇》："桑柘废来犹纳税,田园荒后尚征苗。""任是深山更深处,也应无计避征徭。"宋代欧阳修《答杨子静祈雨长句》："今者吏愚不善政,民亦游堕离于农。军国赋敛急星火,兼并奉养过王公。"苏轼《吴中田妇叹》："汗流肩赪载入市,价贱乞与如糠粞。卖牛纳税拆屋炊,虑浅不及明年饥。"李若水《农夫叹》："卒岁辛勤输税外,倒困试量无斗储。"陆游《秋赛》："常年征科烦棰楚,县家血湿庭前土。妻啼儿号不敢怨,期会常忧累官府。今年家家有余粟,县符未下输先足。"元代王冕《悲苦行》："前年鬻大女,去年卖小儿。皆因官税迫,非以饥所为。""今年老小不成群,赋税未知何所出。"杨维桢《吴农谣》："吴农竭力耕王田,王赋已供常饿眠。"朱希晦《冬雨叹》："格斗况未息,中原拥戈鋋。天家重租税,疮痍谁能怜。"舒頔《秋霖怨》："天不解民忧,民苦天亦愁。征繁敛愈重,荼毒何时休。""官府酷虐甚,贫富俱入禁。如此便作仁政看,天下纷纷恶乎定。"陈高《即事漫题五首》："官粮预借三年后,军食尤居两税先。"李晔《田家苦》："老农有胆谁尝苦,租吏敲门夜骑虎。"明代盛彧《夜宿顾墓田家》："租税急星火,诛求尽鸡豚。""十室九逃散,如何卖儿孙。"何景明《冬雨叹》："乡中饿叟纳官赋,白头赤脚行中路。薄暮临河望郡城,水深岸滑何由渡。"孙承恩《苦雨》："老翁昼哭夜叹息,妇女稚子无人色。不愁朝夕救死生,只恐官司租赋迫。"杨巍《示祈雨官吏》："正赋不能入,兼之工役繁。政令如水火,征求到鸡豚。"清代吴嘉纪《税完》："输尽瓮中麦,税完不受责。肌肤保一朝,肠腹苦三夕。"施闰章《冬雷行》："百年怪事真罕见,俭岁嗷嗷偏谷贱。催科力尽无金钱,上下相看泪如霰。"胡会恩《湖口行》："正税还兼杂税供,九税何曾入大农。"沈德潜《论苏松丁粮》："天家阙财赋,浚削竟何效。官司惧失职,加耗议欢噪。"赵曾《吴中田家叹》："可怜胼胝三时劳,租税才完室已空。"这些数不胜数的怨政诗,诉及朝廷和官府税赋政策的严苛沉重,是将其作为德政的对立面加以否定的。称颂德政,谴责苛政,这正是德型政治文化立场的诗人在面对税赋问题时采取的价值取向。

朝廷和官府的徭役事务也是中国历代政治诗重点记述的社会政治问题之一。颂政诗称扬朝廷和官府减轻徭役的德政,从正面传达了德型政治文化观念;怨政诗斥责朝廷和官府繁重派役、冷酷督役的苛政,从反面传达出反对苛政的德型政治文化观念。从徭役的性质看,徭役政务当然是国家机构必须推行和办理的重要事务。"古代国家为维持其存在和行使其职能,不仅需要消耗相当数量的物质资料,而且需要相当数量的劳动力供它支配,为它效劳。国家所需要的物质资料是从社会强制的、无偿的征集的,它所需要役使的劳动力,也是从社会强制的、无偿的征集的,这就是古代的劳役,又称徭役。劳役包括兵役和力役。国家要建立一定数量的军队,百姓必须按照规定服兵役。力役则是为国家从事各种劳务,如修建宫室、城池、官府,运送官物,追捕盗贼以及官府差遣百姓从事的其他活动。赋税是对人民财产的直接榨取,是对人民劳动产品的掠夺。而劳役则是对劳动者人身的直接奴役和驱使,是对人民的生产劳动时间的直接侵占。"[1] 除了朝廷和官府的额定役务外,往往还有官吏假公济私向百姓额外派征的徭役,大大加重了百姓的徭役负担。这种额定和额外的双重役务压迫,最终全部落在普通百姓身上。史家曾概括这类情况称:"州牧多非良才,守宰虎而傅翼,杨阜是故忧愤,贾谊所以流涕。至于民间诛求万端,或供厨帐,或供厩库,或遣使命,或待宾客,皆无自费,取给于民。又复多遣游军,称为遏防,奸盗不止,暴掠繁多,或求供设,或责脚步。"[2] 地方官吏贪婪冷酷的万端诛求,正是历代徭役繁苛的基本原因。

历代政治诗对徭役事务的广泛描写,从正反两方面反映了历代诗人据以记述和感发徭役事务的德型政治文化观念。历代颂政诗只有很少篇章涉及减轻徭役的德政,历代怨政诗则有大量篇章怨责徭役繁重的苛政。以宋代为例:如王安中《宣和七年九月二十三睿谟殿赏橘曲燕诗》:"云谁知帝力,初弗夺民时。佳种今仍降,来牟此独贻。上方轻赋敛,人益劝耕耔。"歌赞重农恤民,仁政宽厚,轻徭薄赋,所谓"弗夺民时"即不以徭役耽误农时。释文珦《田家谣》:"诏收宽徭榜村路,悍吏不来鸡犬乐。"赞扬朝廷减轻徭役的诏令宽仁厚恩。与宋代颂政诗寥寥无多的作品述及徭役事务的情况相反,宋代怨政诗述及徭役事务的作品很多,描写直接而深切。如,梅尧臣《田家语》:"前月诏书来,生齿复板录。三丁籍一壮,恶使操弓韣。州符今又严,老吏持

---

[1] 张守军:《中国古代的赋税与劳役》,商务印书馆1998年版,第118页。
[2] (唐)姚思廉:《梁书》卷三《武帝本纪下》,中华书局2000年版,第57页。

鞭朴。搜索稚与艾，唯存跛无目。"《汝坟贫女》："郡吏来何暴，官家不敢抗。督遣勿稽留，龙种去携杖。""果然寒雨中，僵死壤河上。"《田家》："自从备丁壮，及此常苦煎。卒岁岂堪念，鹑衣著更穿。"《故原战》："散亡归不得，掩抑泣山阿。纵横尸暴积，万殒少全生。"邵雍《不愿吟》："不愿朝廷命官职，不愿朝廷赐粟帛。惟愿朝廷省徭役，庶几天下少安息。"李复《兵馈行》："人负六斗兼蓑笠，米供两兵更自食。""十日未便行十程，所负一空无可索。""丁夫南运军北行，相去愈远不接迹。""来时一十五万人，凋没经时存者几。"唐庚《城上怨》："戍边役重畏酷法，去国年多思故乡。""传闻黠虏动熙河，战士连年不解戈。"赵崇鈖《书事》："大儿里胥缚送州，小儿遁逃卒未休。老夫忍饥特未死，犁耙典尽春无牛。身为王民合徭役，运米操舟操不得。江湖风水未足愁，楫丧樯倾误人国。"罗椅《挑壕歌》："去年十月霜凄凄，挑壕人立霜中啼。今年一春春雨多，泥滑将奈挑壕何。""几人带雨壕上啼，半湿半饥春病痁。""只愁挑得壕始竟，公家又有守壕令。"戴复古《梦中亦役役》："半夜群动息，五更百梦残。天鸡啼一声，万枕不遑安。一日一百刻，能得几刻闲。当其闲睡时，作梦更多端。穷者梦富贵，达者梦神仙。梦中亦役役，人生良鲜欢。"刘克庄《开壕行》："遍村开田起窑灶，望青斫木作楼橹。天寒日短工役急，白棒诃责如风雨。""壕深数丈周十里，役兵大半化为鬼。"方回《筑城谣》："从军去筑城，不如困长征。从军去掘堑，不如鏖血战。""每调一军役百室，一日十人毙六七。"宋代怨政诗连篇累牍描述的这些徭役场景，直观呈现了宋代徭役给百姓带来的巨大压迫和摧伤，表达了作者对朝廷和官府徭役政策施行效果的否定。宋代及历代怨政诗人，以德型政治的宽仁施政主张为评判标准，批判朝廷和官府的徭役政策，痛责朝廷和官府的苛酷役务对百姓的严重伤害，折射出历代怨政诗人对德型政治观念的采纳和坚持，是德型政治文化价值观在怨政诗创作中的自然流露和真实呈现。

为政以德的思想是德型政治文化的重要理念。为政以德的观念体现在德型政治的很多方面，其中也包括皇德和官德在国家治理和地方治理中所起的作用。皇德和官德在国家及地方治理中所起的作用，是历代政治诗所关注的重要问题。对皇德和官德在治国安邦、地方施政中的作用，历代政治诗有直接的评定。如明世宗朱厚熜《御经筵讲大学堂衍义有感赋此》："帝王所图治，务学当为先。下作民之主，上乃承之天。致治贵有本，本端化自平。人君所学者，其序有后前。正心诚其意，志定必不迁。吾志既能定，理道岂复颠。身修本心正，家国治同然。国治乃昭明，万邦斯协焉。于变帝尧典，思齐文王篇。万国修身始，朕念方拳拳。"把帝王个人的修身立德视为治国安邦的必备条件。清代萧霖《题谭桂峤明府平傀儡山贼记卷后》："告尔守土者，为政在有德。"把仁德提到为政的核心位置加以强调，提出"德厚贼亦民，德凉民亦贼"的命题，认为以德行政，"盗贼"可转化为民；如果不以德行政，民众也可能被逼为"盗贼"。把是否以德行政看作地方治盗成败乃至地方治理成败的决定因素。历代颂政诗有很多作品都热衷于描写天子圣德和天子德政，把天子圣德看作国家政治的保障，把天子德政看作是国家治理的盛绩，如《诗·周颂·清庙》："济济多士，秉文之德。对越在天，骏奔走在庙。"展示了周朝当政者对文王政德的缅怀。《诗·周颂·维天之命》："维天之命，于穆不已。呜呼不显，文王之德之纯。"将文王光明纯正的品德视为施政不违天道的根本保证。汉代朝廷乐歌《武德舞歌诗》："休矣惟德，罔射协同。本支百世，永保厥功。"对刘秀秉承良善政德统治天下，汉室江山得以长远稳固相传，寄予了莫大的期待。晋代荀勖《正旦大会行礼歌》："世德作求，奄有九土。"称颂晋帝秉持圣德，得到天帝眷顾，拥有天下。南朝宋刘彧《圣祖颂》："衍德被仁祉，留化洽民灵。"歌颂刘宋先帝仁德惠民，泽被天下。唐代魏征《享太庙乐章·长发舞》："配天载德，就日重光。本枝百代，申锡无疆。"歌赞唐王朝奉天兴业，以德享国，国运久长。宋代梅尧臣《庆历圣德颂》："既明且断，惟皇之德。"称颂仁宗治国英明果决，圣德泽惠天下。元代耶律楚材《和平阳王仲祥韵》："逆取乃顺守，皇威辅深仁。"称赞朝廷取得天下后以仁德治国的根本之道。明代杨荣《赐游西苑诗》："圣皇仁明尽诚孝，四海生民安德教。"歌咏皇帝圣德感召天下，百姓得到礼乐教化。清代查慎行《恩赐新刻御制诗集恭纪二首》："武功文德并宣扬，间采风谣到省方。耕凿万方民击壤，箫韶九奏帝垂裳。典谟媲美尊虞夏，花月成篇陋汉唐。"称颂皇帝武功文德，造就了国泰民安的欣荣盛世，诗人的礼赞包含了对效法古代圣君仁德治国之道的推崇。

历代颂政诗还有不少作品称颂地方良官善治，宣示德型政治文化的为官之道。官员施政秉持仁德之心，勤政履职，惠民一方，这类事迹为历代颂政诗所称扬。如两汉民歌《汲县长老为崔瑗歌》："上天降神明，赐我仁慈父。临民布德泽，恩惠施以序。"歌赞官员崔瑗把仁慈运用到施政，实实在在造福一方百姓。及至宋代，出现了一个新现象，就是不少文人士大夫参与创作着意表现地方德政善治的作品。如王安石《新田诗》歌咏地方官员施行新政以惠民兴业，黄庭坚《曹侯善政颂》称赞惩治恶吏，赵鼎臣《河间令尹》称颂地方官员德政嘉誉，曹粹中《周侯德政谣》歌咏地方长官德政惠民，张孝祥《鄱阳使君王龟龄闵雨》称颂地方官勤政悯民。虽然前代民间颂政诗更多表现的是百姓对地方官员的感恩，宋代文人颂政诗更多关注的是地方治理的成功之道，但对德政善政的价值推重是一致的。元代以后，文人颂政诗称颂地方官员施行德政赢得民心的作品比前代更为突出。如胡祗遹《送信县令乐平任满东还》："爱民诚惨怛，守职更愁煎。"描述"信县令乐平"仁厚爱民、悯民施政。张之翰《检荒租》："十八年愁今日散，爱民使者检荒来。"作者对自己施行宽缓惠民的政策进行自我表彰，也是对仁德政治的推崇。元代官员郭郁尽职奉公，勤政惠民，在吏民中广有美誉，先后有数十个儒士献诗称颂郭郁政德政绩，如姚畴《昌江百咏诗》序文所言："皇庆壬子，复斋郭侯来尹吾州，公明廉惠之政，洋溢乎耳目，铭镂乎心肝。同僚和衷以治，邦人乐而歌之，纪善政为民谣。"对良官德政的称颂蔚然成风。明代陶安《咏当涂张县尹善政》："克施有政，民德亦新。""侯兼其德，政有纪纲。"称赞仁德爱民、勤政尽职的为官之道。徐贲《农父谣送顾明府由吴邑升常熟》："乡无吏胥门户静，家家尽称官长贤。"顾明府贤明施政，吏风好转，赢得百姓衷心拥戴。余继登《田夫谣送马瑞河父母之沾益》："信是田家乐，赖得官长贤。"诗篇称赞良官贤能，揭示农家能够安居乐业，跟官长的仁德施政有着明显的因果关系。清代王元启《题杜太守甲知通州日罢榷油酒杂税文稿后》："乃知盛明世，选吏须循良。德泽不下究，吏实乖其方。"在称赞地方官员的善政后，表达了良吏才能实现德政的信念。谢启昆《台州勘灾纪事》："只宣上德布仁风，匪博群黎诵生佛。"凸显了地方官府救灾行动的仁政内涵。朱绶《寄林少穆督部》："五年抚江南，屡活万人命。"记述林则徐任江苏按察使期间善政恤民、为民请命的治绩和政德。《永康谣》："救民生死地，令敢上官诤。此令强项哉，上官悚生敬。"歌赞地方官员置个人仕途于度外，为百姓力争生存之机，彰显仁政悯民惠民的本质特征。为政以德的政治文化观念也表现在最大量的描写苛政、虐政、劣政的怨政诗中。与颂政诗相反，怨政诗是以仁人贤士对苛政、虐政、劣政的谴责和痛斥，传达着作者们所秉持的悯民爱民的仁德价值观。这类怨政诗多不胜数，本书各章将予以详述。

中国古代政治诗还有大量的怨政作品怨责贫富悬殊、社会不公，从一个重要侧面透露出德型政治文化的价值标准和评判尺度。在中国古代政治文化传统里，对贫富悬殊、苦乐不均的社会状况表达忧思，不仅儒家忧患不均的政治思想广为人知，墨家也有对这个问题的深刻思考："民有三患：饥者不得食，寒者不得衣，劳者不得息。三者，民之巨患也。"[1] 历代怨政诗反映贫富悬殊的社会状况，抒写的基本都是对社会不公的怨愤，而不是简单的仇怨财富和富人。如唐代杜甫《自京赴奉先县咏怀五百字》："朱门酒肉臭，路有冻死骨。荣枯咫尺异，惆怅难再述。"贫富境况悬殊，引人恒久慨叹。孟郊《寒

---

[1] 吴毓江：《墨子校注》，《非乐上》，中华书局2006年版，第374页。

地百姓吟》:"无火炙地眠,半夜皆立号。""高堂搥钟饮,到晓闻烹炮。"寒冬里的两个世界,冷暖差异不仅在身体,更在内心。张籍《野老歌》:"岁暮锄犁傍空室,呼儿登山收橡实。西江贾客珠百斛,船中养犬长食肉。"穷人孩子和富商犬只,境况悬差。白居易《秦中吟十首·轻肥》:"食饱心自若,酒酣气益振。是岁江南旱,衢州人食人。"权贵和饥民对比,震人心魄。宋代梅尧臣《陶者》:"陶尽门前土,屋上无片瓦。十指不沾泥,鳞鳞居大厦。"劳而无获,不劳而获,反差鲜明。王令《饿者行》:"道中独行乃谁子,饿者负席缘门呼。高堂食饮岂无弃,愿从犬彘求其余。"贫富悬殊,已到伤天害理的地步。陆游《岁暮感怀以余年谅无几休日怆已迫为韵》:"富豪役千奴,贫老无寸帛。因穷礼义废,盗贼起蹙迫。"贫富悬殊,已至逼良为盗。元代黄镇成《采薇行》:"家家捣薇根,春杵声相闻。经旬不粒食,杵重筋力微。""达官贵客不到此,日醉华筵知不知。"一边是野菜充饥,一边是华筵醉饱。王冕《痛哭行》:"京邦大官饫酒肉,村落饥民无粒粟。"对比十分强烈。明代黄淳耀《暑日见耕者叹之》:"忆昨经高门,凉风韵琅玕。八珍将九酝,暴殄非一端。""岂知力耕者,秋至有饥寒。鞭扑昼夜加,骨肉昼夜剜。"不劳的富豪,劳苦的贫者,对立显然。清代沙张白《洛城谣》:"洛阳城内多金穴,洛阳城外多饿莩。金聚一家不厌多,莩散四方不厌少。"贪得无厌的社会机制,维持了贫富悬殊的状况。陶誉相《逃荒行》:"进固维艰退不易,全家环泣天黄昏。天黄昏,更断魂,强颜乞食投豪门。豪门箫管多车马,一曲缠头珠盈把。"贫富悬殊摧毁了人的基本尊严。历代怨政诗描写贫富悬殊、劳而无获、不劳而获的社会现状,抒写对社会不公的怨愤,对公平政治的向往,是德型政治文化观念的有力表达。

　　中国古代政治诗德型政治文化的主导价值来自儒家,也包含了墨家、道家、农家等各家各派的思想元素。如墨家的爱民节用。明代杨巍《示祈雨官吏》:"所贵修政事,及时救元元。爱人与节用,鲁叟非空言。"诗人对施政原则的强调,就直接来源于墨家的主张。历代政治诗中表现扶弱抑强、佑善护民的作品,也多与墨家精神相关。又如道家清静无为的思想,运用于国家治理,为历代许多当政者所尊崇,在历代政治诗里也得到反映。南朝梁沈约《明之君六首》:"舜琴终已绝,尧衣今复垂,象天则地体无为。"唐代李世民《重幸武功》:"垂衣天下治,端拱车书同。"宋代金君卿《范资政移镇杭州一百韵》:"致君无为坐以治,四气成顺岂有愆。"王炎《题清江常宰道院》:"拨烦何自文书省,治道由来贵清静。"明代刘基《战城南》:"小臣献凯未央殿,陛下垂拱安无为。"道家清静无为的思想,在中国历代国家治理的决策体系中发挥了不可忽视的重要影响。与民休息,垂拱而治,在价值取向上与民为邦本的德型政治文化相辅相成，是中国古代国家治理的宝贵思想资源。又如重农固本的思想，在农耕社会的生产条件下，客观上具有利国利民的社会效果，也可归属德型政治文化的范畴。像这类以重农为天经地义的政治思想，是中国农耕社会的治国之道的真实反映，不仅是儒家，法家更是不遗余力地宣扬这样的主张。"圣人知治国之要，故令民归心于农。归心于农，则民而朴可正也。"① "古先圣王之所以导其民者，先务于农。民农非徒为地利也，贵其志也。民农则朴，朴则易用，易用则边境安，主位尊。民农则重，重则少私义，少私义则公法立，力专一。"② "古者尚力务本而种树繁，躬耕趣时而衣食足，虽累凶年而人不病也。故衣食者民之本，稼穑者民之务也，二者修，则国富而民安也。"③ "王者以四海为一家，以兆民为通计。一夫不耕，天下必受其饥者；一妇不织，天下必受其寒者。今举世舍农桑，趋商贾，牛马车舆，填塞道路，游手为巧，充盈都邑，治本者少，浮食者众。商邑翼翼，四方是极。今察洛阳，浮末者什于农夫，虚伪游手者什于浮末。是则一夫耕，百人食之，一妇桑，百人衣之，以一奉百，孰能供之。天下百郡千县，市邑万数，类皆如此，本末何足相供。则民安得不饥寒，饥寒并至，则安能不为非。为非则奸宄，奸宄繁多，则吏安能无严酷。严酷数加，则下安能无愁怨。愁怨者多，则咎征并臻，下民无聊，而上天降灾，则国危矣。"④ 在这种重农思想中，养民、安民、治民的治国目标都涵容于其中。大量古代政治诗传达这样的理念，是重农固本思想深入人心的自然体现。如宋代李光《三月六日闻五马同郡僚出郊劝农》歌咏朝廷和府衙重农励耕："遥闻鼓吹出城关，露冕塞裳意在民。父老莫疑频驻马，使君那顾采桑人。旋移瑶席盍朋簪，日暮行庖簇柳阴。力劝耕农颁汉诏，应知圣主爱民心。"元代图帖睦尔《镇宁之曲》歌颂重农强本，国基稳固："以社以方，国有彝典。大哉元德，基祚绵远。农功万世，于焉报本。显相默佑，降监坛墠。"称颂朝廷实行重农的国策，坚守安民的根本。明代黄珣《应制劝农》歌咏当朝皇帝东郊亲耕，重农悯农。诗篇不仅描述皇帝参加亲耕的场景，更直接强调了皇帝对农耕的重视："念兹民所天，珠玉安足珍。一日苟不作，饥寒将立臻。" "九重尚结念，况尔谋其身。"指出皇帝尚且这么重农悯农，各级官吏更当尽忠职守，劝农力耕。清代崔如岳《省耕诗》歌赞皇帝重农固本的治国之道："圣主重民事，农官占岁祥。" "民间舒疾苦，天上沛恩光。" "耕九无他虑，余三有积仓。闾阎闻舞

---

① 蒋礼鸿：《商君书锥指》，《农战》，中华书局1986年版，第25页。
② 许维遹：《吕氏春秋集释》，《士容论》，中华书局2009年版，第683页。
③ 王利器：《盐铁论校注》，《力耕》，中华书局1992年版，第28页。
④ 彭铎：《潜夫论笺校正》卷三《浮侈》，中华书局1985年版，第120页。

蹈，俯仰颂虞唐。""督稼资军实，省耕筹岁荒。"因重农而使天下衣食丰足，这种万民努力农耕的格局是治国者施政期待的结果。沈德潜《百一诗》亦言："食为民所天，重谷本王政。"诗篇宣扬重农固本思想，与政在养民、政在保民的德型政治文化在价值取向上是一致的。

中国古代政治诗述及对外交往的国策大政，具有鲜明的古代中国国家交往的道义取向，即以修德抚远为主，恩威并举为辅。这种以德服人的国家交往观念体现了鲜明的德型政治文化属性。即如典籍所言："惟德动天，无远弗届。"① 相信善德能到达遥远的异域。"明王慎德，西夷咸宾。无有远迩，毕献方物。"② 相信圣明君主的高德大义能使蛮夷之人因心悦而臣服。"亲仁善邻，国之宝也。"③ 以仁德之义与邻邦异国交往，是国家的良政善策。"叶公问政。子曰：'近者悦，远者来。'"④ 孔子认为，好的政治使远方的人产生向往之心。"远人不服，则修文德以来之。"⑤ 孔子提出了以善德感召远方之人的交往之道。历代颂政诗有不少作品传达了这种思想。如三国吴国韦昭《章洪德》叙述与周边邦国部族的交往，既显其武功，又彰其文德："章洪德，迈威神。感殊风，怀远邻。平南裔，齐海滨。越裳贡，扶南臣。"将孙权修德抚远的政治风范展示得十分醒目。南朝齐谢朓《明德凯容之乐》："远无不怀，迩无不肃。其仪济济，其容穆穆。赫矣君临，昭哉嗣服。"歌赞齐代皇室对外修德抚远，对内谨慎勤政，这样的君临天下，自然获得四方敬服。宋代杨亿《皇帝正冬御殿文舞》："八佾俱陈，万邦有奕。玄化怀柔，远人来格。"称颂今帝怀远安天下，以德服众，四方邦国都来敬贺。元代耶律楚材《和李世荣韵》："明德传双叶，宽仁洽万方。九服无不轨，四海愿来王。"自信新朝能修德抚远，赢得四方来贺。明代朱棣《勃泥长宁镇国山诗》："一视同仁，匪偏厚薄。"昭示明皇室对待远方小国也是宽厚仁德的标准，没有歧视菲薄的态度。夏原吉《圣德瑞应诗》："普天歌至治，率土发灵储。爰有诸番国，能忘万里途。"彰显明帝及明王朝对诸国的辽远影响力来自比肩尧舜禹汤的圣德勋业，也间接颂扬了明帝及明皇室修德抚远的政治成就。杨荣《来远人讨不庭二章》描写永乐年间修德抚远、恩威兼用的对外交往："圣皇施仁浩无垠，普天率土皆王臣。岛夷卉服咸尊亲，如彼葵藿迎朝暾。""远涉巨海趋天津。不惮险远谒枫宸，方物上陈兼异珍。""远人屏营望天门，喜瞻中国明圣君。仰聆天语何谆谆，感兹苍穹雨露均。"描写满剌加国王至北京觐见明朝皇帝，表

---

① （清）阮元：《十三经注疏·尚书正义·大禹谟》，中华书局2009年版，第288页。
② （清）阮元：《十三经注疏·尚书正义·旅獒》，中华书局2009年版，第413页。
③ 杨伯峻：《春秋左传注》，《隐公六年》，中华书局2009年版，第50页。
④ 程树德：《论语集释》，《子路》，中华书局1990年版，第920页。
⑤ 程树德：《论语集释》，《季氏》，中华书局1990年版，第1137页。

现出明朝圣德远播、远人敬服的和谐邦国之交。作品蕴含的道德优越感、道义崇高感十分强烈,是德型政治文化倾向的自然流露。"人们确信,在中国之外再也不存在比中国更强大、富饶、文明的国家。其他国家的君主和人民如果不对中国称臣纳贡、接受赏赐,就只能自外于华夏声教,甘心为夷狄了。"[1]远播四方的"华夏声教",核心内涵就是中国传统的仁德礼义教化。"华夏声教"所包含的道德优越感和道义崇高感,既是古代中国在政治、经济、军事、文化等各方面长期领先世界而产生的心理状态,也是古代中国在对外交往中坚持与人为善、修德怀柔的道德观念和道德实践的真实反映。中国古代政治诗传达的仁德抚远的思想,属于德型政治文化的重要表征。

文航生

四川南充,西华师范大学

2019 年 11 月

---

[1] 葛剑雄:《统一与分裂》,商务印书馆 2013 年版,第 8 页。

第一章　先秦政治诗

概　论

中国有文字可考的国家政治活动可以追溯到商周时期。殷商甲骨文对商代的王朝政治已有明确记载："卜辞中涉及殷人多方面的活动。其中关于战争、方国、监狱、阶级关系、鬼神崇拜等内容的卜辞，是殷人对其政治制度的著录。"[1] 而先秦政治诗，反映的主要是周代的国家政治和社会政治生活。中国古代政治诗的发展，起始于周代。

西周是以武力推翻商朝建立王朝政权的，军事因素在西周的政治文化中占有显著位置。"周代政治并没有后人所形容的那样讲道德，其实周人自始至终是崇尚武力的征服，从周人东下、灭殷践奄，以至征南土、伐猃狁，是一路杀下来的。"[2] "西周王朝的建立和巩固，是周人依靠强大的武装力量不断进行征服和殖民的结果。"[3] 文王创业，武王伐纣，西周先祖从边缘地带的部落，崛起为改朝换代的巨大政治势力，在实现政治目标的历史进程中充分发挥了军事力量的重要作用。需要强调的是，这些军事力量的作用，被周的当权者有意识地加以政治发挥，大大提升了周王朝建立政权的正当性和权威性。"对商进行实际征伐的是武王，他将周人国家从一个地方势力发展成统治中国北方地区的政治力量。"[4] 司马迁完整记载了武王伐纣的历史轮廓，尤其突出了武王为首的诸侯联盟在这场决定命运的军事较量中的政治立场："九年，武王上祭于毕。东观兵，至于盟津。"[5] "是时，诸侯不期而会盟津者八百诸侯。

---

[1] 白钢：《中国政治制度通史·总论》，社会科学文献出版社2011年版，第5页。
[2] 侯外庐等：《中国思想通史》第一卷，人民出版社2011年版，第89页。
[3] 白钢等：《中国政治制度通史·先秦》，社会科学文献出版社2011年版，第278页。
[4] 李峰：《西周的政体：中国早期的官僚制度和国家》，生活·读书·新知三联书店2010年版，第34页。
[5] （汉）司马迁：《史记》卷四《周本纪》，中华书局2000年版，第87页。

诸侯皆曰：'纣可伐矣。'武王曰：'女未知天命，未可也。'乃还师归。""居二年，闻纣昏乱暴虐滋甚，杀王子比干，囚箕子。太师疵、少师彊抱其乐器而奔周。于是武王遍告诸侯曰：'殷有重罪，不可以不毕伐。'乃遵文王，遂率戎车三百乘，虎贲三千人，甲士四万五千人，以东伐纣。十一年十二月戊午，师毕渡盟津，诸侯咸会。曰：'孳孳无怠。'武王乃作太誓，告于众庶：'今殷王纣乃用其妇人之言，自绝于天，毁坏其三正，离逖其王父母弟，乃断弃其先祖之乐，乃为淫声，用变乱正声，怡说妇人。故今予发维共行天罚。勉哉夫子，不可再，不可三。'"① "二月甲子昧爽，武王朝至于商郊牧野，乃誓。""誓已，诸侯兵会者车四千乘，陈师牧野。"② "帝纣闻武王来，亦发兵七十万人距武王。武王使师尚父与百夫致师，以大卒驰帝纣师。纣师虽众，皆无战之心，心欲武王亟入。纣师皆倒兵以战，以开武王。""武王驰之，纣兵皆崩畔纣。纣走，反入登于鹿台之上，蒙衣其殊玉，自燔于火而死。武王持大白旗以麾诸侯，诸侯毕拜武王，武王乃揖诸侯，诸侯毕从。武王至商国，商国百姓咸待于郊。于是武王使群臣告语商百姓曰：'上天降休。'商人皆再拜稽首，武王亦答拜。"③ "尹佚策祝曰：'殷之末孙季纣，殄废先王明德，侮蔑神祇不祀，昏暴商邑百姓，其章显闻于天皇上帝。'于是武王再拜稽首，曰：'膺更大命，革殷，受天明命。'武王又再拜稽首，乃出。"④ 很显然，这场改朝换代的政治巨变，是以军事力量为主要手段才得以实现的。但在这场战争的动员、开战、获胜的全过程中，一再突出了政治因素的重要性：军事力量的使用，以在政治上占据道义高地为号召；军事行动的目标，以除暴安民为旗帜；政权更迭的定性，以奉行天命、代天罚暴为立场。由此可见，西周的政治文化，带有鲜明的规定性内容，即崇尚天命，崇尚道义，崇尚武功，崇尚民利。这些政治价值延续成为历代政治诗评判社会政治演变的基本尺度。

周王朝崛起、兴盛、衰败的历史演变，政治制度因素一直发挥着左右王朝命运的决定性作用。如，周王朝设计的谏政制度，本是用以制约王权，避免重蹈前朝政治败坏的覆辙，但谏政制度的实际施行效果，与制度设计的预期目标有很大的差距。即以周厉王为例，可知周王朝政治制度运行的缺陷和后果。"在周人的内部，周王也面临着与贵族上层之间的矛盾，据说采取了严厉残酷的措施对待不同声音。在此压力之下，周厉王的统治最终崩溃。"⑤ 司

---

① （汉）司马迁：《史记》卷四《周本纪》，中华书局 2000 年版，第 88 页。
② 同上书，第 89 页。
③ 同上书，第 90 页。
④ 同上书，第 92 页。
⑤ 李峰：《西周的政体：中国早期的官僚制度和国家》，生活·读书·新知三联书店 2010 年版，第 42 页。

马迁记述了厉王拒谏败政的祸国行为:"厉王即位三十年,好利,近荣夷公。大夫芮良夫谏厉王曰:'王室其将卑乎,夫荣公好专利而不知大难。夫利,百物之所生也,天地之所载也,而有专之,其害多矣。今王学专利,其可乎。匹夫专利,犹谓之盗,王而行之,其归鲜矣。荣公若用,周必败也。'厉王不听,卒以荣公为卿士,用事。"①"王行暴虐侈傲,国人谤王。召公谏曰:'民不堪命矣。'王怒,得卫巫,使监谤者,以告则杀之。其谤鲜矣,诸侯不朝。三十四年,王益严,国人莫敢言,道路以目。厉王喜,告召公曰:'吾能弭谤矣,乃不敢言。'召公曰:'是鄣之也。防民之口,甚于防水。水壅而溃,伤人必多,民亦如之。''夫民虑之于心而宣之于口,成而行之。若壅其口,其与能几何。'王不听。于是国莫敢出言,三年,乃相与畔,袭厉王。厉王出奔于彘。"②厉王的事迹揭示,谏政未见成效,王朝政治有趋向倾覆的严重后果。究其实,谏政制度在周代施行的实际效果,不可能高于王朝政治对周王的授权。"贵族谏政,只是引述先圣哲王为政的例子和空洞的道德说教,以期使被谏周王幡然悔悟而改弦更张。除此以外,就没有什么可以限制国王滥用权力的措施了。因此,随着王权的日渐加强,特别是到了西周后期,贵族谏政形同虚设,往往不起任何作用,而唯周王本人意志为是,给社会带来灾难,并加速了西周王朝的灭亡。"③这方面的历史事实,也从反面说明了政治失败是王朝倾覆的根本原因。这种谏政不得其效的政治生态,在《诗经》《楚辞》等政治诗里被推到风口浪尖,成为诗人们反复抨击的对象。

从初有文字记载的商代,到文化著作爆发式增长的周代,中国社会进入政治文化包括政治制度的重要转折时期。西周及之后的春秋战国时期,政治进程中出现了商代所没有的一些根本性的制度改变,这些制度改变是周代王室及各诸侯国因应时代需要做出的政治安排,具有确立新的政治体制的方向性意义。"西周王朝的最高统治者,把王权与天命结合起来,但又提倡'敬德',把为政者人的因素突出出来。"④中国古代政治诗是从西周正式起步的,西周及之后的春秋战国时期社会政治制度的运行,以及"把为政者人的因素突出出来"之类政治观念的演变,在政治诗中都得到了重要的记载和描述。西周及之后的春秋战国,社会政治演变深刻复杂,思想空前活跃,这个时期的政治文化领域产生了影响后来中国社会发展方向的系列元典,其中就包括荟萃了大量政治诗的《诗经》和《楚辞》。

---

① (汉)司马迁:《史记》卷四《周本纪》,中华书局2000年版,第102页。
② 同上书,第103页。
③ 白钢等:《中国政治制度通史·先秦》,社会科学文献出版社2011年版,第252页。
④ 同上书,第295页。

先秦政治诗主要收存在成书于周代的《诗经》和辑成于汉代的《楚辞》之中，这两部总集里为数不少的作品多方面呈现了先秦社会的政治生活面貌。《诗经》《楚辞》里的不同篇章分别表达了颂赞或怨刺的强烈情愿，是那个时代的国家政治和社会政治在不同层面上的丰富展示，留下了诗人笔下的先秦政治生活的宝贵记录。此外，在《尚书大传》《史记》等典籍里，还收录有零星的先秦政治诗歌，如颂政类的《卿云歌》，怨政类的《采薇歌》等。《卿云歌》赞叹传说中的舜禅位于禹："日月光华，旦复旦兮。""日月光华，弘于一人。""迁于贤圣，莫不咸听。"① 诗篇渲染明君禅让、万民拥戴的上古时代和谐的政治气氛，其中包含着对顺天应人、贤君利民的政治愿景的向往。《采薇歌》怨叹武王伐纣导致的战乱和失序："以暴易暴兮，不知其非兮。神农虞夏忽焉没兮，我安适归矣。"② 诗篇显示伯夷、叔齐对周朝取代商朝的政治变迁所抱持的反对立场，这种个人的政治立场与历史发展的方向相悖，但作者倾吐的政治怨愤是真实的。这些先秦早期零星的政治诗，透露了与《诗经》《楚辞》政治诗相同或相异的一些政治生活信息。

先秦颂政诗对王朝政治的称颂包含了其作者对国家政治和社会生活的直接诉求。"我们可以说周代的政治教育主要表现在两个字，一是'颂'，二是'诰'。据《诗序》说，'颂'是'美盛德之形容，以其成功，告于神明者也。'《周颂》是禋祀先王的诗，其中多讲武功与农事，称颂先王在政治经济上的成功。这是后王歌颂先王的诗乐，由下而上之崇拜叫做'颂'。'诰'谓训教，《书》之诸诰，金文之《盂鼎》，大抵说明天命、敬德、治民、营国的道理，训诫子孙与多方多士要服膺周先王的统治表率。'颂'与'诰'又是崇拜与服从的教育形式，只有官府本身才掌握这种学识。"③《诗经》中的颂政诗主要歌咏周文王、周武王、周成王、周宣王及周王室、诸侯们的政治功德，包括建功于国，德业昭彰，德政天佑等。作为王朝政治在诗歌中的第一次大规模呈现，《诗经》中的数十首颂政诗对天子功德及国家宏业的描述具有极高的神圣感和自豪感，其对王室德业的宏大称颂影响了后世两千年的颂政传统。从秦汉及至明清，历代颂赞皇室功德的颂政诗基本承传了《诗经》颂政诗典重雍容、大气磅礴的格调，这是诗歌在古代国家政治文化中扮演重要角色的明显实例。

先秦怨政诗对王朝政治的怨责显现了其在政治文化中的实际功效。《诗经》怨政诗显然对现实政治抱持着强烈的不认同，表达了改变王朝政治现状

---

① （汉）伏胜：《尚书大传》卷一《虞传》，中华书局1985年版，第20页。
② （汉）司马迁：《史记》卷六十一《伯夷列传》，中华书局2000年版，第1688页。
③ 侯外庐等：《中国思想通史》第一卷，人民出版社2011年版，第89页。

的强烈意愿。这种对现实政治表达反对的声音，是先秦政治诗发挥社会政治功能的重要表现。"颂、诰的文化统治是不能长久维持的，国民阶级的觉醒将创造出新的文化。然而历史是曲折的，最初思想上的变化，是变风、变雅的诗歌。"①"这显然是周初思想的反对物。诗句中不但很多命题是新的，而且很多批判是大胆的。它指出社会的危机只有导向没落或颠覆。"②《诗经》中的怨政诗主要怨讽周厉王、周幽王及佞臣奸嬖的败政乱国；《楚辞》中的怨政诗则主要怨刺楚王听信谗嬖，痛责佞臣谗害忠良。先秦怨政诗的动机十分明确，直接宣泄对国家政治败亡的忧愤，希冀挽救危如累卵的王朝政治。其孤臣孽子的拳拳忠愤虽然未能最终挽回败局，但以诗谏政的用世传统由此得以确立。这种以诗谏政、为世而作的传统，在其后两千年的怨政诗创作中一脉相传，卓然挺立。

先秦政治诗具有鲜明的美刺褒贬的价值评判和情感倾向，每首作品都是对发生过的政治事务进行或褒或贬的二选一的评定，没有空泛独立的原理阐释，也没有缺乏背景的规律概括。中国古代政治诗不是架空地高谈阔论政治原理，而是因事而感，因事而议。这种不脱离社会政治现实的表达，是由中国古代政治诗的经世致用功能所决定的。《诗经》对历代圣德有为的周天子及诸侯的称颂，对历代放荡胡为的周天子及诸侯的贬刺，以及《楚辞》对昏庸的楚王及谗嬖佞臣的怨责，创立了中国古代政治诗擅长美刺褒贬的诗歌叙事传统。

第一节 《诗经》颂政诗——王权天命 崇德尚武

《诗经》颂政诗，约占《诗经》全部作品总数的近10%，在《诗经》各类题材作品中是较为引人瞩目的存在。《诗经》颂政诗主要分布在"雅""颂"两类作品中，歌咏的对象主要是周天子，如文王、武王、成王、宣王；也有王臣，如尹吉甫、方叔。这些君臣在历史上都有较为卓著的政治作为。"西伯曰文王，遵后稷、公刘之业，则古公、公季之法，笃仁，敬老，慈少。礼下贤者，日中不暇食以待士，士以此多归之。"③"武王遍告诸侯曰：'殷有重罪，不可以不毕伐。'乃遵文王，遂率戎车三百乘，虎贲三千人，甲士四万五千人，以东伐纣。"④"成王在丰，使召公复营洛邑，如武王之意。"⑤"召公

---

① 侯外庐等：《中国思想通史》第一卷，人民出版社2011年版，第90页。
② 同上书，第100页。
③ （汉）司马迁：《史记》卷四《周本纪》，中华书局2000年版，第84页。
④ 同上书，第88页。
⑤ 同上书，第97页。

为保,周公为师,东伐淮夷,残奄,迁其君薄姑。成王自奄归,在宗周,作多方。既绌殷命,袭淮夷,归在丰,作周官。兴正礼乐,度制于是改,而民和睦,颂声兴。"① 《诗经》颂政诗描述文王、武王、成王、宣王等人的功业德行,突出表现了他们秉承天命、奠基创业、伐纣惩暴、武功安邦、文治兴国、勤谨国事、选贤任能、天下归心等卓异的政治业绩,凸显了崇仁尚礼的鲜明政治基调。这种弘扬天命正道、推崇文治武功的黄钟大吕,在当时堂堂正正,在后世长久回响,凝结为中国古代颂政诗在价值取向上的基本旋律。

《诗经》颂政诗对周天子、周王室、诸侯、大臣等人政绩和政德的称颂,主要集中在以下三个方面。

一 德政天佑

《诗经》里的一些颂政诗对周天子及王室、诸侯治国平天下的德政和政德作了高度礼赞,为后世留下了颂德政、歌政德的典范之作,如《小雅·天保》《小雅·南山有台》《大雅·思齐》《大雅·下武》《大雅·假乐》《大雅·泂酌》《周颂·清庙》《周颂·维天之命》《周颂·昊天有成命》《周颂·时迈》《周颂·敬之》等。在这些颂政诗中,周天子及诸侯的丰功伟绩主要表现在他们以优良的政德执掌王权,以出色的德政得民拥戴。这是《诗经》对周王室德政御国的理想和事实所作的双重描述。虽然其中也有夸大的成分,但诗歌秉持的德政理想标准和诗中描述的实际治理效果之间,没有根本的差异,属于颂政诗里名实相符的正颂之作。

《小雅·天保》赞颂周天子德政天佑。

> 天保定尔,亦孔之固。俾尔单厚,何福不除。俾尔多益,以莫不庶。天保定尔,俾尔戬榖。罄无不宜,受天百禄。降尔遐福,维日不足。天保定尔,以莫不兴。如山如阜,如冈如陵。如川之方至,以莫不增。吉蠲为饎,是用孝享。禴祠烝尝,于公先王。君曰卜尔,万寿无疆。神之吊矣,诒尔多福。民之质矣,日用饮食。群黎百姓,遍为尔德。如月之恒,如日之升。如南山之寿,不骞不崩。如松柏之茂,无不尔或承。

诗篇重心在揭示敬天与保民的关系。开篇即言:"天保定尔,亦孔之固。"老天护佑和降福,周室江山稳固。上天赐福周室的原因是:"民之质矣,日用饮食。群黎百姓,遍为尔德。"君主理政能让百姓温饱无忧,臣民自然感戴君主的恩德。将君主敬天与保民相联系,透露了周代王室政治的理想目标和实现

---

① (汉)司马迁:《史记》卷四《周本纪》,中华书局 2000 年版,第 97 页。

途径。《毛诗序》:"《天保》,下报上也。君能下下以成其政,臣能归美以报其上焉。"① 感言君主保民得福,成就善政,臣下心悦诚服的感怀其美德善政。

选贤任能是周代推崇的德政善治的重要政治举措。《小雅·南山有台》即着重歌颂了周王选贤任能。诗篇倾吐了对贤人君子的渴慕和重视:"乐只君子,邦家之基。""乐只君子,邦家之光。""乐只君子,德音不已。""乐只君子,德音是茂。"热烈赞叹贤人君子襄助国君稳固邦基。这些喜不自胜的称颂是对周王选贤任能的高度肯定,传达了贤人政治的基本理念。汉代儒者评析说:"《南山有台》,乐得贤也。得贤则能为邦家立太平之基矣。"② 准确揭示了选贤任能在周代王室政治中的决定性意义。

《大雅·旱麓》歌颂了周文王政德的感召力。"岂弟君子,干禄岂弟。"赞其温和平易而获得福禄。"岂弟君子,福禄攸降。"赞其品德高尚而得祖宗保佑。"岂弟君子,遐不作人。"赞其品行卓越培养贤才。"岂弟君子,神所劳矣。"赞其品德高尚而得神灵护佑。"岂弟君子,求福不回。"赞其不违祖训而得到福祉。诗篇从不同侧面夸赞"君子"文王的德行,昭示执政者的德行与治国的良善有着紧密的关联。

《大雅·思齐》称颂文王对待宗法关系的行为堪为楷模,感佩文王将自身的家族和谐延伸到国家治理:"惠于宗公,神罔时怨,神罔时恫。刑于寡妻,至于兄弟,以御于家邦。"对祖宗恭敬尊顺,对嫡妻以礼相待,与兄弟和睦相处,从谨慎修身进而和谐齐家,进而通达治国,达到了宗法社会孜孜以求的家国同一的治理状态。"肆戎疾不殄,烈假不瑕。不闻亦式,不谏亦入。肆成人有德,小子有造。古之人无斁,誉髦斯士。"消灭了西戎祸患,扫除了瘟疫灾难,接受了良策善谋,采纳了忠告谏言,提升了众人品行,帮助了后生成长,桩桩件件都在言说文王修身齐家带来的治国良效。

《大雅·下武》歌颂周武王、周成王发扬光大祖先德业。诗篇昭示,武王、成王享有国运的原因是顺承了祖德:"下武维周,世有哲王。三后在天,王配于京。王配于京,世德作求。永言配命,成王之孚。"成王遵循武王的轨迹,将先王的德业步步推进,赢得了臣民的爱戴:"成王之孚,下土之式。永言孝思,孝思维则。媚兹一人,应侯顺德。永言孝思,昭哉嗣服。"武王、成王弘扬先祖圣德,造就了国运的昌盛:"昭兹来许,绳其祖武。于万斯年,受天之祜。"诗歌揭示了顺承祖德带来的施政效果,即王室获得天佑、王朝国祚绵长。

《大雅·假乐》歌颂周王厚德享国。诗篇描述的是"百辟卿士,媚于天子"的一个宴飨场面,虽是觥筹交错之下的场景话语,但并未降低赞美德业

---

① (清)阮元:《十三经注疏·毛诗正义》,中华书局2009年版,第880页。
② 同上书,第897页。

的境界格调。"假乐君子，显显令德。宜民宜人，受禄于天。保右命之，自天申之。""威仪抑抑，德音秩秩。无怨无恶，率由群匹。受福无疆，四方之纲。"可知周王的天佑民戴，赐福子孙，都归因于他能够厚德治国，任贤安民，形成了清明的政治生态。

《大雅·泂酌》歌颂当政的"君子"高德善政深得民心。诗篇赞叹："岂弟君子，民之父母。""岂弟君子，民之攸归。""岂弟君子，民之攸塈。""岂弟"，意即德行高大，表现为"君子"爱民如子；"岂弟"之德，也赢得了百姓对执政的"君子"的拥戴。

《周颂·清庙》歌颂周文王的政德感召力。诗篇展示了周朝当政者对文王政德的缅怀："济济多士，秉文之德。对越在天，骏奔走在庙。"文王的在天之灵能够为当政者敬仰，恰在其在世时治国有功，留下了足以传之后世的高德善行，为后来者所仰慕继承。

《周颂·维天之命》歌颂周文王政德惠及后世。"维天之命，于穆不已。呜呼不显，文王之德之纯。"将文王光明纯正的德业视为天经地义的治国之道。"假以溢我，我其收之。骏惠我文王，曾孙笃之。"既感恩于文王的德泽，更誓言要世世代代步武其迹，笃行其德。诗篇表达了后继者恭顺继承文王德业的志愿。

《周颂·昊天有成命》歌颂周成王勤政厚德。诗人歌赞成王兢兢业业奉持文王、武王创建的宏业："昊天有成命，二后受之。成王不敢康，夙夜基命宥密。"彰显其勤政不懈，德行淳厚："于缉熙，单厥心，肆其靖之。"相信其勤政厚德定能带来国家巩固，臣民安康。

《周颂·时迈》歌颂周武王敬天尚德。诗篇回顾了先王尚德获得天佑，国运由此昌隆："时迈其邦，昊天其子之，实右序有周。""及河乔岳。允王维后。明昭有周，式序在位。"既然如此，正在其位、当谋其政的周武王理当延续这种政治格局："载戢干戈，载櫜弓矢。我求懿德，肆于时夏，允王保之。"诗人展望了止战之后的王室政治，需要"懿德"之士和"懿德"之策，以保证良政的延续和发展。

《周颂·敬之》歌颂周成王敬重德行。诗篇坦诚交代了成王对执政与禀德的理解："敬之敬之，天维显思，命不易哉。无曰高高在上，陟降厥士，日监在兹。"认为天理不可欺违，敬畏天理所应当。由此，新近嗣位的成王自我告诫并告示臣下："维予小子，不聪敬止。日就月将，学有缉熙于光明。佛时仔肩，示我显德行。"在自勉和群勉中宣示了禀德执政的心愿。

二 创业兴邦

《诗经》"大雅"及"颂"里的一些作品，集中歌咏了天子、王室及诸侯创业兴邦、奠基垂统的丰功伟业，如《大雅·文王》《大雅·绵》《大雅·皇矣》《鲁颂·閟宫》《商颂·玄鸟》《商颂·长发》等。这些诗篇对宏大功业的颂扬，除了展示功业的辉煌，更着重于揭示功业的成因，展望功业的延续。这些诗篇围绕着颂扬宏大功业，始终都强调了当政者总览全局的治国眼光和胸怀，包括对天命的敬畏、对祖德的恭顺、对贤才的重用、对祸患的克服等；揭示了政绩、政德、政道之间的逻辑关系，包含着对后世治国之道可资借鉴的有益启示。

《大雅·文王》歌颂周文王承天兴邦。

> 文王在上，于昭于天。周虽旧邦，其命维新。有周不显，帝命不时。文王陟降，在帝左右。亹亹文王，令闻不已。陈锡哉周，侯文王孙子。文王孙子，本支百世。凡周之士，不显亦世。世之不显，厥犹翼翼。思皇多士，生此王国。王国克生，维周之桢。济济多士，文王以宁。穆穆文王，于缉熙敬止。假哉天命，有商孙子。商之孙子，其丽不亿。上帝既命，侯于周服。侯服于周，天命靡常。殷士肤敏，祼将于京。厥作祼将，常服黼冔。王之荩臣，无念尔祖。无念尔祖，聿修厥德。永言配命，自求多福。殷之未丧师，克配上帝。宜鉴于殷，骏命不易。命之不易，无遏尔躬。宣昭义问，有虞殷自天。上天之载，无声无臭。仪刑文王，万邦作孚。

诗篇多方位描述了文王所缔造的辉煌事业。诗篇首先观照了文王辉煌事业的天命高度。所谓"周虽旧邦，其命维新"，展示文王所承接的不仅仅是先王传下的"旧邦"祖业，更承接了秉持天命以治国的优良统续，所以能将周邦打造成焕然一新的顺天应运的国度。诗篇明示，周室及文王的命运得到了天帝意志的首肯："有周不显，帝命不时。文王陟降，在帝左右。""陈锡哉周，侯文王孙子。"周邦的兴旺，足以让子孙世代相接。诗篇揭示了文王成功的原因："思皇多士，生此王国。王国克生，维周之桢。济济多士，文王以宁。"显然，重贤任能的用人之道是文王治国安宁富强的重要保证。而文王纯良的政治品行及持重的施政态度亦是成功的因素："穆穆文王，于缉熙敬止。假哉天命，有商孙子。商之孙子，其丽不亿。上帝既命，侯于周服。""永言配命，自求多福。殷之未丧师，克配上帝。宜鉴于殷，骏命不易。"对殷商子孙的感召和对殷商覆亡的借鉴，昭示文王治国的善良光明和谨慎持重。诗篇以"仪刑文王，万邦作孚"作结，相信效法文王，也能像文王一样获得万世的景仰。

《大雅·绵》歌颂周先祖振兴周族的光荣业绩。诗篇着重提到了古公亶父率领部落迁往岐山的创业事迹及文王平定邦国、任贤使才的治国功业。对文王功业的赞颂，尤其可发现其治国举措包含的政治胆识和胸怀。"肆不殄厥愠，亦不陨厥问，柞棫拔矣，行道兑矣。混夷駾矣，维其喙矣。虞芮质厥成，文王蹶厥生。予曰有疏附，予曰有先后，予曰有奔奏，予曰有御侮。"这里有对"混夷"等夷狄的强力平定，是必不可少的武功定国；有对"虞芮"等的感化安抚，是事半功倍的文治德化；有对贤臣猛将的信任重用，是兴邦安国的有力支撑。这些内外方针都是文王兴国的成功之道。

《大雅·皇矣》歌颂周朝历代先祖兴邦建国的功业。诗篇开端赋予了周部族必然兴起的天命正道的神圣感："皇矣上帝，临下有赫。监观四方，求民之莫。维此二国，其政不获。维彼四国，爰究爰度。上帝耆之，憎其式廓。乃眷西顾，此维与宅。"天帝如此眷顾，是要扶持仁民爱物的新政权，摒弃不得民心的夏商"二国"旧政权，以民众的拥戴与否作为取舍的标准。诗篇接着重点展示了"大伯王季"的政德和其后的文王建国兴邦的政绩："帝作邦作对，自大伯王季。维此王季，因心则友。则友其兄，则笃其庆，载锡之光。受禄无丧，奄有四方。维此王季，帝度其心，貊其德音。其德克明，克明克类，克长克君。王此大邦，克顺克比。比于文王，其德靡悔。"对王季明辨是非的才德大加赞扬。对于文王的德业，诗篇表现了他果决用兵安邦："密人不恭，敢距大邦，侵阮徂共。王赫斯怒，爰整其旅，以按徂旅，以笃于周祜，以对于天下。"诗篇又借天帝之口，宣示赢得国家安定和民众拥护的治国之道："帝谓文王，询尔仇方，同尔兄弟。以尔钩援，与尔临冲，以伐崇墉。""临冲闲闲，崇墉言言。执讯连连，攸馘安安。是类是祃，是致是附，四方以无侮。临冲茀茀，崇墉仡仡。是伐是肆，是绝是忽，四方以无拂。"强调了友睦邻邦与平定四方的并行不悖，其中赞美以武功安国御侮的致治之道，是周朝内外政治现实的真实反映，并没有一味虚浮倡导以德感化的怀柔手段。

《鲁颂·閟宫》歌颂鲁僖公兴邦护国。诗歌开篇浓墨重彩为鲁僖公的出场作了大量铺垫，追溯了鲁国与周室久远的宗亲关系。从后稷母亲"姜嫄"往下，后稷、亶父、文王、武王、周公、成王，世世代代的周部族领袖一一出现；然后交代天降大命于斯人，鲁国国君庄重承接使命，"建尔元子，俾侯于鲁。大启尔宇，为周室辅。""乃命鲁公，俾侯于东。锡之山川，土田附庸。"至于鲁僖公，自是来历不凡的王室贵胄，"周公之孙，庄公之子"。鲁僖公得到列位先祖全力赐福护佑，他对天帝、列祖的祭祀也极为隆重豪奢。"秋而载尝，夏而楅衡。白牡骍刚，牺尊将将。毛炰胾羹，笾豆大房。万舞洋洋，孝孙有庆。俾尔炽而昌，俾尔寿而臧。保彼东方，鲁邦是常。"鲁国敬祖法天，天帝护佑鲁国保有平安。对鲁僖公功业的夸示，诗篇不吝笔墨："戎狄是膺，荆舒是惩，则莫我敢承。""泰山岩岩，鲁邦所詹。奄有龟蒙，遂荒大东，至于海邦。淮夷来同，莫不率从，鲁侯之功。保有凫绎，遂荒徐宅，至于海邦。淮夷蛮貊，及彼南夷，莫不率从。莫敢不诺，鲁侯是若。"诗篇渲染其功业盛大，已不逊于周天子奄有四方、莫不恭顺的境地。对鲁僖公的齐家治国，也大加礼赞："天锡公纯嘏，眉寿保鲁。居常与许，复周公之宇。鲁侯燕喜，令妻寿母。宜大夫庶士，邦国是有。"既建大功于邦国，又树盛德于家族，展示了近乎完美的诸侯国君形象。作为小国的国君，鲁僖公能在当时诸侯的大国角力中，努力为鲁国争取适当的利益，表现了一定的政治智慧。但不可否认的是，《鲁颂·闷宫》对鲁僖公的赞颂，浮夸虚赞的成分居多。从秦汉以后历朝历代的郊庙辞章的颂政诗作，可以看到大量类似的溢美浮夸之辞。

《商颂·玄鸟》歌颂殷高宗中兴邦国的宏业。作为殷商的后代，周朝的宋国对殷商远祖不乏歌赞，《商颂·玄鸟》即是宋国国君对殷高宗振兴殷商事迹的缅怀。史载："帝武丁即位，思复兴殷。""武丁修政行德，天下咸欢，殷道复兴。"① 诗篇反映了这段史实："商之先后，受命不殆，在武丁孙子。武丁孙子，武王靡不胜。"殷商先王秉承天命，开启了国运，武丁对先王事业尽忠竭力，堪为一代贤王。在武丁努力承当下，衰落多时的殷商出现了"邦畿千里，维民所止，肇域彼四海。四海来假，来假祁祁"的兴旺局面。诗篇简要描述武丁隆兴国运的功业，彰显了武丁不辱"受命"的担当。

《商颂·长发》歌颂商王成汤兴邦建国的功业。诗篇追溯了商朝先祖奠定国基的历史："浚哲维商，长发其祥。"世世代代的商王都得到天帝的明示，"契""相土"更是光大了祖业。诗篇接着将重心转到对成汤功业的颂赞上。"帝命不违，至于汤齐。汤降不迟，圣敬日跻。昭假迟迟，上帝是祗。帝命式于九围。"成汤来到世间，他的行事作为，显示了值得天下效仿的优良政德和治才："不竞不绌，不刚不柔。敷政优优，百禄是遒。""不震不动，不戁不竦，百禄是总。"成汤奉持天帝之命，对暴虐的夏桀发动了讨伐："武王载旆，有虔秉钺。如火烈烈，则莫我敢曷。苞有三蘖，莫遂莫达，九有有截。韦顾既伐，昆吾夏桀。"成汤替天行道，诛除暴君，成就了天下更新、九州一统的伟业。"允也天子，降予卿士。实维阿衡，实左右商王。"贤臣们也乐意辅佐英明天子，成汤的治理已经达到顺天应人的境界。诗篇赞颂成汤以武力诛除夏桀的历史功绩，其替天行道、除暴安邦的价值取向颇为后世所肯定。孟子称："贼仁者谓之贼，贼义者谓之残。残贼之人，谓之一夫。闻诛一夫纣矣，

---

① （汉）司马迁：《史记》卷三《殷本纪》，中华书局2000年版，第75页。

未闻弑君也。"① 从中可找到与成汤诛除夏桀相同的政治逻辑。

三 武功卫国

战争是最高形式的激烈政治角力，诗歌作品对战争的描写能不同程度显现其所包含的政治观念和价值取向。《诗经》里的不少颂政诗赞颂周王及周室对四夷之国的征伐，从中可测知诗人们对周王及周室攻伐其他部族的立场态度。西周晚期，来自外部的威胁十分明显。"在西北方，居于今天甘肃宁夏高地的猃狁不断攻击周人在陕西的王畿地区，直接威胁周都。"② 其中，表现周宣王时代征伐猃狁的作品，史有所载，颇具样本意义。如："至穆王之孙懿王时，王室遂衰，戎狄交侵，暴虐中国。中国被其苦，诗人始作，疾而歌之，曰：'靡室靡家，猃狁之故。''岂不日戒，猃狁孔棘。'至懿王曾孙宣王，兴师命将以征伐之，诗人美大其功，曰：'薄伐猃狁，至于大原。''出车彭彭'，'城彼朔方'。是时四夷宾服，称为中兴。"③ "周室既衰，四夷并侵，猃狁最强，于今匈奴是也。至宣王而伐之，诗人美而颂之曰：'薄伐猃狁，至于大原。'又曰：'啴啴推推，如霆如雷。显允方叔，征伐猃狁，荆蛮来威。'故称中兴。"④《小雅·出车》《小雅·六月》《小雅·采芑》《小雅·瞻彼洛矣》《大雅·常武》《鲁颂·泮水》等篇，分别从不同侧面传递着对这些征伐行为的价值肯定。抵御侵侮，扫除祸源，平定叛乱，保境安民，崇尚武功，《诗经》颂政诗的这些战争描写鲜明展示了对这些征战攻伐的政治态度，强调了这些战争行动的政治道义性。

《小雅·出车》歌颂周宣王遣将征伐猃狁的功业。

> 我出我车，于彼牧矣。自天子所，谓我来矣。召彼仆夫，谓之载矣。王事多难，维其棘矣。我出我车，于彼郊矣。设此旐矣，建彼旄矣。彼旟旐斯，胡不旆旆。忧心悄悄，仆夫况瘁。王命南仲，往城于方。出车彭彭，旗旐央央。天子命我，城彼朔方。赫赫南仲，猃狁于襄。昔我往矣，黍稷方华。今我来思，雨雪载涂。王事多难，不遑启居。岂不怀归，畏此简书。喓喓草虫，趯趯阜螽。未见君子，忧心忡忡。既见君子，我心则降。赫赫南仲，薄伐西戎。春日迟迟，卉木萋萋。仓庚喈喈，采蘩

---

① （清）焦循：《孟子正义》，《梁惠王下》，中华书局2009年版，第145页。
② 李峰：《西周的政体：中国早期的官僚制度和国家》，生活·读书·新知三联书店2010年版，第42页。
③ （汉）班固：《汉书》卷九十四《匈奴传上》，中华书局2000年版，第2772页。
④ （汉）班固：《汉书》卷七十三《韦贤传》，中华书局2000年版，第2338页。

祁祁。执讯获丑,薄言还归。赫赫南仲,狁于夷。

虽然活跃在诗篇中的是将军与武士,但处处可感知未直接出面的周天子在运筹和指挥着这场征战。"自天子所,谓我来矣。""王命南仲,往城于方。"指派得力干将和勇士奔赴打击"狁"的疆场,正体现了周宣王果决的作战意志。"王事多难,维其棘矣。我出我车,于彼郊矣。""王事多难,不遑启居。岂不怀归,畏此简书。"将军和武士为王事出征,义不容辞,艰难亦可克服。战事取得了振奋人心的结果。"天子命我,城彼朔方。赫赫南仲,狁于襄。""执讯获丑,薄言还归。赫赫南仲,狁于夷。"将士奋勇征伐,驱逐了侵扰王土的"狁",成就了赫赫武功。诗篇记述王室下达决策和将士贯彻决策的各个环节,对周宣王君臣共赴国难、卫国安民的功绩从国家行为层面上给予了道义价值的肯定。

《小雅·六月》歌颂周宣王大臣尹吉甫征伐狁的功绩。

六月栖栖,戎车既饬。四牡骙骙,载是常服。狁孔炽,我是用急。王于出征,以匡王国。比物四骊,闲之维则。维此六月,既成我服。我服既成,于三十里。王于出征,以佐天子。四牡修广,其大有颙。薄伐狁,以奏肤公。有严有翼,共武之服。共武之服,以定王国。狁匪茹,整居焦获。侵镐及方,至于泾阳。织文鸟章,白旆央央。元戎十乘,以先启行。戎车既安,如轾如轩。四牡既佶,既佶且闲。薄伐狁,至于大原。文武吉甫,万邦为宪。吉甫燕喜,既多受祉。来归自镐,我行永久。饮御诸友,炰鳖脍鲤。侯谁在矣,张仲孝友。

诗歌开篇即展示将士们在狁入侵、边事紧急的背景下出兵征战。"六月栖栖,戎车既饬。四牡骙骙,载是常服。狁孔炽,我是用急。王于出征,以匡王国。"虽然炎夏烈烈,但将士们意气昂扬,兵强马壮,愿为辅助天子平定边患出征奋战。"王于出征,以佐天子。"将士们清楚自己的使命是什么。敌方恃强进犯,"侵镐及方,至于泾阳"。我方予以反击,"薄伐狁,至于大原"。实现了既定作战目标。此次出征的使命感和荣誉感深深嵌入了既定目标的实现过程,因此胜利之时的喜庆气氛尤为热烈。"文武吉甫,万邦为宪。""吉甫燕喜,既多受祉"。诗篇描述北伐狁、抗击侵扰的作战行动,充满了师出有名的道义信心。

《小雅·采芑》歌颂周宣王大臣方叔征蛮安邦。诗篇反复描写方叔统领大军南征荆蛮的阵容和威势:"方叔莅止,其车三千,师干之试。方叔率止,乘其四骐，四骐翼翼。""方叔莅止，其车三千，旗旐央央。""方叔莅止，其车三千，师干之试。方叔率止，钲人伐鼓，陈师鞠旅。"诗篇对王师南征阵势的自豪渲染，来自对征伐荆蛮战争的道义认知。诗篇声言："蠢尔蛮荆，大邦为仇。"表明对荆蛮侵扰周邦有着不可退避的迎战责任。方叔率王师出征，进取的势头不可阻挡。"方叔元老，克壮其犹。方叔率止，执讯获丑。戎车啴啴，啴啴焞焞，如霆如雷。显允方叔，征伐猃狁，蛮荆来威。"胜利的喜悦之中，包含的同样是道义征伐的自信和自豪。

《小雅·瞻彼洛矣》歌颂周王振武卫国的举措。诗篇描述了周王在东都洛阳检阅六军的壮观场面："君子至止，福禄如茨。韎韐有奭，以作六师。""君子至止，鞞琫有珌。君子万年，保其家室。""君子至止，福禄既同。君子万年，保其家邦。"题旨非常明确，以"君子"即周王的亲自阅军，提升"六师"的士气和意志，达到保卫"家室""家邦"的目的。

《大雅·常武》歌颂周宣王平定诸侯叛乱的功绩。《大雅》颂扬周宣王征战业绩的作品仅见此篇，写得威势赫赫，意气昂扬，题旨颇具武功卫国的政治道义感。诗篇几次提及，是天子亲自部署和指挥这次征战："赫赫明明，王命卿士。""王谓尹氏，命程伯休父。""赫赫业业，有严天子。""王奋厥武，如震如怒。"六军在天子的调遣下奔赴平定徐国叛乱的战场，徐军在王师的震慑下，乱了阵脚。"徐方绎骚，震惊徐方。如雷如霆，徐方震惊。"王师对徐国叛军的征伐勇往直前："不测不克，濯征徐国。王犹允塞，徐方既来。徐方既同，天子之功。四方既平，徐方来庭。徐方不回，王曰还归。"叛乱得到平息，叛军彻底降服。"徐方既同"的"同"，即表明王师完全实现了维护一统的征战目标。

《鲁颂·泮水》歌颂鲁僖公会合诸侯平定淮夷的功绩。周襄王时期，南方淮夷部族侵扰中原，鲁僖公与齐侯、宋公、陈侯、郑伯、许男、曹伯，"会于咸，淮夷病杞故，且谋王室也"。[①] 诗歌描述了僖公率领队伍参与讨伐淮夷的会战，"鲁侯戾止，言观其旂"。"无小无大，从公于迈。"他们清楚自己的征程及作战目标是铲除叛逆势力："顺彼长道，屈此群丑。"僖公率军历经征战，扫除来自东南的侵扰，俘获敌虏，在泮宫举行盛大的庆功宴会，克敌制胜的作战目标完全实现。"既作泮宫，淮夷攸服。矫矫虎臣，在泮献馘。淑问如皋陶，在泮献囚。""桓桓于征，狄彼东南。""不告于讻，在泮献功。""既克淮夷，孔淑不逆。式固尔犹，淮夷卒获。"诗篇渲染鲁国参与征战的功绩虽然不无夸大，但题旨明白无误，表现了鲁国捍卫周王室、抵御侵侮的担当与自豪，凸显了参与征战的政治道义高度。

---

① 杨伯峻：《春秋左传注》，《僖公十三年》，中华书局2009年版，第344页。

第二节 《诗经》怨政诗——孤臣之忧 士庶之怨

　　《诗经》里的怨政诗主要分布在"国风"和"二雅"中,总数三十余首,占《诗经》全部作品的10%以上。如"国风"中的《周南·汝坟》《召南·羔羊》《邶风·式微》《邶风·北门》《邶风·新台》《鄘风·墙有茨》《鄘风·相鼠》《王风·君子于役》《王风·兔爰》《齐风·南山》《魏风·硕鼠》《唐风·鸨羽》;"小雅"中的《沔水》《节南山》《正月》《十月之交》《雨无正》《小旻》《巧言》《巷伯》《大东》《四月》《北山》《苕之华》《何草不黄》;"大雅"中的《民劳》《板》《荡》《抑》《桑柔》《瞻卬》《召旻》等。

　　《诗经》怨政诗的作者主要是平民庶人及贵族官吏,他们分布于社会的两极,形成了不同于后世怨政诗作者的身份特点及立场表达。如,《毛诗序》概括多篇"国风"怨政诗题旨时,已准确指出其作者为庶人平民:"《新台》,刺卫宣公也。纳伋之妻,作新台于河上而要之,国人恶之,而作是诗也。"[①]"《敝笱》,刺文姜也。齐人恶鲁桓公微弱,不能防闲文姜,使至淫乱,为二国患焉。"[②] 虽然《毛诗序》作者解读《诗经》作品有过于功利化的倾向,其中不免穿凿附会之说,"但是《诗序》的概括也并非一无是处,《诗经》中有些诗的确是与一定的历史人物、历史事件相联系的,《诗序》对这一类诗的背景、作者或主题的说明就往往可供参考"。[③] 的确,将作品内容及《诗序》反复提到的"国人""卫人""齐人"的作者身份联系起来考察,二者在逻辑上保持了高度的一致性。因此,可明确判定这些"国风"怨政诗为平民庶人所作。再如,《毛诗序》明确指出了多篇"小雅"怨政诗的作者情况:"《正月》,大夫刺幽王也。"[④]"《十月之交》,大夫刺幽王也。"[⑤]"《雨无正》,大夫刺幽王也。"[⑥]"《小旻》,大夫刺幽王也。"[⑦]"《巧言》,刺幽王也。大夫伤于谗,故作是诗也。"[⑧]"《北山》,大夫刺幽王也。"[⑨]《毛诗序》一再提及的《小雅·正月》等篇的"大夫",这些贵族的中层人物实际就是"小雅"怨政

[①] (清)阮元:《十三经注疏·毛诗正义》,中华书局2009年版,第655页。
[②] 同上书,第748页。
[③] 金开诚等:《历代诗文要籍详解》,北京出版社1988年版,第14页。
[④] (清)阮元:《十三经注疏·毛诗正义》,中华书局2009年版,第947页。
[⑤] 同上书,第955页。
[⑥] 同上书,第959页。
[⑦] 同上书,第962页。
[⑧] 同上书,第973页。
[⑨] 同上书,第994页。

诗的作者主体。又如,《毛诗序》言及"大雅"怨政诗的作者:"《民劳》,召穆公刺厉王也。"① "《板》,凡伯刺厉王也。"② "《荡》,召穆公伤周室大坏也。"③ "《桑柔》,芮伯刺厉王也。"④ "《瞻卬》,凡伯刺幽王大坏也。"⑤ 一方面,《毛诗序》提及的这些王室贵族有名可查;另一方面,这些"大雅"怨政诗的怨政立场也是我们判定其作者上层贵族身份的合理支撑。

《诗经》怨政诗抒写了来自不同层面的社会怨愤,折射出各种人群基于不同的利害得失而产生的差异化的怨政心理,宣示了处于不同境况的作者遭受伤痛后的不同心态。在《诗经》怨政诗篇中,既有平民庶人遭受苛政酷役而引发的怨声载道,此类诗篇揭示了下层民众在虐政威权下徒然痛苦呻吟的无奈心境;也有下层官吏感受境遇不公而发出的愤愤不平,此类诗篇透露了处于权力结构底层的小人物对个人权益严重受损而耿耿于怀的幽怨心态;更有贵族大臣感知王朝危机而生发的极度忧虑,此类诗篇呈献了孤臣孽子意图拯救王室危亡的赤诚之心。"大雅"怨政诗的幽怨书愤,尤其凸显了作者与王室休戚与共的身份意识。贵族中的少数清醒者如凡伯、芮伯、召穆公等,无法容忍王室的根本前途被彻底葬送,怀着对王室殿宇将倾的焦虑大声疾呼,展现出挺身拯救王室政治危机的凛然姿态。

《诗经》怨政诗里还有一些作品集中表现了社会大众对君王恶德秽行的厌憎。这种厌憎情感的表达,并不源于作者自身直接的利益诉求,而是出于社会公共价值的道义立场,对权势者鲜廉寡耻行为所做的激烈道德谴责。

《诗经》中的怨政诗,所抒写的怨憎情感及所针对的批判对象,主要有四个方面。

一 昊天昏君

昊天即苍天,对"昊天"的怨责其实是对昏聩天子的怨责。如《小雅·节南山》指斥:"昊天不佣,降此鞠讻。昊天不惠,降此大戾。""不吊昊天,乱靡有定。式月斯生,俾民不宁。忧心如酲,谁秉国成。不自为政,卒劳百姓。"昊天即天帝。"昊天"给天下降下灾祸,使百姓无以安宁,苦不堪言。诗篇字面怨责的是"昊天",实则怨刺的是幽王。诗人认为,在幽王的乱政下,才有如此天灾降临。《小雅·十月之交》描述:"十月之交,朔月辛卯。日有食之,亦孔之丑。彼月而微,此日而微。今此下民,亦孔之哀。日月告

---

① (清)阮元:《十三经注疏·毛诗正义》,中华书局2009年版,第1180页。
② 同上书,第1182页。
③ 同上书,第1191页。
④ 同上书,第1203页。
⑤ 同上书,第1244页。

凶，不用其行。四国无政，不用其良。""烨烨震电，不宁不令。百川沸腾，山冢崒崩。高岸为谷，深谷为陵。哀今之人，胡憯莫惩。"电闪雷鸣，天塌地陷，极其可怕的天灾让人惊心。诗人痛心谴责，天下政治一片混乱，抛弃了贤能的良才，造成了这个天昏地暗的可怕局面。"这诗句不仅指出自然的灾害，而更重要的指出连上帝也管不着国家的毁灭了。"①《小雅·雨无正》写一位王室侍卫官对幽王的责备："浩浩昊天，不骏其德。降丧饥馑，斩伐四国。旻天疾威，弗虑弗图。舍彼有罪，既伏其辜。若此无罪，沦胥以铺。""凡百君子，莫肯用讯。听言则答，谮言则退。"埋怨"昊天"给天下降下灾祸，对天下人暴虐施威。这"昊天"分不清好坏，歹人安然，无辜遭罪。朝廷百官群臣对天子都闭口不敢谏言，天子习惯了顺耳话，已不能忍受逆耳忠言。《小雅·小旻》同样激烈表达了对幽王的痛责："旻天疾威，敷于下土。谋犹回遹，何日斯沮。谋臧不从，不臧覆用。我视谋犹，亦孔之邛。"仍然是责备"昊天"降灾，天下蒙难。诗人怨叹，是幽王的朝策一塌糊涂，好谋略听而不闻，坏主意言听计从，这种颠倒的局面糟糕透顶。"小雅"里的这些诗篇责怨"昊天"，虽然真正的责怨对象是败政乱国的天子，但对"昊天"的责怨本身，即显示了西周后期的王朝政治已经发生很大改变："上帝虽然在意识中没有被完全否定，但好像变样了，反常了。应该指出，这是怀疑上帝并接近于否定上帝的思想的表现。这样的坏上帝在逻辑上是应该骂的对象了。更应该指出，天命的反动，是社会危机的反映。我们试拿这些怀疑天命的思想，对比一下《周颂》与《大雅·文王》的天命观，便知道周初的上帝神是如何值得'以天为宗'，厉王以后的上帝神是如何应遭受人的攻击。"②

怨责昊天昏君的作品主要出自"大雅"。如《大雅·板》写贵族凡伯对厉王的指责，锋芒几乎无以遮掩，像是长辈对浪子的责骂："上帝板板，下民卒瘅。出话不然，为犹不远。靡圣管管，不实于亶。犹之未远，是用大谏。""天之方虐，无然谑谑。老夫灌灌，小子蹻蹻。匪我言耄，尔用忧谑。多将熇熇，不可救药。""敬天之怒，无敢戏豫。敬天之渝，无敢驰驱。"指指戳戳，简直是耳提面命。这些诗句透露的愤懑，主要针对的是厉王混乱之政导致天灾频繁。虽然这种对天灾与人祸关系的指责在今天看来未必符合自然事理、政治事理，但其痛责昏君乱政的动机是明确的，即王室成员不甘心王朝命运的可悲沦落。

《大雅·荡》亦是借题发挥的责难。表面责骂殷纣王，实则痛斥周厉王："荡荡上帝，下民之辟。疾威上帝，其命多辟。""枝叶未有害，本实先拨。殷

---

① 侯外庐等：《中国思想通史》第一卷，人民出版社 2011 年版，第 103 页。
② 同上书，第 106 页。

鉴不远，在夏后之世。"纣王骄纵放荡的肆意作为，就是厉王胡作非为的影子投射，占据高位却只知凶暴逞强。诗人明告厉王，不记取前车之鉴，下场可想而知。

《大雅·抑》也是一位老臣对厉王的斥责："其在于今，兴迷乱于政。颠覆厥德，荒湛于酒。女虽湛乐从，弗念厥绍。罔敷求先王，克共明刑。""昊天孔昭，我生靡乐。视尔梦梦，我心惨惨。诲尔谆谆，听我藐藐。匪用为教，覆用为虐。""取譬不远，昊天不忒。回遹其德，俾民大棘。"明言如今天下乱糟糟的局面都是国政昏败造成的，君王的德行不堪言说，沉湎酒色，不法先王，怎能利国利民？对厉王不听老臣劝告极其失望，再次厉声予以警告：如果不改邪行，百姓将大祸临头。诗人心忧王室命运，言辞痛切焦急，一派孤臣孽子情怀。

《大雅·瞻卬》开篇亦责备"昊天"幽王："瞻卬昊天，则不我惠。孔填不宁，降此大厉。邦靡有定，士民其瘵。蟊贼蟊疾，靡有夷届。罪罟不收，靡有夷瘳。"遍天下都是灾难，民众如苗被虫害。这苦不堪言的祸根在哪里呢？"人有土田，女反有之。人有民人，女覆夺之。此宜无罪，女反收之。彼宜有罪，女覆说之。"原来这个"昊天"夺人田地、抢民为奴，有如明火执仗的盗贼，这哪是天子所当作为的呢？乱政之源实在匪夷所思。

《大雅·桑柔》描述国事艰危的可怕局面："民靡有黎，具祸以烬。呜呼有哀，国步斯频。国步蔑资，天不我将。靡所止疑，云徂何往。"百姓被乱世侵害如遭火灾，大火过后只剩灰烬，国运垂危，老天不佑，百姓无处安身。甚至天降丧乱到了要亡国灭王的地步："天降丧乱，灭我立王。降此蟊贼，稼穑卒痒。哀恫中国，具赘卒荒。靡有旅力，以念穹苍。"诗人既哀怜百姓的痛苦，更伤痛王室可能彻底覆灭。这是上层贵族与王朝命运休戚与共的真情流露。

《大雅·召旻》是这样展示天灾国难的："旻天疾威，天笃降丧。瘨我饥馑，民卒流亡，我居圉卒荒。天降罪罟，蟊贼内讧。昏椓靡共，溃溃回遹，实靖夷我邦。"我们看到了"旻天"暴虐施威，小民流离失所，田园遍生榛莽。寻其祸源，天降祸殃还是乱政使然。乱臣贼子争利内讧，昏聩邪僻，实实在在要断送国家，诗人心底之痛如波涛般起伏不平。这些贵族诗人连篇累牍抒写自己的怨愤，呈现的是对王室命运的深刻焦虑，其生死相依的痛切心态是不难体会的。

二 谗谄奸佞

痛斥谗谄奸佞的作品主要出自下层贵族士人之手。由于身处统治阶层，对王朝政治自然会有关切，对于王室政治中奸佞谗谄，表现出了极大的怨愤，但已经很少有"大雅"上层贵族与王室同舟共命的痛惜之情，而是给予王室奸佞严厉的痛斥和无情的诅咒。如《小雅·正月》："心之忧矣，如或结之。今兹之正，胡然厉矣。燎之方扬，宁或灭之。赫赫宗周，褒姒灭之。"诗人斥骂褒姒把朝政搅得一团乱麻，危殆如火，简直就是王室死敌。这种怨责已经超出贵族内部的不满，是势不两立的仇恨之声。《小雅·青蝇》将谗谄奸邪的朝臣比作苍蝇，极其厌憎他们："营营青蝇，止于樊。岂弟君子，无信谗言。营营青蝇，止于棘。谗人罔极，交乱四国。营营青蝇，止于榛。谗人罔极，构我二人。"最让诗人厌憎的是这些四处招摇的奸佞，言行龌龊，扰得天下不宁，人人惶惑，给国家带来极大的祸患。《小雅·北山》则流露了身处下层的贵族人士感受不公后产生的怨情："大夫不均，我从事独贤。四牡彭彭，王事傍傍。嘉我未老，鲜我方将。旅力方刚，经营四方。或燕燕居息，或尽瘁事国。或息偃在床，或不已于行。或不知叫号，或惨惨劬劳。或栖迟偃仰，或王事鞅掌。或湛乐饮酒，或惨惨畏咎。或出入风议，或靡事不为。"操劳国事、为国奔忙者憔悴不堪，不担正事、贪婪捞利的小人却奢乐无度。不平之感十分强烈。《小雅·巧言》则把奸邪贼臣的谗言乱政视为国之大患："乱之初生，僭始既涵。乱之又生，君子信谗。君子如怒，乱庶遄沮。君子如祉，乱庶遄已。君子屡盟，乱是用长。君子信盗，乱是用暴。盗言孔甘，乱是用餤。匪其止共，维王之邛。"直言天子用这些乱臣之言必将坑害王室自身。诗人对谗谄之臣的刻画深入骨髓："蛇蛇硕言，出自口矣。巧言如簧，颜之厚矣。彼何人斯，居河之麋。无拳无勇，职为乱阶。既微且尰，尔勇伊何。为犹将多，尔居徒几何。"这种巧言令色、厚颜无耻之徒，被诗人痛斥为"职为乱阶"的败坏朝政的祸根。

《小雅·巷伯》将饱受奸佞谗谮之害的心头怨恨发泄到了极致。

> 萋兮斐兮，成是贝锦。彼谮人者，亦已大甚。哆兮侈兮，成是南箕。彼谮人者，谁适与谋。缉缉翩翩，谋欲谮人。慎尔言也，谓尔不信。捷捷幡幡，谋欲谮言。岂不尔受，既其女迁。骄人好好，劳人草草。苍天苍天，视彼骄人，矜此劳人。彼谮人者，谁适与谋。取彼谮人，投畀豺虎。豺虎不食，投畀有北。有北不受，投畀有昊。杨园之道，猗于亩丘。寺人孟子，作为此诗。凡百君子，敬而听之。

诗篇描写靠谗谮以逞其奸的朝廷小人的可憎嘴脸。"缉缉翩翩，谋欲谮人。""捷捷幡幡，谋欲谮言。"这些龌龊之徒，花言巧语，搬弄是非，以造谣陷害为能事。"寺人孟子"原是朝廷普通官员,遭受谗言,身被荼毒,因此极为痛恨这些乱政祸国的奸邪谗慝,对他们发出了无以复加的诅咒。"取彼谮人,投畀豺虎。豺虎不食,投畀有北。有北不受,投畀有昊。"恨不能将其投去喂虎,不置死地不得释怀。仇怨之声无比激烈,在整个政治诗歌史上也是罕见的。"投畀豺虎"的仇怨之声在后世得到呼应,明代钦叔阳《税官谣》对贪酷宦官发出"投畀鸟枭"的诅咒,就是这种愤激之音的遥远回响。

三 徭役痛苦

这类主题的诗歌基本都是民间人士倾诉自己饱受王室及官府徭役之苦的作品,也有宣泄对当权者、富贵者不劳而获的社会分配机制强烈怨愤的诗篇。从作者身份看,应是周王朝的下层人士,甚或是最底层的劳动者。如《邶风·式微》:"式微式微,胡不归。微君之故,胡为乎中露。式微式微,胡不归。微君之躬,胡为乎泥中。"表达为君主服役的怨苦,十分哀婉。《王风·君子于役》是一首代言体的诗歌,代一位服役者的妻子诉说思念之苦:"君子于役,不知其期,曷至哉。鸡栖于埘,日之夕矣,羊牛下来。君子于役,如之何勿思。君子于役,不日不月,曷其有佸。鸡栖于桀,日之夕矣,羊牛下括。君子于役,苟无饥渴。"后世无数抱怨官府徭役压迫的诗歌,很多作品像这首诗一样,借家人的思念之情,诉自己的怨苦之声。《魏风·陟岵》则是从征人思家的角度诉说徭役之苦:"陟彼岵兮,瞻望父兮。父曰嗟,予子行役,夙夜无已。上慎旃哉,犹来无止。陟彼屺兮,瞻望母兮。母曰嗟,予季行役,夙夜无寐。上慎旃哉,犹来无弃。陟彼冈兮,瞻望兄兮。兄曰嗟,予弟行役,夙夜必偕。上慎旃哉,犹来无死。"借想象中的家人思念自己,悲诉自己对家人的思念,这种悲诉实际是对王室苛重徭役的间接怨责。《唐风·鸨羽》也是对王室徭役的怨诉:"肃肃鸨羽,集于苞栩。王事靡盬,不能蓺稷黍,父母何怙。悠悠苍天,曷其有所。肃肃鸨翼,集于苞棘。王事靡盬,不能蓺黍稷,父母何食。悠悠苍天,曷其有极。肃肃鸨行,集于苞桑。王事靡盬,不能蓺稻粱,父母何尝。悠悠苍天,曷其有常。"无休无止的"王事"剥夺了服役者的基本权利,父母不能奉养,心中无限悲伤,哀苦无助,只能向苍天呼号。《小雅·正月》从另一个角度抒写了对世道不公的政治怨愤:"彼有旨酒,又有嘉肴。洽比其邻,婚姻孔云。念我独兮,忧心殷殷。佌佌彼有屋,蔌蔌方有谷。民今之无禄,天夭是椓。哿矣富人,哀此惸独。"不劳而获的富贵者享受着美酒佳肴,良谷满仓,华屋豪宅,而辛勤奔劳的小民则茕茕孑立,无处安身。描述的场景对比如此鲜明,抗议之声自在其中。

《魏风·伐檀》更是直接向不劳而获的权贵发出了空前强烈的质疑。

坎坎伐檀兮，置之河之干兮，河水清且涟猗。不稼不穑，胡取禾三百廛兮。不狩不猎，胡瞻尔庭有县貆兮。彼君子兮，不素餐兮。　坎坎伐辐兮，置之河之侧兮，河水清且直猗。不稼不穑，胡取禾三百亿兮。不狩不猎，胡瞻尔庭有县特兮。彼君子兮，不素食兮。　坎坎伐轮兮，置之河之漘兮，河水清且沦漪。不稼不穑，胡取禾三百囷兮。不狩不猎，胡瞻尔庭有县鹑兮。彼君子兮，不素飧兮。

　　诗人愤慨，权贵们满院满仓堆积着不劳而获之物："不稼不穑，胡取禾三百廛兮。不狩不猎，胡瞻尔庭有县貆兮。""不稼不穑，胡取禾三百亿兮。不狩不猎，胡瞻尔庭有县特兮。""不稼不穑，胡取禾三百囷兮。不狩不猎，胡瞻尔庭有县鹑兮。"诗中这些带有挑战意味的质问，对似乎天经地义的社会现行分配机制做出了不予接受的对抗姿态。这种对不平等现实经济权利的抗争态度，间接表达了民间人士对支撑这种经济机制的政治制度的强烈不满。

　　《魏风·硕鼠》是下层民众对王朝重赋盘剥的苛政的怨尤。

　　硕鼠硕鼠，无食我黍。三岁贯女，莫我肯顾。逝将去女，适彼乐土。乐土乐土，爰得我所。　硕鼠硕鼠，无食我麦。三岁贯女，莫我肯德。逝将去女，适彼乐国。乐国乐国，爰得我直。　硕鼠硕鼠，无食我苗。三岁贯女，莫我肯劳。逝将去女，适彼乐郊。乐郊乐郊，谁之永号。

　　《毛诗序》称："《硕鼠》，刺重敛也。国人刺其君重敛，蚕食于民，不修其政，贪而畏人，若大鼠也。"[①] 汉代桓宽亦称："周之末途，德惠塞而嗜欲众，君奢侈而上求多，民困于下，怠于上公，是以有履亩之税，《硕鼠》之诗作也。"[②] 可知其时王朝赋敛已经让百姓难以为生，只有选择逃亡他邦，聊以活命了。《小雅·大东》也是一篇谴责王朝赋敛苛政的力作。"小东大东，杼柚其空。纠纠葛屦，可以履霜。佻佻公子，行彼周行。既往既来，使我心疚。有冽氿泉，无浸获薪。契契寤叹，哀我惮人。薪是获薪，尚可载也。哀我惮人，亦可息也。东人之子，职劳不来。西人之子，粲粲衣服。舟人之子，熊罴是裘。私人之子，百僚是试。"诗篇以东方诸侯小国谭国一位沦为小民的旧贵族的眼光，展示了百姓经受的赋税徭役之苦。轻佻的王室公子征税不休，小民忧心烈烈，还有数不清的劳役摊派加身。王室公子衣着光鲜，猎玩享乐，小国寡民却劳苦贫困，当差服役。王室无尽的诛求、赋役，让百姓苦不堪言。

---

① （清）阮元：《十三经注疏·毛诗正义》，中华书局 2009 年版，第 761 页。
② 王利器：《盐铁论校注》，《取下》，中华书局 1992 年版，第 462 页。

汉代王符分析创作这类诗作的动因是："履亩税而《硕鼠》作，赋敛重而谭告通。"① 说的就是赋敛重压下百姓的哀哀告苦。

四 政德荒败

在中国传统政治文化中，当权者尤其是上层统治者的德行与王朝政治有着不可分割的联系。政德是儒家价值评判的重要目标，权贵的恶德秽行，往往成为臣民抨击王朝政治的靶子。《论语》有载："季康子问政于孔子。孔子对曰：'政者，正也。子帅以正，孰敢不正。'"②"其身正，不令而行。其身不正，虽令不从。"③ 说的就是德行在中国政治现实中的重要位置。与公权相关的政德，在一定前提下也包含了影响公权运行结果的私德。这种语境下的私德并非纯个人品行的范畴，而是具有了泛义政德的意义。《诗经》的不少作品披露了周王朝一些诸侯国君主恶德秽行招致的社会怨恨，揭示权贵的乱伦丑行导致的政治恶果。如《邶风·新台》描写百姓轻蔑挖苦卫宣公的乱伦秽行："新台有泚，河水沵沵。燕婉之求，籧篨不鲜。新台有洒，河水浼浼。燕婉之求，籧篨不殄。鱼网之设，鸿则离之。燕婉之求，得此戚施。"诗中被比喻为癞蛤蟆的卫宣公，之前已与后母夷姜乱伦，生子名伋，后来伋娶齐女，宣公得知齐女很美，居然在河上筑台拦截，把齐女占为己有，招致败坏卫国朝政声誉的破坏性政治后果。《鄘风·墙有茨》是《邶风·新台》的故事续集，讽刺卫国当政者前赴后继的秽行："墙有茨，不可扫也。中冓之言，不可道也。所可道也，言之丑也。墙有茨，不可襄也。中冓之言，不可详也。所可详也，言之长也。墙有茨，不可束也。中冓之言，不可读也。所可读也，言之辱也。"这是卫国当政者的连续丑闻，卫宣公劫娶儿子的聘妻齐女，是为宣姜。宣公死后，他的庶长子公子顽又与宣姜私通，生下数个子女。这种不可思议的丑行，在卫国引起轩然大波，成为卫国朝政的秽恶标志。《鄘风·鹑之奔奔》是百姓对卫国君主秽行的公然鄙视："鹑之奔奔，鹊之强强。人之无良，我以为兄。鹊之强强，鹑之奔奔。人之无良，我以为君。"他们咒骂君主连鹌鹑、喜鹊这些匹配成对的禽鸟都不如，哪有资格担任国君、长辈。可见卫君的乱伦已成为国民谴责朝政败坏的行为对象。《鄘风·相鼠》虽然没有明言所斥骂的具体对象及具体行为，但从诗中的鄙弃口吻看，仍是咒骂当政者的恶德秽行："相鼠有皮，人而无仪。人而无仪，不死何为。相鼠有齿，人而无止。人而无止，不死何俟。相鼠有体，人而无礼。人而无礼，胡不遄死。"

---

① 彭铎：《潜夫论笺校正》卷四《班禄》，中华书局1985年版，第168页。
② 程树德：《论语集释》，《颜渊》，中华书局1990年版，第864页。
③ 程树德：《论语集释》，《子路》，中华书局1990年版，第901页。

言辞极其犀利,直接把鲜廉寡耻的当政者斥为连老鼠都不如的贱类,宣判他们在政治信誉上已名声扫地。《齐风·南山》亦是这类作品,斥骂的是齐国君主的乱伦秽行:"南山崔崔,雄狐绥绥。鲁道有荡,齐子由归。既曰归止,曷又怀止。葛屦五两,冠緌双止。鲁道有荡,齐子庸止。既曰庸止,曷又从止。"讽刺齐襄公与嫁到鲁国的同父异母妹妹文姜私通,把他比作一只肆无忌惮的雄狐,嘲讽他想入非非,胡作非为。《左传》记有此事:"十八年春,公将有行,遂与姜氏如齐,申繻曰:'女有家,男有室,无相渎也,谓之有礼。易此必败。'齐侯通焉,公谪之。"① 鲁桓公之妻文姜与齐襄公私通的这件丑事,对齐国的政治声誉造成严重伤害,以致被载入史册。《齐风·敝笱》讽刺鲁庄公纵容其母文姜与文姜的同父异母兄齐襄公乱伦:"敝笱在梁,其鱼鲂鳏。齐子归止,其从如云。敝笱在梁,其鱼鲂鱮。齐子归止,其从如雨。敝笱在梁,其鱼唯唯。齐子归止,其从如水。"这种乱伦行径居然招摇过市,随从如云,不避世人的侧目鄙视。民众的愤怒中带有对当政者恶德秽行的唾弃,诗歌透露的民间舆论显然包含了对这类当政者执政品格的强烈否定。

第三节 《楚辞》怨政诗——信而见疑 忠而被谤

  《楚辞》里的怨政诗主要涉及屈原、宋玉的作品,分布范围大约占到了《楚辞》全部诗篇的40%。《楚辞》怨政诗都是其作品的部分章句包含怨政内容。如屈原的《离骚》《九章·哀郢》《九章·抽思》《九章·惜诵》《九章·怀沙》《九章·涉江》《九章·惜往日》,宋玉的《九辩》,都有比例不一的章句抒写政治怨情。因此,在这个意义上将这些作品归属于怨政诗。

  屈原(前340? —前278?),名平,字原,楚国贵族。初辅佐怀王,历任左徒、三闾大夫等。后因谗毁,被怀王疏远,放逐。顷襄王时受谗毁,再遭放逐。郢都失陷,悲愤绝望,自沉汨罗。

  屈原是个很自豪的贵族,也是个很自尊的贵族。这种自豪与自尊,升华为诗人与楚国生死相连、荣辱与共的深厚情感联系,决不容忍楚国被祸害、被毁灭。屈原身处楚国政治沉沦的时代,庸君昏聩,奸佞得志,国运黯淡,其内心的伤痛无可比拟。他将自己的满腔政治怨愤凝结为诗句,在《离骚》《九章》《天问》等篇章里反复倾吐,怨情如焚,成为抒写政治怨情的不朽章句。屈原对楚王的个人怨情的抒写,是其痛心国事的曲折表达。诗人以与"灵修"的情爱受挫,隐喻与楚王的政治分歧和相应遭遇,写下了"怨灵修之

---

① 杨伯峻:《春秋左传注》,《桓公十八年》,中华书局2009年版,第151页。

浩荡兮，终不察夫民心"之类恳切哀痛幽怨的诗句。屈原怨政诗更多的内容是宣泄对楚国奸佞的仇怨，把他们当作危害楚国政治的最大祸根，在《离骚》《九章》里有许多诗句激烈地斥责奸佞谗慝，成为怨政诗史上痛斥奸佞的范例。屈原怨政诗抒写的信而见疑、忠而被谤的悲情，并未局限于个人的恩怨得失，而是在顾念国家政治成败的意义上宣泄了自己的忧愤。

宋玉（？—？），生卒不详，战国后期楚国人。曾事顷襄王，任楚大夫，后被谗去职。

王逸《楚辞章句·九辩序》称宋玉为楚大夫，而宋玉《九辩》自称为"贫士"，其身份当为楚国下层贵族。宋玉虽然只有一首《九辩》存世，但这首长诗中的部分章句抒写的政治怨情一如屈原《离骚》《九章》一样激情澎湃。怨君与斥奸是《九辩》抒写怨政情感的主要内容。作为贵族的下层人士，宋玉的痛苦和怨愤与上层贵族屈原是相通的，但宋玉对楚国朝政的冷眼旁观与屈原对楚国命运的生死与共的情感表达还是有差异的。

屈原、宋玉的怨政诗主要从两方面抒写政治怨情，批判楚国政治。

一　君王愚聩

屈原和宋玉的怨政诗中都有大量的章句将怨责的锋芒指向了楚王。这种怨责的情感十分复杂，既有对楚王将国家带入歧途的焦虑，也有对楚王不能授贤任能的指责，还有对自己在政治上遭受冷落排斥的抱怨。包含这些怨尤情绪的章句在诗中是零散分布的，很少有大段大段连续集中的抒写，但汇集这些诗句，还是能够清晰感受到作者强烈的政治怨尤。如《离骚》："不抚壮而弃秽兮，何不改乎此度。"告诫楚王要趁着壮年之时，有所作为，改弦更张；"彼尧舜之耿介兮，既遵道而得路。何桀纣之猖披兮，夫唯捷径以窘步。"借历史上的贤君与昏君的不同治国之道，给楚王指出正确的道路方向；"忽奔走以先后兮，及前王之踵武。荃不察余之中情兮，反信谗而齌怒。余固知謇謇之为患兮，忍而不能舍也。指九天以为正兮，夫唯灵修之故也。初既与余成言兮，后悔遁而有他。余既不难夫离别兮，伤灵修之数化。"诗人期待君王回复到前代贤君的正路上来。君王无视"我"的忠心，听信谗言大发雷霆，但"我"的忠心可对日月。君王与"我"既有约定，却又三心二意，让"我"的衷心数度受伤。诗篇在借喻夫妇、男女的衷情表白中，倾吐了对楚王痛心疾首的怨责。这样的比拟，披露作者身为楚国贵族，眼见楚国沿着危险的政治路线在悬崖边游走，内心充满未能让楚王改弦更张的焦虑，也有对楚王政治头脑糊涂不能分辨忠奸的失望，还有在政治上能再辅佐楚王的期待。多种心态交织其间，复杂真切。

对楚王不辨忠奸的昏聩政治态度，屈原、宋玉发出了深深的怨责。除了《离骚》，这种怨责还反复出现在屈原《九章·惜诵》《九章·涉江》《九章·抽思》《九章·惜往日》及宋玉《九辩》等诗章中。

  竭忠诚以事君兮，反离群而赘肬。忘儇媚以背众兮，待明君其知之。言与行其可迹兮，情与貌其不变。故相臣莫若君兮，所以证之不远。吾谊先君而后身兮，羌众人之所仇也。专惟君而无他兮，又众兆之所仇也。
  疾亲君而无他兮，有招祸之道也。思君其莫我忠兮，忽忘身之贱贫。事君而不贰兮，迷不知宠之门。忠何罪以遇罚兮，亦非余心之所志。（《九章·惜诵》）
  忠不必用兮，贤不必以。伍子逢殃兮，比干菹醢。与前世而皆然兮，吾又何怨乎今之人。（《九章·涉江》）
  昔君与我成言兮，曰黄昏以为期。羌中道而回畔兮，反既有此他志。憍吾以其美好兮，览余以其修姱。与余言而不信兮，盖为余而造怒。愿承间而自察兮，心震悼而不敢。悲夷犹而冀进兮，心怛伤之憺憺。兹历情以陈辞兮，荪详聋而不闻。固切人之不媚兮，众果以我为患。初吾所陈之耿著兮，岂至今其庸亡。（《九章·抽思》）
  惜往日之曾信兮，受命诏以昭时。奉先功以照下兮，明法度之嫌疑。国富强而法立兮，属贞臣而日娭。秘密事之载心兮，虽过失犹弗治。心纯庞而不泄兮，遭谗人而嫉之。君含怒而待臣兮，不清澄其然否。蔽晦君之聪明兮，虚惑误又以欺。弗参验以考实兮，远迁臣而弗思。信谗谀之溷浊兮，盛气志而过之。何贞臣之无罪兮，被离谤而见尤。惭光景之诚信兮，身幽隐而备之。临沅湘之玄渊兮，遂自忍而沉流。卒没身而绝名兮，惜壅君之不昭。君无度而弗察兮，使芳草为薮幽。焉舒情而抽信兮，恬死亡而不聊。独鄣壅而蔽隐兮，使贞臣而无由。闻百里之为虏兮，伊尹烹于庖厨。吕望屠于朝歌兮，宁戚歌而饭牛。不逢汤武与桓缪兮，世孰云而知之。吴信谗而弗味兮，子胥死而后忧。介子忠而立枯兮，文君寤而追求。封介山而为之禁兮，报大德之优游。思久故之亲身兮，因缟素而哭之。或忠信而死节兮，或訑谩而不疑。弗省察而按实兮，听谗人之虚辞。芳与泽其杂糅兮，孰申旦而别之。何芳草之早殀兮，微霜降而下戒。谅聪不明而蔽壅兮，使谗谀而日得。自前世之嫉贤兮，谓蕙若其不可佩。妒佳冶之芬芳兮，嫫母姣而自好。虽有西施之美容兮，谗妒入以自代。愿陈情以白行兮，得罪过之不意。情冤见之日明兮，如列宿之错置。乘骐骥而驰骋兮，无辔衔而自载。乘泛泭以下流兮，无舟楫而

自备。背法度而心治兮,辟与此其无异。宁溘死而流亡兮,恐祸殃之有再。不毕辞而赴渊兮,惜壅君之不识。(《九章·惜往日》)

专思君兮不可化,君不知兮可奈何。蓄怨兮积思,心烦憺兮忘食事。愿一见兮道余意,君之心兮与余异。车既驾兮揭而归,不得见兮心伤悲。倚结軨兮长太息,涕潺湲兮下沾轼。慷慨绝兮不得,中瞀乱兮迷惑。私自怜兮何极,心怦怦兮谅直。

岂不郁陶而思君兮,君之门以九重。猛犬狺狺而迎吠兮,关梁闭而不通。(《九辩》)

这些政治怨情包含的复杂心态是贵族诗人特有的。尤其是像屈原这样的归属感、使命感极强,与国家命运休戚相关的上层贵族,对握有最高权柄的国君实行何种治国之道抱有很高的期待,而国君的昏聩无能往往让这种政治期待落空,政治期待的落空反过来造成政治信赖的丧失,而与期待与失望交织的还有诗人对昏君排斥忠臣、亲近奸佞的怨愤。在多首诗篇里,屈原反复列举历史上昏君听信谗谄奸佞、疏离正直忠臣的事例,责怨楚王政治立场的昏败。在《九章·惜往日》中,集中宣泄了这种情感。所谓"信而见疑,忠而被谤,能无怨乎"[1],便是这种情感宣泄的内在驱动力。宋玉的《九辩》也有这种怨责和愤懑,但其强度远不如屈原,这跟宋玉的下层贵族身份有直接关系。宋玉不可能像屈原一样怀有与王朝命运生死与共的孤臣孽子之心,他的政治怨情某种程度上更多是对屈原怨政诗的模仿,其感染力缺乏内在的情感支持。屈原对楚王的痛惜怨责,与《诗经》"大雅"上层贵族诗人对周天子痛心疾首的怨责,在价值取向和情感抒写上有很高的相似度。

二 廷臣谗慝

《楚辞》怨政诗抒写政治怨情,既怨责昏君,更痛斥奸佞。在《楚辞》作品里,我们看到大量章句描写昏君与奸佞屡屡勾结,败坏朝政。原来与"我"相约为伴的楚王之所以疏离"我",往往都是奸佞在楚王面前累进谗言的结果。诗人痛恨这些奸佞之徒为一己私欲,嫉贤妒能,颠倒黑白,肆意中伤。在他们的挑唆下,楚王背离了自己最初的政治约定,把国家带上了邪僻的险路。诗人对奸佞谗慝的痛斥,不仅是由于自己深受谗谮之害,更是由于奸佞之徒的所作所为已经成为朝政败坏的祸根。对他们的痛斥,既是诗人对自己个人冤屈的宣泄,也是对楚国朝政幢幢鬼影的揭露,显示《楚辞》怨政诗抒写政治怨情达到的高度。

---

[1] (汉)司马迁:《史记》卷八十四《屈原贾生列传》,中华书局2000年版,第1933页。

《离骚》揭示了奸佞之徒给国家政治带来的危险："惟夫党人之偷乐兮，路幽昧以险隘。"这些"党人"宵小把国家引向了"险隘"之路，仅仅是出于一己之私的"偷乐"，蝇营狗苟，谋求奸利。诗人反复描述这些"党人"狼狈为奸的行径："众皆竞进以贪婪兮，凭不厌乎求索。羌内恕己以量人兮，各兴心而嫉妒。""众女嫉余之蛾眉兮，谣诼谓余以善淫。固时俗之工巧兮，偭规矩而改错。背绳墨以追曲兮，竞周容以为度。""民好恶其不同兮，惟此党人其独异。户服艾以盈要兮，谓幽兰其不可佩。览察草木其犹未得兮，岂珵美之能当。苏粪壤以充帏兮，谓申椒其不芳。""何琼佩之偃蹇兮，众薆然而蔽之。惟此党人之不谅兮，恐嫉妒而折之。""椒专佞以慢慆兮，榝又欲充夫佩帏。既干进而务入兮，又何芳之能祗。"在这些充满厌憎的描述中，我们看到这些胸襟狭隘的"党人"最大的政治兴趣就是嫉贤妒能，他们整天琢磨的是怎样陷害为国尽忠的大臣，他们无休无止地追逐自己的贪欲，把国家上下搞得乌烟瘴气，混乱颠倒。粪土填充香囊，申椒无人称芳，嫉害贤能、捞取私利成为"党人"们乐此不疲的政治游戏。诗人在《九章·哀郢》及《九章·怀沙》中也同样表达了对朝廷"党人"群小的厌憎："外承欢之汋约兮，谌荏弱而难持。忠湛湛而愿进兮，妒被离而鄣之。尧舜之抗行兮，瞭杳杳而薄天。众逸人之嫉妒兮，被以不慈之伪名。""变白以为黑兮，倒上以为下。凤凰在笯兮，鸡鹜翔舞。同糅玉石兮，一概而相量。夫惟党人鄙固兮，羌不知余之所臧。"诗篇强调，为谋图私利而陷害贤能，颠倒是非，是这些奸佞之徒不变的特征。宋玉在《九辩》中描述自己"坎廪兮，贫士失职而志不平"，其遭遇不平的原因还是小人们的排挤："岂不郁陶而思君兮，君之门以九重。猛犬狺狺而迎吠兮，关梁闭而不通。""何泛滥之浮云兮，猋壅蔽此明月。忠昭昭而愿见兮，然霠曀而莫达。愿皓日之显行兮，云蒙蒙而蔽之。窃不自料而愿忠兮，或黕点而污之。"诗人孜孜以求来到的天国，猛狗在天国之门狂吠不已，浮云遮蔽了日月。这些政治意象传达的信息是，"党人"奸佞把持了朝政，贤德之士只能蒙受冤屈，含恨而退。宋玉抒写的这些冤屈是其自己的经历感受，还是模仿屈原的政治感遇，不得而知。

屈原、宋玉的怨政诗对楚国朝政现状的怨尤，与后世士大夫文人对社会现状的批判相比较，较多从个人政治遭遇的角度对正邪善恶的较量进行评判，动机和出发点与唐宋以后大多数怨政诗人的创作情形有不小的差异。后世士大夫文人普遍不是从个人遭际去评判社会政治的是非曲直、成败善恶，而是基于公义立场批判各种政治弊端。这种新的创作意识和创作姿态，从唐代开始成为常态，其后长传不衰，是中国古代政治诗发展演变的一个阶段性标志。

第二章 汉魏南北朝政治诗

概 论

汉魏南北朝八百年，统一与分裂相交替。汉朝四百多年的大一统和魏晋南北朝近四百年的大分裂，是中国古代历史政治进程的特殊阶段。

汉朝大一统的国家，创造了中国历史上空前的辉煌文明，国家治理也呈现出前所未有的崭新格局。自刘邦创业开国至王莽篡权覆灭，西汉王朝延续了二百三十一年的统治。其间，历经了高祖至文帝、景帝奉行休养生息的国策，国力逐步蓄积，社会臻于繁荣。"西汉的一些政治家和思想家，十分重视总结秦亡的历史教训。在陆贾和贾谊看来，治天下最重要的一条，就是不能再像取天下那样劳民和扰民，而应当让农民安居乐业。汉初的统治者接受了秦亡的历史教训，农民承担的徭役和兵役，比起秦朝有很大的减轻。由于农民有一个比较安定和宽松的环境从事生产，到了汉武帝即位时，汉初残破的社会经济逐渐恢复并趋于繁荣。《史记·平准书》说：'汉兴七十余年之间，国家无事。非遇水旱之灾，民则人给家足，都鄙廪庾皆满，而府库余货财。京师之钱累巨万，贯朽而不可校。太仓之粟陈陈相因，充溢露积于外，至腐败不可食。众庶街巷有马，阡陌之间成群，而乘字牝者傧而不得聚会。'司马迁的描述难免有所夸张和粉饰，但西汉初期经过休养生息，社会经济得到恢复和发展，封建国家手中也积累了大量财富，当是事实。"[1] 西汉政治良性运转的阶段，基本集中在西汉前期、中期，国力步步上升，国家强大安宁。"文、景、武三代近百年间，社会经济获得了显著的发展。文景及武帝初期，出现了中国封建社会第一个高度繁荣的发展期。汉武帝一方面建立了永垂青史的不朽业绩，另一方面也导致了西汉皇朝由盛及衰的转折。由于他对外连年大规模用兵，在内大兴功作，再加上豪华奢侈的享受，国家开支越来越大。几十年间，

---

[1] 林甘泉：《中国经济通史·秦汉》，经济日报出版社2007年版，第14页。

将文景时期的大量积蓄挥霍殆尽。"① 历经了武帝励精图治，国力达于鼎盛，也历经了武帝好大喜功，国库渐渐空虚；历经了昭帝、宣帝回返休养生息，国力得到恢复，还历经了王莽强力改制，贻祸社会，西汉王朝终致消亡。

自光武帝刘秀登基，至献帝被迫禅让，东汉王朝延续了一百九十五年。其间，历经光武帝至明帝、章帝、和帝施行温和稳妥的治国方略，国家恢复了元气，维持了较长时期的繁荣局面；其后，历经了殇帝、安帝、顺帝、冲帝、质帝、桓帝、灵帝、献帝治下的时期，政治秩序混乱不堪，外戚与宦官争权夺势，交相擅政滥权，致使国家步步滑入危途，终致黄巾举事，董卓进京，天下大乱。"东汉一代，只有光武、明、章时期比较注意减轻农民负担，社会经济也得以恢复和发展。从和帝以后，政治权力又迅速腐化。宦官、外戚两个集团轮流执政，互相残杀，完全置人民生活和社会生产于不顾。在黄巾起义的打击下，腐朽的东汉王朝也就分崩离析了。"② 东汉中后期的政治衰败是多种政治势力不顾整体利益、竞相争权夺势的结果，其结果导致了王朝政治秩序的不可收拾。"东汉中期以后，整个皇室贵族、官僚队伍和地主阶级加速了腐化的步伐。诸王、公主、外戚横行不法。或白昼杀人，劫掠商旅；或强占土地，逼卖人口；或出卖官职，贪赃枉法。外戚专权的结果，加剧了与皇权的矛盾。皇帝为了夺回外戚掌握的大权，只得重用与自己朝夕相处的奴才宦官。在宦官的把持下，从中央到地方，贪残凶横的官吏给人民带来难以想象的灾难。"③ 东汉王朝在政治上的衰败时段，明显超过了西汉，这是整个汉王朝政治在后半期趋于衰颓的历史进程不可逆转的自然演变结果。这种由盛而衰的周期现象，在中国古代王朝更迭的历史曲线中一再得到鲜明呈现。

魏晋南北朝在纷扰分合、割裂分治的状态中延续了几百年整体动荡、局部安定的政治局面。在西晋短暂的统一结束后，南方经历了几个治绩颇有差异的小王朝。故事翻新，存亡相继。"豪门大族贪淫残暴，声色犬马，政治腐败，成为西晋统治的特征。""西晋历四帝，五十三年。其中，自司马炎称帝至出兵灭吴前，仍然是以长江为界，晋、吴对峙；永嘉元年之后，北方已经是割据政权林立。因此，包括'八王之乱'十六年在内，西晋维持统一局面充其量不过二十六年。"④ "东晋十一帝，安、恭纯系傀儡；外戚专权于成、康；元、明、穆、康、海西、简文和孝武七帝，权臣当道，基本上属于不能行使皇帝职

---

① 白钢等：《中国政治制度通史·秦汉》，社会科学文献出版社2011年版，第8页。
② 林甘泉：《中国经济通史·秦汉》，经济日报出版社2007年版，第17页。
③ 同上书，第13页。
④ 白钢等：《中国政治制度通史·魏晋南北朝》，社会科学文献出版社2011年版，第5页。

能的帝王。"① "宋武帝刘裕以布衣成帝业，即位后，选擢才能，裁制军阀。文帝刘义隆在位，也还能励精图治。在这近四十年间，百姓得到喘息，要算是南朝中相对安定的小康时期。""此后，刘宋皇室自相残杀，内乱不止。""齐梁创业之主萧道成、萧衍，是同宗叔侄。萧齐在南朝中是皇位更迭最频繁、统治时期最短促的王朝，其症结和刘宋后期一样：同室操戈，骨肉相残。"② "陈统治区域狭窄，在南朝四国中国土最小。建国之初，陈霸先笼络江东豪族，维持着苟安的局面。传位至后主陈叔宝，荒淫奢侈，只知宴乐，政治腐败，赋役苛重。待至隋文帝大军压境，只有开城投降。"③ 北方则陷入了更为复杂的豪强厮杀、政权纠叠的状态，社会秩序更为混乱，民族融合也更为深广。"永嘉之乱后，北方进入'五胡十六国'时期，分裂割据，战事频繁，大批官僚、贵族、豪强纷纷携带宗族、家兵、部曲，甚至裹挟乡里，流徙江南。"④

　　政治分裂和战争频繁是魏晋南北朝的主要特征。"整个魏晋南北朝时期，全国统一的局面仅有西晋的三十余年，其余时间都是南北分裂和南北双方又各自政权林立的大分裂时期。从而在中国境内造成了统治中心多元化的倾向，在北方有河西走廊的姑臧（今之武威）、关中的长安、中原的洛阳和河北的邺城四个统治中心，在南方则有建康和江陵两个统治中心；益州的成都，由于交通不便，又具有地区经济的特征，历来都是半独立的统治中心。"⑤ "自董卓之乱以后直到三国鼎立局面形成之前，各地割据势力之间的战争，此伏彼起；三国既立，彼此之间的争夺战争又不断进行；与此同时，曹魏与东吴内部，又各有局部战争；西晋统一之后，立即又爆发了八王之乱，战争不已；八王之乱未止，少数民族豪酋建立的政权同西晋政权之间的战争又开始了；西晋灭亡之后，北方五胡政权林立，相互厮杀，战火更旺，或是少数民族政权之间的争夺战，或是汉族坞堡主同少数民族政权的对抗战，或是同一少数民族内部的火并战，或是南北双方的拉锯战，几乎无日无战争；当北魏统一北方和江南的东晋为刘裕所取代以后，不仅南北之间的战争愈演愈烈，南北两方内部的战争也更为频繁。因此，战争连绵，烽烟不息，确是这一历史时期的重大特征之一。"⑥ 汉王朝崩溃以后的近四百年间，中国国家形态基本处于这样的大分裂状态。当然，即便一些小王朝也有局部的、暂时的经济繁荣和社会稳定，但这种分裂状态下局部的、暂时的繁荣，缺乏内在的稳定性，不可能阻挡历史演变中追求大一统的正统政

---

① 白钢等：《中国政治制度通史·魏晋南北朝》，社会科学文献出版社 2011 年版，第 29 页。
② 同上书，第 7 页。
③ 同上书，第 8 页。
④ 同上书，第 6 页。
⑤ 高敏：《中国经济通史·魏晋南北朝》，经济日报出版社 2007 年版，第 13 页。
⑥ 同上书，第 15 页。

治根本趋势。

汉魏南北朝时期的国家治理和政治运行，在当时的政治诗中，得到了直接的广泛的描写。汉魏南北朝政治诗的创作，与汉代四百年大一统和魏晋南北朝四百年大分裂的历史政治进程相比，呈现了十分奇特的情形。颂政诗与怨政诗的创作，分别与所在时代的社会政治现实的兴衰成败状况形成了鲜明的反差，整体上未能反映这个时期社会政治的真实面貌。怨政诗数量极少，广度、深度都与这个时代复杂痛苦的政治变迁不相匹配。颂政诗名不副实，汉代颂政诗很少，晋代颂政诗极多，谀颂之风盛行。当然，汉魏南北朝时期政治诗的具体创作情形，每个时期又有各自时代的特点。

汉魏南北朝颂政诗的发展，跟这八百年历史进程中的国运起伏并未保持同步。

汉朝四百多年的强大统一政治局面，在汉代颂政诗中只得到了十分微弱的描述。如汉初刘邦《大风歌》，唐山夫人《安世房中歌》及朝廷乐歌《帝临》等，称颂汉高祖刘邦、汉武帝刘彻、汉光武帝刘秀的勋业功德。而魏晋南北朝近四百年乱世割裂的政治局面，却产生了大量的颂政诗，如汉末及三国时曹操的《对酒》，王粲的《显庙颂》，缪袭的《战荥阳》《获吕布》《克官渡》《定武功》《平南荆》《应帝期》，韦昭的《炎精缺》《汉之季》《克皖城》《章洪德》《从历数》《承天命》。这些颂政诗分别歌咏了曹操、曹丕、曹叡、孙坚、孙权等魏国、吴国的政治领袖，称颂他们奋发有为、顺天应人、讨逆建功、征战建国等功德。对曹操、孙权等人征战建国的称颂，虽然不免夸大了歌咏对象的历史功绩及政治品行，但贯穿其中的匡救乱世、建功立业的精神内涵，仍然符合中国古代政治文化的基本价值观。

两晋时期，文臣们掀起了颂政诗创作的高潮，这个时期的颂政诗数量大大超过了先秦及秦汉颂政诗的总和。傅玄为代表的文臣诗人，连篇累牍写下了大量的颂政诗，如傅玄的《宣皇帝登歌》《景皇帝登歌》《宣受命》《宣辅政》《景龙飞》《文皇统百揆》《大晋承运期》《景皇篇》《大晋篇》《明君篇》，张华的《晋凯歌二首》，潘岳的《关中诗》，石崇的《大雅吟》，陆机的《皇太子宴玄圃宣猷堂有令赋诗》，陆云的《大将军宴会被命作诗》，曹毗的《歌高祖宣皇帝》《歌世宗景皇帝》《歌太祖文皇帝》《歌世祖武皇帝》《歌中宗元皇帝》《歌肃宗明皇帝》《歌显宗成皇帝》《歌康皇帝》《歌孝宗穆皇帝》《歌哀皇帝》，王珣的《歌太宗简文皇帝》等，分别歌赞晋宣帝司马懿、晋景帝司马师、晋文帝司马昭、晋武帝司马炎、晋元帝司马睿、晋明帝司马绍、晋成帝司马衍、晋康帝司马岳、晋穆帝司马聃、晋哀帝司马丕、晋孝武帝司马曜、晋安帝司马德宗等晋朝列位皇帝。这些颂政诗都是宴饮乐歌、庙堂祭歌的歌辞，描述司马氏皇权的建立、运行，充满了夸大粉饰，尤其是对一些暴虐昏庸晋帝的称颂更是堪称无良。这些颂政诗对晋室诸帝的称颂，与这些晋帝在历史上的作为极不相称，是明显的偏离事实的谀颂滥夸。尽管如此，在这些颂政诗中，在在都能看到对天道、天命、天运的恭顺，对君德、政事、民生、国运的敬慎，对武功、文治、宏业、盛世的向往。这些赞颂未能与史实本身的情形相符，但不能因此而否定颂赞中所依据的价值尺度。

南北朝时期文人的颂政诗，与两晋时一样，主要是称颂王朝皇室诸帝功业政德，如王韶之的《高祖武皇帝歌》，谢庄的《歌太祖文皇帝》《世祖孝武皇帝歌》，刘彧的《皇业颂》《圣祖颂》，王融的《圣君曲》《从武帝琅邪城讲武应诏诗》，沈约的《梁宗庙歌七首》《明之君六首》，王俭的《高德宣烈乐》，谢朓的《世祖武皇帝》，周舍的《梁鞞歌三首》，萧子云的《俊雅》《胤雅》，萧纲的《和赠逸民应诏诗》，陆印的《武德乐》《登歌三曲》，庾信的《皇夏·献皇高祖》《皇夏·献皇曾祖德皇帝》《皇夏·献闵皇帝》《皇夏·献高祖武皇帝》《我皇承下武》《淳风布政常无欲》《太上之有立德》等。这些颂政诗分别称颂了南朝、北朝的一些小王朝在政治上的功绩德业，集中表现诸帝及皇室承受天命奠基开国，文武之道安宁天下，以德御国，授贤任能，勤政抚民。虽然南北朝这些偏安一隅的小王朝的君主的政治作为不能与这些称颂相当，但南北朝文人颂政诗与两晋相比，谀颂的程度还未那样严重，在客观上仍然传承仁德政治的价值尺度，其颂政的标准仍有值得肯定之处。

两汉魏晋民间颂政诗与汉魏南北朝文人颂政诗相比，数量很少，但在歌咏对象和歌咏动机上有很大差异。两汉魏晋民间颂政诗主要称扬地方长官勤政善治、尽职奉公、除弊兴利、惩恶安民等施政良绩。如汉代民歌颂政诗有《上郡吏民为冯氏兄弟歌》《渔阳民为张堪歌》《临淮吏人为朱晖歌》《郭乔卿歌》《巴人歌陈纪山》《阎君谣》《弃我戟》《河内谣》《汲县长老为崔瑗歌》《魏郡舆人歌》《顺阳吏民为刘陶歌》《皇甫嵩歌》等；魏及两晋民歌颂政诗有《徐州为王祥歌》《襄阳民为胡烈歌》《荥阳令歌》《会稽民为徐弘歌》《三郡民为应詹歌》等。比较一下可以发现，文人颂政诗和民间颂政诗关注社会政治问题的角度有明显差异。文人颂政诗多从政权的由来和存续角度颂政，民间颂政诗多从百姓自身的利益得失和处境好坏角度去颂政。这些民歌颂政诗的题旨无不集中于对良官善政的褒扬，集中于对一官一地的履职行为的称颂，与文人颂政诗从国家层面颂赞天下治理的着眼点有很大差别，是民歌作者关注和表达与自身直接利益相关的创作动机所决定的，作品立意的高度和广度有很大不同。

汉魏南北朝时期是中国古代怨政诗发展历程中的一个创作低谷期。汉魏南北朝怨政诗创作的相对稀少，既与此时期的政治压制有一定关系，更与士大夫文人价值取向的变化直接相关。汉魏南北朝时期社会思潮发生了巨大的变化，这种变化的核心是儒学在社会价值观中未能长期保持独尊的地位。尤其是魏晋南北朝几百年间，"在此时期的支配思想，称为'清谈'或称为'玄学'"。①这种不复以国家社会为重的价值取向和精神追求，直接导致了绝大多数诗人对政危民苦的昏暗政治局面采取避而远之的淡漠态度；而避世隐逸只求个人安乐的生活追求，渐渐成为普遍的价值选择。汉魏南北朝时期少数诗人的怨政诗创作，其激情主要源于自发的良知感悟和天然的怜悯同情，缺乏像后世怨政诗创作那样普遍的自觉意识。汉魏南北朝怨政诗的几近集体失语，主要在于怨政诗创作氛围的欠缺；而这种创作氛围的欠缺，是那个时代诗歌创作未能将儒家诗歌价值观作为主流意识的必然结果。

整体来看，汉魏南北朝时期怨政诗创作处于低谷，与该时期很多阶段混乱险恶的实际政治状况形成极大反差，但少数诗人自发创作的怨政诗仍然秉持了先秦怨政诗的优良诗风，表达对政治昏暗、社会不公的强烈怨责，其似断仍续的创作实绩为怨政诗在后世的蓬勃发展保留了弥足珍贵的创作传统。

汉魏南北朝怨政诗对时事政治、社情政风的关注既有一定的公共性，也有高度的个人性。这些作品对汉魏南北朝时期时政世风的怨责，既包含普遍的社会公义，也包含个人的不平之鸣。从作品所涉及的具体情感内涵判别，汉魏南北朝怨政诗抒发的怨政之情主要表现在这几个方面：怨责朝政昏暗，宣泄不平之鸣，怨刺世风邪浊，痛陈徭役之苦，控诉战争灾难，谴责奸佞弄权，不满贫富悬殊，代言穷苦无助。这个时期怨政诗的创作主体包括文人士大夫和民间无名氏，文人诗歌和民间歌谣抒写的情感交互重叠，都有公义类的和私怨类的作品，但客观上都起到了扶正祛邪、扬善止恶的价值传承作用。

汉魏南北朝怨政诗反映兵灾战祸的作品数量很少，但对社会灾难的描写十分深切。这方面的作品，既有民歌的血泪痛诉，也有士大夫的真诚悲悯。如汉乐府民歌《战城南》，北朝乐府民歌《企喻歌》，曹操的《蒿里行》，王粲的《七哀诗》等。

汉魏南北朝怨政诗反映民生困苦的作品数量不多，但来自民间，可信度极高，是政治昏暗、贫富悬殊导致百姓生活陷于困境的社会缩影，如汉乐府民歌《东门行》等。

汉魏南北朝怨政诗中有不少文人作品怨责政治迫害，从一个侧面折射出汉魏南北朝时期政治变局中的各种阴暗、险峻形势，为后世提供了认识汉魏南北朝政治生态的极好路径。曹植有多篇这类诗作，如《野田黄雀行》《赠白马王彪》；阮籍有多首《咏怀》诗，抒写政治危局引发的个人忧愤之感。

---

① 侯外庐等：《中国思想通史》第三卷，人民出版社 2011 年版，第 23 页。

汉魏南北朝怨政诗中憎恨世道恶浊、声讨门阀压制的作品亦较引人注目。魏晋以后，门阀制度已是社会用人机制的常态。"今之中正，不精才实，务依党利；不均称尺，备随爱憎。所欲与者，获虚以成誉；所欲下者，吹毛以求疵。高下逐强弱，是非由爱憎。随世兴衰，不顾才实，衰则削下，兴则扶上，一人之身，旬日异状。或以货赂自通，或以计协登进，附托者必达，守道者困悴。无报于身，必见割夺。有私于己，必得其欲。是以上品无寒门，下品无势族。"①"三国两晋时期，形成了门阀制度，以汉族官僚为主体的官僚阶层，普遍出现了门阀化的倾向。"②"南朝时期，宋、齐、梁、陈诸国的建立者都非出于高级名门大族。他们对那些门阀化的官僚，既尊重优待，又无法使用，从而只有以卑官小吏来处理政务。"③这样的门阀制度对寒门士人的进取是难以克服的障碍，但寒门士子不甘完全放弃仕途的努力，"寒门在政治活动中，也还能发挥一定的作用。当然，这与其卷入政治的深浅有关。寒门有相当强烈的参政意识，他们并不因社会地位低下，而愿放弃政治诉求"。④寒门士子虽然热衷仕途，但沉沦下僚，前景渺茫，自然引发他们的不平之鸣，门阀制度即成为这个时期一些怨政诗强烈抨击的对象。左思、鲍照指斥门阀不公的诗歌代表了无数寒门子弟的心声。

以上几类怨政题材，有的是先秦时期怨政诗表现过的，如指斥朝政昏败，痛诉兵灾役苦，斥责奸慝误国，怨愤政治迫害，抱怨世道不公等；也有本时期新的社会政治矛盾引发的不平之鸣，如声讨门阀制度，愤言民不聊生等。正如先秦"骚雅"及"国风"诗人愤然刺世一样，少数汉魏六朝士大夫诗人锐利批评朝政国策，民间诗歌痛陈百姓生存苦况，不仅为后世怨政诗保留了一脉相承的精神内核，而且在刺世的外延上拓展了怨政诗的范围、种类。因此，汉魏南北朝怨政诗对先秦怨政诗的承传之功及对唐宋怨政诗的启迪之效，实在不可低估。

顺带提及，在汉魏之前的秦代，亦有零星的民间歌谣抒写了对秦代政治的怨痛之感。如南朝宋刘敬叔采录的秦代歌谣："秦始皇，何强梁。开吾户，据吾床。饮吾酒，唾吾浆。飧吾饭，以为粮。张吾弓，射东墙。前至沙丘，当灭亡。"⑤歌谣包含的民怨十分强烈，带有明显的诅咒意味。歌谣描述的这种怨声载道的社会状况，是歌谣作者对秦时掠民害物、残民以逞的暴虐政治的痛诉，很有代表意义。

---

① （唐）房玄龄等：《晋书》卷四十五《刘毅传》，中华书局 2000 年版，第 839 页。
② 白钢等：《中国政治制度通史·魏晋南北朝》，社会科学文献出版社 2011 年版，第 14 页。
③ 同上书，第 15 页。
④ 陈长琦：《六朝政治》，南京出版社 2010 年版，第 221 页。
⑤ 王根林等：《汉魏六朝笔记小说大观》，《异苑》卷四，上海古籍出版社 2013 年版，第 623 页。

第一节　汉魏文人颂政诗——称颂统一　歌赞匡乱

汉代四百多年的历史进程，政治上呈现了强大王朝的恢宏气象，但歌赞王朝政治宏盛局面的颂政诗并未在文人诗歌里占据显要地位。除了汉初刘邦、唐山夫人的几首作品及一些朝廷乐歌外，汉代文人颂政诗创作还未形成像《诗经》"雅""颂"里的颂政诗那样的兴盛景象；与后来晋代颂政诗的繁盛相比，更有显著差异。从汉代文人颂政诗的内容看，主要称颂汉高祖刘邦一统天下、安邦定国的丰功伟业，汉武帝刘彻的盛大功绩，汉光武帝刘秀的统御前景，汉代其余皇帝的事迹未见歌咏。这些不多的颂政诗将颂赞的重点放在这几位汉帝的功业圣德上，这种颂政思路与《诗经》"雅""颂"作品称颂周天子功德的颂政传统是一脉相承的。

汉末三国数十年间的颂政诗创作，大大超过了两汉几百年的规模。从孔融、王粲、缪袭、韦昭等魏国、吴国文臣，到曹操、曹丕、曹植、曹叡等曹氏家族成员，三国时期参与颂政诗创作的诗人分布更为广泛。这个时期的颂政诗，重点称颂魏国曹氏、吴国孙氏的政治作为。这些诗篇强调了魏国、吴国皇室功业所具有的政治高度，凸显曹氏、孙氏顺天应人、讨逆平乱、建功立国、济世安民的价值要义。三国时期的颂政诗虽然歌赞的是分裂国度的王室功德，这些被称颂的权势人物的历史功绩也未达到诗中所称道的高度，但这些作品一致褒扬平定海内、安邦定国的共同政治目标，显示出这些颂政诗作者对中国古代政治文化观念的可贵承传。

一　刘邦　唐山夫人　朝廷乐歌

刘邦（前247—前195），即汉高祖。字季。沛丰邑中阳里（今江苏丰县境）人。秦末起兵，奉命入关攻秦，分封汉王。与项羽争战，屡败，终胜。渐次诛灭韩信等异姓功臣，一统天下。在位十二年。

乘势而起，借力灭秦，剪除群雄，建立了延续四百年的伟大王朝，刘邦开创鸿基伟业的故事永远令人拍案惊奇。从当年的乡间无赖，到君临天下的一代雄主，刘邦没有被这炫目的剧变迷失了自我。在登基后返归故乡的即兴咏叹中，刘邦以一首《大风歌》展示了自己的政治情怀。史载："高祖还归，过沛，留。置酒沛宫，悉召故人父老子弟纵酒，发沛中儿得百二十人，教之歌。酒酣，高祖击筑，自为歌诗曰：'大风起兮云飞扬，威加海内兮归故乡，安得猛士兮守四方。'令儿皆和习之。高祖乃起舞，慷慨伤怀，泣数行下。"① 这首小诗只有寥寥三句，胸怀却是横绝千古。此时的刘邦，已不是当年锱铢必较的庸人，已经身不由己地被推到了登高望远的非凡境界。"大风起兮云飞扬，威加海内兮归故乡"，在历史的大风云中实现了改朝换代，建立了新的大一统政治格局，这份自豪和荣耀自然不用假饰遮掩。但如果仅限于显荣尊贵，也就失之平庸了。《大风歌》的不平凡，就在于诗人志得意满之余，更多的是心忧江山的警醒和自诫："安得猛士兮守四方。"诗人大声呼唤，英雄志士来共同守卫大一统的天下四方。这份惕厉自警，不乏忧惧江山失守的悲情流露。诗人功业辉煌，并未飘飘然不知所以，专注于心的仍是怎样实现长治久安。《大风歌》的历史政治高度，决定了这首小诗的巨大影响。

唐山夫人（？—？），生卒、籍贯不详。汉高祖姬。

唐山夫人作有《安世房中歌》十七章，收入宋代郭茂倩《乐府诗集》。唐山夫人身为汉高祖的宠姬，但以自己的诗才拔萃于世，其诗风也迥异于一般女性诗人的情采和境界，颇有宫廷大手笔的气势。这组诗歌，抒发对高祖缔造和引领宏大王朝的崇敬之情。如：

> 王侯秉德，其邻翼翼。显明昭式，清明鬯矣。皇帝孝德，福音天下。竟全大功，抚安四极。（其四）
>
> 海内有奸，纷乱东北。诏抚成师，武臣承德。行乐交逆，箫勺群慝。肃为济哉，盖定燕国。（其五）
>
> 大海荡荡水所归，高贤愉愉民所怀。大山崔，百卉殖。民何贵，贵有德。（其六）
>
> 皇皇鸿明，荡侯休德。嘉承天和，伊乐厥福。在乐不荒，惟民之则。（其十四）
>
> 孔容之常，承帝之明。下民之乐，子孙保光。承顺温良，受帝之光。嘉荐令芳，寿考不忘。（其十六）
>
> 承帝明德，师象山则。云施称民，永受厥福。承容之常，承帝之明。下民安乐，受福无疆。（其十七）

有赞颂高祖"竟全大功，抚安四极"的一统天下伟业，有赞颂高祖在"海内有奸，纷乱东北"的危局中实现"肃为济哉，盖定燕国"的平定海内之功，有赞颂高祖赢得"大海荡荡水所归，高贤愉愉民所怀"的天下归心政治局面，有赞颂高祖奉行"在乐不荒，惟民之则"的顺天应人国策方针，有

---

① （汉）司马迁：《史记》卷八《高祖本纪》，中华书局2000年版，第274页。

赞颂高祖将带来"下民之乐,子孙保光"和"下民安乐,受福无疆"的国运前景。诗中宏观展示的历史图景,基本符合刘邦创立的新王朝的规模气象和前景展望。其中虽然也有对刘邦政德的溢美之词,但诗中几次提及"下民之乐""下民安乐",与新王朝希望在大乱之后给天下百姓带来安宁生活的政治运作是相符的,并非毫无根据的谀颂之辞。唐山夫人的乐歌,在气概上与她所称颂的汉高祖事业的气魄有内在的相合。刘邦自己即兴唱叹《大风歌》,展示的就是这种平定天下的博大情怀,志得意满,又居安思危。唐山夫人的颂歌与刘邦的《大风歌》情志相通,异曲同工。

朝廷乐歌。

从诗歌角度看,朝廷乐歌,就是郊庙朝会歌辞,即在宗庙和朝堂举行皇朝相关仪式时唱奏乐歌的歌辞。王朝的这类典礼可以宣示和加强朝廷及天子的神圣感和权威性:"祭祀也是为了使天子能'象天',如《礼记·郊特牲》曰:'天垂象,圣人则之,郊所以明天道也。'"[1] "帝王之事莫大乎承天之序,承天之序莫重于郊祀。"[2] 每个王朝建立后,都要谱新曲,撰新辞,庆贺天子革故鼎新,祝祷王朝国运隆盛。这类朝廷乐歌主要收存于历代正史及历代诗歌总集之中。

祭祀乐歌在汉代颂政诗里有其独特的存在和意义,作品数量虽然不多,但基本反映了国家上升时期积极正面的社会心态,与后世一些一味浮夸的谀颂之辞不可同日而语。汉武帝时期,朝廷对郊庙祭祀的典礼活动极为重视,将之视为治国安邦不可或缺的重大举措,多次奉行郊祀之礼。在这些国家典礼中,都要演奏雍容典重的郊庙乐歌。与这些乐章相配的郊祀歌辞,多由蜚声四方的文臣撰写。据史书记载:"武帝定郊祀之礼,祠太乙于甘泉,祭后土于汾阴。乃立乐府,采诗夜诵,有赵、代、秦、楚之讴。以李延年为协律都尉,多举司马相如等数十人造为诗赋。略论律吕,以合八音之调。作十九章之歌,以正月上辛用事甘泉圜丘。"[3] 乐府机关的设立,就直接与朝廷行郊祀之礼有关,可知是一种国家层面的礼乐行为,其歌辞对国家政治气象的歌颂当然具有很高的政治意味。历代朝廷对制礼作乐配以颂词赞语歌咏皇室功业十分看重,视之为宣示国家政权正统地位的手段。"名以制义,义以出礼,礼以体政,政以正民,是以政成而民听。"[4] "国之大事,在祀与戎。"[5] "天下有

---

[1] 甘怀真:《皇权、礼仪与经典诠释:中国古代政治史研究》,华东师范大学出版社2008年版,第27页。
[2] (汉)班固:《汉书》卷二十五《郊祀志下》,中华书局2000年版,第1038页。
[3] (汉)班固:《汉书》卷二十二《礼乐志》,中华书局2000年版,第893页。
[4] 杨伯峻:《春秋左传注》,《桓公二年》,中华书局2009年版,第92页。
[5] 杨伯峻:《春秋左传注》,《成公十三年》,中华书局2009年版,第861页。

道，则礼乐征伐自天子出。"① 如《帝临》，歌颂汉武帝刘彻安邦定国、社稷兴盛的政治气象："帝临中坛，四方承宇。绳绳意变，备得其所。清和六合，制数以五。海内安宁，兴文偃武。后土富媪，昭明三光。"诗篇描述了"海内安宁，兴文偃武"的汉王朝兴盛景象，具有相当程度的真实性。虽然汉武帝后来好大喜功，穷兵黩武，没能一直延续这个令人称羡的局面，但汉武帝曾经将国家治理推向历史的高点，其功绩还是值得诗篇这样称道的。又如《武德舞歌诗》，歌颂汉光武帝刘秀高德伟业。诗篇为东汉明帝时期的祭祀乐歌："于穆世庙，肃雍显清。俊乂翼翼，秉文之成。越序上帝，骏奔来宁。建立三雍，封禅泰山。章明图谶，放唐之文。休矣惟德，罔射协同。本支百世，永保厥功。"诗中所言封禅泰山、献诗宗庙之事，史有所载："明帝即位，永平二年正月辛未，初祀五帝于明堂，光武帝配。"② 光武帝刘秀在复兴汉王朝的历史进程中的建树，乐歌作了概括称颂："休矣惟德，罔射协同。本支百世，永保厥功。"对刘秀秉承良善政德统御天下，汉室江山得以长远稳固相传，寄予了莫大的期待，也流露出东汉初期的人们对国家重获稳定安宁的欢欣之情。

二 孔融 曹操 王粲 缪袭 曹植 韦昭 曹叡

汉末建安年间，曹魏集团的诗人及孙吴集团的诗人都写有颂赞匡乱建功的诗歌，包括孔融、曹操、王粲、缪袭、曹植、韦昭、曹叡等人。除韦昭是歌赞孙吴外，其余的都是为曹魏歌功颂德。这种创作状况显示了曹魏集团文士众多、心气高昂的政治局面，也符合曹魏在匡乱平定的历史进程中居于主导地位的客观事实。

孔融（153—208），字文举，鲁国（今山东曲阜）人，建安七子之一。献帝迁许，征融为将作大匠。后因违忤曹操，被免职。起为太中大夫。数与曹操论争，为曹操所杀。

名士孔融在汉末大乱的无边危局之中，曾经看到了结束乱局、重整河山的确定希望，那就是一代英雄曹操的出现。曹操以自己雄才大略的强力作为，使汉末桓帝、灵帝以来由黄巾之乱、内廷之乱、董卓之乱交相更替带来的无边乱局有了很大改观。孔融亲睹曹操的奋发有为，不胜感慨，写下诗篇赞颂曹操安邦定国的功业。其时，孔融被汉室征为将作大匠，他的《六言诗三首》（其二、其三），既是他的职务所为，也确实流露了他对曹操勤于征战、平定天下的赞佩之意。诗篇直接凸显了曹操收拾乱局的砥柱作用："郭李分争为

---

① 程树德：《论语集释》，《季氏》，中华书局1990年版，第1141页。
② （南朝宋）范晔：《后汉书》志第八《祭祀中》，中华书局2000年版，第2160页。

非，迁都长安思归。瞻望关东可哀，梦想曹公归来。"诗人对曾为董卓部将的郭汜、李傕劫掠作乱、劫持朝廷深为不满，对曹操率军讨伐郭李凶逆抱有"梦想"般的期待。孔融对曹操的期待，依据的是让他颇为感动的见闻："从洛到许巍巍，曹公忧国无私。减去厨膳甘肥，群僚率从祁祁。虽得俸禄常饥，念我苦寒心悲。"诗中描述曹操领军拯救汉室，亲力亲为，与士卒甘苦与共，对民众心怀恻隐，其"忧国无私"的形象在此时让孔融深为感动。至于后来孔融与曹操反目，招致杀身，与这些诗篇赞佩曹操真心忧国、为国建功的初衷，并无矛盾之处。

曹操（155—220），字孟德，沛国谯（今安徽亳县）人。灵帝时举孝廉。历典军校尉等。后起兵讨董卓，所部渐壮大。建安间迎献帝还洛阳，迁都，位至丞相，后为魏王。离世被追尊魏武帝。

曹操在汉末动乱中崛起，剿杀黄巾，讨伐董卓，挟天子以令诸侯，削平各路豪强，收拾北方河山，是风起云涌的乱世中的一代雄杰。政治上、军事上雄才大略的曹操，在诗歌创作中也展示了与其政治抱负相一致的人格和情怀。他的《对酒》描述了一幅国泰民安的理想治国图景："对酒歌，太平时，吏不呼门。王者贤且明，宰相股肱皆忠良。咸礼让，民无所争讼。三年耕有九年储，仓谷满盈。斑白不负载。雨泽如此，百谷用成。却走马，以粪其土田。爵公侯伯子男，咸爱其民，以黜陟幽明。子养有若父与兄。犯礼法，轻重随其刑。路无拾遗之私。囹圄空虚，冬节不断。人耄耋，皆得以寿终。恩德广及草木昆虫。"诗中的官吏贤良尽职、百姓安居乐业的社会场景，与汉末兵荒马乱、万户萧条的普遍情形当然不相吻合，但与曹操扫平北方、励精图治的统御状态有一定程度的相合。"曹操从跻身政治舞台时起就很重视安定社会秩序。"[①] 诗篇描述的社会状态寄寓了诗人对重整河山后的国家治理抱有的强烈期待，是对自己政治奋斗的一种自我期许。如其中的"犯礼法，轻重随其刑"，明显留有曹操重视刑法的治国思路特点。

王粲（177—217），字仲宣，山阳高平（今山东邹县）人。汉末避乱荆州，投依刘表。后归曹操，任丞相掾等。魏国建立后，官至侍中。

王粲投奔曹操后，在实际掌控朝廷大权的曹操手下做了一名文臣，对曹操的颂赞即成为他的职分，其颂政诗对曹操的功绩免不了有溢美夸大之词，但这些诗中也真实流露了诗人对曹操功业的赞佩。王粲的颂政诗，主要是宗庙歌舞之辞，如《显庙颂》《俞儿舞歌》。《显庙颂》赞言："思皇烈祖，时迈其德。肇启洪源，贻燕我则。我休厥成，聿先厥道。丕显丕钦，允时祖考。""绥庶邦，和四宇。九功备，彝乐序。建崇牙，设璧羽。六佾奏，八音举。昭

[①] 赵昆生：《三国政治与社会》，中国社会科学出版社2011年版，第5页。

大孝，衍妣祖。念武功，收纯祜。"表彰曹氏列祖的德行，为颂扬曹操功业提供道义的支撑；诗歌的重心则是对曹操平定四方的赞颂："绥庶邦，和四宇。"是对曹操安定北方的高度礼赞。《俞儿舞歌》是王粲根据汉代宗庙舞辞改创而成的一组作品，题旨亦专意于歌颂曹操的安邦定国："材官选士，剑弩错陈。应桴蹈节，俯仰若神。绥我武烈，笃我淳仁。自东自西，莫不来宾。""武功既定，庶士咸绥。乐陈我广庭，式宴宾与师。昭文德，宣武威。平九有，抚民黎荷天宠。""仁恩广覆，猛节横逝。自古立功，莫我弘大。桓桓征四国，爰及海裔。汉国保长庆，垂祚延万世。"对曹操武功文治盛业的歌颂，始终不离对"绥我武烈，笃我淳仁""平九有，抚民黎"的致治之道的高扬，对追求统一和安宁的赞颂构成了这些颂歌的价值基础。此外，王粲《从军诗》则赞颂曹操各地征战的历程及安邦定国的业绩："从军有苦乐，但问所从谁。所从神且武，焉得久劳师。相公征关右，赫怒震天威。一举灭獯虏，再举服羌夷。西收边地贼，忽若俯拾遗。""徒行兼乘还，空出有余资。拓地三千里，往返速若飞。歌舞入邺城，所愿获无违。昼日处大朝，日暮薄言归。外参时明政，内不废家私。"诗中提及曹军跟随统帅征战的自豪："所从神且武，焉得久劳师。"其后除了列述曹操率军平乱和拓地的事业功绩，更强调了曹操"外参时明政，内不废家私"的经邦济世贡献，把曹操和曹氏家族的参与朝政提升到安邦定国的高度加以肯定，使作品不至于沦为诗人对曹氏私恩的个人感激和报答。

  缪袭（186—245），字熙伯，东海（今山东郯城）人。太和间任侍中，正始间迁尚书、光禄勋。

  缪袭的一组颂政诗《魏鼓吹曲十二曲》对曹操及曹魏政权作了热烈礼赞，对曹操及曹魏政权的武功定国尤其大加褒扬，表现了那个时代包括士大夫文人在内的社会各阶层对国家重获稳定政治局面的感激。组诗称述的军政大事，正史多有记载，演义也多有铺写，但这组诗歌提供了关于这段历史的最早的大事记。与正史、演义相参证，颇有相互辉映之感。这组颂政诗所依据的乐曲是汉代的十八首组曲《短箫铙歌》，缪袭修改为十二首组曲，歌辞则完全改为对汉末建安及魏初时事的描述。第一曲《初之平》："初之平，义兵征。神武奋，金鼓鸣。迈武德，扬洪名。汉室微，社稷倾。皇道失，桓与灵。阉宦炽，群雄争。边韩起，乱金城。中国扰，无纪经。赫武皇，起旗旌。"称颂曹操拯救天下危机的历史功德。"麾天下，天下平。济九州，九州宁。"概括了曹操重整河山的莫大功绩。第二曲《战荥阳》："战荥阳，汴水陂。戎士愤怒，贯甲驰。陈未成，退徐荣。二万骑，堑垒平。戎马伤，六军惊。势不集，众几倾。白日没，时晦冥。顾中牟，心屏营。同盟疑，计无成。赖我武皇，万国宁。"描述曹操对荥阳之战的指挥若定,重在突出"赖我武皇,万国宁"的安邦定国之功。第三曲《获吕布》:"获吕布,戮陈宫。芟夷鲸鲵,驱骋群雄。囊括天下,运掌中。"提及征伐吕布势力的战绩,凸显"囊括天下,运掌中"的事功。第四曲《克官渡》:"克绍官渡由白马,僵尸流血被原野。贼众如犬羊,王师尚寡。沙塠傍,风飞扬,转战不利士卒伤。今日不胜,后何望。土山地道不可当,卒胜大捷震冀方。"描述官渡之战打败袁绍的经过,把袁军呼为"贼众",把曹军称为"王师",突出了曹军征战的正统性。第六曲《定武功》:"定武功,济黄河。河水汤汤,旦莫有横流波。袁氏欲衰,兄弟寻干戈。决漳水,水流滂沱。嗟城中如流鱼,谁能复顾室家。"描述曹操凭借武功连破劲敌。诗篇对这种武功的定性和定位毫不含糊,所谓"贼众内溃,君臣奔北。拔邺城,奄有魏国",显示曹操作为统帅以武功安邦定国的历史功勋。第八曲《平南荆》:"南荆何辽辽,江汉浊不清。菁茅久不贡,王师赫南征。刘琮据襄阳,贼备屯樊城。六军庐新野,金鼓震天庭。刘子面缚至,武皇许其成。许与其成,抚其民。陶陶江汉间,普为大魏臣。大魏臣,向风思自新。"述及与刘琮、刘备等势力的交集缠斗,历数曹操平定荆州的南征功绩并强调了其征战成就的道义高度:"思自新,齐功古人。在昔虞与唐,大魏得与均。多选忠义士,为喉唇。天下一定,万世无风尘。"凸显了曹操万众归心、平定战乱、一统天下的宏大愿景。第十曲《应帝期》:"应帝期,于昭我文皇。历数承天序,龙飞自许昌。聪明昭四表,恩德动遐方。星辰为垂耀,日月为重光。考圆定篇籍,功配上古羲皇。羲皇无遗文,仁圣相因循。运期三千岁,一生圣明君。尧授舜万国,万国皆附亲。四门为穆穆,教化常如神。大魏兴盛,与之为邻。"诗篇将魏文帝曹丕继业掌权的行为与古代贤君圣王传承国柄的历史相提并论,"尧授舜万国,万国皆附亲"的标榜,彰显了曹氏政权的正统地位。第十二曲《太和》:"惟太和元年,皇帝践祚,圣且仁,德泽为流布。灾蝗一时为绝息,上天时雨露。五谷溢田畴,四民相率遵轨度。事务澄清,天下狱讼察以情。元首明,魏家如此,那得不太平。"诗歌赞颂了魏明帝曹叡勤谨严明的治国施政,甚至具体提到了蝗灾治理、狱政治理:"灾蝗一时为绝息,上天时雨露。""事务澄清,天下狱讼察以情。"对勤政德政的曹叡政权寄予了期望,由此而发出的"元首明,魏家如此,那得不太平"的祝颂也有了可信的前提。

曹植(192—232),字子建,沛国谯(今安徽亳县)人。曹操第四子,曹丕之弟。少有文才,为父喜爱。建安间封平原侯等。黄初间贬安乡侯。其后屡遭贬爵,抑郁而终。

曹植虽然在和胞兄曹丕的世子之争中遭受政治压抑,很不得志,但和曹丕的政治交往及对曹魏政权的政治态度并不总是针锋相对、剑拔弩张。他的不少诗文也表达了对曹丕及曹魏政权的赞颂和祝愿，其中的情感也有不少真实可信的成分，不可一概视为违心之言。曹植的颂政诗既有宗庙乐舞歌辞，也有个人献诗，主要赞颂魏文帝曹丕政德及魏国国运。如《鼙舞歌》组诗的《圣皇篇》，虽然花了更多的笔墨抒发参加国家典礼时牵涉的曹氏亲情，如："侍臣省文奏，陛下体仁慈。""迫有官典宪，不得顾恩私。""主上增顾念，皇母怀苦辛。""路人尚酸鼻。何况骨肉情。"但作品毕竟把曹丕为政的高德仁厚作为引领全诗的制高点："圣皇应历数，正康帝道休。九州咸宾服，威德洞八幽。"肯定了曹丕政权顺天应人的正统地位。又如《大魏篇》，在恭维盛典宴飨的喜庆隆重外，不忘强调魏国的天命道义："大魏应灵符，天禄方甫始。圣德致泰和，神明为驱使。积善有余庆，宠禄固天常。""众吉咸集会，凶邪奸恶并灭亡。""储礼如江海，积善若陵山。"其中数次突出了"善"在维持魏国国运中的作用，表达了对魏国皇室施政措施的期待。而曹植的《献诗·责躬》写到了自己抑郁的政治处境："天启其衷，得会京畿。迟奉圣颜。如渴如饥。心之云慕，怆矣其悲。天高听卑，皇肯照微。"在向高居帝位的兄长谦恭自责的同时，仍流露了对父兄丰功伟绩的赞佩："于穆显考，时惟武皇。受命于天，宁济四方。朱旗所拂，九土披攘。玄化滂流，荒服来王。超商越周，与唐比踪。笃生我皇，奕世载聪。武则肃烈，文则时雍。受禅于汉，君少万邦。"诗篇肯定和称颂了曹氏政权拥有辽阔版图的既定事实，强调其"受命于天，宁济四方"的天命合法性，显示了诗人对正统政治标准的敏感和把握。

韦昭（201—273），字弘嗣，云阳（今江苏丹阳）人。汉末东吴人。孙休在位间，历博士祭酒等。孙皓即位，封高陵亭侯，历中书仆射等。

韦昭的《鼓吹曲》组曲歌辞专为赞颂孙吴政权的武功文治而作。这十二首组诗颂赞的对象是为吴国奠基开国的前后两个强势领袖人物孙坚和孙权。如《炎精缺》，歌颂孙坚征战平定之功，彰显其匡救乱世的功绩："炎精缺，汉道微。皇纲弛，政德违。众奸炽，民罔依。赫武烈，越龙飞。陟天衢，耀灵威。鸣雷鼓，抗电麾。抚干衡，镇地机。厉虎旅，骋熊罴。发神听，吐英奇。张角破，边韩羁。宛颍平，南土绥。神武章，渥泽施。金声震，仁风驰。显高门，启皇基。统罔极，垂将来。"诗中历数一次次征战，显示在汉室衰微的乱世中，百姓无依无靠，奸邪横行无忌，孙坚奋勇起兵，破掉一个个劲敌，奠定了吴国的基业。诗歌尤其凸显其武功之中的仁德高度，为吴国的开国征战作了道义上的肯定。《汉之季》颂赞孙坚讨伐董卓之战："汉之季，董卓乱，桓桓武烈应时运。义兵兴，云旗建。""雄豪怒，元恶偾。赫赫皇祖，功名闻。"仍是突出其征战的道义性,避免将其与乱世群雄的争城夺地混为一谈。而颂扬孙权的多首作品,主要赞其赫赫武功,如《摅武师》"摅武师,斩黄祖"的破黄祖之功,《伐乌林》"破操乌林,显章功名"的抗曹军之功,《克皖城》"克灭皖城遏寇贼,恶此凶孽阻奸慝"的灭曹将之功,《关背德》"虏羽授首,百蛮咸来同"的擒蜀将之功。这些作品除了赞颂武功的辉煌,也着意于张扬这些征战的道义性,如《克皖城》:"王师赫征众倾覆,除秽去暴戢兵革。民得就农边境息,诛君吊臣昭至德。"强调了破灭曹将朱光的保境安民的道义价值。又如《秋风》:"边垂飞羽檄,寇贼侵界疆。跨马披介胄,慷慨怀悲伤。辞亲向长路,安知存与亡。穷达固有分,志士思立功。思立功,邀之战场。身逸获高赏,身没有遗封。"篇中描述士卒舍生忘死奋勇作战的场景,着意突出这些征战符合民意的题旨。《章洪德》叙述与周边邦国部族的交往,既显其武功,更彰其文德:"章洪德,迈威神。感殊风,怀远邻。平南裔,齐海滨。越裳贡,扶南臣。"展示孙权修德抚远的政治风范。《从历数》归结孙权开国垂统的宏大功德,将其推举到与古代圣皇比肩的高度:"从历数,于穆我皇帝。圣哲受之天,神明表奇异。建号创皇基,聪睿协神思。德泽浸及昆虫,浩荡越前代。三光显精耀,阴阳称至治。"诗篇显然把孙权建国的正统性放到了高于一切的地位,突出孙吴政权遵天命、合民意的正统地位。组诗的最后两首作品《承天命》《玄化》是诗人对当朝吴国皇帝的颂扬。诗篇从承统继业的角度推举了当朝皇帝的功德,如《承天命》:"承天命,于昭圣德。三精垂象,符灵表德。"《玄化》:"张皇纲,率道以安民。惠泽宣流而云布,上下睦亲。""康哉泰,四海欢忻,越与三五邻。"诗篇描述当朝皇帝顺天应人、勤政爱民,达到了治国的政通人和。在孙权之后的吴国诸帝中,只有景帝孙休的政治作为与诗篇的描述有一定程度的相合。诗篇这样的描述,虽然不乏浮夸之词,但其推尊仁德治国的道义价值,仍然有其积极的政治文化意义。组诗站在吴国立场称颂孙氏集团在汉末的军政业绩,可与后来正史的相关记载相参证,认识价值颇高。

曹叡(206—239),即魏明帝。字元仲,曹丕长子,曹操之孙。

曹叡在魏国诸帝中,虽不是大有作为,但他尚武崇文,积极进取。曹叡的《棹歌行》对曹氏政权南征吴蜀的军事行动赋予了崇高的道义属性:"文德以时振,武功伐不随。重华舞干戚,有苗服从妫。蠢尔吴蜀虏,凭江栖山阻。哀哉王士民,瞻仰靡依怙。皇上悼悯斯,宿昔奋天怒。""伐罪以吊民,清我东南疆。"将曹魏吞并吴蜀的征战行动推举到救民于水火的道义高度,尽力展示了悯民济世、替天行道的政治旗号。

第二节　汉魏南北朝文人怨政诗——忧虑战乱　嗟叹失志

　　汉代政治运行的成败，在文人怨政诗中并没有得到相应深度广度的反映，只有韦孟、赵壹的寥寥几首作品。韦孟的《讽谏诗》表达对刘家皇室成员邪浊行为的忧愤和怨责，赵壹的《刺世疾邪诗》激烈谴责汉末世风堕落的社会现实。这些作品对朝廷政治和地方政治的弊端有所涉及，但从整个汉代的宏大政治历程看，文人怨政诗显得十分匮乏。

　　魏晋时期，文人怨政诗创作较汉代稍显兴旺。汉末动乱，三国鼎立，纷争剧烈。魏国君臣文人身历残酷战乱，从各自眼观耳闻的惨淡故事中获得怨政诗素材，记录了那个非常时期的酷烈战争给社会带来的种种灾难，也记述了冷酷权力斗争给个人带来的种种冲击。如孔融《临终诗》怨愤自己遭谗言所害，《六言诗三首》（其一）记述董卓操纵朝政、欺凌百姓；曹操《薤露行》概述乱臣贼子篡权争利、危害天下，《蒿里行》抒写对汉末朝政乱局忧心忡忡；陈琳《饮马长城窟行》怨责战争徭役戕害百姓生命，王粲《七哀诗三首》（其一）描写战乱中的百姓苦难，蔡琰《悲愤诗》表现个人遭遇与汉末混乱政局的关系；曹植《野田黄雀行》抒写自己对友人因受政治牵连而遭罪的不安和悲愤，《怨歌行》以屈原的冤屈比拟自己遭受谗害，《赠白马王彪》暴露皇兄残害骨肉、压制政敌的无情与自私；阮籍《咏怀》组诗的多首作品抒写在司马氏政治高压下的惶恐和忧愤，嵇康《幽愤诗》抒写自己对司马氏政权的抗争，郭遐叔《赠嵇康》对朋友遭遇政治打击心怀忧愤。

　　两晋南北朝文人怨政诗十分黯淡。其中对门阀制度的抱怨，是这个时期文人发出的较为直接的不平之鸣。"官职与品第相关联，品第又取决于门第，于是考订父祖官爵、门第的谱牒之学盛行，吏部除授都以谱牒为准绳。南北朝时期，崔、卢、王、谢子弟，凭借门第和父、祖的官爵，就可以坐致公卿。他们做官不仅不需要竞争，甚至连起码的道德文化素养、政治统治之术也不必要去学习和具备。官是要做，也必然会做的，而且要做职任清闲、廪俸丰厚的官。"[①] 这种社会机制极不公平，但在晋代仅有左思这样的个别诗人发出了对这种政治机制的怨愤之声。相比同时代文人士大夫蜂拥创作颂政诗的势头，两晋文人怨政诗显得非常单薄。南北朝的情况更为奇特，文人怨政诗的创作极其微弱。南朝宋齐梁陈几个前后相续的小王朝，只在刘宋时代出现了个别诗人的怨政之作，如何承天《上邪篇》对"弊政"造成社会风气转坏表

---

① 白钢：《中国政治制度通史·总论》，社会科学文献出版社2011年版，第533页。

达不满，鲍照《拟行路难十八首》组诗有几首作品对造成寒门人士奋斗无望的门阀制度表达怨愤。北朝只有北魏阳固、北周杨文佑等个别诗人留下了几首怨政作品。两晋南北朝文人怨政诗与同时期文人颂政诗呈现的冷热两极的创作情况说明，国家治理的成败优劣状况，未必能在诗歌中得到同步的成正比例的记述和描写。

一 韦孟 赵壹

韦孟（？—？），彭城（今江苏徐州）人。西汉初为楚元王刘交、刘戊傅。后辞官，迁家至邹。

韦孟的怨政诗作于吴王刘濞发兵叛乱前，怨刺的对象是与刘濞共谋作乱的楚元王之孙刘戊。刘戊平素依仗皇室贵胄身份作威作福，已展露横行不法的做派，后来卷入了刘濞叛乱。"戊荒淫不遵道，孟作诗讽谏。"① 可知韦孟此前对刘戊的荒诞不经早有知闻，写下这首《讽谏诗》，表达对刘家皇室成员妄为不轨的忧愤和怨责。

肃肃我祖，国自豕韦。黼衣朱绂，四牡龙旂。彤弓斯征，抚宁遐荒。总齐群邦，以翼大商。迭披大彭，勋绩惟光。至于有周，历世会同。王赧听谮，实绝我邦。我邦既绝，厥政斯逸。赏罚之行，非由王室。庶尹群后，靡扶靡卫。五服崩离，宗周以队。我祖斯微，迁于彭城。在予小子，勤诶厥生。厄此嫚秦，未耜以耕。悠悠嫚秦，上天不宁。乃眷南顾，授汉于京。于赫有汉，四方是征。靡适不怀，万国悠平。乃命厥弟，建侯于楚。俾我小臣，惟傅是辅。兢兢元王，恭俭净一。惠此黎民，纳彼辅弼。飨国渐世，垂烈于后。乃及夷王，克奉厥绪。咨命不永，唯王统祀。左右陪臣，此惟皇士。如何我王，不思守保。不惟履冰，以继祖考。邦事是废，逸游是娱。犬马繇繇，是放是驱。务彼鸟兽，忽此稼苗。烝民以匮，我王以愉。所弘非德，所亲非悛。唯囿是恢，唯谀是信。睮睮谄夫，咢咢黄发。如何我王，曾不是察。既藐下臣，追欲从逸。嫚彼显祖，轻兹削黜。嗟嗟我王，汉之睦亲。曾不夙夜，以休令闻。穆穆天子，临尔下土。明明群司，执宪靡顾。正遐由近，殆其怙兹。嗟嗟我王，曷不此思。非思非鉴，嗣其罔则。弥弥其失，岌岌其国。致冰匪霜，致队靡嫚。瞻惟我王，昔靡不练。兴国救颠，孰违悔过。追思黄发，秦缪以霸。岁月其徂，年其逮耈。于昔君子，庶显于后。我王如何，曾不斯览。黄发不近，胡不时监。

---

① （汉）班固：《汉书》卷七十三《韦贤传》，中华书局2000年版，第2321页。

诗篇从汉朝建国的艰辛和封地使命的庄重叙起，汉朝在"万国悠平"后，又"建侯于楚"。其后的楚元王在此勤恳施政："惠此黎民，纳彼辅弼。飨国渐世，垂烈于后。"诗人将元王与"我王"刘戊作了对比："邦事是废，逸游是娱。""烝民以匮，我王以愉。""既藐下臣，追欲从逸。"指斥刘戊荒嬉政事，不恤百姓，藐视臣下；对刘戊误国害己、不思悔改的荒诞行径，诗人痛心疾首，予以警醒："嗟嗟我王，曷不此思。""我王如何，曾不斯览。"诗人言辞恳切地规谏刘戊，语句间充满了痛心、忧心。这种情绪和心态，既与诗人作为刘戊傅的责任意识直接相关，也与诗人作为士大夫的价值取向直接相关，是一种命运攸关和原则攸关的双重表达，与《诗经》"二雅"怨政诗孤臣孽子的忧愤之情有一定相通之处。

赵壹（？—？），字符叔，汉阳郡西县（今甘肃天水）人。曾造访河南尹羊陟，名动京师。州郡争致礼，十辟公府，皆不就。

赵壹生活在东汉桓帝、灵帝时期，目睹社会政治衰败，世风颓坏，将痛愤之情倾注于诗，写下了锋芒毕露的《刺世疾邪诗》。

> 河清不可俟，人命不可延。顺风激靡草，富贵者称贤。文籍虽满腹，不如一囊钱。伊优北堂上，抗脏倚门边。
>
> 势家多所宜，咳唾自成珠。被褐怀金玉，兰蕙化为刍。贤者虽独悟，所困在群愚。且各守尔分，勿复空驰驱。哀哉复哀哉，此是命矣夫。

这是赵壹《刺世疾邪赋》里的两首短诗，颇能表现作者独特的社会批判意识。《后汉书·文苑传下》描述赵壹个性特出："恃才倨傲，为乡党所摈，乃作解摈。后屡抵罪，几至死，友人救得免。"[①] 诗人恃才倨傲，固然易发牢骚，但这并不是他批判社会的全部动因。诗人对龌龊世风的不满，在《后汉书》收录的《刺世疾邪赋》里有充分宣泄："于兹迄今，情伪万方。佞谄日炽，刚克消亡。舐痔结驷，正色徒行。妪媮名势，抚拍豪强。偃蹇反俗，立致咎殃。捷慑逐物，日富月昌。浑然同惑，孰温孰凉。邪夫显进，直士幽藏。"赋文痛斥是非颠倒、贤愚倒错的世道，对汉末政治昏暗导致世风龌龊予以激烈谴责。这种激愤的情绪显然超出了个人际遇的孤立感受，是一种更具广泛共鸣的社会政治批判。诗篇因应于赋文的刺世疾邪，直斥世风堕落的社会政治现实。"文籍虽满腹，不如一囊钱。伊优北堂上，抗脏倚门边。""势家多所宜，咳唾自成珠。被褐怀金玉，兰蕙化为刍。"诗篇接连对举了几组人和事：博学者穷困潦倒，谄媚者高居华堂，刚直者落落寡合，权势者大受追捧，

---

① （南朝宋）范晔：《后汉书》卷八十下《文苑传下》，中华书局2000年版，第1774页。

贤德者遭受困厄。这一切贤愚颠倒的情形，都是污浊晦暗时局的产物。虽然诗人只能无奈地表示："河清不可俟，人命不可延。"只能无力地感慨："哀哉复哀哉，此是命矣夫。"但内中包含的对政治败坏的现实的痛恨，仍然清晰可感。

二　孔融　曹操　陈琳　王粲　蔡琰　曹植

汉末建安时期是中国诗歌史上短暂而辉煌的一个阶段，怨政诗创作在建安诗歌中占有重要位置。此期怨政诗数量不是很多，但这些作品正视现实、批判现实的诗歌精神影响至为深远。

孔融，生卒、事迹见前。

孔融的怨政诗是他个人政治命运的直接反映。其《临终诗》云："言多令事败，器漏苦不密。河溃蚁孔端，山坏由猿穴。涓涓江汉流，天窗通冥室。谗邪害公正，浮云翳白日。靡辞无忠诚，华繁竟不实。人有两三心，安能合为一。三人成市虎，浸渍解胶漆。生存多所虑，长寝万事毕。"诗篇披露孔融与曹氏的政治分歧而激发的个人感遇。至于孔融是否为谗言所害，后世莫衷一是。但这种个人怨愤的抒发，其政治情绪是真实的。孔融与曹操在政治上的分道扬镳符合两人各自的政治取向，"曹操对于那些不愿意接受自己发出的政治信号、完成自身角色转换的士大夫毫不手软"。[1] 孔融与当政者的龃龉，更多的是个人性格与行为方式不能见容于当政者而产生的个人恩怨，他在诗中抱怨个人的政治处境，未必具有普遍的道义价值。孔融另有《六言诗三首》（其一），对汉末战乱祸国殃民的情形有高度的概括："汉家中叶道微，董卓作乱乘衰，僭上虐下专威。万官惶布莫违，百姓惨惨心悲。"痛斥董卓横暴无忌，操纵朝政，贻祸百姓，表现了诗人心忧国事的士大夫情怀。

曹操，生卒、事迹见前。

汉末天下大乱，群豪相争。曹操展其卓荦雄才，异军突起，成就大业。正如史家所称道的："可谓非常之人，超世之杰。"[2] 曹操不仅展现了非凡的军事才能和政治谋略，与同时代的其他诗人相比，其见识、胸襟和情怀也高人一筹。他存世的怨政诗只有两首，但都是力作，有很强的概括力和感染力。

《薤露行》概述乱臣贼子篡权争利、危害天下的情景。

惟汉二十二，所任诚不良。沐猴而冠带，知小而谋强。犹豫不敢断，因狩执君王。白虹为贯日，己亦先受殃。贼臣持国柄，杀主灭宇京。荡

---

[1] 赵昆生：《三国政治与社会》，中国社会科学出版社2011年版，第46页。
[2] （晋）陈寿：《三国志》卷一《魏书·武帝纪》，中华书局2000年版，第40页。

覆帝基业，宗庙以燔丧。播越西迁移，号泣而且行。瞻彼洛城郭，微子为哀伤。

史载："（中平元年，184）三月戊申，以河南尹何进为大将军。"① 诗篇记述汉末皇室权力争斗引发的这场朝政危机。"惟汉二十二，所任诚不良。"汉朝第二十二任皇帝灵帝，任用大将军何进，何进等人欲剪除宦官，谋划失算，酿成祸患。这场政治危机被"沐猴而冠带，知小而谋强"的庸臣何进弄得不可收拾，他自己也身罹其祸。"（中平六年，189）八月戊辰，中常侍张让、段珪杀大将军何进。"② 灵帝所用非人，招致董卓进京，带来更大的祸患。"贼臣持国柄，杀主灭宇京。"终致京都大乱，天下震动。"董卓遂废帝，又迫杀太后，杀舞阳君，何氏遂亡，而汉室亦自此败乱。"③ 诗篇对朝廷大事所作的概括描写，为后世留下了汉末政治危机的真实历史画卷。对于这段所用非人、酿成国难的朝廷败政，史家感喟："窦武、何进借元舅之资，据辅政之权，内倚太后临朝之威，外迎群英乘风之势，卒而事败阉竖，身死功颓，为世所悲，岂智不足而权有余乎。"④《薤露行》对这段史实所作的概述，抓住了汉末朝廷政治的要害，与史家的评判前后辉映，颇有诗史的高度。

《蒿里行》更是展示了诗人对时局的全面认知。

关东有义士，兴兵讨群凶。初期会孟津，乃心在咸阳。军合力不齐，踌躇而雁行。势利使人争，嗣还自相戕。淮南弟称号，刻玺于北方。铠甲生虮虱，万姓以死亡。白骨露于野，千里无鸡鸣。生民百遗一，念之断人肠。

诗篇勾画了汉末战乱的基本轮廓。"关东有义士，兴兵讨群凶。"开篇交代的战事起因，史有所载："初平元年（190）春正月，山东州郡起兵以讨董卓。"⑤ 然而本来为消灭董卓势力的会战，演变成了各路讨董大军的自相残杀。"（建安）二年（197）春，袁术自称天子。三月，袁绍自为大将军。"⑥ "（袁术）用河内张炯之符命，遂僭号。以九江太守为淮南尹。置公卿，祠南北郊。

---

① （南朝宋）范晔：《后汉书》卷八《灵帝本纪》，中华书局2000年版，第230页。
② 同上书，第236页。
③ （南朝宋）范晔：《后汉书》卷六十九《窦何列传》，中华书局2000年版，第1522页。
④ 同上书，第1522页。
⑤ （南朝宋）范晔：《后汉书》卷九《献帝本纪》，中华书局2000年版，第244页。
⑥ 同上书，第251页。

荒侈滋甚，后宫数百皆服绮縠，余粱肉，而士卒冻馁，江淮间空尽，人民相食。"① 诗篇简笔勾勒了军阀混战的来龙去脉和残酷后果："势利使人争，嗣还自相戕。淮南弟称号，刻玺于北方。""白骨露于野，千里无鸡鸣。生民百遗一，念之断人肠。"军阀强人彼此争权厮杀，带给人间都是死亡，乃至千里大地荒无人烟，到处白骨森森。《蒿里行》记述这些战乱惨状，揭示了军阀豪霸为一己之私残民以逞的事态本质。诗篇不仅展现了一代政治领袖洞察政局的锐利眼光，其自然流露的对百姓苦难的深厚关切也足以感动后世。

陈琳（156—217），字孔璋。广陵（今江苏扬州）人。初平间为大将军何进府主簿，建安间依袁绍，再归曹操。为司空军谋祭酒，管记室。

陈琳曾经身为袁绍幕宾，留下了足以传世的檄文名篇。他的诗歌也有关切战争苦难的杰作，如《饮马长城窟行》。

> 饮马长城窟，水寒伤马骨。往谓长城吏，慎莫稽留太原卒。官作自有程，举筑谐汝声。男儿宁当格斗死，何能怫郁筑长城。长城何连连，连连三千里。边城多健少，内舍多寡妇。作书与内舍，便嫁莫留住。善侍新姑嫜，时时念我故夫子。报书往边地，君今出语一何鄙。身在祸难中，何为稽留他家子。生男慎莫举，生女哺用脯。君独不见长城下，死人骸骨相撑拄。结发行事君，慊慊心意关。明知边地苦，贱妾何能久自全。

诗篇描写的不是某个具体的战争徭役事件，而是带有泛义性质的概括情境。即如汉代桓宽描述百姓徭役之苦："今中国为一统，而方内不安，徭役远而外内烦也。古者无过年之徭，无逾时之役。今近者数千里，远者过万里，历二期长子不还，父母愁忧，妻子咏叹。愤懑之恨发动于心，慕思之积，痛于骨髓。"② 陈琳所描述的场景，当然有汉末战争徭役的背景色彩，但诗篇表达的对战争徭役戕害百姓生命的谴责，是对苛酷兵役徭役具有普遍意义的否定。后世不少士大夫文人都模仿创作过这类泛义谴责战争徭役的作品。

王粲，生卒、事迹见前。

王粲个人政治生涯的上升时期是在他投奔曹氏之后，而他描写战争苦难的怨政诗则创作于其早年逃亡战乱期间，投奔曹氏后再未有这类哀痛之作。这种现象在建安诗人中有一定代表性。王粲的《七哀诗三首》（其一）是诗歌史上文人具体而微描写战争苦难的优秀篇章。

---

① （晋）陈寿：《三国志》卷六《魏书·袁术传》，中华书局2000年版，第158页。
② 王利器：《盐铁论校注》，《徭役》，中华书局1992年版，第520页。

西京乱无象，豺虎方遘患。复弃中国去，委身适荆蛮。亲戚对我悲，朋友相追攀。出门无所见，白骨蔽平原。路有饥妇人，抱子弃草间。顾闻号泣声，挥涕独不还。未知身死处，何能两相完。驱马弃之去，不忍听此言。南登霸陵岸，回首望长安。悟彼下泉人，喟然伤心肝。

诗篇既描写了百姓遭受战争苦难的具体场面、细枝末节，又高度概括了事件的时代背景。这样的情景再现，应是借鉴了汉乐府民歌的手法，又加上了诗人所做的提炼。后世大量的文人乐府诗表现民生疾苦，常常见到这种以小见大的写法，充分发挥了见微知著的示例效应。王粲《七哀诗三首》（其一）记述作者目睹的汉末战乱场景，为无告无助的小民百姓申言遭受战争祸害的痛苦，是以诗歌作品直接影响社会政治舆论的典范之作。

蔡琰（177—?），字文姬，陈留圉（今河南杞县）人。汉末名士蔡邕之女。兴平间于战乱中被胡兵掳获，身陷南匈奴十二年，与左贤王生二子。后被曹操赎回汉地。

蔡琰的故事是汉末千百万妇女所遭受的战争苦难的一个缩影，是汉末昏败政治带给百姓战争灾殃的典型事例。诗人对自己的惨痛经历有着刻骨铭心的记忆，在五言《悲愤诗》中做了完整的描述。

汉季失权柄，董卓乱天常。志欲图篡弑，先害诸贤良。逼迫迁旧邦，拥主以自强。海内兴义师，欲共讨不祥。卓众来东下，金甲耀日光。平土人脆弱，来兵皆胡羌。猎野围城邑，所向悉破亡。斩截无孑遗，尸骸相撑拒。马边悬男头，马后载妇女。长驱西入关，回路险且阻。还顾邈冥冥，肝脾为烂腐。所略有万计，不得令屯聚。或有骨肉俱，欲言不敢语。失意几微间，辄言毙降虏。要当以亭刃，我曹不活汝。岂复惜性命，不堪其詈骂。或便加棰杖，毒痛参并下。旦则号泣行，夜则悲吟坐。欲死不能得，欲生无一可。彼苍者何辜，乃遭此厄祸。边荒与华异，人俗少义理。处所多霜雪，胡风春夏起。翩翩吹我衣，肃肃入我耳。感时念父母，哀叹无穷已。有客从外来，闻之常欢喜。迎问其消息，辄复非乡里。邂逅徼时愿，骨肉来迎己。己得自解免，当复弃儿子。天属缀人心，念别无会期。存亡永乖隔，不忍与之辞。儿前抱我颈，问母欲何之。人言母当去，岂复有还时。阿母常仁恻，今何更不慈。我尚未成人，奈何不顾思。见此崩五内，恍惚生狂痴。号泣手抚摩，当发复回疑。兼有同时辈，相送告离别。慕我独得归，哀叫声摧裂。马为立踟蹰，车为不转辙。观者皆唏嘘，行路亦呜咽。去去割情恋，遄征日遐迈。悠悠三千里，何时复交会。念我出腹子，胸臆为摧败。既至家人尽，又复无中外。城郭为山林，庭宇生荆艾。白骨不知谁，从横莫覆盖。出门无人声，豺狼号且吠。茕茕对孤景，怛咤糜肝肺。登高远眺望，魂神忽飞逝。奄若寿命尽，旁人相宽大。为复强视息，虽生何聊赖。托命于新人，竭心自勖励。流离成鄙贱，常恐复捐废。人生几何时，怀忧终年岁。

作品主要倾诉诗人自己的哀痛经历，但作者是从历史和政治的高度来思考自身遭际与社会现实关系的。诗人清醒地看到了自己以及千百万小民百姓苦难的由来，对造成这场巨大灾难的乱臣贼子予以谴责："汉季失权柄，董卓乱天常。志欲图篡弒，先害诸贤良。逼迫迁旧邦，拥主以自强。"汉末政治极端混乱，引发了战争灾难。其后的乱兵祸害民间，是这个政治灾难的并发效应。诗人对汉末政治混乱与战争灾难的关系，作出了自己的逻辑判断，显示出深刻的政治识见。蔡琰五言《悲愤诗》开篇对时局的这种概述，与曹操《薤露行》《蒿里行》对汉末政局的概括描写有相似之处，在一定程度上代表了建安怨政诗的政治判断力。

曹植，生卒、事迹见前。

曹植身陷竞争世子之位的政治旋涡，招致其兄曹丕的嫉恨，酿成了曹植后半生的悲剧命运。曹植的一生，前后两个时期的境遇迥然有别，形成了强烈的政治落差。他对政治处境的痛苦感受非一般诗人所能体会，对政治迫害的深切怨愤也非一般诗人所能表达。"经过这番对大位的争夺，曹丕对曹植的嫉恨之心，可谓深入骨髓，即便已登上帝位，也未之稍减。以后的若干年中，对曹植的种种迫害之举，多由此而发。"[①] 他的多首怨政诗表现对自己遭受压迫、朋友遭受连累的愤慨。

高树多悲风，海水扬其波。利剑不在掌，结友何须多。不见篱间雀，见鹞自投罗。罗家得雀喜，少年见雀悲。拔剑捎罗网，黄雀得飞飞。飞飞摩苍天，来下谢少年。（《野田黄雀行》）

为君既不易，为臣良独难。忠信事不显，乃有见疑患。周公佐成王，金縢功不刊。推心辅王室，二叔反流言。待罪居东国，泣涕常流连。皇灵大动变，震雷风且寒。拔树偃秋稼，天威不可干。素服开金縢，感悟求其端。公旦事既显，成王乃哀叹。吾欲竟此曲，此曲悲且长。今日乐相乐，别后莫相忘。（《怨歌行》）

惊风飘白日，忽然归西山。圆景光未满，众星灿以繁。志士营世业，

[①] 景蜀慧：《魏晋诗人与政治》，中华书局2007年版，第59页。

小人亦不闲。聊且夜行游，游彼双阙间。文昌郁云兴，迎风高中天。春鸠鸣飞栋，流猋激棂轩。顾念蓬室士，贫贱诚足怜。薇藿弗充虚，皮褐犹不全。慷慨有悲心，兴文自成篇。宝弃怨何人，和氏有其愆。弹冠俟知己，知己谁不然。良田无晚岁，膏泽多丰年。亮怀璠玙美，积久德愈宣。亲交义在敦，申章复何言。（《赠徐干诗》）

　　谒帝承明庐，逝将返旧疆。清晨发皇邑，日夕过首阳。伊洛广且深，欲济川无梁。泛舟越洪涛，怨彼东路长。顾瞻恋城阙，引领情内伤。太谷何寥廓，山树郁苍苍。霖雨泥我涂，流潦浩纵横。中逵绝无轨，改辙登高冈。修坂造云日，我马玄以黄。玄黄犹能进，我思郁以纡。郁纡将何念，亲爱在离居。本图相与偕，中更不克俱。鸱枭鸣衡轭，豺狼当路衢。苍蝇间白黑，谗巧令亲疏。欲还绝无蹊，揽辔止踟蹰。踟蹰亦何留，相思无终极。秋风发微凉，寒蝉鸣我侧。原野何萧条，白日忽西匿。归鸟赴乔林，翩翩厉羽翼。孤兽走索群，衔草不遑食。感物伤我怀，抚心长太息。太息将何为，天命与我违。奈何念同生，一往形不归。孤魂翔故域，灵柩寄京师。存者忽复过，亡没身自衰。人生处一世，去若朝露晞。年在桑榆间，影响不能追。自顾非金石，咄唶令心悲。心悲动我神，弃置莫复陈。丈夫志四海，万里犹比邻。恩爱苟不亏，在远分日亲。何必同衾帱，然后展殷勤。忧思成疾疢，无乃儿女仁。仓卒骨肉情，能不怀苦辛。苦辛何虑思，天命信可疑。虚无求列仙，松子久吾欺。变故在斯须，百年谁能持。离别永无会，执手将何时。王其爱玉体，俱享黄发期。收泪即长路，援笔从此辞。（《赠白马王彪》）

　　在这些作品中，诗人倾吐了自己在骨肉相残的严酷政治现实里的复杂况味。史载，曹植自己遭受政治压制，朋友亦受到牵连。"文帝（曹丕）即王位，诛丁仪、丁廙并其男口。植与诸侯并就国。黄初二年，监国谒者灌均希指，奏植醉酒悖慢，劫胁使者。有司请治罪，帝以太后故，贬爵安乡侯。其年改封鄄城侯。"[①]《野田黄雀行》即悲慨丁仪被诛事。"罗家得雀喜，少年见雀悲。"曹植对友人受自己牵连遭罪深感不安和悲愤。"拔剑捎罗网，黄雀得飞飞。"但诗人只能在想象中伸手援救。诗篇抒写的这种愤怒和无奈，尤其加强了不满政治迫害的感愤力量。《怨歌行》感言："为君既不易，为臣良独难。忠信事不显，乃有见疑患。"虽婉言为皇兄回护，但诗人对遭受皇兄猜忌、排挤是颇有怨言的。诗篇以屈原受楚王猜疑的冤屈与自己的现实境遇相比拟，抒发了自己难以压抑的愤懑。《赠徐干诗》慨叹："志士营世业，小人亦不

[①]（晋）陈寿：《三国志》卷十九《曹植传》，中华书局2000年版，第420页。

闲。""宝弃怨何人,和氏有其愆。"在怨责小人挑事、反思自己犯错的背后,是对造成这种处境的当权者的抱怨。《赠白马王彪》披露皇兄残害骨肉、压制政敌的冷酷无情。其间也有避忌的描述,对皇兄的打击似乎视而不见,只言"苍蝇间白黑,谗巧令亲疏",而"谗巧"背后的指使者则已不言而喻。实际上,序言中直言"意毒恨之……愤而成篇",已经披露了诗人内心真实怨愤的对象,其实是只图巩固最高权力的皇兄。这种政治上的猜忌,造成被压制者的惶恐,是诗人兄弟间的政治怨情,不同于一般意义上的怨仇昏君。诗人的情感表达复杂微妙,用诗歌抒写皇室成员之间的政治怨情,在古代政治诗创作中并不多见,曹植的怨政诗留下了难得的样本。

三 阮籍 嵇康 郭遐叔 左思

阮籍(210—263),字嗣宗,尉氏(今河南尉氏)人。曹魏嘉平间任太尉司马懿从事中郎,正元间任散骑常侍,封关内侯。

阮籍的八十二首《咏怀》诗,部分篇章抒写了在司马氏政治高压下的惶恐心绪。这些怨政诗含义隐晦,表达曲折,但读者仍然可以清晰地感受到其中的忧愤情绪。如:

夜中不能寐,起坐弹鸣琴。薄帷鉴明月,清风吹我襟。孤鸿号外野,翔鸟鸣北林。徘徊将何见,忧思独伤心。(其一)

嘉树下成蹊,东园桃与李。秋风吹飞藿,零落从此始。繁华有憔悴,堂上生荆杞。驱马舍之去,去上西山趾。一身不自保,何况恋妻子。凝霜被野草,岁暮亦云已。(其三)

登高临四野,北望青山阿。松柏翳冈岑,飞鸟鸣相过。感慨怀辛酸,怨毒常苦多。李公悲东门,苏子狭三河。求仁自得仁,岂复叹咨嗟。(其十三)

独坐空堂上,谁可与欢者。出门临永路,不见行车马。登高望九州,悠悠分旷野。孤鸟西北飞,离兽东南下。日暮思亲友,晤言用自写。(其十七)

殷忧令志结,怵惕常若惊。逍遥未终晏,朱华忽西倾。蟋蟀在户牖,蟪蛄号中庭。心肠未相好,谁云亮我情。愿为云间鸟,千里一哀鸣。三芝延瀛洲,远游可长生。(其二十四)

驱车出门去,意欲远征行。行征安所如,背弃夸与名。夸名不在己,但愿适中情。单帷蔽皎日,高榭隔微声。谗邪使交疏,浮云令昼冥。燕婉同衣裳,一顾倾人城。从容在一时,繁华不再荣。晨朝奄复暮,不见

所欢形。黄鸟东南飞，寄言谢友生。（其三十）

驾言发魏都，南向望吹台。箫管有遗音，梁王安在哉。战士食糟糠，贤者处蒿莱。歌舞曲未终，秦兵已复来。夹林非吾有，朱宫生尘埃。军败华阳下，身竟为土灰。（其三十一）

一日复一夕，一夕复一朝。颜色改平常，精神自损消。胸中怀汤火，变化故相招。万事无穷极，知谋苦不饶。但恐须臾间，魂气随风飘。终身履薄冰，谁知我心焦。（其三十三）

一日复一朝，一昏复一晨。容色改平常，精神自飘沦。临觞多哀楚，思我故时人。对酒不能言，凄怆怀酸辛。愿耕东皋阳，谁与守其真。愁苦在一时，高行伤微身。曲直何所为，龙蛇为我邻。（其三十四）

夸谈快愤懑，情慵发烦心。西北登不周，东南望邓林。旷野弥九州，崇山抗高岑。一餐度万世，千岁再浮沈。谁云玉石同，泪下不可禁。（其五十四）

多虑令志散，寂寞使心忧。翱翔观陂泽，抚剑登轻舟。但愿长闲暇，后岁复来游。（其六十三）

洪生资制度，被服正有常。尊卑设次序，事物齐纪纲。容饰整颜色，磬折执圭璋。堂上置玄酒，室中盛稻粱。外厉贞素谈，户内灭芬芳。放口从衷出，复说道义方。委曲周旋仪，姿态愁我肠。（其六十七）

阮籍生活在魏晋易代的非常时期，曹氏和司马氏的权力争斗异常残酷。阮籍在政治情感上虽然倾向于曹氏皇室，但他又不愿为之担负太大的人生风险。一方面，他不满司马氏不择手段的篡权行为；另一方面，又不敢公然对抗正在接管魏国皇室权力的司马氏集团。司马氏为了夺权，对名士笼络威逼双管齐下，阮籍避之不及而又不愿与之合流，他的内心经受着这种两难的政治煎熬。"籍本有济世志，属魏晋之际，天下多故，名士少有全者，借由是不与世事，遂酣饮为常。"① "籍虽不拘礼教，然发言玄远，口不臧否人物。"② 阮籍在政治上的惶恐，表现在他的生活细节中。如："时率意独驾，不由径路，车迹所穷，辄恸哭而反。"③ 诗人这种精神上的忧虑、孤独、愤懑，在《咏怀》的多首作品里都有表现。如："徘徊将何见，忧思独伤心。""一身不自保，何况恋妻子。""感慨怀辛酸，怨毒常苦多。""独坐空堂上，谁可与欢者。""殷忧令志结，怵惕常若惊。""谗邪使交疏，浮云令昼冥。""谁云玉石

---

① （唐）房玄龄等：《晋书》卷四十九《阮籍传》，中华书局2000年版，第899页。
② 同上书，第900页。
③ 同上。

同,泪下不可禁。""多虑令志散,寂寞使心忧。"等等。诗人这种朝不保夕的生存危机感,是政治重压下产生的精神焦虑。"阮籍的心焦产生于个体在艰难时势中的不安全感。"① 阮籍怨政诗中也有抱怨朝廷用人不公的作品,如:"战士食糟糠,贤者处蒿莱。"还有讽刺礼法之士虚伪作态的作品,如:"外厉贞素谈,户内灭芬芳。"但这些作品不是阮籍怨政诗的主流。阮籍尤为警醒的是,在险恶的政治环境下怎样保全自己,政治怨愤必须表达得隐晦曲折,不可危及自己的安全。因此,他的怨政诗基本都是表现内心焦虑、精神恐惧的忧愤之作,避免直接涉及敏感的具体的政治事件。这种内容和手法,构成了《咏怀》怨政诗的独特风貌。

嵇康(224—263),字叔夜,谯郡铚(今安徽宿县)人。与曹魏宗室结姻,正始间历中散大夫等。景元间因吕安事受谮,被司马昭处死。

嵇康因吕安事件下狱后所作的《幽愤诗》,以自己个性耿介为由头,展示自己的价值立场,表明其政治不合作态度。

> 嗟余薄祜,少遭不造。哀茕靡识,越在襁褓。母兄鞠育,有慈无威。恃爱肆姐,不训不师。爰及冠带,凭宠自放。抗心希古,任其所尚。托好老庄,贱物贵身。志在守朴,养素全真。曰余不敏,好善暗人。子玉之败,屡增惟尘。大人含弘,藏垢怀耻。民之多僻,政不由己。惟此褊心,显明臧否。感悟思愆,怛若创痏。欲寡其过,谤议沸腾。性不伤物,频致怨憎。昔惭柳惠,今愧孙登。内负宿心,外恧良朋。仰慕严郑,乐道闲居。与世无营,神气晏如。咨予不淑,婴累多虞。匪降自天,实由顽疏。理弊患结,卒致囹圄。对答鄙讯,絷此幽阻。实耻讼冤,时不我与。虽曰义直,神辱志沮。澡身沧浪,岂云能补。嗈嗈鸣雁,奋翼北游。顺时而动,得意忘忧。嗟我愤叹,曾莫能俦。事与愿违,遘兹淹留。穷达有命,亦又何求。古人有言,善莫近名。奉时恭默,咎悔不生。万石周慎,安亲保荣。世务纷纭,只搅予情。安乐必诫,乃终利贞。煌煌灵芝,一年三秀。予独何为,有志不就。征难思复,心焉内疚。庶勖将来,无馨无臭。采薇山阿,散发岩岫。永啸长吟,颐性养寿。

嵇康的怨政诗借着宣示个人立身处世的原则,实际表达自己与司马氏在政治立场上的分歧。诗篇叙及自己少小就不甘拘束,受宠放纵,到崇尚老庄,看淡世俗价值,以申明自己不愿踏入官场参与权力游戏。诗人宣示:"志在守朴,养素全真。""顺时而动,得意忘忧。嗟我愤叹,曾莫能俦。事与愿违,

---

① 杨国荣:《善的历程:儒家价值体系研究》,华东师范大学出版社2009年版,第229页。

遭兹淹留。穷达有命,亦又何求。"间接表明了政治上不合作的态度。其实,嵇康并未拒绝入仕,曾在曹氏政权中任中散大夫,而着力强调自己"淡泊",实质就是与司马氏的"名教"政治相对立。在看似感悟人生哲理的表白中,袒露了自己的政治愤慨。史载,嵇康被人诬谮,"言论放荡,非毁典谟,帝王者所不宜容。宜因衅除之,以淳风俗"。"帝既昵听信会,遂并害之。"[①] 嵇康在政治上与司马氏当局的不合作,是导致他被杀害的真正原因。《幽愤诗》透露了这方面的信息。

郭遐叔(？—？),生卒、履历不详。

作为跟正始诗人嵇康差不多同时的诗人,郭遐叔的《赠嵇康》披露了那个时代的文人对朋友遭遇政治打击后的忧愤心情和无奈处境。

> 每念迈会,惟日不足。昕往宵归,常苦其速。欢接无厌,如川赴谷。如何忽尔,将适他俗。言驾有日,巾车命仆。思言君子,温其如玉。心之忧矣,视丹如绿。如何忽尔,超将远逝。心之忧矣,将以怵惕。怵惕惟何,惟思惟忧。展转反侧,寤寐追求。驰情运想,神往形留。心之忧矣,增其劳愁。不见可欲,使心不乱。譬彼造化,抗无崖畔。封疆昼界,事利任难。唯予与子,本不同贯。交重情亲,欲面无算。如何忽尔,时适他馆。明发不寐,耿耿极旦。心之忧矣,增其愤叹。天地悠长,人生若忽。苟非知命,安保旦夕。思与君子,穷年卒岁。优哉逍遥,幸无陨越。如何君子,超将远迈。我情愿关,我言愿结。心之忧矣,良以忉怛。

诗人对嵇康旦夕祸福的危险政治处境深感忧心:"心之忧矣,视丹如绿。如何忽尔,超将远逝。心之忧矣,将以怵惕。怵惕惟何,惟思惟忧。"忧虑之极,乃至恍兮惚兮,红色看成绿色。但只能以人生无常、人生短暂的感悟之言予以宽慰:"心之忧矣,增其愤叹。天地悠长,人生若忽。苟非知命,安保旦夕。"其实是对嵇康遭遇感到无可奈何的怨愤心绪的间接表达。

阮籍、嵇康、郭遐叔的怨政诗,从不同角度描述自己对待政治压迫的反应方式,表现出魏晋政权交替背景下政治恐怖对个人命运和心境的深刻影响。

左思(252？—306),字太冲,临淄(今山东临淄)人。出身寒族,晋泰始间因妹左芬入选后宫,得官秘书郎。元康间与潘岳等依附贾谧。

左思生活在西晋初期,这个时期的西晋已经是一个门阀社会,他的人生位置及怨政情感即与此社会状况息息相关。"在这三百年中,特别是两晋南朝时期,九品中正制成了选举制度的核心。可以认为:九品中正制是豪强大族

[①] (唐)房玄龄等:《晋书》卷四十九《嵇康传》,中华书局2000年版,第908页。

势力迅速膨胀在政治上的产物，它又起到了保证门阀大族垄断仕途的消极作用。"① 左思生活在这样的时代，以真才实学获得上升的通道被堵塞。他的《咏史》八首，集中表达了其对这种不公正社会机制的强烈否定。

郁郁涧底松，离离山上苗。以彼径寸茎，荫此百尺条。世胄蹑高位，英俊沉下僚。地势使之然，由来非一朝。金张藉旧业，七叶珥汉貂。冯公岂不伟，白首不见招。（其二）

济济京城内，赫赫王侯居。冠盖荫四术，朱轮竟长衢。朝集金张馆，暮宿许史庐。南邻击钟磬，北里吹笙竽。寂寂扬子宅，门无卿相舆。寥寥空宇中，所讲在玄虚。言论准宣尼，辞赋拟相如。悠悠百世后，英名擅八区。（其四）

皓天舒白日，灵景耀神州。列宅紫宫里，飞宇若云浮。峨峨高门内，蔼蔼皆王侯。自非攀龙客，何为欻来游。被褐出阊阖，高步追许由。振衣千仞冈，濯足万里流。（其五）

荆轲饮燕市，酒酣气益振。哀歌和渐离，谓若旁无人。虽无壮士节，与世亦殊伦。高眄邈四海，豪右何足陈。贵者虽自贵，视之若埃尘。贱者虽自贱，重之若千钧。（其六）

主父宦不达，骨肉还相薄。买臣困樵采，伉俪不安宅。陈平无产业，归来翳负郭。长卿还成都，壁立何寥廓。四贤岂不伟，遗烈光篇籍。当其未遇时，忧在填沟壑。英雄有迍邅，由来自古昔。何世无奇才，遗之在草泽。（其七）

《咏史》的多篇作品借描写历史上一些德能出众而不得大用的英才的遭遇，抒写对颠倒贤愚的用人机制的怨愤。"金张"与"冯公"的对比，"王侯"与"扬子"的对比，荆轲、高渐离事迹的列举，主父偃、陈平、司马相如事迹的列举，都一再透露了作者对真正人才的钦敬，对人才被冷落摧残的怨责。"英雄有迍邅，由来自古昔。何世无奇才，遗之在草泽。"诗人对世族子弟无功而贵、安享尊荣的社会现实极为不满，对不依德才、只凭门第的任官制度提出强烈质疑。"寒门的政治地位和在政治上的作用，与世族高门在政治上的地位、作用呈反比例关系。当世族高门在政治上的影响达到鼎盛时期，寒门在政治上的影响则同时降至了低谷。"② 左思《咏史》将高门的尊贵无能与寒门的英才绝望对比得异常尖锐，是那个时代寒门文人抗议门阀特权压迫

---

① 白钢等：《中国政治制度史·魏晋南北朝》，社会科学文献出版社2011年版，第22页。
② 陈长琦：《六朝政治》，南京出版社2010年版，第226页。

的空谷足音，弥足珍贵。

四　何承天　鲍照　阳固　杨文佑

何承天（370—447），东海郯（今山东郯城）人。东晋末为桓伟参军、刘裕太尉参军等。南朝宋文帝元嘉间任南蛮长史，御史中丞等。

何承天《上邪篇》表达的是对"弊政"造成社会风气变坏的不满。社会上层权力的运行失控是导致社会风气转为邪浊的重要原因。诗篇揭示了两者之间的关系：

> 上邪下难正，众枉不可矫。音和响必清，端影缘直表。大化扬仁风，齐人犹偃草。圣王既已没，谁能弘至道。开春湛柔露，代张肃严霜。承平贵孔孟，政弊侯申商。孝公明赏罚，六世犹克昌。李斯肆滥刑，秦氏所以亡。汉宣隆中兴，魏祖宁三方。譬彼针与石，效疾而称良。行苇非不厚，悠悠何讵央。琴瑟时未调，改弦当更张。矧乃治天下，此要安可忘。

诗人认为世风的整体邪浊，是朝廷弊政影响全社会的结果，即所谓"上邪下难正，众枉不可矫"。从历史经验教训看："承平贵孔孟，政弊侯申商。孝公明赏罚，六世犹克昌。李斯肆滥刑，秦氏所以亡。汉宣隆中兴，魏祖宁三方。"恶劣政治对国运的破坏，优良政治对国运的提升，都有相应的后果。诗人因此奉劝当政者改弦更张，奉行良政。"琴瑟时未调，改弦当更张。矧乃治天下，此要安可忘。"诗篇从多个历史事实出发进行推断，认为改良世风的根本之道在于改良政治。应该说，作者的这种观察和思考在事理逻辑上是成立的。

鲍照（415？—466），字明远，东海郡（今江苏连云港）人。出身寒微，少有文才。南朝宋元嘉间为临川王刘义庆擢为国侍郎。大明间为临海王前军参军。

鲍照的怨政诗集中在《拟行路难十八首》里，这些诗篇反复展示了不愿再忍受不公平命运摆布的激烈姿态。如：

> 泻水置平地，各自东西南北流。人生亦有命，安能行叹复坐愁。酌酒以自宽，举杯断绝歌路难。心非木石岂无感，吞声踯躅不敢言。（其四）
>
> 君不见河边草，冬时枯死春满道。君不见城上日，今暝没尽去，明朝复更出。今我何时当得然，一去永灭入黄泉。人生苦多欢乐少，意气敷腴在盛年。且愿得志数相就，床头恒有沽酒钱。功名竹帛非我事，存

亡贵贱付皇天。(其五)

对案不能食,拔剑击柱长叹息。丈夫生世会几时,安能蹀躞垂羽翼。弃置罢官去,还家自休息。朝出与亲辞,暮还在亲侧。弄儿床前戏,看妇机中织。自古圣贤尽贫贱,何况我辈孤且直。(其六)

诸君莫叹贫,富贵不由人。丈夫四十强而仕,余当二十弱冠辰。莫言草木委冬雪,会应苏息遇阳春。对酒叙长篇,穷途运命委皇天。但愿樽中九酝满,莫惜床头百个钱。直得优游卒一岁,何劳辛苦事百年。(其十八)

鲍照的怨政诗主要抒写对用人机制不公、寒门文士受压的怨怒。诗人来自寒门,曾经为改变命运努力进取,虽然文才超群,也得以任用,但与诗人的抱负和才华并不相称,因此引发了诗人对自己命运遭遇的冤屈感受。鲍照这些作品的抒情,表面看都是些愤世嫉俗、放任自我、放浪形骸的感性文字:"功名竹帛非我事,存亡贵贱付皇天。""但愿樽中九酝满,莫惜床头百个钱。直得优游卒一岁,何劳辛苦事百年。"在这些感性文字的背后,是诗人对寒门人士奋斗无望的社会现实的痛愤。"心非木石岂无感,吞声踯躅不敢言。""自古圣贤尽贫贱,何况我辈孤且直。"诗篇在看似无奈的宣泄中保持着鲜明的批判姿态,对门阀制度的政治现实表达了强烈的否定。

阳固(467—523),字敬安,无终(今天津蓟县)人。北魏太和间为大将军府参军,景明间任侍御史,正光间任京兆王继从事中郎等。

阳固的《刺谗诗》《疾幸诗》怨刺朝廷谗慝之风,与他自身的政治遭遇密切相关。

巧佞巧佞,谗言兴兮。营营习习,似青蝇兮。以白为黑,在汝口兮。汝非蝮虿,毒何厚兮。巧佞巧佞,一何工矣。伺间伺怨,言必从矣。朋党嚅呫,自相同矣。浸润之谮,倾人埤矣。成人之美,君子贵焉。攻人之恶,君子愧焉。汝何人斯,谮毁日繁。予实无罪,何骋汝言。番番缉缉,谗言侧入。君子好谗,如或弗及。天疾谗说,汝其至矣。无妄之祸,行将及矣。泛泛游凫,弗制弗拘。行藏之徒,或智或愚。维余小子,未明兹理。毁与行俱,言与衅起。我其惩矣,我其悔矣。岂求人兮,思恕在己。(《刺谗诗》)

彼谄谀兮,人之蠹兮。刺促昔粟,罔顾耻辱。以求媚兮,邪干侧入。如恐弗及,以自容兮。志行偏小,好习不道。朝挟其车,夕承其舆。或骑或徒,载奔载趋。或言或笑,曲事亲要。正路不由,邪径是蹈。不识大猷，不知话言。其朋其党，其徒实繁。有诡其行，有佞其音。籧篨戚施，邪媚是钦。既谗且婟，以逞其心。是信是任，乱是以多。其始不慎，末如之何。习习宰嚭，营营无极。梁丘寡智，王鲋浅识。伊戾息夫，异世同力。江充赵高，甘言似直。竖刁上官，擅生羽翼。乃如之人，僭爽其德。岂徒丧邦，又亦覆国。嗟尔中下，其亲其昵。不谓其非，不觉其失。好之有年，宠之有日。我思古人，心焉若疾。百凡君子，宜其慎矣。覆车其鉴，近可信矣。言既备矣，事既至矣。反是不思，维尘及矣。（《疾幸诗》）

阳固忤忤权贵的政治遭遇及作诗缘由，史有所载："宣武（帝）末，中尉王显起宅既成，集僚属飨宴。酒酣，问固曰：'此宅何如。'固曰：'晏婴湫隘，流称于今，丰屋生灾，著于周易。此盖同传舍耳，唯有德能卒，愿公勉之。'显嘿然。他日又谓固曰：'吾作太府卿，府库充实，卿以为何如。'固对曰：'公收百官之禄四分之一，州郡赃赎悉入京藏，以此充府，未足为多。且有聚敛之臣，宁有盗臣，岂不戒钦。'显大不悦，以此衔固。以有人间固于显，因奏固剩请米麦，免固官。遂阖门自守，著《演赜赋》以明幽微通塞之事。又作《刺谗疾嬖幸诗》二首。"① 阳固在朝廷上与贪赃大臣的龃龉，招致谗慝恶意攻击。"营营习习，似青蝇兮。以白为黑，在汝口兮。汝非蝮虿，毒何厚兮。巧佞巧佞，一何工矣。"这种描述，与《小雅·巷伯》极其相似，古今奸佞的与人为恶，可谓代有其人。"正路不由，邪径是蹈。不识大猷，不知话言。其朋其党，其徒实繁。有诡其行，有佞其音。""既谗且婟，以逞其心。是信是任，乱是以多。"奸诈之徒、谗谄之人扬扬得意，邪恶的政治局面就是这样造就的。诗人对这种谗慝之风甚嚣尘上的政治氛围充满了厌憎，痛斥之中表现了不甘屈服的抗争姿态。

杨文佑（？—?），生卒、事迹不详。北周武帝时在世。

据《隋书·刑法志》载，杨文佑因讽刺不理朝政、荒淫滥饮的周宣帝，被杖杀。"帝既酣饮过度，尝中饮，有下士杨文佑白宫伯长孙览，求歌曰：'朝亦醉，暮亦醉。日日恒常醉，政事日无次。'郑译奏之，帝怒，命赐杖二百四十而致死。"② 杨文佑因讽谏昏君暴政而遭杀害的事件，留下了以诗谏政的奇特案例。这种付出生命代价的以诗谏政也说明，怨政诗的创作，在一些政治生态险恶的时期，会有很高的风险。

---

① （唐）李延寿：《北史》卷四十七《阳尼传》，中华书局 2000 年版，第 1140 页。
② （唐）魏征：《隋书》卷二十五《刑法志》，中华书局 2000 年版，第 481 页。

第三节　两晋文人颂政诗——浮夸功德　谀颂泛滥

两晋是中国历史上颇为特殊的阶段。西晋完成了对天下分裂局面的整合，在动乱分裂数十年之后重新实现了大一统，却又在一统天下仅仅三十七年后再次陷入分裂，皇室南迁，建立起半壁河山的东晋政权。西晋统一的时间不长，历代皇室在政治上乏善可陈，除了开国的晋武帝司马炎在掌控权力上颇有心机，尚能驾驭皇权外，其余几个皇帝堪称庸主，昏败无能，以致数十年而亡国。史载："及惠帝之后，政教陵夷，至于永嘉，丧乱弥甚。雍州以东，人多饥乏，更相鬻卖，奔迸流移，不可胜数。幽、并、司、冀、秦、雍六州大蝗，草木及牛马毛皆尽。又大疾疫，兼以饥馑。百姓又为寇贼所杀，流尸满河，白骨蔽野。刘曜之逼，朝廷议欲迁都仓垣。人多相食，饥疫总至，百官流亡者十八九。"① 西晋诸帝的败政劣治由此可见。东晋诸帝也多为平庸之辈，除孝武帝司马曜略有作为外，其余晋帝在政治上少有建树，一百多年的偏安历史并未留下什么值得称道的政治遗产。

相对于两晋司马氏政治的庸碌昏败，两晋文人颂政诗的繁荣尤其显得突兀。两晋文人颂政诗的歌咏对象是晋室诸帝。两晋颂政诗人以西晋傅玄和东晋曹毗为代表。傅玄颂政诗比较集中地歌赞了晋宣帝司马懿、晋景帝司马师、晋文帝司马昭、晋武帝司马炎，称颂晋室诸帝的功业勋绩，描述司马氏奠基创业，武功文治，勤政理国，授贤举能，治国有方，服膺天下，国运久长。这些褒扬虽然在价值取向上尚属儒家政治文化范畴，但褒扬尺度大大超过了这些晋帝的政治功绩的真实情形，宫廷文臣颂政诗的谀颂之风十分显著。东晋曹毗的颂政诗虽然也是奉命而作，歌咏历代晋帝，但在选择歌咏对象上仍保留了一定的理性判断，排除了晋惠帝司马衷之类的恶劣之辈，表现了可贵的识见，没有完全堕入谀颂的泥潭。

一　傅玄

傅玄（217—278），字休奕，泥阳（今陕西耀县）人。曹魏时举秀才，除郎中。后参安东军事，历典农校尉等。司马炎代魏，为散骑常侍，加附马都尉，因事被免。起为御史中丞等。

傅玄在曹魏时期和司马氏代魏后的西晋时期，都担任过官职。傅玄在后半生创作了大量的颂政诗，在两汉魏晋南北朝文人的颂政诗创作中，其作品

---

① （唐）房玄龄等：《晋书》卷二十六《食货志》，中华书局2000年版，第513页。

数量名列前茅。傅玄颂政诗的主旨，都是围绕着司马氏政权及西晋历代皇帝的功德而歌唱，其对西晋皇室人和事的颂扬，与后世对这些人和事的基本评价有着很大的差异。傅玄对西晋皇室的颂扬，受自身判断的局限和自身利益的影响，自然会导致这些褒赞远远偏离这些人和事客观具有的真实价值。这种背离事实夸大其词的颂政诗古已有之，如《诗经》中《鲁颂·閟宫》歌颂鲁僖公兴邦护国，浮夸僖公的功业，已可视为谀颂之作；而傅玄对晋室历代当政者的夸饰，连篇累牍不吝其词的溢美，大大超过了《鲁颂·閟宫》的浮夸，为先秦以来谀颂之作的登峰造极者。

傅玄的颂政诗，很多是祭祀的乐歌歌辞，如《晋天地郊明堂歌六首》之《夕牲歌》："皇矣有晋，时迈其德。受终于天，光济万国。万国既光，神定厥祥。"赞颂晋朝皇室受天命而得天下。《晋宗庙歌十一首》之《宣皇帝登歌》云："于铄皇祖，圣德钦明。勤施四方，夙夜敬止。载敷文教，载扬武烈。匡定社稷，恭行天罚。经始大业，造创帝基。畏天之命，于时保之。"歌颂晋宣帝司马懿奠基创业，立功立德。其《景皇帝登歌》云："执竞景皇，克明克哲。旁作穆穆，惟祗惟畏。纂宣之绪，耆定厥功。"歌颂晋景帝司马师继业承统，勤政建功。其《文皇帝登歌》云："于皇时晋，允文文皇。聪明睿智，圣敬神武。""柔远能迩，简授英贤。创业垂统，勋格皇天。"歌颂晋文帝司马昭抚远授能，奠基晋朝。

《晋四厢乐歌三首》为元旦时节朝廷宴飨的乐歌。《正旦大会行礼歌》云："天鉴有晋，世祚圣皇。时齐七政，朝此万方。""率礼无愆，莫非迈德。仪刑圣皇，万邦惟则。"歌颂晋朝皇帝政德昭昭，感服天下。《食举东西厢歌》云："天命大晋，载育群生。于穆上德，随时化成。自祖配命，皇皇后辟。继天创业，宣文之绩。丕显宣文，先知稼穑。克恭克俭，足教足食。既教食之，弘济艰难。"歌颂晋室列祖列宗创业开国，继业承统；勤谨理政，仁德惠民。

《晋鼓吹曲》二十二首歌颂晋室历代皇帝灭吴蜀、代曹魏、立晋朝的开国功德。《灵之祥》云："天降命，授宣皇。应期运，时龙骧。继大舜，佐陶唐。赞武文，建帝纲。孟氏叛，据南疆。追有扈，乱五常。吴寇叛，蜀虏强。交誓盟，连遐荒。宣赫怒，奋鹰扬。震乾威，曜电光。陵九天，陷石城。枭逆命，拯有生。"总赞晋宣帝司马懿顺应天命，在乱世中灭群雄、护苍生而兴起。《宣受命》云："宣受命，应天机，风云时动神龙飞。御葛亮，镇雍梁。边境安，夷夏康。务节事，勤定倾。揽英雄，保持盈。深穆穆，赫明明。冲而泰，天之经。养威重，运神兵。亮乃震毙，天下安宁。"歌颂晋宣帝司马懿勤政授能，灭蜀建功。《宣辅政》云："宣皇辅政，圣烈深。拨乱反正，顺天心。网罗文武才，慎厥所生。所生贤，遗教施。安上治民，化风移。肇创帝基,洪业垂。"歌颂晋宣帝司马懿创业勤政,奠定国本。《景龙飞》云:"景龙飞,御天威。聪鉴玄察,动与神明协机。从之者显,逆之者灭夷。文教敷,武功巍。普被四海,万邦望风,莫不来绥。"歌赞晋景帝司马师武功文治,奠基晋朝。《文皇统百揆》云:"文皇统百揆,继天理万方。武将镇四隅,英佐盈朝堂。""大道侔五帝,盛德逾三王。咸光大,上参天与地,至化无内外。"歌赞晋文帝司马昭德高才盛,感召天下。《平玉衡》云:"礼贤养士,羁御英雄,思心齐。纂戎洪业,崇皇阶。"歌赞晋武帝司马炎授贤举能,服膺天下。《大晋承运期》云:"大晋承运期,德隆圣皇。时清晏,白日垂光。应箓图,陟帝位,继天正玉衡。"歌赞晋武帝司马炎应天承运,登临帝位。《金灵运》云:"金灵运,天符发。圣征见,参日月。惟我皇,体神圣。受魏禅,应天命。""百事理,万邦贺。神祇应,嘉瑞章。""大孝蒸蒸,德教被万方。"歌赞晋武帝司马炎承天佑国,政运隆盛。《于穆我皇》云:"于穆我皇,盛德圣且明。受禅君世,光济群生。普天率土,莫不来庭。"歌赞晋武帝司马炎盛德高远,天下敬服。《唐尧咨务成》云:"唐尧咨务成,谦谦德其兴。""禅让应大历,睿圣世相承。我皇陟帝位,平衡正准绳。"歌赞晋武帝司马炎德化天下,承统兴国。《玄云起丘山》云:"我皇叙群才,洪烈何巍巍。桓桓征四表,济济理万机。""茂哉明圣德,日月同光辉。"歌赞晋武帝司马炎勤谨治国,盛德高远。《钓竿何冉冉》云:"我皇盛德配尧舜,受禅即祚享天祥。率土蒙佑,靡不肃,庶事康。"歌赞晋武帝奉天承统,国运久长。《因时运》云:"因时运,圣策施。""势穷奔吴,兽骑厉。惟武进,审大计。时迈其德,清一世。"歌赞晋室顺天运,灭孙吴。《惟庸蜀》云:"惟庸蜀,僭号天一隅。刘备逆帝命,禅亮承其余。""文皇悯斯民,历世受罪辜。外谟藩屏臣,内谟众士夫。爪牙应指受,腹心献良图。良图协成文,大兴百万军。"歌赞晋文帝以来的晋室灭除蜀汉僭窃之国。《仲秋狝田》云:"敷化以文,虽安不废武。光宅四海,永享天之祜。"歌颂晋朝兴文尚武,国运隆盛。《顺天道》云:"顺天道,握神契,三时示,讲武事。""文制其中,武不穷武。""嘉大晋,德配天。禄报功,爵俟贤。飧燕乐,受兹百禄,寿万年。"歌颂晋朝以武定国,以文兴邦。

《晋正德大豫舞歌二首》是宴飨典礼上的颂政之作。《正德舞歌》云:"天命有晋,光济万国。穆穆圣皇,文武惟则。在天斯正,在地成德。载韬政刑,载崇礼教。"歌颂晋朝承天受命,文武兴盛。《大豫舞歌》云:"于铄皇晋,配天受命。熙帝之光,世德惟圣。嘉乐大豫,保佑万姓。"歌颂晋朝奉天尚德,保民以治。

《晋鼙舞歌五首》是一组祭祀典礼上的舞曲歌辞。《洪业篇》云:"宣文创洪业,盛德在泰始。圣皇应灵符,受命君四海。万国何所乐,上有明天子。""稷契并佐命,伊吕升王臣。""济济大朝士,夙夜综万机。万机无废理,明明降畴咨。臣譬列星景,君配朝日晖。事业并通济,功烈何巍巍。"总赞了自晋宣帝司马懿、晋景帝司马师、晋文帝司马昭、晋武帝司马炎等晋室列祖列宗的奠基开国之功,从敬奉天命、勤政理国、选贤授能、继统兴邦等方面加以礼赞。《天命篇》云:"圣祖受天命,应期辅魏皇。入则综万机,出则征四方。""威风振劲蜀,武烈慴强吴。""群凶受诛殄,百禄咸来臻。"歌颂晋宣帝司马懿应命辅佐、威压吴蜀的平定之功。《景皇篇》云:"景皇帝,聪明命世生。盛德参天地,帝王道大。创基既已难,继世亦未易。""万国纷骚扰,戚戚天下惧不安。神武御六军。我皇秉钺征。"歌赞晋景帝司马师继业开拓,平定天下。《大晋篇》云:"赫赫大晋,于穆文皇。荡荡巍巍,道迈陶唐。""我皇迈圣德,应期创典制。分土五等,蕃国正封界。莘莘文武佐,千秋遘嘉会。洪业溢区内,仁风翔海外。"歌赞晋文帝司马昭武功文德,垂统后世。《明君篇》云:"明君御四海,听鉴尽物情。顾望有谴罚,竭忠身必荣。""忠臣遇明君,乾乾惟日新。群目统在纲,众星拱北辰。"歌赞晋武帝司马炎扶正压邪,治国有方。

《宣文舞歌二首》也是祭祀典礼上的舞曲歌辞。《宣文舞歌》云:"惟圣皇,道化彰。澄四海,清三光。万机理,庶事康。"歌颂晋宣帝司马懿奉行大道,宏业康隆。《羽铎舞歌》云:"圣皇继天,光济群生。化之以道,万国咸宁。"歌颂晋文帝司马昭奉天继业,济世宁国。

《飨天地五郊歌》云:"天祚有晋,其命惟新。受终于魏,奄有黎民。""宣文惟后,克配彼天。抚宁四海,保有康年。""作民之极,莫匪资始。克昌厥后,永言保之。"歌赞晋武帝司马炎顺天治国,天下太平。

傅玄的数十首颂政诗,是其职分内的奉命之作。其对晋宣帝、晋景帝、晋文帝、晋武帝等晋室开国创业诸帝的颂赞,既有作为朝廷词臣必须毕恭毕敬表达的恭维之意,也有出于维护本朝利益而作出的拔高粉饰。其中所涉及的破灭吴蜀、代替曹魏、建立晋朝等史实,诗篇全然是从天命正道的角度加以阐释,为其披上顺天应人的正统外衣。这种溢美夸饰之作,对其人其事在历史上所起作用的评价与历史事实大有差异,颇能传达出谀颂之诗特有的政治文化倾向。其中,对晋武帝的称颂有一定的现实依据。晋武帝统御下的太康时期,西晋社会曾呈现过治世面貌:"是时天下无事,赋税平均,人咸安其业而乐其事。"[1] 整体上看,傅玄颂政诗谀颂气息较为浓厚,但这些颂政诗包含的称颂统一、仁民、安宁、繁荣的价值尺度,仍然具有正面意义。

---

[1] (唐)房玄龄等:《晋书》卷二十六《食货志》,中华书局2000年版,第513页。

二　荀勖　成公绥　张华　潘岳

荀勖（217？—288），字公曾，颍川（今河南许昌）人。初仕于魏，为中书通事郎。又为大将军司马昭记室。司马炎代魏，拜中书监等。

荀勖为晋室宴飨典礼而作的十七首《四厢乐歌》，秉持敬天尚德的价值标准对新朝廷作了礼赞。如《正旦大会行礼歌》云："光光邦国，天笃其祜。丕显哲命，顾柔三祖。世德作求，奄有九土。思我皇度，彝伦攸序。"颂赞晋帝拥有天下是天命所赐，声言天命无私，定然眷顾奉行圣德的当政者。《食举乐东西厢歌》云："昔我三后，大业是维。今我圣皇，焜烀前晖。奕世重规，明照九畿。思辑用光，时罔有违。陟禹之迹，莫不来威。天被显禄，福履是绥。"赞颂晋室列祖列宗奠基开国，使天地重光，享有天下敬服、四方来贺的显荣国祚。"赫矣太祖，克广明德。廓开宇宙，正世立则。变化不经，民无瑕慝。创业垂统，兆我晋国。"赞颂司马懿对晋国的开创之功。"则天作孚，大哉为君。慎徽五典，帝载是勤。文武发挥，茂建嘉勋。修己济治，民用宁殷。"歌赞晋帝修身敬德，为天下作则，教化世人，百姓钦服。"开元布宪，四海鳞萃。协时正统，殊途同致。厚德载物，灵心隆贵。"颂赞晋帝法度分明，治理有序，天下贤俊诚敬归顺，圣德感召人心向善。荀勖的这些颂政之作，对晋室和晋帝的礼赞，多有拔高的夸饰，不乏谀颂的成分。

成公绥（231—273），字子安，白马（今河南滑县）人。魏高贵乡公时被张华荐之太常，征为博士，历迁中书郎等。入晋后任中书郎。

成公绥的十六首《晋四厢歌》奉诏而作。组诗热烈礼赞的诗句，描述的是圣皇德治下国泰民安的熙乐太平盛世图景。诗篇将此"天下安宁"的兴盛局面归因于圣皇奉天命而行仁政："穆穆天子，光临万国。""承天位，统万国。受命应期，授圣德。""惟天降命，翼仁佑圣。""张帝网，正皇纲。播仁风，流惠康。迈洪化，振灵威。怀万方，纳九夷。"而当今圣皇君临万国的宏图来自列祖开辟的基业："四世重光，宣开洪业。景克昌，文钦明，德弥彰。肇启晋邦，流祚无疆。""穆穆烈考，克明克俊。实天生德，诞膺灵运。肇建帝业，开国有晋。载德奕世，垂庆洪胤。"在当今圣皇的仁德治理下，国家安宁，百姓熙乐，文治德化的良序赫然现于世人眼前："道化行，风俗清。""四海同风，兴至仁。济民育物，拟陶钧。"由此国泰民安的局面，自然可以预期国运兴隆："超百代，扬休烈，流景祚，显万世。""与灵合契，通德幽玄。仰化清云，俯育重渊。受灵之佑，于万斯年。"成公绥的这组颂政诗，极尽歌功颂德之能事，把古代圣皇良政善治的美妙图景加之于晋武帝及其晋室列祖身上。虽然西晋统一天下后的治理不是没有良善可陈，但与诗篇所夸饰的至善至美，显然相去甚远。远离事实，溢美虚夸，谀颂之作，大都如此。

张华（232—300），字茂先，方城（今河北固安）人。曹魏时任佐著作郎。司马炎代魏，官至中书令。惠帝继位，拜太子少傅，开府仪同三司。贾后当权，受倚重。后废为庶人。

张华的颂政诗主要以晋武帝司马炎为歌赞对象，也推及武帝之前的皇室先辈，应是诗人在晋武帝当政时期创作的作品。张华的这些颂政诗都是宴飨及祭祀时的乐歌歌辞。如《晋四厢乐歌》十六首之《食举东西厢乐诗》，在雍容华贵的宴飨场景描绘中仍然传达出作者希望标榜的价值准则，即对"世资圣哲"先辈奠基创业的礼赞，对"泰始开元"武帝建朝立国的歌颂，对"圣明统世，笃皇仁""齐德教，混殊风。混殊风，康万国"的治国泰安的赞佩。《晋四厢乐歌》十六首之《正旦大会行礼诗》云："于赫皇祖，迪哲齐圣。经纬大业，基天之命。克开洪绪，诞笃天庆。旁济彝伦，仰齐七政。烈烈景皇，克明克聪。静封略，定勋功。成民立政，仪刑万邦。式固崇轨，光绍前踪。""允文烈考，睿哲应期。参德天地，比功四时。大亨以正，庶绩咸熙。肇启晋宇，遂登皇基。明明我后，玄德通神。受终正位，协应天人。容民厚下，育物流仁。跻我王道，辉光日新。"诗篇歌赞了"于赫皇祖""烈烈景皇""允文烈考"的宣帝、景帝、文帝开启基业，歌赞了"肇启晋宇，遂登皇基""容民厚下，育物流仁"的今皇继业兴国。诗人推崇晋室诸帝宏德伟绩，也是着眼于天命、政德、治绩、国运等治国之道而感发的。《晋凯歌二首》云："今在盛明世，寇虐动西垠。豺狼染牙爪，群生号穹旻。元师统方夏，出车抚凉秦。""武功尚止戈，七德美安民。远迹由斯举，永世无风尘。"描述外寇来犯，晋室出兵保境安民。诗篇称颂晋武帝以武安邦，着意传达了"武功尚止戈，七德美安民"的最高用兵之道。《晋正德大豫舞歌二首》歌赞晋武帝的宏业盛德，其《大豫舞歌》云："惟天之命，符运有归。赫赫大晋，三后重晖。继明绍世，光抚九围。我皇绍期，遂在璇玑。群生属命，奄有庶邦。慎徽五典，玄教遐通。万方同轨，率土咸雍。爰制大豫，宣德舞功。醇化既穆，王道协隆。仁及草木，惠加昆虫。亿兆夷人，悦仰皇风。丕显大业，永世弥崇。"由歌赞先帝受天命开启晋朝基业，进而歌赞今帝拓展先帝事业，将国家治理得兴隆安泰，仁德之政得到百姓及邻邦的热烈拥护。所谓"丕显大业，永世弥崇"，是希望江山永固的吉祥祝语，这类颂词包含的维持政权长治久安的政治愿望，在历代颂政诗里屡见不鲜，也是中国古代政治文化的一个祈愿传统。"欲至于万年惟王，子子孙孙永保民。"[①]《尚书》表达的这个意愿在历代颂政诗里得到了长久的呼应。张华的这些颂政诗对晋武帝及晋室先

[①] （清）阮元：《十三经注疏·尚书正义·梓材》，中华书局2009年版，第443页。

帝的歌赞，不乏背离史实的谀颂之词，但也包含一定的时政感悟，尤其是对国运的祈愿，表达了作者的政治期待。

潘岳（247?—311?），字安仁，中牟（今河南中牟）人。晋武帝时为司空掾。历怀县令。惠帝即位，任太傅主簿。与石崇等谄事贾谧。赵王伦篡位，被收杀。

潘岳的《关中诗》歌赞晋武帝司马炎兴兵安邦的功绩。"于皇时晋，受命既固。三祖在天，圣皇绍祚。德博化光，刑简枉错。微火不戒，延我宝库。""蠢尔戎狄，狡焉思肆。虞我国眚，窥我利器。岳牧虑殊，威怀理二。将无专策，兵不素肄。""哀此黎元，无罪无辜。肝脑涂地，白骨交衢。夫行妻寡，父出子孤。俾我晋民，化为狄俘。""皇赫斯怒，爰整精锐。命彼上谷，指日遄逝。亲奉成规，稜威遐厉。首陷中亭，扬声万计。""明明天子，视民如伤。申命群司，保尔封疆。靡暴于众，无陵于强。惴惴寡弱，如熙春阳。"诗篇从"三祖在天，圣皇绍祚"叙起，宣示晋武帝承接晋宣帝、晋景帝、晋文帝的基业，努力勤政德治。诗篇着重叙写"蠢尔戎狄，狡焉思肆"的外寇侵边，百姓"无罪无辜，肝脑涂地"，晋室兴师应对，"皇赫斯怒，爰整精锐"，终致敌寇败退。诗篇赞叹"明明天子，视民如伤"，将晋武帝兴兵用武、保境安民的举措视为至高的功德，以百姓获救之后"如熙春阳"的感激，张扬了济世保国即为用兵正道的理念。

三　石崇　陆机　陆云　曹毗　王珣　何承天

石崇（249—300），字季伦，南皮（今河北南皮）人。晋武帝时为修武令，入为散骑常侍。惠帝时出为荆州刺史。尝与潘岳等谄事贾谧。

石崇曾以劫掠客商而获致巨富，又以与王恺等竞较豪奢而耸人听闻。仅从诗句看，石崇的颂政诗与同时期其他文人的作品没有什么差异，其对晋室的歌赞，也奉行了通常的歌功颂德标准。如《大雅吟》，歌赞晋室先帝一统河山的功业："堂堂太祖，渊弘其量。仁格宇宙，义风遐畅。""启路千里，万国率从。荡清吴会，六合乃同。百姓仰德，良史书功。超越三代，唐虞比踪。"对晋宣帝司马懿以来晋室诸帝扫灭吴蜀、取代曹魏的历史大加赞扬，尤其凸显晋室在此过程中的"仁格""义风"，还将改朝换代的晋室提到"超越三代，唐虞比踪"的古代圣君高度，谀颂之意显而易见。但其推举的"六合乃同""百姓仰德"的价值尺度，客观上有其可取之处。

陆机（261—303），字士衡，吴郡吴（今江苏苏州）人。三国吴陆抗之子。吴亡，入仕晋。历著作郎等。后死于"八王之乱"，被夷三族。

陆机在孙吴和晋朝都极负文名，其颂政诗是入仕晋朝后恭顺新主的作品。

如《皇太子宴玄圃宣猷堂有令赋诗》，是他在皇太子宴请朝臣时的受命之作。有对晋室先帝承天命开基业的崇仰："三正迭绍，洪圣启运。自昔哲王，先天而顺。"有对晋室在位者承前启后、一统河山的歌赞："三后始基，世武丕承。""时文惟晋，世笃其圣。钦翼昊天，对扬成命。九区克咸，讴歌以咏。"有对皇太子奉德修身的恭维："笃生我后，克明克秀。体辉重光，承规景数。茂德渊冲，天姿玉裕。"有对自己作为词臣的感恩戴德："蕞尔小臣，邈彼荒遐。弛厥负担，振缨承华。匪顾伊始，惟命之嘉。"篇末"蕞尔小臣""惟命之嘉"的表白，颇能显示奉命颂政的谨慎恭敬姿态。诗篇呈现的这种谨慎恭敬姿态，在历代文臣奉命参与颂政诗创作的传统中很有代表性。

陆云（262—303），字士龙，吴郡吴（今江苏苏州）人。三国吴陆抗之子、陆机之弟。吴平，入仕晋，以公府掾为太子舍人。历尚书郎等。

陆云与其兄陆机一样，也是入仕晋朝的新臣。与晋朝原来的文臣相比，陆氏兄弟对晋室怀有更为恭顺的心态。陆云的颂政诗与其兄所作一样，属于奉命而为。如《大将军宴会被命作诗》："睿哲惟晋，世有明圣。如彼日月，万景攸正。巍巍明圣，道隆自天。""有命冉集，皇舆凯归。颓纲既振，品物咸秩。"又如《大安二年夏四月大将军出祖王羊二公于城南堂皇被命作此诗》："时文唯晋，天祚有祥。圣宰作弼，受言既臧。""惟帝思庸，大兴光迪。圣敬远跻，神道玄邈。"歌赞晋室圣德与睿智，天命与勤政，基本是恭谨有余而诚敬不足的客套之辞，表现出这种颂政诗的特质。

曹毗（？—？），字辅佐，谯国（今安徽亳州）人。生卒年不详。东晋成帝至孝武帝间，历任著作郎，光禄勋等。

史载："太元中，破苻坚，又获其乐工杨蜀等，闲习旧乐，于是四厢金石始备焉。乃使曹毗、王珣等增造宗庙歌诗。"[①] 可知曹毗的十三首《晋江左宗庙歌》是东晋孝武帝时奉晋室之命而作。这组颂政歌辞一如西晋以来的诸多词臣之作，对晋室诸帝逐一加以褒赞。《歌高祖宣皇帝》云："于赫高祖，德协灵符。应运拢乱，厘整天衢。勋格宇宙，化动八区。""肇基天命，道均唐虞。"歌赞晋宣帝司马懿奉天受命，规划天下。《歌世宗景皇帝》云："景皇承运，纂隆洪绪。皇维重抗，天晖再举。蠢矣二寇，扰我扬楚。乃整元戎，以膏齐斧。亹亹神算，赫赫王旅。鲸鲵既平，功冠帝宇。"歌赞晋景帝司马师承统继业，以武定国。《歌太祖文皇帝》云："太祖齐圣，王猷诞融。仁教四塞，天基累崇。皇室多难，严清紫宫。""平蜀夷楚，以文以戎。奄有参墟，声流无穷。"歌赞晋文帝司马昭武功文治，奠定邦国。《歌世祖武皇帝》云："于穆武皇，允龚钦明。应期登禅，龙飞紫庭。""殊域既宾，伪吴亦平。"

[①] （唐）房玄龄等：《晋书》卷二十三《乐志下》，中华书局2000年版，第449页。

"野有击壤,路垂颂声。"歌赞晋武帝司马炎平吴开国,天下拥戴。《歌中宗元皇帝》云:"元皇勃兴,网罗江汉。仰齐七政,俯平祸乱。""德冠千载,蔚有余粲。"歌赞晋元帝司马睿重整河山,高德垂世。《歌肃宗明皇帝》云:"明明肃祖,阐弘帝祚。英风凤发,清晖载路。奸逆纵忒,罔式皇度。躬振朱旗,遂豁天步。""品物咸宁,洪基永固。"歌赞晋明帝司马绍清肃国政,巩固国基。《歌显宗成皇帝》云:"于休显宗,道泽玄播。式宣德音,畅物以和。迈德蹈仁,匪礼弗过。""同规放勋,义盖山河。"歌赞晋成帝司马衍德义昭彰,为世作则。《歌康皇帝》云:"康皇穆穆,仰嗣洪德。为而不宰,雅音四塞。闲邪以诚,镇物以默。威静区宇,道宣邦国。"歌赞晋康帝司马岳高德卓越,安宁邦国。《歌孝宗穆皇帝》云:"孝宗凤哲,休音允臧。""西平僭蜀,北静旧疆。高猷远畅,朝有遗芳。"歌赞晋穆帝司马聃巩固邦国,平定僭窃。《歌哀皇帝》云:"于穆哀皇,圣心虚远。""道尚无为,治存易简。化若风行,民犹草偃。""愔愔云韶,尽美尽善。"歌赞晋哀帝司马丕理政简易,无为而治。

曹毗的这组颂政诗,对东晋孝武帝之前的多任晋帝都有褒扬,但缺漏了晋惠帝司马衷、晋怀帝司马炽、晋愍帝司马邺、晋废帝司马奕、晋简文帝司马昱。这些缺漏的晋帝,要么昏聩胡为导致世乱丧国,要么怯懦无能招致失去权柄,要么被下毒死于非命,要么被废黜形如傀儡。如晋惠帝、晋怀帝时期,国家政治陷入极度混乱,社会遭受了巨大灾难。曹毗选择褒赞的诸帝,未必在历史上留下过盛德丰功,但至少不至于如晋惠帝司马衷之流不堪提及。曹毗能作如此选择和淘汰,除秉承晋室旨意的因素外,诗人的个人判别也有很高的识见,在奉命而作颂政诗的背景下,已属难能之举。

王珣(349—400),字符琳,临沂(今山东临沂)人。晋太元间历给事黄门侍郎,尚书仆射等。隆安间迁尚书令。

王珣的颂政诗歌赞了晋简文帝和孝武帝。《歌太宗简文皇帝》云:"皇矣简文,于昭于天。灵明若神,周淡如渊。冲应其来,实与其迁。亹亹心化,日用不言。易而有亲,简而可传。观流弥远,求本逾玄。"歌赞简文帝司马昱理政清明,治国简易。究其实,晋简文帝在权臣桓温强势把持政权的情形下,既无所作为,更形同傀儡,短短两年即寂寥病亡,与诗中描述的旨在简易治国的主观追求并不相符,诗篇对晋简文帝的歌赞在境界和识见上都堪称粗陋。《歌烈宗孝武皇帝》云:"天鉴有晋,钦哉烈宗。同规文考,玄默允龚。威而不猛,约而能通。神钲一震,九域来同。道积淮海,雅颂自东。气陶淳露,化协时雍。"歌赞晋孝武帝司马曜以武定国,兴邦安世。诗篇这样的歌赞与司马曜在位的积极施政情形有一定程度的相符,至于内中存在的夸饰,是朝臣对在位者自然的恭维示好。

何承天，生卒、事迹见前。

据史家记载："《鼓吹铙歌》十五篇，何承天义熙中私造。"① 按史书所言，何承天在晋安帝司马德宗义熙年间独自创作了这组作品。这种由诗人私自以朝廷乐歌形式歌咏皇朝政治的创作，与晋朝绝大多数奉命而作的颂政诗确实有很大不同。何承天的组诗着意于将皇室兴师动众与世道安危相联系进行歌赞，如《朱路篇》云："仁声被八表，威震振九遐。嗟嗟介胄士，勖哉念皇家。"歌赞皇室兴兵讨伐，仁政宁远。《思悲公篇》云："营都新邑，从斯民。从斯民，德惟明。制礼作乐，兴颂声。兴颂声，致嘉祥。鸣凤爱集，万国康。万国康，犹弗已。握发吐餐，下群士。惟我君，继伊周。亲睹盛世，复何求。"对东晋晚期的朝政新变寄予了向好的期待。《雍离篇》云："雍士多离心，荆民怀怨情。二凶不量德，构难称其兵。王人衔朝命，正辞纠不庭。上宰宣九伐，万里举长旌。""凌威致天府，一战夷三城。江汉被美化，宇宙歌太平。惟我东郡民，曾是深推诚。"歌赞皇室以武安邦，除奸宁国，平定多地逆乱，使百姓得以安居。诗篇这些描述，着眼点更多放在皇室举措于国于民的影响，与过往一些晋朝诗人一味浮夸示好有所不同。

第四节　南北朝文人颂政诗——皆言奉天　价值趋同

南北朝是中国历史上一个大分裂的时代。在北方政权纷乱、南方王朝更迭的历史时期，南北方政权政治运行的轨迹仍然没有违背中国古代传统政治的逻辑，各个不同王权统治下的地域仍然奉行着君主治国的基本政治规则。相对于北朝政权政治所渗入的少数民族文化元素，南方宋齐梁陈几个小王朝沿袭的传统政治轨道更为固定。即使是北朝政权有着汉族之外的政治文化元素，占主流的仍是中国传统的政权形式和政治观念。南北朝文人颂政诗比较鲜明地表现了这种政治生态。

南北朝文人颂政诗总的来说不如两晋发达，作者数量及作品数量都不及两晋。南朝刘宋时期，有王韶之《高祖武皇帝歌》颂赞宋武帝刘裕武功文治，谢庄《歌太祖文皇帝》颂赞宋文帝刘义隆以德安国，刘彧《皇业颂》《圣祖颂》歌赞刘宋先帝泽被天下。南朝齐代，有王融《圣君曲》歌颂齐皇室承天运而享福祚，沈约《梁宗庙歌七首》称颂梁朝先祖奠基垂统之功，王俭《高德宣烈乐》歌赞太祖齐高帝萧道成武功仁德，谢朓《世祖武皇帝》歌颂齐武

---

① （南朝梁）沈约：《宋书》卷二十二《乐志四》，中华书局2000年版，第440页。

帝萧赜勤政安国。南朝梁代，有周舍《梁鞞歌三首》称颂梁朝皇室实现江山一统，萧子云《俊雅》《胤雅》颂赞梁朝皇室正统地位和治理业绩，萧纲《和赠逸民应诏诗》颂赞梁武帝丰功与宏德。北朝北齐时期，有陆卬《武德乐》歌赞北齐皇室奉天承统，《登歌三曲》宣示北齐皇权统续来源光明正道，《食至御前奏》夸示北齐皇室文治武功，《文舞辞》称颂北齐皇室以德治教化天下。北朝北周，有庾信《皇夏·献皇高祖》歌赞北周皇祖宇文韬仁义盛德，《皇夏·献皇曾祖德皇帝》歌赞北周德帝宇文肱继德建业，《皇夏·献闵皇帝》歌赞北周孝闵帝宇文觉承天开国，《皇夏·献高祖武皇帝》歌赞北周武帝宇文邕以武安邦，等等。

　　南北朝不同时代、不同国度的颂政诗，贯穿了较为统一的主题，都宣示了承命统御天下的权力渊源的正当性，都褒扬了保障国家安泰的文武之道。处于分裂状态下的南北朝，其颂政诗的主题与大一统王朝时期的政治理念保持着内在的一致性。分裂状态下的小王朝，政治观念仍然没有偏离中国历朝历代的正统政治文化轨道。天命、王道、仁政、统一、安定、武功文治、国泰民安，这些政治理念包含的治国之道和治国目标，在南北朝颂政诗里都得到了充分展示，显示出中国古代政治文化的承传和延续具有一以贯之的价值基础。

一　王韶之　谢庄　刘彧　王融

　　王韶之（380—435），字休泰，临沂（今山东临沂）人。晋义熙间历著作佐郎，迁尚书祠部郎等。刘裕代晋，加骁骑将军。宋元嘉间历祠部尚书等。

　　王韶之历仕东晋和刘宋，经历了晋末乱世，对刘宋新朝既有个人归顺后的谨慎恭敬，也有对朝代更替后国家政治焕然一新的热切期待。《宋四厢乐歌·大会行礼歌》云："大哉皇宋，长发其祥。纂系在汉，统源伊唐。德之克明，休有烈光。配天作极，辰居四方。"歌赞刘宋皇室承统继业，德配昊天。《宋四厢乐歌·食举歌》云："王道四达，流仁布德。穷理咏乾元，垂训顺帝则。灵化侔四时，幽诚通玄默。德泽被八埏，乾宁轨万国。""王道纯，德弥淑。宁八表，康九服。道礼让，移风俗。移风俗，永克融。歌盛美，告成功。"歌赞刘宋皇室仁政王道之治。诗篇对文治教化、兴礼易俗的强调，表达了对新朝创造太平盛世的向往。《高祖武皇帝歌》云："惟天有命，眷求上哲。赫矣圣武，抚运桓拨。功并敷土，道均汝坟。止戈曰武，经纬称文。鸟龙失纪，云火代名。受终改物，作我宋京。至道惟王，大业有勣。降德兆民，升歌清庙。"歌赞宋武帝刘裕秉承天命，革故鼎新，以武功文治的经纬之才托举出一个降福万民的新世道。刘裕开启的新王朝治理，及至文帝刘义隆，确实是南朝历代王朝统治中最好的一段时期。史载："自义熙十一年司马休之外奔，至于元嘉末，三十有九载，兵车勿用，民不多劳，役宽务简，氓庶繁息，至余粮栖亩，户不夜扃，盖东西之极盛也。"① "区宇宴安，方内无事。三十年间，氓庶蕃息，奉上供徭，止于岁赋，晨出莫归，自事而已。家给人足，即事虽难，转死沟渠，于时可免。凡百户之乡，有市之邑，歌谣舞蹈，触处成群，盖宋世之极盛也。"② 可见王韶之的颂政有较坚实的事实基础，不是浮夸的谀颂之词。

谢庄（421—466），字希逸，阳夏（今河南太康）人。宋元嘉间历法曹行参军等。孝建间授吏部尚书，大明间历都官尚书等。泰始间授中书令。

谢庄的颂政诗主要集中于对南朝宋文帝和宋孝武帝的歌赞。《明堂歌九首》之《歌太祖文皇帝》云："维天为大，维圣祖是则。辰居万宇，缀旒下国。内灵八辅，外光四瀛。""以孝以敬，以立我烝民。"称颂宋文帝刘义隆奉天承统，以德安国。诗篇的颂赞与刘义隆的政治业绩基本相符。《世祖庙歌二首》的《世祖孝武皇帝歌》云："辟我皇维，缔我宋宇。刷定四海，肇构神京。""泽牣九有，化浮八瀛。""神其歆止，降福无穷。"将宋孝武帝刘骏描述成一个承统继业、安宁天下的贤君，与历史上宋孝武帝昏庸暴虐的真实形象大相径庭，谀颂意味甚浓。

刘彧（439—472），即宋明帝。字休炳，彭城（今江苏徐州）人。宋元嘉间封湘东王。宋孝武帝时，历中护军等。即位后诛杀孝武帝诸子。

在刘宋诸帝中，宋明帝刘彧昏庸残暴已有历史定评，但从他自己的颂政诗中却看不到这种形象。如《泰始歌舞曲十二首》之《皇业颂》云："皇业沿德建，帝运资勋融。胤唐重盛轨，胄楚载休风。尧帝兆深祥，元王衍遐庆。积善传上业，祚福启英圣。衰数随金禄，登历昌永命。维宋垂光烈，世美流舞咏。"歌赞皇室承德积善，继统光国，完全是一副德治为上的施政姿态。又如《圣祖颂》："圣祖惟高德，积勋代晋历。永建享鸿基，万古盛音册。睿文缵宸驭，广运崇帝声。衍德被仁祉，留化洽民灵。孝建缔孝业，允协天人谋。宇内齐政轨，宙表烛威流。钟管腾列圣，彝铭贲重猷。"歌颂刘宋先帝的高德伟业，泽被天下，仿佛自己是祖业盛德的忠实继承者和实践者。这类赞词表现了谀颂之作的一种倾向，即政权运行实况和政治业绩褒赞的刻意背离。

王融（467—493），字元长，临沂（今山东临沂）人。齐永明间举秀才，迁太子舍人，历秘书丞等。后参与朝争，被劾下狱赐死。

王融的颂政诗有歌赞皇室先帝的，如《圣君曲》："圣君应昌历，景祚启

---

① （南朝梁）沈约：《宋书》卷五十四《孔靖传》，中华书局2000年版，第1015页。
② （南朝梁）沈约：《宋书》卷九十二《良吏传》，中华书局2000年版，第1505页。

休期。龙楼神睿道，兔园仁义基。""大哉君为后，何羡唐虞时。"歌颂齐皇室承天运、享福祚，赞其国运可与古时圣贤治天下相比拟，凸显了齐皇室的正统地位。《从武帝琅邪城讲武应诏诗》则是歌赞当朝在位的齐武帝萧赜的武功文治："治兵闻鲁策，训旅见周篇。教民良不弃，任智理恒全。""早逢文化洽，复属武功宣。愿陪玉銮右，一举扫燕然。"这里既有颂政诗例行的恭维，也有对当政者的治国期许，这种期许包含了诗人所赞同的文武治国之道。

二 沈约 王俭 谢朓 齐朝廷乐歌

沈约（441—513），字休文，武康（今浙江湖州）人。宋泰始间任奉朝请等。齐永明间任东宫步兵校尉等。梁天监间历尚书令，太子少傅等。

沈约身仕宋、齐、梁三朝，其颂政诗主要创作于梁代，或应诏奉和御制，或制作典礼乐辞，皆为奉命之作。沈约制作的《梁宗庙歌七首》云："于赫文祖，基我大梁。肇土七十，奄有四方。帝轩百祀，人思未忘。永言圣烈，祚我无疆。"怀缅梁朝先祖的奠基垂统之功。"四海倒悬，十室思乱。自天命我，殄凶殊难。"歌赞以武定邦，救民于倒悬。"有命自天，于皇后帝。悠悠四海，莫不来祭。""嘉荐既飨，景福攸归。至德光被，洪祚载辉。"标榜梁武帝萧衍承受天命，敬天奉德而得天下拥戴。《梁三朝雅乐歌六首》之《胤雅》云："自昔殷代，哲王迭有。降及周成，惟器是守。上天乃眷，大梁既受。灼灼重明，仰承元首。"从久远的商周时代追溯梁代的宗祀，将梁代的享国统绪大大向前扩展，赋予了梁代皇室"上天乃眷，大梁既受"的天命治权神圣性。《梁大壮大观舞歌二首》亦为郊庙乐歌，《大壮舞歌》云："我邦虽旧，其命维新。六伐乃止，七德必陈。君临万国，遂抚八寅。"将梁代的来历上推到久远的先秦旧邦，歌颂梁皇室远承先祖高德，以文武之道安宁天下。《大观舞歌》云："皇矣帝烈，大哉兴圣。奄有四方，受天明命。居上不怠，临下惟敬。举无愆则，动无失正。物从其本，人遂其性。昭播九功，肃齐八柄。宽以惠下，德以为政。"标榜梁代皇室"奄有四方，受天明命"的正统神圣性，歌赞梁武帝"居上不怠，临下惟敬"的勤勉施政，"宽以惠下，德以为政"的仁厚治国。《明之君六首》云："大梁七百始，天监三元初。圣功澄宇县，帝德总车书。熙熙亿兆臣，其志皆欢愉。""礼缉民用扰，乐谐风自移。舜琴终已绝，尧衣今复垂，象天则地体无为。"歌赞梁武帝自天监开国建元，其德业极其渊远。完成了"澄宇县""总车书"的重整河山之功，实现了"礼缉""乐谐"的文治教化，效法天地施行无为之治，使国家安熙祥和。

沈约的颂政诗虽然包含有对在位者政德政绩的夸饰恭维，但对梁武帝开国初期的勤勉施政所作的褒扬仍有较充分的事实依据。沈约逝于梁武帝天监后期，对梁武帝后来的荒唐败政已不可能涉笔。总体来看，沈约的颂政诗并非过度浮夸的谀颂之作。

王俭（452—489），字仲宝，临沂（今山东临沂）人。宋昇明间任尚书右仆射。齐永明间历吏部尚书等。

王俭的颂政诗《高德宣烈乐》是一首朝廷乐歌，歌赞齐高帝萧道成的治国功德。"乃文乃武，乃圣乃神。勋弭危乱，静比斯民。诞应休命，奄有八夤。""义满天渊，礼昭地轴。泽靡不怀，威无不肃。"称颂萧道成是武功仁德兼备的贤君圣王，应承天命而拥有边远之地，崇尚礼义治国，百姓普遍得到仁泽，四方无不敬服。这样的描述与萧道成开国后勤俭持身、修明政治的实际作为较为相符，颂政较为允当。

谢朓（464—499），字玄晖，阳夏（今河南太康）人。齐永明间历随王东中郎府官属等。建武间任宣城太守，永泰间任尚书吏部郎。后卷入朝争，下狱死。

谢朓在齐代朝政活动中的参与度是比较高的，他的颂政诗既是作为文臣的受命之作，也确实包含了对齐代朝政的颂赞和期待，对齐武帝萧赜的歌颂尤其如此。如《齐雩祭歌八首》之《世祖武皇帝》："浚哲维祖，长发其武。帝出自震，重光御宇。七德攸宣，九畴咸叙。""化一车书，德馨粢盛。"歌颂萧赜继承先帝圣德，勤政安国，使天下和谐有序。又如《三日侍华光殿曲水宴代人应诏诗》："天眷休明，且求至德。御繁实简，制动惟默。""求贤每劳，得士方逸。""文教已肃，武节既驰。"歌赞齐皇室以德御国，授贤任能，文武协调。诗篇显然寄托了作者对朝廷文武之道张弛有度的理想治国期许。

齐朝廷乐歌。

在谢朓等人的颂政诗之外，齐代还有朝廷乐歌的颂政之作。这些佚名的典礼乐歌，与谢朓等人为朝廷祭祀及宴飨而作的乐歌是同类作品。如《大会行礼歌辞》云："大哉皇齐，长发其祥。祚隆姬夏，道迈虞唐。德之克明，休有烈光。配天作极，辰居四方。""皇矣我后，圣德通灵。有命自天，诞授休祯。龙飞紫极，造我齐京。光宅宇宙，赫赫明明。"追溯齐皇室正统权力源远流长，承统继业具有天然神圣性。《殿前登歌辞》云："明明齐国，缉熙皇道。则天垂化，光定天保。天保既定，肆觐万方。"歌颂皇室以天命为治国准则，由此而得天下敬服。《明君辞》云："明君创洪业，盛德在建元。受命君四海，圣皇应灵乾。五帝继三皇，三皇世所归。圣德应期运，天地不能违。"强调了在位者君临天下是应天命而行，所谓"天地不能违"更是对皇权正统性的自我推崇。《圣主曲》云："圣主受天命，应期则虞唐。""广德齐七政，敷教腾三辰。万宇必承庆，百福咸来臻。"夸示齐代皇权既有天命授予的正当，也有德义施政的崇高，必能获得天下拥戴。《明德凯容之乐》云："多难固业，殷忧启圣。帝宗缵武，惟时执竞。""远无不怀，迩无不肃。其仪济济，其容穆穆。赫矣君临，昭哉嗣服。"称颂齐皇室克难兴邦，对外修德抚远，对内谨慎勤政，这样的君临天下，自然获得四方敬服。齐代这些朝廷乐歌，题旨重心放在对天命皇权正当性的礼赞上，既是奉命宣扬皇朝统治的权威性，也彰显了与天命皇权直接关联的德政天佑的价值观念，忠实传达了这类颂政诗的题中之义。

三　周舍　萧子云　萧纲

周舍（469—524），字升逸，汝南（今河南汝南）人。齐永明间为太学博士。梁天监间历中书通事舍人等。

周舍的颂政诗称颂梁朝皇室的功业，着眼点在江山一统，国家安泰。如《梁鞞歌三首》。其《明之君》云："赫矣明之君，我皇迈前古。机灵通日月，圣敬缔区宇。淮海无横波，文轨同一土。乐哉太平世，当歌复当舞。"《明主曲》云："圣主应图箓，天下咸所归。"《明君曲》云："明君班五瑞，就日朝百王。""盛明普日月，兆民乐未央。"这组颂政诗歌赞的都是"文轨同一土""天下咸所归""就日朝百王"这样的一统局面，都是"乐哉太平世""兆民乐未央"的盛世场景。周舍生活于梁朝前期，其所称颂的国家安泰气象，与这一时期的国家经济、文化较为繁荣的安宁治理景象有一定程度的相合。诗篇描述的江山一统与南北分离的现实图景有很大差异，是对偏于一隅的南方王朝版图现状的夸饰。当然，其中流露的希冀统一的愿景仍有其正面价值。

萧子云（487—549），字景乔，南兰陵（今江苏常州）人。梁天监间历秘书郎，太子舍人，侍中，国子祭酒等。

萧子云的颂政诗是奉梁武帝之命为梁朝撰写的郊庙歌辞，颂赞梁朝皇室的正统地位和治理业绩。如《雅乐歌六首》之《俊雅》云："惟王建国，辨方正位。于赫有梁，向明而治。"《胤雅》云："天下为家，大梁受命。眷求一德，惟烈无竞。仪刑哲王，元良诞庆。"专意宣示了梁朝"建国"是以符合天道的"受命"而实现的；对天下的治理也秉持了"眷求一德"符合天意的施政原则，所以能达到"向明而治"的政治清明境界。诗篇产生于梁武帝治国的梁代前期，诗篇传达的政治信心与那个时期国家治理处于向上的态势是一致的。

萧纲（503—551），即梁简文帝。字世缵，南兰陵（今江苏常州）人。梁武帝第三子，幼封晋安王，历南徐州刺史等。中大通间继为太子。侯景之乱起，即位，后为侯景所害。

萧纲的颂政诗创作于政治较为稳定的梁代前期，这个时代的朝政与萧纲后来卷入政治变乱后的梁代社会是截然不同的两幅治乱图景。萧纲的《和赠逸民应诏诗》展示了梁武帝前期治国的丰功与宏德："明明我皇，乃神乃圣。功韬玉检，道光金镜。""四人迁贸，百货社行。楼船举帆，卖药藏名。""呼韩北款，楼兰南摧。威加四海，武詟九垓。""圣亲明主，千载一逢。子法臣道，竭诚思恭。"歌颂梁武帝敬奉天命、治国有序，其境界堪称"乃神乃圣"；在这样的治理下，内则出现了物畅其流、人尽其才的百姓安居乐业的繁荣景象，外则出现了"威加四海"的天下敬服的有利局面。诗篇称颂梁武帝为"圣亲明主，千载一逢"，显然夸饰过度，但梁武帝在当政前期的勤政和治绩确实也为这样的颂政诗提供了一定的依据，不是无中生有的虚浮谀颂。

四　陆卬　庾信

陆卬（503—555），字云驹。北齐天保间为黄门侍郎，迁吏部郎中。

陆卬的颂政诗主要称颂了北齐开国皇帝文宣帝高洋。《祀五帝于明堂乐歌十一首》之《武德乐》云："我惟我祖，自天之命。道被归仁，时屯启圣。运钟千祀，授手万姓。夷凶掩虐，匡颓翼正。载经载营，庶士咸宁。九功以洽，七德兼盈。"歌赞北齐皇室奉天承统，压抑凶邪，扶持正义，经过苦心经营，在国家治理上促成了"功"和"德"的兴隆。《元会大飨歌十首》之《登歌三曲》云："大齐统历，道化光明。""同作尧人，俱包禹迹。天覆地载，成以四时。"宣示北齐皇权统绪的光明正道，以尧舜为效法的轨迹。《食举乐十曲》之《食至御前奏》云："谁言文轨异，今朝混为一。""文赞百揆，武镇四方。""大矣哉，道迈上皇。陋五帝，狭三皇。"夸饰北齐皇室文治武功，实现了车书同一，功业超越五帝三皇。《文武舞歌四首》之《文舞阶步辞》云："我后降德，肇峻皇基。""茫茫区宇，万代一时。文来武肃，成定于兹。"展示北齐朝廷开拓了天下一统的局面，成就了武功文治的功业。《文舞辞》云："皇天有命，归我大齐。""神化之洽，率土无外。眇眇舟车，华戎毕会。祠我春秋，服我冠带。"称颂北齐皇室奉天受命，以德治教化治理天下，在广大的版图上出现了"华戎"和谐的景象。陆卬的这些颂政诗，对北齐皇室治理之功的称颂，虽然从文宣帝高洋的治绩考察并不是全无依据，但所谓享有江山一统、超越三皇五帝的夸饰，就只能视为词臣媚上的虚浮之辞了。

庾信（513—581），字子山，新野（今河南新野）人。梁大通间为昭明太子东宫侍读。侯景乱时，辅梁元帝。奉使西魏，被留，任车骑大将军。北周代魏，迁骠骑大将军，开府仪同三司。

庾信先后身仕梁朝和西魏、北周，在不同阶段担任南北不同朝廷的大臣，其人生况味是复杂的。庾信的颂政诗是他在北周期间创作的宗庙祭祀歌辞和宴飨典礼歌辞。作为朝廷词臣，称颂北周皇室的功业盛德，自然免不了恭维夸大。

庾信为宗庙祭祀制作的歌辞，如《周宗庙歌十二首》之《皇夏·献皇高祖》："盛德必有后，仁义终克昌。"歌赞北周皇祖宇文韬仁义盛德。《皇夏·献皇曾祖德皇帝》："崇仁高涉渭，积德被居原。帝图张往迹，王业茂前尊。"歌赞北周德帝宇文肱继德建业，大展宏图。《皇夏·献闵皇帝》："龙图基化德，天步属艰难。讴歌还受瑞，揖让乃登坛。"歌赞北周孝闵帝宇文觉承受天命，开国登基。《皇夏·献高祖武皇帝》："百灵咸仰德，千年一圣人。""甲子陈东邻，戎衣此一定。万里更无尘，烟云同五色。"歌赞北周武帝宇文邕以武安邦，天下太平。这些宗庙歌辞基本都是将施行仁德之政视为君主兴邦治国的首要条件和必要途径。

庾信为宴飨典礼制作的颂政诗有《周五声调曲二十四首》，歌颂北周皇室的开国、兴邦、治国、垂统等方面的功业。如《气离清浊割》："继天爰立长，安民乃树君。""惟昔我文祖，拨乱拒讴歌。"歌赞北周皇帝顺受天命而安邦济民。《我皇承下武》："应图当舜玉，嗣德受尧琴。""皇基自天保，万物乃由庚。"歌赞北周皇帝秉尧舜之德而得天意护佑。《百川俱会》："忠臣处国，天下无异心。昔我文祖，执心且危虑。驱剪豺狼，经营此天步。今我受命，又无敢逸豫。"歌赞北周先帝克服艰难奠定国基，而当今在位者亦勤政治国。《乾坤以含养覆载》："日月以贞明照临，达人以四海为务，明君以百姓为心。"歌赞北周皇帝心怀天下，治国之道以百姓为上。《淳风布政常无欲》："求仁义急于水火，用礼让多于菽粟。""王道荡荡用无为，天下四人谁不足。"歌赞北周皇帝行王道，施仁政，无为而治，天下恭顺。《太上之有立德》："树善滋于务本，除恶穷于塞源。""仁义之财不匮，忠信之礼无繁。"歌赞北周皇帝施行文治教化，推崇仁义忠信，扶正祛邪而世风一新。

庾信身为归顺北周的大臣，其颂政诗堆砌"百灵咸仰德，千年一圣人"之类的恭维之辞实属正常。但这些颂政诗往往借题发挥，竭力传达"明君以百姓为心""仁义之财不匮，忠信之礼无繁"之类的施政观念，已经不是在直接颂政，倒更像是规劝，表现出庾信内心的价值取向。

第五节　两汉魏晋民间颂政诗——口碑载道　良官颂歌

两汉时期，民间零零散散流传着一些称颂良官善政的歌谣，被《汉书》

《后汉书》等史籍所收载。这些被史书收载的为数不多的民间颂政诗，未必是两汉民间颂政诗的全部，但仅就所载录的这些颂政之作，仍然可以从中比较真实地看到汉代民间对地方政府施政、地方官员政德的钦敬。这些颂政歌谣，除个别篇目是西汉作品外，大多集中在东汉时期。

魏晋时期，民间颂政诗与同时期文人颂政诗相比，数量极为稀少，基本都是歌赞地方官员良政善治的作品，与魏晋时期文人颂政诗主要歌赞皇室及帝王功业相比也有明显的区别。

从两汉魏晋民间颂政诗歌赞的对象看，主要是郡守和县令，这个层面官员施政的效果，直接关系着百姓的苦乐，因此也最为百姓所感激。"郡守作为地方上的高级行政长官，对郡中的各项事务负有全面责任。郡境之内，不论何人都要受其管理。郡境内的各种机构，包括中央的派出机构，也一律接受郡守的管理。如盐铁、均输之类机构都是中央派出的，郡守却有权对它们进行管理。"[①] "县令（长）的职责是全面的，如财政、农业、户口、治安等都要过问。而治安良好、财政充裕、农业发展、户口繁息等，恰恰是一个县令（长）才干卓异的标志。一个廉洁奉公、关心民瘼而又有能力有办法因而治绩显著的县令，都会得到当地百姓爱戴和怀念。县令（长）是接近最基层百姓的亲民官，其品格、素质和能力对基层政治有着直接的影响。"[②] 两汉魏晋民间颂政诗所涉及的郡守、县令事迹，基本于史有据，也可见这些作品歌赞对象的社会口碑。这种对良官善政言之不尽的感激，是百姓真挚情感的自然流露，与一般文臣的谀颂之词不可同日而语。两汉魏晋民间颂政诗质朴的褒扬，与晋朝文人颂政诗浮华的夸饰，形成鲜明的对比，凸显真诚的感念之作与谄媚的奉命之作的根本差异。

一　两汉民间颂政诗

汉成帝（前32—前6年在位）时期，冯野王、冯立两兄弟先后担任上郡太守，为政清廉，待民宽厚。"立居职公廉，治行略与野王相似，而多知有恩贷，好为条教。吏民嘉美野王、立相代为太守。"[③] 民间有《上郡吏民为冯氏兄弟歌》："大冯君，小冯君，兄弟继踵相因循，聪明贤知惠吏民。政如鲁卫德化钧，周公康叔犹二君。"百姓津津乐道的，不仅是兄弟二人"继踵相因循"在同地同职任官，更称赞兄弟二人都是聪明勤恳履职为民的好官，用"周公康叔"这样的古代兄弟圣贤比拟夸赞冯氏兄弟德政惠民，教化有绩。

[①] 白钢等：《中国政治制度通史·秦汉》，社会科学文献出版社2011年版，第166页。
[②] 同上书，第175页。
[③] （汉）班固：《汉书》卷七十九《冯奉世传》，中华书局2000年版，第2465页。

光武帝建武（25—56）年间，荆州刺史郭乔卿在朝廷和地方都有良好政声。"建武中为尚书令，在职六年，晓习故事，多所匡益。拜荆州刺史，引见赏赐，恩宠隆异。及到官，有殊政。百姓便之。"① 民间有《郭乔卿歌》："厥德仁明郭乔卿，中正朝廷上下平。"歌赞郭乔卿政德昭彰、仁义清明，既在朝廷建功受赏，又在地方赢得百姓拥戴。渔阳太守张堪勤政有为："捕击奸猾，赏罚必信，吏民皆乐为用。""乃于狐奴开稻田八千余顷，劝民耕种，以致殷富。"② 民间有《渔阳民为张堪歌》："桑无附枝，麦穗两歧。张君为政，乐不可支。"歌谣把百姓感念张堪为政有方、勤政富民的心情用"乐不可支"来表达。临淮太守朱晖是一位吏民敬重的良官，"好节概，有所拔用，皆厉行士。诸报怨以义犯，率皆为求其理，多得生济。其不义之囚，即时僵仆。吏人畏爱。"③ 民间有《临淮吏人为朱晖歌》："强直自遂，南阳朱季。吏畏其威，民怀其惠。"歌赞朱晖执法公正，施政有度，地方吏民对他心悦诚服。

汉明帝（58—76年在位）时期，巴郡人陈纪山任司隶校尉，"西房献眩，王庭试之，分公卿以为嬉，纪山独不视。京师称之"。④ 民间有《巴人歌陈纪山》："筑室载直梁，国人以贞真。邪娱不扬目，狂行不动身。奸轨僻乎远，理义协乎民。"称扬陈纪山在朝廷同僚对"邪娱"奢靡物事趋之若鹜之时能够不为所动，持身严明正直，处事规范守则。

汉章帝（76—89年在位）时期，绵竹县令阎宪为官正直，教化吏民，成效卓著。"男子杜成夜行，得遗物一囊，中有锦二十匹，求其主还之。曰：'县有明君，何负其化。'"⑤ 民间有《阎君谣》："阎君赋政，既明且昶。去苛去碎，动以礼让。"歌赞阎宪为政清明宽仁，以礼仪谦让教化百姓，使民间风俗向善。

汉和帝永元（89—105）年间，会稽太守张霸治盗有方。"始到越，贼未解，郡界不宁。乃移书开购，明用信赏，贼遂束手归附，不烦士卒之力。"⑥ 民间有《弃我戟》："弃我戟，捐我矛。盗贼尽，吏皆休。"歌赞张霸施政严明，赏罚守信，感化"盗贼"归顺。王涣（字稚子）任河内温县令时，"县多奸猾，积为人患。涣以方略讨击，悉诛之。境内清夷，商人露宿于道。在温三年，迁兖州刺史，绳正部郡，风威大行"。⑦ 民间有《河内谣》："王稚

---

① （南朝宋）范晔：《后汉书》卷二十六《郭贺传》，中华书局2000年版，第607页。
② （南朝宋）范晔：《后汉书》卷三十一《张堪传》，中华书局2000年版，第739页。
③ （南朝宋）范晔：《后汉书》卷四十三《朱晖传》，中华书局2000年版，第984页。
④ 任乃强：《华阳国志校补图注》，《巴志》，上海古籍出版社1987年版，第17页。
⑤ 任乃强：《华阳国志校补图注》，《汉中士女》，上海古籍出版社1987年版，第601页。
⑥ （南朝宋）范晔：《后汉书》卷三十六《张霸传》，中华书局2000年版，第833页。
⑦ （南朝宋）范晔：《后汉书》卷七十六《循吏列传》，中华书局2000年版，第1668页。

子，世未有。平徭役，百姓喜。"歌赞王涣恪尽职守，强力整肃治安，百姓得以安居乐业。

汉安帝（107—126年在位）时期，崔瑗担任汲县令，带领民众开沟造田。民间有《汲县长老为崔瑗歌》："上天降神明，赐我仁慈父。临民布德泽，恩惠施以序。穿沟广溉灌，决渠作甘雨。"歌赞崔瑗身体力行，勤政为民，彻底改善当地百姓耕田种地条件，民众呼之为"神明"。

汉顺帝永建（126—132）年间，岑熙担任魏郡太守，施政极重民意。"迁魏郡太守，招聘隐逸，与参政事，无为而化。"① 民间有《魏郡舆人歌》："我有枳棘，岑君伐之。我有蟊贼，岑君遏之。狗吠不惊，足下生犛。含哺鼓腹，焉知凶灾。我喜我生，独于斯时。美矣岑君，于戏休兹。"称颂岑熙兴利除弊，百姓过上了安宁日子。民众庆幸有此良官善政，得以安居乐业，发出了"美矣岑君"的由衷赞叹。

汉桓帝（147—168年在位）时期，刘陶担任顺阳令，其时地方治安不靖，"县多奸猾，陶到官，宣募吏民有气力勇猛，能以死易生者，得数百人。皆严兵待命。于是覆案奸轨，所发若神。以病免，吏民思而歌之"。② 民间有《顺阳吏民为刘陶歌》："悒然不乐，思我刘君。何时复来，安此下民。"歌赞刘陶惩恶佑民。百姓得到安宁，衷心感激，为其因病离职伤叹不已，盼其归来保一方平安。

汉灵帝光和（178—184）年间，皇甫嵩任冀州牧，在黄巾军兵乱后治理地方，"奏请冀州一年田租，以赡饥民，帝从之"。③ 民间有《皇甫嵩歌》："天下大乱兮市为墟，母不保子兮妻失夫，赖得皇甫兮复安居。"歌赞皇甫嵩体察民情，为民请命，拯救了兵乱之后在饥馑中挣扎的一方百姓。

二　魏晋民间颂政诗

魏文帝（220—227年在位）时期，王祥任徐州刺史别驾，"于时寇盗充斥，祥率励兵士，频讨破之。州界清静，政化大行"。④ 民间有《徐州为王祥歌》："海沂之康，实赖王祥。邦国不空，别驾之功。"歌赞王祥在地方"寇盗"横行之时奋力清剿，给一方百姓带来平安。

魏元帝（260—264年在位）时期，襄阳太守胡烈治理地方尤为关注民生，带领百姓修整河堤，防治水患，稼穑条件大为改观。民间有《襄阳民为

---

① （南朝宋）范晔：《后汉书》卷十七《岑熙传》，中华书局2000年版，第439页。
② （南朝宋）范晔：《后汉书》卷五十七《刘陶传》，中华书局2000年版，第1247页。
③ （南朝宋）范晔：《后汉书》卷七十一《皇甫嵩传》，中华书局2000年版，第1555页。
④ （唐）房玄龄等：《晋书》卷三十三《王祥传》，中华书局2000年版，第643页。

胡烈歌》："譬春之阳，如冬之日。耕者让畔，百姓丰溢。惟我胡父，恩惠难置。"歌赞胡烈兴修水利，造福百姓，民众譬之为"春阳"，呼之为"胡父"，对他的"恩惠"感激不尽。

晋武帝泰始（265—275）年间，荥阳令殷褒兴修学馆，广招徒众，对民众施以礼仪教化，地方风气为之大变，民俗趋于淳善。民间有《荥阳令歌》："荥阳令，有异政。修立学校人易性，令我子弟耻斗讼。"歌赞殷褒兴学施教，引导民众辨知荣辱，免于卑琐恶劣的"斗讼"相争，实现了良善的"异政"。

晋武帝（265—290 年在位）时期，汝阴县令徐弘治理地方奋发有为，使曾经横行不法的奸猾之徒大受打击，当地治安状况大为改善，百姓得以安居乐业。民间有《会稽民为徐弘歌》："徐圣通，政无双。平刑罚，奸宄空。"歌赞徐弘施政有力，对奸邪之徒痛下狠手，严加惩治，让刑罚显示了应有的威力，彻底震慑了恶徒，安宁了百姓，以至出现了"奸宄空"的地方治安新局面。

晋惠帝（290—307 年在位）时期，应詹受荆州牧王澄之命督办南平、天门、武陵三郡军事，在天下大乱的情况下，保住了辖境内的安宁，百姓因之感念不尽，民间有《三郡民为应詹歌》："乱离既普，殆为灰朽。侥幸之运，赖兹应后。岁寒不凋，孤境独守。拯我涂炭，惠隆丘阜。润同江海，恩犹父母。"歌赞应詹在险恶莫测的兵荒马乱之中，奋力保境安民，使当地能够"孤境独守"，百姓从"殆为灰朽"的威胁得以脱险，发出了"拯我涂炭""恩犹父母"的由衷赞叹。

第六节　汉魏南北朝民间怨政诗——愤言刺世　怨讽劣治

汉魏南北朝时期，民间怨政诗总的数量并不多，但现存的作品表现了普通民众对这个时期朝廷政策和地方治理恶劣状况的印象，较有深度和广度。如西汉时期的《卫皇后歌》讥讽外戚权倾一时，东汉时期的《时人为贡举语》讽刺察举选才贪贿真相，西晋时期的《襄阳儿童为山简歌》讥讽将军游戏国事，南朝齐代的《百姓为东昏侯歌》讽刺昏君败政、游戏国事，等等，都触及了国家政治败坏的要害。汉魏南北朝民歌中还有不少作品直接描述地方官员的恶劣施政，如西晋时期的《蜀人谣二首》怨责益州刺史罗尚贪贿掠民、滥杀无辜，《刺巴郡守诗》怨刺地方官吏虐政害民，《思治诗》《风巴郡太守诗》《临水人为张楼谣》描写恶吏贪官横行一方。汉魏南北朝一些民歌还描述了战争灾难和痛苦，如汉代的《汉末洛中童谣》《战城南》《十五从军征》，北朝的《企喻歌》《隔谷歌》，记述了国家的兵役政策及战争行动造成的民间苦难。

汉魏南北朝民间怨政诗表现朝廷和地方政治的弊端，主要涉及以下几个方面内容。

一　君昏臣贪

汉代皇室权力之争和朝政溃败在汉代民谣中都有直接描写。如《卫皇后歌》："生男无喜，生女无怒，独不见卫子夫霸天下。"对外戚权倾一时的畸形政治多有嘲讽。西汉末期，更始帝宠信奸佞，"所授官爵者，皆群小贾竖，或有膳夫庖人，多著绣面衣、锦裤、襜褕、诸于，骂詈道中"。① 民谣讽刺朝廷滥授官职的乱象与史载情况形成对应："灶下养，中郎将。烂羊胃，骑都尉。烂羊头，关内侯。"对昏败朝政表示了极大的鄙夷。东汉光武帝时期，郭况依仗国舅身份大肆敛财，民谣讽刺道："洛阳多钱郭氏室，月夜昼星富无匹。"讽怨外戚权贵贪敛民财，富可敌国。东汉桓帝、灵帝时期，朝政混乱，原为选拔人才的察举制已败坏不堪，民间有《时人为贡举语》云："举秀才，不知书。举孝廉，父别居。寒素清白浊如泥，高第良将怯如黾。"撕开了察举选才现状中的贪贿污浊真相。桓、灵时期的地方政权，对朝廷的政令往往阳奉阴违，只对顶头上司唯唯诺诺。民间有童谣描述："州郡记，如霹雳。得诏书，但挂壁。"时人描述这种怪现状称："今典州郡者，自违诏书，纵意出入。每诏书所欲禁绝，虽重恳恻，骂詈极笔，由复废舍，终无悛意。"② 地方上这种日渐普遍的对诏书的肆意违忤、藐视敷衍，揭示这个时期朝廷治国政令不畅、权威丧失。童谣的内容印证了时人的这类记载。东汉末期朝政溃败，强权者乘势作乱，《京都童谣》云："千里草，何青青。十日卜，不得生。"史家解释："青青者，暴盛之貌也。不得生者，亦旋破亡。"③ 诅咒趁朝廷内乱进京夺权的边将董卓，作恶多端，终将自毙。童谣的解字明显蕴含了民众对董卓乱政祸国的怨愤。"史籍声称为民谣、童谣的作品，作者可能是平民、稚童，也可能出自士大夫。"④ 不管作者身份如何，流行的民谣、童谣，对当时政治现实的描写，确实表现出一定的社会舆论影响力。

西晋时期，法政狱政的败坏在民谣中描述得很真切："廷尉狱，平如砥。有钱生，无钱死。"这种以贿纳金钱多寡裁决当事人胜败生死的司法现状，也

---

① （南朝宋）范晔：《后汉书》卷十一《刘玄传》，中华书局 2000 年版，第 314 页。
② 孙启治：《政论校注》，中华书局 2012 年版，第 186 页。
③ （南朝宋）范晔：《后汉书》志十三《五行一》，中华书局 2000 年版，第 2235 页。
④ 吕宗力：《汉代的谣言》，浙江大学出版社 2011 年版，第 205 页。

显示了法政狱政的败坏程度。晋怀帝时期，内政颓坏，国运衰败，连担当军政要责的权臣也是嬉游无度，敷衍政事。"于时四方寇乱，天下分崩，王威不振，朝野危惧，简优游卒岁，惟酒是耽。诸习氏，荆土豪族，有佳园池，简每出嬉游，多之池上，置酒辄醉，名之曰高阳池。"① 民间有《襄阳儿童为山简歌》云："山公出何许，往至高阳池。日夕倒载归，酩酊无所知。时时能骑马，倒着白接篱。举鞭向葛强，何如并州儿。"童谣辛辣嘲讽，在国家危难之时本应为国家效命的山简将军，是这样一副儿戏国事的纨绔浪子模样。

南朝一些昏君的荒唐行径在民歌中也有涉及。如南朝齐代第六任皇帝东昏侯萧宝卷，无心朝政，以校阅军队的阅武堂为游乐之所，"于苑中立店肆，模大市，日游市中，杂所货物，与宫人阉竖共为裨贩，以潘妃为市令，自为市吏录事。每游走，潘氏乘小舆，宫人皆露裈，著绿丝屩，帝自戎服骑马从后。又开渠立埭，躬自引船，埭上设店，坐而屠肉"② 民谣《百姓为东昏侯歌》云："阅武堂，种杨柳。至尊屠肉，潘妃酤酒。"描述昏君败政、游戏国事的荒诞嘴脸，极有穿透力。

二　虐政殃民

汉魏南北朝民歌一些作品反映了酷虐政治对民间的影响，表现百姓在虐政弊策下穷苦无助的生存困境。汉乐府民歌《东门行》云："出东门，不顾归。来入门，怅欲悲。盎中无斗米储，还视架上无悬衣。拔剑东门去，舍中儿母牵衣啼。他家但愿富贵，贱妾与君共哺糜。上用沧浪天故，下当用此黄口儿。今非，咄。行，吾去为迟，白发时下难久居。"底层百姓贫困到无以为生，只有铤而走险了。北朝乐府民歌《幽州马客吟》："快马常苦瘦，剿儿常苦贫。黄禾起羸马，有钱始作人。"对贫富悬殊的现状表示强烈的怨愤。文人诗歌描写这类社会状况的仅见汉末应璩的《杂诗》："贫子语穷儿，无钱可把撮。耕自不得粟，采彼北山葛。筐瓢恒日在，无用相呵喝。"可知劳而无获是民众困苦的原因。西晋时期，益州刺史罗尚贪贿掠民、滥杀无辜，《蜀人谣二首》唱道："尚之所爱，非邪则佞。尚之所憎，非忠则正。富拟鲁卫，家成市里。贪如豺狼，无复极已。""蜀贼尚可，罗尚杀我。平西将军，反更为祸。"罗尚在蜀地胡作非为，纵容邪恶之徒，压制忠正良善，贪得无厌榨取民财，打着剿贼旗号掠民害物，招致当地百姓对他的极端怨恨。还有一些民歌也是怨刺地方官吏虐政害民的，如：《刺巴郡守诗》："狗吠何喧喧，有吏来在门。披衣出门应，府记欲得钱。语穷乞请期，吏怒反见尤。旋步顾家中，家中无

---

① （唐）房玄龄等：《晋书》卷四十三《山简传》，中华书局2000年版，第809页。
② （唐）李延寿：《南史》卷五《齐本纪下》，中华书局2000年版，第103页。

可为。思往从邻贷，邻人已言匮。钱钱何难得，令我独憔悴。"这些来自偏远地方的民歌，极其真实地记述了恶吏贪官横行一方的情形。恶吏上门追逼税钱，贫者哀哀乞求，仍不得宽限，欲外出借贷，贫困的邻家也无能为力，百姓陷入了走投无路的境地。南朝梁代末，临贺王萧正德与东魏降将侯景勾结作乱，大祸天下，殃及百姓，"其后梁室倾覆既由正德，百姓至闻临贺郡名亦不欲道"。① 民间有《为萧正德父子谣》云："宁逢五虎入市，不欲见临贺父子。"宁遭遇凶残的猛兽，也不愿遭遇萧正德这样的王室权贵，可见百姓对其祸国殃民怨恨之深。

三 兵灾战祸

汉魏南北朝的一些时期，陷入了兵荒马乱，战祸殃民的情况比比皆是。此伏彼起的战事，繁多苛刻的赋役，不时降临的兵灾，重重灾祸压向民间，最终承受这些祸难的都是无助的百姓。东汉末期，江淮一带发生大饥荒，官军反而侵害民间，有童谣唱道："大兵如市，人死如林。持金易粟，粟贵于金。"这幅兵灾图景展示的正是官军为祸民间的情形，士兵冲入街市杀掠，死于非命者数不胜数，幸存者拿着黄金去换活命的粮食，粟米已经贵到超过黄金。史载，汉献帝兴平年间，因兵灾战祸，米价腾贵，"是时谷一斛五十万，豆麦一斛二十万，人相食啖，白骨委积"。② 诗歌描写的情形与此相类。在这样的兵灾面前，有黄金者尚且如此，没有黄金的穷人当然将面临更加悲苦的命运。《汉末洛中童谣》也描述了这样的社会困境："虽有千黄金，无如我斗粟。斗粟自可饱，千金何所直。"连年的兵荒马乱，天灾人祸迭相为害，民间已稀有储粮可供买卖。即使有钱，也千金难买斗粟，而更多的无粮也无钱的穷苦百姓，其无以为生的处境就可想而知了。

战争徭役的苦难在汉魏南北朝乐府诗中多有反映。

  战城南，死郭北，野死不葬乌可食。为我谓乌，且为客豪。野死谅不葬，腐肉安能去子逃。水深激激，蒲苇冥冥。枭骑战斗死，驽马裴回鸣。梁筑室，何以南，何以北。禾黍不获君何食，愿为忠臣安可得。思子良臣，良臣诚可思。朝行出攻，暮不夜归。(《战城南》)
  十五从军征，八十始得归。道逢乡里人，家中有阿谁。遥望是君家，松柏冢累累。兔从狗窦入，雉从梁上飞。中庭生旅谷，井上生旅葵。舂谷持作饭，采葵持作羹。羹饭一时熟，不知贻阿谁。出门东向望，泪落

---

① (唐) 李延寿：《南史》卷五十一《梁宗室上》，中华书局 2000 年版，第 854 页。
② (南朝宋) 范晔：《后汉书》卷九《献帝本纪》，中华书局 2000 年版，第 249 页。

沾我衣。(《十五从军征》)

男儿可怜虫，出门怀死忧。尸丧狭谷中，白骨无人收。(《企喻歌》)

兄在城中弟在外，弓无弦，箭无括。食粮乏尽若为活，救我来，救我来。兄为俘虏受困辱，骨露力疲食不足。弟为官吏马食粟，何惜钱刀来我赎。(《隔谷歌》)

《战城南》死魂灵的哭诉极具震撼力。横尸郊野的死亡者，都是来自民间的普通百姓。死魂灵苦苦告哀的诉求，看似怪诞，实则痛诉的是百姓在朝廷用兵征战中的悲惨境遇。《十五从军征》描述的是一个老兵侥幸从战场上捡得一条命回家，却只能面对家破人亡、孤苦一人的凄凉晚景，"出门东向望，泪落沾我衣"的孤苦伶仃形象，定格了普通百姓遭受的兵役苦难。这种以小见大、以一当十的诗歌叙事艺术，在后世无数文人的拟乐府诗中反复得到运用，成为描述民间苦难的经典手法。《企喻歌》痛诉百姓被滥征出战、尸骨无收的惨况，《隔谷歌》悲诉兄弟同赴死地、被俘受虐的境况，都从民间见闻的角度真切传达了兵灾战祸殃及平民的现实苦难。

第三章 唐代政治诗

概 论

唐代的国家治理，整体上极为成功。从大时空的历史背景看，唐代的治国之道和治国之绩，远胜于前代，大益于后世。在魏晋南北朝几百年的大分裂、大纷乱之后，唐王朝紧随隋王朝的大一统格局，顺势而为，奋发鼎新，将几百年间中国社会蓄积已久的追求统一和安宁的整体意志转化为国家行动，不仅整合、拓展了辽阔的版图，更在政治上实现了空前的革新和振兴，并进而在经济、文化上将国家推进到前所未有的繁兴高度。"人们普遍认为，唐代在国家实力、社会治理、宗教、艺术和文学各个方面都代表了中国古典文明的高峰。""富裕的南方此时统一于北方，这不仅扩大了政权的税收基础，还刺激了商业、金融业以及建立在商业之上的城市的发展。唐代的统治结构建立在汉代传统之上，但是更为先进和复杂。这一统治体系，就像中国文化在亚洲受到普遍敬仰并被普遍仿效一样，成为所有后来帝国统治的原型。"[1]

唐代国家治理整体成功的原因很多，其中一个重要原因是，唐代政治在司法、监察、军事、人事等各项制度的运行上，较为充分地实现了各项制度的设计意图，较为实质地发挥了各项制度的预期效力。即以监察制度为例，谏官的规谏在唐代政治中的效用为历代所罕见。"一是规谏官员除授不当。如德宗想用不得人心的裴延龄任宰相，谏议大夫阳城犯颜直谏，结果使德宗不敢贸然宣布此项任命。二是规谏穷兵黩武。如贞观初年，岭南诸州奏高州酋帅冯盎、谈殿阻兵反叛，唐太宗下诏派将军蔺謩发江、岭数十州兵进行讨伐，经过魏征再三谏诤，终于停止了南征之举。三是规谏穷奢极欲。如魏征以隋亡为戒向唐太宗进言，从而一定程度地抑制了唐太宗的奢侈欲望。四是规谏滥施刑罚。如唐文宗时郑注构陷宰相宋申锡，宋无辜被逮，天下震骇。左散

---

[1] ［英］塞缪尔·E. 芬纳：《统治史》卷二，王震译，华东师范大学出版社2014年版，第151页。

骑常侍崔玄亮、谏议大夫王质等众官到延英殿苦谏,终于阻止了文宗的滥施刑罚。五是驳正诏书。这是给事中的职掌。"① 监察制度的相对健全运行,使唐王朝政治的自我纠错功能在相当程度上得以发挥。仅此一隅,也折射出唐代政治在总体格局上的活力和效力。当然,唐代各个时期监察制度的运行并不是一成不变的。"唐明皇前期励精图治,能支持监察官的正确意见,监察就能起正面的作用。后期纵情声色,倦于政事,监察的效果就明显地降低了。"② 包括监察制度的运行在内,唐代政治在社会生活的各个方面都展现了不同于前代的生动面貌,也将唐代的国家治理推到了前所未有、后难企及的新高度。"盛唐时期的政治制度可以说是中古政治制度发展而成的最完善的形态。唐代前期的治世比较长,正可以说明这一点。自武德元年至天宝十四年安史之乱以前的一百三十多年间,社会相对安定,经济持续发展,连续出现'贞观之治'、'永徽之治'和'开元盛世'。治世几乎占了整个唐代的一半时间。这样的持续长期的治世是不可能在不完善的政治制度下出现的。"③ 唐代政治诗对唐代社会政治生活的丰富记述,在颂政和怨政两个层面都有优异的建树,尤其是怨政作品更达到了空前的广度和深度。如陈子昂、杜甫、白居易的谏官身份,与他们创作怨政诗的自觉意识和敏锐感发显然大有关联,与唐代监察制度的政治影响大有关联。唐代政治诗形象地展示了包括监察制度在内的唐代各项政治制度运行的真实状况。

　　唐代国家治理的状况,在制度运行层面,不同阶段的活力和效力差异很大;在物质生活层面,不同阶段的情况也有显著的差异。"考察唐代经济生活的状况,物价研究是一个重要的课题。在唐代近三百年的历史上其首尾皆与农民起义的战火连接,中间则爆发过安史之乱,这三个短暂时期的社会经济遭受了战乱的严重破坏,因此物价腾贵,其余大部分时间内,社会秩序较为安定,物价也比较平稳。从贞观到天宝末年,国内的政治形势基本稳定,生产与贸易持续发展,物价相当低廉;甚至连连出现了斗米数钱的情况,这是唐朝后期从未有过的现象。安史之乱当中,百物涌贵;战争结束后,物价虽然有所回落,但是直到唐末战乱重开之前,百余年内的物价整体水平仍然明显高于唐朝前期。"④ 这些社会生活状况也是国家政治兴衰成败的重要表现。唐代政治诗对唐代社会生活的描述是全域的、动态的,涉及包括民生在内的所有政务领域,也包括自初唐至晚唐的各个阶段。(本书依照传统的初唐、盛

---

① 白钢:《中国政治制度通史·总论》,社会科学文献出版社2011年版,第451页。
② 同上书,第452页。
③ 白钢等:《中国政治制度通史·隋唐五代》,社会科学文献出版社2011年版,第425页。
④ 宁可:《中国经济通史·隋唐五代》,经济日报出版社2007年版,第358页。

唐、中唐、晚唐的分期法,对唐代历史阶段进行划分)相比前代政治诗,唐代政治诗反映社会政治生活的完整性和阶段性,是非常显明的。

汉代和唐代都是政治、经济、军事、文化等各项事业卓越辉煌、成就空前的伟大朝代,都经历了巨大的跌宕起伏,但汉代和唐代的政治诗对这些跌宕起伏社会情势的记述,有着巨大的差异。"和汉王朝(兴亡)一样,伟大的唐帝国在延续了300年之后,也在血腥风雨中崩溃。看上去就像是历史的完美重现,汉唐之前都存在过一个短命王朝,它们早已完成了统一,汉唐只不过是这些短命王朝的继承者。在汉代的例子中,这个短命王朝就是秦始皇所建立的秦王朝,在唐代则是隋王朝。二者都曾在国力恢复后又被内战所打断,但是二者也存在着明显的不同,汉代是王莽篡位,唐代是安禄山反叛。两个帝国统治期间都曾出现过一个帝国中兴阶段,又都是在农民起义、黩武主义和宫廷阴谋中土崩瓦解。甚至在中央政府的统治力方面,二者也不乏相似之处:二者都出现了内廷对于外廷的压制,而内廷又都为宦官所把持。两个伟大的帝国结构的瓦解又都导致了一段类似的黑暗历史:军阀盛行、兵连祸结、四分五裂,随后便是蛮族的入侵和占领。"[①] 汉代和唐代都是经历了几百年统治史的大朝代,都有过波澜壮阔的历史政治故事,但汉代政治诗和唐代政治诗对各自社会存在的反映,在完整性、延续性、深刻性上,唐代政治诗显然都呈现了巨大的进步。不论是颂政诗还是怨政诗,唐代政治诗从始至终完成了对社会生活的深度观照和记录,伴随着唐王朝走完了全部的历史进程。政治诗创作与王朝兴衰进程之间全程相伴随的情形,唐代以前没有发生过,唐代及以后的宋元明清都发生了。这是个很有比较分析价值的现象。

唐代颂政诗的创作,与两晋颂政诗的谀颂之风有显著的差异,其颂政作品题材的真实度与支撑力与两晋颂政诗形成鲜明对比,是颂政诗创作的一次大规模升级。唐代政治达到了中国历代王朝治国施政的空前高度,在中国古代政治发展中的示范意义极其显著。虽然施行的都是君主集权的根本政治制度,但君主怎样运用皇权,皇权与所在时代的国家政治进行怎样的融合,是决定那个时代的国家政治运行优劣的决定因素。就整体而言,唐代国家治理取得了超越历代王朝的巨大成就,"贞观之治""开元盛世"的施政成就与唐太宗李世民等系列位唐帝的宏图大略、奋发有为直接相关,也是唐王朝攀上历代王朝成功治国高峰的重要政治因素。唐王朝后来政治运行的曲折起伏与其时在位的唐帝的具体政治作为密不可分,包括中唐时期的中兴振作之举,也都说明当政者动态的政治作为比静态的政治制度更有决定意义。唐代颂政诗对朝廷政治运行及其成就的颂赞,与唐代政治的高度成就相比较,是较为适

[①] [英]塞缪尔·E. 芬纳:《统治史》卷二,王震译,华东师范大学出版社2014年版,第151页。

配的，是名实基本相合的正颂之诗。

　　初唐、盛唐的颂政诗，包括了这个时期唐室帝王的作品、朝廷乐歌的作品，还有一些大臣及其他士大夫官员的作品。这些作品展示处于上升阶段唐王朝的政治气象，秉承的政治文化价值观与前代并没有本质的不同，但作品中的昂扬情绪和那个时代的政治气象是合拍的，没有虚矫之感。如唐太宗李世民的《执契静三边》传达欲以清静无为的文治去安抚久经战乱伤害的世间，《幸武功庆善宫》描写平定天下、安邦定国的豪迈心境；武则天的《郊庙歌辞·武后大享昊天乐章》强调承统继业、使命在身的正统性，《武后明堂乐章·皇帝行》歌赞武则天治理下的唐王朝欣荣景象；李显的《祀昊天乐章·凯安》表白对先帝基业的继承，对尧舜圣德的弘传，对文治教化的推展；李隆基的《行次皋途经先圣擒建德之所缅思功业感而赋诗》展示珍惜先帝事业的积极姿态，《春晚宴两相及礼官丽正殿学士探得风字》回顾自己执掌江山的历程，对太平盛世颇为自豪。多首朝廷乐歌列述唐室诸帝的功德，如《郊庙歌辞·蜡百神乐章·舒和》歌赞唐帝以武定国，天下安泰；《舞曲歌辞·凯乐歌辞·应圣期》歌赞唐帝尚德理政，天下升平；《舞曲歌辞·凯乐歌辞·贺圣欢》歌赞唐帝德政兴旺，大功告成；《舞曲歌辞·凯乐歌辞·君臣同庆乐》歌赞唐王朝君臣共济，国运隆盛。大臣及士大夫的颂政诗也由衷赞颂了国运昌隆的国家气象。如魏征的《享太庙乐章·永和》歌赞唐太宗承统继业，圣德天佑；《享太庙乐章·肃和》歌赞唐太宗尚德理政，天佑其国；《享太庙乐章·大明舞》歌赞唐皇室承受天命，效法古圣，为天下带来安泰。卢照邻的《中和乐九章·总歌第九》展现唐王朝明君德政的和谐治理，杨炯的《奉和上元酺宴应诏》描述处于上升时期的国家隆盛景象；张说的《郊庙歌辞·享太庙乐章·凯安》歌颂以武定国，天下安泰；《奉和圣制赐诸州刺史应制以题坐右》歌颂文治教化，国泰民安；《奉和圣制行次成皋应制》歌颂先皇兴举义师，威加海内；苏颋的《奉和圣制过晋阳宫应制》歌咏唐皇的创业和继业，张九龄的《奉和圣制幸晋阳宫》缅怀唐室先帝功勋，颂扬今皇圣业，等等。这些出自君臣之手的颂政诗，与唐王朝兴盛时期的政治文化气象相得益彰，留下了正颂之诗的典范。

　　唐玄宗天宝末年（755）爆发的安史之乱，严重冲击了唐王朝的政治秩序，原来的政治轨迹发生了极大的变化。陷入痛苦彷徨的诗坛，只有少数诗人对平定叛乱、重安天下怀抱着强烈希望，杜甫、杨巨源、权德舆等人的颂政诗即歌咏了这个乱中求治的政治变迁。如，杜甫《收京三首》（其一）对唐肃宗躬劳国事深为赞佩，杨巨源《春日奉献圣寿无疆词》歌赞国泰民安，权德舆《奉和圣制九月十八日赐百寮追赏因书所怀》呈现万方安泰的治世景象。

安史之乱结束,唐代社会并没有彻底安定下来,藩镇割据成为中唐政治的一大顽疾。孟子所称当政者掌国所需要件是:"诸侯之宝三:土地,人民,政事。"① 中唐有的藩镇已具备近乎独自立国的条件,藩镇对朝廷构成的威胁是中唐许多诗人深为忧虑的政治困境,对削藩战争的颂扬表现出诗人们维护国家政权秩序的强烈意识。唐宪宗采取坚决行动平叛削藩,立即获得了中唐诗人们的高声赞颂。"宪宗时期力量较强,就大力削藩。次第削平了西川、夏绥、镇海、成德、淮西、平卢诸镇。自仆固怀恩于代宗时奏请薛嵩留后,两河诸镇割据近六十年,至此悉予削平。可惜宪宗早逝,继起之君无削藩的志向和才能,藩镇割据之势又起。此后唐室就日趋衰弱,对割据的藩镇只能采取容忍的态度了。"② 韩愈、刘禹锡、柳宗元等人都有诗篇记述这些名留青史的人和事,成为中唐颂政诗中的不朽之作。如韩愈《元和圣德诗》对中唐时期平叛削藩的重大战事给予热烈的礼赞,刘禹锡《平齐行二首》歌咏的是唐宪宗部署的平定平卢淄青藩镇的战事,柳宗元《奉平淮夷雅表·方城命诉守也卒入蔡得其大丑以平淮右》歌咏李愬的功勋和皇帝的嘉赏。中唐除了平叛事业大有斩获,朝廷兴利除弊的政治举措也收到成效,白居易等人的颂政诗即表达了对朝廷治国新气象的赞叹。如白居易《骊宫高——美天子重惜人之财力也》歌颂宪宗节俭勤政,为世作则;《牡丹芳——美天子忧农也》歌颂宪宗明察弊端,悯农恤民。中唐颂政诗在内容和情感上都呈现了和初唐、盛唐极大的差异,是痛定思痛后的发奋振作,和意气风发的初唐、盛唐景象仍然有着内在的落差,但基本上仍属于正颂之作,整体来说没有浮夸矫饰的谀颂之病。

晚唐社会步入了政治衰颓的下行之途,个别皇帝希图有所振作,但朝廷政治和地方政治已难有扭转颓势的希望前景。藩镇割据,宦官擅政,朝廷党争,国家的政治整合已经在相当程度上遭到破坏。"唐代后期,朝廷对于割据的河北三镇放弃了恢复统一的愿望,朝廷和藩镇之间的矛盾已退居次要矛盾,主要矛盾则是朝廷内部的朋党之争与宦官专权。朋党主要是朝官之间因政见不同而结成的派别。相同出身的朝官易于结成同一派别和形成相同的政见。""唐代宦官专权,始于监军并统治禁军。中唐以后典领禁军之权大都转归宦官,其势力遂大。宦官往往利用手中军权随意进退朝官,操纵外朝党派。宦官势力的进一步发展,又引起与君主之间的冲突。宦官常用其所掌握的禁兵包围君主,专擅废立毒弑,危及君主的生命;其次是隔绝外朝,使君主成为宦官的傀儡。所以稍有作为的君主对此都不能忍受,常常借用外臣的力量来

---

① (清)焦循:《孟子正义》,《尽心下》,中华书局2009年版,第1001页。
② 白钢等:《中国政治制度通史·隋唐五代》,社会科学文献出版社2011年版,第12页。

诛戮宦官，然而积弊已深，终唐之世，君主无不在典兵的宦官包围之中。"①但即便国家政治运行趋势已经没有大幅改观的迹象，一些士大夫官员仍然怀抱着些许希望，在诗中赞叹皇帝的治国举措，如杜牧的《皇风》对唐文宗的治理之道深表赞佩。而唐末出现的一些谀颂之作与当时黯淡的政治已经很不协调，如薛能的《升平词十首》，赵光逢的《郊祀乐章·庆和》。这种虚矫浮夸的颂政诗，与初唐、盛唐乃至中唐颂政诗相比，在内涵和气质上有天壤之别。

  唐代是中国古代怨政诗在先秦之后的第一个发展高峰时期。唐代近三百年的怨政诗作家作品，与汉魏南北朝近八百年的怨政诗作家作品相比较，在绝对数量上有大幅增加。唐代诗歌百花齐放，各类题材的诗歌出现了普遍兴盛的创作状况，怨政诗在整个唐诗中占的比例不是太高；但作为诗歌类别的一个特殊领域，怨政诗在唐代的创作繁荣程度仍是十分突出的。在唐代近三百年的统治时期内，朝政、吏治、战争、徭役、赋税、贫富等切关全社会的泛政治领域，先后出现过自先秦以来就相同或相异的各类棘手的社会政治问题；但整体来说，唐代的社会政治弊端比汉魏南北朝并未更加严重，反倒是唐代的国家管理、社会统筹、阶层关系等，比汉魏南北朝有很大进步。汉魏南北朝怨政诗创作低迷，与该时期的社会政治弊端呈现反比例关系。与之相比，唐代怨政诗创作兴盛，与唐代社会存在的政治弊端并不是正比例关系；而是由于唐代怨政诗的创作主体和创作意识发生了很大改变，才促成了唐代怨政诗创作超过前代的繁荣兴旺景象。也即是说，唐代诗人创作怨政诗的自觉意识普遍高于汉魏南北朝，是唐代怨政诗远比汉魏南北朝怨政诗繁兴的主要原因。

  唐代怨政诗的创作主体几乎都是士大夫官员，也有很少的布衣文人。如陈子昂、张九龄、李颀、高适、李白、刘长卿、杜甫、张子容、贾至、元结、张彪、顾况、袁高、戴叔伦、韦应物、李嘉佑、李端、司空曙、戎昱、孟郊、韩愈、张籍、王建、刘商、刘禹锡、白居易、李绅、柳宗元、张祜、李贺、许浑、元稹、马戴、雍陶、方干、李商隐、曹邺、李频、刘驾、许棠、司马扎、薛能、于濆、来鹄、皮日休、陆龟蒙、韦庄、聂夷中、韩偓、杜荀鹤、李山甫、唐彦谦、孟迟、汪遵、裴说等。从作者成分及创作结果看，唐代怨政诗是唐代文人士大夫关注、思考、批判、影响社会现实的产物，是唐代高度关切社会现实的诗歌理论与创作氛围的产物。当然，唐代怨政诗几乎没有民歌作品的现象，应该与唐代没有整理收集怨政类民歌以传世有直接关系，

---

① 白钢等：《中国政治制度通史·隋唐五代》，社会科学文献出版社2011年版，第14页。

因而我们无从得知唐代民歌的怨政作品创作实况。并非唐代社会不存在用民歌表达怨政情感的需要，并非唐代社会的下层民间人士没有用歌谣表达过他们的怨政情感。像《诗经》"国风"民歌、汉乐府民歌、南北朝乐府民歌类的民间怨政作品，在唐诗里几乎没有出现过；而先秦汉魏南北朝民歌的怨政情感抒写，在唐代文人士大夫怨政诗里得到了充分的继承发扬。唐代文人士大夫的大量乐府类诗歌，不仅在手法上学习借鉴前代民歌，对前代怨政类民歌抒写的批判现实内容更是给予了高度的关注；唐代文人士大夫的怨政诗，以超越民歌的视野范围和表达效果，弥补了唐代极少怨政类民歌的缺陷。

唐代怨政诗各个时期作品的数量差异很大，呈现出社会政治危机程度与该时期怨政诗创作的正态分布。根据对唐代怨政诗作者在世的年代及其创作怨政诗的时间统计分析，可以看出，初唐、盛唐时期的怨政诗作者和作品占的比例很小，中唐时期的怨政诗作者和作品占的比例最大，晚唐时期的怨政诗作者和作品占的比例也很大。可以认为，唐代怨政诗的创作与唐代社会政治的发展有一个正态的对应分布，即社会政治的危机程度与怨政诗的创作热度保持了基本对应的态势。唐代怨政诗对唐代各个时期的社会政治运行状况都有贴近的描述，是从诗歌角度了解唐代政治变迁的宝贵窗口。唐代怨政诗与唐代社会政治生活在阶段上的正态对应，与汉魏南北朝怨政诗与汉魏南北朝社会政治生活的非正态对应，差异非常明显。从唐代以后，历代怨政诗表现社会政治生活的正态对应就一直得到延续，再没有出现过汉魏南北朝时期那种非正态对应的情况。

初唐、盛唐阶段，陈子昂、张九龄、李颀、高适、李白等人都写有怨政诗，陈子昂、李颀、高适的怨政诗较多怨责朝廷弊策和地方劣政，张九龄、李白的怨政诗较多以个人遭际表现政治机制弊端。总的来说，这个时期的社会政治冲突尚不十分剧烈，怨政诗的数量也基本反映了这个社会状况。

中唐时期，经历安史之乱的冲击，整个社会遭受了巨大的破坏，人口锐减，经济萧条，城乡残破。"安史之乱的爆发，使唐代人口持续上升的势头由此中断，全国著籍户数由天宝十四载（755）的 8914790 户骤减至代宗广德二年（764）的 290 万户。至大历中，复降至 130 万户。"① "安史之乱从天宝十四年至代宗宝应二年（763）初平定，历时八年，战祸所及，主要是黄河中下游的传统农业区域。此外，陇右道、剑南道西部及江南的一些地区也先后沦为战场。长期的动乱，使中原一带的农业经济遭到严重破坏。社会残破，人口相应减少。安史之乱爆发后的第六年，即肃宗乾元三年（760），唐政府控制下的户口只有 193 万户，1699 万多口。户只及天宝十四载的五分之一多一

---

① 葛剑雄等：《中国人口史》第二卷，复旦大学出版社 2005 年版，第 142 页。

点，口则只有三分之一。这一数字肯定比社会实际人口数少，因为当时战乱造成人口的伤亡和流散，也使许多地方的户籍登记无法正常进行，在籍户口只是实际户口的一部分。但由此也可以看出，唐政府在安史之乱中能控制的户口比之天宝年间有大幅度的下降。"[1] 人口情况从一个重要侧面透露了社会危机的严重。社会的政治危机与朝政振兴相生相伴，社会政治生活的活跃极大地刺激了关怀国家兴衰的士大夫文人的政治情怀。这个时期的社会政治经济状况，因战乱之后政府恢复秩序的巨大需索而压力激增，"中唐以后，苛敛繁兴，有因中央政府应一时的急需而征税的；有因地方藩镇为满足额外要求而擅自征税的；有因官吏勒索而不得不进奉的。凡此种种，不一而足"。[2] 以杜甫、白居易为代表，中唐一大批重要诗人都以诗笔直接表达了对时政的关切和谏诤，留下了描写安史之乱及其后一个时期社会政治实况的大量怨政诗篇，如《悲陈陶》《哀江头》《舂陵行》《贼退示官吏》《杜陵叟》《观刈麦》《采地黄者》《村居苦寒》《秦中吟十首·重赋》等，在描写社会战乱、朝廷弊策和官府劣政的作品规模和内容深度上已经大大超过了前代怨政诗。

晚唐时期，一些卓有见识的怨政诗人看到了大势已去的国家政治前景，但仍然不改儒家士大夫忧国悯民的情怀，对朝廷政治和地方治理都表达了自己的真切感愤。如杜牧《感怀诗》俯瞰时局，议论纵横，对藩镇割据自雄、朝廷无能为力的政治涣散局面深为忧虑；李商隐《行次西郊作一百韵》全面陈述了对国事萧条的忧虑和怨愤，《有感二首》《重有感》《赠刘司户》《哭刘蕡》等篇更是直接感言凶险的朝廷政治事件；杜荀鹤《旅泊遇郡中叛乱示同志》《再经胡城县》等篇，痛斥乱世之中官军与官府残民以逞。晚唐怨政诗记述社会政治生活十分冷峻深邃，其直面惨淡现实的批判精神，值得珍视。

与先秦及汉魏南北朝怨政诗创作相比，唐代诗人的怨政诗创作进入了前所未有的具有自觉意识的新阶段，这个创作状态在诗歌作品和诗歌理论上都有突出表现。唐代各个时期怨政诗的发展，呈现阶段性差异。初唐、盛唐时期因社会政治危机还在积累，并未充分爆发，尚未在整体上进入较为自觉的怨政诗创作阶段；中唐时期的怨政诗创作整体上已经进入了具有自觉意识的新阶段。其重要标志是，杜甫大量怨政诗的创作实绩，元结、白居易等人的怨政诗创作理论和实绩，以及其他大量诗人的积极参与。晚唐时期延续了这种具有自觉意识的怨政诗创作态势，李商隐怨政诗代表了强烈关注国家命运的晚唐士大夫文人的创作心态，于濆、杜荀鹤等人明显接受了白居易怨政诗的诗论主张，也有相当的创作实绩。唐代诗人的怨政诗创作普遍具有自觉意

---

[1] 宁可：《中国经济通史·隋唐五代》，经济日报出版社 2007 年版，第 11 页。
[2] 邓云特：《中国救荒史》，商务印书馆 2011 年版，第 99 页。

识，是中国古代怨政诗发展的重大突破。

唐代政治诗以其颂政作品和怨政作品的全方位成就，既光大了前代政治诗的传统，又沾溉了后世政治诗的创作。唐代政治诗在作品数量和社会影响上的显著存在，对后世政治诗发展产生了极大的楷模效应，发挥了直接的引领作用，成为中国古代政治诗发展历程中的重要里程碑。

第一节　初唐、盛唐颂政诗——蒸蒸国运　治世之愿

初唐、盛唐时期是指唐高祖武德至唐玄宗天宝时期。从唐代开国到开元盛世，在这上百年的初唐、盛唐阶段，唐王朝的政治发展是一种蓬勃向上的态势，社会面貌也呈现一派繁兴生机。"为了社会经济的恢复和发展，为了增加和加速人口的再生产，唐前期的统治者，采取了种种措施，进行了不懈的努力，取得了显著的成效。唐前期人口进入持续、稳定、高度发展的时期。贞观十三年到安史之乱爆发前的天宝十四年（639—755）的 116 年中，户数由 3120151 增加到 8914790，总增长率为 186%，每年平均增长率为 9.1%。口数由 13252894 增至 52919309，总增长率为 299%，年平均增长率为 12%。天宝十四年的户口数为唐代在籍户口的最高值。"① "天宝十三载，全国著籍户口数少说已达 910 万户，属唐代著籍户口数的最高额。若以天宝十三载户数与唐初贞观十三年相比，户数翻了 3 倍。唐代前期人口的恢复、增长有着多方面的原因，首先在于社会的相对安定，经济上升，有利于人口的自然增殖。"② 人口状况在一定程度上反映了初唐、盛唐的政治经济状况。

初唐、盛唐社会能够走向繁盛兴旺，重要原因之一，是这个时期君臣们的积极政治作为。这种奋力实现政治宏愿的积极作为，在初唐、盛唐时期君臣创作的颂政诗中得到了较为充分的展示，留下了不少的颂政之作。唐代皇室的颂政诗，基本主题是歌赞天下一统，奉天承运，继统承绪，武功文治，君臣协和，礼乐教化，天佑国运，等等。如李世民的《正日临朝》，武曌的《武后明堂乐章·皇帝行》，李显的《祀昊天乐章·凯安》，李隆基的《明皇祀圜丘乐章·豫和》等篇章，以及《舞曲歌辞·凯乐歌辞·应圣期》等朝廷乐歌。除了歌赞唐室皇帝的功业圣德，也有不少作品称颂唐代皇权的神圣，"以祖先配祀天地，是皇权崇高的象征"。③ 这类作品与汉代以来的颂政诗一

---

① 宁可：《中国经济通史·隋唐五代》，经济日报出版社 2007 年版，第 3 页。
② 葛剑雄等：《中国人口史》第二卷，复旦大学出版社 2005 年版，第 139 页。
③ 白钢等：《中国政治制度通史·隋唐五代》，社会科学文献出版社 2011 年版，第 52 页。

脉相承。朝廷大臣们的颂政诗，则基本出自这个时期的贤能文臣之手，如魏征的《享太庙乐章·大明舞》，张说的《唐享太庙乐章·崇德舞》，苏颋的《奉和圣制过晋阳宫应制》，张九龄的《奉和圣制幸晋阳宫》等，称颂唐代皇室奉天兴业，创业垂统，武功定国，以德享国。这些诗篇对唐王朝兴旺景象的描述，与初唐、盛唐时期社会发展的态势基本相符，这种正颂之作有其积极价值。

一 李世民 武曌 李显 李隆基 朝廷乐歌

李世民（599—649），即唐太宗。祖籍陇西成纪（今甘肃秦安）。高祖次子。武德间为尚书令，进封秦王。经玄武门之变，立为太子，承继帝位，改元贞观。在位二十三年。

李世民以贞观之治而彪炳史册，其在位期间朝政修明，经济发展，国势强盛，治绩空前，已为后世所公认和推崇。史家感其虚怀若谷，善于纳谏："听断不惑，从善如流，千载可称，一人而已。"[①] 感其创业立国，德业空前："其除隋之乱，比迹汤、武；致治之美，庶几成、康。自古功德兼隆，由汉以来未之有也。"[②] 从李世民的颂政诗，可以侧面考察这位后世公认的贤君圣主经略天下、施治国家的政治理念。如《执契静三边》：

执契静三边，持衡临万姓。玉彩辉关烛，金华流日镜。无为宇宙清，有美璇玑正。皎佩星连景，飘衣云结庆。戢武耀七德，升文辉九功。烟波澄旧碧，尘火息前红。霜野韬莲剑，关城罢月弓。钱缀榆天合，新城柳塞空。花销葱岭雪，縠尽流沙雾。秋驾转兢怀，春冰弥轸虑。书绝龙庭羽，烽休凤穴戍。衣宵寝二难，食旰餐三惧。翦暴兴先废，除凶存昔亡。圆盖归天壤，方舆入地荒。孔海池京邑，双河沼帝乡。循躬思励己，抚俗愧时康。元首伫盐梅，股肱惟辅弼。羽贤崆岭四，翼圣襄城七。浇俗庶反淳，替文聊就质。已知隆至道，共欢区宇一。

在一统天下局面下，李世民欲以清静无为的文治去安抚久经战乱伤害的世间。"执契静三边，持衡临万姓。"正可见李世民敬慎国事，抓住大乱之后重整河山的重要契机，庄重运用手中权力，既安边保境，更安民济世。"戢武耀七德，升文辉九功。"正可见其治国平天下的重心由武功转向了文治，因此更思虑"翦暴兴先废，除凶存昔亡"的百废俱兴，更注意在运用权力中"循

[①] （后晋）刘昫等：《旧唐书》卷三《太宗本纪下》，中华书局2000年版，第42页。
[②] （宋）欧阳修等：《新唐书》卷二《太宗本纪》，中华书局2000年版，第31页。

躬思励己，抚俗愧时康"的自我警诫。诗人期待自己以"衣宵寝二难，食旰餐三惧"的临深渊履薄冰的谨慎态度去勤政理国，终将心力相谐地达到"已知隆至道，共欢区宇一"的理想治境。《正日临朝》一诗表达了天下一统的喜悦："百蛮奉遐贽，万国朝未央。虽无舜禹迹，幸欣天地康。车轨同八表，书文混四方。"歌赞在大乱之后重新实现了车同轨、书同文的政治局面。《幸武功庆善宫》回顾了自己平定天下的政治作为："弱龄逢运改，提剑郁匡时。指麾八荒定，怀柔万国夷。""共乐还乡宴，欢比大风诗。"不无自豪地称颂自己既已生逢其时，就当大有作为的志愿和行动，并把这种成功的喜悦比作汉高祖威加海内的豪兴抒发。《重幸武功》抒写成功安邦定国的感喟："代马依朔吹，惊禽愁昔丛。况兹承眷德，怀旧感深衷。积善忻余庆，畅武悦成功。垂衣天下治，端拱车书同。"武功既已定国，天下既已一统，无为而治的休养生息的政策应该得到推行。诗人透露了自己的治国思路。

  李世民的这些颂政诗抒发的政治情感，有对艰苦征战重新实现一统的自豪之情，诗篇反反复复提到了车同轨、书同文的局面；有对文治安世、百废俱兴的高度信心，诗篇一再展望清静无为、垂拱而治的愿景。李世民的这些诗情，与他实际施政的敬慎国事、励精图治基本相符，留下了古代君主言行合一、修明有为的宝贵记录。

  武曌（624—705），即武则天。文水（今山西文水）人。太宗才人，高宗昭仪。永徽间立为皇后。后临朝称制，称圣神皇帝，改国号为周。中宗复位，武氏去帝号。

  武则天的颂政诗，注重强调自己执掌皇权的正统性，着意消除世间对其执掌政权过程及性质的质疑，以树立天命皇权的执政形象。武则天颂政诗的这种创作心理，与武周政权的特殊性有关。"武则天改唐为周，李唐的大臣们和周边的少数民族政权从来就没有承认过，他们始终把武则天看成是李唐王朝的太后，女皇帝只是能干的太后的一种特殊称号，那些黜唐颂周的礼仪把戏只不过是太后演出的一出闹剧而已。而且武则天执政，避免了因高宗的昏庸而可能带给唐王朝的消极影响。所以，武则天称帝及死后的归还政权，实质上属于太后垂帘听政的一种特殊形式，绝不可能动摇以男子为中心的皇权统治。"[①] 这是武则天颂政诗与李世民颂政诗差异较大的地方。如《郊庙歌辞·武后大享昊天乐章》："大阴凝至化，真耀蕴轩仪。德迈娥台敞，仁高姒幄披。""巍巍睿业广，赫赫圣基隆。菲德承先顾，祯符萃眇躬。铭开武岩侧，图荐洛川中。微诚讵幽感，景命忽昭融。有怀惭紫极，无以谢玄穹。""荷恩承顾托，执契恭临抚。庙略静边荒，天兵耀神武。有截资先化，无为遵旧矩。

[①] 朱子彦：《多维视角下的皇权政治》，上海人民出版社2007年版，第306页。

祯符降昊穹，大业光寰宇。"诗篇以"大阴凝至化，真耀蕴轩仪"宣告作为女性掌权者秉承天道至理，君临天下，堂堂正正，无所愧惧；诗人宣示自己所拓展的事业是先圣基业的延续："巍巍睿业广，赫赫圣基隆。""微诚讵幽感，景命忽昭融。"强调了承统继业、使命在身的正统性；诗人自信以文武之道定能安定天下："庙略静边荒，天兵耀神武。有截资先化，无为遵旧矩。"强调了武威定国、文德安邦的治国途径，并展示了"祯符降昊穹，大业光寰宇"的宏图盛景。《武后明堂乐章·皇帝行》歌赞武则天治理下的唐王朝的欣荣景象："仰膺历数，俯顺讴歌。远安迩肃，俗阜时和。化光玉镜，讼息金科。方兴典礼，永戢干戈。"《武后明堂乐章·迎送王公》歌赞武则天时代的治世图景，君臣协和，天下敬服："千官肃事，万国朝宗。载延百辟，爰集三宫。君臣德合，鱼水斯同。睿图方永，周历长隆。"宣示国家治理达到了古代圣君平治天下的理想境界，表达了对"睿图方永，周历长隆"的武周王朝的祈愿。

  武则天的颂政诗对自己执掌政权、治理国家的赞颂呈梯级上升，由宣示执掌皇权的正统性，到夸示天下大治的成就感，真切描述了女皇掌权治国的特殊政治心理。武则天的施政风范，史家曾有评价："挟刑赏之柄以驾御天下，政由己出，明察善断，故当时英贤亦竞为之用。"[1] 这些颂政诗也是武则天施政有方、治国有绩的形象佐证，有真实的历史依据，不应视为虚浮的自夸。

  李显（656—710），即唐中宗。祖籍陇西成纪（今甘肃秦安）。高宗第七子。永隆间立为太子。弘道至神龙间即位，被废，复位。景龙间被鸩杀。

  李显虽然始终身处母皇武则天的阴影之下，在政治上无所作为，但也留下了颂政诗，歌赞自己名义上的短暂统治。如《祀昊天乐章·凯安》："堂堂圣祖兴，赫赫昌基泰。戎车盟津偃，玉帛涂山会。舜日启祥晖，尧云卷征旆。风猷被有截，声教覃无外。"诗篇表白对先帝基业的继承，对尧舜圣德的弘传，对文治教化的推展。这种颂赞，与中宗李显的实际作为相距甚远，只能算是歌功颂德的例行套话，虚夸之词。

  李隆基（685—762），即唐玄宗。祖籍陇西成纪（今甘肃秦安）。睿宗第三子。垂拱间封楚王，长寿间改封临淄郡王。景龙间立为皇太子。先天元年即位。在位四十五年。

  纵观李隆基执掌皇权后的治绩，前期励精图治，国力鼎盛，缔造了开元盛世；后期奢靡享乐，任用奸佞，招致安史之乱。史家感慨其经营帝业有始无终、功过参半："方其励精政事，开元之际，几致太平，何其盛也。及侈心一动，穷天下之欲不足为其乐，而溺其所甚爱，忘其所可戒，至于窜身失国

---

[1] （宋）司马光：《资治通鉴》卷二百五《则天皇后长寿元年》，中华书局2011年版，第6593页。

而不悔。考其始终之异，其性习之相远也至于如此。"① 而从李隆基自己的颂政诗考察，这些意气风发、自信满满的作品显然表现了他前期精神面貌的重要方面。如《行次成皋途经先圣擒建德之所缅思功业感而赋诗》："有隋政昏虐，群雄已交争。先圣按剑起，叱咤风云生。饮马河洛竭，作气嵩华惊。克敌睿图就，擒俘帝道亨。顾惭嗣宝历，恭承天下平。幸过翦鲸地，感慕神且英。"感佩先帝创业英武不凡，留下了焕然一新的江山。诗篇展示了珍惜先圣事业的积极姿态。《春晚宴两相及礼官丽正殿学士探得风字》回顾了自己执掌江山的历程。其序言表白："朕以薄德，只膺历数。正天柱之将倾，纫地维之已绝。故得承奉宗庙，垂拱岩廊。居海内之尊，处域中之大，然后祖述尧典，宪章禹绩，敦睦九族，会同四海。犹恐烝黎未乂，遥戍未安，礼乐之政亏，师儒之道丧。乃命使者，衣绣服，行郡县，因人所利，择其可劳，所以便亿兆也。乃命将士，摆介胄，砺矢石，审山川之向背，应岁月之孤虚，所以静边陲也。乃命礼官，考制度，稽典则，序文昭武穆，享天地神祇，所以申严洁也。乃命学者，缮落简，缉遗编，纂鲁壁之文章，缀秦坑之煨烬，所以修文教也。"诗序对自己敬慎国事、勤政治理的描述应该说与作者前期统御唐王朝时的奋发有为是基本相符的。既可视为其志得意满的自我炫示，也可视为其追求理想治国境界的自我激励。诗序后面的诗歌正文，反倒意蕴空洞，没什么实际内容。

朝廷乐歌。

初唐、盛唐时期，除了几位皇帝的颂政诗，朝廷祭祀乐歌中也有不少颂赞唐王朝及诸帝丰功盛德的作品。这些作品无名可考，应当属于在朝廷任职的词臣的创作。如《郊庙歌辞·蜡百神乐章·舒和》："经纬两仪文化洽，削平方域武功成。瑶弦自乐乾坤泰，玉戚长欢区宇宁。"歌赞唐帝以武定国，天下安泰。《郊庙歌辞·享太庙乐章·严和》："功高万古，化奄十洲。中兴丕业，上荷天休。祗奉先构，礼备怀柔。"歌赞唐帝治国功高，承先启后。《郊庙歌辞·享太庙乐章·延和》："巍巍累圣，穆穆重光。奄有区夏，祚启隆唐。百蛮饮泽，万国来王。本枝亿载，鼎祚逾长。"歌赞唐王朝国运隆盛，天下敬服。《郊庙歌辞·享太庙乐章·宁和》："炎驭失天纲，土德承天命。英猷被寰宇，懿躅隆邦政。七德已绥边，九夷咸底定。景化覃遐迩，深仁洽翔泳。"歌赞唐帝秉持天命，英明治国，修德抚远，仁声远扬。《郊庙歌辞·享太庙乐章·文舞》："圣谟九德，真言五千。庆集昌胄，符开帝先。高文杖钺，克配彼天。三宗握镜，六合涣然。帝其承祀，率礼罔愆。图书雾出，日月清悬。

---

① （宋）欧阳修等：《新唐书》卷五《玄宗本纪》，中华书局 2000 年版，第 97 页。

舞形德类，咏谂功传。黄龙蜿蟺，彩云蹁跹。五行气顺，八佾风宣。介此百禄，于皇万年。"歌赞唐帝尚德奉天，国运隆久。《郊庙歌辞·享懿德太子庙乐章·武舞》："隋季昔云终，唐年初启圣。纂戎将禁暴，崇儒更敷政。威略静三边，仁恩覃万姓。"歌赞唐帝开启新朝，以武功文德安定天下。《郊庙歌辞·享节愍太子庙乐章·武舞》："武德谅雍雍，由来扫寇戎。剑光挥作电，旗影列成虹。雾廓三边静，波澄四海同。睿图今已盛，相共舞皇风。"歌赞唐帝以武定国、保境安边，带来天下康泰安宁的盛世。《舞曲歌辞·凯乐歌辞·应圣期》："圣德期昌运，雍熙万宇清。乾坤资化育，海岳共休明。辟土欣耕稼，销戈遂偃兵。殊方歌帝泽，执贽驾升平。"歌赞唐帝尚德理政，休兵兴农，天下升平。《舞曲歌辞·凯乐歌辞·贺圣欢》："四海皇风被，千年德水清。戎衣更不着，今日告功成。"歌赞唐帝德政兴旺，大功告成。《舞曲歌辞·凯乐歌辞·君臣同庆乐》："主圣开昌历，臣忠奉大猷。君看偃革后，便是太平秋。"歌赞唐王朝君臣共济，国运隆盛。

这些郊庙祭祀的赞歌，一方面歌颂王朝丰功盛德，属于例行之作的题中之义；另一方面描述了太平盛世的真实图景，是词臣创作的中规中矩的正颂之作。

二　魏征　卢照邻　杨炯　张说　苏颋　张九龄

魏征（580—643），字玄成，馆陶（今河北馆陶）人。唐太宗即位，擢为谏议大夫，历尚书右丞等，加左光禄大夫，封郑国公。

魏征以辅佐太宗、直言敢谏而名留青史，在促成贞观之治的历史进程中发挥了显著的作用。魏征在其辅佐唐太宗治理天下的政治生涯中，也写下了一些郊庙祭祀的乐歌。如《享太庙乐章·永和》："于穆烈祖，弘此丕基。永言配命，子孙保之。百神既洽，万国在兹。是用孝享，神其格思。"歌赞唐太宗承统继业，国运隆久，圣德天佑。《享太庙乐章·肃和》："大哉至德，允兹明圣。格于上下，聿遵诚敬。嘉乐斯登，鸣球以咏。神其降止，式隆景命。"歌赞唐太宗尚德理政，天佑其国。《享太庙乐章·长发舞》："浚哲惟唐，长发其祥。帝命斯佑，王业克昌。配天载德，就日重光。本枝百代，申锡无疆。"歌赞唐王朝奉天兴业，以德享国，国运久长。《享太庙乐章·大明舞》："五纪更运，三正递升。勋华既没，禹汤勃兴。神武命代，灵眷是膺。望云彰德，察纬告征。上纽天维，下安地轴。征师涿野，万国咸服。""功宣载籍，德被咏歌。克昌厥后，百禄是荷。"歌赞唐王朝承天受命的吉祥托付，效法古代圣贤实现了朝代更新，为天下带来安泰，远国邻邦敬服，功业盛德传扬。

魏征创作颂政诗，对王朝和皇室进行热烈的歌功颂德，这与他作为朝廷诤臣的形象似乎并不协调。其实，如果从魏征倾心协力唐太宗治理天下、实现清明政治的奋发作为来看，这些颂政诗描述的境界又与他的努力目标并不矛盾，可以视作他的政治愿景的一种展示。

卢照邻（634？—686？），字升之，范阳（今河北涿州）人。龙朔间迁益州新都尉。咸亨间染风疾，自投颖水身亡。

卢照邻的《中和乐九章》歌赞唐王朝政治修明的欣荣景象。如《中和乐九章·总歌第九》："明明天子兮圣德扬，穆穆皇后兮阴化康。登若木兮坐明堂，池蒙汜兮家扶桑。武化偃兮文化昌，礼乐昭兮股肱良。君臣已定兮君永无疆，颜子更生兮徒皇皇。若有人兮天一方，忠为衣兮信为裳。餐白玉兮饮琼芳，心思荃兮路阻长。"展现唐王朝明君德政的昌明治理，偃武兴文，德礼教化，君臣协和。诗篇最后流露的惆怅，实际蕴含着诗人希冀以自己的忠信和德才获得任用，与歌赞朝政兴旺并不矛盾。

杨炯（650—692），字号不详，华阴（今陕西华县）人。上元间应制举登科，授秘书郎。永淳间任太子詹事司直，垂拱间任梓州司法参军，如意间任盈川令。

杨炯的《奉和上元酺宴应诏》是一首应命之作。"甲乙遇灾年，周隋送上弦。赤县空无主，苍生欲问天。龟龙开宝命，云火昭灵庆。万物睹真人，千秋逢圣政。祖宗玄泽远，文武休光盛。大号域中平，皇威天下惊。""匈奴穷地角，本自远正朔。骄子起天街，由来亏礼乐。一衣扫风雨，再战夷屯剥。""业盛勋华德，兴包天地皇。孝思义罔极，易礼光前式。""公卿论至道，天子拜昌言。深仁洽蛮徼，恺乐周寰县。宣室召群臣，明庭礼百神。仰德还符日，沾恩更似春。襄城非牧竖，楚国有巴人。"诗篇歌赞唐王朝替代"周隋"而兴起，开启了千载难逢的"圣政"，武功文治，德泽广被，唐帝声望天下敬仰；平定了外寇的侵扰，带来边境的安宁；宏业盛德，仁义礼仪，公卿尽心论政，天子从善如流；君主崇德而治，臣子感恩戴德。诗篇结末表示，自己虽身处巴楚远地，也欣然面对这样的政治局面。杨炯的这首颂政诗，对处于上升时期的唐王朝政治气象的描述基本符合当时朝政的运行实际状况。

张说（667—731），字道济，祖籍河东（今山西永济）。载初间应诏举，授太子校书。历内供奉。开元间守中书令，封燕国公。任兵部尚书，除中书令、右丞相。

张说是武则天、唐玄宗时期的朝廷重臣，朝廷的重要文诰多出自其手，与被封为许国公的苏颋并称"燕许大手笔"。张说写了不少颂政诗，除郊庙乐歌外，基本都是应制奉和之作。这些颂政诗热烈歌赞了唐王朝的武功文治和德政教化。如《郊庙歌辞·享太庙乐章·凯安》："烈祖顺三灵，文宗威四海。

黄钺诛群盗，朱旗扫多罪。戢兵天下安，约法人心改。大哉干羽意，长见风云在。"歌颂以武定国，天下安泰。《唐享太庙乐章·长发舞》："具礼崇德，备乐承风。魏推幢主，周赠司空。不行而至，无成有终。神兴王业，天归帝功。"歌颂尚德崇礼，国运天佑。《唐享太庙乐章·崇德舞》："皇合一德，朝宗百神。削平天地，大拯生人。"歌颂崇德奉祖，安定天下。《奉和圣制赐诸州刺史应制以题坐右》："文明遍禹迹，鳏寡达尧心。正在亲人守，能令王泽深。""圣主赋新诗，穆若听熏琴。先言教为本，次言则是钦。三时农不夺，午夜犬无侵。愿使天宇内，品物遂浮沉。"歌颂效法尧舜，德政遍泽，文治教化，国泰民安。《奉和圣制送宇文融安辑户口应制》："至德临天下，劳情遍九围。念兹人去本，蓬转将何依。外避征戍数，内伤亲党稀。嗟不逢明盛，胡能照隐微。""使出四海安，诏下万心归。乍非夔龙佐，徒歌鸿雁飞。"歌颂唐皇修德抚远，四方敬服。《奉和圣制过晋阳宫应制》："太原俗尚武，高皇初奋庸。星轩三晋躔，土乐二尧封。""至德起王业，继明赖人雍。六合启昌期，再兴广圣踪。传呼大驾来，文物如云从。连营火百里，纵观人千重。""诗发尊祖心，颂刊盛德容。愿君及春事，回舆绥万邦。"歌颂先帝创业垂统，武功定国，文德兴邦。《奉和圣制行次成皋应制》："夏氏阶隋乱，自言河朔雄。王师进谷水，兵气临山东。前扫成皋阵，却下洛阳宫。义合帝图起，威加天宇同。轩台百年外，虞典一巡中。战龙思王业，倚马赋神功。"歌颂先皇兴举义师，扫平逆乱，威加海内。

张说的颂政诗比较着重对唐室先帝兴兵平天下的赫赫武功的颂赞，但这种歌赞尚武的价值宣示并不只局限在武功本身，而是与承天命、继古圣、惩逆乱、安天下的宗旨相关联，这就使颂政诗的主旨没有偏离正统价值的轨道，仍然是在仁德的基点上进行歌功颂业。

苏颋（670—727），字廷硕，武功（今陕西武功）人。垂拱间登进士第，授乌程县尉。万岁至开元间历监察御史，紫微侍郎，同紫微黄门平章事等。

苏颋与燕国公张说都擅长撰写朝廷文诰，是玄宗开元年间重要的文臣。苏颋的颂政诗《奉和圣制过晋阳宫应制》歌咏了唐皇的创业和继业："隋运与天绝，生灵厌氛昏。圣期在宁乱，士马兴太原。立极万邦推，登庸四海尊。庆膺神武帝，业付皇曾孙。缅慕封唐道，追惟归沛魂。诏书感先义，典礼巡旧藩。""款曲童儿佐，依迟故老言。里颁慈惠赏，家受复除恩。下辇崇三教，建碑当九门。孝思敦至美，亿载奉开元。"诗篇从唐室先帝开基创业叙起，追颂先帝兴兵灭隋兴唐的功勋，再重点称颂玄宗继承祖业，崇德尊礼，大兴教化，老少安乐，风俗醇美的开元景象将千载流传。苏颋的颂政之词虽是奉和而作，但也基本真实展示了开元盛世的治国图景。

张九龄（678—740），字子寿，曲江（今广东韶关）人。长安间进士。神龙间调校书郎，先天间授左拾遗。开元间历中书侍郎，同中书门下平章事。后贬为荆州长史。

张九龄是开元时期的朝廷重臣，以贤能宰相留名青史。张九龄的颂政诗《奉和圣制幸晋阳宫》与张说、苏颋的同题颂政诗一样，也是缅怀唐室先帝功勋，颂扬今皇圣业："隋季失天策，万方罹凶残。皇祖称义旗，三灵皆获安。圣期将申锡，王业成艰难。盗移未改命，历在终履端。""三后既在天，万年斯不刊。尊祖实我皇，天文皆仰观。"歌颂先帝创业开国的艰难辉煌，也礼赞今皇继业承统的治国盛德。张九龄的奉命颂政之作，在歌赞的角度上没有什么特异之处，但其中强调的铭记先帝创业艰难的题旨，与其时唐玄宗奋发上进的治国姿态有内在的相通，有其积极意义。

第二节　初唐、盛唐怨政诗——幽暗侧面　盛世之憾

初唐、盛唐时期是指唐高祖武德至唐玄宗天宝时期。初唐、盛唐时期，由于社会发展在整体上处于上升通道，社会的各种危机虽然已经潜伏，但毕竟还未达到不可遏制的爆发状态。因此，在诗歌领域，这种社会政治状况未能激起更多诗人产生批判现实的强烈创作冲动，怨政类诗歌只有少数诗人参与创作。但他们的创作仍然显示了唐代怨政诗自身的一些新特点，即士大夫文人以诗歌来传达他们对社会公正、社会治理的基本立场，以诗歌去直接、间接影响社会政治生活，使诗歌在个人娱情遣兴之外具有更多的感世作用。

初唐、盛唐时期，从陈子昂到李白，一些诗人对军政国策、地方吏治、人才境遇等各个层面的政治事务都有自己的观察和思考，发出了对朝政弊策和社会乱象的怨责。如陈子昂《苍苍丁零塞》《丁亥岁云暮》《朝入云中郡》《圣人不利己》《乐羊为魏将》，影射武氏朝廷的荒诞政策；张九龄《出为豫章郡途次庐山东岩下》《荆州作二首》抒写遭受政治陷害的不平；高适《苦雨寄房四昆季》《自淇涉黄河途中作》《东平路中遇大水》在悯农之中表达了对农政及荒政弊策的怨责；李白《送薛九被谗去鲁》《答王十二寒夜独酌有怀》《惧谗》表达了对贤才备受压制的社会用人机制的怨愤。初唐、盛唐的这些怨政诗，对朝廷政治及各项政策弊端的批判，有一定的深度、广度，发挥了以诗歌感愤现实、影响现实的怨政诗的社会政治功能。

一　陈子昂　张九龄　李颀

陈子昂（661?—702），字伯玉，射洪（今四川射洪）人。文明间进士。

任麟台正字,右拾遗。万岁通天间违忤武攸宜,圣历间遭贬回乡。受县令段简诬陷下狱,忧愤而卒。

陈子昂生活的时代,总的来说是唐代社会全面发展的时期,但最高当局的各种弊政仍有显著的现实影响。陈子昂秉持一个正直士大夫的良知,将自己对国事的所见所感凝结于诗,抒发了对表面繁盛下的时政危机的深切忧虑和真实感愤。他的《感遇》三十八首,有不少作品流露出对包括武则天在内的最高当政者胡作非为的怨愤。

苍苍丁零塞,今古缅荒途。亭堠何摧兀,暴骨无全躯。黄沙幕南起,白日隐西隅。汉甲三十万,曾以事匈奴。但见沙场死,谁怜塞上孤。(其三)

乐羊为魏将,食子殉军功。骨肉且相薄,他人安得忠。吾闻中山相,乃属放麑翁。孤兽犹不忍,况以奉君终。(其四)

圣人不利己,忧济在元元。黄屋非尧意,瑶台安可论。吾闻西方化,清净道弥敦。奈何穷金玉,雕刻以为尊。云构山林尽,瑶图珠翠烦。鬼工尚未可,人力安能存。夸愚适增累,矜智道逾昏。(其十九)

荒哉穆天子,好与白云期。宫女多怨旷,层城闭蛾眉。日耽瑶池乐,岂伤桃李时。青苔空萎绝,白发生罗帷。(其二十六)

丁亥岁云暮,西山事甲兵。赢粮匝邛道,荷戟争羌城。严冬阴风劲,穷岫泄云生。昏曀无昼夜,羽檄复相惊。拳跼竞万仞,崩危走九冥。籍籍峰壑里,哀哀冰雪行。圣人御宇宙,闻道泰阶平。肉食谋何失,藜藿缅纵横。(其二十九)

朝入云中郡,北望单于台。胡秦何密迩,沙朔气雄哉。藉藉天骄子,猖狂已复来。塞垣无名将,亭堠空崔嵬。咄嗟吾何叹,边人涂草莱。(其三十七)

在这些怨政诗中,陈子昂对武则天朝廷的诸多弊政都有托古讽谏,拳拳忧国之心深藏其间。这些怨政诗中虽多用古名,但笔锋所向全是时事,并非泛泛咏史怀古之作,而是用"代词"的修辞手法来批评荒谬的时政,是不折不扣的怨政诗。《苍苍丁零塞》当是描写唐军与契丹的一场战争,暗指武则天用将不当,只派遣亲信或佞臣,结果造成作战的耻辱失败,成千上万兵士命丧边地。陈子昂曾力陈己见,希望阻止这场边祸,但未被采纳。陈子昂对这种用人之策、祸国之果,深为不满,作诗予以痛责。其他几首怨政诗,也都针对朝政的某一弊策进行了强烈的批评,如《丁亥岁云暮》《朝入云中郡》

针对武则天不当的边策,《圣人不利己》针对武则天的私心佞佛,《乐羊为魏将》针对武则天的纵容奸伪,《荒哉穆天子》针对唐高宗的宠用武后,等等。其中"夸愚适增累,矜智道逾昏"的诗句,表达了诗人对武则天昏愚政治的强烈怨刺,可见作者的一片忧国赤诚,也可见唐代怨政诗对社会政治的主动施加影响,由此已隆重发端。

张九龄,生卒、事迹见前。

张九龄的几首怨政诗,抒写的是他对自己晚年遭遇政治陷害的愤慨。

兹山镇何所,乃在澄湖阴。下有蛟螭伏,上与虹蜺寻。灵仙未始旷,窟宅何其深。双阙出云峙,三宫入烟沉。攀崖犹昔境,种杏非旧林。想象终古迹,惆怅独往心。纷吾婴世网,数载忝朝簪。孤根自靡托,量力况不任。多谢周身防,常恐横议侵。岂匪鹓鸿列,惕如泉壑临。迨兹刺江郡,来此涤尘襟。有趣逢樵客,忘怀狎野禽。栖闲义未果,用拙欢在今。愿言答休命,归事丘中琴。(《出为豫章郡途次庐山东岩下》)

先达志其大,求意不约文。士伸在知己,已况仕于君。微诚凤所尚,细故不足云。时来忽易失,事往良难分。顾念凡近姿,焉欲殊常勋。亦以行则是,岂必素有闻。千虑且犹失,万绪何其纷。进士苟非党,免相安得群。众口金可铄,孤心丝共棼。意忠仗朋信,语勇同败军。古剑徒有气,幽兰只自薰。高秩向所忝,于义如浮云。(《荆州作二首》其一)

千载一遭遇,往贤所至难。问余奚为者,无阶忽上抟。明圣不世出,翼亮非苟安。崇高自有配,孤陋何足干。遇恩一时来,窃位三岁寒。谁谓诚不尽,知穷力亦殚。虽至负乘寇,初无挟术钻。浩荡出江湖,翻覆如波澜。心伤不材树,自念独飞翰。徇义在匹夫,报恩犹一餐。况乃山海泽,效无毫发端。内讼已惭沮,积毁今摧残。胡为复惕息,伤鸟畏虚弹。(《荆州作二首》其二)

在被贬荆州期间,"张九龄的孤独感异常突出"。[1] 从诗中可以深深体味张九龄被权臣算计打击后,退离京城,外放南方,沮丧无助的怨苦心情。如《出为豫章郡途次庐山东岩下》:"孤根自靡托,量力况不任。多谢周身防,常恐横议侵。"诗人在强势的权臣的排挤下,自感势单力微。自己为臣正直行事,小心谨慎,也难免遭人嫉恨,防不胜防。悲凉之感,流溢笔端。《荆州作二首》(其一):"千虑且犹失,万绪何其纷。进士苟非党,免相安得群。众口金可铄,孤心丝共棼。"诗人谨慎为人,步步端行,但因自己未结私党,更

---

[1] 尚永亮:《唐五代逐臣与贬谪文学研究》,武汉大学出版社2007年版,第218页。

易被不怀好意者中伤。《荆州作二首》（其二）："遇恩一时来，窃位三岁寒。""内讼已惭沮，积毁今摧残。胡为复惕息，伤鸟畏虚弹。"任相数年，尽心竭力，下场有如屈原信而见疑，忠而被谤，被谗毁追身打击，时时怀抱忧惧，只能如惊弓之鸟窜身远逃了。

张九龄的这类怨政诗，直接披露自己在朝廷的政治境遇，表达了对正道直行反遭谗慝迫害的强烈怨愤，与《诗经》"二雅"及《楚辞》中的直臣遭谗的怨愤之音一脉相承。这类诗篇在唐诗中有一定存量，是唐代怨政诗不可忽视的一个组成部分。

李颀（690—751），字号不详，曾寓居登封（今河南登封）。开元间进士，曾任新乡县尉。

李颀的《古从军行》抒写了对边塞战争广泛而深刻的感慨。

> 白日登山望烽火，黄昏饮马傍交河。行人刁斗风沙暗，公主琵琶幽怨多。野云万里无城郭，雨雪纷纷连大漠。胡雁哀鸣夜夜飞，胡儿眼泪双双落。闻道玉门犹被遮，应将性命逐轻车。年年战骨埋荒外，空见蒲桃入汉家。

这类诗作，没有指向哪场具体的战争、战役，但在这泛泛的感慨中，对朝廷对外战争造成的巨大牺牲表示出极大的反感。一些死伤惨重、耗资巨大的对外战争，并非保家卫国，亦非开疆拓土，只是出于帝王一时兴起的私欲，便招来如此沉重的兵员损失。"闻道玉门犹被遮，应将性命逐轻车。年年战骨埋荒外，空见蒲桃入汉家。"痛斥这种不义的战争行动，并无诗人个人利益得失的考量，但这是唐代怨政诗人内心道义感的自然流露，有其指标性的诗歌史意义。

二 高适 李白

高适（700？—765），字达夫，渤海蓨（今河北景县）人。天宝间历封丘尉，河西节度使幕府掌书记，谏议大夫。至德、乾元间历御史大夫，淮南节度使。广德间任剑南西川节度使，左散骑常侍等。

在唐代诗人中，高适仕途较为顺达，但并未改变他自始至终秉持的正义价值观。从年轻时期的仁义为官，到位高权重后的公正履职，他的诗歌创作不论涉及农村题材、边塞题材，还是官场题材，都坚持了一个正直官员的道义立场。

独坐见多雨，况兹兼索居。茫茫十月交，穷阴千里余。弥望无端倪，北风击林然。白日渺难睹，黄云争卷舒。安得造化功，旷然一扫除。滴沥檐宇愁，寥寥谈笑疏。泥涂拥城郭，水潦盘丘墟。惆怅悯田农，裴回伤里闾。曾是力井税，曷为无斗储。万事切中怀，十年思上书。君门嗟缅邈，身计念居诸。沉吟顾草茅，郁怏任盈虚。黄鹄不可羡，鸡鸣时起予。故人平台侧，高馆临通衢。兄弟方荀陈，才华冠应徐。弹棋自多暇，饮酒更何如。知人想林宗，直道惭史鱼。携手风流在，开襟鄙吝祛。宁能访穷巷，相与对园蔬。（《苦雨寄房四昆季》）

朝从北岸来，泊船南河浒。试共野人言，深觉农夫苦。去秋虽薄熟，今夏犹未雨。耕耘日勤劳，租税兼舄卤。园蔬空寥落，产业不足数。尚有献芹心，无因见明主。（《自淇涉黄河途中作》）

天灾自古有，昏垫弥今秋。霖霪溢川原，滉瀁涵田畴。指途适汶阳，挂席经芦洲。永望齐鲁郊，白云何悠悠。傍沿巨野泽，大水纵横流。虫蛇拥独树，麋鹿奔行舟。稼穑随波澜，西成不可求。室居相枕藉，蛙黾声啾啾。仍怜穴蚁漂，益羡云禽游。农夫无倚著，野老生殷忧。圣主当深仁，庙堂运良筹。仓廪终尔给，田租应罢收。我心胡郁陶，征旅亦悲愁。纵怀济时策，谁肯论吾谋。（《东平路中遇大水》）

汉家烟尘在东北，汉将辞家破残贼。男儿本自重横行，天子非常赐颜色。摐金伐鼓下榆关，旌旆逶迤碣石间。校尉羽书飞瀚海，单于猎火照狼山。山川萧条极边土，胡骑凭陵杂风雨。战士军前半死生，美人帐下犹歌舞。大漠穷秋塞草腓，孤城落日斗兵稀。身当恩遇恒轻敌，力尽关山未解围。铁衣远戍辛勤久，玉箸应啼别离后。少妇城南欲断肠，征人蓟北空回首。边庭飘飖那可度，绝域苍茫更何有。杀气三时作阵云，寒声一夜传刁斗。相看白刃血纷纷，死节从来岂顾勋。君不见沙场征战苦，至今犹忆李将军。（《燕歌行》）

我本渔樵孟诸野，一生自是悠悠者。乍可狂歌草泽中，宁堪作吏风尘下。只言小邑无所为，公门百事皆有期。拜迎官长心欲碎，鞭挞黎庶令人悲。归来向家问妻子，举家尽笑今如此。生事应须南亩田，世情付与东流水。梦想旧山安在哉，为衔君命且迟回。乃知梅福徒为尔，转忆陶潜归去来。（《封丘作》）

传君昨夜怅然悲，独坐新斋木落时。逸气旧来凌燕雀，高才何得混妍媸。迹留黄绶人多叹，心在青云世莫知。不是鬼神无正直，从来州县有瑕疵。（《同颜六少府旅宦秋中之作》）

睹君济时略，使我气填膺。长策竟不用，高才徒见称。一朝知己达，累日诏书征。羽翮忽然就,风飙谁敢凌。举鞭趋岭峤,屈指冒炎蒸。北雁送驰驿,南人思饮冰。彼邦本倔强,习俗多骄矜。翠羽干平法,黄金挠直绳。若将除害马,慎勿信苍蝇。魑魅宁无患,忠贞适有凭。猿啼山不断,鸢跕路难登。海岸出交趾,江城连始兴。绣衣当节制,幕府盛威棱。勿惮九嶷险,须令百越澄。立谈多感激,行李即严凝。离别胡为者,云霄迟尔升。(《饯宋八充彭中丞判官之岭南》)

在高适的多首怨政诗中,有的以悯农情怀为切入点,感慨官府的苛重税赋问题。如《苦雨寄房四昆季》:"惆怅悯田农,裴回伤里间。曾是力井税,曷为无斗储。"揭示朝廷赋税沉重,农家收成被剥夺殆尽。《自淇涉黄河途中作》:"去秋虽薄熟,今夏犹未雨。耕耘日勤劳,租税兼鹵卤。园蔬空寥落,产业不足数。"农家收成欠佳,官府税负依旧,乡村呈现一派萧条景象。《东平路中遇大水》:"稼穑随波澜,西成不可求。室居相枕藉,蛙龟声啾啾。仍怜穴蚁漂,益羡云禽游。农夫无倚著,野老生殷忧。"农家在平常年景已经劳而无获,灾荒之年更是生计无着。洪灾之后,家园毁损,官府荒政救济却不见踪影,农家这种生存危机无疑是严重的社会政治问题。《燕歌行》也有怨政的内容。诗篇描写边地将士待遇悬殊,士卒怨尤将领腐败无能:"战士军前半死生,美人帐下犹歌舞。""君不见沙场征战苦,至今犹忆李将军。"对边地治军严峻状况描写较为深切。这些感慨所包含的对朝廷边塞弊策的怨责,具有一定的普遍意义。至于涉及官员施政劣行的怨政诗,在表达诗人自身正直为官的立场外,我们也从中感知了盛唐时期地方官吏欺压百姓的吏治实况。如《封丘作》:"拜迎官长心欲碎,鞭挞黎庶令人悲。"诗人自己不愿鞭笞被催租逼税的百姓,但由此可以推知,许多地方官府都有为征收租税而对百姓施以鞭笞的情况。《同颜六少府旅宦秋中之作》:"不是鬼神无正直,从来州县有瑕疵。"揭示州县地方官吏横行一方,已经见怪不怪。《饯宋八充彭中丞判官之岭南》:"翠羽干平法,黄金挠直绳。若将除害马,慎勿信苍蝇。魑魅宁无患,忠贞适有凭。"则是表示自己可能遭受官场奸佞的毒手,但又无可奈何,对小人的攻讦只能加倍提防。诗篇对官场污浊表达了难以抑制的怨愤。

李白(701—762),字太白,祖籍陇西成纪(今甘肃秦安),绵州彰明(今四川江油)人。开元间出蜀漫游。天宝间入长安,供奉翰林。安史之乱中入永王幕府,受牵连流放夜郎。遇赦东还,卒于族叔家。

李白的怨政诗在其全部诗作中虽不占主要位置,但颇能展示诗人愤世嫉俗、蔑视权贵的强烈个性,与他的非怨政类诗歌所具有的个性气质高度一致。这些怨政诗集中抒写了李白对当朝政治的独特认知及对自身境遇的不平之慨。

宋人不辨玉，鲁贱东家丘。我笑薛夫子，胡为两地游。黄金消众口，白璧竟难投。梧桐生蒺藜，绿竹乏佳实。凤凰宿谁家，遂与群鸡匹。田家养老马，穷士归其门。蛾眉笑躄者，宾客去平原。却斩美人首，三千还骏奔。毛公一挺剑，楚赵两相存。孟尝习狡兔，三窟赖冯谖。信陵夺兵符，为用侯生言。春申一何愚，刎首为李园。贤哉四公子，抚掌黄泉里。借问笑何人，笑人不好士。尔去且勿喧，桃李竟何言。沙丘无漂母，谁肯饭王孙。（《送薛九被谗去鲁》）

昨夜吴中雪，子猷佳兴发。万里浮云卷碧山，青天中道流孤月。孤月沧浪河汉清，北斗错落长庚明。怀余对酒夜霜白，玉床金井水峥嵘。人生飘忽百年内，且须酣畅万古情。君不能狸膏金距学斗鸡，坐令鼻息吹虹霓。君不能学哥舒横行青海夜带刀，西屠石堡取紫袍。吟诗作赋北窗里，万言不直一杯水。世人闻此皆掉头，有如东风射马耳。鱼目亦笑我，请与明月同。骅骝拳跼不能食，蹇驴得志鸣春风。折杨皇华合流俗，晋君听琴枉清角。巴人谁肯和阳春，楚地由来贱奇璞。黄金散尽交不成，白首为儒身被轻。一谈一笑失颜色，苍蝇贝锦喧谤声。曾参岂是杀人者，谗言三及慈母惊。与君论心握君手，荣辱于余亦何有。孔圣犹闻伤凤麟，董龙更是何鸡狗。一生傲岸苦不谐，恩疏媒劳志多乖。严陵高揖汉天子，何必长剑拄颐事玉阶。达亦不足贵，穷亦不足悲。韩信羞将绛灌比，祢衡耻逐屠沽儿。君不见李北海，英风豪气今何在。君不见裴尚书，土坟三尺蒿棘居。少年早欲五湖去，见此弥将钟鼎疏。（《答王十二寒夜独酌有怀》）

二桃杀三士，讵假剑如霜。众女妒蛾眉，双花竞春芳。魏姝信郑袖，掩袂对怀王。一惑巧言子，朱颜成死伤。行将泣团扇，戚戚愁人肠。（《惧谗》）

燕昭延郭隗，遂筑黄金台。剧辛方赵至，邹衍复齐来。奈何青云士，弃我如尘埃。珠玉买歌笑，糟糠养贤才。方知黄鹤举，千里独裴回。（《古风》十五）

大车扬飞尘，亭午暗阡陌。中贵多黄金，连云开甲宅。路逢斗鸡者，冠盖何辉赫。鼻息干虹蜺，行人皆怵惕。世无洗耳翁，谁知尧与跖。（《古风》二十四）

金樽清酒斗十千，玉盘珍羞直万钱。停杯投箸不能食，拔剑四顾心茫然。欲渡黄河冰塞川，将登太行雪满山。闲来垂钓碧溪上，忽复乘舟梦日边。行路难，行路难，多歧路，今安在。长风破浪会有时，直挂云帆济沧海。

大道如青天，我独不得出。羞逐长安社中儿，赤鸡白狗赌梨栗。弹剑作歌奏苦声，曳裾王门不称情。淮阴市井笑韩信，汉朝公卿忌贾生。君不见昔时燕家重郭隗，拥篲折节无嫌猜。剧辛乐毅感恩分，输肝剖胆效英才。昭王白骨萦蔓草，谁人更扫黄金台。行路难，归去来。

　　有耳莫洗颍川水，有口莫食首阳蕨。含光混世贵无名，何用孤高比云月。吾观自古贤达人，功成不退皆殒身。子胥既弃吴江上，屈原终投湘水滨。陆机雄才岂自保，李斯税驾苦不早。华亭鹤唳讵可闻，上蔡苍鹰何足道。君不见吴中张翰称达生，秋风忽忆江东行。且乐生前一杯酒，何须身后千载名。（《行路难三首》）

　　去年战桑干源，今年战葱河道。洗兵条支海上波，放马天山雪中草。万里长征战，三军尽衰老。匈奴以杀戮为耕作，古来唯见白骨黄沙田。秦家筑城避胡处，汉家还有烽火然。烽火然不息，征战无已时。野战格斗死，败马号鸣向天悲。乌鸢啄人肠，衔飞上挂枯树枝。士卒涂草莽，将军空尔为。乃知兵者是凶器，圣人不得已而用之。（《战城南》）

　　李白的这些怨政诗，表达情绪最激烈的是由个人命运引发的对社会用人机制不公的怨刺和抗议，这跟李白的人生价值取向完全一致。李白抱怨遭遇不公的怨政诗主要揭示社会贤愚颠倒、贤人遭嫉受谗、贤才贱若糟糠、贤德走投无路、贤能境况悲惨等。如《送薛九被谗去鲁》："黄金消众口，白璧竟难投。"怨叹人才被嫉恨贤才的小人所埋没。"蛾眉笑躄者，宾客去平原。却斩美人首，三千还骏奔。毛公一挺剑，楚赵两相存。孟尝习狡兔，三窟赖冯谖。信陵夺兵符，为用侯生言。春申一何愚，刎首为李园。贤哉四公子，抚掌黄泉里。"感慨古代识才善用的英主如今不再得遇，只能独自生悲。《答王十二寒夜独酌有怀》抒写怨愤之情尤为强烈。"君不能狸膏金距学斗鸡，坐令鼻息吹虹霓。君不能学哥舒横行青海夜带刀，西屠石堡取紫袍。吟诗作赋北窗里，万言不直一杯水。"不学无术的权势者趾高气扬，满腹诗书的饱学之士万言高论一文不值。"一谈一笑失颜色，苍蝇贝锦喧谤声。曾参岂是杀人者，谗言三及慈母惊。"有才不能发挥，还遭受谗言的毁伤，诗人借曾参的境遇怨叹贤士的艰危处境。《惧谗》悲叹贤才遭受嫉恨。"二桃杀三士，讵假剑如霜。众女妒蛾眉，双花竞春芳。魏姝信郑袖，掩袂对怀王。"列述古人遭谗得祸的事例，宣泄自己被小人谗毁的怨愤。《古风》（燕昭延郭隗）怨叹："奈何青云士，弃我如尘埃。珠玉买歌笑，糟糠养贤才。"直接痛斥了朝廷用人机制不公所造成的荒诞社会现象。《行路难三首》集中倾诉了诗人空怀才能、不得任用的满腹怨愤："停杯投箸不能食，拔剑四顾心茫然。欲渡黄河冰塞川，将登太行雪满山。""大道如青天，我独不得出。羞逐长安社中儿，赤鸡白狗赌梨栗。""子胥既弃吴江上，屈原终投湘水滨。陆机雄才岂自保，李斯税驾苦不早。华亭鹤唳讵可闻，上蔡苍鹰何足道。"这里有前途无望的悲怆大呼，有走投无路的绝望长叹，有历数古人遭遇的自我宽解。汇集起来，都是对社会用人机制的怨愤之言。《古风》（大车扬飞尘）感慨："中贵多黄金，连云开甲宅。路逢斗鸡者，冠盖何辉赫。鼻息干虹蜺，行人皆怵惕。"描写斗鸡走狗的权贵者高高在上，也是对社会贤愚颠倒的强力斥责。

李白的怨政诗，除了上述从个人境遇出发，怨责朝廷用人弊端、怨责社会轻视贤能的作品外，还有一些关切时政、忧愤国事的怨政之作。如组诗《古风》：

胡关饶风沙，萧索竟终古。木落秋草黄，登高望戎虏。荒城空大漠，边邑无遗堵。白骨横千霜，嵯峨蔽榛莽。借问谁凌虐，天骄毒威武。赫怒我圣皇，劳师事鼙鼓。阳和变杀气，发卒骚中土。三十六万人，哀哀泪如雨。且悲就行役，安得营农圃。不见征戍儿，岂知关山苦。李牧今不在，边人饲豺虎。（其十四）

西岳莲花山，迢迢见明星。素手把芙蓉，虚步蹑太清。霓裳曳广带，飘拂升天行。邀我登云台，高揖卫叔卿。恍恍与之去，驾鸿凌紫冥。俯视洛阳川，茫茫走胡兵。流血涂野草，豺狼尽冠缨。（其十九）

这些诗篇假托歌咏古代的边塞战事，实则抒写对当今皇室穷兵黩武边策的忧虑。如（其十四）描写轻启战端，损失惨重。"赫怒我圣皇，劳师事鼙鼓。"这"圣皇"仓促用兵，劳师远征，丧失成千上万的生命，荒废农事，只落得"边人饲豺虎"的结局。（其十九）描写边患蔓延，后果严重，乃至于中原之地都"茫茫走胡兵"了。一边是用兵轻率失策，一边是抵御侵侮失效，朝廷的边策在各个层面上都显现了深度的败坏。

第三节　中唐颂政诗——削藩安邦　中兴之声

唐代中期是指唐肃宗至德至唐穆宗长庆时期。安史之乱将整个国家卷入了巨大的战祸旋涡。其后，连年的战争并没有随着安史之乱的平定而彻底结束。一些诗人对官军平叛及其后的国家中兴抱有莫大的希望，杜甫、杨巨源、权德舆在颂政诗里表达了中唐前期人们的这种殷殷期盼。如杜甫《收京三首》

（其一）对唐肃宗的躬劳国事深为赞佩，《承闻河北诸道节度入朝欢喜口号绝句十二首》（其一）欢呼剿灭安史叛军的战争迎来胜利转机，《喜闻盗贼蕃寇总退口号五首》（其五）歌颂代宗大历初年平定"盗贼"，《送灵州李判官》颂赞奋身平叛疆场的良将，致贺努力于中兴国家的今皇。

平定安史之乱后，中唐时期的朝廷政治又面临新的困扰，藩镇势力壮大，威胁着国家的统一和安定。朝廷以极大的政治决心打击藩镇割据，成为社会健康力量共同拥护的决策。"这种在政治上与中央相游离的地方政府，为数虽然不多，但是它们冲击了中央政权，在政治、经济、军事诸方面都削弱了朝廷的力量，使唐代的国势日渐走向衰弱。宪宗时朝廷力量较强，就大力削藩。"[1] 中唐诗人们对这一巨大的果决行动表达了强烈的支持，韩愈、刘禹锡、柳宗元等都热烈称颂了平定藩镇叛乱的战争。如韩愈《元和圣德诗》礼赞唐宪宗平叛削藩的战争决策，刘禹锡《平齐行二首》歌咏唐宪宗亲自部署的平定平卢淄青藩镇的战事，柳宗元《奉平淮夷雅表·皇武命丞相度董师集大功也》表达实现江山一统、政令畅通的中兴局面的政治希望，《奉平淮夷雅表·方城命诉守也卒入蔡得其大丑以平淮右》歌咏李愬的功勋和皇帝的嘉赏。白居易的颂政诗则对唐宪宗在削藩战争之外的中兴政治表达了热切的期望，写下了一系列诗篇颂赞宪宗的政治举措，如《昆明春—思王泽之广被也》歌颂宪宗德政遍泽，天下受恩；《道州民—美臣遇明主也》歌颂宪宗除弊安民，良策济世；《骊宫高—美天子重惜人之财力也》歌颂宪宗节俭勤政，为世作则；《牡丹芳—美天子忧农也》歌颂宪宗明察弊端，悯农恤民。

中唐诗人的颂政诗歌赞当朝皇帝的武功文治，寄托了全社会对国家重新走向安定繁荣的政治期待。这些诗篇称颂朝廷的重大决策和皇帝的功德盛业，其所包含的拥护国家统一、期盼社会安定的政治愿望十分真实，与朝政运行的实际情况基本相合。中唐是唐代颂政诗创作最具活力的时期，这种创作活跃与两晋颂政诗的虚浮繁盛有本质的不同，具有充足的政治依据和健康的政治动力。中唐时期这种与朝廷政治活力保持内在一致的颂政诗创作，在历代各个时期颂政诗发展中并不多见。

一 杜甫 杨巨源 权德舆

杜甫（712—770），字子美，巩县（今河南巩义）人。开元间游历南北，天宝间至长安，困顿十年。安史之乱中谒见肃宗，官左拾遗。因言事贬职，弃官。至成都依剑南节度使严武，表为节度参谋，检校工部员外郎。大历间自夔州出峡，漂泊湖湘，病卒。

---

[1] 白钢等：《中国政治制度通史·隋唐五代》，社会科学文献出版社2011年版，第32页。

杜甫的颂政诗与一般奉命而作的颂政诗有很大不同。杜甫的颂政诗基本围绕着具体的时事和亲历来歌赞关乎国家兴衰、百姓安危的人和事。这些颂政诗都带有鲜活的时代印记和鲜明的个人风格，没有人云亦云的套话泛语。如《收京三首》（其一）："仙仗离丹极，妖星照玉除。须为下殿走，不可好楼居。暂屈汾阳驾，聊飞燕将书。依然七庙略，更与万方初。生意甘衰白，天涯正寂寥。忽闻哀痛诏，又下圣明朝。羽翼怀商老，文思忆帝尧。叨逢罪己日，沾洒望青霄。汗马收宫阙，春城铲贼壕。赏应歌杕杜，归及荐樱桃。杂虏横戈数，功臣甲第高。万方频送喜，无乃圣躬劳。"诗篇从皇帝驾离京都，安史叛军进京叙起，涉及了平叛战事的曲折反复。在"忽闻哀痛诏，又下圣明朝"的忧心之中，又为战事的转机由衷喜悦："汗马收宫阙，春城铲贼壕。""万方频送喜，无乃圣躬劳。"对再次从叛军手中收回京城备感欣慰，对肃宗的躬劳国事深为赞佩。《承闻河北诸道节度入朝欢喜口号绝句十二首》（其一）："禄山作逆降天诛，更有思明亦已无。汹汹人寰犹不定，时时斗战欲何须。"欢呼剿灭安史叛军的战争迎来胜利转机；（其二）："社稷苍生计必安，蛮夷杂种错相干。周宣汉武今王是，孝子忠臣后代看。"将今皇拯救社稷的功勋比作古圣中兴国家的宏业；（其五）："鸣玉锵金尽正臣，修文偃武不无人。兴王会静妖氛气，圣寿宜过一万春。"对尽心效职的忠臣良将深表敬意，对带领天下平叛的今皇满怀祝福。《喜闻盗贼蕃寇总退口号五首》（其五）："今春喜气满乾坤，南北东西拱至尊。大历二年调玉烛，玄元皇帝圣云孙。"为代宗大历初年平定"盗贼"、击退"蕃寇"，情不自禁地欢呼。《送灵州李判官》："犬戎腥四海，回首一茫茫。血战乾坤赤，氛迷日月黄。将军专策略，幕府盛材良。近贺中兴主，神兵动朔方。"称颂良将劲旅平定凶逆，祝愿今皇果决用兵实现中兴大业。杜甫的这些颂政诗，所抒写的祝贺、致敬及连带的欣喜、祈愿等，无一不是因诗人内心时时深切牵挂国事而引发。诗中也有大量恭贺皇室皇上、致敬武将文臣的话语，但都与称赞他们为平叛安邦而奋发努力直接相关，作者对这些时事的感受具有自己真实的价值观基础。毋庸讳言，杜甫颂政诗中所称颂的唐室"圣"皇未必就是众所公认的圣君明主，但从杜甫忠君忧国的正统价值标准进行判断，社稷之主毕竟是维系政权、安定天下的无可替代的主体。对安史之乱中领导平叛的唐帝的歌赞，也即是对维护一统、拯救社稷、安济百姓的国家政权力量的拥护。从这个意义上看，杜甫的颂政诗有其深厚的政治蕴涵，不可视为虚浮凑数的歌功颂德。

杨巨源（755—?），字景山，河中（今山西永济）人。贞元间进士。入朝为秘书郎，历太常博士等。长庆间为国子司业。

杨巨源的《春日奉献圣寿无疆词》是给皇上的献寿颂德之作，在描绘亭台楼阁的华贵绮丽之外，多是称颂盛世宏业的恭维之词："人醉逢尧酒，莺歌答舜弦。""无穷艳阳月，长照太平年。""戈偃征苗后，诗传宴镐初。""悠然万方静，风俗揖华胥。""文雅逢明代，欢娱及贱臣。""垂拱乾坤正，欢心品类同。""遐荒似川水，天外亦朝宗。""睿德符玄化，芳情翊太和。日轮皇鉴远，天仗圣朝多。""赏叶元和德，文垂雅颂音。""永保无疆寿，长怀不战心。"这些歌赞国泰民安、天下和谐的颂词，基本看不出时代生活的投影，只在"戈偃征苗后""悠然万方静""长怀不战心"之类的诗句中依稀可感中唐乱后初定的社会气息。诗中描述的尧舜再世、乾坤大定、文治德教的太平景象，更多是应景的虚浮祝语。

权德舆（761—818），字载之，略阳（今甘肃秦安）人。建中间历秘书省校书郎。贞元间历太常博士、起居舍人等。元和间历兵部侍郎等，同中书门下平章事。

权德舆的几首颂政之作都是奉和应命之词，应景颂德当然是其鲜明的题旨。如《奉和圣制九月十八日赐百寮追赏因书所怀》："锡宴朝野洽，追欢尧舜情。""同和六律应，交泰万宇平。春藻下中天，湛恩阐文明。"《奉和圣制重阳日即事六韵》："天道光下济，睿词敷大中。多惭击壤曲，何以答尧聪。"《奉和圣制丰年多庆九日示怀》："泽均行苇厚，年庆华黍丰。声明畅八表，宴喜陶九功。文丽日月合，乐和天地同。"在欢歌礼赞中表达对皇上治国的恭维，呈现一派熙乐祥和、万方安泰的盛世景象。丽词华语，虚浮夸大，与杜甫深切挂怀社稷命运的颂政题旨差异甚大。

二　韩愈　刘禹锡

韩愈（768—825），字退之，河阳（今河南孟县）人。贞元间进士，历监察御史等。元和间历中书舍人等。以功授刑部侍郎。谏迎佛骨，贬潮州刺史。长庆间历吏部侍郎等。

韩愈的《元和圣德诗》是一首内容丰富的时代政治颂歌，对中唐时期平叛削藩的重大战事给予了浓墨重彩的礼赞。

皇帝即阼，物无违拒。日旸而旸，日雨而雨。维是元年，有盗在夏。欲覆其州，以踵近武。皇帝曰嘻，岂不在我。负鄙为艰，纵则不可。出师征之，其众十旅。军其城下，告以福祸。腹败枝披，不敢保聚。掷首陴外，降幡夜竖。疆外之险，莫过蜀土。韦皋去镇，刘辟守后。血人于牙，不肯吐口。开库啖士，日随所取。汝张汝弓，汝鼓汝鼓。汝为表书，求我帅汝。事始上闻，在列咸怒。皇帝曰然，嗟远士女。苟附而安，则且付与。读命于庭，出节少府。朝发京师，夕至其部。辟喜谓党，汝振而伍。蜀可全有，此不当受。万牛脔炙，万瓮行酒。以锦缠股，以红帕首。有恒其凶，有饵其诱。其出穰穰，队以万数。遂劫东川，遂据城阻。皇帝曰嗟，其又可许。爰命崇文，分卒禁御。有安其驱，无暴我野。日行三十，徐壁其右。辟党聚谋，鹿头是守。崇文奉诏，进退规矩。战不贪杀，擒不滥数。四方节度，整兵顿马。上章请讨，俟命起坐。皇帝曰嘻，无汝烦苦。荆并洎梁，在国门户。出师三千，各选尔丑。四军齐作，殷其如阜。或拔其角，或脱其距。长驱洋洋，无有龃龉。八月壬午，辟弃城走。载妻与妾，包裹稚乳。是日崇文，入处其宇。分散逐捕，搜原剔薮。辟穷见窘，无地自处。俯视大江，不见洲渚。遂自颠倒，若杼投臼。取之江中，枷脰械手。妇女累累，啼哭拜叩。来献阙下，以告庙社。周示城市，咸使观睹。解脱牵索，夹以砧斧。婉婉弱子，赤立伛偻。牵头曳足，先断腰膂。次及其徒，体骸撑拄。末乃取辟，骇汗如写。挥刀纷纭，争刊脍脯。优赏将吏，扶珪缀组。帛堆其家，粟塞其庾。哀怜阵没，廪给孤寡。赠官封墓，周匝宏溥。经战伐地，宽免租簿。施令酬功，急疾如火。天地中间，莫不顺序。幽恒青魏，东尽海浦。南至徐蔡，区外杂虏。怛威报德，踧踖蹈舞。掉弃兵革，私习篁簠。来请来觐，十百其耦。皇帝曰吁，伯父叔舅。各安尔位，训厥盯亩。正月元日，初见宗祖。躬执百礼，登降拜俯。荐于新宫，视瞻梁梠。咸见容色，泪落入俎。侍祠之臣，助我恻楚。乃以上辛，于郊用牡。除于国南，鳞笋毛簴。庐幕周施，开揭磊砢。兽盾腾拏，圆坛帖妥。天兵四罗，旗常婀娜。驾龙十二，鱼鱼雅雅。宵升于丘，奠璧献斝。众乐惊作，轰豗融冶。紫焰嘘呵，高灵下堕。群星从坐，错落侈哆。日君月妃，焕赫婎庅。渎鬼蒙鸿，岳祇嶪峨。袄沃膻荎，产祥降嘏。凤凰应奏，舒翼自拊。赤麟黄龙，逶陀结纠。卿士庶人，黄童白叟。踊跃欢呀，失喜噎欧。乾清坤夷，境落褰举。帝车回来，日正当午。幸丹凤门，大赦天下。涤濯划磢，磨灭瑕垢。续功臣嗣，拔贤任耇。孩养无告，仁滂施厚。皇帝神圣，通达今古。听聪视明，一似尧禹。生知法式，动得理所。天锡皇帝，为天下主。并包畜养，无异细巨。亿载万年，敢有违者。皇帝俭勤，盥濯陶瓦。斥遣浮华，好此绨纻。敕戒四方，侈则有咎。天锡皇帝，多麦与黍。无召水旱，耗于雀鼠。亿载万年，有富无窭。皇帝正直，别白善否。擅命而狂，既剿既去。尽逐群奸，靡有遗侣。天锡皇帝，庞臣硕辅。博问迪观，以置左右。亿载万年，无敢余侮。皇帝大孝，慈祥悌友。怡怡愉愉，奉太皇后。浃于族亲，濡及九有。天锡皇帝，与天齐寿。登兹太平，无怠永久。亿载万年，为父为母。博士臣愈，职是训诂。作为歌诗，以配吉甫。

诗篇纵横开阖、大气磅礴地歌赞了唐宪宗即位之后在政治上、军事上建立的宏功盛业。诗篇先简笔勾勒诛灭杨惠琳在夏州的叛乱："维是元年，有盗在夏。""出师征之，其众十旅。""掷首脾外，降幡夜竖。"既是对史实的忠实概述，也为后面叙述讨伐刘辟作了铺垫。诗篇酣畅淋漓地重点描述了荡平刘辟叛乱的完整过程。刘辟据蜀地之险，欲开辟一个独立于中央政权管辖之外的永久割据之地："疆外之险，莫过蜀土。韦皋去镇，刘辟守后。血人于牙，不肯吐口。开库啖士，曰随所取。"刘辟横霸一方，藐视朝廷使节的命遣，公然表示"蜀可全有，此不当受"，遂直接兴师对抗朝廷，"其出穰穰，队以万数。遂劫东川，遂据城阻。"诗篇接下来依序详述了唐宪宗指派高崇文率军剿灭刘辟的经过，着力展示了唐宪宗对平叛战争的直接部署："皇帝曰嗟，其又可许。爰命崇文，分卒禁御。""崇文奉诏，进退规矩。战不贪杀，擒不滥数。四方节度，整兵顿马。"在诗人的笔下，高崇文对刘辟的征讨既充满了王师之威："或拔其角，或脱其距。长驱洋洋，无有龃龉。八月壬午，辟弃城走。""是日崇文，入处其宇。分散逐捕，搜原剔薮。"又充满了王师之义："哀怜阵没，廪给孤寡。赠官封墓，周匝宏溥。经战伐地，宽免租簿。"而这场征讨带给唐王朝的政治转机，诗人作了这样的交代："天地中间，莫不顺序。幽恒青魏，东尽海浦。南至徐蔡，区外杂虏。惮威报德，踧踖蹈舞。掉弃兵革，私习篪簋。来请来觐，十百其耦。"一个江山完整、天下一统的政治局面，已隐然不可抗拒地来到了世间。由此，诗人发出了对振作有为的中兴之主的赞叹："皇帝神圣，通达今古。""天锡皇帝，为天下主。""皇帝俭勤，盥濯陶瓦。""皇帝正直，别白善否。""皇帝大孝，慈祥悌友。""天锡皇帝，与天齐寿。登兹太平，无怠永久。亿载万年，为父为母。"诗篇结尾，诗人把无以复加的赞语奉献给了圣德昭彰、伟业旷世的当今皇帝，完成了对心目中能够实现唐王朝中兴的宪宗皇帝的热烈礼赞。史载，元和元年（806），高崇文奉旨平叛，大获全胜："（九月）崇文遂长驱直指成都，所向崩溃，军不留行。辛亥，克成都。刘辟、卢文若帅数十骑西奔吐蕃，崇文使高霞寓等追之，及于羊灌田。辟赴江不死，擒之。文若先杀妻子，乃系石自沉。崇文入成都，屯于通衢，休息士卒，市肆不惊，珍宝山积，秋毫不犯，槛刘辟送京师。"① 史书所载，与诗篇描写的王师之威和王师之义交相辉映。唐宪宗的平叛之举在唐代历史中的定位，已为众多史家所论及。但韩愈的这首颂政诗，对重大政治时事的描写，有其独特的认识价值。韩愈在为这首诗作的序言中曾经表述："臣见皇帝陛下即位以来，诛流奸臣，朝廷清明，无有欺蔽。外斩杨惠琳、刘辟以收夏、蜀，东定青、徐积年之叛，海内怖骇，不敢违越。郊天告庙，神灵欢喜，风雨晦明，无不从顺。"可知韩愈最为看重的是宪宗皇帝奋发有为、重树朝廷权威的政治举措，显示诗人对唐王朝重现真正的政令统一、政通人和的政治局面充满了期待，代表了中唐社会渴望恢复欣荣盛世的普遍声音。这正是韩愈的颂政诗与其他一些充斥空洞献媚之词的颂政诗的完全不同之处。

刘禹锡（772—842），字梦得，洛阳（今河南洛阳）人。贞元间进士。历淮南节度掌书记等。元和间贬连州刺史，再贬朗州司马，后任连州等地刺史。开成间历太子宾客等。

刘禹锡的诗歌中，有多首时事政治题材的作品。在颂政诗的创作中，刘禹锡表达了他对朝廷重大军事政治举措的立场态度。如：

  胡尘昔起蓟北门，河南地属平卢军。貂裘代马绕东岳，峄阳孤桐削为角。地形十二虏意骄，恩泽含容历四朝。鲁人皆解带弓箭，齐人不复闻箫韶。今朝天子圣神武，手握玄符平九土。初哀狂童袭故事，文告不来方振怒。去秋诏下诛东平，官军四合犹婴城。春来群乌噪且惊，气如坏山堕其庭。牙门大将有刘生，夜半射落欃枪星。帐中虏血流满地，门外三军舞连臂。驿骑函首过黄河，城中无贼天气和。朝廷侍郎来慰抚，耕夫满野行人歌。（《平齐行二首》其一）

  泰山沉寇六十年，旅祭不享生愁烟。今逢圣君欲封禅，神使阴兵来助战。妖气扫尽河水清，日观杲杲卿云见。开元皇帝东封时，百神受职争奔驰。千钧猛簴顺流下，洪波涵淡浮熊罴。侍臣燕公秉文笔，玉检告天无愧词。当今睿孙承圣祖，岳神望幸河宗舞。青门大道属车尘，共待葳蕤翠华举。（《平齐行二首》其二）

  蔡州城中众心死，妖星夜落照壕水。汉家飞将下天来，马棰一挥门洞开。贼徒崩腾望旗拜，有若群蛰惊春雷。狂童面缚登槛车，太白夭矫垂捷书。相公从容来镇抚，常侍郊迎负文弩。四人归业闾里间，小儿跳浪健儿舞。（《平蔡州三首》其一）

  汝南晨鸡喔喔鸣，城头鼓角音和平。路傍老人忆旧事，相与感激皆

---

① （宋）司马光：《资治通鉴》卷二百三十七《宪宗元和元年》，中华书局2011年版，第7755页。

涕零。老人收泣前致辞,官军入城人不知。忽惊元和十二载,重见天宝承平时。(《平蔡州三首》其二)

九衢车马浑浑流,使臣来献淮西囚。四夷闻风失匕箸,天子受贺登高楼。妖童撮发不足数,血污城西一抔土。南峰无火楚泽间,夜行不锁穆陵关。策勋礼毕天下泰,猛士按剑看恒山。(《平蔡州三首》其三)

《平齐行二首》歌咏的是唐宪宗部署的平定平卢淄青藩镇的战事。淄青镇是侯希逸、李怀玉、李师道等几代节度使经营了几十年的割据之地,其独霸一方的割据已经对朝廷的中央政权构成了极大挑战,铲除这个为祸一方的割据势力是唐宪宗一系列削藩举措中的重要一步。诗篇交代了割据的缘起及畸变:"胡尘昔起蓟北门,河南地属平卢军。""地形十二房意骄,恩泽含容历四朝。鲁人皆解带弓箭,齐人不复闻箫韶。"然后叙及唐宪宗的奋发平叛:"今朝天子圣神武,手握玄符平九土。初哀狂童袭故事,文告不来方振怒。""牙门大将有刘生,夜半射落欃枪星。帐中虏血流满地,门外三军舞连臂。"对讨平藩镇后的焕然一新局面,诗人十分欣喜:"驿骑函首过黄河,城中无贼天气和。朝廷侍郎来慰抚,耕夫满野行人歌。"关于局面的扭转,诗人作了深广的回顾和评定:"泰山沉寇六十年,旅祭不享生愁烟。今逢圣君欲封禅,神使阴兵来助战。妖气扫尽河水清,日观杲杲卿云见。""当今睿孙承圣祖,岳神望幸河宗舞。青门大道属车尘,共待葳蕤翠华举。"割据势力覆灭,一方平定,先祖伟业得以光大。诗篇站在历史高度归纳了这场战事的重大意义。《平蔡州三首》歌咏的是中唐另一场平定藩镇的重大战事。蔡州是淮西节度使吴元济的割据之地,其对朝廷的对抗是中唐时期中央政权面临的政治危机之一。宪宗朝宰相裴度任用李愬为平吴大将,奇袭蔡州,一举灭掉了危害多时的吴元济势力。诗篇描述割据势力的猖獗:"蔡州城中众心死,妖星夜落照壕水。"叙及削藩战事的雷霆之击:"汉家飞将下天来,马箠一挥门洞开。贼徒崩腾望旗拜,有若群蛰惊春雷。"其后着力描写了平定蔡州后的一方河山的改观:"路傍老人忆旧事,相与感激皆涕零。""忽惊元和十二载,重见天宝承平时。"以及朝廷的政治胜利:"四夷闻风失匕箸,天子受贺登高楼。""策勋礼毕天下泰,猛士按剑看恒山。"称得上是河山重整,气象一新。《旧唐书》对这场战事细节有记载:"自张柴行七十里,比至悬瓠城,夜半,雪愈甚。近城有鹅鸭池,愬令惊击之,以杂其声。贼恃吴房、朗山之固,晏然无一人知者。李祐、李忠义坎墉而先登,敢锐者从之,尽杀守门卒而登其门,留击柝者。黎明,雪亦止,愬入,止元济外宅。蔡吏告元济曰:'城已陷矣。'元济曰:'是洄曲子弟归求寒衣耳。'俄闻愬军号令将士云:'常侍传语。'乃曰:'何常侍得至于此？'遂驱率左右乘子城拒捍。田进诚以兵环而攻之。愬计元济犹望董重质来救，乃令访重质家安恤之，使其家人持书召重质。重质单骑而归愬，白衣泥首，愬以客礼待之。田进诚焚子城南门，元济城上请罪，进诚梯而下之，乃槛送京师。"[1] 相对于史书中对战争细节的详述，《平蔡州三首》对这段史实的概写和感慨，表现出诗人洞悉当时重大时事的卓越识见。刘禹锡的这几首颂政诗，歌赞唐宪宗对唐王朝中兴事业的建树，虽不像韩愈《元和圣德诗》那样鸿篇巨制、酣畅淋漓，但其对平定蔡州战事的称颂，也代表了那个时代的人们对消除分裂割据、恢复安宁统一局面的强烈向往，是富有历史意蕴的颂政作品。

三　白居易　柳宗元

白居易（772—846），字乐天，祖籍太原（今山西太原）。贞元间进士。元和间授翰林学士，任左拾遗。因言事贬江州司马。长庆间历知制诰，杭州刺史。开成间历苏州刺史等。会昌间以刑部尚书致仕。

白居易的颂政诗基本是歌赞皇室大政国策的作品，创作于他在朝廷担任谏官的时期。

白居易歌赞国家宏观政治的作品大都着眼于天下大局的变化，涉及削藩安邦、宽政安农等大政国策的运行。如《贺雨》：

> 皇帝嗣宝历，元和三年冬。自冬及春暮，不雨旱爞爞。上心念下民，惧岁成灾凶。遂下罪己诏，殷勤告万邦。帝曰予一人，继天承祖宗。忧勤不遑宁，夙夜心忡忡。元年诛刘辟，一举靖巴邛。二年戮李锜，不战安江东。顾惟眇眇德，遽有巍巍功。或者天降沴，无乃徵予躬。上思答天戒，下思致时邕。莫如率其身，慈和与俭恭。乃命罢进献，乃命赈饥穷。宥死降五刑，责己宽三农。宫女出宣徽，厩马减飞龙。庶政靡不举，皆出自宸衷。奔腾道路人，伛偻田野翁。欢呼相告报，感泣涕沾胸。顺人人心悦，先天天意从。诏下才七日，和气生冲融。凝为油油云，散作习习风。昼夜三日雨，凄凄复蒙蒙。万心春熙熙，百谷青芃芃。人变愁为喜，岁易俭为丰。乃知王者心，忧乐与众同。皇天与后土，所感无不通。冠珮何锵锵，将相及王公。蹈舞呼万岁，列贺明庭中。小臣诚愚陋，职忝金銮宫。稽首再三拜，一言献天聪。君以明为圣，臣以直为忠。敢贺有其始，亦愿有其终。

---

[1]（后晋）刘昫等：《旧唐书》卷一百三十三《李愬传》，中华书局2000年版，第2504页。

表面看是庆贺天降甘霖,与颂政没有什么实质联系,实际上诗篇的题旨直接称颂了唐宪宗的治国显绩。诗篇回顾宪宗以武定国,平乱安邦的行动:"元年诛刘辟,一举靖巴邛。二年戮李锜,不战安江东。"展示宪宗果断平定藩镇叛乱;叙及宪宗下诏罪己、祈求降雨:"乃命罢进献,乃命赈饥穷。宥死降五刑,责己宽三农。宫女出宣徽,厩马减飞龙。庶政靡不举,皆出自宸衷。奔腾道路人,伛偻田野翁。"展示宪宗为天下苍生而革故鼎新,勤俭于己,勤政于国。宪宗的中兴举措赢得了天下人心,农夫、路人莫不交口称赞,诗篇以此描述表达了对致力中兴的宪宗的拥戴。诗人在篇末以谏官身份发出心声:"君以明为圣,臣以直为忠。敢贺有其始,亦愿有其终。"期望宪宗皇帝有始有终推进中兴事业。诗篇情辞恳切,与谀颂之作判然有别。

白居易的新乐府里也有不少颂政诗,歌赞唐室勋业,尤其歌赞了当朝宪宗皇帝除弊兴利、宽政惠民的有为政治。如,《七德舞——美拨乱,陈王业也》:"尔来一百九十载,天下至今歌舞之。歌七德,舞七德,圣人有作垂无极。岂徒耀神武,岂徒夸圣文。太宗意在陈王业,王业艰难示子孙。"称颂唐太宗的创业垂统和宪宗的继业承统。《昆明春——思王泽之广被也》:"诏以昆明近帝城,官家不得收其征。菰蒲无租鱼无税,近水之人感君惠。感君惠,独何人,吾闻率土皆王民,远民何疏近何亲。愿推此惠及天下,无远无近同欣欣。"歌颂宪宗德政遍泽,天下受恩。《道州民——美臣遇明主也》:"吾君感悟玺书下,岁贡矮奴宜悉罢。道州民,老者幼者何欣欣。父兄子弟始相保,从此得作良人身。道州民,民到于今受其赐,欲说使君先下泪。仍恐儿孙忘使君,生男多以阳为字。"歌颂宪宗除弊安民,授贤任能良策济世。《骊宫高——美天子重惜人之财力也》:"吾君修己人不知,不自逸兮不自嬉。吾君爱人人不识,不伤财兮不伤力。骊宫高兮高入云,君之来兮为一身,君之不来兮为万人。"歌颂宪宗节俭勤政,为世作则。《牡丹芳——美天子忧农也》:"元和天子忧农桑,恤下动天天降祥。去岁嘉禾生九穗,田中寂寞无人至。今年瑞麦分两歧,君心独喜无人知。无人知,可叹息。我愿暂求造化力,减却牡丹妖艳色。少回卿士爱花心,同似吾君忧稼穑。"歌颂宪宗明察弊端,悯农恤民。

白居易的新乐府作品,既有颂政之作,也有怨政之作,是诗人秉承古代诗歌美刺传统而进行的政治诗歌创新。这些作品对善政良策诚心推崇,对弊政劣策锐利讽谏,贯穿其中的价值尺度是一致的,即白居易自己在《新乐府·序》里强调的"为君、为臣、为民、为物、为事而作"的创作原则。以上这几首新乐府颂政诗,极能体现白居易的政治观念和诗歌观念在诗歌作品里的结合和统一。诗篇对唐宪宗这位"吾君""元和天子""明主"在继承祖业、革除弊法、恤民惠农、节俭勤政等方面的积极作为和治国显绩表达了由衷的赞佩，从中可以看出白居易对唐宪宗重振社稷的中兴大业抱有强烈期待和支持的态度，是白居易此时期政治心态和价值原则在诗歌中的集中体现。这类深切关注朝政的真诚有感之作，绝非无良文臣为阿谀当政者而奉献的浅薄恭维。

柳宗元（773—819），字子厚，祖籍河东（今山西永济）。贞元间进士，历集贤殿正字等。永贞间任礼部员外郎。元和间贬永州司马，再出为柳州刺史。

柳宗元是唐顺宗永贞年间王叔文集团的重要成员，深度参与了此期间的朝政活动，对其时朝廷推行的平叛削藩、革除弊政一系列军政举措都深为赞同。宪宗即位后，王叔文永贞年间建立的政治格局发生了剧烈变动，柳宗元亦受牵连被贬往远地。但柳宗元对平叛削藩、革除弊政的初衷和信念并没有随个人境遇的改变而改变，仍然赞同和拥护加强朝廷集权、维护国家统一的政治目标。他的颂政诗热烈歌咏唐宪宗部署的平定淮西节度使吴元济的重大战事，即是这种政治态度的反映。

如《奉平淮夷雅表·皇武命丞相度董师集大功也》，歌赞宪宗平定淮西的战事。诗篇交代，宪宗进行政治部署，要荡平盘踞淮西多年的"狡众昏嚚，甚毒于醒"的割据势力，命令宰相裴度直接调兵遣将。"皇咨于度，惟汝一德。旷诛四纪，其徯汝克。锡汝斧钺，其往视师。"在裴度直接指挥下，部将李愬奇袭蔡州，一举剿灭藩镇强人吴元济，大展王师之威，铲除了一方毒瘤。"王旅浑浑，是佚是怙。既获敌师，若饥得脯。蔡凶伊窘，悉起来聚。左捣其虚，靡怼厥虑。载辟载袚，丞相是临。弛其武刑，谕我德心。其危既安，有长如林。曾是谨诇，化为讴吟。"这场战事改变了朝廷面临的地方畸形政治格局："淮夷既平，震是朔南。宜庙宜郊，以告德音。归牛休马，丰稼于野。我武惟皇，永保无疆。"重新点燃了实现江山一统、政令畅通的中兴局面的政治希望。

《奉平淮夷雅表·方城命诉守也卒入蔡得其大丑以平淮右》则重点歌咏了李愬的功勋和皇帝的嘉赏。李愬以效命皇室、不辱使命的姿态进击淮西，奇袭蔡州，彻底铲除了盘踞多年的叛逆势力。"寇昏以狂，敢蹈诉疆。士获厥心，大祖高骧。长戟酋矛，粲其绥章。""维彼攸恃，乃侦乃诱。维彼攸宅，乃发乃守。其恃爱获，我功我多。阴谋厥图，以究尔讹。雨雪洋洋，大风来加。""是震是拔，大奸厥家。狡虏既麋，输于国都。示之市人，即社行诛。"奇袭一举成功，割据一朝击破，一方局面焕然一新："蔡人歌矣，蔡风和矣。孰颗蔡初，胡甈尔居。式慕以康，为愿有余。是究是咨，皇德既舒。""蔡人率止，惟西平有子。西平有子，惟我有臣。谁允大邦，俾惠我人。于庙告功，以顾万方。"皇帝嘉赞李愬的平淮之功，视为可以告慰先帝的壮举。李愬为国分忧、建功于国的勋臣形象，由此跃然而出。

柳宗元的颂政诗除了歌咏平定淮西重大战事这样的时政题材作品，也有以仿古乐歌形式创作的颂政诗，歌咏唐室诸帝开国奠基、开疆拓土、平乱靖边的安邦定国的历史功勋。如《唐铙歌鼓吹曲十二篇》，（其一）云："晋阳武，奋义威。炀之渝，德焉归。氓毕屠，绥者谁。皇烈烈，专天机。号以仁，扬其旗。""后土荡，玄穹弥。合之育，莽然施。惟德辅，庆无期。"歌颂高祖李渊起兵晋阳，开启了终结隋末之乱的仁义之战。（其二）云："黎之阳，土茫茫。富兵戎，盈仓箱。乏者德，莫能享。驱豺兕，授我疆。"歌咏征服李密，王师无敌。（其三）云："战武牢，动河朔。""归有德，唯先觉。"歌咏击败窦建德，仁德之师建功。（其四）云："顿地纮，提天纲。列缺掉帜，招摇耀铓。鬼神来助，梦嘉祥。脑涂原野，魄飞扬。星辰复，恢一方。"歌咏消灭薛仁杲，唐军节节胜利。（其七）云："河右澶漫，顽为之魁。王师如雷震，昆仑以颓。""乃溃乃奋，执缚归厥命。万室蒙其仁，一夫则病。濡以鸿泽，皇之圣。威畏德怀，功以定。"歌咏安兴贵、安修仁奉唐室之命平定凉州，恩威边地。（其十）云："吐谷浑盛强，背西海以夸。岁侵扰我疆，退匿险且遐。帝谓神武师，往征靖皇家。烈烈旆其旗，熊虎杂龙蛇。王旅千万人，衔枚默无哗。束刃逾山徼，张翼纵漠沙。一举刉膻腥，尸骸积如麻。""凯旋献清庙，万国思无邪。"歌咏唐太宗命李靖平吐谷浑侵扰，安边保境。

柳宗元在《唐铙歌鼓吹曲十二篇》序中交代了创作这组乐歌的动机："纪高祖、太宗功能之神奇，因以知取天下之勤劳，命将用师之艰难。每有戎事，治兵振旅，幸歌臣词以为容。且得大戒，宜敬而不害。臣沦弃即死，言与不言，其罪等耳。犹冀能言，有益国事。"可知柳宗元的这组颂政诗，一如前述歌咏平叛削藩的作品，其题旨都蕴含着诗人一以贯之的政治原则和价值尺度，即拥护建立一统江山的政治力量，支持保境安边的果决举措，希冀承继唐室先帝艰难开拓的功业，重振社稷，实现中兴。柳宗元在诗序中表露的不计个人境遇、希图有益国事的真诚心声，深挚淳厚，历历可感。

第四节　中唐怨政诗——大乱转治　谏政救危

唐代中期是指唐肃宗至德至唐穆宗长庆时期。中唐时期是唐代怨政诗创作最为兴盛的阶段。安史之乱使唐王朝的政治危机全面爆发，社会遭受了巨大伤害。后续的几十年间，整个社会都处于各种矛盾剧烈冲突的状态。随着安史叛军对朝廷的威胁被清除，地方军阀、藩镇势力一步步膨胀起来，对中央政府构成了新的更大的政治威胁。朝廷一方面要应对来自地方军阀对国家统一的挑战，又要应对大乱之后朝廷权威丧失带来的统治力下降的挑战。但中唐皇室试图实现中兴的努力并未取得预期的效果，唐王朝再未恢复过初唐、盛唐的政治活力。在中唐百废待兴的新格局下，许多士大夫文人政治热情尚存，致力于王朝的中兴事业，他们在诗歌中表达自己忧心时局、寄望纠弊、拯救国难的政治情怀，创作了大量的关切国计民生的怨政诗作，这是中唐怨政诗的主流部分。当然，也有一部分文人，对朝廷政治不再抱有希望，更多从个人立场表达对国家治理失败的不满。

中唐时期，参与怨政诗创作的诗人很多，作品数量远远超过初唐、盛唐。这些作品对社会政治施加影响的强度，对朝廷弊政和地方劣治批判的深度，也远远超过初唐、盛唐，达到了《诗经》《楚辞》以来历代怨政诗批判现实政治的新高度。如张谓、刘湾、袁高、顾况、李嘉佑、司空曙、李端、刘商、刘叉、李绅、姚合、马戴等，这些中唐诗人直面战乱之后的惨淡现实，关注社会各个方面的治理状况，批评朝廷和地方的政策缺陷和施政弊端，抱有以怨政诗影响政治的创作动机。中唐诗人在以诗歌影响社会政治方面所表现出的主动和自觉，在中国历代政治诗发展中，显得十分突出。中唐诗人的怨政诗对大乱未治的时政有直接深切的关注，作品主要涵盖了两个方面的内容。

1. 记述安史之乱及其后续战乱带来的社会祸殃。

张谓（719？—778？）的《代北州老翁答》怨责严酷的兵役和战事带给百姓的苦痛："安边自合有长策，何必流离中国人。"对朝廷施行的边策极不认同。

刘湾（？—？）的《云南曲》描写朝廷发兵清剿南方"盗贼"的战事。所谓"百蛮""群盗"，其实就是武装举事的南方边民。朝廷为平弭"百蛮""群盗"的作乱，强派兵役，劳师远征，"来往一万里""十人九人死""十万同已矣"，战事造成的社会灾难是惨重的。

李嘉佑（？—？）的《题灵台县东山村主人》感慨皇帝轻启战端，"天子如今能用武，只应岁晚息兵机"。《宋州东登望题武陵驿》表露了对朝廷黩武滥兵的不满，"明主频移虎符守，几时行县向黔黎"。

司空曙（740？—805？）的《梁城老人怨》："朝为耕种人，暮作刀枪鬼。相看父子血，共染城壕水。"父子同死的场面看似偶然，但兵役徭役奇重，遍及千家万户，父子、兄弟同死战场的概率即使不高，也绝不会是仅此一例的偶然现象。

李端（740？—786？）的《宿石涧店闻妇人哭》："山店门前一妇人，哀哀夜哭向秋云。自说夫因征战死，朝来逢着旧将军。"乡间一个家破人亡的妇人的哭诉,揭示遭遇战祸戕害的正是这些身处社会底层的人们。

刘商(？—？)的《行营即事》:"万姓厌干戈,三边尚未和。将军夸宝剑,功在杀人多。"百姓早已厌憎战乱,战事仍难平息,罪魁祸首就是这些残民以逞的将军。

马戴(799—869)的《邯郸驿楼作》描写战乱留下的世间萧条:"近郊经战后,处处骨成丘。"政治秩序崩坏后,百姓遭受了巨大战祸。《征妇叹》:"稚子在我抱,送君登远道。稚子今已行,念君上边城。蓬根既无定,蓬子焉用生。但见请防胡,不闻言罢兵。及老能得归,少者还长征。"战乱未休,民众被滥征兵役,家破人散成为寻常现象,是中唐社会动乱不休、百姓承受战争痛苦的真实记录。

2. 记述朝廷和官府各种劣政弊策的社会后果。

袁高(727？—787？)的《茶山诗》描写农家为朝廷贡茶的痛苦。茶农被逼进献贡茶,这种弊策一方面来自朝廷的奢欲索求,一方面来自官府的勒民邀宠。"后王失其本,职吏不敢陈。亦有奸佞者,因兹欲求伸。动生千金费,日使万姓贫。"贡茶耗资巨大,役务很重,负担都落在茶农身上。"一夫旦当役,尽室皆同臻。"茶农被催逼赶制贡茶的过程十分艰辛,"选纳无昼夜,捣声昏继晨。众工何枯栌,俯视弥伤神"。诗人对此发出了愤怒而又无奈的感叹:"茫茫沧海间,丹愤何由申。"

顾况(727？—815？)的《上古之什补亡训传十三章·囝一章》描写地方官吏戕害儿童的罪恶。诗篇披露的事实,既是陋俗,更是恶政。"闽吏"摧残儿童,"乃绝其阳",使之成为供买卖的阉奴;遭摧残的儿童如奴隶般为主人干活,为主人生财,"致金满屋";闽吏和财主对儿童遭受的痛苦无动于衷,"如视草木"。诗人替"囝"发出了"天道无知,我罹其毒。神道无知,彼受其福"的悲诉,谴责闽地的恶吏虐政。

刘叉(？—？)的《雪车》借描写朝廷派车运雪、储雪,怨刺朝政的昏败。天寒地冻时节,漫漫雪路上忙碌行驶的是朝廷派出的载雪"官车"。"官家不知民馁寒,尽驱牛车盈道载屑玉。载载欲何之,秘藏深宫以御炎酷。"朝臣们对缺衣少食、栖身失所的贫苦民众不闻不问,只为来年皇室的奢华享受操心效劳。诗人看到眼前的雪路车辙,竟不觉生出了幻象,"岂信车辙血,点点尽是农夫哭"。对朝廷官员的冷漠麻木,诗人深为不满:"刀兵残丧后,满野谁为载白骨。远戍久乏粮,太仓谁为运红粟。"征人白骨遗留疆场无车载回,守边士卒缺乏军粮无车运送,官车却满载来年防暑的白雪奔波于路。"天子端然少旁求,股肱耳目皆佞懑。依违用事佞上方,犹驱饿民运造化防暑厄。"诗篇虽未直斥皇帝,但对"相群相党上下为蝥贼""庙堂食禄不自惭"

的朝臣的怨刺,及由此而发出的"我为斯民叹息还叹息"的感慨,已经饱含了对整个朝廷昏败政治的批判。

李绅(772—864)的《古风二首》(其一):"春种一粒粟,秋成万颗子。四海无闲田,农夫犹饿死。"农夫辛勤耕种,打下粮食,其勤苦无以复加,到头来自己却一无所获,面临"犹饿死"的威胁。诗篇隐含了对造成这一社会现状的朝廷政策和官府施政的质疑。

姚合(781?—846)的《庄居野行》以农夫被迫弃耕流亡,揭示朝廷农政、税政的弊端。"官家不税商,税农服作苦。"商人和农夫在税负上形成反差,农夫不堪重压,被迫逃亡,客观上造成田地大片荒芜、国家粮库空虚。"上天不雨粟,何由活烝黎。"诗人强调,粮食不能从天而降,天下百姓的生存危机不容回避。

除了上述中唐诗人的这两类怨政诗,中唐时期怨政诗创作实绩尤为突出的诗人有杜甫、刘长卿、元结、戴叔伦、韦应物、孟郊、张籍、王建、韩愈、刘禹锡、白居易、柳宗元、元稹、李贺、卢仝等。此将其怨政诗的创作情况分述如下。

一 杜甫

生卒、事迹见前。

杜甫立身处世的思想基础是他崇奉的儒家价值观。他孤独艰难践行着"致君尧舜上,再使风俗淳"的人生目标,保持了"穷年忧黎元,叹息肠内热"的济世热忱,将自己效力君国、大济苍生的理想熔铸于诗歌创作。杜甫的怨政诗荟萃了他忧国忧民的精华作品。按照抒写主题的差异,可分为两大系列。

1. 描写战争巨大灾祸,反映百姓深重苦难。

杜甫诗歌的"诗史"称号,在很大程度上来自他对安史之乱的珍贵记录。"杜逢禄山之难,流离陇蜀,毕陈于诗,推见至隐,殆无遗事,故当时号为诗史。"[1]"甫又善陈时事,律切精深,至千言不少衰,世号诗史。"[2] 在这些浸染血泪的怨政诗中,我们看到了一个繁盛王朝如何猝不及防地跌入了苦难深渊。杜甫描写兵灾战祸、表现徭役压迫的怨政诗,从安史之乱前的朝廷轻启战端、祸及万家,到安史之乱中的官军连续遭受惨败记述、百姓大量死于非命,所有这些战祸景象都是对朝政失败的责怨,饱含着诗人对国家命运、黎民生死的痛切关怀。

---

[1] 丁福保:《历代诗话续编》,《本事诗·高逸》,中华书局2006年版,第15页。
[2] (宋)欧阳修等:《新唐书》卷二百一《文艺上》,中华书局2000年版,第4395页。

安史之乱爆发前，杜甫对朝廷对外用兵的动机和后果就多有不满，其中透露的朝政乱象也预示着安史之乱爆发的必然趋势。《兵车行》《前出塞九首》等作品就描写了安史之乱前的这些兵灾战祸。

　　车辚辚，马萧萧，行人弓箭各在腰。爷娘妻子走相送，尘埃不见咸阳桥。牵衣顿足拦道哭，哭声直上干云霄。道旁过者问行人，行人但云点行频。或从十五北防河，便至四十西营田。去时里正与裹头，归来头白还戍边。边庭流血成海水，武皇开边意未已。君不闻汉家山东二百州，千村万落生荆杞。纵有健妇把锄犁，禾生陇亩无东西。况复秦兵耐苦战，被驱不异犬与鸡。长者虽有问，役夫敢申恨。且如今年冬，未休关西卒。县官急索租，租税从何出。信知生男恶，反是生女好。生女犹得嫁比邻，生男埋没随百草。君不见青海头，古来白骨无人收。新鬼烦冤旧鬼哭，天阴雨湿声啾啾。（《兵车行》）
　　戚戚去故里，悠悠赴交河。公家有程期，亡命婴祸罗。君已富土境，开边一何多。弃绝父母恩，吞声行负戈。（《前出塞九首》其一）
　　挽弓当挽强，用箭当用长。射人先射马，擒贼先擒王。杀人亦有限，列国自有疆。苟能制侵陵，岂在多杀伤。（《前出塞九首》其六）

《兵车行》是杜甫怨政诗记录时事的早期作品。史载："（天宝十年，751）夏，四月，壬午，剑南节度使鲜于仲通讨南诏蛮，大败于泸南。时仲通将兵八万，分二道出戎、巂州，至曲州、靖州。南诏王阁罗凤遣使谢罪，请还所俘掠，城云南而去，且曰：'今吐蕃大兵压境，若不许我，我将归命吐蕃，云南非唐有也。'仲通不许，囚其使。进军至西洱河，与阁罗凤战，军大败，士卒死者六万人，仲通仅以身免。杨国忠掩其败状，仍叙其战功。阁罗凤敛战尸，筑为京观，遂北臣于吐蕃。蛮语谓弟为'钟'，吐蕃命阁罗凤为'赞普钟'，号曰东帝，给以金印。阁罗凤刻碑于国门，言于不得已而叛唐，且曰：'我世世事唐，受其封赏，后世容复归唐，当指碑以示唐使者，知吾之叛非本心也。'制大募两京及河南、北兵以击南诏；人闻云南多瘴疠，未战士卒死者什八九，莫肯应募。杨国忠遣御史分道捕人，连枷送诣军所。旧制，百姓有勋者免赋役，时调兵既多，国忠奏先取高勋。于是行者愁怨，父母妻子送之，所在哭声振野。"[①] 史载披露，杨国忠之类的贪功黩武的当权者一意孤行，对外滥用兵锋，造成了这场灾难。杜甫的《兵车行》描写骨肉生死离别的惨状："爷娘妻子走相送，尘埃不见咸阳桥。牵衣顿足拦道哭，哭声直上

---

① （宋）司马光：《资治通鉴》卷二百一十六《玄宗天宝十年》，中华书局2011年版，第7026页。

干云霄。"兵士应征赴边,或战死边地,或垂老戍守,身后万里的家乡一片荒芜。"去时里正与裹头,归来头白还戍边。边庭流血成海水,武皇开边意未已。君不闻汉家山东二百州,千村万落生荆杞。"后方的亲人承受了骨肉生离死别的痛苦,还要承担壮劳力离去后的繁重赋税:"纵有健妇把锄犁,禾生陇亩无东西。况复秦兵耐苦战,被驱不异犬与鸡。长者虽有问,役夫敢申恨。且如今年冬,未休关西卒。县官急索租,租税从何出。"兵卒蒙难,百姓遭殃,究其因,是当政者贪婪逞欲,滥开战端,穷兵黩武,终致国家灾祸相连,危机深重。《前出塞》未针对具体战事,在更广泛的意义上讽刺了唐玄宗穷兵黩武的军政弊策。"君已富土境,开边一何多。""杀人亦有限,列国自有疆。苟能制侵陵,岂在多杀伤。"以正义的战争观否定朝廷黩武逞欲的错谬决策。这些安史之乱前的反战作品,贯穿了爱惜百姓生命、谴责不义战争的怨政主题。

自安史之乱爆发至杜甫去世,诗人的笔墨始终没有离开过对这场战争及其余波的描写,留下了大量的相关怨政诗。如《悲陈陶》,况味复杂地展示了唐军兵败陈陶(即陈涛斜)的惨痛事实。

孟冬十郡良家子,血作陈陶泽中水。野旷天清无战声,四万义军同日死。群胡归来血洗箭,仍唱胡歌饮都市。都人回面向北啼,日夜更望官军至。

史载:"(房琯)自请将兵以诛寇孽,收复京都,肃宗望其成功,许之。诏加持节、招讨西京兼防御蒲潼两关兵马节度等使,乃与子仪、光弼等计会进兵。琯请自选参佐,乃以御中史中丞邓景山为副,户部侍郎李揖为行军司马,中丞宋若思、起居郎知制诰贾至、右司郎中魏少游为判官,给事中刘秩为参谋。既行,又令兵部尚书王思礼副之。琯分为三军:遣杨希文将南军,自宜寿入;刘悊将中军,自武功入;李光进将北军,自奉天入。琯自将中军,为前锋。十月庚子,师次便桥。辛丑,二军先遇贼于咸阳县之陈涛斜,接战,官军败绩。时琯用春秋车战之法,以车二千乘,马步夹之。既战,贼顺风扬尘鼓噪,牛皆震骇,因缚刍纵火焚之,人畜挠败,为所伤杀者四万余人,存者数千而已。"① 唐军抗击叛军的战役,因指挥失当等原因酿成了失败的惨剧。"孟冬十郡良家子,血作陈陶泽中水。野旷天清无战声,四万义军同日死。"诗人为官军的巨大牺牲深感痛惜,虽不便在此非常时刻过于责备领军者的指挥失策,但对房琯作为统帅的指挥仍有隐然的批评。《悲青坂》同样抒写了对

---

① (后晋)刘昫等:《旧唐书》卷一百一十一《房琯传》,中华书局2000年版,第2254页。

官军失败的痛惜:"我军青坂在东门,天寒饮马太白窟。黄头奚儿日向西,数骑弯弓敢驰突。山雪河冰野萧瑟,青是烽烟白人骨。焉得附书与我军,忍待明年莫仓卒。"在此战争艰难时刻,诗人尤其忧念朝廷军政大事的成败。诗人既坚决支持平叛,又克制地批评唐军将帅指挥不力,这种复杂心态饱含了对国家命运的深切感怀。

有关安史之乱的怨政诗,杜甫写得最多的是百姓遭遇的战争苦难,这类诗篇构成了杜甫诗歌中最为感动人心的部分。

暮投石壕村,有吏夜捉人。老翁逾墙走,老妇出门看。吏呼一何怒,妇啼一何苦。听妇前致词,三男邺城戍。一男附书至,二男新战死。存者且偷生,死者长已矣。室中更无人,惟有乳下孙。有孙母未去,出入无完裙。老妪力虽衰,请从吏夜归。急应河阳役,犹得备晨炊。夜久语声绝,如闻泣幽咽。天明登前途,独与老翁别。(《石壕吏》)

四郊未宁静,垂老不得安。子孙阵亡尽,焉用身独完。投杖出门去,同行为辛酸。幸有牙齿存,所悲骨髓干。男儿既介胄,长揖别上官。老妻卧路啼,岁暮衣裳单。孰知是死别,且复伤其寒。此去必不归,还闻劝加餐。土门壁甚坚,杏园度亦难。势异邺城下,纵死时犹宽。人生有离合,岂择衰老端。忆昔少壮日,迟回竟长叹。万国尽征戍,烽火被冈峦。积尸草木腥,流血川原丹。何乡为乐土,安敢尚盘桓。弃绝蓬室居,塌然摧肺肝。(《垂老别》)

寂寞天宝后,园庐但蒿藜。我里百余家,世乱各东西。存者无消息,死者为尘泥。贱子因阵败,归来寻旧蹊。人行见空巷,日瘦气惨凄。但对狐与狸,竖毛怒我啼。四邻何所有,一二老寡妻。宿鸟恋本枝,安辞且穷栖。方春独荷锄,日暮还灌畦。县吏知我至,召令习鼓鞞。虽从本州役,内顾无所携。近行止一身,远去终转迷。家乡既荡尽,远近理亦齐。永痛长病母,五年委沟溪。生我不得力,终身两酸嘶。人生无家别,何以为蒸黎。(《无家别》)

洛城一别四千里,胡骑长驱五六年。草木变衰行剑外,兵戈阻绝老江边。思家步月清宵立,忆弟看云白日眠。闻道河阳近乘胜,司徒急为破幽燕。(《恨别》)

四海十年不解兵,犬戎也复临咸京。失道非关出襄野,扬鞭忽是过胡城。豺狼塞路人断绝,烽火照夜尸纵横。天子亦应厌奔走,群公固合思升平。但恐诛求不改辙,闻道嫛孽能全生。江边老翁错料事,眼暗不见风尘清。(《释闷》)

昔我去草堂，蛮夷塞成都。今我归草堂，成都适无虞。请陈初乱时，反复乃须臾。大将赴朝廷，群小起异图。中宵斩白马，盟歃气已粗。西取邛南兵，北断剑阁隅。布衣数十人，亦拥专城居。其势不两大，始闻蕃汉殊。西卒却倒戈，贼臣互相诛。焉知肘腋祸，自及枭獍徒。义士皆痛愤，纪纲乱相逾。一国实三公，万人欲为鱼。唱和作威福，孰肯辨无辜。眼前列杻械，背后吹笙竽。谈笑行杀戮，溅血满长衢。到今用钺地，风雨闻号呼。鬼妾与鬼马，色悲充尔娱。国家法令在，此又足惊吁。贼子且奔走，三年望东吴。弧矢暗江海，难为游五湖。不忍竟舍此，复来薙榛芜。入门四松在，步屧万竹疏。旧犬喜我归，低佪入衣裾。邻舍喜我归，酤酒携胡芦。大官喜我来，遣骑问所须。城郭喜我来，宾客隘村墟。天下尚未宁，健儿胜腐儒。飘摇风尘际，何地置老夫。于时见疣赘，骨髓幸未枯。饮啄愧残生，食薇不敢余。（《草堂》）

昔我游山东，忆戏东岳阳。穷秋立日观，矫首望八荒。朱崖著毫发，碧海吹衣裳。蓐收困用事，玄冥蔚强梁。逝水自朝宗，镇名各其方。平原独憔悴，农力废耕桑。非关风露凋，曾是戍役伤。于时国用富，足以守边疆。朝廷任猛将，远夺戎虏场。到今事反复，故老泪万行。龟蒙不复见，况乃怀旧乡。肺萎属久战，骨出热中肠。忧来杖匣剑，更上林北冈。瘴毒猿鸟落，峡干南日黄。秋风亦已起，江汉始如汤。登高欲有往，荡析川无梁。哀彼远征人，去家死路旁。不及祖父茔，累累冢相当。（《又上后园山脚》）

白马东北来，空鞍贯双箭。可怜马上郎，意气今谁见。近时主将戮，中夜商于战。丧乱死多门，呜呼泪如霰。（《白马》）

战哭多新鬼，愁吟独老翁。乱云低薄暮，急雪舞回风。瓢弃尊无绿，炉存火似红。数州消息断，愁坐正书空。（《对雪》）

一县蒲萄熟，秋山苜蓿多。关云常带雨，塞水不成河。羌女轻烽燧，胡儿制骆驼。自伤迟暮眼，丧乱饱经过。（《寓目》）

清商欲尽奏，奏苦血沾衣。他日伤心极，征人白骨归。相逢恐恨过，故作发声微。不见秋云动，悲风稍稍飞。（《秋笛》）

汉北豺狼满，巴西道路难。血埋诸将甲，骨断使臣鞍。牢落新烧栈，苍茫旧筑坛。深怀喻蜀意，恸哭望王官。（《王命》）

十室几人在，千山空自多。路衢唯见哭，城市不闻歌。漂梗无安地，衔枚有荷戈。官军未通蜀，吾道竟如何。（《征夫》）

九载一相逢，百年能几何。复为万里别，送子山之阿。白鹤久同林，潜鱼本同河。未知栖集期，衰老强高歌。歌罢两凄恻，六龙忽蹉跎。相视发皓白，况难驻羲和。胡星坠燕地，汉将仍横戈。萧条四海内，人少豺虎多。少人慎莫投，多虎信所过。饥有易子食，兽犹畏虞罗。子负经济才，天门郁嵯峨。飘摇适东周，来往若崩波。南宫吾故人，白马金盘陀。雄笔映千古，见贤心靡他。念子善师事，岁寒守旧柯。为吾谢贾公，病肺卧江沱。(《别唐十五诫因寄礼部贾侍郎》)

客从西北来，遗我翠织成。开缄风涛涌，中有掉尾鲸。逶迤罗水族，琐细不足名。客云充君褥，承君终宴荣。空堂魑魅走，高枕形神清。领客珍重意，顾我非公卿。留之惧不祥，施之混柴荆。服饰定尊卑，大哉万古程。今我一贱老，裋褐更无营。煌煌珠官物，寝处祸所婴。叹息当路子，干戈尚纵横。掌握有权柄，衣马自肥轻。李鼎死岐阳，实以骄贵盈。来瑱赐自尽，气豪直阻兵。皆闻黄金多，坐见悔吝生。奈何田舍翁，受此厚贶情。锦鲸卷还客，始觉心和平。振我粗席尘，愧客茹藜羹。(《太子张舍人遗织成褥段》)

天下兵虽满，春光日自浓。西京疲百战，北阙任群凶。关塞三千里，烟花一万重。蒙尘清路急，御宿且谁供。殷复前王道，周迁旧国容。蓬莱足云气，应合总从龙。(《伤春五首》其一)

莺入新年语，花开满故枝。天青风卷幔，草碧水通池。牢落官军速，萧条万事危。鬓毛元自白，泪点向来垂。不是无兄弟，其如有别离。巴山春色静，北望转逶迤。(《伤春五首》其二)

日月还相斗，星辰屡合围。不成诛执法，焉得变危机。大角缠兵气，钩陈出帝畿。烟尘昏御道，耆旧把天衣。行在诸军阙，来朝大将稀。贤多隐屠钓，王肯载同归。(《伤春五首》其三)

前年渝州杀刺史，今年开州杀刺史。群盗相随剧虎狼，食人更肯留妻子。(《三绝句》其一)

二十一家同入蜀，惟残一人出骆谷。自说二女啮臂时，回头却向秦云哭。(《三绝句》其二)

殿前兵马虽骁雄，纵暴略与羌浑同。闻道杀人汉水上，妇女多在官军中。(《三绝句》其三)

昔罢河西尉，初兴蓟北师。不才名位晚，敢恨省郎迟。扈圣崆峒日，端居滟滪时。萍流仍汲引，樗散尚恩慈。遂阻云台宿，常怀湛露诗。翠华森远矣，白首飒凄其。拙被林泉滞，生逢酒赋欺。文园终寂寞，汉阁自磷缁。病隔君臣议，惭纡德泽私。扬镳惊主辱，拔剑拨年衰。社稷经纶地，风云际会期。血流纷在眼，涕洒乱交颐。四渎楼船泛，中原鼓角悲。贼壕连白翟，战瓦落丹墀。先帝严灵寝，宗臣切受遗。恒山犹突骑，辽海竞张旗。田父嗟胶漆，行人避蒺藜。总戎存大体，降将饰卑词。楚贡何年绝，尧封旧俗疑。长吁翻北寇，一望卷西夷。不必陪玄圃，超然待具茨。凶兵铸农器，讲殿辟书帷。庙算高难测，天忧实在兹。形容真潦倒，答效莫支持。使者分王命，群公各典司。恐乖均赋敛，不似问疮痍。万里烦供给，孤城最怨思。绿林宁小患，云梦欲难追。即事须尝胆，苍生可察眉。议堂犹集凤，正观是元龟。处处喧飞檄，家家急竞锥。萧车安不定，蜀使下何之。钓濑疏坟籍，耕岩进弈棋。地蒸馀破扇，冬暖更纤絺。豺遘哀登楚，麟伤泣象尼。衣冠迷适越，藻绘忆游睢。赏月延秋桂，倾阳逐露葵。大庭终反朴，京观且僵尸。高枕虚眠昼，哀歌欲和谁。南宫载勋业，凡百慎交绥。（《夔府书怀四十韵》）

天下郡国向万城，无有一城无甲兵。焉得铸甲作农器，一寸荒田牛得耕。牛尽耕，蚕亦成。不劳烈士泪滂沱，男谷女丝行复歌。（《蚕谷行》）

岁暮远为客，边隅还用兵。烟尘犯雪岭，鼓角动江城。天地日流血，朝廷谁请缨。济时敢爱死，寂寞壮心惊。（《岁暮》）

万国尚防寇，故园今若何。昔归相识少，早已战场多。（《复愁十二首》三）

金丝镂箭镞，皂尾制旗竿。一自风尘起，犹嗟行路难。（《复愁十二首》五）

二月饶睡昏昏然，不独夜短昼分眠。桃花气暖眼自醉，春渚日落梦相牵。故乡门巷荆棘底，中原君臣豺虎边。安得务农息战斗，普天无吏横索钱。（《昼梦》）

五十头白翁，南北逃世难。疏布缠枯骨，奔走苦不暖。已衰病方入，四海一涂炭。乾坤万里内，莫见容身畔。妻孥复随我，回首共悲叹。故国莽丘墟，邻里各分散。归路从此迷，涕尽湘江岸。（《逃难》）

轩辕休制律，虞舜罢弹琴。尚错雄鸣管，犹伤半死心。圣贤名古邈，羁旅病年侵。舟泊常依震，湖平早见参。如闻马融笛，若倚仲宣襟。故国悲寒望，群云惨岁阴。水乡霾白屋，枫岸叠青岑。郁郁冬炎瘴，蒙蒙雨滞淫。鼓迎非祭鬼，弹落似鸮禽。兴尽才无闷，愁来遽不禁。生涯相汩没，时物自萧森。疑惑尊中弩，淹留冠上簪。牵裾惊魏帝，投阁为刘歆。狂走终奚适，微才谢所钦。吾安藜不糁，汝贵玉为琛。乌几重重缚，鹑衣寸寸针。哀伤同庾信，述作异陈琳。十暑岷山葛，三霜楚户砧。叨陪锦帐座，久放白头吟。反朴时难遇，忘机陆易沈。应过数粒食，得近四知金。春草封归恨，源花费独寻。转蓬忧悄悄，行药病涔涔。瘗夭追潘岳，持危觅邓林。蹉跎翻学步，感激在知音。却假苏张舌，高夸周宋镡。纳流迷浩汗,峻址得嵚崟。城府开清旭,松筠起碧浔。披颜争倩倩,逸足竞駸駸。朗鉴存愚直,皇天实照临。公孙仍恃险,侯景未生擒。书信中原阔,干戈北斗深。畏人千里井,问俗九州箴。战血流依旧,军声动至今。葛洪尸定解,许靖力还任。家事丹砂诀,无成涕作霖。(《风疾舟中伏枕书怀三十六韵奉呈湖南亲友》)

以上与安史之乱相关的怨政诗,一幅幅战祸殃民图景相续不断,连接成了时代特征鲜明的苦难画廊。如《石壕吏》:"吏呼一何怒,妇啼一何苦。听妇前致词,三男邺城戍。一男附书至,二男新战死。存者且偷生,死者长已矣。"百姓已家破人亡,幸存者仍被迫服役。《垂老别》:"子孙阵亡尽,焉用身独完。""万国尽征戍,烽火被冈峦。积尸草木腥,流血川原丹。"家人从军,皆已阵亡,老翁孤苦无依。国家被战祸吞没,留下遍地积尸的惨状。《无家别》:"寂寞天宝后,园庐但蒿藜。我里百余家,世乱各东西。存者无消息,死者为尘泥。"千村万落一片荒芜,虽大难不死,却已无家可归。《恨别》:"洛城一别四千里,胡骑长驱五六年。草木变衰行剑外,兵戈阻绝老江边。"叛军铁骑纵横中原已数年,兵戈不休,百姓千里流亡,家乡难归。《释闷》:"四海十年不解兵,犬戎也复临咸京。""豺狼塞路人断绝,烽火照夜尸纵横。"久战不休,异族侵掠,人间已是野兽纵横。《草堂》:"大将赴朝廷,群小起异图。中宵斩白马,盟歃气已粗。西取邛南兵,北断剑阁隅。布衣数十人,亦拥专城居。""谈笑行杀戮,溅血满长衢。到今用钺地,风雨闻号呼。"战乱之中,军阀强人各怀野心,肆意逞凶作恶,人间秩序荡然无存,只剩百姓血泪呼号。《又上后园山脚》:"平原独憔悴,农力废耕桑。非关风露凋,曾是戍役伤。""哀彼远征人,去家死路旁。不及祖父茔,累累冢相当。"战乱未休,田园尽废,出征之人连荒芜的家乡也无望返归。《白马》:"丧乱死多门,呜呼泪如霰。"四处只见死亡,老兵泪下如雨。《对雪》:"战哭多新鬼,愁吟独老翁。""数州消息断,愁坐正书空。"天天听到死亡的消息,幸存者的苦难仍无尽头。《寓目》:"自伤迟暮眼,丧乱饱经过。"一双迟暮的眼睛,看过了太多的丧乱死别。《秋笛》:"清商欲尽奏,奏苦血沾衣。他日伤心极,征人白骨归。"笛声里只剩下泣血的悲声,来日只能迎来出征家人的白骨。《王命》:"汉北豺狼满,巴西道路难。血埋诸将甲,骨断使臣鞍。"与敌寇交战,朝廷将士、使臣在边远之地亦死伤惨重。《征夫》:"十室几人在,千山空自多。路衢唯见哭,城市不闻歌。"战乱肆虐,留给城市和山村一片悲凄和死寂。《别唐十五诫因寄礼部贾侍郎》:"胡星坠燕地,汉将仍横戈。萧条四海内,人少豺虎多。"自从战乱开启,血腥杀伐使海内万户萧条。《太子张舍人遗织成褥》

段》:"叹息当路子,干戈尚纵横。掌握有权柄,衣马自肥轻。李鼎死岐阳,实以骄贵盈。来瑱赐自尽,气豪直阻兵。皆闻黄金多,坐见悔吝生。"干戈不息,厮杀不已,握有权柄者争金掠财,骄横无忌。《伤春五首》:"天下兵虽满,春光日自浓。西京疲百战,北阙任群凶。""牢落官军速,萧条万事危。""不成诛执法,焉得变危机。""行在诸军阙,来朝大将稀。"久战不息,天下疲惫,各路军阀趁乱横行,朝廷权威旁落。《三绝句》:"前年渝州杀刺史,今年开州杀刺史。""二十一家同入蜀,惟残一人出骆谷。""闻道杀人汉水上,妇女多在官军中。"天下大乱,拥兵自重的强势者杀人嗜血,屠男掠女,无恶不作。《夔府书怀四十韵》:"血流纷在眼,涕洒乱交颐。四渎楼船泛,中原鼓角悲。贼壕连白翟,战瓦落丹墀。"中原血战后,遍地是战场,殿宇也不得幸免。《蚕谷行》:"天下郡国向万城,无有一城无甲兵。焉得铸甲作农器,一寸荒田牛得耕。"连年杀伐,天下无城不祸殃,不知平安农耕何时才能到来。《岁暮》:"岁暮远为客,边隅还用兵。烟尘犯雪岭,鼓角动江城。天地日流血,朝廷谁请缨。"中原战祸未已,边地又起烟尘,朝廷上下谁能挺身担当重任,平定干戈。《复愁十二首》:"万国尚防寇,故园今若何。昔归相识少,早已战场多。""金丝镂箭镞,皂尾制旗竿。一自风尘起,犹嗟行路难。"天下四方还在战乱中,世间物品多已化作军品,多年奔波不知何时能返归故乡。《昼梦》:"故乡门巷荆棘底,中原君臣豺虎边。安得务农息战斗,普天无吏横索钱。"家园荒废已久,朝廷未得安宁,战乱仍未平息,田家未得农耕。《逃难》:"已衰病方入,四海一涂炭。""故国莽丘墟,邻里各分散。"四海之内生灵涂炭,家乡田园一片荒芜,乡亲邻人流离失散。《风疾舟中伏枕书怀三十六韵奉呈湖南亲友》:"书信中原阔,干戈北斗深。畏人千里井,问俗九州箴。战血流依旧,军声动至今。"旷日持久的战乱让人有乡不能返,流血的苦难岁月未见改变,战阵厮杀的消息仍不断传来,绵延至今。关于安史之乱北方惨遭战祸戕害的场景,史书有这样的记述:"夫以东周之地,久陷贼中,宫室焚烧,十不存一。百曹荒废,曾无尺椽,中间畿内,不满千户。井邑榛荆,豺狼站嗥,既乏军储,又鲜人力,东至郑、汴,达于徐方,北自覃、怀,经于相土,人烟断绝,千里萧条。"① 史书记述的人间惨剧,不仅在洛阳一带的"东周之地"发生,也在多地发生。如:"回纥入东京,肆行杀略,死者万计,火累旬不灭。朔方、神策军亦以东京、郑、汴、汝州皆为贼境,所过虏掠,三月乃已,比屋荡尽,士民皆衣纸。"② 杜甫关于安史之乱的怨政诗,点点滴滴描述了耳闻目睹的这些战祸带给世间的苦难,留下了与史载相印证的宝贵

---

① (后晋)刘昫等:《旧唐书》卷一百二十《郭子仪传》,中华书局2000年版,第2349页。
② (宋)司马光:《资治通鉴》卷二百二十二《肃宗宝应元年》,中华书局2011年版,第7254页。

"诗史"篇章。这些怨政诗对所在时代战祸殃民的痛切描述，除了谴责祸害百姓的各路军阀强人，也隐含对朝政失败造成战乱不休、万方苦难的强烈怨责。

2. 怨刺朝政昏败，痛斥权奸恶吏。

唐代社会由盛转衰的转折点在天宝年间，但朝政状况的恶化是一个累积的过程。安史之乱前，杜甫曾寓居长安十年，耳闻目睹朝政的各种弊端，权贵者无视社会大众艰难生存，极尽豪奢挥霍财富，朝政的败坏公开散播在社会大众面前。杜甫以敏锐的识见，洞察到豪奢和贫困对比悬殊的社会景象背后的政治危机。

三月三日天气新，长安水边多丽人。态浓意远淑且真，肌理细腻骨肉匀。绣罗衣裳照暮春，蹙金孔雀银麒麟。头上何所有，翠微㔩叶垂鬓唇。背后何所见，珠压腰衱稳称身。就中云幕椒房亲，赐名大国虢与秦。紫驼之峰出翠釜，水精之盘行素鳞。犀箸厌饫久未下，鸾刀缕切空纷纶。黄门飞鞚不动尘，御厨络绎送八珍。箫鼓哀吟感鬼神，宾从杂沓实要津。后来鞍马何逡巡，当轩下马入锦茵。杨花雪落覆白苹，青鸟飞去衔红巾。炙手可热势绝伦，慎莫近前丞相嗔。（《丽人行》）

杜陵有布衣，老大意转拙。许身一何愚，窃比稷与契。居然成濩落，白首甘契阔。盖棺事则已，此志常觊豁。穷年忧黎元，叹息肠内热。取笑同学翁，浩歌弥激烈。非无江海志，潇洒送日月。生逢尧舜君，不忍便永诀。当今廊庙具，构厦岂云缺。葵藿倾太阳，物性固莫夺。顾惟蝼蚁辈，但自求其穴。胡为慕大鲸，辄拟偃溟渤。以兹悟生理，独耻事干谒。兀兀遂至今，忍为尘埃没。终愧巢与由，未能易其节。沉饮聊自适，放歌颇愁绝。岁暮百草零，疾风高冈裂。天衢阴峥嵘，客子中夜发。霜严衣带断，指直不得结。凌晨过骊山，御榻在嵽嵲。蚩尤塞寒空，蹴踏崖谷滑。瑶池气郁律，羽林相摩戛。君臣留欢娱，乐动殷樛嶱。赐浴皆长缨，与宴非短褐。彤庭所分帛，本自寒女出。鞭挞其夫家，聚敛贡城阙。圣人筐篚恩，实欲邦国活。臣如忽至理，君岂弃此物。多士盈朝廷，仁者宜战栗。况闻内金盘，尽在卫霍室。中堂舞神仙，烟雾散玉质。暖客貂鼠裘，悲管逐清瑟。劝客驼蹄羹，霜橙压香橘。朱门酒肉臭，路有冻死骨。荣枯咫尺异，惆怅难再述。北辕就泾渭，官渡又改辙。群冰从西下，极目高崒兀。疑是崆峒来，恐触天柱折。河梁幸未坼，枝撑声窸窣。行旅相攀援，川广不可越。老妻寄异县，十口隔风雪。谁能久不顾，庶往共饥渴。入门闻号咷，幼子饥已卒。吾宁舍一哀，里巷亦呜咽。所愧为人父，无食致夭折。岂知秋未登，贫窭有仓卒。生常免租税，名不

隶征伐。抚迹犹酸辛,平人固骚屑。默思失业徒,因念远戍卒。忧端齐终南,澒洞不可掇。(《自京赴奉先县咏怀五百字》)

朝野欢娱后,乾坤震荡中。相随万里日,总作白头翁。岁晚仍分袂,江边更转蓬。勿云俱异域,饮啄几回同。(《寄贺兰铦》)

《丽人行》虽然写的看似是杨家兄妹授受不伦的私人事件,但诗人以"炙手可热势绝伦,慎莫近前丞相嗔"的嘲讽口吻作结,内含的对当朝政治的怨责已经汹涌欲出。杨国忠擅权骄妄,当时已势焰逼人,"自任不疑,盛气骄愎,百僚莫敢相可否"。[①] 诗人之所以对杨氏兄妹的私人场景如此怨讽,是因为杨国忠的奢靡挥霍、骄纵不伦已经超出个人生活范畴,是当朝最高权势集团全面败坏沦落的表征。诗篇呈现了杨氏兄妹曲江春游的浮华图景:"紫驼之峰出翠釜,水精之盘行素鳞。犀箸厌饫久未下,鸾刀缕切空纷纶。黄门飞鞚不动尘,御厨络绎送八珍。"描写权贵们对这些奢华珍肴已近麻木,其间对统治阶层穷奢极欲的讥刺不言而喻。诗人对朝廷政治昏败堕落的这种直觉判断是准确的。史书所载印证了他的认知,引发安史之乱的危局早已潜伏。正如唐代崔群所言:"安危在出令,存亡系所任。玄宗用姚崇、宋璟、张九龄、韩休、李元纮、杜暹则理;用林甫、杨国忠则乱。人皆以天宝十五年禄山自范阳起兵,是理乱分时;臣以为开元二十年罢贤相张九龄,专任奸臣李林甫,理乱自此已分矣。用人得失,所系非小。"[②]《丽人行》对杨国忠行为的描述,透露了这个危局的真实信息。《自京赴奉先县咏怀五百字》更是将杜甫对时局危机的担忧和对朝政荒败的焦虑推向了顶点。这首诗写于唐玄宗天宝十四载(755)十月、十一月间,此时唐玄宗与杨贵妃正在骊山华清宫避寒,尽享极乐。诗人在描述了"君臣留欢娱,乐动殷樛嶱。赐浴皆长缨,与宴非短褐"的皇室盛会后,揭穿了奢乐场面背后的可怕真相:"彤庭所分帛,本自寒女出。鞭挞其夫家,聚敛贡城阙。"诗人怒责当局苛政掠民,不顾百姓死活大肆搜刮,而人间分裂成了极度不公的两个世界:"朱门酒肉臭,路有冻死骨。荣枯咫尺异,惆怅难再述。"诗人洞穿世相的观察和感言,传达了对这种荒败政治将导致国家大难临头的痛苦预感。《寄贺兰铦》也呈现了社会政治的严重危机:"朝野欢娱后,乾坤震荡中。"诗篇直言,皇室当政者的荒淫无度,将造成天下大乱。唐玄宗后期,君臣极度奢靡、荒怠,"上以国用丰衍,故视金帛如粪壤,赏赐贵宠之家,无有限极"。[③] 酿成了国家政治的重大危局,紧接而来的安史之乱应验了诗人

[①] (宋)欧阳修等:《新唐书》卷二百六《外戚传》,中华书局2000年版,第4468页。
[②] (后晋)刘昫等:《旧唐书》卷一百五十九《崔群传》,中华书局2000年版,第2851页。
[③] (宋)司马光:《资治通鉴》卷二百一十六《玄宗天宝八年》,中华书局2011年版,第7012页。

对时局的焦虑，显示出杜甫怨政诗特有的准确观察力和深刻批判力。

杜甫怨政诗还揭示了当朝政治荒败在社会其他层面的种种表现，如：

> 纨绔不饿死，儒冠多误身。丈人试静听，贱子请具陈。甫昔少年日，早充观国宾。读书破万卷，下笔如有神。赋料扬雄敌，诗看子建亲。李邕求识面，王翰愿卜邻。自谓颇挺出，立登要路津。致君尧舜上，再使风俗淳。此意竟萧条，行歌非隐沦。骑驴三十载，旅食京华春。朝扣富儿门，暮随肥马尘。残杯与冷炙，到处潜悲辛。主上顷见征，欻然欲求伸。青冥却垂翅，蹭蹬无纵鳞。甚愧丈人厚，甚知丈人真。每于百僚上，猥诵佳句新。窃效贡公喜，难甘原宪贫。焉能心怏怏，只是走踆踆。今欲东入海，即将西去秦。尚怜终南山，回首清渭滨。常拟报一饭，况怀辞大臣。白鸥没浩荡，万里谁能驯。（《奉赠韦左丞丈二十二韵》）

> 诸公衮衮登台省，广文先生官独冷。甲第纷纷厌梁肉，广文先生饭不足。先生有道出羲皇，先生有才过屈宋。德尊一代常轗轲，名垂万古知何用。杜陵野客人更嗤，被褐短窄鬓如丝。日籴太仓五升米，时赴郑老同襟期。得钱即相觅，沽酒不复疑。忘形到尔汝，痛饮真吾师。清夜沉沉动春酌，灯前细雨檐花落。但觉高歌有鬼神，焉知饿死填沟壑。相如逸才亲涤器，子云识字终投阁。先生早赋归去来，石田茅屋荒苍苔。儒术于我何有哉，孔丘盗跖俱尘埃。不须闻此意惨怆，生前相遇且衔杯。（《醉时歌》）

《奉赠韦左丞丈二十二韵》感慨："纨绔不饿死，儒冠多误身。"儒生勤奋苦学，道路越走越窄；纨绔一无所长，日子逍遥快活。"甫昔少年日，早充观国宾。读书破万卷，下笔如有神。"诗人诗书满腹，才思敏捷，反而落得难堪的屈辱境地。"朝扣富儿门，暮随肥马尘。残杯与冷炙，到处潜悲辛。"诗篇反映社会用人机制的不公，怨愤十分强烈。《醉时歌》对比描写权贵和寒士的悬殊境遇："甲第纷纷厌梁肉，广文先生饭不足。""但觉高歌有鬼神，焉知饿死填沟壑。相如逸才亲涤器，子云识字终投阁。""儒术于我何有哉，孔丘盗跖俱尘埃。"看似对自己的奋斗心灰意冷，实际是抱怨社会机制对正直勤奋士人的轻视和压制，间接披露了作为朝廷政治一个重要方面的用人制度的严重弊端。

杜甫怨政诗还记述了安史之乱后地方官吏搜刮民财、诛求无度的严酷现实，对加重社会苦难的恶劣吏治予以谴责。

江上秋已分，林中瘴犹剧。畦丁告劳苦，无以供日夕。蓬莠独不焦，野蔬暗泉石。卷耳况疗风，童儿且时摘。侵星驱之去，烂熳任远适。放筐亭午际，洗剥相蒙幂。登床半生熟，下箸还小益。加点瓜薤间，依稀橘奴迹。乱世诛求急，黎民糠籺窄。饱食复何心，荒哉膏粱客。富家厨肉臭，战地骸骨白。寄语恶少年，黄金且休掷。（《驱竖子摘苍耳》）

岁云暮矣多北风，潇湘洞庭白雪中。渔父天寒网罟冻，莫徭射雁鸣桑弓。去年米贵阙军食，今年米贱大伤农。高马达官厌酒肉，此辈杼轴茅茨空。楚人重鱼不重鸟，汝休枉杀南飞鸿。况闻处处鬻男女，割慈忍爱还租庸。往日用钱捉私铸，今许铅锡和青铜。刻泥为之最易得，好恶不合长相蒙。万国城头吹画角，此曲哀怨何时终。（《岁晏行》）

罄折辞主人，开帆驾洪涛。春水满南国，朱崖云日高。舟子废寝食，飘风争所操。我行匪利涉，谢尔从者劳。石间采蕨女，鬻菜输官曹。丈夫死百役，暮返空村号。闻见事略同，刻剥及锥刀。贵人岂不仁，视汝如莠蒿。索钱多门户，丧乱纷嗷嗷。奈何黠吏徒，渔夺成逋逃。自喜遂生理，花时甘缊袍。（《遣遇》）

夏日出东北，陵天经中街。朱光彻厚地，郁蒸何由开。上苍久无雷，无乃号令乖。雨降不濡物，良田起黄埃。飞鸟苦热死，池鱼涸其泥。万人尚流冗，举目唯蒿莱。至今大河北，化作虎与豺。浩荡想幽蓟，王师安在哉。对食不能餐，我心殊未谐。眇然贞观初，难与数子偕。（《夏日叹》）

国步犹艰难，兵革未衰息。万方哀嗷嗷，十载供军食。庶官务割剥，不暇忧反侧。诛求何多门，贤者贵为德。韦生富春秋，洞彻有清识。操持纪纲地，喜见朱丝直。当令豪夺吏，自此无颜色。必若救疮痍，先应去蟊贼。挥泪临大江，高天意凄恻。行行树佳政，慰我深相忆。（《送韦讽上阆州录事参军》）

乱世之中，恶官酷吏勒索压榨贫苦百姓，在战争灾祸之外又额外加重了百姓的生活苦难，更加恶化了百姓的生存环境。如《驱竖子摘苍耳》："乱世诛求急，黎民糠籺窄。饱食复何心，荒哉膏粱客。富家厨肉臭，战地骸骨白。寄语恶少年，黄金且休掷。"《岁晏行》："往日用钱捉私铸，今许铅锡和青铜。刻泥为之最易得，好恶不合长相蒙。"《遣遇》："贵人岂不仁，视汝如莠蒿。索钱多门户，丧乱纷嗷嗷。奈何黠吏徒，渔夺成逋逃。"《夏日叹》："飞鸟苦热死，池鱼涸其泥。万人尚流冗，举目唯蒿莱。至今大河北，化作虎与豺。"《送韦讽上阆州录事参军》："庶官务割剥，不暇忧反侧。诛求何多门，贤者贵为德。""当令豪夺吏,自此无颜色。"黠吏、豪吏对乱世幸存的百姓诛求无厌,诗人要求从整肃地方吏治入手,改变这种社会政治状况:"必若救疮痍,先应去蟊贼。"杜甫怨政诗不是泛泛的谴责耳闻目睹的地方恶劣吏治,而是对安史之乱后国家治理的普遍乱象表达了忧愤。诗人直接呼吁清除祸害百姓的恶吏,彰显了唐代怨政诗为民请命的社会功能。

二 刘长卿 元结 戴叔伦 韦应物

刘长卿(709—786),字文房,河间(今河北沧州)人。开元间进士,天宝间任长洲尉,至德间摄海盐令,贬南巴尉。大历间任转运使判官等。贬睦州司马。官终随州刺史。

刘长卿亲历了安史之乱的时代悲剧,满目疮痍的山河、一片荒芜的田园、人烟寂寥的村落,在他的怨政诗中都有真切的描述。

> 举目伤芜没,何年此战争。归人失旧里,老将守孤城。废戍山烟出,荒田野火行。独怜洇水上,时乱亦能清。(《奉使至申州伤经陷没》)
>
> 逢君穆陵路,匹马向桑干。楚国苍山古,幽州白日寒。城池百战后,耆旧几家残。处处蓬蒿遍,归人掩泪看。(《穆陵关北逢人归渔阳》)
>
> 春草长川曲,离心共渺然。方收汉家俸,独向汶阳田。鸟雀空城在,榛芜旧路迁。山东征战苦,几处有人烟。(《送河南元判官赴河南勾当苗税充百官俸钱》)

《奉使至申州伤经陷没》描述仍在战乱中申州的残破景象:"举目伤芜没,何年此战争。归人失旧里,老将守孤城。"《穆陵关北逢人归渔阳》描写亲历者在渔阳城的见闻:"城池百战后,耆旧几家残。处处蓬蒿遍,归人掩泪看。"《送河南元判官赴河南勾当苗税充百官俸钱》展示战后萧条冷寂,城池荒废:"鸟雀空城在,榛芜旧路迁。山东征战苦,几处有人烟。"在对这些凄凉景象的描述中,作者将自己对国难和战祸的感受表达得十分痛心,也透露出诗人对朝政败局招致战祸殃民的间接怨责。

刘长卿坎坷的仕历在他的怨政诗中留下了深刻的印记。他的多首怨政诗抒写的就是自己和友人遭受贬谪、经历冤屈的不平之感。

> 乱军交白刃,一骑出黄尘。汉节同归阙,江帆共逐臣。猿愁歧路晚,梅作异方春。知已酂侯在,应怜脱粟人。(《送裴郎中贬吉州》)
>
> 独过长沙去,谁堪此路愁。秋风散千骑,寒雨泊孤舟。贾谊辞明主,

萧何识故侯。汉廷当自召，湘水但空流。(《送李使君贬连州》)

洞庭波渺渺，君去吊灵均。几路三湘水，全家万里人。听猿明月夜，看柳故年春。忆想汀洲畔，伤心向白蘋。(《送李侍御贬郴州》)

何事长沙谪，相逢楚水秋。暮帆归夏口，寒雨对巴丘。帝子椒浆奠，骚人木叶愁。惟怜万里外，离别洞庭头。(《巡去岳阳却归鄂州使院留别郑洵侍御侍御先曾谪居此州》)

猿啼客散暮江头，人自伤心水自流。同作逐臣君更远，青山万里一孤舟。(《重送裴郎中贬吉州》)

迁客归人醉晚寒，孤舟暂泊子陵滩。怜君更去三千里，落日青山江上看。(《使还七里濑上逢薛承规赴江西贬官》)

南过三湘去，巴人此路偏。谪居秋瘴里，归处夕阳边。直道天何在，愁容镜亦怜。裁书欲谁诉，无泪可潸然。(《赴巴南书情寄故人》)

不见君来久，冤深意未传。冶长空得罪，夷甫岂言钱。直道天何在，愁容镜亦怜。因书欲自诉，无泪可潸然。(《罪所留系寄张十四》)

天南愁望绝，亭上柳条新。落日独归鸟，孤舟何处人。生涯投越徼，世业陷胡尘。杳杳钟陵暮，悠悠鄱水春。秦台悲白首，楚泽怨青蘋。草色迷征路，莺声伤逐臣。独醒空取笑，直道不容身。得罪风霜苦，全生天地仁。青山数行泪，沧海一穷鳞。牢落机心尽，惟怜鸥鸟亲。(《负谪后登干越亭作》)

巴峤南行远，长江万里随。不才甘谪去，流水亦何之。地远明君弃，天高酷吏欺。清山独往路，芳草未归时。流落还相见，悲欢话所思。猜嫌伤薏苡，愁暮向江篱。柳色迎高坞，荷衣照下帷。水云初起重，暮鸟远来迟。白首看长剑，沧洲寄钓丝。沙鸥惊小吏，湖月上高枝。稚子能吴语，新文怨楚辞。怜君不得意，川谷自逶迤。(《初贬南巴至鄱阳题李嘉祐江亭》)

青春衣绣共称宜，白首垂丝恨不遗。江上几回今夜月，镜中无复少年时。生还北阙谁相引，老向南邦众所悲。岁岁任他芳草绿，长沙未有定归期。(《谪官后卧病官舍简贺兰侍郎》)

青青草色满江洲，万里伤心水自流。越鸟岂知南国远，江花独向北人愁。生涯已逐沧浪去，冤气初逢涣汗收。何事还邀迁客醉，春风日夜待归舟。(《初闻贬谪续喜量移登干越亭赠郑校书》)

误因微禄滞南昌，幽系圜扉昼夜长。黄鹤翅垂同燕雀，青松心在任风霜。斗间谁与看冤气，盆下无由见太阳。贤达不能同感激，更于何处问苍苍。(《罪所上御史惟则》)

刘长卿是唐代留下贬谪题材诗篇最多的诗人之一。刘长卿的贬谪诗饱含遭受冤屈的愤激之情，这些作品痛斥官场宵小打击陷害良臣善士，并非是仅仅表现个人恩怨的牢骚之作。如《送裴郎中贬吉州》："汉节同归阙，江帆共逐臣。"《送李使君贬连州》："贾谊辞明主，萧何识故侯。"《送李侍御贬郴州》："洞庭波渺渺，君去吊灵均。"《重送裴郎中贬吉州》："猿啼客散暮江头，人自伤心水自流。"《使还七里濑上逢薛承规赴江西贬官》："怜君更去三千里，落日青山江上看。"这些同情友人遭贬的怨政诗，常将友人的遭遇与屈原、贾谊等古代逐臣的冤屈相类比，申说友人被宵小陷害的痛楚，涌动着辩白申冤的抗争之声。至于抒写诗人自己遭贬的怨政诗，亦是从负冤受屈的感受来责怨朝廷的不公正处置，如《赴巴南书情寄故人》："裁书欲谁诉，无泪可潸然。"《罪所留系寄张十四》："不见君来久，冤深意未传。"《负谪后登干越亭作》："独醒空取笑，直道不容身。"《初贬南巴至鄱阳题李嘉祐江亭》："猜嫌伤薏苡，愁暮向江篱。"《谪官后卧病官舍简贺兰侍郎》："生还北阙谁相引，老向南邦众所悲。"《初闻贬谪续喜量移登干越亭赠郑校书》："生涯已逐沧浪去，冤气初逢涣汗收。"《罪所上御史惟则》："斗间谁与看冤气，盆下无由见太阳。"反复倾吐了对朝廷不能辨识诬妄，致使善士蒙冤的满腹怨气。刘长卿的这些怨政诗，立意很高，不掩锋芒，直指贬谪机制运行的轻率幽暗，批判朝廷政治弊端，堪称唐诗中表现士大夫文人贬谪生涯冤屈心态的典范之作。

元结（719—772），字次山，鲁山（今河南鲁山）人。天宝间进士。乾元间历右金吾兵曹参军，山南东道节度参谋等。广德间任道州刺史。大历间历容州刺史等。

元结是在理论上明确提出要以诗歌辅助治国，以诗歌帮助帝王厘清治乱之道，让诗歌起到讽谏朝政的作用。他在自己的《二风诗论》中提出，诗歌创作应该做到："极帝王理乱之道，系古人规讽之流。"[①] 在《系乐府序》提出，描写民生疾苦的作品，"可以上感于上，下化于下"。在《舂陵行》中期待："何人采国风，吾欲献此辞。"在《贼退示官吏序》中明言："诸使何为忍苦征敛，故作诗一篇以示官吏。"这些主张十分功利而实在，要求诗歌发挥辅助治国的政治功能，帮助纠正朝廷政策的弊端，拯救时局。元结在自己的怨政诗创作中，有意识地贯彻了这些观念。他的一些涉及民瘼国难的诗歌，冷峻记述了安史之乱后民不堪命、官甚于"贼"的残酷社会现实。

  谁知苦贫夫，家有愁怨妻。请君听其词，能不为酸凄。所怜抱中儿，

[①]（清）董诰：《全唐文》卷三百八十二《二风诗论》，上海古籍出版社1990年版，第1716页。

不如山下麑。空念庭前地，化为人吏蹊。出门望山泽，回头心复迷。何时见府主，长跪向之啼。(《系乐府十二首·贫妇词》)

踌躅古塞关，悲歌为谁长。日行见孤老，羸弱相提将。闻其呼怨声，闻声问其方。方言无患苦，岂弃父母乡。非不见其心，仁惠诚所望。念之何可说，独立为凄伤。(《系乐府十二首·去乡悲》)

山泽多饥人，闾里多坏屋。战争且未息，征敛何时足。不能救人患，不合食天粟。何况假一官，而苟求其禄。近年更长吏，数月未为速。来者罢而官，岂得不为辱。劝为辞府主，从我游退谷。谷中有寒泉，为尔洗尘服。(《喻常吾直》)

积雪闲山路，有人到庭前。云是孟武昌，令献苦雪篇。长吟未及终，不觉为凄然。古之贤达者，与世竟何异。不能救时患，讽谕以全意。知公惜春物，岂非爱时和。知公苦阴雪，伤彼灾患多。奸凶正驱驰，不合问君子。林莺与野兽，无乃怨于此。兵兴向九岁，稼穑谁能忧。何时不发卒，何日不杀牛。耕者日已少，耕牛日已希。皇天复何忍，更又恐毙之。自经危乱来，触物堪伤叹。见君问我意，只益胸中乱。山禽饥不飞，山木冻皆折。悬泉化为冰，寒水近不热。出门望天地，天地皆昏昏。时见双峰下，雪中生白云。(《酬孟武昌苦雪》)

军国多所需，切责在有司。有司临郡县，刑法竞欲施。供给岂不忧，征敛又可悲。州小经乱亡，遗人实困疲。大乡无十家，大族命单羸。朝餐是草根，暮食仍木皮。出言气欲绝，意速行步迟。追呼尚不忍，况乃鞭扑之。郭亭传急符，来往迹相追。更无宽大恩，但有迫促期。欲令鬻儿女，言发恐乱随。悉使索其家，而又无生资。听彼道路言，怨伤谁复知。去冬山贼来，杀夺几无遗。所愿见王官，抚养以惠慈。奈何重驱逐，不使存活为。安人天子命，符节我所持。州县忽乱亡，得罪复是谁。逋缓违诏令，蒙责固其宜。前贤重守分，恶以祸福移。亦云贵守官，不爱能适时。顾惟孱弱者，正直当不亏。何人采国风，吾欲献此辞。(《舂陵行》)

昔岁逢太平，山林二十年。泉源在庭户，洞壑当门前。井税有常期，日晏犹得眠。忽然遭世变，数岁亲戎旃。今来典斯郡，山夷又纷然。城小贼不屠，人贫伤可怜。是以陷邻境，此州独见全。使臣将王命，岂不如贼焉。今彼征敛者，迫之如火煎。谁能绝人命，以作时世贤。思欲委符节，引竿自刺船。将家就鱼麦，归老江湖边。(《贼退示官吏》)

元结的这些怨政诗，重在诉说民生苦难，意在将此社情上达于朝廷有司。

如《系乐府十二首·贫妇词》:"谁知苦贫夫,家有愁怨妻。请君听其词,能不为酸凄。所怜抱中儿,不如山下麋。空念庭前地,化为人吏蹊。"《系乐府十二首·去乡悲》:"日行见孤老,羸弱相提将。闻其呼怨声,闻声问其方。方言无患苦,岂弃父母乡。"《喻常吾直》:"山泽多饥人,闾里多坏屋。战争且未息,征敛何时足。"《酬孟武昌苦雪》:"兵兴向九岁,稼穑谁能忧。何时不发卒,何日不杀牛。耕者日已少,耕牛日已希。皇天复何忍,更又恐毙之。"元结一方面代百姓诉苦,一方面希望上达天听,使朝廷闻知农家在战乱摧残下还要承受赋税重压的苦况,改进朝政,缓解农民的生存危机。

元结诗歌中抒写怨政情绪最激烈的是他的《舂陵行》和《贼退示官吏》。这两首作品描写朝廷为转嫁社会危机,肆意增加百姓赋税、徭役;地方官吏为满足贪欲,以酷刑峻法将农民逼上绝路。《舂陵行》怨责官府征敛无度:"军国多所需,切责在有司。有司临郡县,刑法竞欲施。供给岂不忧,征敛又可悲。""郭亭传急符,来往迹相追。更无宽大恩,但有迫促期。欲令鬻儿女,言发恐乱随。悉使索其家,而又无生资。"诗人强烈希望将此苛政和民瘼上达朝廷:"何人采国风,吾欲献此辞。"以引起当政者警醒,从而纠改弊政。《贼退示官吏》揭示官府征敛之苛,甚于匪患:"城小贼不屠,人贫伤可怜。是以陷邻境,此州独见全。使臣将王命,岂不如贼焉。今彼征敛者,迫之如火煎。"战争灾难后,百姓又被朝廷及官府加上了不堪忍受的赋税徭役重压,双重苛政的压迫,切断了农民的生路。作者责问:"谁能绝人命,以作时世贤。"难道逼死百姓,才是尽忠职责的当世贤臣吗?诗篇既谴责地方官员以苛政邀功晋身,更对朝廷制定严酷赋税政策表达了强烈的质疑。元结的《舂陵行》,直面现行苛酷政策,谏言朝廷纠改弊政,这种为民请命的怨政诗影响很大,后世很多诗人都有仿作。

戴叔伦(732—789),字幼公,金坛(今江苏金坛)人。大历间任湖南转运留后。建中间历监察御史、东阳令。

戴叔伦的怨政诗有两类。一类是表现农家困苦的,如《女耕田行》《屯田词》;另一类是表现战乱不休的灾难景象的,如《过申州》《送谢夷甫宰余姚县》。《女耕田行》:"乳燕入巢笋成竹,谁家二女种新谷。无人无牛不及犁,持刀斫地翻作泥。自言家贫母年老,长兄从军未娶嫂。去年灾疫牛囤空,截绢买刀都市中。头巾掩面畏人识,以刀代牛谁与同。姊妹相携心正苦,不见路人唯见土。"家里的男丁从军了,家里又没有耕牛,只剩弱女子挑起力耕的重担。《屯田词》:"春来耕田遍沙碛,老稚欣欣种禾麦。麦苗渐长天苦晴,土干确确锄不得。新禾未熟飞蝗至,青苗食尽余枯茎。捕蝗归来守空屋,囊无寸帛瓶无粟。十月移屯来向城,官教去伐南山木。驱牛驾车入山去,霜重草枯牛冻死。艰辛历尽谁得知，望断天南泪如雨。"农家被官府征调服役的耕牛冻死了，老农面对来年的困境欲哭无泪。戴叔伦描述的二女苦耕图，老农失牛图，都述及官府对农家的徭役、征调，以这些农家的困境揭示安史之乱后官府的苛政带给普通农家的痛苦。《送谢夷甫宰余姚县》："君去方为宰，干戈尚未销。邑中残老小，乱后少官僚。廨宇经兵火，公田没海潮。到时应变俗，新政满余姚。"府衙缺少吏员，战乱使地方官府也失去了行政效能。这类作品刻画战乱之后山川萧条、城池破败、府衙瘫痪的景象，展示出安史之乱的严重社会后果。

韦应物（737？—？），万年（今陕西西安）人。天宝间任三卫郎，广德间任洛阳丞。大历间历京兆府功曹等。建中间任滁州刺史等。贞元间历左司郎中、苏州刺史等。

韦应物为官正直，虽长期仕宦，但有浓厚的民间情怀，对兵燹战祸的社会现实有痛切感受。如《始至郡》："斯民本乐生，逃逝竟何为。旱岁属荒歉，旧逋积如坻。""岂待干戈戢，且愿抚茕嫠。"治下的百姓无奈逃亡，战乱未休，要让他们恢复稳定的生活还很艰难。《高陵书情寄三原卢少府》："直方难为进，守此微贱班。开卷不及顾，沉埋案牍间。兵凶久相践，徭赋岂得闲。促戚下可哀，宽政身致患。日夕思自退，出门望故山。"战乱未平之时，官府仍然向百姓追逼赋税徭役。有良知的官员对此无能为力，身陷窘境。《观田家》："丁壮俱在野，场圃亦就理。归来景常晏，饮犊西涧水。饥劬不自苦，膏泽且为喜。仓廪无宿储，徭役犹未已。"痛陈农家已无储粮，却仍要被逼服役纳税。《采玉行》："官府征白丁，言采蓝溪玉。绝岭夜无家，深榛雨中宿。独妇饷粮还，哀哀舍南哭。"权贵者只图满足自己奢侈浮华的贪欲，征用平民不给任何报酬，逼迫百姓在危险环境下采集珍稀的"蓝溪玉"。韦应物的怨政诗能从百姓的角度去感知和表现他们的生活苦难。

三 孟郊 张籍 王建 韩愈 刘禹锡

孟郊（751—814），字东野，武康（今浙江德清）人。贞元间进士，任溧阳县尉。元和间任水陆转运从事，试协律郎。

孟郊一生穷困潦倒，对社会底层的生活感知尤为真切。诗人自己的凄凉处境，使他能够更清醒地冷眼审视这个不公不平的世道，他的怨政诗也比其他诗人多了感同身受的苦难体验表达。孟郊的怨政诗从税负、徭役、战争等多个角度揭示了农家、贫民的艰难生存状态。

夫是田中郎，妾是田中女。当年嫁得君，为君秉机杼。筋力日已疲，

不息窗下机。如何织纨素,自著蓝缕衣。官家榜村路,更索栽桑树。(《织妇辞》)

无火炙地眠,半夜皆立号。冷箭何处来,棘针风骚劳。霜吹破四壁,苦痛不可逃。高堂搥钟饮,到晓闻烹炮。寒者愿为蛾,烧死彼华膏。华膏隔仙罗,虚绕千万遭。到头落地死,踏地为游遨。游遨者是谁,君子为郁陶。(《寒地百姓吟》)

孟冬阴气交,两河正屯兵。烟尘相驰突,烽火日夜惊。太行险阻高,挽粟输连营。奈何操弧者,不使枭巢倾。犹闻汉北儿,怙乱谋纵横。擅摇干戈柄,呼叫豺狼声。白日临尔躯,胡为丧丹诚。岂无感激士,以致天下平。登高望寒原,黄云郁峥嵘。坐驰悲风暮,叹息空沾缨。(《感怀·孟冬阴气交》)

两河春草海水清,十年征战城郭腥。乱兵杀儿将女去,二月三月花冥冥。千里无人旋风起,莺啼燕语荒城里。春色不拣墓傍株,红颜皓色逐春去。春去春来那得知,今人看花古人墓,令人惆怅山头路。(《伤春》)

徒言人最灵,白骨乱纵横。如何当春死,不及群草生。尧舜宰乾坤,器农不器兵。秦汉盗山岳,铸杀不铸耕。天地莫生金,生金人竞争。(《吊国殇》)

《织妇辞》描述勤苦劳作的织妇衣衫褴褛,生活艰辛,还得承受官府不断加大的征赋压力,"官家榜村路,更索栽桑树"。《寒地百姓吟》描述贫民在天寒地冻的日子里,衣着无以保暖,居处无以避寒,与钟鸣鼎食的富贵者形成强烈对照:"无火炙地眠,半夜皆立号。""高堂搥钟饮,到晓闻烹炮。"孟郊也有一些怨政诗记述了战争徭役对百姓的伤害。《感怀·孟冬阴气交》描写百姓被征徭役,"挽粟输连营"到遥远的边地,在荒凉肃杀的原野里苦熬,不知何时才能等到"以致天下平"的命运转机。诗篇叙及造成战乱不休的原因:"犹闻汉北儿,怙乱谋纵横。擅摇干戈柄,呼叫豺狼声。"对那些借战乱牟取个人权力的权势者充满了憎恶。《伤春》描述官军在战乱中的残民行径。"十年征战城郭腥""乱兵杀儿将女去",四处城郭一片血腥,杀掠百姓横行无忌。社会彻底失序,百姓任人宰割。《吊国殇》悲慨乱世中百姓的性命贱如草芥。"徒言人最灵,白骨乱纵横。如何当春死,不及群草生。"遥想上古"尧舜宰乾坤,器农不器兵"的安宁,衬托出血腥纷争时局的可悲。

张籍(767?—830?),字文昌,吴郡(今江苏苏州)人。贞元间进士。元和间历太常寺太祝、秘书郎等。长庆间历国子博士、水部员外郎等。大和间任国子司业。

张籍的怨政诗主要描写农家生存艰难，税赋兵役严苛，社会贫富悬殊。如：

> 老农家贫在山住，耕种山田三四亩。苗疏税多不得食，输入官仓化为土。岁暮锄犁傍空室，呼儿登山收橡实。西江贾客珠百斛，船中养犬长食肉。（《野老歌》）
>
> 山头鹿，角芟芟，尾促促。贫儿多租输不足，夫死未葬儿在狱。早日熬熬蒸野冈，禾黍不收无狱粮。县家唯忧少军食，谁能令尔无死伤。（《山头鹿》）
>
> 促促复促促，家贫夫妇欢不足。今年为人送租船，去年捕鱼在江边。家中姑老子复小，自执吴绡输税钱。家家桑麻满地黑，念君一身空努力。愿教牛蹄团团羊角直，君身常在应不得。（《促促词》）
>
> 九月匈奴杀边将，汉军全没辽水上。万里无人收白骨，家家城下招魂葬。妇人依倚子与夫，同居贫贱心亦舒。夫死战场子在腹，妾身虽存如昼烛。（《征妇怨》）
>
> 筑城处，千人万人齐把杵。重重土坚试行锥，军吏执鞭催作迟。来时一年深碛里，尽著短衣渴无水。力尽不得抛杵声，杵声未尽人皆死。家家养男当门户，今日作君城下土。（《筑城词》）
>
> 羌胡据西州，近甸无边城。山东收税租，养我防塞兵。胡骑来无时，居人常震惊。嗟我五陵间，农者罢耘耕。边头多杀伤，士卒难全角。郡县发丁役，丈夫各征行。生男不能养，惧身有姓名。良马不念秣，烈士不苟营。所愿除国难，再逢天下平。（《西州》）

《野老歌》反映农家辛劳所获被任意作践，贫富悬殊世道不公。"苗疏税多不得食，输入官仓化为土。""西江贾客珠百斛，船中养犬长食肉。"官府催租逼税搜刮去的粟米，如泥土一样被糟蹋；富商巨贾饲肉养狗，穷人命不如狗。诗篇从赋税政策和阶层差异方面揭示了农家的不平境遇。《山头鹿》记述官府赋税对农家的无情榨取。"贫儿多租输不足，夫死未葬儿在狱。""县家唯忧少军食，谁能令尔无死伤。"官府没有限度地征粮征赋，逼得民众家破人亡，这样比比皆是的苦难被官家熟视无睹。《促促词》反映官府税赋政策的严苛。"家中姑老子复小，自执吴绡输税钱。家家桑麻满地黑，念君一身空努力。"农家输尽税钱一无所有，一年的辛劳换来的是两手空空。《征妇怨》描写农家遭受的兵役之灾。"万里无人收白骨，家家城下招魂葬。""夫死战场子在腹，妾身虽存如昼烛。"出征之人死无葬身之地，家人连白骨都不得一见，留给孤儿寡母的只有绝望和悲伤。《筑城词》描写百姓承受的徭役之苦。"重重土坚试行锥，军吏执鞭催作迟。""家家养男当门户，今日作君城下土。"家里的丁男被严酷的筑城徭役摧折，以致丧命，众多人家遭受了这样的徭役灾难。《西州》反映边患严重，边民承受兵役之苦。"胡骑来无时，居人常震惊。嗟我五陵间，农者罢耘耕。边头多杀伤，士卒难全角。郡县发丁役，丈夫各征行。生男不能养，惧身有姓名。"外族的侵扰掠夺，使边地郡县农耕尽废，百姓大量被征兵役，有丁男的家庭承受了更大的痛苦。张籍的这些怨政诗，直面税赋、徭役、兵役重压下的百姓处境，痛斥了朝廷、官军和官府的各种苛政弊策。

王建（767？—831？），字仲初，郡望颍川（今河南许昌）。大历间进士。元和间历昭应丞、渭南尉、太府丞等。长庆间任秘书郎，大和间任陕州司马。

王建的怨政诗都是描写民生艰难的作品，有描写蚕妇、织女的，有描写纤夫、船夫的，有描写农夫、渔民的，抒写了在官府赋税、徭役等方面苛政压迫下百姓的怨苦之声。如：

蚕欲老，箔头作茧丝皓皓。场宽地高风日多，不向中庭燃蒿草。神蚕急作莫悠扬，年来为尔祭神桑。但得青天不下雨，上无苍蝇下无鼠。新妇拜簇愿茧稠，女洒桃浆男打鼓。三日开箔雪团团，先将新茧送县官。已闻乡里催织作，去与谁人身上著。（《簇蚕辞》）

叹息复叹息，园中有枣行人食。贫家女为富家织，翁母隔墙不得力。水寒手涩丝脆断，续来续去心肠烂。草虫促促机下啼，两日催成一匹半。输官上顶有零落，姑未得衣身不著。当窗却羡青楼倡，十指不动衣盈箱。（《当窗织》）

男声欣欣女颜悦，人家不怨言语别。五月虽热麦风清，檐头索索缲车鸣。野蚕作茧人不取，叶间扑扑秋蛾生。麦收上场绢在轴，的知输得官家足。不望入口复上身，且免向城卖黄犊。田家衣食无厚薄，不见县门身即乐。（《田家行》）

海人无家海里住，采珠役象为岁赋。恶波横天山塞路，未央宫中常满库。（《海人谣》）

苦哉生长当驿边，官家使我牵驿船。辛苦日多乐日少，水宿沙行如海鸟。逆风上水万斛重，前驿迢迢后森森。半夜缘堤雪和雨，受他驱遣还复去。衣寒衣湿披短蓑，臆穿足裂忍痛何。到明辛苦无处说，齐声腾踏牵船出。一间茅屋何所值，父母之乡去不得。我愿此水作平田，长使

水夫不怨天。(《水夫谣》)

这些诗篇替蚕妇、耕夫倾诉对苛酷赋税、徭役的怨愤。如《簇蚕辞》："已闻乡里催织作，去与谁人身上著。"《当窗织》："输官上顶有零落，姑未得衣身不著。"《田家行》："不望入口复上身，且免向城卖黄犊。"这些诗句不仅是怨愤男耕女织劳而无获，不仅是不满贵妇及娼妓不劳而获，也不仅是埋怨辛勤的劳作成果被无所顾惜地作践糟蹋，还写出了劳作者深深的无奈：蚕妇耕夫们的辛劳永远填不满朝廷、官府、富人的欲壑，反倒还要为不能满足朝廷官府的贪欲而担惊受怕。《田家行》感喟："田家衣食无厚薄，不见县门身即乐。"看似田家的自我宽慰，实则是农夫带泪的苦笑，内中的怨愤十分强烈。王建描写船夫纤夫、"海人"渔民的作品，为最底层劳苦者发出不平之鸣。《海人谣》写出了朝廷奢靡享乐给"海人"带来的生命风险。"恶波横天山塞路，未央宫中常满库。"《水夫谣》写出了"水夫"承受官府苦役的怨痛。"苦哉生长当驿边，官家使我牵驿船。""半夜缘堤雪和雨，受他驱遣还复去。衣寒衣湿披短蓑，臆穿足裂忍痛何。"这些诗篇斥责"官家"不恤民力征调派役，怨讽朝廷奢欲无度贪婪索求，发挥了新乐府为百姓代言、为时政纠弊的社会功能。

韩愈，生卒、事迹见前。

韩愈怨政诗的指斥对象很多，如州县弊策，军阀强人，朝廷政敌等。相对于杜甫怨政诗的道义立场，韩愈的一些怨刺增加了个人的得失考量，但总的来说仍然保持了对社会政治的现实批判。如：

> 孤臣昔放逐，血泣追愆尤。汗漫不省识，恍如乘桴浮。或自疑上疏，上疏岂其由。是年京师旱，田亩少所收。上怜民无食，征赋半已休。有司恤经费，未免烦征求。富者既云急，贫者固已流。传闻闾里间，赤子弃渠沟。持男易斗粟，掉臂莫肯酬。我时出衢路，饿者何其稠。亲逢道边死，伫立久咿嚘。归舍不能食，有如鱼中钩。(《赴江陵途中寄赠王二十补阙李十一拾遗李二十六员外翰林三学士》)

> 汴州城门朝不开，天狗堕地声如雷。健儿争夸杀留后，连屋累栋烧成灰。诸侯咫尺不能救，孤士何者自兴哀。母从子走者为谁，大夫夫人留后儿。昨日乘车骑大马，坐者起趋乘者下。庙堂不肯用干戈，呜呼奈汝母子何。(《汴州乱》)

> 君不见太皇谅阴未出令，小人乘时偷国柄。北军百万虎与貔，天子自将非他师。一朝夺印付私党，懔懔朝士何能为。狐鸣枭噪争署置，睗

睒跳踉相妩媚。夜作诏书朝拜官，超资越序曾无难。公然白日受贿赂，火齐磊落堆金盘。元臣故老不敢语，昼卧涕泣何汍澜。董贤三公谁复惜，侯景九锡行可叹。国家功高德且厚，天位未许庸夫干。嗣皇卓荦信英主，文如太宗武高祖。膺图受禅登明堂，共流幽州鲧死羽。四门肃穆贤俊登，数君匪亲岂其朋。郎官清要为世称，荒郡迫野嗟可矜。湖波连天日相腾，蛮俗生梗瘴疠蒸。江氛岭祲昏若凝，一蛇两头见未曾。怪鸟鸣唤令人憎，蛊虫群飞夜扑灯。雄虺毒螫堕股肱，食中置药肝心崩。左右使令诈难凭，慎勿浪信常兢兢。吾尝同僚情可胜，具书目见非妄征，嗟尔既往宜为惩。（《永贞行》）

念昔始读书，志欲干霸王。屠龙破千金，为艺亦云亢。爱才不择行，触事得逸谤。前年出官由，此祸最无妄。公卿采虚名，擢拜识天仗。奸猜畏弹射，斥逐恣欺诳。新恩移府庭，逼侧厕诸将。于嗟苦驽缓，但惧失宜当。追思南渡时，鱼腹甘所葬。严程迫风帆，劈箭入高浪。颠沉在须臾，忠鲠谁复谅。生还真可喜，克己自惩创。庶从今日后，粗识得与丧。事多改前好，趣有获新尚。誓耕十亩田，不取万乘相。细君知蚕织，稚子已能饷。行当挂其冠，生死君一访。（《岳阳楼别窦司直》）

《赴江陵途中寄赠王二十补阙李十一拾遗李二十六员外翰林三学士》指斥地方官吏擅自追加赋税额度，向饱经战祸之苦的民众勒逼钱财。"有司恤经费，未免烦征求。富者既云急，贫者固已流。传闻闾里间，赤子弃渠沟。"在官府"烦征求"的苛酷压迫下，贫困者就只有逃亡，乃至沦为饿莩了。《汴州乱》谴责威胁国家统一的藩镇势力："健儿争夸杀留后，连屋累栋烧成灰。诸侯咫尺不能救，孤士何者自兴哀。"地方乱兵擅行杀戮，公然挑战朝廷权威，国家的政治统一受到了严重威胁。《永贞行》记述作者所卷入的政治纷争，似与王叔文、刘禹锡、柳宗元等永贞年间的朝廷政治人物有关联。诗人从自己的政治立场出发，将政治对立者视为祸国殃民的罪人："太皇谅阴未出令，小人乘时偷国柄。北军百万虎与貔，天子自将非他师。一朝夺印付私党，懔懔朝士何能为。狐鸣枭噪争署置，睒睒跳踉相妩媚。"诗人谴责政治对手的行事作为："公然白日受贿赂，火齐磊落堆金盘。"对政治对手的人品作了否定。"王叔文集团的结集和成败，只是唐代统治阶级各个集团之间内部争竞的体现。这些集团都得找一个皇帝或皇子为其核心，而参加的成员多数是皇帝或皇子的旧人，是以人事关系结集而非以什么士族、庶族来区分。而且在政策上各个集团之间也并没有太大的差别。"[①] 诗篇所描述的这场政治纷争，个中

---

① 黄永年：《六至九世纪中国政治史》，上海书店出版社2004年版，第453页。

的是非曲直尚存争议，但诗人自我宣示的立场是扶正祛邪，所张扬的价值目标是否定邪浊政治。因此，诗篇的题旨有其道义上的合理性。《岳阳楼别窦司直》怨责政治对手的构陷使自己蒙冤遭贬。"爱才不择行，触事得逸谤。前年出官由，此祸最无妄。""奸猜畏弹射，斥逐恣欺诳。"诗人认为自己信而见疑、忠而被谤，"颠沉在须臾，忠鲠谁复谅"。诗篇对政治对手的怨愤，是诗人秉持传统价值标准对自己卷入政治旋涡所作的评判，充满了道义的自信。韩愈的这些怨政诗题旨显豁，情绪强烈，与作者倔强的政治个性十分契合，具有独特的张力。

刘禹锡，生卒、事迹见前。

刘禹锡的怨政诗与他的政治生涯形成了高度的对应性，他在与朝廷权贵的一系列政治交锋中遭到了敌手的逸毁和打击，贬谪多年，半生蹉跎。刘禹锡对这种经历耿耿于怀，在诗中对政敌宵小的邪僻用心与龌龊手段大加嘲讽，形成了刘禹锡式的独特怨政风格。如：

  天涯浮云生，争蔽日月光。穷巷秋风起，先摧兰蕙芳。万货列旗亭，恣心注明珰。名高毁所集，言巧智难防。勿谓行大道，斯须成太行。莫吟萋兮什，徒使君子伤。（《萋兮吟》）
  与老无期约，到来如等闲。偏伤朋友尽，移兴子孙间。笔底心无毒，杯前胆不豤。唯余忆君梦，飞过武牢关。（《答乐天见忆》）
  巴山楚水凄凉地，二十三年弃置身。怀旧空吟闻笛赋，到乡翻似烂柯人。沉舟侧畔千帆过，病树前头万木春。今日听君歌一曲，暂凭杯酒长精神。（《酬乐天扬州初逢席上见赠》）
  紫陌红尘拂面来，无人不道看花回。玄都观里桃千树，尽是刘郎去后栽。（《元和十一年自朗州召至京戏赠看花诸君子》）
  百亩庭中半是苔，桃花净尽菜花开。种桃道士归何处，前度刘郎今又来。（《再游玄都观》）
  瞿塘嘈嘈十二滩，人言道路古来难。长恨人心不如水，等闲平地起波澜。（《竹枝词九首》其七）
  莫道谗言如浪深，莫言迁客似沙沉。千淘万漉虽辛苦，吹尽狂沙始到金。（《浪淘沙九首》其四）
  鸢飞杳杳青云里，鸢鸣萧萧风四起。旗尾飘扬势渐高，箭头砉划声相似。长空悠悠霁日悬，六翮不动凝风烟。游鹍翔雁出其下，庆云清景相回旋。忽闻饥乌一噪聚，瞥下云中争腐鼠。腾音砺吻相喧呼，仰天大吓疑鹓雏。畏人避犬投高处，俯啄无声犹屡顾。青鸟自爱玉山禾，仙禽徒贵华亭露。朴樕危巢向暮时,琵琶饱腹蹲枯枝。游童挟弹一麾肘,臆碎羽分人不悲。天生众禽各有类,威凤文章在仁义。鹰隼仪形蝼蚁心,虽能戾天何足贵。(《飞鸢操》)

汉陵秦苑遥苍苍,陈根腐叶秋萤光。夜空寥寂金气净,千门九陌飞悠扬。纷纶晖映互明灭,金炉星喷镫花发。露华洗濯清风吹,低昂不定招摇垂。高丽罘罳照珠网,斜历璇题舞罗幌。曝衣楼上拂香裙,承露台前转仙掌。槐市诸生夜读书,北窗分明辨鲁鱼。行子东山起征思,中郎骑省悲秋气。铜雀人归自入帘,长门帐开来照泪。谁言向晦常自明,儿童走步娇女争。天生有光非自炫,远近低昂暗中见。撮蚊妖鸟亦夜起,翅如车轮而已矣。(《秋萤引》)

邺下杀才子,苍茫冤气凝。枯杨映漳水,野火上西陵。马鬣今无所,龙门昔共登。何人为吊客,唯是有青蝇。(《伤丘中丞》)

刘禹锡的这些怨政诗,连续记述自己的贬谪经历,使作品呈现独特的故事性、戏剧性。刘禹锡自被贬出京,多地迁徙,累计达二十多年,他对贬谪生涯的感慨自然十分强烈。"无罪被贬、长久磨难、老而无成作为刘禹锡心里苦闷的三大主因,几乎伴随并折磨了他整整一生。"[1] 如《酬乐天扬州初逢席上见赠》:"巴山楚水凄凉地,二十三年弃置身。"人生已经被荒废了这许多年,这场政治祸殃让诗人永世难忘。《萋兮吟》:"名高毁所集,言巧智难防。勿谓行大道,斯须成太行。莫吟萋兮什,徒使君子伤。"《答乐天见忆》:"笔底心无毒,杯前胆不豥。"小人的排挤构陷,致使诗人多年沉沦。但诗人的性情又绝非一蹶不振的软弱,他的性格中倔强的一面在诗中得到了尽情展现。如《元和十一年自朗州召至京戏赠看花诸君子》:"玄都观里桃千树,尽是刘郎去后栽。"《再游玄都观》:"种桃道士归何处,前度刘郎今又来。"敌手的打击没有摧垮刘禹锡的政治意志和强势个性,他对得意的小人极尽嘲讽,不甘低头,即使为此再次遭贬十年,仍不后悔。及至诗人重返旧地,构陷的小人已不知去向,刘禹锡的政治坚持让自己笑到了最后。这种戏剧情节式的怨政诗,在整个诗歌史上十分罕见。刘禹锡的政治遭遇使他对邪僻小人、谗毁行径抱有强烈的憎恶,他在多首怨政诗里宣泄了对这些人和事的怨愤。如《竹枝词九首》(其七):"长恨人心不如水,等闲平地起波澜。"《浪淘沙九首》(其四):"莫道谗言如浪深,莫言迁客似沙沉。"《飞鸢操》:"忽闻饥乌一噪聚,瞥下云中争腐鼠。腾音砺吻相喧呼,仰天大吓疑鹓雏。畏人避犬投高处,俯啄无声犹屡顾。""鹰隼仪形蝼蚁心,虽能戾天何足贵。"《秋萤引》:

---

[1] 尚永亮:《唐五代逐臣与贬谪文学研究》,武汉大学出版社2007年版,第361页。

"撮蚊妖鸟亦夜起,翅如车轮而已矣。"《伤丘中丞》:"邺下杀才子,苍茫冤气凝。""何人为吊客,唯是有青蝇。"这些诗篇以隐喻的手法影射那些构陷、迫害政治对手的谗谮小人,饱含着作者沉痛的政治感遇和激烈的嫉恶情怀。

四 白居易

生卒、事迹见前。

白居易的怨政诗广泛反映了中唐时期的各种社会政治问题。从朝廷大政方针到地方施政细则,从农家无以为生到宫女生命蹉跎,从民间逃避兵役到官商奢乐无度,白居易的怨政诗触及朝廷和官府各个层面的弊政劣治,发出了中唐怨政诗最强烈的批判之声。白居易怨政诗创作实绩突出,有明确的创作理论指导,有清醒自觉的创作意识和鲜明有力的政治诉求。白居易的政治主张在他的《策林》七十五篇文章中有集中表达,如蠲租税、放宫人、绝进奉、谏宦官不当为制统将领等,谏议革除弊政,裨补时阙。白居易由此写了《新乐府》五十首、《秦中吟》十首等作品,作为书启《策林》的补充。白居易《新乐府》里的讽喻诗即是以批判社会现实为题旨的怨政诗。

白居易的讽喻诗理论即他的怨政诗观点,要求诗歌切合社会政治的需要,为济世安民、扶危济困多做实事。他以多种形式反复表达了这一思想。如《策林·六九·采诗》:"臣闻圣王酌人之言,补己之过,所以立理本,导化源也。将在乎选观风之使,建采诗之官,俾乎歌咏之声,讽刺之兴,日采于下,岁献于上者也。所谓言之者无罪,闻之者足以自诫。""王政之得失,由斯而闻也。人情之哀乐,由斯而知也。然后君臣亲览而斟酌焉,政之废者修之,阙者补之。"[①] 可知白居易的怨政诗理论有明确的政治目的,就是要借以让朝廷了解施政得失,弥补施政缺陷,改进施政措施,达到治国的理想境界。正是出于这个动机,白居易《新乐府序》主张诗歌创作的目的应该是:"总而言之,为君、为臣、为民、为物、为事而作,不为文而作也。"白居易在《与元九书》里系统提出了讽喻诗(怨政诗)的创作主张:"始知文章合为时而著,歌诗合为事而作。是时皇帝初即位,宰府有正人,屡降玺书,访人急病。仆当此日,擢在翰林,身是谏官,手请谏纸,启奏之外,有可以救济人病,裨补时阙,而难于指言者,辄咏歌之。欲稍稍递进闻于上,上以广宸听,副忧勤。"[②] 诗人将自己以诗歌辅佐朝政的目的交代得十分明确。白居易还在一些诗里反复表达了这样的创作动机。如《伤唐衢二首》(其二):"是时兵革后,生民正憔悴。但伤民病痛,不识时忌讳。"《寄唐生》:"唯歌生民病,愿得天

[①] (清)董诰:《全唐文》卷六百七十一《策林》,上海古籍出版社1990年版,第3036页。
[②] 同上。

子知。"因此他的怨政诗才会引起极大的反响,以致政坛敌手烦躁不宁,扼腕切齿。《与元九书》披露了这种带着自觉意识创作的怨政诗引起的反响:"岂图志未就而悔已生,言未闻而谤已成矣。又请为左右终言之""闻《秦中吟》,则权豪贵近者相目而变色矣;闻《乐游园》寄足下诗,则执政柄者扼腕矣;闻《宿紫阁村》诗,则握军要者切齿矣。大率如此,不可遍举。不相与者,号为沽名,号为诋讦,号为讪谤。"① 可见白居易怨政诗的社会影响已经触动了朝廷权臣的利益,因而被他们攻击。但这也从侧面证明了白居易怨政诗在诗论实践上所达到的道义高度,所取得的舆论效果。

白居易的怨政诗主要描写了三个方面的社会政治生活。

1. 表现农家生计艰难,反映赋税负担沉重。

> 杜陵叟,杜陵居,岁种薄田一顷余。三月无雨旱风起,麦苗不秀多黄死。九月降霜秋早寒,禾穗未熟皆青干。长吏明知不申破,急敛暴征求考课。典桑卖地纳官租,明年衣食将何如。剥我身上帛,夺我口中粟。虐人害物即豺狼,何必钩爪锯牙食人肉。不知何人奏皇帝,帝心恻隐知人弊。白麻纸上书德音,京畿尽放今年税。昨日里胥方到门,手持尺牒榜乡村。十家租税九家毕,虚受吾君蠲免恩。(《杜陵叟》)
>
> 田家少闲月,五月人倍忙。夜来南风起,小麦覆陇黄。妇姑荷箪食,童稚携壶浆。相随饷田去,丁壮在南冈。足蒸暑土气,背灼炎天光。力尽不知热,但惜夏日长。复有贫妇人,抱子在其傍。右手秉遗穗,左臂悬敝筐。听其相顾言,闻者为悲伤。家田输税尽,拾此充饥肠。今我何功德,曾不事农桑。吏禄三百石,岁晏有余粮。念此私自愧,尽日不能忘。(《观刈麦》)
>
> 麦死春不雨,禾损秋早霜。岁晏无口食,田中采地黄。采之将何用,持以易糇粮。凌晨荷锄去,薄暮不盈筐。携来朱门家,卖与白面郎。与君啖肥马,可使照地光。愿易马残粟,救此苦饥肠。(《采地黄者》)
>
> 八年十二月,五日雪纷纷。竹柏皆冻死,况彼无衣民。回观村闾间,十室八九贫。北风利如剑,布絮不蔽身。唯烧蒿棘火,愁坐夜待晨。乃知大寒岁,农者尤苦辛。顾我当此日,草堂深掩门。褐裘覆绸被,坐卧有余温。幸免饥冻苦,又无垄亩勤。念彼深可愧,自问是何人。(《村居苦寒》)
>
> 厚地植桑麻,所要济生民。生民理布帛,所求活一身。身外充征赋,上以奉君亲。国家定两税,本意在爱人。厥初防其淫,明敕内外臣。税

---

① (清)董浩:《全唐文》卷六百七十五《与元九书》,上海古籍出版社1990年版,第3053页。

外加一物，皆以枉法论。奈何岁月久，贪吏得因循。浚我以求宠，敛索无冬春。织绢未成匹，缲丝未盈斤。里胥迫我纳，不许暂逡巡。岁暮天地闭，阴风生破村。夜深烟火尽，霰雪白纷纷。幼者形不蔽，老者体无温。悲喘与寒气，并入鼻中辛。昨日输残税，因窥官库门。缯帛如山积，丝絮如云屯。号为羡余物，随月献至尊。夺我身上暖，买尔眼前恩。进入琼林库，岁久化为尘。（《秦中吟十首·重赋》）

有吏夜叩门，高声催纳粟。家人不待晓，场上张灯烛。扬簸净如珠，一车三十斛。犹忧纳不中，鞭责及僮仆。昔余谬从事，内愧才不足。连授四命官，坐尸十年禄。常闻古人语，损益周必复。今日谅甘心，还他太仓谷。（《纳粟》）

太阴不离毕，太岁仍在午。旱日与炎风，枯焦我田亩。金石欲销铄，况兹禾与黍。嗷嗷万族中，唯农最辛苦。悯然望岁者，出门何所睹。但见棘与茨，罗生遍场圃。恶苗承沴气，欣然得其所。感此因问天，可能长不雨。（《夏旱》）

莫作农夫去，君应见自愁。迎春犁瘦地，趁晚喂羸牛。数被官加税，稀逢岁有秋。不如来饮酒，酒伴醉悠悠。（《劝酒十四首·不如来饮酒七首》其二）

白居易的怨政诗，表现百姓税赋痛苦、生计艰困的作品尤为突出。诗人自己注明《杜陵叟》的题旨是"伤农夫之困也"，代表了这类怨政诗的主题。中唐时期的民生艰难，比之初唐、盛唐有过之而无不及。战争加重了朝廷对粟米布帛军需物资的索求，加之朝廷、官府庞大的常规支出，所有负担全都压在已经饱受战争伤害的农民身上，造成了普遍的贫困和艰辛，甚至无以为生。《杜陵叟》记述地方官府在农家遭灾后仍然苛酷征税，朝廷的蠲免诏令成为一纸空文。"三月无雨旱风起，麦苗不秀多黄死。九月降霜秋早寒，禾穗未熟皆青干。长吏明知不申破，急敛暴征求考课。典桑卖地纳官租，明年衣食将何如。剥我身上帛，夺我口中粟。虐人害物即豺狼，何必钩爪锯牙食人肉。""十家租税九家毕，虚受吾君蠲免恩。"诗人将这些敲骨吸髓、瞒上欺下的贪婪官吏痛斥为"豺狼"，谴责他们残民以逞的苛政行为。《观刈麦》描写农家千辛万苦打下麦子，被官府征税后只能拾取地里的残穗艰难度日。"家田输税尽，拾此充饥肠。"《采地黄者》描写农家口粮短缺，年终岁末以牲口饲料充饥。"岁晏无口食，田中采地黄。""愿易马残粟，救此苦饥肠。"《村居苦寒》描写农家在隆冬时节缺少衣被，忍受着严寒的煎熬。"回观村闾间，十室八九贫。""唯烧蒿棘火，愁坐夜待晨。乃知大寒岁，农者尤苦辛。"《秦中吟十首·重赋》描写贪吏在朝廷的"两税"之外加征"羡余"。"税外加一物,皆以枉法论。奈何岁月久,贪吏得因循。浚我以求宠,敛索无冬春。""夺我身上暖,买尔眼前恩。进入琼林库,岁久化为尘。"贪吏们对百姓进行的这种"敛索"搜刮,换取的是朝廷的恩宠,带给百姓的是饥寒,而搜刮去的宝贵的绢帛却白白地烂朽为尘土。《纳粟》描写农家面对苛刻税赋,战战兢兢地忍受恶吏的敲诈。"有吏夜叩门,高声催纳粟。""扬簸净如珠,一车三十斛。犹忧纳不中,鞭责及僮仆。"《夏旱》描写农家在酷夏时节的劳作,感慨农家勤苦而未得收获。"金石欲销铄,况兹禾与黍。嗷嗷万族中,唯农最辛苦。"《劝酒十四首·不如来饮酒》(其二)描写农家辛勤耕耘,但在官府的重税压力下难有属于自己的收成。"迎春犁瘦地,趁晚喂羸牛。数被官加税,稀逢岁有秋。"这些诗篇都披露了农家生计艰困的严峻现实,对朝廷和官府税赋政策提出了强烈异议,凸显作者希望朝廷和官府减轻农民税负的谏政动机。

2. 怨责弊策酷吏,痛斥残民以逞。

  卖炭翁,伐薪烧炭南山中。满面尘灰烟火色,两鬓苍苍十指黑。卖炭得钱何所营,身上衣裳口中食。可怜身上衣正单,心忧炭贱愿天寒。夜来城外一尺雪,晓驾炭车辗冰辙。牛困人饥日已高,市南门外泥中歇。翩翩两骑来是谁,黄衣使者白衫儿。手把文书口称敕,回车叱牛牵向北。一车炭,千余斤,官使驱将惜不得。半匹红绡一丈绫,系向牛头充炭直。(《卖炭翁》)

  晨游紫阁峰,暮宿山下村。村老见余喜,为余开一尊。举杯未及饮,暴卒来入门。紫衣挟刀斧,草草十余人。夺我席上酒,掣我盘中飧。主人退后立,敛手反如宾。中庭有奇树,种来三十春。主人惜不得,持斧断其根。口称采造家,身属神策军。主人慎勿语,中尉正承恩。(《宿紫阁山北村》)

  红线毯,择茧缲丝清水煮,拣丝练线红蓝染。染为红线红于蓝,织作披香殿上毯。披香殿广十丈余,红线织成可殿铺。彩丝茸茸香拂拂,线软花虚不胜物。美人踏上歌舞来,罗袜绣鞋随步没。太原毯涩毷缕硬,蜀都褥薄锦花冷。不如此毯温且柔,年年十月来宣州。宣城太守加样织,自谓为臣能竭力。百夫同担进宫中,线厚丝多卷不得。宣城太守知不知,一丈毯,千两丝。地不知寒人要暖,少夺人衣作地衣。(《红线毯》)

  捕蝗捕蝗谁家子,天热日长饥欲死。兴元兵后伤阴阳,和气蛊蠹化为蝗。始自两河及三辅,荐食如蚕飞似雨。雨飞蚕食千里间,不见青苗空赤土。河南长吏言忧农,课人昼夜捕蝗虫。是时粟斗钱三百,蝗虫之价与粟同。捕蝗捕蝗竟何利，徒使饥人重劳费。一虫虽死百虫来，岂将人力定天灾。我闻古之良吏有善政，以政驱蝗蝗出境。又闻贞观之初道欲昌，文皇仰天吞一蝗。一人有庆兆民赖，是岁虽蝗不为害。（《捕蝗》）

黑潭水深黑如墨，传有神龙人不识。潭上架屋官立祠，龙不能神人神之。丰凶水旱与疾疫，乡里皆言龙所为。家家养豚漉清酒，朝祈暮赛依巫口。神之来兮风飘飘，纸钱动兮锦伞摇。神之去兮风亦静，香火灭兮杯盘冷。肉堆潭岸石，酒泼庙前草。不知龙神享几多，林鼠山狐长醉饱。狐何幸，豚何辜，年年杀豚将喂狐。狐假龙神食豚尽，九重泉底龙知无。（《黑潭龙》）

新丰老翁八十八，头鬓眉须皆似雪。玄孙扶向店前行，左臂凭肩右臂折。问翁臂折来几年，兼问致折何因缘。翁云贯属新丰县，生逢圣代无征战。惯听梨园歌管声，不识旗枪与弓箭。无何天宝大征兵，户有三丁点一丁。点得驱将何处去，五月万里云南行。闻道云南有泸水，椒花落时瘴烟起。大军徒涉水如汤，未过十人二三死。村南村北哭声哀，儿别爷娘夫别妻。皆云前后征蛮者，千万人行无一回。是时翁年二十四，兵部牒中有名字。夜深不敢使人知，偷将大石捶折臂。张弓簸旗俱不堪，从兹始免征云南。骨碎筋伤非不苦，且图拣退归乡土。此臂折来六十年，一肢虽废一身全。至今风雨阴寒夜，直到天明痛不眠。痛不眠，终不悔，且喜老身今独在。不然当时泸水头，身死魂孤骨不收。应作云南望乡鬼，万人冢上哭呦呦。老人言，君听取。君不闻开元宰相宋开府，不赏边功防黩武。又不闻天宝宰相杨国忠，欲求恩幸立边功。边功未立生人怨，请问新丰折臂翁。（《新丰折臂翁》）

白居易的一些怨政诗，集中记述了当朝的弊策恶吏带给百姓的各种祸端，有针对性地揭露了朝廷和地方各项弊策的危害。《卖炭翁》自注题旨是"苦宫市也"，诗篇披露朝廷派太监贱价强买百姓物品的"宫市"制度祸害世间。"翩翩两骑来是谁，黄衣使者白衫儿。手把文书口称敕，回车叱牛牵向北。一车炭，千余斤，官使驱将惜不得。半匹红绡一丈绫，系向牛头充炭直。"史载，贞元年间，"宫中取物于市，以中官为宫市使。两市置'白望'数十百人，以盐估敝衣、绢帛，尺寸分裂酬其直。又索进奉门户及脚价钱，有赍物入市而空归者"。[①]《卖炭翁》揭示的正是这种半抢半买的宫市制度的强横本质。《宿紫阁山北村》描写禁军权贵强索民间珍奇树木。"中庭有奇树，种来

---

① （宋）欧阳修等：《新唐书》卷五十二《食货志二》，中华书局 2000 年版，第 892 页。

三十春。主人惜不得，持斧断其根。口称采造家，身属神策军。主人慎勿语，中尉正承恩。"公然进院入园肆意砍伐民户珍爱的树木，恬然自称是奉命而为，其背后"神策军"的骄横身影让人厌憎。《红线毯》描写"宣城太守"不惜竭尽民脂民膏向朝廷贡献巨量的"红线毯"，为个人邀宠晋爵。"宣城太守加样织，自谓为臣能竭力。百夫同担进宫中，线厚丝多卷不得。宣城太守知不知，一丈毯，千两丝。地不知寒人要暖，少夺人衣作地衣。"诗人严厉责问"宣城太守"，也强烈质疑贪婪索求"红线毯"的进贡制度。《捕蝗》描写地方官员不顾灾情实际状况布置灭蝗，劳民伤财，救灾无效，反而加重灾害。"河南长吏言忧农，课人昼夜捕蝗虫。是时粟斗钱三百，蝗虫之价与粟同。捕蝗捕蝗竟何利，徒使饥人重劳费。"诗人极不赞同地方官员这种不恤民力、不求实效的行政作为。《黑潭龙》描写地方官府顺从荒谬习俗，将粮食丰歉的希望寄托于虚幻的神龙。"丰凶水旱与疾疫，乡里皆言龙所为。""神之去兮风亦静，香火灭兮杯盘冷。肉堆潭岸石，酒泼庙前草。不知龙神享几多，林鼠山狐长醉饱。狐何幸，豚何辜，年年杀豚将喂狐。狐假龙神食豚尽，九重泉底龙知无。"虽然耗费民财无数，丝毫未能扭转旱涝丰歉的局面。诗人对这种荒诞误事的官府行为显然极不认同。《新丰折臂翁》描写天宝年间朝廷黩武开边、祸国殃民。"无何天宝大征兵，户有三丁点一丁。点得驱将何处去，五月万里云南行。""皆云前后征蛮者，千万人行无一回。"老翁当年为逃避兵役，自断手臂，在"千万人行无一回"的抓丁生死劫中捡得一条性命并为之自我庆幸："不然当时泸水头，身死魂孤骨不收。应作云南望乡鬼，万人冢上哭呦呦。"老翁的遭遇见证了两种边策的高下之分。"君不闻开元宰相宋开府，不赏边功防黩武。又不闻天宝宰相杨国忠，欲求恩幸立边功。"诗篇以此谴责了使气逞欲、黩武殃民的荒谬边策。

3. 斥责骄奢淫逸，警告贫富悬殊。

谁家起甲第，朱门大道边。丰屋中栉比，高墙外回环。累累六七堂，栋宇相连延。一堂费百万，郁郁起青烟。洞房温且清，寒暑不能干。高堂虚且迥，坐卧见南山。绕廊紫藤架，夹砌红药栏。攀枝摘樱桃，带花移牡丹。主人此中坐，十载为大官。厨有臭败肉，库有贯朽钱。谁能将我语，问尔骨肉间。岂无穷贱者，忍不救饥寒。如何奉一身，直欲保千年。不见马家宅，今作奉诚园。（《秦中吟十首·伤宅》）

意气骄满路，鞍马光照尘。借问何为者，人称是内臣。朱绂皆大夫，紫绶或将军。夸赴军中宴，走马去如云。尊罍溢九酝，水陆罗八珍。果擘洞庭橘，脍切天池鳞。食饱心自若，酒酣气益振。是岁江南旱，衢州

人食人。(《秦中吟十首·轻肥》)

秦中岁云暮,大雪满皇州。雪中退朝者,朱紫尽公侯。贵有风雪兴,富无饥寒忧。所营唯第宅,所务在追游。朱门车马客,红烛歌舞楼。欢酣促密坐,醉暖脱重裘。秋官为主人,廷尉居上头。日中为一乐,夜半不能休。岂知阌乡狱,中有冻死囚。(《秦中吟十首·歌舞》)

帝城春欲暮,喧喧车马度。共道牡丹时,相随买花去。贵贱无常价,酬直看花数。灼灼百朵红,戋戋五束素。上张幄幕庇,旁织巴篱护。水洒复泥封,移来色如故。家家习为俗,人人迷不悟。有一田舍翁,偶来买花处。低头独长叹,此叹无人喻。一丛深色花,十户中人赋。(《秦中吟十首·买花》)

盐商妇,多金帛,不事田农与蚕绩。南北东西不失家,风水为乡船作宅。本是扬州小家女,嫁得西江大商客。绿鬟富去金钗多,皓腕肥来银钏窄。前呼苍头后叱婢,问尔因何得如此。婿作盐商十五年,不属州县属天子。每年盐利入官时,少入官家多入私。官家利薄私家厚,盐铁尚书远不知。何况江头鱼米贱,红脍黄橙香稻饭。饱食浓妆倚柂楼,两朵红腮花欲绽。盐商妇,有幸嫁盐商。终朝美饭食,终岁好衣裳。好衣美食来何处,亦须惭愧桑弘羊。桑弘羊,死已久,不独汉时今亦有。(《盐商妇》)

白居易的怨政诗中,有一些作品专门揭示社会贫富悬殊、权贵骄奢淫逸的社会危机现象。《秦中吟十首·伤宅》描写达官权贵营建豪宅大院,挥霍所聚敛的财富。"谁家起甲第,朱门大道边。丰屋中栉比,高墙外回环。累累六七堂,栋宇相连延。一堂费百万,郁郁起青烟。"这样的营建规模与主人能够挥金如土的财力是相匹配的。诗篇揭示了这个权豪的身份背景和一贯作派:"主人此中坐,十载为大官。厨有臭败肉,库有贯朽钱。谁能将我语,问尔骨肉间。岂无穷贱者,忍不救饥寒。"诗人对权豪势要肆意挥霍财富、漠视民间穷困的政治后果提出了警告。《秦中吟十首·轻肥》描写达官权贵无视灾年百姓粮食断绝的严峻现实,公然炫耀享用山珍海味的豪奢气派。"意气骄满路,鞍马光照尘。借问何为者,人称是内臣。朱绂皆大夫,紫绶或将军。夸赴军中宴,走马去如云。"诗篇凸显这些赴宴者的显赫身份,揭示这些"大夫""将军"高高在上,竞相比夸各自的权力和地位。"尊罍溢九酝,水陆罗八珍。果擘洞庭橘,脍切天池鳞。食饱心自若,酒酣气益振。"山珍海味在权贵们的面前不仅是大餐美味,更是体现权势地位的手段。诗篇在描述权贵们的饕餮盛宴后,推出了这样的画面:"是岁江南旱,衢州人食人。"诗人没有更多的议论，但这个画面已经足够惊心，激荡起振聋发聩的政治警示。《秦中吟十首·歌舞》描述达官权贵沉溺奢靡的享乐，全然忘记了社会危机的存在。"雪中退朝者，朱紫尽公侯。贵有风雪兴，富无饥寒忧。所营唯第宅，所务在追游。朱门车马客，红烛歌舞楼。"这些当权的势要，醉心于营建豪宅、竞相优游，社会其他阶层的生死苦乐完全不在他们的视野和思虑之内。"日中为一乐，夜半不能休。岂知阌乡狱，中有冻死囚。"诗篇最后展示的这组对立的画面，传达了当权者漠视世间苦难的政治麻木。《秦中吟十首·买花》描写世间不同阶层生活境况的悬殊。花钱买花是王朝帝都的城市生活场景，这样的场景在辛苦劳作的农家眼里却带来了痛苦的感受。"有一田舍翁，偶来买花处。低头独长叹，此叹无人喻。一丛深色花，十户中人赋。"诗篇将京城富人的享乐生活与乡间农人的艰难生存作了对比，一户富裕人家的寻常买花钱，足够抵得上十户农家的税赋负担。"田舍翁"的长叹，正是社会财富呈现阶层悬殊，社会分配机制存在极大不公的真实体现。《盐商妇》描述富商大贾利用国家盐政的弊端，聚敛了巨量的财富，得以奢侈炫耀。"盐商妇，多金帛，不事田农与蚕绩。""绿鬟富去金钗多，皓腕肥来银钏窄。前呼苍头后叱婢，问尔因何得如此。"诗篇由描述"盐商妇"的炫富，转入追问盐商的财富来源："婿作盐商十五年，不属州县属天子。每年盐利入官时，少入官家多入私。官家利薄私家厚，盐铁尚书远不知。"诗篇所揭露的盐商获利丰厚的真相，凸显了社会财富分配机制的严重弊端。白居易的这类作品，揭示了社会贫富悬殊、权贵骄奢淫逸对政治秩序具有潜在的破坏性后果，显示出高度的政治敏锐性和现实批判力。

白居易在《采诗官—监前王乱亡之由也》一诗中曾论及讽喻诗创作的现实状况："周灭秦兴至隋氏，十代采诗官不置。郊庙登歌赞君美，乐府艳词悦君意。若求兴谕规刺言，万句千章无一字。不是章句无规刺，渐及朝廷绝讽议。诤臣杜口为冗员，谏鼓高悬作虚器。一人负扆常端默，百辟入门两自媚。夕郎所贺皆德音，春官每奏唯祥瑞。君之堂兮千里远，君之门兮九重閟。君耳唯闻堂上言，君眼不见门前事。贪吏害民无所忌，奸臣蔽君无所畏。君不见厉王胡亥之末年，群臣有利君无利。君兮君兮愿听此，欲开壅蔽达人情，先向歌诗求讽刺。"白居易将长期以来诗歌创作中存在的弊端说得非常明白：诗歌的美刺功能，在普遍的情形下已经被扭曲得失去了应有的作用。歌功颂德者只为愉悦君意，而讽谏刺谕者则回避现实、敷衍问题："若求兴谕规刺言，万句千章无一字。不是章句无规刺，渐及朝廷绝讽议。"这样的讽谏诗对朝政不但毫无裨益，反而助长了吏治败坏，"贪吏害民无所忌，奸臣蔽君无所畏"。白居易对此风气极为不满，向君主直接发出了呼吁："君兮君兮愿听此，欲开壅蔽达人情，先向歌诗求讽刺。"希望君主借助讽谏诗，真正察知朝廷弊端。从白居易自己的创作实绩来看，他的怨政诗确实深度介入了所在时代社会政治生活的很多领域，深刻揭示了国家政治生活中的种种弊端乱象，向朝廷和社会传达了必须革除这些政治弊端的强烈警示，是唐代怨政诗影响社会政治的典范之作。

五 柳宗元 元稹 李贺 卢仝

柳宗元，生卒、事迹见前。

柳宗元的政治遭遇与刘禹锡有相似之处，都是因为受王叔文政治集团的牵连，被贬谪偏远之地，累年沉陷，不得新的转机。他的怨政诗倾吐对自己政治遭遇的怨痛，忧郁愤懑，心理特征十分鲜明。"接连不断的政治打击使他对自己被抛弃、被拘囚和生命荒废的感受特别敏锐、特别深刻。"[①] 如《登柳州城楼寄漳汀封连四州》："城上高楼接大荒，海天愁思正茫茫。惊风乱飐芙蓉水，密雨斜侵薜荔墙。岭树重遮千里目，江流曲似九回肠。共来百越文身地，犹自音书滞一乡。"诗篇诉说遭受贬谪、空耗生命、身心摧折的痛苦处境，在对边远荒蛮景象的描述中，心中的痛怨伴随着政治的失落："共来百越文身地，犹自音书滞一乡。"诗篇充满忧伤的情调。柳宗元也写有表现农家悲苦生活的怨政诗，如《田家三首》其二："蚕丝尽输税，机杼空倚壁。里胥夜经过，鸡黍事筵席。各言官长峻，文字多督责。东乡后租期，车毂陷泥泽。公门少推恕，鞭朴恣狼藉。努力慎经营，肌肤真可惜。迎新在此岁，唯恐踵前迹。"诗篇描写中唐时期地方官府凶狠催逼赋税，百姓悲苦忍受催科："公门少推恕，鞭朴恣狼藉。努力慎经营，肌肤真可惜。"画面冷峻严酷，揭露很有深度。

元稹（779—831），字微之，万年（今陕西西安）人。贞元间明经及第，历秘书省校书郎。元和间官左拾遗，贬通州司马。长庆间由工部侍郎拜相。大和间任武昌军节度使。

元稹早年怀抱济世愿望，热忱关怀世事，对朝廷政策、国事是非、民生疾苦极为关切，写了不少反映民间赋税徭役负担沉重的批判现实的作品。如：

牛咤咤，田确确。旱块敲牛蹄趵趵，种得官仓珠颗谷。六十年来兵簇簇，月月食粮车辘辘。一日官军收海服，驱牛驾车食牛肉。归来攸得牛两角，重铸锄犁作斤劚。姑舂妇担去输官，输官不足归卖屋，愿官早胜仇早覆。农死有儿牛有犊，誓不遣官军粮不足。（《田家词》）

[①] 尚永亮：《唐五代逐臣与贬谪文学研究》，武汉大学出版社2007年版，第350页。

> 织妇何太忙，蚕经三卧行欲老。蚕神女圣早成丝，今年丝税抽征早。早征非是官人恶，去岁官家事戎索。征人战苦束刀疮，主将勋高换罗幕。缲丝织帛犹努力，变缉撩机苦难织。东家头白双女儿，为解挑纹嫁不得。檐前袅袅游丝上，上有蜘蛛巧来往。羡他虫豸解缘天，能向虚空织罗网。（《织妇词》）

《田家词》描写农家在朝廷连年征战、官府无情催粮的压力下艰难生存的境况。"六十年来兵簇簇，月月食粮车辘辘。"六十年的漫长岁月，连年不断的军需征粮，诗篇展示的背景很宏大。农家在官府的催征下，战战兢兢，交粮输官唯恐不及。"姑舂妇担去输官，输官不足归卖屋，愿官早胜仇早覆。"交输官粮，民众不敢不从，无奈官府的征额太高，农家把田间收成全都上交，也难以达到官家的标准，以致有的人家被逼到卖屋以偿税。篇末以誓言的口吻表达了交纳官粮的心愿："农死有儿牛有犊，誓不遣官军粮不足。"看似言辞恳切，实则怨愤极大，对官家急征暴敛表达了强烈的抵触情绪。《织妇词》描写蚕妇织女在官家变本加厉催征下交纳丝税的痛苦感受。"蚕神女圣早成丝，今年丝税抽征早。早征非是官人恶，去岁官家事戎索。"今年官家早早就催征丝税，似乎这样的催征并非官府的恶意追迫，而是履行朝廷派下的军需公务，但这样的军需征税毕竟带来了民力不堪承受的负担。"征人战苦束刀疮，主将勋高换罗幕。缲丝织帛犹努力，变缉撩机苦难织。"蚕妇织女们无以排解这样的税负重压，乃至虚幻想象能像蜘蛛一样无尽吐丝，才能保证向官府提供无休无止的军需丝税。"檐前袅袅游丝上，上有蜘蛛巧来往。羡他虫豸解缘天，能向虚空织罗网。"诗篇的奇特想象映衬出织妇们已经无力承受官家丝税重压的无奈现实。

李贺（790—816），字长吉，福昌（今河南宜阳）人。唐室后裔。元和间应进士试，因避讳不得举进士。入仕为奉礼郎，后辞官归。入潞州为幕僚，病归，卒于家。

李贺的身世造就了他孤高的性格，他尤其痛恨那些阴暗不公的社会现象。李贺因避父讳而不得科举仕进，让他非常郁愤，对中伤者有很深的戒意，忧谗畏讥的情绪时时出现在诗中，如《公无出门》描写正直之士遭受压制："毒虬相视振金环，狻猊猰貐吐馋涎。鲍焦一世披草眠，颜回廿九鬓毛斑。颜回非血衰，鲍焦不违天。天畏遭衔啮，所以致之然。分明犹惧公不信，公看呵壁书问天。"诗篇用隐喻的手法描述颜回、鲍焦一样的志士遭受攻讦压制的悲惨场景，批判了官场邪风劲吹的混浊政治生态。《艾如张》描写逸虚奸佞织造罗网陷害忠良："锦襜褕，绣裆襦，强强饮啄哺尔雏。陇东卧穗满风雨，莫信龙媒陇西去。齐人织网如素空，张在野春平碧中。网丝漠漠无形影，误尔触之伤首红。艾叶绿花谁剪刻，中藏祸机不可测。"诗人对谗慝小人居心叵测的人身攻击和精神毁损充满憎恶，其间隐含着对自身政治遭际的深深怨痛。

　　李贺的怨政诗还抒写了对宦官弄权的不满。《吕将军歌》描写勇将不得其用、宦官担纲主帅的荒诞任命："独携大胆出秦门，金粟堆边哭陵树。北方逆气污青天，剑龙夜叫将军闲。将军振袖拂剑锷，玉阙朱城有门阁。榼榼银龟摇白马，傅粉女郎火旗下。恒山铁骑请金枪，遥闻箙中花箭香。西郊寒蓬叶如刺，皇天新栽养神骥。厩中高桁排蹇蹄，饱食青刍饮白水。圆苍低迷盖张地，九州人事皆如此。赤山秀铤御时英，绿眼将军会天意。"对朝廷任命如"傅粉女郎"般的宦官担任主帅极尽讽刺，赞叹善战而不被任用的吕将军，更反衬宦官为帅的政治闹剧十分可悲。"圆苍低迷盖张地，九州人事皆如此。"对朝廷在任用主帅的大事上如此乖谬，诗人既鄙夷，又无奈，流露出对朝廷政治的极大失望。

　　李贺有多首怨政诗触及社会底层百姓的痛苦。如《感讽五首》（其一）描写官员和吏胥前赴后继登门农家，催征丝税："县官骑马来，狞色虬紫须。怀中一方板，板上数行书。不因使君怒，焉得诣尔庐。越妇拜县官，桑牙今尚小。会待春日晏，丝车方掷掉。越妇通言语，小姑具黄粱。县官踏餐去，簿吏复登堂。"蚕妇织女们累月忙碌，蚕丝尚未缫好，县府官吏们已纷至沓来，上门勒索了。《平城下》描写百姓在严苛兵役压迫下的生存痛苦："塞长连白空，遥见汉旗红。青帐吹短笛，烟雾湿昼龙。日晚在城上，依稀望城下。风吹枯蓬起，城中嘶瘦马。借问筑城吏，去关几千里。惟愁裹尸归，不惜倒戈死。"百姓被征千里服役，守戍边城，难逃尸骨归乡的下场。这类怨政诗是李贺关切民众痛苦、批判苛政殃民的显例，可见李贺的政治价值取向并非局限于个人得失的狭小范畴。

　　卢仝（795—835），郡望范阳（今河北涿州）。元和间征为谏议大夫，未就。大和间逢"甘露之变"，与宰相王涯一同遇害。

　　卢仝《常州孟谏议座上闻韩员外职方贬国子博士有感五首》为韩愈被贬谪鸣不平。

　　　　忽见除书到，韩君又学官。死生纵有命，人事始知难。烈火先烧玉，庭芜不养兰。山夫与刺史，相对两巉岏。（其一）

　　　　干禄无便佞，宜知黜此身。员郎犹小小，国学大频频。孤宦心肝直，天王苦死嗔。朝廷无谏议，谁是雪韩人。（其二）

　　　　何事遭朝贬，知何被不容。不如思所自，只欲涕无从。爵服何曾好，

荷衣已惯缝。朝官莫相识，归去老岩松。（其三）

　　力小垂垂上，天高又不登。致身唯一己，获罪则颜朋。禄位埋坑阱，康庄垒剑棱。公卿共惜取，莫遣玉山崩。（其四）

　　谁怜野田子，海内一韩侯。左道官虽乐，刚肠得健无。功名生地狱，礼教死天囚。莫言耕种好，须避蒺藜秋。（其五）

　　诗人对韩愈刚直行事遭受贬谪的境遇甚为愤慨，从不同角度表达了对朝廷的不满："死生纵有命，人事始知难。烈火先烧玉，庭芜不养兰。"旦夕祸福，诤臣遭祸，政治环境险恶难测，邪气上升；"孤宦心肝直，天王苦死嗔。朝廷无谏议，谁是雪韩人。"直言敢谏的大臣落难，朝廷之上一时都噤声畏缩了；"何事遭朝贬，知何被不容。不如思所自，只欲涕无从。"遭贬的缘由使人无法理解，遭贬的结果让人欲哭无泪；"力小垂垂上，天高又不登。""公卿共惜取，莫遣玉山崩。"诗人对落难者想施以援手，却有心无力，只能祈祷旁人不要落井下石；"谁怜野田子，海内一韩侯。左道官虽乐，刚肠得健无。"诗篇感慨，像"韩侯"这样关切民苦的朝臣，海内罕有，左迁的贬谪之中定会保持刚肠嫉恶的秉性。诗人直切地为韩愈辩护，为韩愈抱不平，推崇韩愈履行职责直言敢谏，怨责朝廷排斥诤臣，乱政胡为。对韩愈遭贬做出是非评判，诗人坦直地展示了自己的政治态度。

第五节　晚唐颂政诗——朝政颓败　颂声寥落

　　晚唐时期是指唐敬宗宝历至唐昭宗天祐时期。藩镇跋扈，党争激烈，宦官擅权，晚唐政治的这三大顽疾一直没有消停，直至王朝覆灭。在这种朝政衰败的大趋势中，也有个别皇帝曾经为改变朝政的衰颓局面而努力，无奈时运不济，终致失败结局。晚唐政治格局下，文人士大夫的颂政诗也稀稀落落，了无生气。只有个别诗人如杜牧、李商隐等，仍然表达了不甘唐王朝彻底陨落的心愿，写下了数首寄托政治意愿的颂政诗，如杜牧的《皇风》对唐文宗的治理之道深表赞佩，《今皇帝陛下一诏征兵不日功集河湟诸郡次第归降臣获睹圣功辄献歌咏》热烈称颂唐宣宗大中年间边地征战的胜绩；李商隐的《韩碑》回溯唐宪宗和裴度平淮西功绩，蕴含的是对唐室诸帝扭转藩镇割据危局、实现国家中兴的政治作为的赞同。反倒是唐王朝最后落幕前的一些颂政诗，如薛能的《升平词十首》称颂懿宗君臣治理下的国家图景，赵光逢的《郊祀乐章·庆和》不吝辞藻颂圣歌德，与那个时代衰败的社会政治景况形成了极大的反差,是典型的谀颂之词。

一 杜牧 李商隐

杜牧(803—853),字牧之,万年(今陕西西安)人。大和间进士,历弘文馆校书郎、监察御史等。开成间历左补阙等。大中间历司勋员外郎、中书舍人等。

杜牧出身名门,自少年时代即已关怀时政。步入仕途后,在军幕、衙府、朝廷任过不同职务,有过各种历练,其对国家政治的观察、思考和参与程度是同时代很多诗人所不能比拟的。杜牧的颂政诗,虽然不像他曾经撰写的平房征战之类的谈兵论政之文那样针对具体问题而作,但也可从中看到诗人对国事的热忱关注和对国运的真切祈愿。这些不同类别的诗和文,其内在的心志和情感具有高度的一致性。

《皇风》对唐文宗的治理之道深为赞佩。

> 仁圣天子神且武,内兴文教外披攘。以德化人汉文帝,侧身修道周宣王。远蹂巢穴尽窒塞,礼乐刑政皆弛张。何当提笔侍巡狩,前驱白旆吊河湟。

诗人不仅歌赞文宗的德治教化之政堪比周宣王、汉文帝,更热切表达希望投身文宗中兴大业,为参与御边守土、收复边地而驱驰奔走。诗人对文宗类比古代圣君的称颂,显然超过了文宗在历史上的建树实绩,但其中蕴含的诗人对文宗重振朝政的期待,完全可以理解。

《今皇帝陛下一诏征兵不日功集河湟诸郡次第归降臣获睹圣功辄献歌咏》,热烈赞颂了宣宗大中三年(849)收复失地的胜绩。

> 捷书皆应睿谋期,十万曾无一镞遗。汉武惭夸朔方地,周宣休道太原师。威加塞外寒来早,恩入河源冻合迟。听取满城歌舞曲,凉州声韵喜参差。

史载:"大中三年八月,乙酉,改长乐州为威州。河、陇老幼千余人诣阙,己丑,上御延喜门楼见之,欢呼舞跃,解胡服,袭冠带,观者皆呼万岁。"[①] 杜牧此诗正是对灵武节度使朱叔明收复长乐州等系列胜绩的歌赞。诗人由"威加塞外寒来早,恩入河源冻合迟"带来的边地收复喜悦,在"听取

[①] (宋)司马光:《资治通鉴》卷二百四十八《宣宗大中三年》,中华书局2011年版,第8162页。

满城歌舞曲，凉州声韵喜参差"的描述中越发显得起伏难平。诗篇将此胜绩与汉武帝功业相类比，对当今皇室力图中兴作了热烈礼赞。

李商隐（813—858），字义山，河内（今河南沁阳）人。开成间进士。历任校书郎、弘农尉。会昌间任秘书省正字。大中间历周至县尉、东川节度使判官等。

李商隐的政治情怀在他的颂政诗里有深度的展示。《韩碑》一诗，集中表现了诗人对朝廷大政国策的理解和思考，表现了诗人评判政治人物历史功绩的原则和尺度。

元和天子神武姿，彼何人哉轩与羲。誓将上雪列圣耻，坐法宫中朝四夷。淮西有贼五十载，封狼生貙貙生罴。不据山河据平地，长戈利矛日可麾。帝得圣相相曰度，贼斫不死神扶持。腰悬相印作都统，阴风惨淡天王旗。诉武古通作牙爪，仪曹外郎载笔随。行军司马智且勇，十四万众犹虎貔。入蔡缚贼献太庙，功无与让恩不訾。帝曰汝度功第一，汝从事愈宜为辞。愈拜稽首蹈且舞，金石刻画臣能为。古者世称大手笔，此事不系于职司。当仁自古有不让，言讫屡颔天子颐。公退斋戒坐小阁，濡染大笔何淋漓。点窜尧典舜典字，涂改清庙生民诗。文成破体书在纸，清晨再拜铺丹墀。表曰臣愈昧死上，咏神圣功书之碑。碑高三丈字如斗，负以灵鳌蟠以螭。句奇语重喻者少，谗之天子言其私。长绳百尺拽碑倒，粗砂大石相磨治。公之斯文若元气，先时已入人肝脾。汤盘孔鼎有述作，今无其器存其辞。呜呼圣皇及圣相，相与烜赫流淳熙。公之斯文不示后，曷与三五相攀追。愿书万本诵万过，口角流沫右手胝。传之七十有二代，以为封禅玉检明堂基。

诗篇取名《韩碑》，既是缘起于韩愈的《平淮西碑》，也是对韩愈评判平淮西事的认同，更是诗人自己对平淮西事的政治态度的一种宣示。"元和天子神武姿，彼何人哉轩与羲。誓将上雪列圣耻，坐法宫中朝四夷。"开篇即从大处着眼，展示宪宗皇帝决心解除藩镇割据、重振朝廷权威的宏阔意志。在"淮西有贼五十载，封狼生貙貙生罴"的凶险敌情面前，宪宗皇帝做出了任用裴度为帅的决断。"帝得圣相相曰度，贼斫不死神扶持。腰悬相印作都统，阴风惨淡天王旗。"裴度率军出征，以李愬奇兵一举征克敌酋："行军司马智且勇，十四万众犹虎貔。入蔡缚贼献太庙，功无与让恩不訾。"大功告成，天子嘉赏军功，特命韩愈撰写碑文："公退斋戒坐小阁，濡染大笔何淋漓。""表曰臣愈昧死上，咏神圣功书之碑。"诗篇也交代了韩碑后来发生的风波："句奇语重喻者少,谗之天子言其私。长绳百尺拽碑倒,粗砂大石相磨治。"对韩愈碑刻后来被毁深为不满。诗人夸赞韩碑:"公之斯文若元气,先时已入人肝脾。""传之七十有二代,以为封禅玉检明堂基。"认定韩碑将久传不衰,在助推国运中发挥效用。诗人对韩碑的认同,究其实,是对宪宗皇帝决策果断的政治意志和任用得人的政治眼光的认同。"呜呼圣皇及圣相,相与烜赫流淳熙"的慨叹,不仅是对宪宗和裴度平淮西功绩的歌赞,更是强烈宣示了诗人对唐室诸帝扭转藩镇割据危局、实现国家中兴的政治作为的赞颂。以平淮西战事为背景,诗人将宪宗呼为"圣皇",将裴度呼为"圣相",足见其评价宪宗政治路线、裴度军事谋略的历史高度。

二 薛能 赵光逢

薛能(817?—880?),字太拙,汾州(今山西汾阳)人。会昌间登进士第。咸通间历嘉州刺史、工部尚书等。

懿宗咸通年间,薛能曾在朝廷任职,他的《升平词十首》当作于此时。诗歌描述的国家兴旺景象,完全是一幅堪比盛唐开元之治的欣荣图景:"中兴岂假问,据此自千秋。""车书无异俗,甲子并丰年。奇技皆归朴,征夫亦服田。君王故不有,台鼎合韦弦。""日日听歌谣,区中尽祝尧。虫蝗初不害,夷狄近全销。史笔惟书瑞,天台绝见妖。因令匹夫志,转欲事清朝。""无战复无私,尧时即此时。""五帝三皇主,萧曹魏邴臣。文章惟返朴,戈甲尽生尘。谏纸应无用,朝纲自有伦。升平不可记,所见是闲人。"放眼望去,天下太平已登峰造极:耕夫尽力田野,灾害无影无踪,没有夷狄侵扰,到处欢歌笑语,人人歌颂尧舜,朝政修明有序,谏诤毫无必要,升平景象数之不尽。当今圣上,堪称治国的明主,可与"五帝三皇"比肩;满朝文武,皆是辅君的能臣,可与萧曹贤臣并称。诗篇如此描述懿宗君臣治理下的国家图景,与那个时代极度衰败的社会政治景况严重背离,显示了谀颂之作浮滥低劣的诗歌品格。

赵光逢(848—927),字延吉,奉天(今陕西干县)人。乾符间进士,历礼部郎中等。后梁开平间为中书侍郎同平章事。

赵光逢在唐亡后入仕朱温的后梁,为后梁皇室撰写过一组郊庙歌辞。这些颂政诗篇虽不是直接颂赞赵光逢曾经享过俸禄的唐王朝,但与前述薛能对唐末朝政的颂赞很有相通之处。赵光逢运笔歌赞的后梁朝廷,完全是一幅顺天应人的圣明之治的图景,如《郊祀乐章·庆和》:"膺天命,拥神麻。万灵感,百禄遒。秉黄钺,建朱旗。震八表,清二仪。帝业显,王道夷。受景命,启皇基。""德应天,圣飨帝。荐表衷,荷灵惠。寿万年,祚百世。惟德动天,有感必通。秉兹一德，禋于六宗。"这些大言不惭的颂圣歌德，是作为词臣的专意奉承之作。其不顾事实、胡乱拔高的夸赞，是历史上颂政诗的谀颂传统在唐末乱世以后的传续，可视为唐末颂政诗的余音。

第六节 晚唐怨政诗——劣政无望 衰世哀音

晚唐时期是指唐敬宗宝历至唐昭宗天祐时期。晚唐怨政诗的创作，是在士大夫文人对朝政深度失望乃至绝望的时空背景下进行的。这个时期的唐代社会，已经连中唐时期曾经持续显露的中兴希望也丧失殆尽，只是在原有的社会危机状态下惯性运转着，危机更为深刻。"于斯之时，阉寺专权，胁君于内，弗能远也；藩镇阻兵，陵慢于外，弗能制也；士卒杀逐主帅，拒命自立，弗能诘也；军旅岁兴，赋敛日急，骨血纵横于原野，杼轴空竭于里闾，而僧孺谓之太平，不亦诬乎。"[①]"自穆宗以来八世，而为宦官所立者七君。"[②]"宦官专权之祸，是造成唐代后期政治混乱的因素之一。"[③]藩镇割据无法扭转，宦官专权把持朝政，赋税苛重竭泽而渔，百姓生计艰难困窘，一个充满失望的时代让心忧天下的士大夫文人痛苦不堪，他们的怨政诗所表现的焦虑、忧愤比中唐更为强烈。晚唐怨政诗人为后世留下了一首首颇有深度的衰世之歌，为世人提供了认识晚唐政治变迁的形象窗口。

晚唐时期，怨政诗的创作仍然保持了较旺盛的势头。对时政的直接抨击，对历史的讽咏鉴戒，都透露着这个时期诗人们对现实政治的深切思考和无奈焦虑。如雍陶、方干、李频、于濆、司马札、李郢、罗隐、韦庄、聂夷中、汪遵、来鹄、黄滔、韩偓、陆龟蒙、李山甫、唐彦谦、裴说等，这些晚唐诗人都参与了怨政诗的创作。晚唐怨政诗对社会政治问题的关注，主要集中在以下两个方面。

1. 描写兵灾战祸及徭役痛苦，这类作品占的比例最高，时代特征鲜明。

雍陶（805？—？）的《蜀中战后感事》描写晚唐时期蜀地战乱景象，所述事例很有代表性："蜀道英灵地，山重水又回。文章四子盛，道路五丁开。词客题桥去，忠臣叱驭来。卧龙同骇浪，跃马比浮埃。已谓无妖土，那知有祸胎。蕃兵依濮柳，蛮筯指江梅。战后悲逢血，烧余恨见灰。"蜀地富饶，蜀人慧才，然而应有的善治局面都被外族的侵扰肆虐和将军的争权用兵彻底打

---

① （宋）司马光：《资治通鉴》卷二百四十四《文宗太和六年》，中华书局2011年版，第8003页。
② （宋）欧阳修等：《新唐书》卷九《僖宗本纪》，中华书局2000年版，第179页。
③ 白钢：《中国政治制度通史·总论》，社会科学文献出版社2011年版，第112页。

破了，洒向蜀地的是血腥和死亡。诗人在蜀地任职，对当地的这种时政乱局感受尤为痛切真实。

方干（809—888）的《过申州作》描绘了申州兵灾后的惨象："万人曾死战，几户免刀兵。井邑初安堵，儿童未长成。凉风吹古木，野火烧残营。寥落千余里，山高水复清。"仅仅是一州之地，就有成千上万的良家子弟死于战场，几乎家家户户都卷入了刀兵之祸，战争留下的只有残破的营垒，寥落的山川，即使山清水秀，也让人心痛神伤。

李频（818？—876）的《送姚侍御充渭北掌书记》描写各地官军战事的困境："北境烽烟急，南山战伐频。抚绥初易帅，参画尽须人。""败亡仍暴骨，冤哭可伤神。上策何当用，边情此是真。雕阴曾久客，拜送欲沾巾。"边地战事紧急，死伤惨重，朝廷陷入了一筹莫展的境地，晚唐时期战乱频仍的政治实况在"边情此是真"的报告中得到了印证。

于濆（？—？）的《沙场夜》悲叹农家子弟被征边地，生死难卜。"耕牛朝挽甲，战马夜衔铁。士卒浣戎衣，交河水为血。"《子从军》悲诉农家子从军，田园尽荒。"岂似从军儿，一去便白首。何当铸剑戟，尽得丁男力。"诗人对农家遭受的兵役之痛抱有深深的同情。

罗隐（833—910）的《乱后逢友人》描写乱世战祸不休，新的强权者层出不穷："沧海去未得，倚舟聊问津。生灵寇盗尽，方镇改更贫。梦里旧行处，眼前新贵人。从来事如此，君莫独沾巾。"诗中对乱世肆虐的罪魁祸首有一个冷酷的判断："生灵寇盗尽，方镇改更贫。"既有草莽举事者的大肆掠杀，也有各方藩镇权势者的横暴压榨，百姓的生计和生存都面临同样的黯淡前景。

韦庄（836—910）的《悯耕者》感慨死亡遍地仍然征兵不休："何代何王不战争，尽从离乱见清平。如今暴骨多于土，犹点乡兵作戍兵。"《睹军回戈》描写官兵劫掠民间的恶行："关中群盗已心离，关外犹闻羽檄飞。御苑绿莎嘶战马，禁城寒月捣征衣。漫教韩信兵涂地，不及刘琨啸解围。昨日屯军还夜遁，满车空载洛神归。"官军"剿盗"没有什么建树，掳掠民女却成了他们的战果。诗篇对唐末兵荒马乱、兵甚于匪的恶劣社会状况描述极为真切愤激。

汪遵（836？—？）的《战城南》描写边地征战不休："风沙刮地塞云愁，平旦交锋晚未休。白骨又沾新战血，青天犹列旧旄头。"这是唐末边地兵戈不息的记录，也是唐王朝奄奄一息的写照。

来鹄（？—883？）的《山中避难作》忧虑战乱不休："山头烽火水边营，鬼哭人悲夜夜声。唯有碧天无一事，日还西下月还明。"所闻所见都是兵灾战祸的凄惨景象，晚唐的乱局延伸到了遥远的荒僻深山。

陆龟蒙（？—881？）的《筑城词二首》诉说民间的徭役之苦。"城上一培土，手中千万杵。筑城畏不坚，坚城在何处。""莫叹将军逼，将军要却敌。城高功亦高，尔命何劳惜。"可知民间苦难的源头即在于当权者们的邀功贪欲，诗人的嘲讽之中饱含痛愤的斥责。

韩偓（844—923?）的怨政诗主要描写唐末荒败政局下的战乱兵灾。《伤乱》描写战乱带来的社会伤痛："岸上花根总倒垂，水中花影几千枝。一枝一影寒山里，野水野花清露时。故国几年犹战斗，异乡终日见旌旗。交亲流落身羸病，谁在谁亡两不知。"故国和异乡的现状相同，南北各地都沉陷于战乱，百姓流离失所，乃至到了亲人之间的存亡消息彼此隔绝的地步。《乱后春日途经野塘》刻画了战乱带来的沧桑巨变："世乱他乡见落梅，野塘晴暖独裴回。船冲水鸟飞还住，袖拂杨花去却来。季重旧游多丧逝，子山新赋极悲哀。眼看朝市成陵谷，始信昆明是劫灰。"世间城邑在战乱的摧残下变成荒凉陵谷，帝京景观也和世间城邑一样遭到毁灭，留下一片破败和死寂。《乱后却至近甸有感》悲忧丧土失地的乱局："狂童容易犯金门，比屋齐人作旅魂。夜户不扃生茂草，春渠自溢浸荒园。关中忽见屯边卒，塞外翻闻有汉村。堪恨无情清渭水，渺茫依旧绕秦原。"诗人看到的兵灾战祸已经超出唐王朝内部的藩镇之争，外族的侵扰加深了时局的内忧外患。边地沦陷、边民失国，朝廷统治力的衰败令诗人伤痛不已。

李山甫（？—？）的《乱后途中》感慨战乱殃民、兵匪祸国。"乱离寻故园，朝市不如村。恸哭翻无泪，颠狂觉少魂。诸侯贪割据，群盗恣并吞。为问登坛者，何年答汉恩。"诗人认定是藩镇权势者和草莽强人搅得天下大乱，兵和匪竞相为害，世间混乱不堪，而更高权位的当政者敷衍国事，早已忘记了对朝廷的担当。

裴说（876?—？）的《乱中偷路入故乡》展现国将不国的衰世景况："愁看贼火起诸烽，偷得余程怅望中。一国半为亡国烬，数城俱作古城空。"国家在乱政失败后烽燧四起，城池破碎，满目灰烬。这一派衰世景象，弥漫着惆怅乃至绝望。

2. 记述朝廷及官府在赋税、荒政等方面的弊策劣政。

司马札（？—？）的《蚕女》诉说官府税负重压下的农家悲苦："妾家非豪门，官赋日相追。鸣梭夜达晓，犹恐不及时。但忧蚕与桑，敢问结发期。东邻女新嫁，照镜弄蛾眉。"显然，"官赋日相追"的烦忧是蚕女劳作之中时时摆脱不了的精神痛苦。《锄草怨》斥责恶吏催命般向乡民索租逼税："种田望雨多，雨多长蓬蒿。亦念官赋急，宁知荷锄劳。亭午霁日明，邻翁醉陶陶。乡吏不到门，禾黍苗自高。独有辛苦者，屡为州县徭。罢锄田又废，恋乡不忍逃。"农家要应对"官赋"的催逼，要承受"州县徭"的负担，即便废弃田耕也没有其他生路。

李郢（826？—？）的《茶山贡焙歌》记述，为了满足皇室对贡茶的奢欲需求，地方官吏争相媚上邀宠，"茶成拜表贡天子"。他们变本加厉地向百姓酷虐催逼："官家赤印连帖催"，"朝饥暮匐谁兴哀"，"半夜驱夫谁复见，十日王程路四千。"丝毫不恤百姓役务之苦。这样的恶政弊端由来已久，让百姓看不到苦难的尽头。"官府例成期如何，吴民吴民莫憔悴，使君作相期苏尔。"恶政惯例如此，宽慰的期许反而成了一种讽刺。

聂夷中（837—？）的《咏田家》和《田家》痛责官家赋税苛酷。《咏田家》："二月卖新丝，五月粜新谷。医得眼前疮，剜却心头肉。我愿君王心，化作光明烛。不照绮罗筵，只照逃亡屋。"《田家》："父耕原上田，子劚山下荒。六月禾未秀，官家已修仓。"刻画官家苛刻税政的无情搜刮，冷峻深刻，令人难忘。五代后唐宰相冯道曾专门向明宗举言聂夷中《咏田家》，以讽谏朝政。史载："上又问道：'今岁虽丰，百姓赡足否。'道曰：'农家岁凶则死于流殍，岁丰则伤于谷贱，丰凶皆病者，惟农家为然。臣记进士聂夷中诗云：二月卖新丝，五月粜新谷。医得眼下疮，剜却心头肉。语虽鄙俚，曲尽田家之情状。农于四人之中最为勤苦，人主不可不知也。'上悦，命左右录其诗，常讽诵之。"[①] 可见此诗描述农家遭受压榨的普遍情形和严重程度，极具概括力，影响十分深广。

黄滔（840—911）的《书事》揭示官府税赋政策的刻薄无情："望岁心空切，耕夫尽把弓。千家数人在，一税十年空。没阵风沙黑，烧城水陆红。飞章奏西蜀，明诏与殊功。"乡间已经人烟寥寥，官府仍不放松勒索追逼，"一税十年空"，竭泽而渔，无以复加。陆龟蒙的《五歌·刈获》描写天灾绝收之际官府荒政缺失、征索不休。诗人将古时良政济荒与当今苛政勒民的情景作了对比："古者为邦须蓄积，鲁饥尚责如齐籴。今之为政异当时，一任流离恣征索。"对当今官府不恤民苦、只顾征敛的恶劣治理表达了不满。

唐彦谦（860？—893？）的《宿田家》描写亲见田家畏吏如虎的催征赋税景象。吏胥狐假虎威，凶悍地向农户催逼税赋，农家在凶吏面前战战兢兢。"公文捧花柙，鹰隼驾声势。良民惧官府，听之肝胆碎。"农家唯恐得罪吏胥会遭致更凶毒的追逼，只得东挪西借，款待吏胥，忍受恶吏的勒索。"东邻借种鸡，西舍觅芳醑。再饭不厌饱，一饮直呼醉。""民膏日已瘠，民力日愈弊。"诗篇所描述的"民膏""民力"被官府榨取殆尽的情形，折射出唐末地方官府施治的恶劣状况。

[①]（宋）司马光：《资治通鉴》卷二百七十六《后唐明宗天成四年》，中华书局 2011 年版，第 9158 页。

除了上述晚唐诗人的这两类怨政诗，晚唐时期怨政诗创作实绩尤为突出的诗人有杜牧、李商隐、曹邺、皮日休、杜荀鹤等。此将其怨政诗的创作情况分述如下。

一　杜牧

生卒、事迹见前。

杜牧的怨政诗一如他的颂政诗，表现了诗人对朝政大事和国家命运的高度关切，展示出诗人高人一筹的政治识见。

《感怀诗》俯瞰时局，议论纵横，对藩镇割据自雄、朝廷无能为力的政治涣散局面深为忧虑。

> 高文会隋季，提剑徇天意。扶持万代人，步骤三皇地。圣云继之神，神仍用文治。德泽酌生灵，沉酣薰骨髓。旄头骑箕尾，风尘蓟门起。胡兵杀汉兵，尸满咸阳市。宣皇走豪杰，谈笑开中否。蟠联两河间，烬萌终不弭。号为精兵处，齐蔡燕赵魏。合环千里疆，争为一家事。逆子嫁虏孙，西邻聘东里。急热同手足，唱和如宫徵。法制自作为，礼文争僭拟。压阶螭斗角，画屋龙交尾。署纸日替名，分财赏称赐。刳隍龂万寻，缭垣叠千雉。誓将付孱孙，血绝然方已。九庙伏神灵，四海为输委。如何七十年，汗赧含羞耻。韩彭不再生，英卫皆为鬼。凶门爪牙辈，穰穰如儿戏。累圣但日吁，阃外将谁寄。屯田数十万，堤防常慑惴。急征赴军须，厚赋资凶器。因隳画一法，且逐随时利。流品极蒙龙，网罗渐离弛。夷狄日开张，黎元愈憔悴。邈矣远太平，萧然尽烦费。至于贞元末，风流恣绮靡。艰极泰循来，元和圣天子。元和圣天子，英明汤武上。茅茨覆宫殿，封章绽帷帐。伍旅拔雄儿，梦卜庸真相。勃云走轰霆，河南一平荡。继于长庆初，燕赵终舁强。携妻负子来，北阙争顿颡。故老抚儿孙，尔生今有望。茹鲠喉尚隘，负重力未壮。坐幄无奇兵，吞舟漏疏网。骨添蓟垣沙，血涨滹沱浪。只云徒有征，安能问无状。一日五诸侯，奔亡如鸟往。取之难梯天，失之易反掌。苍然太行路，翦翦还榛莽。关西贱男子，誓肉虏杯羹。请数击虏事，谁其为我听。荡荡乾坤大，瞳瞳日月明。叱起文武业，可以豁洪溟。安得封域内，长有扈苗征。七十里百里，彼亦何尝争。往往念所至，得醉愁苏醒。韬舌辱壮心，叫阍无助声。聊书感怀韵，焚之遗贾生。

诗篇极为概括地从唐王朝开国叙起。先帝创业，后继有代，然而歌舞升平之后堕入了衰乱。"高文会隋季,提剑徇天意。扶持万代人,步骤三皇地。圣云继之神,神仍用文治。德泽酌生灵,沉酣熏骨髓。旄头骑箕尾,风尘蓟门起。胡兵杀汉兵,尸满咸阳市。宣皇走豪杰,谈笑开中否。"为平定安史叛乱,朝廷允许握有兵权者割据一方,以消弭叛乱、拱卫皇室。但割据的后果超出了朝廷的控制:"号为精兵处,齐蔡燕赵魏。合环千里疆,争为一家事。逆子嫁虏孙,西邻聘东里。急热同手足,唱和如宫徵。法制自作为,礼文争僭拟。"朝廷为扭转藩镇的分庭抗礼之势,大索军需,调兵遣将,连连征讨,然而只收到了事倍功半之效,民力却已被消耗得虚弱不堪:"九庙仗神灵,四海为输委。如何七十年,汗赧含羞耻。韩彭不再生,英卫皆为鬼。凶门爪牙辈,穰穰如儿戏。累圣但日吁,阃外将谁寄。屯田数十万,堤防常慑惴。急征赴军须,厚赋资凶器。因隳画一法,且逐随时利。流品极蒙笼,网罗渐离弛。夷狄日开张,黎元愈憔悴。邈矣远太平,萧然尽烦费。"宪宗朝的征剿,曾经出现转机,事功十分显著:"至于贞元末,风流恣绮靡。艰极泰循来,元和圣天子。元和圣天子,英明汤武上。茅茨覆宫殿,封章绽帷帐。伍旅拔雄儿,梦卜庸真相。勃云走轰霆,河南一平荡。"但后来的征讨,已难再现元和年间朝廷用武必有胜果的局面,反而呈现一派颓势。"坐幄无奇兵,吞舟漏疏网。骨添蓟垣沙,血涨滹沱浪。只云徒有征,安能问无状。一日五诸侯,奔亡如鸟往。取之难梯天,失之易反掌。"面对这样的黯然大局,诗人自告奋勇,希望能够献策出力,却无人问津,不禁悲从中来。"请数系虏事,谁其为我听。""往往念所至,得醉愁苏醒。韬舌辱壮心,叫阍无助声。聊书感怀韵,焚之遗贾生。"诗人以贾谊自况,对皇室不思振作、枉费天下志士报国豪情的颓败政治状态,表达了深深的失望和怨责。诗篇回顾从初唐到当下,政权秩序经历的重大危机,描述其间王朝应对危机的成败利钝,希望从中找到解决危局的有效对策,以诗致用的动机十分明显。

《河湟》一诗,也包含有平定藩镇的政治背景,但又在此背景下对唐王朝的边患作了痛切的描述:

元载相公曾借箸,宪宗皇帝亦留神。旋见衣冠就东市,忽遗弓剑不西巡。牧羊驱马虽戎服,白发丹心尽汉臣。唯有凉州歌舞曲,流传天下乐闲人。

代宗、宪宗时期曾经出现的经略河湟边地的大好势头不幸中断,元载这样有谋略的朝臣、宪宗这样有作为的皇帝都消失了。虽然失陷边地的民众仍不忘自己的唐朝臣民身份,但朝廷已经失去了收复失地的意志。诗人的痛心和失望在失陷地"凉州歌舞"的背景下显得更为沉重。

二 李商隐

生卒、事迹见前。

李商隐儒家情怀深厚，对国计民生的关切，像杜甫那样真诚持久。诗人既有全面描述社会政治状况的作品，也有直接披露当朝政治事件的篇章，更有大量借古鉴今的咏史诗。前者如《行次西郊作一百韵》：

蛇年建午月，我自梁还秦。南下大散关，北济渭之滨。草木半舒坼，不类冰雪晨。又若夏苦热，燋卷无芳津。高田长槲枥，下田长荆榛。农具弃道旁，饥牛死空墩。依依过村落，十室无一存。存者皆面啼，无衣可迎宾。始若畏人问，及门还具陈。右辅田畴薄，斯民常苦贫。伊昔称乐土，所赖牧伯仁。官清若冰玉，吏善如六亲。生儿不远征，生女事四邻。浊酒盈瓦缶，烂谷堆荆囷。健儿庇旁妇，衰翁舐童孙。况自贞观后，命官多儒臣。例以贤牧伯，征入司陶钧。降及开元中，奸邪挠经纶。晋公忌此事，多录边将勋。因令猛毅辈，杂牧升平民。中原遂多故，除授非至尊。或出幸臣辈，或由帝戚恩。中原困屠解，奴隶厌肥豚。皇子弃不乳，椒房抱羌浑。重赐竭中国，强兵临北边。控弦二十万，长臂皆如猿。皇都三千里，来往同雕鸢。五里一换马，十里一开筵。指顾动白日，暖热回苍旻。公卿辱嘲叱，唾弃如粪丸。大朝会万方，天子正临轩。采旗转初旭，玉座当祥烟。金障既特设，珠帘亦高褰。捋须塞不顾，坐在御榻前。忤者死艰屦，附之升顶颠。华侈矜递炫，豪俊相并吞。因失生惠养，渐见征求频。奚寇西北来，挥霍如天翻。是时正忘战，重兵多在边。列城绕长河，平明插旗幡。但闻房骑入，不见汉兵屯。大妇抱儿哭，小妇攀车轓。生小太平年，不识夜闭门。少壮尽点行，疲老守空村。生分作死誓，挥泪连秋云。廷臣例獐怯，诸将如嬴奔。为贼扫上阳，捉人送潼关。玉辇望南斗，未知何日旋。诚知开辟久，遘此云雷屯。送者问鼎大，存者要高官。抢攘互间谍，孰辨枭与鸾。千马无返辔，万车无还辕。城空鼠雀死，人去豺狼喧。南资竭吴越，西费失河源。因今左藏库，摧毁惟空垣。如人当一身，有左无右边。筋体半痿痹，肘腋生臊膻。列圣蒙此耻，含怀不能宣。谋臣拱手立，相戒无敢先。万国困杼轴，内库无金钱。健儿立霜雪，腹歉衣裳单。馈饷多过时，高估铜与铅。山东望河北，爨烟犹相联。朝廷不暇给，辛苦无半年。行人搉行资，居者税屋椽。中间遂作梗，狼藉用戈鋋。临门送节制，以锡通天班。破者以族灭，存者尚迁延。礼数异君父，羁縻如羌零。直求输赤诚，所望大体全。巍巍政事堂，宰相厌八珍。敢问下执事，今谁掌其权。疮痍几十载，不敢扶其根。国蹙赋更重，人稀役弥繁。近年牛医儿，城社更扳援。盲目把大旆，处此京西藩。乐祸忘怨敌，树党多狂狷。生为人所惮，死非人所怜。快刀断其头，列若猪牛悬。凤翔三百里，兵马如黄巾。夜半军牒来，屯兵万五千。乡里骇供亿，老少相扳牵。儿孙生未孩，弃之无惨颜。不复议所适，但欲死山间。尔来又三岁，甘泽不及春。盗贼亭午起，问谁多穷民。节使杀亭吏，捕之恐无因。咫尺不相见，旱久多黄尘。官健腰佩弓，自言为官巡。常恐值荒迥，此辈还射人。愧客问本末，愿客无因循。郿坞抵陈仓，此地忌黄昏。我听此言罢，冤愤如相焚。昔闻举一会，群盗为之奔。又闻理与乱，在人不在天。我愿为此事，君前剖心肝。叩头出鲜血，滂沱污紫宸。九重黯已隔，涕泗空沾唇。使典作尚书，厮养为将军。慎勿道此言，此言未忍闻。

《行次西郊作一百韵》作于文宗开成二年（837）。在这首纵横叙事的宏大诗篇里，李商隐全面表达了自己对国事萧条的忧虑和怨愤。我们在诗人笔下看到的是一幅农业凋敝的残破乡村画卷："农具弃道旁，饥牛死空墩。依依过村落，十室无一存。存者皆面啼，无衣可迎宾。始若畏人问，及门还具陈。右辅田畴薄，斯民常苦贫。"诗篇没有停留在对眼下萧条乡村景象的感慨上，而是由近及远、由昔及今拓展描述，从京城西郊的今昔变迁勾勒出整个王朝政治的演变轮廓。诗人借乡民之口，回溯了从唐初以至当下的京畿西郊治理状况。早年，曾有过政治清明、百姓安乐的时期："官清若冰玉，吏善如六亲。生儿不远征，生女事四邻。浊酒盈瓦缶，烂谷堆荆囷。"不幸其后君王贪恋奢乐，荒嬉国政，致使国柄操纵于奸臣之手："降及开元中，奸邪挠经纶。""或出幸臣辈，或由帝戚恩。"由此朝政陷入混乱，边将乘机作乱，百姓遭受战祸。"控弦二十万，长臂皆如猿。皇都三千里，来往同雕鸢。""但闻虏骑入，不见汉兵屯。大妇抱儿哭，小妇攀车辐。生小太平年，不识夜闭门。少壮尽点行，疲老守空村。"诗篇接着概述了安史之乱后多年的边政窘困，财政危机，征战不休。"万国困杼轴，内库无金钱。健儿立霜雪，腹歉衣裳单。馈饷多过时，高估铜与铅。山东望河北，爨烟犹相联。"朝政长期陷入乱局，有藩镇军阀叛乱，有宦官擅权乱政，乱臣贼子此伏彼起，国家政治在几十年间未得到根本的拨乱反正。"敢问下执事，今谁掌其权。疮痍几十载，不敢扶其根。"而在变本加厉的兵役、徭役、税赋的催征重压之下，百姓的命运更是雪上加霜。"夜半军牒来，屯兵万五千。乡里骇供亿，老少相扳牵。儿孙生未孩，弃之无惨颜。"兼之治安不靖，民众危在旦夕，惶惶不宁。"盗贼亭午起，问谁多穷民。节使杀亭吏，捕之恐无因。"村民的悲诉，揭示出国家政治失败带给百姓的巨大伤害。诗人感慨国家政治晦暗不明，不禁发出了黯然神伤的悲泣："我听此言罢，冤愤如相焚。昔闻举一会，群盗为之奔。又闻理与乱，在人不在天。我愿为此事，君前剖心肝。叩头出鲜血，滂沱污紫宸。九重黯已隔，涕泗空沾唇。"诗人虽然忧愤难当，也自感无可奈何。诗篇由京畿村庄放眼天下大局，回顾唐初以来朝廷政治的兴衰变迁，在对晚唐多方面社会危机的描述之中，突出强调了"又闻理与乱，在人不在天"的治乱之理，即当政者的政治作为将决定国家命运的兴盛衰败，显示出诗人对明君贤臣当政的深切期待，对国家治理之道的忧深思考。

　　李商隐怨政诗中感喟时事的作品，有的具体涉及当朝政治事变，如文宗大和九年（835）冬的甘露之变。文宗即位后，欲改变宦官专权的局面，朝臣李训、郑注获知文宗的心意，即与文宗密谋，设计诛灭宦官。后来谋事未能周密，又出现了意外，结果诛杀宦官不成，李训、郑注等人反而丧命，文宗比之前更受宦官势力牵制。史家对此事件感喟复杂："若训等持腐株支大厦之颠，天下为寒心竖毛，文宗偃然倚之成功，卒为阉谒所乘，天果厌唐德哉。"[①]甘露之变的政治敏感度和指标性很高，"由此一事件，暴露了中晚唐宦官预政的严重性"[②]。李商隐的这类作品直接指斥朝廷权势炙热的宦官，在当时诗坛对此事噤若寒蝉的背景下，诗人的正义发声尤显难能可贵。如《有感二首》："古有清君侧，今非乏老成。素心虽未易，此举太无名。谁瞑衔冤目，宁吞欲绝声。近闻开寿宴，不废用咸英。"诗中对蒙冤死去的大臣公开表达同情，显然也就对制造血腥恐怖的当权宦官进行了直接的谴责。《重有感》亦咏及此事："玉帐牙旗得上游，安危须共主君忧。窦融表已来关右，陶侃军宜次石头。岂有蛟龙愁失水，更无鹰隼与高秋。昼号夜哭兼幽显，早晚星关雪涕收。"宦官居然让皇帝如蛟龙不在深渊、鹰隼失去天空，没有权力和自由。诗篇表达了对宦官乱政祸国的忧愤。李商隐能够大胆申斥，锋芒毕露，有其当时所具备的主客观条件。"李商隐此时并没有全身远祸的心态，究其原因，盖李商隐其时尚未进士及第，没有政治生活的体验，对于变幻莫测的政治形势认识不足，只是一腔义愤，发之为诗，故对国事忧心如焚。其次是李商隐自大和末年依附于崔戎、令狐楚等藩帅，而当时可与宦官抗衡者，唯有藩镇一支力量，因而李商隐身处藩府，才敢直抒己见。"[③]但这样的咏叹也透露出李

[①]（宋）欧阳修等：《新唐书》卷一百七十九《李训传》，中华书局2000年版，第4116页。
[②]肖瑞峰等：《晚唐政治与文学》，中国社会科学出版社2011年版，第39页。
[③]胡可先：《唐代重大历史事件与文学研究》，浙江大学出版社2007年版，第522页。

商隐政治诗忧心为国的基本价值取向。

李商隐有多首怨政诗咏及朝臣刘蕡的遭遇。"文宗即位,思洗元和宿耻,将翦落支党。方宦人握兵,横制海内,号曰北司,凶丑朋挺,外胁群臣,内掣侮天子,蕡常痛疾。"① 刘蕡忧愤宦官把持朝政,向文宗献策,长篇大论,谋议改变朝政格局。刘蕡忠君忧国的言行招致宦官的凶狠报复,"宦人深嫉蕡,诬以罪,贬柳州司户参军,卒"。② 李商隐的怨政诗追踪记述了刘蕡的政治经历。如《赠刘司户》:"江风吹浪动云根,重碇危樯白日昏。已断燕鸿初起势,更惊骚客后归魂。汉廷急诏谁先入,楚路高歌自欲翻。万里相逢欢复泣,凤巢西隔九重门。"一方面庆幸刘蕡在遭宦官势力诬陷、贬谪后得以归来,另一方面对君主被隔阻、宦官操控朝政的现状深感不安。《哭刘蕡》责怨朝政险恶昏浊:"上帝深宫闭九阍,巫咸不下问衔冤。广陵别后春涛隔,溢浦书来秋雨翻。只有安仁能作诔,何曾宋玉解招魂。平生风义兼师友,不敢同君哭寝门。"不满君主未能阻止宦官迫害正直朝臣。《哭刘司户蕡》痛悼刘蕡蒙冤离世:"路有论冤谪,言皆在中兴。空闻迁贾谊,不待相孙弘。江阔惟回首,天高但抚膺。去年相送地,春雪满黄陵。"刘蕡被贬,卒于边地,世人都感知了刘蕡为国家中兴而竭忠尽智的赤诚。诗人将刘蕡比作贾谊,怨愤忠正朝臣不幸的遭遇。《哭刘司户二首》也是有关此事的作品:"江风吹雁急,山木带蝉曛。一叫千回首,天高不为闻。""有美扶皇运,无谁荐直言。已为秦逐客,复作楚冤魂。溢浦应分派,荆江有会源。并将添恨泪,一洒问乾坤。"刘蕡抗争篡权作乱的宦官,付出了生命的代价,诗人深感痛心,向逝去的冤魂献上了自己伤悼的泪水。李商隐对刘蕡境遇的感愤,融入了自己卷入政治旋涡的深切感受,"伤刘蕡,适足自伤也"。③ 李商隐的《安定城楼》,即感怀自己的身世,嘲讽官场奸慝对他的猜忌陷害:"迢递高城百尺楼,绿杨枝外尽汀洲。贾生年少虚垂泪,王粲春来更远游。永忆江湖归白发,欲回天地入扁舟。不知腐鼠成滋味,猜意鹓雏竟未休。"流露了诗人对政坛暗箭伤人的邪恶风气的厌憎、忧惧、无奈。这类诗歌,"直接反映处在党争旋涡中的内心感受"。④ 是作者在政治逆境里感伤情绪的真实流露。

李商隐怨政诗里数量最多的是借古讽今、借古鉴今的咏史诗。这些诗歌虽然不是直接描写晚唐社会现实,但其现实寓意是十分明显的。尤其是导致唐王朝衰败的一些人和事,与历史上的前例高度相似,足以为戒,在李商隐

---

① (宋)欧阳修等:《新唐书》卷一百七十八《刘蕡传》,中华书局2000年版,第4093页。
② 同上书,第4102页。
③ 肖瑞峰等:《晚唐政治与文学》,中国社会科学出版社2011年版,第23页。
④ 胡可先:《唐代重大历史事件与文学研究》,浙江大学出版社2007年版,第438页。

的咏史诗里都有深入的思考和批判,如:

一笑相倾国便亡,何劳荆棘始堪伤。小怜玉体横陈夜,已报周师入晋阳。(《北齐二首》其一)

巧笑知堪敌万几,倾城最在著戎衣。晋阳已陷休回顾,更请君王猎一围。(《北齐二首》其二)

紫泉宫殿锁烟霞,欲取芜城作帝家。玉玺不缘归日角,锦帆应是到天涯。于今腐草无萤火,终古垂杨有暮鸦。地下若逢陈后主,岂宜重问后庭花。(《隋宫》)

七国三边未到忧,十三身袭富平侯。不收金弹抛林外,却惜银床在井头。彩树转灯珠错落,绣檀回枕玉雕锼。当关不报侵晨客,新得佳人字莫愁。(《富平少侯》)

历览前贤国与家,成由勤俭破由奢。何须琥珀方为枕,岂得真珠始是车。运去不逢青海马,力穷难拔蜀山蛇。几人曾预南熏曲,终古苍梧哭翠华。(《咏史》)

玄武开新苑,龙舟宴幸频。渚莲参法驾,沙鸟犯句陈。寿献金茎露,歌翻玉树尘。夜来江令醉,别诏宿临春。(《陈后宫》)

瑶池阿母绮窗开,黄竹歌声动地哀。八骏日行三万里,穆王何事不重来。(《瑶池》)

乘兴南游不戒严,九重谁省谏书函。春风举国裁宫锦,半作障泥半作帆。(《隋宫》)

冀马燕犀动地来,自埋红粉自成灰。君王若道能倾国,玉辇何由过马嵬。(《马嵬二首》其一)

海外徒闻更九州,他生未卜此生休。空闻虎旅传宵柝,无复鸡人报晓筹。此日六军同驻马,当时七夕笑牵牛。如何四纪为天子,不及卢家有莫愁。(《马嵬二首》其二)

地险悠悠天险长,金陵王气应瑶光。休夸此地分天下,只得徐妃半面妆。(《南朝》)

龙池赐酒敞云屏,羯鼓声高众乐停。夜半宴归宫漏永,薛王沉醉寿王醒。(《龙池》)

李商隐一生先后经历了唐王朝穆宗、敬宗、文宗、武宗、宣宗五个皇帝。从敬宗朝开始,唐王朝越来越显露出衰败倾覆的态势。李商隐对敬宗的荒德误国,文宗的勤勉优柔,武宗的求仙贪色,宣宗的平庸昏愚,在咏史诗中均有痛切的讽咏。如《富平少侯》之托讽敬宗,《咏史》(历览前贤国与家)之悲怀文宗,《瑶池》之暗喻武宗,等等。李商隐既有不少作品通过叙议某件具体的史事,来指向现实中的某个具体问题;也有一些作品不确定具体的讽咏对象,从而达到更概括地揭示历史规律及鉴古戒今的目的。但不管这些作品内容是否与某个具体事件对应,它们都或疏或密地呈现着历史与现实间不可分离的联系。虽然借助咏史以表达对现实的关怀这个诗歌传统由来已久,但将咏史的内容与朝政兴败、社稷安危等大命题、大关切相联系,并将创作咏史诗以达到政治鉴戒当成一种自觉的、有意的作为,在李商隐身上表现得极为突出。李商隐咏史诗用了大量笔墨谴责历史上的败政亡国之君,其批判的锋芒集中针对他们沉湎女色、迷信神仙、奢乐宴游等荒德恶行。如《北齐二首》(其一):"小怜玉体横陈夜,已报周师入晋阳。"《北齐二首》(其二):"晋阳已陷休回顾,更请君王猎一围。"讥讽死到临头还忘乎所以的北齐后主的可悲可笑。《海上》:"石桥东望海连天,徐福空来不得仙。直遣麻姑与搔背,可能留命待桑田。"嘲笑帝王求仙的虚妄愚蠢,等等。除了借古人古事以警醒当世社会,李商隐还将讽刺的矛头直接指向造成唐王朝由盛转衰的祸首李隆基,如《马嵬二首》(其一):"君王若道能倾国,玉辇何由过马嵬。"深讽玄宗重色误国、自取其殃。《马嵬二首》(其二):"此日六军同驻马,当时七夕笑牵牛。如何四纪为天子,不及卢家有莫愁。"讥刺玄宗沉迷女色、荒废朝政以致兵祸骤降、宠妃难保。在唐代其他诗人歌咏明皇杨妃生死不渝之情的时候,李商隐无情的嘲讽正可见其批判冷峻深刻、识见高人一等。诗人认为,治国者的勤惰俭奢往往直接关系着国家的祸福,治国者个人品行在很大程度上确实影响着(甚至决定着)国运的兴衰。在君主德行好坏与国家治理成败的关系上,中国古代政治文化很早就有明确的命题。如,"国之将兴,其君齐明、衷正、精洁、惠和,其德足以昭其馨香,其惠足以同其民人。神飨而民听,民神无怨,故明神降之,观其政德而均布福焉。国之将亡,其君贪冒、辟邪、淫佚、荒怠、粗秽、暴虐;其政腥臊,馨香不登;其刑矫诬,百姓携贰,明神不蠲而民有远志,民神怨痛,无所依怀,故神亦往焉,观其苛慝而降之祸"。[①] 李商隐在治国者品行与国运兴衰这个因果关系未变的现实政治背景下,将咏史诗的重心锁定在谴责治国者的荒愚德行上,痛心疾首地指斥统治者的恶德秽行,应该说是一种包含着深刻历史逻辑的政治批判。

李商隐咏史诗择取了一个崭新的视角来考察历史兴亡,在批判帝王淫奢昏愚足以败政亡国的同时,还对勤俭图治而最终失败的当朝皇帝文宗表示了叹惋、悲悼,其痛惜哀婉中渗透着对国运升降起伏的源委不得其解的迷茫,

---

[①] 徐元浩等:《国语集注》,《周语上》,中华书局2002年版,第31页。

包含着对历史兴衰成败的定规前所未有的质疑。《咏史》(历览前贤国与家)代表了诗人在这方面的思考和困惑:"历览前贤国与家,成由勤俭破由奢。何须琥珀方为枕,岂得真珠始是车。运去不逢青海马,力穷难拔蜀山蛇。几人曾预南熏曲,终古苍梧哭翠华。"诗篇主要表达对文宗的哀悼、惋惜,但我们还可对其丰富的内涵予以更多的解读。诗篇以文宗之前的穆宗、敬宗奢侈作风为背景:"何须琥珀方为枕,岂得真珠始是车。"尤其映衬出文宗的勤俭。对文宗勤俭持国没能扭转乾坤,诗人勉强从时运不济的角度对文宗的失败作了不乏宽慰的解释:"运去不逢青海马,力穷难拔蜀山蛇。"但我们从这首作品流露的深切哀惋情绪中,还是能读出作者对文宗勤俭贤德却遭遇失败的深深不解,对"成由勤俭破由奢"这个历史定规的质疑。诗人虽然对自己的困惑不得其解,但这个质疑思考本身就是咏史诗历史视野的新突破。诗人无可奈何的悲叹惋惜启示我们,单纯将道德品行与兴盛衰亡进行因果联系的德型政治文化自身存在着观念的盲区。不论是揭示统治者淫奢昏愚足以败国,还是慨叹治国者勤俭贤德也未必兴国,李商隐咏史诗所秉持的尺度都是以德责人,认为治国者的德行完全决定着国家的兴衰。而李商隐《咏史》(历览前贤国与家) 对文宗勤俭却败政发出了迷茫的悲叹,构成了一个荒德败国,而贤德也未必兴国的道德治国历史悖论。这个悖论本身已达到了历代咏史诗论史的新高度,但以李商隐在传统德型政治文化影响下形成的观念尺度,不可能破解这个悖论。

三　曹邺　皮日休　杜荀鹤

曹邺(816?—?),字邺之,阳朔(今广西阳朔)人。大中间进士。咸通间历太常博士、祠部郎中等。出为洋州刺史。

曹邺的怨政诗描述晚唐乱世败政之下的百姓苦难,一幅幅画面展示了晚唐劣政弊策与社会残破、民生困顿之间的内在联系,极有概括性和代表性。如:

> 官仓老鼠大如斗,见人开仓亦不走。健儿无粮百姓饥,谁遣朝朝入君口。(《官仓鼠》)

> 千金画阵图,自为弓剑苦。杀尽田野人,将军犹爱武。性命换他恩,功成谁作主。凤凰楼上人,夜夜长歌舞。(《战城南》)

> 天子好征战,百姓不种桑。天子好年少,无人荐冯唐。天子好美女,夫妇不成双。(《捕渔谣》)

> 郎有蘼芜心,妾有芙蓉质。不辞嫁与郎,筑城无休日。(《筑城三首》

其一）

　　呜呜啄人鸦，轧轧上城车。力尽土不尽，得归亦无家。(《筑城三首》其二）

　　筑人非筑城，围秦岂围我。不知城上土，化作宫中火。(《筑城三首》其三）

　　越鸟栖不定，孤飞入齐乡。日暮天欲雨，那兼羽翎伤。州民言刺史，蠹物甚于蝗。受命大执法，草草是行装。仆隶皆分散，单车驿路长。四顾无相识，奔驰若投荒。重门下长锁，树影空过墙。驱囚绕廊屋，戢戢如牛羊。狱吏相对语，簿书堆满床。敲枷打锁声，终日在目旁。既舍三山侣，来余五斗粮。忍学空城雀，潜身入官仓。国中天子令，头上白日光。曲木用处多，不如直为梁。恐孤食恩地，昼夜心不遑。仲夏天气热，鬓须忽成霜。社鼠不可灌，城狐不易防。偶于擒纵间，尽得见否臧。截断奸吏舌，擘开冤人肠。明朝向西望，走马归汶阳。(《奉命齐州推事毕寄本府尚书》)

　　长河冻如石，征人夜中戍。但恐筋力尽，敢惮将军遇。古来死未歇，白骨碍官路。岂无一有功，可以高其墓。亲戚牵衣泣，悲号自相顾。死者虽无言，那堪生者悟。不如无手足，得见齿发暮。乃知七尺躯，却是速死具。(《蓟北门行》)

这些诗篇描述了皇帝、将军、官员、吏胥各色人等的拙劣政治表现。《官仓鼠》刻画衙门官吏贪鄙有如官仓的老鼠，百姓的口粮、士兵的军粮全被他们吞噬了。这类官吏的形象贪婪而猥琐，诗人的厌憎之情非常强烈。《战城南》刻画贪功的将军。"杀尽田野人，将军犹爱武。性命换他恩，功成谁作主。"将军拿百姓性命换自己荣华恩宠，贪欲没有止境。《捕渔谣》感慨君主贪婪。天子所好，天下必殃，揭示了天下诸多祸端的真实来源。《筑城三首》怨责徭役苛重。"筑城无休日"，"力尽土不尽"，"不知城上土，化作宫中火"。无休无止的烦苛徭役让百姓不堪重负，民间怨声载道。《奉命齐州推事毕寄本府尚书》怨责恶吏枉法。"州民言刺史，蠹物甚于蝗。""狱吏相对语，簿书堆满床。敲枷打锁声，终日在目旁。"百姓眼中的刺史，比蝗虫还可怕。狱吏甘做帮凶，虐害"冤人"，府衙上下充满了胡作非为的戾气。《蓟北门行》怨责征役繁重，民不堪命。"长河冻如石，征人夜中戍。但恐筋力尽，敢惮将军遇。""死者虽无言，那堪生者悟。不如无手足，得见齿发暮。乃知七尺躯，却是速死具。"亲人被征苦役，最后死于遥远的他方，活着的家人除了思念，还有对这个命如草芥的世道的恐惧。

皮日休（834？—883？），字袭美，竟陵（今湖北天门）人。咸通间进士，历任著作郎、毗陵副使。后入黄巢军，广明间授翰林学士。

皮日休创作怨政诗目的十分明确，符合他一贯的诗歌主张。在《正乐府序》中，他强调了诗歌必须具有美刺教化的功能："乐府，古圣王采天下之诗，欲以知国之利病，民之休戚者也。诗之美也，闻之足以观乎功；诗之刺也，闻之足以戒乎政。"皮日休按照这样的创作原则，在懿宗、僖宗时期写下了大量包含怨政内容的乐府诗，涉及漕政、赋税、兵役、荒政、进贡、官制等政务领域，有很强的现实针对性。如：

农父冤辛苦，向我述其情。难将一人农，可备十人征。如何江淮粟，挽漕输咸京。黄河水如电，一半沈与倾。均输利其事，职司安敢评。三川岂不农，三辅岂不耕。奚不车其粟，用以供天兵。美哉农父言，何计达王程。（《正乐府十篇·农父谣》）

秋深橡子熟，散落榛芜冈。伛伛黄发媪，拾之践晨霜。移时始盈掬，尽日方满筐。几曝复几蒸，用作三冬粮。山前有熟稻，紫穗袭人香。细获又精舂，粒粒如玉珰。持之纳于官，私室无仓箱。如何一石余，只作五斗量。狡吏不畏刑，贪官不避赃。农时作私债，农毕归官仓。自冬及于春，橡实诳饥肠。吾闻田成子，诈仁犹自王。吁嗟逢橡媪，不觉泪沾裳。（《正乐府十篇·橡媪叹》）

天子丙戌年，淮右民多饥。就中颍之汭，转徙何累累。夫妇相顾亡，弃却抱中儿。兄弟各自散，出门如大痴。一金易芦卜，一缣换凫茈。荒村墓乌树，空屋野花篱。儿童啮草根，倚桑空羸羸。斑白死路傍，枕土皆离离。方知圣人教，于民良在斯。厉能去人爱，荒能夺人慈。如何司牧者，有术皆在兹。粤吾何为人，数亩清溪湄。一写落第文，一家欢复嬉。朝食有麦馆，晨起有布衣。一身既饱暖，一家无怨咨。家虽有畎亩，手不秉锄耛。岁虽有札瘥，庖不废晨炊。何道以致是，我有明公知。食之以侯食，衣之以侯衣。归时恤金帛，使我奉庭闱。抚己愧颍民，奚不进德为。因兹感知己，尽日空涕洟。（《三羞诗三首》其三）

河湟戍卒去，一半多不回。家有半菽食，身为一囊灰。官吏按其籍，伍中斥其妻。处处鲁人髽，家家杞妇哀。少者任所归，老者无所携。况当札瘥年，米粒如琼瑰。累累作饿殍，见之心若摧。其夫死锋刃，其室委尘埃。其命即用矣，其赏安在哉。岂无黔敖恩，救此穷饿骸。谁知白屋士，念此翻欷歔。（《正乐府十篇·卒妻怨》）

陇山千万仞，鹦鹉巢其巅。穷危又极崄，其山犹不全。茧茧陇之民，悬度如登天。空中觇其巢,堕者争纷然。百禽不得一,十人九死焉。陇川有戍卒,戍卒亦不闲。将命提雕笼,直到金台前。彼毛不自珍,彼舌不自言。胡为轻人命,奉此玩好端。吾闻古圣王,珍禽皆舍旃。今此陇民属,每岁啼涟涟。(《正乐府十篇·哀陇民》)

　　国家省闼吏,赏之皆与位。素来不知书,岂能精吏理。大者或宰邑,小者皆尉史。愚者若混沌,毒者如雄虺。伤哉尧舜民,肉袒受鞭棰。吾闻古圣王,天下无遗士。朝廷及下邑,治者皆仁义。国家选贤良,定制兼拘忌。所以用此徒,令之充禄仕。何不广取人,何不广历试。下位既贤哉,上位何如矣。胥徒赏以财,俊造悉为吏。天下若不平,吾当甘弃市。(《正乐府十篇·贪官怨》)

皮日休将怨政诗的关注点主要投向了农家,他的《正乐府》《三羞诗》里的许多作品披露农家在冷酷的徭役、赋税重压下无以为生的悲苦处境。《正乐府十篇·农父谣》借农夫之口表达了对朝廷漕政弊策的质疑。"难将一人农,可备十人征。如何江淮粟,挽漕输咸京。""三川岂不农,三辅岂不耕。奚不车其粟,用以供天兵。"诗篇认为漕粮征收的地区分布十分不合理,并针对性地提出了改进漕粮征收的建议,显示作者为纠弊而献策的作诗动机。《正乐府十篇·橡媪叹》披露农家缴纳税粮时被奸吏勒索的遭遇。"如何一石余,只作五斗量。狡吏不畏刑,贪官不避赃。农时作私债,农毕归官仓。"官吏有恃无恐,劫掠农家粮食,农家只能靠橡实充饥。《三羞诗三首》(其三)记录了懿宗咸通七年(866)农家在饥荒中逃难的情形。"天子丙戌年,淮右民多饥。就中颖之汭,转徙何累累。夫妇相顾亡,弃却抱中儿。兄弟各自散,出门如大痴。""儿童啮草根,倚桑空羸羸。斑白死路傍,枕土皆离离。"饥民流离,家破人散,儿童吃草根,老者纷饿死,到处是一片哀苦无告的惨淡景象。"厉能去人爱,荒能夺人慈。如何司牧者,有术皆在兹。"表达了对官府荒政救助缺失的失望。《正乐府十篇·卒妻怨》哭诉丈夫被征徭役,家破人亡的遭遇。"河湟戍卒去,一半多不回。"被征役者很难生还,留守在家的妻孥生存艰困,灾荒年就更是命在旦夕间。"况当札瘥年,米粒如琼瑰。累累作饿殍,见之心若摧。"戍卒及其家人遭遇了家破人亡的结局,官府奖励服役的承诺却全然落空:"其夫死锋刃,其室委尘埃。其命即用矣,其赏安在哉。"《正乐府十篇·哀陇民》谴责皇室放纵享乐,逼迫百姓捕捉珍禽异兽的荒唐行为。"陇山千万仞,鹦鹉巢其巅。""蚩蚩陇之民,悬度如登天。空中觇其巢,堕者争纷然。百禽不得一,十人九死焉。"为了捕获供王公权贵玩赏的鹦鹉,众多"陇民"攀山坠崖,死于非命。"胡为轻人命,奉此玩好端。"诗人谴责官府轻视民命，残民邀宠。《正乐府十篇·贪官怨》斥责让庸劣之徒充斥官吏行列的任官机制。诗人认为，当今朝廷任用官吏的政策和现状都非常糟糕，众多庸劣乃至邪恶者跻身官吏行列；这些顽劣之徒一旦在其位，必然乱其政。"素来不知书，岂能精吏理。大者或宰邑，小者皆尉史。愚者若混沌，毒者如雄虺。伤哉尧舜民，肉袒受鞭棰。"诗人既谴责了这些被朝廷任用的庸劣官吏肆意虐民的行径，也提出了向贤良之士打开晋身通道的建议。"何不广取人，何不广历试。下位既贤哉，上位何如矣。胥徒赏以财，俊造悉为吏。"这样的谏诤之言，当然是对现行任官制度弊端的直接否定。

杜荀鹤（846—904），字彦之，石埭（今安徽石台）人。大顺间进士。任宁国节度使幕僚。天祐间历主客员外郎、知制诰等。

杜荀鹤的怨政诗真切记录了唐末兵荒马乱中的民间悲苦生活，尤其描写了官府严苛征税、官军凶悍掠民的危乱现状，很有广度和深度。如：

无子无孙一病翁，将何筋力事耕农。官家不管蓬蒿地，须勒王租出此中。（《伤硖石县病叟》）

夫因兵死守蓬茅，麻苎衣衫鬓发焦。桑柘废来犹纳税，田园荒后尚征苗。时挑野菜和根煮，旋斫生柴带叶烧。任是深山更深处，也应无计避征徭。（《山中寡妇》）

经乱衰翁居破村，村中何事不伤魂。因供寨木无桑柘，为点乡兵绝子孙。还似平宁征赋税，未尝州县略安存。至于鸡犬皆星散，日落前山独倚门。（《乱后逢村叟》）

家随兵尽屋空存，税额宁容减一分。衣食旋营犹可过，赋输长急不堪闻。蚕无夏织桑充寨，田废春耕犊劳军。如此数州谁会得，杀民将尽更邀勋。（《题所居村舍》）

握手相看谁敢言，军家刀剑在腰边。遍搜宝货无藏处，乱杀平人不怕天。古寺拆为修寨木，荒坟开作甃城砖。郡侯逐出浑闲事，正是銮舆幸蜀年。（《旅泊遇郡中叛乱示同志》）

交朋来哭我来歌，喜傍山家葬荔萝。四海十年人杀尽，似君埋少不埋多。（《哭贝韬》）

去岁曾经此县城，县民无口不冤声。今来县宰加朱绂，便是生灵血染成。（《再经胡城县》）

《伤硖石县病叟》描写老农孤苦伶仃，被逼缴租纳税。"官家不管蓬蒿地，须勒王租出此中。"《山中寡妇》描写乡村寡妇家破人亡，仍无法躲避赋税和徭役。"任是深山更深处,也应无计避征徭。"《乱后逢村叟》描写官军强征兵役、官府强索租税,并未因州县已饱经战乱而略有宽免。"因供寨木无桑柘,为点乡兵绝子孙。还似平宁征赋税,未尝州县略安存。"《题所居村舍》描写官吏只顾邀功,催租逼税不吝杀人。"家随兵尽屋空存,税额宁容减一分。""如此数州谁会得,杀民将尽更邀勋。"《旅泊遇郡中叛乱示同志》描写官军抢掠财物,滥杀平民。"握手相看谁敢言,军家刀剑在腰边。遍搜宝货无藏处,乱杀平人不怕天。"《哭贝韬》感慨天下大乱,死亡惨重,友人死有葬身之地反倒让人惊奇。"四海十年人杀尽,似君埋少不埋多。"《再经胡城县》描写县令加官受赏,全因心狠手辣,残民以逞。"今来县宰加朱绂,便是生灵血染成。"杜荀鹤的这些怨政诗,冷峻愤激,把唐末的国家败亡景象刻画得令人过目难忘。这些作品并非故作惊人之语,而是描述国家政治秩序崩溃之后,法度混乱、恣意杀戮、残民以逞的社会现实状况,留下了唐末乱世的珍贵记录。

第四章　宋代政治诗

概　论

宋代的政治格局在宋太祖赵匡胤决心改变武人篡权的前朝惯例后就已经固定下来了。杯酒释兵权的行动，不是赵匡胤一时心血来潮的个性发挥，而是唐亡后五代十国政治演变的教训所致。"宋朝的军事制度（兵制），总结了晚唐五代的历史经验和教训，采取了一系列措施，将军队牢牢掌握在中央政府手中，消除了军队对国家政权稳定的破坏作用，使军队变为维护中央集权统治的有力工具。排除了武人对政治的干预，从而保证了国家机器的正常运转。宋朝的军事制度，是宋朝政治机制运转的重要稳定因素。在两宋三百来年时间里，在政治机制的运转中，很少出现军队的破坏作用，这不能不说是宋朝军事制度的成功之处。宋朝大的兵变基本没有，军队成为维护统一和稳定社会的重要力量，军士们没有能再度威胁国家与社会，从而使社会有可能稳定，生产力有了发展的保证，创造出宋朝高度发展的物质文明和精神文明。宋朝军事制度，为宋朝社会的发展，做出了有利的贡献。但是，宋朝的军事制度，并非没有弊病。宋朝军事上'积弱'，对辽、西夏、金的作战常处于劣势地位，军队战斗力不强。最终北宋灭于金、南宋灭于蒙元。这些，不能说与宋朝兵制无关。"[①] "宋朝兵制，处处透着一个'防'字，分散兵权，提防将帅，钳制士兵，严加防范，以免其危及国家政权。由此，形成了猜忌和压制武将的惯例，有才干的将领难以出头，庸将得以擢升高位。因此，将帅领兵出战时，很少根据战场上变化的形势机动作战，只知机械地执行成命。于是，便不能不十战九败。"[②] 宋末元初的马端临痛陈自北宋晚期至南宋末期的宋朝军事颓败状态是，军队规模虽然庞大，但对外御敌屡战屡败，对内殃民

[①] 白钢等：《中国政治制度通史·宋代》，社会科学文献出版社2011年版，第448页。
[②] 同上书，第449页。

甚于"盗贼",乃至蜕变为"寇贼"。"洎女真南牧,征召勤王之师,动数十万。然援河北,则溃于河北;援京城,则溃于京城。于是中原拱手以授金人,而王业偏安于江左。建炎、绍兴之间,骄兵溃卒,布满东南,聚为大盗,攻陷城邑,荼毒生灵,行都数百里外,率为寇贼之渊薮。而所谓寇贼者,非民怨而叛也,皆不能北向御敌之兵也。张、韩、刘、岳之徒,以辅佐中兴,论功行赏,视前代卫、霍、裴、郭曾无少异,然究其勋庸,亦多是削平内寇,抚定东南耳。一遇女真,非败则遁,纵有小胜,不能补过,而卒不免用屈己讲和之下策,以成宴安江左之计。及其末也,夏贵之于汉口,贾似道之于鲁港,皆以数十万之众,不战自溃,于是卖降效用者非民也,皆宋之将也;先驱倒戈者,亦非民也,皆宋之兵也。""宋兵虽多,劣弱而不可用。犹病瘫痪之人,恣其刍豢以养拥肿之四肢,胫如腰,指如股,而病与之俱增,以至于殒身也。然则所以覆其国者乃兵也,所以毙其身者乃手足也。"① 与之形成对应的是,朝廷对文臣士大夫多有保护之策。清代王夫之论宋代佑护文臣的国策:"太祖勒石,锁置殿中,使嗣君即位,入而跪读。其戒有三:一、保全柴氏子孙;二、不杀士大夫;三、不加农田之赋。"② "自太祖勒不杀士大夫之誓以诏子孙,终宋之世,文臣无欧刀之辟。"③ 国家资源在这项国策上有很大投入,乃至对宋代的政治结构和政治运行都产生了极大的副作用:"总的来看,庞大的官员队伍和优厚的高官厚禄,使得宋代的官员俸禄成为国家财政的重负,是导致宋廷'积贫'的一个主要原因。"④ "养了武的又要养文的,文官数目也就逐渐增多,待遇亦逐渐提高。弄得一方面是冗兵,一方面是冗吏,国家负担一年重过一年,弱了转贫,贫了更转弱,宋代政府再也扭不转这形势来。"⑤ 宋王朝制定的防范武将、优待文臣的政治方针,决定了对内对外的国策倾向是内敛国力、不思开拓。

就宋太祖赵匡胤个人的政治抱负和施政作为来看,并非器局窄小之人。对其政治志愿及治国业绩,史家评价颇高:"五季乱极,宋太祖起介胄之中,践九五之位,原其得国,视晋、汉、周亦岂甚相绝哉。及其发号施令,名藩大将,俯首听命,四方列国,次第削平,此非人力所易致也。建隆以来,释藩镇兵权,绳赃吏重法,以塞浊乱之源。州郡司牧,下至令录、幕职,躬自引对。务农兴学,慎罚薄敛,与世休息,迄于丕平。治定功成,制礼作乐。在位十有七年之间,而三百余载之基,传之子孙,世有典则。遂使三代而降,

---

① (宋)马端临:《文献通考》卷一百五十四《兵考六》,中华书局2011年版,第4621页。
② (清)王夫之:《宋论》卷一《太祖》,中华书局1964年版,第4页。
③ 同上书,第6页。
④ 黄惠贤等:《中国俸禄制度史》,武汉大学出版社2012年版,第290页。
⑤ 钱穆:《中国历代政治得失》,生活·读书·新知三联书店2005年版,第87页。

考论声明文物之治，道德仁义之风，宋于汉、唐，盖无让焉。乌呼，创业垂统之君，规模若是，亦可谓远也已矣。"① 由此可知，赵匡胤设计宋代政治制度的意图，是将防范包括武将在内的各种政治势力可能威胁皇权安全运行的风险放到了至高无上的位置加以考量，因而作出了很多矫枉过正的制度安排，包括一系列政策细节的规定，都透露出最高当政者的良苦用心。这些制度和政策的制定，显然产生了正反两方面的政治后果。"宋朝统治者充分吸取唐、五代弊政的历史教训，为了严密防范文臣、武将、女后、外戚、宗室、宦官等六种人专权独裁，制定出一整套集中政权、兵权、财权、立法与司法权等的'祖宗家法'。从太祖开始，用设官分职、分割各级长官事权的办法，将权力集中于皇帝，削弱了各级长官的权力。为防止宰相专权，设置了参知政事和枢密使，以分散其权力。"② "为防止武将跋扈，首先解除其军职，授以虚衔，赋以厚禄；其次废除节镇支郡之制，任命京、朝官出任权知州。在各州之上，又设置互不相属的几个监司和帅司，以监督知州和通判，并分掌一路的民、财、兵、司法等权，不用武将专制一路。武将一般只做统兵官，率领兵马。对于宦官、女后、外戚、宗室，宋朝逐步使之官僚制度化。宋朝统治者的这些集权措施，都立之以法，而且日趋严密，甚至达到了细者越细，密者越密，摇手举足，都有法禁的地步。"③ "宋朝中央决策机构和决策程序的最大成功之处，在于两宋各维持了约一个半世纪多的统治，基本上保持了全社会的相对稳定，从而促使社会经济和政治、思想文化、科学技术等获得很大的发展。只是在统治阶级日趋腐败之时，严重破坏了正常的决策程序，做出了严重的错误决策，终于难以逃脱覆灭的命运。"④ "从十五位皇帝的平均寿命、即位年龄和在位时间看，宋朝统治阶级在当时的历史条件下，较为妥帖地完成了历次新、老皇帝间皇位交接的过程，不至于出现严重的统治危机。"⑤ "然而，正当宋朝统治者陶醉在暗自庆幸本朝'百年无事'美梦之时，终于在北宋末年和南宋后期，做出了两次错误的决策，即联金灭辽和联蒙灭金，终于引进了两个强大的敌人。面对强敌，又暴露出宋初统治者决策的一个致命失误，即朝廷中央严重削弱了州郡的权力。一部宋朝兴亡史，展示了宋朝统治者所建立的中央决策机构和决策程序以及所作的许多重大决策的成功和失败。"⑥ 宋代的这些政治制度安排，不但直接影响到后来宋朝对外战争

---

① （元）脱脱等：《宋史》卷三《太祖本纪三》，中华书局2000年版，第34页。
② 白钢等：《中国政治制度通史·宋代》，社会科学文献出版社2011年版，第4页。
③ 同上书，第5页。
④ 白钢等：《中国政治制度通史·宋代》，社会科学文献出版社2011年版，第7页。
⑤ 同上书，第11页。
⑥ 同上书，第145页。

的力量对比，影响到宋代经济文化的发展水平，也影响到文人士大夫参政的广度深度，甚至影响到宋代政治诗的创作格局。

北宋时期，完成大一统事业的赵氏皇室开启了新的发展模式，王朝政治出现了久已未见的兴旺气象，赵宋王朝也在一百六十多年间基本安享了经济发展、文化繁荣的政治局面。"自五代之季，生齿凋耗，太祖受命，而太宗、真宗休养百姓，天下户口之数，盖倍于前矣。"① "自景德以来，四方无事，百姓康乐，户口蕃庶，田野日辟。"② "太平兴国四年宋朝完成统一大业，战争显著减少。景德元年（1004），宋辽双方签订澶渊之盟，两国之间的较大规模的战争亦告结束。为促进经济发展和人口恢复，政府采取了一系列积极有效的措施。到了真宗时期，人口增长的速度显著加快。""仁宗继真宗而立，在位长达四十二年，且天下长期和平，户数的增加仍相当可观，全国户数已由继位初的约 990 万户增加到末年的 1246 万余户。"③ "（徽宗）宣和六年（1124）约有 2340 万户，12600 万人。"④ 北宋王朝在很长时期内经济繁盛，政治安定，国家治理取得了很大成功。

北宋颂政诗在作品数量上达到了空前的规模，颂政内容和颂政方式也有新的拓展。对北宋各个时期的朝廷政治举措和政治成就都有较为适度的描述，对地方官府施政的良善政绩也有不少记述。有少数颂政诗超出了正颂的范畴，呈现出谀颂之词的固有夸饰和溢美。

北宋时期的颂政诗人，除了宋真宗、宋仁宗及词臣，大多数是士大夫官员。真宗、仁宗及词臣的颂政诗，基本是宗庙祭祀、宴飨典礼的乐歌，歌赞宋室先祖及宋太祖、宋太宗等宋帝开国垂统的功业与德行，这种颂赞与北宋前期、中期的皇室勋业和朝廷政治的基本稳定较为相符。北宋颂政诗的士大夫官员作者，普遍怀有强烈的国家责任意识，对朝廷政治寄有很高期望，在颂政诗中歌赞宋室奉天受命、光大祖业的治国宏图，称颂宋室缔造隆盛国运的治国业绩，如赵湘的《宋颂》《圣号雅二篇》，尹洙的《皇雅十首》。也有直接称颂当朝宋帝德业的，如石介的《宋颂九首》《庆历圣德颂》称颂仁宗的庆历新政，苏轼的《春帖子词》《端午帖子词》称颂哲宗治国的新气象，苏辙的《郊祀庆成》称颂哲宗统御天下，仁政宽厚，授贤任能，勤政奉国。

宋室南渡后，国家政治一直在半壁河山的残缺格局下运转。北宋初年定下的抑制武将的国策在丧失北方山河的新背景下仍然没有得到改变。正如王

---

① （元）脱脱等：《宋史》卷三百一《梅询传》，中华书局 2000 年版，第 8086 页。
② （元）脱脱等：《宋史》卷一百七十三《食货志上一》，中华书局 2000 年版，第 2788 页。
③ 同上书，第 352 页。
④ 葛剑雄等：《中国人口史·第三卷》，复旦大学出版社 2005 年版，第 351 页。

夫之所言："宋之猜防其臣也甚矣，鉴陈桥之已事，惩五代之前车，有功者必抑，有权者必夺，即至宋高宗，微弱已极，犹畏其臣之强盛，横加锓削。"① 宋高宗游移纠结的抗金复土政策不能转变为明确坚定的国策，其后列位宋帝也很难有扭转乾坤的政治决断和政治力量。"孝宗初立，锐志以图兴复，怨不可旦夕忘，时不可迁延失，诚哉其不容缓已。"② 即便是不乏志向的宋孝宗，其抗战努力也没能实现收复失土的夙愿。南宋社会就在宋室半遮半掩、半真半假的妥协态度下维持着不战不和、时战时和的奇特宋金关系。南宋社会的经济文化在苟安局面下也曾得到相当发展，是南宋政治的亮点。

南宋颂政诗在这一百五十余年间留下的作品，所包含的政治文化的复杂性，突出表现在对媾和与抗金的不同颂赞上。既有对苟安局面的称颂，歌赞高宗、秦桧与金人缔约媾和，也有对抗金复土的赞颂，歌咏孝宗及虞允文等人的恢复之志。南宋颂政诗出现了大量的谀颂之作，附和朝廷的媾和政策，谄媚主和的皇帝和丞相，昧事滥夸，无以复加。有学者按周紫芝所作贺诗的速率推算，那个时期文人士大夫谀颂秦桧的作品累计数量达到了惊人的地步："每年以秦桧生日为题材而创作的诗歌，当不下千首；自绍兴十二年至绍兴二十五年（1142—1155）秦桧去世的十四年间，其总数也就是远在万首之上了。"③ 这些颂政诗对秦桧的赞颂在数量上和高度上达到了历代以来对朝臣颂政歌德的顶峰。高宗、秦桧把持了舆论的主导权，文人士大夫迎合媾和政策的表态一时成为颂政诗创作的主流政治姿态，原本底气不足的谀颂之风也变得心安理得。这种奇特的谀颂现象，有其时代的社会心理演化逻辑："随着休兵讲和的持续，人民'生聚'环境的巩固，既难忘收复失土，又认同由和议带来的'中兴'表象，成了士人越来越普遍具有的一种矛盾心理。而这，无疑是'绍兴和议'期间大批士人奔竞于谄颂运动，竞相创作谄诗谀文的又一心理本源。"④ 如周紫芝的《时宰生日乐府四首》《时宰生日诗三十绝》《时宰生日诗六首》《时宰生日乐府七章》《时宰生日诗五首》等数十首作品，张嵲的《绍兴中兴上复古诗》《绍兴圣孝感通诗》等篇，对高宗、秦桧媾和政策的称颂，即为显例。这种席卷当时政坛和诗坛的谀颂诗风，在中国历代颂政诗里显得十分突出。但与之形成对照的是，即使在南宋朝廷多年媾和政策造就的社会环境下，颂政诗创作也没有一边倒地颂赞宋金和议，也产生了一些热烈称颂抗金复土的作品，成为南宋颂政诗创作不可忽视的一股清流。如李

---

① （清）王夫之：《宋论》卷十《高宗》，中华书局 1964 年版，第 197 页。
② （清）王夫之：《宋论》卷十一《孝宗》，中华书局 1964 年版，第 203 页。
③ 沈松勤：《南宋文人与党争》，人民出版社 2005 年版，第 434 页。
④ 同上书，第 457 页。

纲的《以旧赐战袍等赠韩少师二首》歌咏抗金大将韩世忠，周麟之的《破虏凯歌六首》《破虏凯歌二十四首》歌咏抗金征战胜利，朱熹的《闻二十八日之报喜而成诗七首》歌赞虞允文率领宋军大败金军的采石矶大捷，释居简的《哀三城》称颂抗金将领忠勇守城御敌，戴复古的《六月三日闻王鉴除殿前都虞候孟枢除夔路策应大使时制司籍定渔船守江甚急》称颂朝廷北伐抗金、恢复失土的努力，杜范的《汉中行》歌咏孝宗即位以来对金征伐、收复失土的战事，等等。

宋代颂政诗创作有一个较为突出的特点，就是许多颂政诗人将地方官员的良政善治作为歌咏的对象，这是历代文人颂政诗创作出现的一个新现象。这种由文人创作的称颂地方官员善政良治的诗作，与前代民间颂政诗称颂地方官员政德政绩的着眼点不同，民间颂政诗更多的是表达百姓对良官善政的感恩戴德，宋代文人颂政诗更多的则是关注官员施政的成功之道。北宋时期，王安石的《新田诗》歌咏官员施行新政以惠民兴业的故事，郭祥正的《送湖南运判蔡如晦赴阙》称赞官员发挥才德以行政，黄庭坚的《曹侯善政颂》称赞官员惩治恶吏，赵鼎臣的《河间令尹》称颂地方官员德政嘉誉，李廌的《上姑丈间丘通牧少卿》《嵩阳书院诗》称扬地方官员在荒政、治安、文教方面的政绩，唐庚的《送宋衮臣赴任浙宪》歌咏地方官吏的履职和治绩，等等。南宋时期，地方治理方面的情况，在颂政诗中也得到了一定描写。如曹粹中的《周侯德政谣》歌咏地方长官勤政为民、德政惠民，李吕的《送江宰别》《贺吴守被召》歌赞地方长官施政有绩、造福一方，张孝祥的《鄱阳使君王龟龄闵雨》《喜晴赋呈常守叶梦锡》称颂地方官员勤政悯民，方岳的《送俞尉》歌赞"俞尉"恤民施政，李曾伯的《戊申和嘉兴守瑞麦行》称颂嘉兴地方长官勤于民事，王义山的《钱怡斋胡宪使》称赞监察官员执法宽严有度，等等。从历代颂政诗创作来看，像宋代文人士大夫这样有意识地对地方官员良政善治进行歌咏，尤其是推重地方官员行政施治的成功之道，是前代文人颂政诗从未涉及的。这个现象说明，宋代文人士大夫对地方官员的为官之道在国家政治中的作用十分看重，对地方行政措施能否成功施行有深入的思考。如米芾的《狱空行上献府公朝奉麾下涟水令米芾皇恐》，对比描述前后两任行政长官的不同狱政管理，以宣示施治措施的成败之理；又如真德秀的《浦城劝粜》，描写浦城官员实行有效的奖惩措施，将浦城当地的粮食资源充分释放出来，实现了普遍的平粜。宋代颂政诗注重总结和推介官员成功施政的治理之道，是宋代颂政诗为中国古代政治诗和政治文化增添的新元素。

宋代是中国古代怨政诗发展的又一个兴盛阶段。宋代怨政诗人在总体上继承并光大了唐代怨政诗人自觉的创作意识和创作激情，以清醒的社会责任感参与怨政诗的创作,推动了怨政诗在宋代的继续发展,加强了怨政诗对社会现实施加舆论影响的功能。宋代怨政诗积极介入社会政治生活,创作规模比唐代又有很大提高,这样的创作实绩在中国古代政治诗史上是一个空前显著的存在。

宋代怨政诗的创作主体是士大夫官员,这个群体的社会责任意识远远高于前代同类人群,为君分忧、为国解难、为民请命的意识表达是文人士大夫普遍的自觉选择。前述宋代朝廷实行的重视文人士大夫地位和作用的政治方针、国家政策,显然极大提升了士大夫阶层关切国计民生的政治意识,直接促成了文人士大夫普遍具有自觉的怨政诗创作意识。在宋代诗人的怨政作品里,对社会政治表达不满的声音,几乎都是立足于社会公义、普遍道义、百姓立场有感而发的,很少是从个人角度表达自己的得失感受的。宋代怨政诗的作者遍及文人士大夫的各个层面。有朝廷大员,如欧阳修、王安石;有地方官员,如王禹偁、苏轼、郭印、薛季宣;有布衣文人,如王令、邵雍、刘过;甚至有僧人,如释居简、释文珦。但他们有一个共同点,就是怀着责无旁贷的意识参与怨政诗的创作,期待用诗歌为国家除弊兴利起到实际的推动作用,希望用诗歌向朝廷及地方各级当政者传递时政危机及民间苦难的真实信息,达到改良朝政、改善民生、巩固政权的目的。

北宋怨政诗和南宋怨政诗因所反映的时局政事不同而在题材内容上呈现很大差异。

北宋怨政诗基本上是针对对内治理的社会政治经济状况的,包括对朝廷政策弊端的披露,对地方治理劣绩的怨责,也包括对新法推行中产生的弊端的批评:"新法虽为国利民福,而当时贤士大夫,蜂起反对。因争新法去官者踵相接。然安石力行弥坚。"① 北宋怨政诗直接反映对内治理的各项政务,涉及徭役、兵役、赋税、赈荒等,现实针对性很强。如张咏的《悯农》,王禹偁的《感流亡》,路振的《伐棘篇》,钱易的《南兵》,柳永的《鬻海歌》,梅尧臣的《田家语》,石介的《彼县吏》,欧阳修的《答杨子静祈雨长句》,李觏的《有感三首》,曾巩的《追租》,刘敞的《石首县》,王安石的《省兵》,刘攽的《关西行》,王令的《梦蝗》,沈辽的《讽仕》,郭祥正的《前春雪》,苏轼的《山村五绝》,苏辙的《蚕麦》,黄庭坚的《流民叹》,米芾的《催租》,李复的《兵馈行》,张耒的《和李令放税》,唐庚的《城上怨》,许景衡的《东郊》,等等。北宋怨政诗也有表现边事外患的,如苏舜钦的《庆州败》《串夷》,晁说之的《远戍》《感事》《痛恨》等。这类作品数量虽少,但洞察力很高。

---

① 万国鼎:《中国田制史》,商务印书馆 2011 年版,第 294 页。

南宋怨政诗记述的社会政治状况更为复杂多样，与南宋时期宋金对峙的艰难时局和各种苛政的施行后果密切相关。大量的怨政诗表现对媾和苟安、失土难复、奸臣祸国的政治时局的不满，如李光的《伯宇知府给事宠和子贱与仆域字韵诗格力超绝辄复次韵》，李纲的《建炎行》，吕本中的《寓会稽禹迹寺》，陈与义的《感事》，邓肃的《贺梁溪李先生除右府》，张元干的《建炎感事》，刘子翚的《靖康改元四十韵》，陆游的《感愤》，林升的《题临安邸》，傅诚的《使金》，马廷鸾的《十一月十二夜梦南冠旧友感泣有赋》，郑思肖的《陷虏歌》，袁玠的《伤乱二首》，等等。这些怨政诗对宋金对峙局面的感愤，指斥非常锐利，如张元干《建炎感事》："议和其祸胎，割地亦覆辙。"可以感知南宋社会对导致国土沦丧的政策有着强烈的怨愤情绪。南宋怨政诗还有大量作品表现赋税烦苛、兵役沉重、贪吏虐民、"盗贼"作乱、战祸殃民的社会状况，如陆游的《农家叹》，尤袤的《淮民谣》，章甫的《悯农》，王炎的《促织》，赵蕃的《田家即事》，陈藻的《憎吏行》，余复的《西陂》，周南的《蚕妇怨》，戴复古的《梦中亦役役》，赵汝绩的《无罪言》，赵汝镃的《翁媪叹》，钱时的《山翁吟》，杜范的《募兵》，释元肇的《县胥归耕》，叶茵的《田父吟》，赵崇鉘的《书事》，左纬的《避贼书事十三首》，陈昉的《辞役》，罗椅的《挑壕歌》，姚勉的《戊午喜罢和籴》，严羽的《庚寅纪乱》，萧澥的《绍定庚寅纪事》，刘黻的《田家吟》，舒岳祥的《田公姥词》，利登的《野农谣》，方逢辰的《田父吟》，等等。

宋代怨政诗反映国事政情所达到的深度、广度，整体来说高于前代。面对内忧外患的艰难时局，许多诗人在作品中表现了令人感佩的胆识和卓见，足见宋代怨政诗人对时局的洞察和对国事的忧思。宋代文人士大夫通过怨政诗表达对国家治理的责任感，是受到朝廷重视、具有修齐治平意识的士大夫文人普遍具有政治自觉的表现。他们创作的怨政诗，客观上披露了宋代各个时期实质存在的社会危机，传递了普通百姓很难表达的怨诉之声，发挥了诗歌影响舆论的社会政治功能。

第一节　北宋颂政诗——皇帝宏功　官员德业

从开国兴邦到靖康之难，北宋一百六十多年统一完整的统治，其间经历了前期、中期、后期三个阶段。北宋前期是指宋代开国至宋真宗时期。北宋前期，赵氏皇室在消除了武人篡权的危险后，进入了大一统王朝持续稳定的社会经济发展阶段。新王朝在政治上出现的新气象，在颂政诗里得到了较准确的反映。北宋中期是指宋仁宗至宋哲宗时期。北宋中期包括庆历新政在内的朝廷政治变革，是在宋代开国数十年后，国家稳定发展而又矛盾丛生，社会政治经济发生极大变化情况下发生的。这个时期的皇室权力中心和士大夫圈子，既涌动着变革的潮流，也纠结着反对的声音。北宋中期的颂政诗与同时期政坛的鲜活生活保持了同步的敏感和热度，表现出君臣诗人对国家政治抱持的正向期待和热情投入。北宋后期是指宋徽宗至宋钦宗时期。北宋中期的政治变革及其成果在北宋后期并未得到延续，宋徽宗在朝政上的怠惰和荒嬉使宋代国家政治急速衰败。北宋后期的颂政诗，有许景衡、王安中等人对徽宗之政大加称颂，是名实不符的谀颂之词。

除了称颂朝廷功业，北宋时期文人士大夫对地方官员治理之道和治理之绩的称颂，也是这个时期颂政诗较为突出的现象。

北宋前期、中期、后期的颂政诗虽有阶段性的差异，但也有一些共同的内容贯穿整个北宋时期的颂政作品。北宋时期参与颂政诗创作的诗人有皇帝、词臣，而占主体的则是各级士大夫官员。如晏殊、梅尧臣、欧阳修、苏舜钦、蔡襄、王珪、司马光、苏颂、沈遘、范纯仁、吕陶、郭祥正、苏轼、苏辙、黄庭坚、米芾、赵鼎臣、唐庚、许景衡、王安中等。

北宋颂政诗主要包括颂赞皇帝治国功德和地方官员施政业绩两大类作品。

1. 赞颂皇权的天命神圣，皇室的继往开来，皇帝的圣德勋业，治国的大政方略，施政的仁义洪恩，国运的安泰兴隆。

晏殊（991—1055）的《奉和圣制元日》："年芳随律盛，皇泽与时均。共有华封意，升平亿兆民。"歌颂皇帝仁德泽及万民，太平之世天下共享。又如《奉和圣制冬至》："岁穰千亩实，气爽六符平。肆乐遵年律，迎长蔼颂声。""异域梯航集，诸侯篚贡盈。尧仁敷万有，同此一阳生。"歌颂当朝治世国泰民安，仁德治国必得天佑。晏殊的颂政诗称颂仁宗的政德和治绩，所推崇的治国之道，恰为诗人辅政履职所遵从，不至于滥夸。

梅尧臣（1002—1060）的《祫享观礼二十韵》是描写宗庙祭祀的作品，是诗人见闻典礼后的颂政之作，表达了对国运欣荣的感动和祈愿。"肆赦通皇泽，深仁被九州。巍巍百世业，坦坦四夷柔。惠及高年叟，恩差五等侯。力田仍给复，有道俾旁求。何以歌尧美，兹同击壤讴。"歌颂仁宗皇帝德政泽及天下，国运长久昌盛，四方邦国敬服，是万民景仰的尧舜般的圣君。梅尧臣的称颂，既有作为士大夫官员遵循礼仪而作的例行礼赞，也包含有对仁宗皇帝治理下国泰民安的时局大势的基本判断，也是士大夫文人对国家治理现状的政治表态。

欧阳修（1007—1072）的《巩县初见黄河》歌赞仁宗治理黄河水患的德

政良绩。诗篇对仁宗皇帝直接关怀黄河治理深为感佩:"明堂天子圣且神,悼河不仁嗟曰喟。"赞其遵循河道水势的消长规律,采取相应措施进行治理,"遵涂率职直东下,咫尺莫可离其次"。终于使水患变为了水利,"尔来岁星行一周,民牛饱刍邦羡费"。诗人对河政的成效感慨良深:"嗟河改凶作民福,呜呼明堂圣天子。"对仁宗时期的河政成就表达了由衷的赞佩。

苏舜钦(1008—1048)的《寄富彦国》称颂的是仁宗庆历年间的能臣富弼,实质是对庆历新政表达了支持态度。诗人感慨仁宗用人得当:"已知高贤抱器识,因时与国为辉光。"又期望富弼能担当更大职责:"彦国本为廊庙器,何只口舌平强梁。使之当国柄天下,夷狄岂复能猖狂。"诗篇歌赞的对象是一个大臣,其实也是庆历时期朝政新气象的真实记录。

邵雍(1011—1077)的《观盛化吟》歌赞新王朝带来的统一和安宁:"纷纷五代乱离间,一旦云开复见天。草木百年新雨露,车书万里旧江山。寻常巷陌陈罗绮,几处楼台奏管弦。人乐太平无事日,莺花无限日高眠。""吾曹养拙赖明时,为幸居多宁不知。天下英才中遁迹,人间好景处开眉。生来只惯见丰稔,老去未尝经乱离。五事历将前代举,帝尧而下固无之。"在对比了五代十国战祸频仍、朝政昏败的政治格局后,诗人欣喜于当今时局的稳定,用"太平""明时"标注所在的时代,有其合理的历史逻辑和事实依据。

蔡襄(1012—1067)的《亲祀南郊诗》是观览仁宗郊祀典礼后的颂政之作,并非一般词臣的浮泛之诗。诗篇着重称颂仁宗继统承绪、勤政惠民的治国功德,虽有应景的成分,但也较为真切地描述了仁宗朝的盛世图景。诗篇几乎是全方位地歌赞了仁宗治国的宏大功业。"恭惟皇帝,继文之始。"赞其继统承绪;"兢兢日慎,夙夜勤只。"赞其勤谨统御;"哀怜困穷,有如在己。惟刑是恤,弗由怒喜。"赞其悯民宽仁;"躬服俭约,黜弃浮侈。"赞其节俭戒奢;"皇帝慈孝,下民胥拟。皇帝恩仁,四国倾倚。"赞其德行仁厚;"皇帝曰咨,群公卿士。"赞其谦恭纳谏;"百官敕业,相予表里。"赞其君臣协和;"登任俊良,划斥奸宄。"赞其扶正祛邪。这样的称颂,在基本层面上符合仁宗治国施政的实情,是蔡襄概览朝政后的真切感言。

王珪(1019—1085)的《拟试置章御座二首》以拟想皇帝处理政事的形式歌咏皇帝的政德。第一首称颂皇帝尽心国事,善于纳谏。"睿听来嘉论,忧劝政事昌。颙颙瞻帝座,谔谔置臣章。""只应千载治,危谏属忠良。"似乎是歌赞皇帝纳谏的事实,实则更是表达一种祈愿。第二首称颂皇帝尽心图治,夙夜勤政。"君心图治切,座置直臣章。""程书劳夜览,造膝被天光。欲识忧民意,忠规傥可忘。"诗篇没有具体的实事背景,但希望皇帝勤谨国事的意愿表达得十分明确,是一首包含劝谏意味的别具一格的颂政诗。

司马光（1019—1086）的《瞻彼南山》模仿《诗经》篇章而作。《诗经》"小雅"里有《节南山》，怨责周室权臣师尹乱政败国，司马光的《瞻彼南山》则反其意而用之，对当朝者治国施政进行了热烈的礼赞，宣扬了德政天佑的价值观。"百羞阜昌，上下乐康，邦家之光。君子万年，抚有四荒，受禄无疆。""酌言赐之，命之醉之，上下以序。君子万年，永绥兆民，受天之祜。""自堂徂庭，上下肃雍，靡有不恭。君子万年，令德高明，高明有融。""赫赫明胆，天命有严。命我祖考，九土是监。""恺忠只敕，永奉丕则。立民之极，载祀千亿。"诗篇称颂宋室光大祖业，以圣明的皇德承载天命，爱护天下百姓，享有四方大地，这样的江山社稷将得到上天的护佑，延续千秋万代。司马光的这类颂政诗，未咏及具体的时事，只是以仿古的形式表达了对当朝大政的拥护，对国运的祈愿。虽四平八稳，但也显得较为浮泛。

苏颂（1020—1101）的《南郊大礼庆成诗五首》当作于宋英宗时期，是一组郊庙祭祀的乐歌，例行歌赞宋室的勋业，将太祖及至当朝的前后相承的"五世"统绪作了梳理，表达了对国运长久的祈愿。"惟宋五世，将郊泰玄。祗若前典，钦崇道尊。""皇继其志，受祉弥繁。炎炎景历，亿万斯年。""天命有宋，系轩纂唐。祖武宗文，积厚流光。""涤垢弃瑕，蠲租薄赋。三泉靡封，五刑几措。""我朝本仁，实清弊敉。赦匪其私，仁则有裕。万民以怀，邦基巩固。"除了对祭祀场景的描述，诗篇着重歌咏宋室继统承绪、德政宽仁、天佑民戴的治国之道和治国之绩。《皇帝初郊大礼庆成诗》则着重描述了宋哲宗时期国运安泰的景象，展示哲宗承继开国以来"六帝"的宏业，努力推行礼乐文治，竭诚选贤任能，实现轻徭薄赋。"旁求遗逸搜岩穴，宽舍租逋惠隶氓。"这样的惠民德政赢得了百姓的拥护，天下一派升平景象。诗篇对哲宗统御天下作如此的称颂，当然不是治国已臻至善的真实记录，更多的是表现诗人对朝政向好趋势乐观其成的政治祈愿。

沈遘（1025—1067）的《七言老农问》当作于宋英宗时期，称颂皇帝决策英明，称颂天下太平。"圣主仁恩务息民，收兵方外卷威神。老农自保太平乐，焉用空言羞使臣。"诗篇虽是模拟民间一个老农的口吻来评价当朝大政时局，但视角和尺度却是来自士大夫官员。歌赞皇帝对外罢兵偃武，对内休养生息，方赢得世道太平，民众安乐。诗人对朝廷息事宁人的对外政策持赞成态度，是宋代对外御侮乏力的弱势外交在士大夫心理上的留影。

吕陶（1027—1103）的《郊祀礼成诗》当作于宋哲宗时期。诗篇描述皇帝即位八年以来，治国大有成效，政令畅通，百姓安泰。"独运陶钧术，齐驱造化工。"独有的治国之道和治国之术，使祖业得以光大，社稷亦将绵远。诗篇是一首例行的祭祀乐歌，夸饰歌功是其正常功能。

苏轼（1037—1101）曾在朝廷任翰林学士，奉命写下了一些郊祀乐歌、帖子词等颂政之作。这些颂政诗皆为例辞套语，按固定的模式表现颂圣的题中之义，与诗人大量率性自然表现个人性情的抒情诗篇截然不同。如《郊祀庆成诗》歌咏新皇帝承接昌明朝政，定能给天下带来太平。诗篇特别提及对民情的关切："可颂非天德，因箴亦下情。民言知有酌，帝谓本无声。"也特别提及勤俭持身，克己理政："富国由崇俭，祈年在好生。无心斯格物，克己自消兵。"诗人显然对新即位的哲宗抱有很大的政治期待："化国安新政，孤臣返旧耕。"表达了对哲宗开展"新政"的支持和拥护。《春帖子词》和《端午帖子词》称颂哲宗治国的新气象，称颂哲宗即位后仁政宽厚，忧民恤农，怀柔招远，德政遍泽。哲宗其时还未作出多大的建树，但诗中提及"数行宽大诏""圣主忧民未解颜""试问吾民恓"等，在更大程度上表达的是苏轼对新君主、新朝政的期待，与诗人一贯的真诚关怀朝政的政治姿态是一致的。

苏辙（1039—1112）的《郊祀庆成》称颂："矜愚开罪罟，释欠靖民编。""有道知难犯，无私每得贤。劬劳就圣德，谦畏绝私权。治道初无象，神功竟莫宣。"歌赞哲宗统御天下，仁政宽厚，授贤任能，勤政奉国，廉政用权。既是例行的颂词，也在一定程度上反映了哲宗力行新政的政治气象。

许景衡（1072—1128）的《东郊》当作于宋徽宗时期，用对比手法歌赞徽宗德政仁厚，百姓乐业。诗篇描写新皇即位后，朝纲大为改变，朝政焕然一新。"而今新官家，宽大布深仁。大臣亦端良，乘时转鸿钧。"天下亦趋向安宁欣荣，百姓得以享受太平时日："寰区日宁靖，百物方欣欣。尔曹死亦足，及为太平民。"诗篇歌咏徽宗即位后的新政局面，看似具体而微，实则浮泛虚夸，谀颂之味颇浓。但其对"宽大""深仁"价值的宣扬，是一种对朝政向善的积极的政治期待。

王安中（1076—1134）的《宣和七年九月二十三睿谟殿赏橘曲燕诗》称颂宋徽宗宣和年间的统御盛况。诗篇从徽宗继统承绪叙起："赤伏符兴运，长生帝应期。骏功光祖考，大道仰君师。"继而赞其即位之后政通人和："政叶阴阳叙，恩均雨露施。机缄神不测，橐钥化无私。"赞其重农恤民，仁政宽厚，取得了百姓乐业、农事兴旺、年景丰饶的欣荣局面："农祥朝自正，膏泽夜还滋。耕首天田稼，蚕无茧馆丝。云谁知帝力，初弗夺民时。佳种今仍降，棘莽此独贻。上方轻赋敛，人益劝耘耔。"赞其文治教化，光大古圣盛德，提升民风良俗："文心仍翼翼，舜善益孳孳。圣治宁人继，淳风邃古追。"赞其对外族邻邦的仁德相待，恩威并施，带来了边地安宁、边民归心的盛况。"震叠汤声赫，威怀武烈丕。款金符誓牧，篆鼓兆蒐岐。神力天山箭，祥飙太一旗。燕云恢北落，灵夏慑西陲。曩岁蒙推择，新邦往抚绥。""井邑今安业，衣冠颇变夷。买牛从汉吏,牧马绝胡儿。田熟营平老,兵休定远疲。钧天犹梦到,魏阙倏来思。"诗篇将徽宗治国之绩描述得如此政通人和、国泰民安,俨然一幅太平盛世的景象。但画面的景象显然与徽宗统御晚期朝政的昏浊败坏及民怨载道、边患危殆的实际状况严重不符,是一篇谄媚不实的谀颂之辞。

2. 歌赞地方良官善政,勤政尽职,执法公正,除弊兴利,治灾济民。

范纯仁(1027—1101)的《循吏》描画诗人眼中的"循吏"形象。循吏即良官,从司马迁《史记》创立"循吏"这一名词,其含义历代基本相同,意指任官奉公守法,勤政清廉,济民惠民,理讼兴教等。《史记》专门立有"循吏列传",称这类良官"奉职循理,亦可以为治"。① 范纯仁称赞循吏所作所为是:"王化由来起一同,尽由守宰致平隆。坐移风俗为能政,勤抚生灵是至忠。四境肃清民害去,一方和乐主恩通。吾皇有德真尧舜,唯待诸君共理功。"天下郡县的治理,世间秩序的稳定,都有赖"循吏"的恪尽职守。他们既"能政",又"至忠",还要"肃清民害",维持世间安稳;他们把君主的恩德贯彻到民间,君主的成功治国也有待他们的襄助。诗人把"循吏"对国家治理的基础作用阐发得面面俱到,也传达了诗人对当朝那些勤政奉国、谋事忠君的清官良吏的由衷赞叹。诗篇没有涉及具体的人和事,是诗人对良官善治的一种向往。

吕陶(1027—1103)的《送周思道郎中通理益昌》歌赞官员尽职奉公,以公正之心处置不公正的冤案。"闽儿冤魄久艰伸,吾以仁心济不仁。十室苟能全一子,万家无虑活千人。于公治狱门生相,韩厥成功世有民。阴德所施阳报在,莫叹孤宦老朝绅。"将为民申冤的官员比作依法判狱的西汉于公、春秋韩厥。只有对地方公正施政深有观察和认识,才能作出这样的评判。

郭祥正(1035?—?)的《治水谣》称颂一位何姓官员的治水业绩,钦佩其尽心竭力、勤苦拯民的履职行为。诗篇突出描述了"贤哉何令能治水"的"贤"和"能"。贤,表现在其公正办事,率先垂范,"赏罚公平贫富均,赤脚亲临食亡匕。每趋危垫必身先,往复连宵几百里";能,表现在其处置有方,终见成效,"西门投巫安足比,亦胜乘舆济溱洧。活我生灵十万家,惠泽阴功浃神理"。诗人的感佩很真诚,以诗为荐举,希望这样的官员能够为朝廷重用。《送湖南运判蔡如晦赴阙》称赞湖南转运判官蔡如晦的才德:"桓桓南都贤,幸遭明主顾。垂绅正手板,磊落奏治具。"赞其有识见,被擢用。"竭来重湖南,君恩密宣布。拔才惟俊明,逐吏皆猾蠹。""有司绝诛求,比屋乐农务。贫富一以均,歌颂喧道路。"赞其英才勤政,扶正祛邪,惩恶镇邪,使百姓安居乐业。

---

① (汉)司马迁:《史记》卷一百一十九《循吏列传》,中华书局 2000 年版,第 2357 页。

黄庭坚（1045—1105）的《曹侯善政颂》描述曹侯为官有绩，惩治恶吏，施行善政。至于治理虎患成功，也与善政有关，"虎暴人境，肆作机阱。侯曰彻之，病在乎政。惟此庋虫，乃与政通"。该诗序言强调施行善政则虎患不复为害："侯至之始，其邑多虎，所在设机阱，日以得虎，而虎暴不息。侯曰是为政之罪，命尽去机阱。未逾月，负贩山行水宿，不逢虎也。"诗人所言曹侯治理虎患与推行善政之间的关系，看似牵强，实则有其内在的合理性。诗篇对曹侯治理地方虎患一事的称赞，其意义超出了事件本身，扩展到了施政是否得当、是否符合民意的更大价值目标。《寄题安福李令适轩》称赞这位李姓官员的行政作为："孝慈民父母，虎去蝗退飞。来思僚友同，歌舞醉红衣。定知与民乐，吏瘦吾民肥。"既勤政有效治灾，又仁爱百姓到了"吏瘦吾民肥"的境地，当然引致诗人对其热烈地称扬，可见诗人对地方官员行政作为的评判尺度。

米芾（1051—1107）的《狱空行上献府公朝奉麾下涟水令米芾皇恐》对地方行政的措施和效果作了较为深入的观察和思考。诗篇对比描述了楚州地方的狱政变化情况。以前的监狱人满为患："两狱百间塞有罪，有耳未闻一日空。"新来的长官"太守"实行新的狱政："百姓小妄赦不罪，庶几小屈能自致。"对犯有小过的民众加以宽赦，反而对官吏加以约束，"久而官悚吏皆畏"，官吏不再敢随心胡为，监狱状况顿然改观："虽欲呼之亦不至，乃知狱空空有理。百万无冤无枉吏，来者迎刃无留滞。"监狱不再人满为患，民间也不见治安恶化。"赦来两狱久无事，太守政声既如此。"民众得到宽政，地方治安好转，"太守"的"政声"也众口流传。诗篇认为楚州狱政及治安的决定因素在于州长官的作为，"扰静尽系太守公"。现在的太守公正执法，对吏员严加约束，对民众宽厚以待，效果自然会好；以前的太守放任不管，纵吏胡为，"太守无能不戢吏，精力不给吏乃庸"。结果就可想而知。诗人的结论是："政由吏人民乃扰，政由太守民气通。"对官员和吏胥在官府政务中的不同作用，作出了自己的评判。诗篇对地方狱政施行中的两种情况进行对比，着眼于推举其中的成功之道，并不是泛泛的颂政，对认识古代地方狱政运行的成败规律很有指标意义。

赵鼎臣（1070—?）的《河间令尹》呈现了河间地方在良官德策治理下的欣荣景象。"今年不复似常年，斗米都无百十钱。新来长官政及我，夜无吠犬人得眠。公家力役会不免，常苦里胥相扰乱。里胥不出今几时，我自输官不须叹。秋风乐无涯，枣有实兮菊有花。闻道长官作生日，相呼父老来排衙。排衙奉上一杯酒，再拜长官千万寿。三年替去不须臾，聊与斯民为父母。"百姓安居乐业，家给人足，承担官府的赋税徭役也力所能及。百姓热烈拥戴带给他们清明政治、安宁生活的"新来长官",感恩他"聊与斯民为父母"的宽厚德政。诗人对河间新任长官的称颂,当有夸大,但以百姓的安宁、安乐为判定施政优劣的标准,呈现鲜明的德型政治文化的特征。

唐庚(1071—1121)的《云南老人行》歌赞"江阳太守"勤政安边的业绩。诗篇对比了江阳太守来此主政前后的治安景况的变化。之前的情形是:"十五年前多寇盗,一境骚然不相保。民禾收刈虏人家,戎马偷衔汝江草。"现在的情形是:"近来风俗多变移,卷却旌旗张酒旗。牛羊村落晚晴处,烟火楼台日暮时。两眼昏花两鬓雪,喜见升平好时节。""问翁致此何因缘,道是江阳太守贤。鼓琴弦歌不生事,十年静治安吾边。""异日刊为德政碑,请问云南陇头叟。"诗人借老翁之口,对尽责履职的主政官员表示了极大的敬意。《上漕使》歌赞了"漕使"的善政恤民。诗篇描述漕使的职权和履职情况是:"持节三千里,提封一十州。天文占使入,地上觉钱流。吏有言前信,农无赋外求。事投余刃毕,政举大纲休。惠泽坤维润,威风井络秋。利源干复溢,民瘼痌还瘳。德以柔刚济,材兼巨细收。"诗人对"漕使"施行合理措施称赞有加,赞其不仅整肃了吏治,还减轻了民众负担。《送宋褒臣赴任浙宪》对友人宋褒臣在蜀中的履职深为赞佩:"彩衣入蜀记当年,金紫重来抱使权。拥钺止奸民奠枕,扬鞭画计地流钱。"赞其到蜀地后勤政施治,惩压奸邪,护佑百姓,为地方开辟财源,活络了地方经济。这些赞誉透露了诗人评判官员施政优劣的标准和尺度。

除了上述北宋诗人的这两类颂政诗,北宋时期颂政诗创作更有代表性的诗人有田锡、赵湘、寇准、杨亿、赵恒、赵祯、夏竦、尹洙、石介、金君卿、王安石、李觏等。此将其颂政诗的创作情况分述如下。

一 田锡 赵湘 寇准 杨亿

田锡(940—1003),字表圣,祖籍京兆(今陕西西安)。太平兴国间进士,历兵部员外郎等。咸平间擢右谏议大夫。

田锡步入仕途的年代正是宋朝开国不久,国势欣荣向上的时期。从君主到大臣,庙堂之上既有新朝换旧朝的政治朝气,也有将新朝江山永久延续的政治愿景。因此,田锡在歌咏江山社稷的颂政诗中,会满怀自信地描述安国靖边的战事,以展示新朝向上的国运。如《圣主平戎歌》:

> 玉关秋早霜飞速,代马新羁逞南牧。胡人背信窥汉边,刻箭为书召戎族。渔阳烽火照甘泉,疆吏飞笺至御前。睿谋英武何神速,銮舆自欲平三边。百万羽林随驾出,杀气皇威先破敌。贼臣丧胆遽奔逃,漳水波

清因驻跸。宫锦战袍花斗新，绣鞯珠络金麒麟。天颜威武不可犯，垂鞭按辔视群臣。金吾队仗如鳞萃，环卫旌旗径千里。汉皇曾上单于台，壮心磊落侔风雷。比量英武不足数，圣文神武双全才。势可驱山塞沧海，紫气迤逦龙凤盖。金花簇敛若星罗，宝钿乘舆翼云旆。涂山禹帝戮防风，涿鹿蚩尤死战锋。锋芒俱染玄黄血，争如不阵而成功。示暇皇欢有余意，御笔题诗饶绮思。翰林承旨先受宣，西掖词臣及近侍。诏命交酬继和来，君臣道合何如是。和气感天天地宁，日融瑞景笼八纮。风生旗旆翻龙凤，霜严鼓角喧雷霆。海神来受军门职，太上祷兵尊帝德。牢笼万国顿天网，天网恢恢恩信广。胡儿溃散何比之，大明升空逃魍魉。漳川地阔霜草平，合围会猎布天兵。六师雄勇一百万，六班侍卫交纵横。铁衣间耀金锁甲，鼓旗杂错枪刀鸣。霓旌似系单于颈，猎骑如破匈奴营。雕鹗狰狞搦狐兔，花骢跃龙骄在御。弓圆明月金镞飞，妖狐中镞骇天机。兵师会合如波注，山呼万岁震边陲。东海为樽盛美酒，斟酌酒浆掺北斗。鸾刀割肉若邱陵，军声汹如狮子吼。三公拜舞百辟随，鸣珂飞鞚星离离。云舒二十有四纛，传宣罢猎整鱼丽。胜气威声压千古，堪笑骊山称讲武。直馆微臣乐扈随，太平盛事今亲睹。会看金泥封禅仪，拜章别献新歌诗。歌诗何以容易进，为受文明天子知。

诗篇以汉拟宋，以托古的语气歌咏宋朝以武定国的时政大事。诗篇围绕宋太宗北伐亲征辽国的战事，对宋室积极进取的统御姿态进行了热烈的歌赞。诗歌从"胡人背信窥汉边，刻箭为书召戎族。渔阳烽火照甘泉，疆吏飞笺至御前"叙起，交代了契丹辽国进犯宋朝的紧急边情，在此背景下展开对太宗临危出征的胆略和气魄的赞颂。"睿谋英武何神速，銮舆自欲平三边。百万羽林随驾出，杀气皇威先破敌。"天子的亲征鼓舞了宋军的士气，对战局的转机产生了有力的作用。虽然宋军和辽军最终没展开大规模的直接厮杀，但在得知宋朝皇帝亲临前线后，辽景宗下令班师撤军，使宋军收获了不战而胜的战果。诗人对战事的结局很是兴奋，对宋军的阵势大感自豪："漳川地阔霜草平，合围会猎布天兵。六师雄勇一百万，六班侍卫交纵横。"对太宗在此事件中的表现，作者将之比为雄才大略的汉帝："汉皇曾上单于台，壮心磊落侔风雷。比量英武不足数，圣文神武双全才。"赞其为宋朝带来了国势强盛的希望。崇仰之情，历历在目。虽然这种歌赞对事实本身不无夸大，但诗歌对宋太宗自强不息的御国姿态和治国努力所作的肯定，仍然有其很高的合理性。

赵湘（959—993），字叔灵，西安（今浙江衢州）人。淳化间进士，授庐江尉。

赵湘生当太祖、太宗时期，终其仕宦生涯，也未担任朝廷大臣。但诗人的颂政诗对国势、国运的歌赞有真实的时代心理依据，是北宋前期蓬勃政治气象的反映。如《宋颂》：

> 九区混茫，皇天锡皇。羲教农化，勋纪华彰。继华于禹，承禹于汤。比于文武，逮其成康。圣道攸传，富寿无疆。隋之弃仁，天命不常。歼厥侈毒，祚归巨唐。唐孙复昏，荡于四方。民瘵其茶，逾于怀襄。草创中间，崩析滋章。割山裂川，国为披猖。氓不堪命，神恫其殃。俾宋有图，横驰竖张。日月五辰，齐其启光。实维太祖，肇基建邦。有若有苗，逆命弗祥。爰整其师，赫怒斯扬。荆舒既贡，南海趋跄。庸蜀微卢，虽险无当。惟尔曰夏，毒麇有流，民始克昌。屡饥而馈，久渴而浆。冰极授衣，暑烦降凉。洎我圣君，传叶振芳。圣神仁明，浩浩汪汪。吴人来王，并汾慹降。服不以戎，彭罔其镗。风雨攸暨，如禽集翔。淳复天人，礼修夏商。前正后直，左贤右良。忠正并驱，回邪扃藏。鳏恤寡矜，寇屏宄亡。药蒸石黎，法衡度量。乃宅孝悌，乃谨序庠。衣帛食肉，罔有攸伤。关讥匪艰，什一靡庞。虽有罟网，不罹污潢。虽有山林，不乱斧斨。虽有权衡，民不以强。虽有郛郭，民不以防。宗庙既清，郊社甚庄。品物争瑞，史载交相。未诰俗化，将时合苍。盈耳四海，但闻洋洋。其雍其熙，无施无为。乾坤法之，治于垂衣。蒙彼蚩蚩，不觉不知。天下一致，夫何虑思。清之净之，平之泰之。倏变于道，殊途同归。伟焉厥图，本蕃益枝。百世之后，实流其奇。史官既良，康哉具书。古有吉甫，为宣王诗。是故臣湘，作夫颂辞。圣德形容，神明告兹。狂斐恐慴，少颂史遗。

诗篇从古圣治理天下叙起，为歌赞宋室的兴起提供道统和法统的合理依据。从"羲教农化，勋纪华彰"，到夏禹、商汤，到周代文武、成康，"圣道攸传，富寿无疆"，形成了一脉相承的古圣治国之道。接着，诗篇痛陈唐末以来"割山裂川，国为披猖。氓不堪命，神恫其殃"的昏败政局，引出宋室兴起的天命神圣性。"俾宋有图，横驰竖张。日月五辰，齐其启光。"诗人歌咏宋皇奠基开国之功："实维太祖，肇基建邦。""洎我圣君，传叶振芳。圣神仁明，浩浩汪汪。"相对唐末的衰败，诗篇描述宋代建国兴邦的欣荣局面，充满了政通人和、百业兴旺、百姓安宁的喜悦之情。"淳复天人，礼修夏商。前正后直，左贤右良。忠正并驱，回邪扃藏。鳏恤寡矜，寇屏宄亡。药蒸石黎，法衡度量。乃宅孝悌，乃谨序庠。衣帛食肉，罔有攸伤。"诗篇描述政治上的拨乱反正带来社会面貌焕然一新：忠良之臣心顺，奸邪之徒匿踪，鳏寡得到照料，盗贼受到惩治，法度得到维护，孝悌得到弘扬。诗人认为，这样的盛世图景，有赖于圣明君主的无为之治而能达成："其雍其熙，无施无为。乾坤法之，治于垂衣。蒙彼蚩蚩，不觉不知。天下一致，夫何虑思。清之净之，平之泰之。倏变于道，殊途同归。"显然，诗人对国势的判定是乐观的，也是真诚的，正像他在这首诗的序里所表白的那样："吾君之功业，虽竭天下之智慧，聚天下之笔舌，岂能罄露其渊奥。故天地之功，百姓日用而不知，惟吾君之道亦然也。然而生其时，为儒冠，而不能薄颂仁圣之业，亦负笑于樵夫尔。"可以感知诗人对整个治理局面的称颂是由衷的，是普通士大夫文人对国运隆盛的真实心理期待。

又如《圣号雅二篇》，着重歌赞了宋室秉承天命以统御天下的道统、法统合理性。如其中的《法天》："天监王德，莫如宋赫。宋道平平，莫如法天。皇法昊天，覆冈攸私。达乎鬼方，化被孔时。""皇振厥猷，法天以宁。我法我度，我经我营。""皇实法之，配道无作。始则以宽，终靡庸度。呜呼下民，亦孔之莫。皇鉴下土，将安将乐。皇视四方，匪丑匪恶。法尔天永，民祷斯恪。"《崇道》："赫赫君道，皇其崇之。遹彼不教，皇实基之。""皇道磨彻，载昭载晰。克彼有截，万国是悦。皇矣圣朝，绵尔瓜瓞。是崇是洁，万世贻厥。"诗篇反复强调的都是宋室得天下符合天道人心，将带给天下臣民"将安将乐"的盛世前景；并相信宋室兴国大有希望："赫赫君道，皇其崇之。遹彼不教，皇实基之。"治国有道，国基坚实，天下敬服，定会赢得未来的长治久安。诗人的夸赞虽然遵循拟古的颂圣惯例，但其对于当代皇室治国成就的认可还是比较真切的，符合朝政运行的实际情况。

寇准（961—1023），字平仲，下邽（今陕西渭南）人。太平兴国间进士。淳化间历枢密副使等。景德间同中书门下平章事。天禧间任中书侍郎兼吏部尚书。

寇准是太宗、真宗时期的朝廷重臣。寇准的颂政诗歌咏宋室光大祖业、造就国运昌隆，表现了诗人对朝政的信心和期望。如《奉和御制奉祀述怀歌》：

> 巍巍至德充绵宇，翼翼宸心临兆庶。覆育怀生动法天，讲求茂典皆师古。协和神化踵唐尧，彬蔚颂声逾吉甫。赫奕皇威振八荒，清夷王度绥中土。丰年朝野正欢康，溢牒充图福纪祥。睿圣继明恢大业，祯符锡祚降穹苍。省方展采宣邦职，登岱铭功举国章。睢上埋牲专事地，汉唐故实存闻记。精灵昭感果潜通，瑞应昭臻知所自。飙羽光临神告彰，洪

源肇启仙游暨。濑乡旧壤辟珍祠,款谒斋庄敦睿意。谯都奏牍达彤庭,耆耋云趋共沥诚。顺考皇仪尊妙道,再修盛节徇舆情。声明文物当兴运,申命群儒究礼经。秩秩德音咸布惠,穰穰景福必求成。恭虔閟祠为斋久,企仰真风志克勤。肃奉萧芗嘉荐备,广覃庆赐湛恩频。式扬丕烈心弥洁,祗上鸿名道益伸。将睹虞巡陪法从,幸同凫藻乐昌辰。

本篇是真宗时期的作品。宋真宗封禅泰山之事,由大臣王钦若一手操办。王钦若为迎合真宗好大喜功的心理,不惜伪造天书祥符,促成真宗封禅大典。"大中祥符初,为封禅经度制置使兼判兖州,为天书仪卫副使。先是,真宗尝梦神人言'赐天书于泰山',即密谕钦若。钦若因言,六月甲午,木工董祚于醴泉亭北见黄素曳草上,有字不能识,皇城吏王居正见其上有御名,以告。钦若既得之,具威仪奉导至社首,跪授中使,驰奉以进。真宗至含芳园奉迎,出所上《天书再降祥瑞图》示百僚。钦若又言至岳下两梦神人,愿增建庙庭。及至威雄将军庙,其神像如梦中所见,因请构亭庙中。封禅礼成,迁礼部尚书,命作《社首颂》,迁户部尚书。"① 寇准此诗虽为奉和皇帝祭祀泰山御制而作,免不了恭维夸大之词,但诗中所歌赞的宋初改朝换代后治理天下的新气象还是具有较为真切的时代心理基础的。以"巍巍至德充绵宇,翼翼宸心临兆庶"来评价皇室的治国功德,固然有抬高的成分,但经历了唐末、五代的乱世衰败之后,天下重新归于一统,以"赫奕皇威振八荒,清夷王度绥中土"来描述宋朝新江山的安泰景象还是适宜的。诗人对当朝皇室治理国家抱有信心:"睿圣继明恢大业,祯符锡祚降穹苍。"这样的称颂与真宗曾经努力有所作为的事实基本相符,也包含了寇准对太宗、真宗以来宋室继统承绪的朝政大势的期望,不宜将其与王钦若的阿谀媚上言行混为一谈。

杨亿(974—1020),字大年,蒲城(今福建蒲城)人。淳化间赐进士。至道间迁著作佐郎。景德间为翰林学士。大中祥符间历兵部员外郎等。天禧间拜工部侍郎。

杨亿的《太常乐章三十首》是一组为朝廷祭祀典礼而作的乐歌,当为真宗时期所作。主要歌咏宋室祖业祖德的宏大,以及当今皇室统御天下的德治之道。如《皇帝酌献第一室奏大善之舞曲》:"肃肃艺祖,肇基洪源。权与光大,燕翼贻孙。载祀僬永,庆流后昆。"称颂先帝创业奠基,泽被后世。《酌献第三室奏大顺之舞曲》:"明明我祖,积德累仁。居晦匿曜,迈种惟勤。帝图天锡,辉光日新。"称颂太祖圣德传世,光耀天下。《酌献第五室奏大定之舞曲》:"赫赫太祖,受命于天。赤符启运,威加八埏。神武戡难,功无间然。

---

① (元)脱脱等:《宋史》卷二百八十三《王钦若传》,中华书局2000年版,第7796页。

翼翼丕承，亿万斯年。"称颂太祖秉承天命拥有天下，给后代留下长传不衰的江山社稷。《酌献第六室奏大盛之舞曲》："穆穆太宗，与天合德。昧旦丕显，乾乾翼翼。敷佑下民，时帝之力。永怀圣神，孝思罔极。"称颂太宗以圣德治国，护佑天下百姓。《引群官作正安之曲》："万邦来同，九宾在位。奉璋荐绅，陟降庭止。文思安安，威仪棣棣。臣哉邻哉，介尔蕃祉。"称颂今帝文仪武威，天下敬服，四方来贺。《皇帝正冬御殿文舞》："八佾俱陈，万邦有奕。既以象功，又以观德。进旅退旅，执钥秉翟。玄化怀柔，远人来格。"称颂今帝怀德抚远，以德服众，四方邦国都来敬贺。杨亿的这组颂政诗是文臣对朝廷的例行歌赞，突出了先帝建国垂统的天命神圣性及今帝治国之道的文德怀远功效，是那个时代价值评判的标准尺度，未必与所称颂的事实完全相符。这种中规中矩的颂政诗，是作为朝臣的本分之作，也是作为文人的欣喜之作，心理基础和时代气氛都有较高的真实性。

二　朝廷乐歌　赵恒　赵祯

朝廷乐歌。

北宋诸帝统治期间，祭祀、宴飨典礼所使用的朝廷乐歌，很多都是已佚名的词臣创作，内容多为歌赞诸帝的功业德行。

《建隆以来祀享太庙一十六首》歌赞宋室先祖及宋太祖、宋太宗开国垂统的功业与德行。如《大顺》："明明我祖，积德攸宜。肇继瓜瓞，将隆本支。爰资庆绪，式昭帝基。"称颂宋室先祖以圣德为后代开启了王朝基业。《大定》："猗欤太祖，受命于天。化行区宇，功溢简编。武威震耀，文德昭宣。开基垂统，亿万斯年。"歌赞太祖承天命以统治天下，以武功威震海内，以文德感召四方，社稷将永久延续。《大盛》："赫赫皇运，明明太宗。四隩咸暨，一变时雍。睿文炳焕，圣备温恭。千龄万祀，永播笙镛。"歌赞太宗德治教化，国运兴隆，江山千秋长存。这组颂政诗对功业和德行的歌赞较为平衡。

《建隆乾德朝会乐章二十八首》歌赞宋太祖武功文治的勋业。如："治定资神武，功成显睿文。贡轮庭实旅，朝会羽仪分。偃革千年运，垂衣万乘君。孰知尧舜力，明德自升闻。"称颂太祖平定天下之后，文治德化显著。"约法皇纲正，崇文宝历昌。遒人振木铎，农器铸干将。瑞日含王宇，卿云蔼帝乡。万邦成一统，鸿祚与天长。"称颂太祖端正国家纲纪，完成海内一统。"圣王临大宝，八表凑才贤。经纬文天赋，刚柔德日宣。建邦隆柱石，造物运陶甄。共致升平业，绵长保亿年。"称颂太祖勤政理国，任贤用能，以伟才高德经营天下。"皇猷敷八表，武谊肃三边。兰锜韬兵日，灵台偃伯年。奉珍皆述职，削衽尽朝天。功德超前古，音徽播管弦。"称颂太祖安邦靖边，远近邦国尽心服从，皇室功德播于四方。"伐叛天威震，恢疆帝业多。削平俾肃杀，涵煦极阳和。蹈厉观周舞，风云入汉歌。功成推大定，归马偃珣戈。"称颂太祖果断平定叛乱，四方大地获得安宁，靖边定国大功告成。"壶关方逆命，投袂起亲征。虎旅聊攻伐，枭巢遽荡平。天威清朔漠，仁泽被黎氓。按节皇舆复，洋洋载颂声。"称颂太祖御驾亲征，率军征讨强虏，皇威远扬大漠，仁德润泽百姓。"蠢兹淮海帅，保据毒黎苗。不悟龙兴汉，犹同犬吠尧。六师方雨施，孤垒自冰消。千载逢嘉运，华夷奉圣朝。"称颂太祖遣将挥师南方，回击边地"蛮夷"挑衅，使外族异邦敬服归顺。"上游荆楚要，泽国洞庭深。自识同文世，皆回拱极心。一戎聊杖钺，九土尽输金。大定功成后，薰风入舜琴。"称颂太祖派军安定楚地，南方大地尽沐温煦皇风。"席卷定巴邛，西遐尽率从。岷峨难负阻，江汉自朝宗。述职方舟集，驱车九折通。粲然书国史，冠古耀丰功。"称颂太祖决策整合巴蜀，西南大地归心宋室，拓展之功前所未有。"锐旅庆回旋，边防尽晏然。鞬櫜方偃武，飞将亦韬弦。震曜资平垒，文明协丽天。洸洸成大业，赫奕在青编。"称颂太祖果决用兵，平定四方边地，止息天下干戈，为文治奠定基业。这组颂政诗称颂太祖的武功文治，重点放在称颂太祖决然用兵，完成以武平乱、安邦定国的大业。

《淳化中朝会二十三首》是一组宴飨乐歌，称颂宋太宗治国的勋业圣德。如《化成天下》："礼乐昭王业，寰区致太平。革车停北狩，云稼屡西成。国有详延诏，乡闻讲诵声。日华融五色，遐迩仰文明。亭障戢干戈，人心浃太和。务农登宝谷，猎俊登云罗。""文明资厚德，怡怿兆民归。"诗篇描述的治世盛景是自古以来历代所憧憬的百姓康乐、教化善美的极致境界，造就这一境界的君主当然可以比拟古代圣君。"圣德比陶唐，千年祚运昌。""荡荡无私世，巍巍至圣君。"这样的称颂最为当朝皇帝喜闻乐见。又如《威加海内》："桓桓勒军旅，将将御英豪。神武诚无敌，天威讵可逃。王师宣利泽，霈若沃春膏。振万方明德，疾徐咸可观。""干戚有司传，威容着凯旋。象成王业盛，役辍武功全。兵寝西郊阅，书惟北阙县。圣神膺景命，卜世万斯年。"诗篇对太宗亲征的武功大加称颂，夸耀王师的威武，同时也褒扬太宗修德抚远的边策良效。既有"革辂征汾晋，隳城比燎毛"的赫赫武事，也有"声教方柔远，瓯闽礼可招""还同有虞氏，文德格三苗。南暨宣皇化，东吴奉乃神"的成功怀柔。诗篇对太宗的文治武功显然极为赞佩。

以上这些由词臣创作的乐歌组诗，围绕着宋太祖、宋太宗开国、享国、治国的德业，颂赞其德配天命，德化万民，文治武功，国运长久。这些典礼乐歌虽然充满了颂政歌德的惯词例语，但所描述的北宋诸帝统御之道、治理之绩，与历史事实基本相合，可以看作文实相符的正颂作品。

《元符亲享明堂十一首》是一组祭祀乐歌，描述明堂敬祀天帝先祖的大礼，称颂宋哲宗继统承绪的勋业和功德。如《镇安》："圣能享帝，孝克事亲。于皇宗祀，盛节此陈。"恭维哲宗的圣德孝行。《禧安》："奕奕明堂，天子即事。奠我圣考，配于上帝。"称颂哲宗遵礼行仪，敬天尊祖。《庆安》："惟礼不渎，所以严亲。惟孝不匮，所以教民。"称颂哲宗身体力行贯彻礼乐教化。《穆安》："文经万邦，武靖四国。一张一弛，其仪不忒。"称颂哲宗治国之道文武协和。组诗对哲宗功德的称颂与历史上哲宗的治国实绩相比较，尚不显过分浮夸。

赵恒（968—1022），即宋真宗。太宗第三子。端拱间封襄王。淳化间封寿王。至道三年即位，在位二十六年。

史载："大中祥符五年，上又取太宗所撰《万国朝天曲》曰《同和之舞》，《平晋曲》曰《定功之舞》，亲作乐辞，奏于郊庙。自是厥后，仁宗以《大明之曲》尊真宗，英宗以《大仁之曲》尊仁宗，神宗以《大英之曲》尊英宗。"① 可知北宋诸帝先后都亲自撰写过宗庙朝会的乐歌之辞。《真宗御制二首》即是这类敬天祭祖的颂政作品，有一定的样本意义。如："鸿源浚发，睿图诞彰。高明锡羡，累洽延祥。巍巍艺祖，溥率宾王。煌煌文考，区宇大康。珍符昭显，宝历绵长。物性茂遂，民俗阜昌。甫田多稼，禾黍穰穰。含生嘉育，鸟兽跄跄。八纮统域，九服要荒。沐浴惠泽，祗畏典常。""五代衰替，六合携离。封疆窃据，兵甲竞驰。天顾黎献，涂炭可悲。帝启灵命，浚哲应期。皇祖丕变，金钺俄麾。""前歌后舞，人心悦随。要领自得，智力何施。风移僭冒，政治淳熙。书文混一，盛德咸宜。干戈倒载，振振言归。诞昭七德，永定九围。"诗篇对宋室治理下的国泰民安大为自得："物性茂遂，民俗阜昌。甫田多稼，禾黍穰穰。"一派百姓丰衣足食的景象；"要领自得，智力何施。风移僭冒，政治淳熙。"一派政治清明的氛围。"书文混一，盛德咸宜。""诞昭七德，永定九围。"一派江山永固的统治愿景。宋真宗站在帝王本位观览天下，对宗室社稷的颂赞，既有江山正统的自我夸耀，也有长治久安的自我期许，流露出统治状况较为稳定时期的帝王自信心理。

赵祯（1010—1063），即宋仁宗。宋真宗第六子。乾兴元年即位，明道二年始亲政。在位四十二年。

宋仁宗的《政和亲郊三首》是郊庙祭祀的乐歌，称颂宋室法统，宣示治国之道。如："帝谓我王，予怀仁厚。眷言顾之，永绥九有。于穆文祖，妙道九德。默契灵心，肇基王迹。启佑后人，垂裕罔极。合食昭荐，孝思维则。于皇顺祖，积德累祥。发源深厚，不耀其光。基天明命，厥厚克昌。是孝是

---

① （元）脱脱等：《宋史》卷一百二十六《乐志一》，中华书局2000年版，第1988页。

享，申锡无疆。"诗篇强调宋室秉承天命以享国，奠定了稳固的国基；秉持厚德以治国，将恒久承续昌盛的国运。仁宗的颂政，更多的是宣示治国之道的根由和方向，与其统治时期的实际功绩较为相符。

三　夏竦　尹洙　石介

夏竦（985—1051），字子乔，德安（今江西德安）人。景德间举贤良方正科，历国史院编修官等。天圣间历参知政事。庆历间历枢密使、同中书门下平章事等。

夏竦历仕真宗、仁宗两朝，在地方和朝廷担任过多个要职，名重一时，毁誉参半。夏竦有治才，有治绩。知冀州时，赈灾济荒，成效卓然；知洪州时，移风易俗，施政果决；但也留有政德不端的骂名。"属岁饥，大发公廪，不足，竦又劝率州大姓，使出粟，得二万斛，用全活者四十余万人。仁宗即位，迁户部郎中，徙寿、安、洪三州。洪俗尚鬼，多巫觋惑民，竦索部中得千余家，敕还农业，毁其淫祠以闻。""竦材术过人，急于进取，喜交结，任数术，倾侧反覆，世以为奸邪。"[1] 这样政绩显著、政德不厚的朝廷重臣，其颂政诗对当朝皇帝的歌赞，未可一概视为谀颂，也未必全部视为正颂，可据内容判别其价值取向。如《奉和御制为政歌》："黼帐夜分常监寐，凤轩端委敷文治。肇建元封陟介丘，寝寻告礼临汾水。茂烈馨香久际天，精心励翼弥恭己。体道推仁洽惠和，斩凋归厚蠲华侈。怀柔四貊尽来庭，边围无尘似平砥。尧德钦明惇茂族，汉条宽大措祥刑。永观禹画同文轸，更仿虞巡审量衡。睿政无为犹日慎，布昭谟训掩汤铭。"歌颂皇帝文治昭彰，怀柔抚远，仁德宽厚。又如《奉和御制奉先歌》："爰炳明灵陟上苍，绵绵圣绪庆悠长。既积仁兮累德，爰振耀兮流芳。馨二仪兮垂佑，弥万礼兮开祥。巍巍烈祖兮膺宸历，御瑶图兮建鳌极。""宪法六学兮昭地纬，事七庙兮奉天经。震叠威霆兮逾朔幕，汪洋惠露兮浃编氓。偃节灵台兮黜武，漏鱼宽网兮蠲刑。"歌颂皇帝承统继业，德政宽厚，惠爱百姓，仁慈感召。《奉和御制藉田诗》："绍休文祖盛仪陈，载耜东耕协仲春。冕服远推逾古制，须知明主为生民。"歌颂明主继统承绪，勤政重农，泽及生民。《御阁端午帖子》："帝祉荐彰符盛德，圣心勤恤为生民。八龙焜耀长生箓，五采葳蕤续命丝。亿载延长资睿算，万区康乐遇昌期。""庶民精意方虔恐，垂拱仁风更穆清。""亿兆归仁天佑德，绵绵真荫水无疆。""四海乐康民富寿，穆清无事永垂衣。"歌颂皇帝盛德配天，勤政为民，四方归顺，国运天佑，天下太平。夏竦的这些奉和之作对朝政现状极尽恭维之词，将当朝皇帝比拟古代圣君，将当下世道推为旷古盛世，虽然言过

---

[1]（元）脱脱等：《宋史》卷二百八十三《夏竦传》，中华书局2000年版，第7803页。

其实，但这些颂政诗在题旨上反复宣示了正统的奉国之要、治国之道，其间包含的仁政、勤政、宽政等仁德善政的价值尺度，符合中国古代治国的理想境界，值得肯定。

尹洙（1001—1047），字师鲁，洛阳（今河南洛阳）人。天圣间进士，授正平县主簿，历河南府户曹参军等。景祐间贬监郢州商税。庆历间降亳州通判，历知庆州、潞州等。

尹洙的《皇雅十首》是一组规模宏大的颂政诗，从宋朝开国的政治历程叙起，纵横开阖地描述了宋朝皇室平定四方，以武安邦，以及重视农耕、任贤使能、修德抚远、慎刑宽政等武功文治的全方位治绩。

《皇雅十首》每首侧重称颂皇室文治武功的一项业绩。《天监》："天监下民，乱靡有定。甚武且仁，祚厥真圣。仁实怀徕，武以执竞。""帝初治兵，志勤于征。奄受神器，匪谋而成。""殄厥渠魁，贷其反侧。""帝朝法宫，左右宗公。伎夫悍士，以雍以容。尔居尔室，尔工尔农。既息既养，惟天子功。"赞宋室奉天受命，一统天下，结束了五代以来分裂的乱局，天下士农工商重获安居乐业。《西师》："主用西师，岷梁弗宾。匪曰负固，实交晋人。予训予誓，合我将臣。正厥有罪，无庸伤民。""服在王庭，靡不有序。""蜀民呼歌，天子威灵。"赞宋室派遣军队平定西南，恩威并施，蜀民敬服。《耆武》："耆武定功，时惟二方。淮服其乂，海南遂荒。孰孱而惫，孰暴而猖。自底不谳，乃终灭亡。帝戒二俘，同即尔诛。予惟民无辜，休息是图。"赞宋室遣将征叛，俘获肆虐一方的强人，使海疆民众得以休养生息。《宪古》："帝怀永图，治古是宪。四方守臣，惟屏惟翰。在昔艰难，弗惠训典。跨都连城，高牙以建。有土有民，肆乃征缮。以息以容，终焉叛涣。""畜兵厚赋，靡尔得私。毋凶而国，作福作威。天子有命，谁敢不祗。子孙承承，唯万世规。"赞宋室周密谋划，布局四方戍卫，使将帅听命于朝廷，不致养兵自重，为祸一方。《大卤》："帝御六师，百万貔虎。剪其附庸，至于城下。""我士奋扬，愿究吾武。皇帝曰吁，念彼黎庶。匪鲸匪鲵，复为王土。"赞宋室征伐叛逆，平定晋地。《帝籍》："帝籍于郊，典仪具陈。务农以训，供祀以勤。""皇其我图，亲讲农事。有子有孙，力田孝悌。鼓舞至仁，薰焉如醉。"赞皇帝遵循古圣遗制，躬耕劝农，推重农政，稳固了国家根基。《庶工》："帝咨庶工，谁其辅予。俊乂以登，厥劳乃图。""任贤伊何，昌言是庸。勉告尔猷，罔恤乃躬。""今帝左右，儒冠煌煌。朝廷以尊，文物典章。得人之盛，奕世重光。"赞宋室授贤任能，使朝廷人才济济，典章齐备，文治大盛。《帝制》："战无必胜，矧其归师。借曰大获，谁能尽之。益俾余丑，毒吾朔陲。乃愈其盟，北州以绥。"赞宋室出师远征，抗御外族的侵扰。订立了盟约，稳定了北疆。

《皇治》:"皇底其治,钦哉惟刑。在疑而宥,罔察为明。爱怒弗肆,孰为重轻。毋一弗辜,惟典之平。""皇德在仁,浸而成风。公侯卿士,靡不率从。"赞宋室推行法度,维护公平。慎用刑法,仁政宽恤、臣民敬服。《太平》:"皇有征兮吾民以嬉,皇有祈兮吾民是私。天敷佑兮俾皇之厘,永世亿宁兮无疆之基。"赞宋室德政惠民,定能国运长久。尹洙的颂政诗既歌赞了宋朝皇室的治国之绩,又推尊了其中的治国之道;既概括描述了各个类别的史实,又归纳了贯彻其中的共同法则。这组颂政诗表现了士大夫文人对朝政大势的思考和对国家命运的关切,不是浮夸的谀颂之作。

石介(1005—1045),字守道,奉符(今山东泰安)人。天圣间进士。景祐间为南京留守推官,迁嘉州军事判官。庆历间拜太子中允,直集贤院。

石介的《宋颂九首》和《庆历圣德颂》创作于仁宗庆历年间,是诗人对庆历新政充满期待的心声流露。《宋颂九首》歌赞宋太祖、宋太宗、宋真宗及当朝皇帝治国功德,纵向回顾宋室诸帝治国平天下的历程,重点称颂了太祖开国的宏业伟绩。《庆历圣德颂》主要歌赞宋仁宗国策大政下的社稷安泰景象,横向评价了仁宗治国之道的成功。

《宋颂九首》之《皇祖》:"元年四月,筠叛于潞。皇祖跃马,至潞城下。""元年九月,进叛于扬。皇祖长驱,至扬城隅。""既翦二盗,圣武烜耀。荆潭蜀吴,如拔腐草。"赞太祖征伐李筠、李重进的武功。《汤汤》:"今蜀既平,王道荡荡。尉候一置,朝贡相望。巍巍皇祖,德声远畅。"赞太祖派军平定蜀地,以德政抚众。《莫丑》:"乃谋于渭,乃将于美。王师膺扬,涉江万里。皇祖有德,乾覆坤容。予在吊民,不杀以封。皇祖慈仁,感于昆虫。"赞太祖遣将平定广州,以仁慈安民。《金陵》:"不顺不臣,敢亢天子。帝赫斯怒,王师徐驱。""哀哀穷俘,爰叫以呼。归于京师,焯哉圣谟。"赞太祖皇帝命师俘获李煜,收并江南。《六合雷声》:"菲民之嚚,为贼俘虏。往吊其民,王泽时雨。往伐其罪,王师虎旅。""抚我则怀,并人肯来。降旗出城,并门夜开。并上既平,吾王休哉。"赞太宗亲征太原,收并晋地。《圣武》:"圣武惟扬,鹰师虎旅。至于凛渊,执彼丑虏。既俘其帅,请示死所。圣仁如天,恶杀好生。""屈膝请和,畏我威灵。弃甲以归,处彼北隩。""千斯年兮,永以为好。边人其安,养幼送老。威德远兮,思我圣考。"赞真宗亲征,平定契丹侵扰,订立澶渊之盟,安定大宋边疆。《明道》:"今日南面,退奸进贤。宋承大纪,八十年矣。明道之政,独为粹美。唐三百年,时惟开元。猗欤明道,开元同言。"赞仁宗承继大统,正本清源,整顿朝纲,使朝廷面貌焕然一新,宋朝天下定然再现开元盛世。《宋颂九首》对宋朝开国至今的四位君主的赞颂,尤其突出称颂了安邦定国的多项征战胜绩,是对宋朝百年军政大事的总览，展示了整体欣荣向上的朝政大局。虽然不免有所溢美，但基本尺度还是较为适当的。

《庆历圣德颂》则集中颂赞仁宗继统承绪，开辟拨乱反正的朝政新格局。

于维庆历，三年三月。皇帝龙兴，徐出闱闼。晨坐太极，书开阊阖。躬揽英贤，手锄奸枿。大声沨沨，震摇六合。如乾之动，如雷之发。昆虫蹢躅，妖怪藏灭。同明道初，天地嘉吉。初闻皇帝，戚然言曰：予父予祖，付予太业。予恐失坠，实赖辅弼。汝得象殊，重慎微密。君相予久，予嘉君伐。君仍相予，笙镛斯协。昌朝儒者，学问该洽。与予论政，传以经术。汝贰二相，庶绩咸秩。惟汝仲淹，汝诚予察。太后乘势，汤沸火热。汝时小臣，危言婥婥。为予司谏，正予门闑。为予京兆，圣予逸说。赋叛于夏，为予式遏。六月酷日，大冬积雪。汝暑汝寒，同于士卒。予闻辛酸，汝不告乏。予晚得弼，予心弼悦。弼每见予，无有私谒。以道辅予，弼言深切。予不尧舜，弼自答罚。谏官一年，奏疏满箧。侍从周岁，忠力尽竭。契丹亡义，梃机饕餮。敢侮大国，其辞慢悖。弼将予命，不畏不慑。卒复旧好，民得食褐。沙碛万里，死生一节。视弼之肤，霜剥风裂。观弼之心，炼金锻铁。宠名大官，以酬劳渴。弼辞不受，其志莫夺。惟仲淹弼，一夔一契。天实赍予，予其敢忽。并来弼予，民无瘥札。日衍汝来，汝予黄发。事予二纪，毛秃齿豁。心如一兮，率履弗越。遂长枢符，兵政无蹶。予早识琦，琦有奇骨。其器魁偏，岂视居楔。其人浑朴，不施剞劂。可属大事，敦厚如勃。琦汝副衍，知人予哲。惟修惟靖，立朝巘巘。言论磥砢，忠诚特达。禄微身贱，其志不怯。尝诋大臣，亟遭贬黜。万里归来，刚气不折。屡进直言，以补予阙。素相之后，含忠履洁。昔为御史，几叩予榻。至今谏疏，在予箱匣。襄虽小臣，名闻予彻。亦尝献言，箴予之失。刚守粹悫，与修俦匹。并为谏官，正色在列。予过汝言，无钳汝舌。皇帝明圣，忠邪辨别。举擢俊良，扫除妖魃。众贤之进，如茅斯拔。大奸之去，如距斯脱。上倚辅弼，司予调燮。下赖谏诤，维予纪法。左右正人，无有邪孽。予望太平，日不逾浃。皇帝嗣位，二十二年。神武不杀，其默如渊。圣人不测，其动如天。赏罚在予，不失其权。恭己南面，退奸进贤。知贤不易，非明不得。去邪惟难，惟断乃克。明则不贰，断则不惑。既明且断，惟皇之德。群下踧踖，重足屏息。交相告语，曰惟正直。毋作侧僻，皇帝汝殛。诸侯危栗，坠玉失舄。交相告语，皇帝神明。四时朝觐，谨修臣职。四夷走马，坠镫遗策。交相告语，皇帝神武。解兵修贡，永为属国。皇帝一举，群臣慑焉。诸侯畏焉,四夷服焉。臣愿陛下,寿万千年。

石介在《庆历圣德颂》序言里称,写作此诗是仿照韩愈歌颂宪宗中兴,以歌赞仁宗治国之绩。"韩愈为博士日,作《元和圣德颂》","陛下今日功德,无让宪宗","窃拟于愈,辄作《庆历圣德颂》"。可知诗人对仁宗施行大政国策的治理之道和治理之绩是极为赞佩的。诗篇歌颂仁宗统御以来,勤谨政事,唯恐有失:"予父予祖,付予太业。予恐失坠,实赖辅弼。"在任用辅臣上法度公正,明辨忠奸。任用了范仲淹、富弼、韩琦等贤才,摒弃夏竦等佞臣,使朝廷纲纪为之一新。从诗中披露的信息,诗篇当作于庆历三年(1043)。这年,朝廷人事发生了很多变化。史载:"夏四月甲辰,以韩琦、范仲淹为枢密副使。乙巳,诏夏竦还本镇,以杜衍为枢密使。甲子,吕夷简罢议军国大事。""八月丁未,以范仲淹参知政事,富弼为枢密副使。癸丑,韩琦代范仲淹宣抚陕西。"[①] 诗中一再提及范仲淹、富弼、韩琦辅佐朝政,即与史书所载朝廷人事变迁之后的庆历新政有关。"惟仲淹弼,一夔一契。天实赍予,予其敢忽。""弼每见予,无有私谒。以道辅予,弼言深切。""予早识琦,琦有奇骨。""其人浑朴,不施劓刵。可属大事,敦厚如勃。""万里归来,刚气不折。屡进直言,以补予阙。"诗篇列举仁宗重要数位辅臣的事迹。对仁宗善待范仲淹、富弼、韩琦的辅政大加礼赞,并一再称颂皇帝的勤政奉国:"恭己南面,退奸进贤。""既明且断,惟皇之德。"诗人尤其颂赞仁宗清醒果决的任贤去奸:"皇帝明圣,忠邪辨别。举擢俊良,扫除妖魅。众贤之进,如茅斯拔。大奸之去,如距斯脱。"在这样的用人路线影响下,朝廷上下呈现清朗的政风。仁宗的内外政策成效卓著,人心敬服,远近景仰:"交相告语,曰惟正直。""交相告语,皇帝神明。""交相告语,皇帝神武。""皇帝一举,群臣慑焉。诸侯畏焉,四夷服焉。"诗篇展示仁宗庆历年间施行新政措施,扬清激浊,政风一新,政绩斐然。这些描述符合历史事实,是时代政治气象的一个正面记录。

四　金君卿　王安石　李覯

金君卿(1012?—?),字正叔,浮梁(今江西景德镇)人。庆历间进士。皇祐间历秘书丞、太常博士。熙宁间历江西转运判官、尚书度支郎中等。

金君卿的《范资政移镇杭州一百韵》歌咏仁宗时期朝廷重臣范仲淹的德才和宦历,在倾力称颂范仲淹的才干、品行和政绩的同时,对庆历前后的朝政面貌也作出了自己的评判。

[①] (元)脱脱等:《宋史》卷十一《仁宗本纪三》,中华书局2000年版,第144页。

圣门高弟游渊源，当时所得惟十贤。科张言行政与学，兼此四者谁能然。公禀天资得具美，出文入武材谟全。轩昂盛时进以道，行高德巨齐回骞。发为文章动惊俗，邈与游夏争差肩。手凿大窍破混沌，分得清浊归坤乾。斯文去圣日已远，泯塞不绝犹涓涓。公恢吾儒独振起，力引巨海吞百川。周旋六经后诸子，陟彼泰山望八埏。提携千篇去奏御，列宿环拱分经躔。章韶夏濩忽冥昧，琥璜圭璧惭雕镌。词雄语险气复锐，猛将正怒挥戈铤。群邪众枉困凌暴，辟易万里穷无边。飞名禁林号独跳，多士仰则犹权衡。惟时朝廷政不一，众口噤喑同寒蝉。公郁奇材未得吐，盘虹积玉胸中填。囊书万言究大政，径欲锻石持补天。自从谏言抉心胆，慷慨大论君之前。采诗上诵关雎化，稽古下陈无逸篇。材高于时众所忌，逸机巧网相包缠。如公之言遽见斥，嗟嗟吾道何其遭。上思贾生久不见，一日开悟俄诏还。归来复践谏诤列，正似猛矢加劲弦。遂登天阁承顾问，凡日三接亲邃延。乃眷京畿作大尹，有美闻望如庭坚。公言臣节矧可夺，宁方而折何能圆。咄哉小人正用事，亦以茅茹相引牵。大凡威福自人主，其下臣子敢得专。设若园林养材木，腐枝朽卉须剥刊。方今之患犹大肿，未得良药何能痊。大书斥言不忌讳，贯理若以珠贝穿。天子为之彻旒纩，乐以从谏如转镟。退思谓言即施设，返逆众耳遭诃讦。黄鹄孤飞下太液，势力不胜枭与鸢。遭罹网罗不得奋，摆翻垂翅江之壖。身虽江湖岂云乐，与国忧戚常惴惴。谓时久安虑必远，往往达旦目不眩。俄而烽警半夜至，黠羌豕吼窥西偏。庙堂寄兵不施设，主师肉食骄且孱。王师之行屡挫衄，边邑骚动何喧阗。朝廷方议择儒将，诤臣列奏飞封笺。起公于西代天讨，推毂以送操中权。奉师尊行天子命，德望远振威先零。指挥风行纪律定，士卒增气百十年。先期长戈断尔臂，随以巨杵舂其咽。群凶胆落禁不发，若卵厌以泰华巅。谕之天意使安然，蹴踏闻命敢不虔。西人父子相得喜，咸愈大疾就粥饘。帝曰于予荐太庙，拾得巨鼎容牲牷。遂以公归赞大政，思纳治道于平平。公言一物未云获，惴惴若已推诸渊。观今正得仲舒策，夫欲善治须改弦。公孙之才卒克用，救弊一变期暮年。国侨首议立谤政，习俗未久非所便。祁寒暑雨辅天令，嗟尔小人犹怨焉。甚哉仁义岂迂阔，言未及吐逸人喙。边氓方复思召虎，谓以王命来旬宣。公扬天休布惠泽，一切苛政咸使蠲。期民陶然释重负，时雨骤作苏枯荐。被甲边士众千旅，又煦煦藻相依沿。狡兔窜缩飞鸟伏，良弓收势藏诸韇。时将劳还亟大用，上书愿得东南迁。帝曰老臣重休息，方且畀汝南阳田。南阳之民悦以化，焱若暖气来穷燕。隆冬寒严雪积苦，赤子乳负蒙裘毡。上方南顾孰予济，赖公往镇苏民编。江东百城控越绝，齐俗轻剽穷奢妍。三民劳力事故教，

揖揖蚁蚋团腥膻。望公之来日以治，坐使薄恶随而悛。虽然一言仰其赐，
安得为惠周幅员。吾民倥侗岂有识，瞻望德业何拳拳。凄然末学门下客，
忆昨舍耕趋士联。饭蔬饮水亦云乐，勉望箕业犹杯棬。于时鄱阳被公化，
乐以教育为民先。公嗟吾儒实已落，勉勉欲以经义传。强扶驽骀决远到，
足力不骋烦笞鞭。渐摩师教日已久，有类污壤遭坏埏。良工遇物以规矩，
方圆大小随陶甄。锻磨拂拭仅成器，未省所用何如旃。逢时清时辄自喜，
才卵而翼思翩翩。幸歌嘉鱼乐贤者，数罟不弃鱄与鲢。区区一入太常选，
谁顾尺蠖犹连蜷。退思生成有本末，未能岂敢忘蹄筌。公时提师出万里，
一伏门下无由缘。皇皇寸禄及亲养，乃以名字归冬铨。度量未免习为吏，
束缚日以官事煎。方愚劻与时事戾，进退坎坷谁与怜。男儿三十志未就，
却顾文字羞丹铅。营营孤飞失所托，耻与燕雀争连翩。愿奋羽翰脱榛棘，
日逐凤鸟翔飞烟。跂公之门已俯附，孑孑旆旟当风搴。十年始得拜车下，
若出秽薮游飞仙。公之声名世轲愈，民望其赐犹寒连。况当景盛天子圣，
将议明堂张九筵。肯如大过栋已桡，方赎梁林扶其颠。定须笼材器所用，
鸠敛天下无弃捐。经营架构非一干，愿得身备栭与椽。公归辅成此其构，
手斡元化随天旋。致君无为坐以治，四气成顺岂有愆。自然民物日陶遂，
返我薄俗如羲颛。

诗歌开篇称赞范仲淹是文武俱全的旷世贤才："科张言行政与学，兼此四者谁能然。公含天资得具美，出文入武材谟全。轩昂盛时进以道，行高德巨齐回骞。"在朝政大事难决之际，范仲淹当仁不让，挺身担当，竭忠尽智，倾心奉献对国家大政的深入思考。"惟时朝廷政不一，众口嗫嚅同寒蝉。公郁奇材未得吐，盘虹积玉胸中填。囊书万言究大政，径欲锻石持补天。自从谏言抉心胆，慷慨大论君之前。"诗篇交代了范仲淹的遭际和赤诚："材高于时众所忌，谗机巧网相包缠。如公之言遽见斥，嗟嗟吾道何其遭。上思贾生久不见，一日开悟俄诏还。归来复践谏诤列，正似猛矢加劲弦。遂登天阁承顾问，凡日三接亲邀延。"范仲淹遭朝廷奸佞的猜忌谗害，个人命运起伏升降，但仍然不改其对社稷命运的赤诚关切："大书斥言不忌讳，贯理若以珠贝穿。天子为之彻旒纩，乐以从谏如转镟。""遭罹网罗不得奋，摆翩垂翅江之壖。身虽江湖岂云乐，与国忧戚常悁悁。"诗人对范仲淹不计得失、忠于国事的品行深怀敬意，对其敢作敢为、担当大任的才干和业绩大为感佩。诗篇回溯，当西北边事紧急，西夏来犯，范仲淹临危受命，率军击敌，建立奇功，得到仁宗激赏，擢拔至朝廷任职。"朝廷方议择儒将，诤臣列奏飞封笺。起公于西代天讨，推毂以送操中权。奉师尊行天子命，德望远振威先零。指挥风行纪律定，

士卒增气百十年。""西人父子相得喜,咸愈大疠就粥馆。帝曰于予荐太庙,拾得巨鼎容牲牷。遂以公归赞大政,思纳治道于平平。"诗篇所述,即史所载:"仲淹率众六千,由邠、泾援之,闻贼已出塞,乃还。始,定川事闻,帝按图谓左右曰:'若仲淹出援,吾无忧矣。'奏至,帝大喜曰:'吾固知仲淹可用也。'进枢密直学士、右谏议大夫。"① 诗篇描述,范仲淹尽心国事,一再遭受谗害,被贬杭州等地。"上方南顾孰予济,赖公往镇苏民编。江东百城控越绝,齐俗轻剽穷奢妍。三民劳力事故教,揖揖蚁蚋团腥膻。望公之来日以治,坐使薄恶随而悛。虽然一言仰其赐,安得为惠周幅员。吾民悾侗岂有识,瞻望德业何拳拳。"杭城百姓眼见心识了范仲淹恤民惩奸的德政。诗人相信,范仲淹会再得皇帝重用,担当朝廷大任。"公之声名世轲愈,民望其赐犹寒连。况当景盛天子圣,将议明堂张九筵。肯如大过栋已桡,方赎梁林扶其颠。""公归辅成此其构,手斡元化随天旋。致君无为坐以治,四气成顺岂有愆。"金君卿《范资政移镇杭州一百韵》的重心虽在歌赞范仲淹的品行、才干和业绩,但对范仲淹一再遭遇谗害仍然表达了自己的不平。诗篇除了直接斥责朝廷奸佞谗害忠良,同时对仁宗任用范仲淹过程中起伏摇摆的态度深为叹惋,一方面赞其重用贤能,一方面又讳其伤害忠信,表现出那个时期赞成庆历新政的士大夫文人的真实内心感受,是一篇背景独特的颂政诗。这首作品对朝廷重臣个人命运跌宕与国家政治起伏相交织的复杂情况,有第一手的详细描述,是考察那个时期朝廷政治实况的难得样本。

王安石(1021—1086),字介甫,临川(今江西抚州)人。庆历间进士。历江西提点刑狱等。熙宁间擢参知政事、同中书门下平章事,数次任相、罢相。元丰间封荆国公。

王安石颂政诗对地方官员良政善绩的记述,表现了诗人对地方治理所作的观察思考。

《新田诗》歌咏仁宗嘉祐年间唐州知州赵尚宽施行新政以惠民兴业的故事。

> 离离新田,其下流水。孰知其初,灌莽千里。其南背江,其北逾淮。父抱子扶,十百其来。其来仆仆,镘我新屋。赵侯劭之,作者不饥。岁仍大熟,饱及鸡鹜。僦船与车,四鄙出谷。今游者处,昔止者流。维昔牧我,不如今侯。侯来适野,不有观者。税于水滨,问我鳏寡。侯其归矣,三岁于兹。谁能止侯,我往求之。

---

① (元)脱脱等:《宋史》卷三百一十四《范仲淹传》,中华书局2000年版,第8280页。

诗篇描述新田流水汩汩，原来的荒芜景象不见了。成百上千的农户把唐州大量荒废的田地垦种成丰饶之地，原来饥馁流离的民众有余粮了。序言详细交代了事情发生改观的原委："唐治四县，田之入于草莽者十九，民如寄客，虽简其赋、缓其徭，而不可以必留。尚书比部郎中赵君尚宽之来，问敝于民，而知其故，乃委推官张君恂，以兵士兴大渠之废者一，大陂之废者四，诸小渠陂教民自为者数十。一年，流民作而相告以归。二年，而淮之南、湖之北操囊耜以率其妻子者，其来如雨。三年，而唐之土不可贱取。昔之菽粟者，多化而为稌，环唐皆水矣，唐独得岁焉。船漕车辀负担出于四境，一日之间，不可为数。唐之私廪固有余。"可知赵尚宽不依旧规，从实际出发，体恤民苦，为民众开辟兴业之道，使民众有出力之地，有出力之机，方才有此荒地变丰田的盛景。诗人感慨："循吏之无称于世久矣，予闻赵君如此，故为作诗。"对勤政善治的"循吏"良官深为感佩，尤其称赞了遵从实际、勤于实事的政风。诗篇称扬的这种为官之道，与诗人奉行的除弊兴利的变法路线在价值取向上是完全一致的。

《潭州新学诗》则对地方治理中的礼乐教化成效表达了赞佩。

> 有嘉新学，潭守所作。守者谁欤，仲庶氏吴。振养矜寡，衣之裘襦。黔首鼓歌，吏静不求。乃相庙序，生师所庐。上漏旁穿，燥湿不除。日嘻迁哉，迫厄卑污。当其坏时，适可以谋。营地虑工，伐梗楠楮。撤故就新，为此渠渠。潭人来止，相语而喜，我知视成，无豫经始。公升在堂，从者如水。公曰诲汝，潭之士子。古之读书，凡以为己。躬行孝悌，由义而仕。神听汝助，况于闾里。无实而夸，非圣自是。虽大得意，吾犹汝耻。士下其手，公言无尤。请诗我歌，以远公休。

诗篇讲述潭州官员吴中复施政有方，不仅扶助贫弱，"振养矜寡"，使百姓生活无虞，"黔首鼓歌"；而且兴办学校，将破庙改建为新校舍，"乃相庙序，生师所庐。""撤故就新，为此渠渠。"让潭州民众接受礼乐教化，让潭州子弟努力向学，"躬行孝悌，由义而仕"。造就一方人才。王安石在诗序里引述潭州百姓的话称赞吴中复的兴教办学，"公为善政以德我，又不勤我，而为此学以嘉我"。实际也是诗人对吴中复这类良官善政的嘉赞。

王安石的颂政诗不是泛泛的歌赞善政良官，而是对这些勤政善治的行为本身作了较有深度的评判，如嘉赞赵尚宽施政勤勉，不因循守旧，尝试拓展新政，为百姓谋利；嘉赞吴中复治理有方，重视办学兴教，助推地方发展。这些良官善政的治理思路和途径，在他的颂政诗中得到了一定的反映，也为王安石推行新法有所采用，表现出王安石政治思想的实践性和一贯性。从《新田诗》《潭州新学诗》诗序对当地治理成效的详介和推崇可知，王安石对当地施政措施进行过深入考察和思考，显示作者有以称颂具体施政措施而推广地方优良治理的政治动机，和一般的称颂官员政德、政绩的颂政诗显然有所不同。

李廌（1059—1109），字方叔，祖籍郓州（今山东东平）。元祐间屡试不第，遂绝意功名。

李廌作为布衣文人，虽未直接参加地方治理，但对德政善治有他独特的观察和评判。他的颂政诗描述了地方治理中的范例，表达了他对地方治理之道的思考。

《上姑丈闾丘通牧少卿》着重称颂了地方长官禀德行政，公正施治。诗篇认为，朝廷任用地方长官得当，是地方治理成功的关键。"天下一大器，安危系平倾。哲王慎民监，揩术如和羹。""是用选贤德，告戒敷至诚。曰虽一人良，万邦咸以贞。尚赖尔庶牧，禅朕来聪明。分符授虎节，专政千里城。"朝廷对地方长官委以重任，地方的治乱兴衰当然系其一身。诗篇称赞主人公当此大任，不辱使命，履行了造福一方的职责。"公承帝眷异，竭节期有亨。郡民幸其来，争以先见荣。实箪携浆壶，马首拜且迎。"百姓竭诚相迎，表达了对新长官的期待。"下车始授政，季秋末徂正。囹圄屡空虚，盗止无黥刑。康庄夜达旦，户敞民不惊。柔远戒慢令，荒政先缓征。"这样的宽仁政策和治安措施让百姓感受到了新长官切实的德政勤政。"为修不敢殆，希彼农夫耕。勤勤虑寇至，豫蓄终岁盛。"为官不敢懈怠，时时思虑农夫耕种有获，地方不生盗寇。诗人感动于这样的履职态度和作为，发出了"作诗谓云何，姑以纪颂声"的赞叹。《嵩阳书院诗》则着重称扬了嵩阳地方治理中的礼乐教化之道。当地长官不仅施行宽厚的民生政策，让百姓能安宁地做好自己的营生："已责复蠲敛，肉骨生膏腴。""百里政肃雍，民不困追胥。"而且着力兴教办学，改善地方的礼乐教化。"吾儒一何衰，废迹可嗟吁。连笺叩洛尹，移文讽使车。义有子衿耻，功将泮水俱。"认为此举定能见到成效，不仅地方百姓将普遍受益，甚至其子弟也会有脱颖而出者，成为未来的英才。诗人看待地方治理的良善标准，显然在民生之外，又增加了更高的条件。这种对地方治理效果的思考，和一般的歌功颂德相比，在政治文化的内涵上，显然要深厚得多。

第二节　北宋怨政诗——朝廷弊策　地方酷吏

北宋一百六十多年的统治，分为前期、中期、后期三个阶段。北宋前期是指宋代开国至宋真宗时期。北宋前期的社会政治基本呈现向上的发展态势,社会各方面的矛盾尚不剧烈,但宋代政治、经济、军事的大政方针从开国之初就已埋下危机根源。宋代立国之初,为了防止武将夺权,制定了许多掣肘措施,防范十分严密,而军队规模仍然十分庞大。与之对应,宋代对文官采取了前所未有的优渥政策,使宋代文人成为受倚重的社会群体。但国家也为此付出了沉重代价,需要极其庞大的赋税收入才能维持这样的"冗员""冗兵""冗费"体制。北宋中期是指宋仁宗至宋哲宗时期。仁宗、英宗、神宗、哲宗都是富于进取的皇帝,但在朝政积弊的牵累下也往往力不从心。"百余万的大军,成为宋财政上最大的负担。所谓'冗费',是与'冗官'、'冗兵'紧密地联系着的。官和兵'冗'到什么程度,'费'也就'冗'到什么程度。'冗官''冗兵''冗费'问题累积的结果,使宋仁宗时的财政陷于极其尴尬的境地。"[1] 由于要应对庞大的财政支出,朝廷只能不计后果地加重对民间的赋税征收。社会大众,主要是农民,成为宋代财政压榨的对象,百姓的痛苦程度也比前代有过之而无不及。虽然王安石希望通过变法改变朝政上的一些弊策,实行于国于民皆有力的措施,但在实际推行时一些方面反倒给民间带来新的痛苦。北宋后期是指宋徽宗至宋钦宗时期。徽宗在位近三十年,没有奋发治国的宏愿和魄力,得过且过,无所作为。"宋至徽宗之季年,必亡之势,不可止矣。"[2] 徽宗在朝政上的荒疏和怠惰直接加重了北宋中期以来积淀未解的种种社会矛盾,加之国防极端虚弱,无力抵御来自北方的侵侮,北宋王朝终于以靖康之难结束了自己的历史进程。

北宋三个阶段的社会政治状况在怨政诗中得到了相当程度的准确描写。北宋时期参与怨政诗创作的诗人有朝廷大臣,更多的是地方官员。如张咏、路振、钱易、穆修、柳永、蔡襄、文同、曾巩、郑獬、强至、范纯仁、沈辽、郭祥正、孔平仲、苏辙、吕南公、米芾、李复、晁说之、洪刍、唐庚、许景衡。北宋时期从朝廷到地方的各级士大夫文人所关注的社会政治问题,有阶段性的差异,但仍然有着内在的一致性,重点关注民生痛苦、施政弊端。记述和感发这些社会政治问题的北宋怨政诗主要有以下五类作品。

1. 反映朝廷和官府各项弊政劣治,涉及税负苛重,荒政失效、吏治败坏等,包括围绕王安石变法政策的争议。

张咏(946—1015)的《悯农》描述农夫勤苦而贫困的生活状态,揭示朝廷和官府多项弊策的后果。诗人提出了安农而安天下的治道主张:"我闻悯农之要简而平,先销坐食防兼并。更禁贪官与豪吏,悯农之道方始行。"这些主

---

[1] 漆侠:《中国经济通史·宋》,经济日报出版社2007年版,第352页。
[2] (清)王夫之:《宋论》卷八《徽宗》,中华书局1964年版,第155页。

张显然与现实状况有很大差异，但也揭示出正是朝廷政策和官府施政弊端造成了游食者众多、贪官豪吏逞奸、兼并土地泛滥的恶果。这个恶果在农耕时代构成了对社会秩序的挑战，在很多时候成为严重的政治隐患。

柳永（987？—1054？）的《煮海歌》揭示盐政税赋的沉重负担。盐民们为生计所迫，千辛万苦操劳于盐场，"煮海之民何所营，妇无蚕织夫无耕。衣食之源何寥落，牢盆煮就汝输征"。然而官府向盐民征收税赋极其苛重，且征收过程中还施以舞弊，加重征额，致使盐民为交清官府的税赋，虽拼命劳作而难以完成，"秤入官中得微直，一缗往往十缗偿。周而复始无休息，官租未了私租逼。驱妻逐子课工程，虽作人形俱菜色"。诗人认为朝廷用兵太多，军需过重，希望休止征战，减轻盐民的税赋痛苦。"本朝一物不失所，愿广皇仁到海滨。甲兵净洗征输辍，君有余财罢盐铁。"柳永个人生活风流自放，但其社会良知仍内存于心。诗人对盐民艰辛生活的描述，体现了宋代文人普遍服膺儒家济世价值观。面对民间苦难，宋代文人有一种近乎本能的为民请命的表达冲动。这也是宋代怨政诗的一个特色。

邵雍（1011—1077）的《感雪吟》描写灾民的痛苦和诗人对荒政的责问："旨酒嘉肴与管弦，通宵鼎沸乐丰年。侯门深处还知否，百万流民在露天。"对社会两端悬殊的生活境况有很深的质疑和批判。《不愿吟》对朝廷施政的关注点很有怨言："不愿朝廷命官职，不愿朝廷赐粟帛。惟愿朝廷省徭役，庶几天下少安息。"诗篇以两个"不愿"和一个"愿"，把诗人对朝廷施政的不满表达得既委婉又有力，足见诗人政治建言的强烈道义感。

蔡襄（1012—1067）的《鄞阳行》描述了大水灾之后谷物腾贵，百姓无以为生，城乡饿殍遍地的惨状。"去年积行潦，田亩鱼蛙生。今岁谷翔贵，鼎饪无以烹。继亦掇原野，草莱不得萌。""殍亡与疫死，颠倒投官坑。坑满弃道傍，腐肉犬豕争。往往互食噉，欲语心惊魂。荒村但寂寥，晚日多哭声。哭哀声不续，饥病焉能哭。止哭复吞声，清血暗双目。"诗篇描述灾难如此严重，惨不忍睹，其间看不到官府在荒政上的有所作为、有效赈济。

文同（1018—1079）的《织妇怨》描写农家向官府缴纳绢帛遭遇的刁难和不公。织妇经过多日辛劳，小心翼翼织成了绢帛，"三日不住织，一匹才可剪"。"皆言边幅好，自爱经纬密。"然而这样上好的丝织品交到官府，被"监官"嗤之以鼻，拒绝收纳，"昨朝持入库，何事监官怒"。"父母抱归舍，抛向中间下。"为了应对官府的催征，织妇无奈只能典当家产，购丝重织，"质钱解衣服，买丝添上轴。不敢辄下机，连宵停火烛。当须了租赋，岂暇恤襦裤"。官府对丝税的催征急如星火，织妇遭受无理刁难后重新织帛，心里充满了怨气："里胥踏门限，叫骂嗔纳晚。安得织妇心，变作监官眼。"诗篇写出了官府无理刁难农家的实情，对官吏刻薄对待农家的跋扈态度深为憎恶。

曾巩（1019—1083）的《追租》描述旱灾之年官府仍无休止地滥征租税，威逼勒索。"奈何呻吟诉，卒受鞭棰却。""忍令疮痍内，每肆诛求虐。"诗人认为要减轻对民众的苛酷租税，就应该从整顿吏治、减员省费做起。"暴吏理宜除，浮费义可削。"这样为民请命、祛除弊策的建言，增加了诗篇怨政的内涵深度。

郑獬（1022—1072）的《捕蝗》怨责治蝗失措，徒增民苦。"翁姁妇子相催行，官遣捕蝗赤日里。蝗满田中不见田，穗头柿柿如排指。凿坑篝火齐声驱，腹饱翅短飞不起。囊提籯负输入官，换官仓粟能得几。虽然捕得一斗蝗，又生百斗新蝗子。只应食尽田中禾，饿杀农夫方始死。"诗人对官府这种得不偿失的治蝗举措不以为然，认为这样的治蝗不得其法，劳民伤财而灾害不减。

强至（1022—1076）的《郊外感事》感慨皇帝虽有宽厚的政令，无奈游食者众多、权贵强取豪夺、吏胥勒索民财，致使农家摆脱不了贫苦的困境。"圣主弗横赋，农民犹苦贫。末游滋不业，素敝寝谁因。富室豪夺利，里胥蚕食人。"更为恶劣的是，水旱之灾也没有减轻农家的赋税重担，"况在水旱地，更遭科敛频"。对此弊政劣治，诗人深感不安。

范纯仁（1027—1101）的《酷吏》直接以"酷吏"为题，怨责官吏贪残，贻祸民间。"虐吏天资害物深，斯民无耻叹刑淫。只凭豺虎贪残意，肯顺乾坤长养心。骨肉尽将成怨府，君亲何以致薰琴。终逢族灭令人快，智者为谋岂待箴。"诗人对"虐吏"发出了诅咒般的谴责。

沈辽（1032—1085）的《讽仕》对朝廷治贪惩奸的无效举措深感失望，指出贪官奸吏"冗散坐奸赃，还来咨善地"的猖獗贪敛，是因为"世无三年黜，焉将终身废"的不痛不痒的处罚，故此造成"遂使贪猾人，昂昂罔知畏"的肆无忌惮。诗人强调了一个极简单但没有得到实施的吏治原则："政治明赏罚，于法不假易。"对吏治现状的改变提出了建言。

郭祥正（1035?—?）的《前春雪》描写灾民饥馑仍被租税压迫的困境。"嗷嗷何物声，云是饥民哭。来请义仓米，奈何久空腹。寒威如戈矛，命尽须臾速。"灾民嗷嗷待哺，命在旦夕，官府在灾后仍然加紧催科："民间已乏食，租税仍未足。县令欲逃责，催科峻鞭扑。"诗人希望这样的荒谬状况能被朝廷获知，以改变灾民的命运。

苏辙（1039—1112）的《蚕麦》描写春荒时节农家忍饥挨饿，耕耘缺粮种，纺织无原料，官家只顾催科。"邻田老翁姁，囊空庾无粟。机张久乏纬，食晏惟薄粥，熟耕种未下，屡梼云不旋。私忧止寒饿，王事念鞭扑。"诗人规劝式地向催科的吏胥发出了呼吁:"为农良未易,为吏畏简牍。"告诫吏胥要敬畏"简牍"、敬畏法令。《次韵子瞻吴中田妇叹》是苏辙对苏轼《吴中田妇叹》的唱和之作,描述连年水旱交替侵害的境况下,农家陷入饥荒的恐惧之中。"今年舟楫委平地,去年蓑笠为裳衣。""塌然四壁倚机杼,收拾遗粒吹糠粞。东邻十日营一炊,西邻谁使救汝饥。海边唯有盐不旱,卖盐连坐收婴儿。"农家无以谋生,只能外出投身盐事,冒险而不得安生。《秋稼》描写秋收之后,在一些农家欢声笑语之外,尚有众多的逃亡者。"穷边逃卒到处满,烧场入室才逡巡。县符星火杂鞭棰,解衣乞与犹怒嗔。"吏胥奉命上门以鞭答胁迫赋役,农家乞求而不得宽限。诗篇表现丰收之后的农家之苦,凸显了苛政的阴影。

吕南公(1047—1086)的《乌翩翩行》描述贫苦人家困窘不堪,陷入自生自灭的境地,乃至寂寂死去无人收葬。"贫民疫死尸且坏,冢儿忍看熏墙屋。桐棺一寸无钱置,亦可裸埋难乞地。绳挛箦载肩负捭,暮夜间关来此弃。哀号数声泪淋漓,归掩柴荆邻寂寂。"诗人将底层民众的生死困境归结为官府施政不善的结果:"官家政令如文王,日月不为盆下光。"认为官方的施政表面冠冕堂皇,实则对贫苦民众的困境熟视无睹,无所作为,才会出现这样的社会情形。《别离》描写百姓被饥饿驱迫,卖儿卖女,与骨肉作生死之别。"东家卖儿价何卑,西家弃妇声更悲。得钱未足三日饱,既别岂有归来时。山如高城路如线,回首难言泪盈面。蝼蚁沟渠处处同,短长不复能相见。"骨肉离散,命如蝼蚁,诗篇描述的画面就是官府荒政缺失的社会记录。

米芾(1051—1107)的《催租》描述了一个互相抵触的施政状况:"一司日日下赈济,一司旦旦催租税。单状请出且抄纳,百姓眼中聊一视。白头县令受薄禄,不敢鞭答怒上帝。救民无术告朝廷,监庙东归早相乞。"诗篇提到了一个让人困惑的朝廷施政现象,一个司忙着对灾区实施赈济,一个司忙着向灾区催征租税,两个衙门干的事互相抵触,互相抵消。其实,从朝廷政策设计和实施来看,这既是一种缺陷,也是一种必然,暴露朝廷政策总体缺乏对灾民的怜恤和实质的救助。

李复(1052—?)的《杂诗》感慨朝廷农政举措的失当。"先王急民事,分吏察畎亩。田荒宅无毛,置法责粟布。壤壤一岁勤,暴暴三年聚。农政久不修,几家有禾黍。"诗篇将先王治国重农有方,与当今朝廷农政失策进行对比,对农政现实表达了忧虑。

洪刍(1064?—?)的《田家谣》代诉农家苦而有怨的生活状态。"鸠妇勃溪农荷锄,身披袯襫头茅蒲。雨不破块田圻图,梯稗青青嘉谷枯。大妇碓春头鬓疏,小妇拾穗行响姑。四时作苦无袴襦,门前叫嗔官索租。"诗篇是悯农式怨政诗中的普通作品,但也可见农家在官家租税压力下的痛苦具有普遍性。

唐庚(1071—1121)的《送赵安道下第归乡》描述大小官员身居官位的复杂遭际和感受,刻画出官员备受煎熬的内心图景。"大官危,小官卑,君不得官君勿悲。君不见,前日宰相今海涯,胡椒八百斛,流落知为谁。又不见,州县官,折腰事细儿,常忧一语不中治,敢对西山筼拄颐。大官危,小官卑,君不得官君勿悲。愿君酒量如鸱夷,勿作瓶罂居井眉。与君赌取醉为期,明日乌帽风披披。"大官有大起大落的悲喜沉浮,小官是谨小慎微的卑躬屈膝,诗篇对官员命运的刻画充满嘲讽和鄙夷,揭示当朝官风政风的可悲。

许景衡(1072—1128)的《东郊》虽然以夸赞当今皇帝朝政仁厚为诗篇立意,但完整引述了老农的抱怨:"年年夏旱时,赤地流黄尘。小儿困锄耘,烈日背欲皴。大儿斡水车,手足无完筋。官租且不供,矧欲养吾身。东邻久无烟,几口能生存。西邻逐熟去,今作何乡人。"客观呈现了农家赋税沉重、生计艰困的现实处境。

2. 反映边地敌患严重,朝廷边策错谬。作品透露北宋前期即已出现边患现象,北宋后期朝廷边策贻祸深重。对了解北宋对外软弱的政治态势,尤其具有认识价值。

路振(957—1014)的《伐棘篇》描写宋初边战失败和边患危机。诗篇以盗贼窥探人家财富比拟外寇觊觎宋朝边地:"主人堂上多金钱,东陵暴客来窥垣。"外寇的侵扰造成了宋朝边地的不宁,宋军抵抗失效,使外寇扰边难以遏制。"索头丑奴搔河壖,朔方屯师连七年。木波马岭沙填填,气脉不绝如喉咽。官军虎怒恩吼轩,强弩一民山河穿。"朝廷边策因循苟安,宋军将帅不思御敌良策,诗人很直白地表达了不满:"将不叶谋空即安,玩养小丑成凶颠。推刍挽粟徒喧喧,边臣无心静国艰,为余讽此伐棘篇。"这类战争诗在宋初虽不多,但从中可以感知头脑清醒的士大夫文人对国家边地危机的忧患意识。

晁说之(1059—1129)的《远戎》怨责边策失败,边患严重。"远戎深入震中原,为问何人守蓟门。力业论天初已缪,和亲割地竟难存。将军不战喜三北,逐客何堪厌七奔。尚有微诚思献策,千行血泪叩天阍。"诗人对朝廷对外寇"远戎"的和亲退让政策极为反感,认为这样的退缩已经造成了敌寇的得寸进尺和宋朝的无路可退,"和亲割地竟难存"。诗人对边地现状深为忧愤,"千行血泪叩天阍",呼吁朝廷改变"和亲割地"的苟安政策。《感事》慨叹朝廷边防软弱,治军颓坏。"王师真不战,天险易摧残。尽室半徒步,朝饥夜更寒。胡尘无甸服,汉月照长安。凶悍仍无礼,嗔予不守官。"直斥宋军面对敌寇不敢强力抗争,天堑天险在这样的守军手中毫无用处。《痛恨》怨责外患已经严重到帝都被侵凌,皇陵被染指。"胡儿直犯洛阳宫,蔼蔼园陵指点中。殄灭四夷心不遂,裕陵萧瑟独悲风。"面对外敌凶悍横恣,宋军无力回天,诗人以"痛恨"为题,宣泄了对当前抗敌战事的深度失望。晁说之关于北宋后期朝廷边策的怨政诗,披露了当时严重的国防危机。

3. 反映兵役徭役负担沉重,民众不堪其苦。

钱易(968—1026)的《南兵》描写宋太宗时期的征辽战事。在前后两次的征辽中,因起兵仓促,指挥失当,宋军均遭受了败局。诗篇描述了民众被征服役的悲苦,"金疮寒长肉,纸甲雨生蛆"。乡村受征役影响,一片萧条,"黎元无处哭,丁户日相疏"。

蔡襄(1012—1067)的《送许寺丞知古田县》历数朝廷在兵役徭役方面的弊策。"于今方用兵,连年戍羌虏。战死动万计,募人填卒伍。""平时赋税外,弓刀甲楯弩。""江南供雕翎,是物不栖渚。十倍买所无,赢利资商贾。""大凡敛货财,百姓若外府。苟可入军须,岂敢怨官取。盖患在不均,又索非其土。有司失预计,临事才披簿。"诗篇不仅责难朝廷仓促用兵造成"战死动万计"的社会恶果,也怨责朝廷向地方催征远超民力的各种奇珍异物使百姓不堪重负。朝廷的严苛征役和征物,给地方官府造成巨大压力,地方官府则向百姓冷酷逼索,形成苛政运行的恶性循环。

郑獬(1022—1072)的《戍雍州》描写了征伐岭南给中原百姓带来的兵灾徭役之害:"兵符下西州,将军催部伍。鸣锣张大旗,早发邕州戍。家家送出城,走哭遮行路。邕州万里余,北人那可去。毒草见人摇,雄虺大如树。二月瘴烟发,熏蒸剧甑釜。病者如倒林,十才起四五。偶有脱死归,扶杖皆病偻。逃生既不暇,安能捕寇虏。跳踉一蛮来,取之易攫鼠。顾彼有土人,挥金可召募。狃练得精卒,亦足为爪距。妻儿蓄里间,于心必爱护。较之勇怯间,相去犹豚虎。一朝有缓急,伸缩用臂股。何必遣戍兵,鬶觫就死所。愿留中州人,无填岭南土。"诗篇所提及的"戍雍州",是指宋神宗熙宁九年(1076)宋室派兵征伐被交趾军侵占的雍州,是宋朝为反击交趾攻宋而发动的战事。对这场战事而言,宋军的反击作战无可厚非,但派军征役必定给民众带来负担,诗篇从民间承受痛苦的角度对此发出责难也有理可循。这种对兵役战事纠结的怨责在古代怨政诗中很多,因诗人的视角不同,所发感慨难免局限,不必一概视为正义之声。

李复(1052—?)的《兵馈行》表现徭役及征调之害。这首怨政诗对神宗时期的对内滥征役夫以应对边患的军政举措深为忧愤,刻写百姓千家万户遭受的残酷战争苦难和严苛的徭役伤害。诗篇描述了民众随军输送军粮的事倍功半、劳而无功。"人负六斗兼蓑笠,米供两兵更自食。""十日未便行十程,所负一空无可索。""丁夫南运军北行,相去愈远不接迹。"诗人对官军征夫运粮如此不求实效深表质疑："古师远行不裹粮，因粮于敌吾必得。不知何人画此计，徒困生灵甚非策。"这种军需运输，后果严重。从征的役夫死伤惨重，从当初队伍庞大，"调丁团甲差民兵，一路一十五万人"；到最后所剩无几，"来时一十五万人，凋没经时存者几"。至于后续的征役调粮，同样苛酷凶狠："运粮惧恐乏军兴，再符差点催馈军。比户追索丁口绝，县官不敢言无人。尽将妇妻作男子，数少更及羸老身。尪残病疾不堪役，室中长女将问亲。暴吏入门便驱去，脱尔恐为官怒嗔。"诗篇怨责官府、官军滥征徭役的政策，充满对当政者不恤民苦的感愤，依稀可见杜甫《兵车行》的风范。

唐庚（1071—1121）的《城上怨》从服役者的角度表达了诗人对兵役严苛的认知。"雨似悬河风似箭，风号雨驰寒刮面。何处巡城老健儿，城上讴吟自哀怨。不知底事偏苦伤，声高声低哀思长。戍边役重畏酷法，去国年多思故乡。城上歌时夜方半，正是孤斋醉魂断。和风和雨两三声，推枕投衾坐长叹。传闻黠虏动熙河，战士连年不解戈。今夜风号雨驰处，城上哀怨知几何。"诗篇没有从单个服役者的遭际去代拟众多服役者的痛苦经历，而是普遍描述了这个群体的痛楚："不知底事偏苦伤"，"戍边役重畏酷法"，"战士连年不解戈"，"城上哀怨知几何"，抒写了严苛的兵役徭役给普通服役者的重压和摧伤。

4. 反映"盗贼"蜂起、治"盗"失败的社会危机。

曾巩（1019—1083）的《湘寇》题旨较为独特，涉及朝廷对付"寇"患的问题。"衡湘有寇未诛剪，杀气凛凛围江浔。北兵居南匪便习，若以大舶乘高岑。伧人操兵快如鹘，千百其旅巢深林。超突溪崖出又伏，势变不易施戈镡。能者张弓入城郭，连邑累镇遭驱侵。群党争夸杀吏士，白骨弃野谁棺衾。貔貅数万直何用，月费空已逾千金。楚为贫乡乃其素，应此调发宁能禁。"诗中描述的"寇""匪"，实为啸聚山林的造反者，朝廷对他们的剿杀符合当时的法律与伦理。诗人仇视这些作乱的"寇""匪"，痛责官军耗资巨大而伤亡惨重，对朝廷征讨"寇""匪"失败感到不安。曾巩作为正统观念极强的士大夫，站在官方立场看待"盗""寇"，自然会秉持这样的评判尺度。

孔平仲（1040?—?）的《青州作》对所见军事重镇军备松弛的现状深为忧虑。诗篇所描述的"英雄欲飞腾，假此为羽翼"的重地，一方面是"富饶足鱼盐，饱暖遍牟麦"的富足安适，另一方面是"兵防最寡少，主帅失铨择"的缺少军备。作者认为其中潜藏的危机已经显露出来，不仅是因为兵防最少，更是由于众多官员的怠惰和散漫："慢为盗之资，忽者祸所植。"诗篇明言，危机的爆发点可能是"盗贼"的作乱："众方颂太平，我乃虞盗贼。"表达了对众人已临危境而茫然安泰的政治局面的忧思。

吕南公（1047—1086）的《呜呼行为闽寇屡动州郡无兵而作》质疑朝廷施行的兵制不能保证州郡的平安，地方的兵防更是涣散颓败。"尔来下国稍自安，其奈兵防已颓毁。大城有兵不千百，小城更少几许力。"民众在"盗贼"的侵扰下惊惶难安："一夫窃发数县惊，坐恐饥瘼皆盗贼。""居不得宁辑，财安能充裕。"诗人抱怨朝廷和地方的治安失策使百姓既不能安居，也难以乐业，连基本生存都受到了威胁。

5. 反映个人政治挫折，折射邪浊政治风气。

穆修（979—1032）的《秋浦会遇》斥责政坛逸慝小人。诗序交代了事情的由来："大中祥符五年，为海陵郡司理参军。居职以不能俯仰自全，不幸为奸人所伺，诬构以事，因被罪南谪为池州参军。"诗人对自己被谗毁的境况作了痛切的陈述："踸踔幽遐地，栖栖会遇人。穷愁艰理胜，羁旅易情亲。""操心忠义合，开口肺肝陈。"忠信反遭谤害，逸慝构陷正直："众奋漂山舌，孤縻坐狱身。诋诬惟腷臆，锻炼止逡巡。囚任棺桐跃，冤宁斗剑伸。"诗人所悲慨的个人受谗遭贬的境遇，揭示了宋初一些地方官府官风昏暗的侧影。

强至（1022—1076）的《闻毁》谴责现实政治中的谗谮之徒："平生性坦率，间或忤交友。是非长安城，侧身避谗口。彼奸乘其前，吾虑亦已后。""青蝇乱黑白，视洁以为垢。圣贤且不免，予免焉能苟。浩歌动归欤，至此信不偶。"这是诗人自身境遇的投影，诗人对"彼奸乘其前，吾虑亦已后"的政治暗箭伤害有很深的体验。

除了上述北宋诗人的五类怨政诗，北宋时期怨政诗创作实绩尤为突出的诗人有王禹偁、梅尧臣、石介、欧阳修、苏舜钦、李觏、刘敞、王安石、刘攽、王令、苏轼、黄庭坚、张耒等。此将其怨政诗的创作情况分述如下。

一　王禹偁　梅尧臣　石介

王禹偁（954—1001），字元之，钜野（今山东巨野）人。太平兴国间进士，历常州知县等。淳化间历知制诰。至道间历翰林学士、滁州知州。咸平间贬黄州。

由王禹偁开始，宋代的怨政诗以更自觉的、积极的方式介入社会生活。王禹偁的创作，不仅在北宋诗人中起步较早，其创作意识十分自觉，创作实绩也较突出，实质开启了宋代怨政诗的序幕。如：

谪居岁云暮，晨起厨无烟。赖有可爱日，悬在南荣边。高舂已数丈，和暖如春天。门临商于路，有客憩檐前。老翁与病妪，头鬓皆皤然。呱呱三儿泣，茕茕一夫鳏。道粮无斗粟，路费无百钱。聚头未有食，颜色颇饥寒。试问何许人，答云家长安。去年关辅旱，逐熟入穰川。妇死埋异乡，客贫思故园。故园虽孔迩，秦岭隔蓝关。山深号六里，路峻名七盘。襁负且乞丐，冻馁复险艰。唯愁大雨雪，僵死山谷间。我闻斯人语，倚户独长叹。尔为流亡客，我为冗散官。左宦无俸禄，奉亲乏甘鲜。因思筮仕来，倏忽过十年。峨冠蠹黔首，旅进长素餐。文翰皆徒尔，放逐固宜然。家贫与亲老，睹翁聊自宽。（《感流亡》）

帝乡岁云暮，衡门昼长闭。五日免常参，三馆无公事。读书夜卧迟，多成日高睡。睡起毛骨寒，窗櫺琼花坠。披衣出户看，飘飘满天地。岂敢患贫居，聊将贺丰岁。月俸虽无余，晨炊且相继。薪刍未阙供，酒肴亦能备。数杯奉亲老，一酌均兄弟。妻子不饥寒，相聚歌时瑞。因思河朔民，输税供边鄙。车重数十斛，路遥几百里。羸蹄冻不行，死辙冰难曳。夜来何处宿，阒寂荒陂里。又思边塞兵，荷戈御胡骑。城上卓旌旗，楼中望烽燧。弓劲添气力，甲寒侵骨髓。今日何处行，牢落穷沙际。自念亦何人，偷安得如是。深为苍生蠹，仍尸谏官位。謇谔无一言，岂得为直士。褒贬无一词，岂得为良史。不耕一亩田，不持一只矢。多惭富人术，且乏安边议。空作对雪吟，勤勤谢知己。（《对雪》）

重衾又重茵，盖覆衰懒身。中夜忽涕泗，无复及吾亲。须臾残漏歇，吏报国忌辰。凌旦骑马出，溪冰薄潾潾。路傍饥冻者，颜色颇悲辛。饱暖我不觉，羞见黄州民。昔贤终禄养，往往归隐沦。谁教为妻子，头白走风尘。修身与行道，多愧古时人。（《十月二十日作》）

《感流亡》描述诗人亲见的灾民流离失所的惨状。"老翁与病妪，头鬓皆皤然。呱呱三儿泣，茕茕一夫鳏。道粮无斗粟，路费无百钱。聚头未有食，颜色颇饥寒。""去年关辅旱，逐熟入穰川。妇死埋异乡，客贫思故园。""襁负且乞丐，冻馁复险艰。唯愁大雨雪，僵死山谷间。"诗人没有直接责难官府无所作为，但实际透露的现状却揭示了官府荒政救济的缺失。诗人也表达了对改变灾民处境无能为力的愧疚："尔为流亡客，我为冗散官。""峨冠蠹黔首，旅进长素餐。"在自责之中表现了一种济世安民的道义自觉。《对雪》描写诗人在自己饱暖无忧的境况下对天下饥寒人的忧念。"因思河朔民，输税供边鄙。车重数十斛，路遥几百里。羸蹄冻不行，死辙冰难曳。夜来何处宿，阒寂荒陂里。又思边塞兵，荷戈御胡骑。城上卓旌旗，楼中望烽燧。弓劲添气力，甲寒侵骨髓。今日何处行，牢落穷沙际。"诗人想到了承受沉重租税的"河朔民"、想到了遭受严寒煎熬的"边塞兵"，回思自己的处境，有一种愧疚萦绕于怀："深为苍生蠹，仍尸谏官位。"《十月二十日作》也写到了自己饱暖、民众饥寒的对比情景和感慨。"路傍饥冻者，颜色颇悲辛。饱暖我不觉，羞见黄州民。""修身与行道，多愧古时人。"这样的反思自责，是一种关于公平问题的价值表达，表面看是自我的责备，深层意义则是对朝廷及地方官员履职未尽责任的责难，对朝廷政治、地方政治的间接批判。这种新的怨政模式，透露出宋代士大夫文人自觉肩负济世责任、主动介入国家治理的创作意识，是怨政诗的一种新特质。

梅尧臣（1002—1060），字圣俞，宣城（今安徽宣城）人。景祐间知建德县、襄城县。皇祐间赐同进士出身。嘉祐间迁尚书都官员外郎。

梅尧臣对宋代现实政治的关切在同辈诗人中是较为突出的，他的怨政诗主要描写百姓在征役繁苛、赋税重压下的痛苦生存和死亡。如：

谁道田家乐，春税秋未足。里胥扣我门，日夕苦煎促。盛夏流潦多，白水高于屋。水既害我菽，蝗又食我粟。前月诏书来，生齿复板录。三丁籍一壮，恶使操弓韣。州符今又严，老吏持鞭朴。搜索稚与艾，唯存跛无目。田间敢怨嗟，父子各悲哭。南亩焉可事，买箭卖牛犊。愁气变久雨，铛缶空无粥。盲跛不能耕，死亡在迟速。我闻诚所惭，徒尔叨君禄。却咏归去来，刈薪向深谷。（《田家语》）

汝坟贫家女，行哭音凄怆。自言有老父，孤独无丁壮。郡吏来何暴，官家不敢抗。督遣勿稽留，龙锺去携杖。勤勤嘱四邻，幸愿相依傍。适闻闾里归，问讯疑犹强。果然寒雨中，僵死壤河上。弱质无以托，横尸无以葬。生女不如男，虽存何所当。拊膺呼苍天，生死将奈向。（《汝坟贫女》）

今朝田事毕，野老立门前。拊颈望飞鸟，负暄话余年。自从备丁壮，及此常苦煎。卒岁岂堪念，鹑衣著更穿。（《田家四时》）

落日探兵至，黄尘钞骑多。邀勋轻赴敌，转战背长河。大将中流矢，残兵空负戈。散亡归不得，掩抑泣山阿。（《故原战》）

纵横尸暴积，万殒少全生。饮雨活胡地，脱身归汉城。野貛穿废灶，妖鹏啸空营。侵骨剑疮在，无人为不惊。（《故原有战卒死而复苏来说当时事》）

试看昆阳下，白骨犹衔簇。莫愿湟水头，更添新鬼哭。（《昆阳城》）

织妇手不停，心与日月速。常忧里胥来，不待鸡黍熟。但言督县官，立要断机轴。谁知公侯家，赐帛堆满屋。（《织妇》）

陶尽门前土，屋上无片瓦。十指不沾泥，鳞鳞居大厦。（《陶者》）

日击收田鼓，时称大有年。烂倾新酿酒，饱载下江船。女髻银钗满，童袍氁毹鲜。里胥休借问，不信有官权。(《村豪》)

淮阔州多忽有村，棘篱疏败漫为门。寒鸡得食自呼伴，老叟无衣犹抱孙。野艇鸟翘唯断缆，枯桑水啮只危根。嗟哉生计一如此，谬入王民版籍论。(《小村》)

仁宗时期，朝廷面临沉重的边患压力和财政压力，朝廷和官府将这种内外压力全部转嫁给民间，加大了对百姓的兵役徭役派征，使一些地方出现了老弱也被征集为乡兵、妇女亦充作徭役苦力的情况。《田家语》诗序介绍当时的征役政策及其后果："庚辰诏书，凡民三丁籍一，立校与长，号弓箭手，用备不虞。主司欲以多媚上，急责郡吏，郡吏畏不敢辩，遂以属县令。互搜民口，虽老幼不得免，上下愁怨，天雨淫淫，岂助圣上抚育之意耶。因录田家之言次为文，以俟采诗者云。"诗篇记述农家因为朝廷的这项政策和地方官府的严苛征役而遭受的苦楚："前月诏书来，生齿复板录。三丁籍一壮，恶使操弓鞬。州符今又严，老吏持鞭朴。搜索稚与艾，唯存跛无目。"丁壮尽被征役，老弱居然也不能幸免。《汝坟贫女》描写的也是这种老弱不能幸免、以至家破人散的沉重徭役："郡吏来何暴，官家不敢抗。督遣勿稽留，龙种去携杖。""果然寒雨中，僵死壤河上。"《田家四时》刻画农夫服役的苦状："自从备丁壮，及此常苦煎。卒岁岂堪念，鹑衣著更穿。"《故原战》交代农夫被征兵役后的命运："散亡归不得，掩抑泣山阿。"《故原有战卒死而复苏来说当时事》披露服兵役者的惨重伤亡："纵横尸暴积，万殒少全生。"《昆阳城》刻写服兵役者惨死沙场的情景："试看昆阳下，白骨犹衔簇。"这些诗篇连续披露了这个时期多地百姓遭受的兵役、徭役苦难，揭示朝廷和官府推行严苛兵役徭役政策造成的严重社会后果。此外，梅尧臣还有一些诗篇怨讽严苛征税、贫富悬殊的社会现状。如《织妇》："常忧里胥来，不待鸡黍熟。但言督县官，立要断机轴。谁知公侯家，赐帛堆满屋。"里胥上门催征新丝，狐假虎威，威胁勒逼，而公侯富豪家早已绢帛过剩。《陶者》："陶尽门前土，屋上无片瓦。十指不沾泥，鳞鳞居大厦。"抱怨世间劳苦者得不到一点应有的回报，贫富不公。《村豪》："女髻银钗满，童袍氁毹鲜。里胥休借问，不信有官权。"披露豪家富户安享的财富，全是官府特权所赋予。《小村》："寒鸡得食自呼伴，老叟无衣犹抱孙。""嗟哉生计一如此，谬入王民版籍论。"小民百姓生计艰困，乃至发出了脱离王民版籍的怨愤之声。

石介，生卒、事迹见前。

石介的怨政诗关切朝廷的大政方针，也关注吏治败坏问题及官员政治遭遇。《汴渠》对朝廷利用汴渠超限度地转运漕粮表示了极大的忧虑。"舳舻相属进，馈运曾无休。一人奉口复，百姓竭膏油。民力输公家，斗粟不敢收。州侯共王都，尺租不敢留。太仓粟峨峨，冗兵食无羞。上林钱朽贯，乐官求徘优。吾欲塞汴水，吾欲坏官舟。请君简赐予，请君节财求。王畿方千里，邦国用足周。尽省转运使，重封富民侯。天下无移粟，一州食一州。"诗篇直言这样的漕运重压只为满足朝廷"冗兵食无羞"等无谓耗费，以至榨取到"百姓竭膏油"；诗人建言："尽省转运使，重封富民侯。"以消除现在的殃民弊政。《读诏书》怨刺吏治败坏，贪吏猛于虎。"关中有山生虎狼，虎狼性暴不可当。去岁食人十有一，无辜被此恶物伤。守臣具事奏圣帝，圣帝读之恻上意。乃诏天下捕虎狼，意欲斯民无枉死。吾君仁覆如天地，只知虎狼有牙齿。害人不独在虎狼，臣请勿捕捕贪吏。"诗人对举虎狼和贪吏，并非认为虎狼伤民无关紧要，而是怨愤贪吏掠财害民的凶残："害人不独在虎狼，臣请勿捕捕贪吏。"《彼县吏》披露吏治恶劣。"嗟乎嗟乎彼县吏，剥肤椎髓民将死。夏取麦兮秋取粟，笞匹红兮杖匹紫。酒臭瓮兮肉烂床，马余梁兮犬余气。雀腹鼠肠容几何，虎噬狼贪胡无已。"诗篇刻画虐害百姓的基层恶吏嘴脸，对恶吏残民以逞谴责非常激烈。朝廷和官府的赋税政策本已苛重，而催征税赋的吏胥借机敲诈，使农家的苦难更为深重。石介《彼县吏》怒斥县吏："剥肤椎髓"，"虎噬狼贪"，像历代无数谴责吏治败坏的怨政诗一样，充溢着疾恶如仇的激情，是中国古代怨政诗富有批判精神的一个显例。《闻子规》则描述了自己的仕途不平境遇。"我本鲁国一男子，少小气志凌浮云。精诚许国贯白日，有心致主为华勋。位卑身贱难自达，满腹帝典与皇坟。有时愤懑吐一言，小人谤议已纷纷。宰相宽容天子慈，八年之中三从军。从军官清吾何苦，嘉州路远尔勿语。地不为我易其险，我岂守道不能固。子规子规谩啼绝，断无清泪洒向汝。"官场小人的谤议中伤让诗人备感凶险寒冷，透露出官场风气的邪浊一面。《永伯仲渊在狱作九十二言伤之》对朋友的冤狱遭遇表示不平。"吁嗟恶兽群，蹄踏麒麟如死麕。吁嗟恶鸟音，啅噪凤凰伏中林。我愿爪牙如锋锷，牙可噬兮爪可捕。直入深山驱虎狼，护取麒麟好头角。又愿身生两羽翼，一夕长就万丈长。直入林中护凤凰，不使毛羽肤寸伤。吾愿两未遂，中夜涕下沾衣裳。"幻想自己生出爪牙双翼，保护受冤的朋友，但现实十分残酷。诗篇有曹植《野田黄雀行》的怨叹之音。

二 欧阳修 苏舜钦 李觏 刘敞

欧阳修（1007—1072），字永叔。永丰（今江西永丰）人。天圣间进士。庆历间迁集贤校理、知制诰，后贬知滁州。嘉祐间历枢密副使、参知政事等。

欧阳修的怨政诗在他的全部诗歌中并不占重要位置,但这些怨政诗表现了一位朝廷重臣对国计民生的深切关注。欧阳修的怨政诗有的批评朝廷弊策,有的披露地方官府施政劣绩,有的描写下层民众悲苦生活,如:

田家种糯官酿酒,榷利秋毫升与斗。酒沽得钱糟弃物,大屋经年堆欲朽。酒醅瀺灂如沸汤,东风来吹酒瓮香。累累罂与瓶,惟恐不得尝。官沽味酸村酒薄,日饮官酒诚可乐。不见田中种糯人,釜无糜粥度冬春。还来就官买糟食,官吏散糟以为德。嗟彼官吏者,其职称长民。衣食不蚕耕,所学义与仁。仁当养人义适宜,言可闻达力可施。上不能宽国之利,下不能饱尔之饥。我饮酒,尔食糟,尔虽不我责,我责何由逃。(《食糟民》)

吾闻阴阳在天地,升降上下无时穷。环回不得不差失,所以岁时无常丰。古之为政知若此,均节收敛勤人功。三年必有一年食,九岁常备三岁凶。纵令水旱或时遇,以多备少能相通。今者吏愚不善政,民亦游堕离于农。军国赋敛急星火,兼并奉养过王公。终年之耕幸一熟,聚而耗者多于蜂。是以比岁屡登稔,然而民室常虚空。遂令一时暂不雨,辄以困急号天翁。赖天闵民不责吏,甘泽流布何其浓。农当勉力吏当愧,敢不酌酒浇神龙。(《答杨子静祈雨长句》)

家世为边户,年年常备胡。儿僮习鞍马,妇女能弯弧。胡尘朝夕起,虏骑蔑如无。邂逅辄相射,杀伤两常俱。自从澶州盟,南北结欢娱。虽云免战斗,两地供赋租。将吏戒生事,庙堂为远图。身居界河上,不敢界河渔。(《边户》)

捕蝗之术世所非,欲究此语兴于谁。或云丰凶岁有数,天孽未可人力支。或言蝗多不易捕,驱民入野践其畦。因之奸吏恣贪扰,户到头敛无一遗。蝗灾食苗民自苦,吏虐民苗皆被之。吾嗟此语只知一,不究其本论其皮。驱虽不尽胜养患,昔人固已决不疑。秉蟊投火况旧法,古之去恶犹如斯。既多而捕诚未易,其失安在常由迟。诜诜最说子孙众,为腹所孕多昆蚳。始生朝亩暮已顷,化一为百无根涯。口含锋刃疾风雨,毒肠不满疑常饥。高原下湿不知数,进退整若随金鼙。嗟兹羽孽物共恶,不知造化其谁尸。大凡万事悉如此,祸当早绝防其微。蝇头出土不急捕,羽翼已就功难施。只惊群飞自天下,不究生子由山陂。官书立法空太峻,吏愚畏罚反自欺。盖藏十不敢申一,上心虽恻何由知。不如宽法择良令,告蝗不隐捕以时。今苗因捕虽践死,明岁犹免为蟓蚳。吾尝捕蝗见其事,较以利害曾深思。官钱二十买一斗,示以明信民争驰。敛微成众在人力,顷刻露积如京坻。乃知蠚虫虽其众,嫉恶苟锐无难为。往时姚崇用此议,诚哉贤相得所宜。因吟君赠广其说,为我持之告采诗。(《答朱寀捕蝗诗》)

百姓病已久,一言难遽陈。良医将治之,必究病所因。天下久无事,人情贵因循。优游以为高,宽纵以为仁。今日废其小,皆谓不足论。明日坏其大,又云力难振。旁窥各阴拱,当职自逡巡。岁月侵骤颓,纪纲遂纷纭。坦坦万里疆,蚩蚩九州民。昔而安且富,今也迫以贫。疾小不加理,浸淫将遍身。汤剂乃常药,未能去深根。针艾有奇功,暂痛勿吟呻。痛定支体胖,乃知针艾神。猛宽相济理,古语六经存。蠹弊革侥幸,滥官绝贪昏。牧羊而去狼,未为不仁人。俊乂沈下位,恶去善乃伸。贤愚各得职,不治未之闻。此说乃其要,易知行每艰。迟疑与果决,利害反掌间。舍此欲有为,吾知力徒烦。家至与户到,饱饥而衣寒。三王所不能,岂特今所难。我昔忝谏列,日常趋紫宸。圣君尧舜心,闵闵极尤勤。子华当来时,玉音耳尝亲。上副明主意,下宽斯人屯。江南彼一方,巨细到可询。谕以上恩德,当冬反阳春。吾言乃其概,岂止一方云。(《奉答子华学士安抚江南见寄之作》)

《食糟民》对官府耗费巨量上好糯米酿造醇酒不以为然,对农夫交完粮食却只能买酒糟果腹深感不平。"田家种糯官酿酒,榷利秋毫升与斗。""官沽味酽村酒薄,日饮官酒诚可乐。"这边是官员享受田家糯米造就的佳酿,那边是农夫缺粮少食只能去买酒糟充饥:"不见田中种糯人,釜无糜粥度冬春。还来就官买糟食,官吏散糟以为德。"官吏甚至以卖酒糟给农夫为施舍之恩。诗人表示,民众生活悲苦如此,当政者理当感到愧疚。《答杨子静祈雨长句》描写久旱不雨的年景,官府只知赋敛搜刮。诗篇先对比了古今施政在备荒和税赋上的差异:"古之为政知若此,均节收敛勤人功。三年必有一年食,九岁常备三岁凶。纵令水旱或时遇,以多备少能相通。今者吏愚不善政,民亦游堕离于农。军国赋敛急星火,兼并奉养过王公。"诗人以拟想中的古代良政对比了当今苛政,对当今官府在灾荒年景仍然急征横敛表示了否定。《边户》写边地民众因澶渊之盟而承受的双重负担。"自从澶州盟,南北结欢娱。虽云免战斗,两地供赋租。"朝廷跟辽朝签署澶渊之盟,暂时无战事的情况下,边民的负担没有减轻,不但得不到盟约的好处,反而承受了更多的"赋租",日子更苦了。诗人既理解朝廷为安边定国作出的决策,但又担忧边民利益受损:"将吏戒生事,庙堂为远图。身居界河上,不敢界河渔。"诗篇写出了澶渊之盟对"边户"的直接影响,有特殊的认识意义。《答朱寀捕蝗诗》描写蝗灾之年官府治蝗的各种弊策,尤其是有的官府抗灾乏术,却弄虚作假,欺上瞒下。"或言蝗多不易捕,驱民入野践其畦。因之奸吏恣贪扰,户到头敛无一遗。蝗灾食苗民自苦,吏虐民苗皆被之。"蝗灾之害纯属天然,而奸吏趁灾打劫,借治灾之名扰害农家,百姓受奸吏之害甚于遭蝗虫之害。上司例行公事责令地方官府治蝗,地方官吏为躲避责罚而不惜造假欺蒙:"官书立法空太峻,吏愚畏罚反自欺。盖藏十不敢申一,上心虽恻何由知。"诗人认为,治蝗应努力将蝗虫消灭在幼虫成虫之前,如已成虫也要尽力扑杀,以免来年之患。诗人斥责治灾无策、扰民有术的官吏,也提出了相应的治灾对策:"吾尝捕蝗见其事,较以利害曾深思。官钱二十买一斗,示以明信民争驰。敛微成众在人力,顷刻露积如京坻。"诗人的深思和建言表现了一位朝廷大臣的见识和良知,也反衬出一些地方官员敷衍塞责、欺君罔民。《奉答子华学士安抚江南见寄之作》作于皇祐二年(1050),记述仁宗时期一些地方官员的怠职实况。"天下久无事,人情贵因循。优游以为高,宽纵以为仁。"官员居安忘忧,玩忽职守,因循敷衍,其后果则是百姓的生活每况愈下:"昔而安且富,今也迫以贫。"诗篇给出的纠弊方法是惩治庸怠渎职,以儆效尤:"蠹弊革侥幸,滥官绝贪昏。"相信经过整治,吏治定会改观:"俊乂沈下位,恶去善乃伸。贤愚各得职,不治未之闻。"诗人忧思吏治,建言奖优罚劣,足见其社会责任感和政治判断力。

苏舜钦(1008—1048),字子美,祖籍铜山(今四川中江)。景祐间进士。康定间迁大理评事。庆历间任集贤校理等。

苏舜钦的怨政诗创作与他积极参与改进朝政的济世初衷完全相符,他高度关切从农政到军政的朝廷大政方针,深刻描述了仁宗时期一系列社会政治危机。如:

吴越龙蛇年,大旱千里赤。寻常秔穄地,烂漫长荆棘。蛟龙久遁藏,鱼鳖尽枯腊。炎暑发厉气,死者道路积。城市接田野,恸哭去如织。是时西贼羌,凶焰日炽剧。军须出东南,暴敛不暂息。复闻籍兵民,驱以教战力。吴侬水为命,舟楫乃其职。金革戈盾矛,生眼未尝识。鞭笞血涂地,惶惑宇宙窄。三丁二丁死,存者亦乏食。冤怼结不宣,冲迫气候逆。二年春及夏,不雨但赫日。安得凉冷云,四散飞霹雳。滂沱消歉疠,甘润起稻稷。江波开旧涨,淮岭发新碧。使我扬孤帆,浩荡入秋色。胡为泥滓中,视此久戚戚。长风卷云阴,倚柂泪横臆。(《吴越大旱》)

春阳泛野动,春阴与天低。远林气蔼蔼,长道风依依。览物虽暂适,感怀翻然移。所见既可骇,所闻良可悲。去年水后旱,田亩不及犁。冬温晚得雪，宿麦生者稀。前去固无望，即日已苦饥。老稚满田野，斫掘寻凫茈。此物近亦尽，卷耳共所资。昔云能驱风，充腹理不疑。今乃有毒疠，肠胃生疮痍。十有七八死，当路横其尸。犬鼋咋其骨，乌鸢啄其皮。胡为残良民，令此鸟兽肥。天岂意如此，泱荡莫可知。高位厌粱肉，坐论搀云霓。岂无富人术，使之长熙熙。我今饥伶俜，悯此复自思。自济既不暇，将复奈尔为。愁愤徒满胸，嵘屼不能齐。（《城南感怀呈永叔》）

无战王者师，有备军之志。天下承平数十年，此语虽存人所弃。今岁西戎背世盟，直随秋风寇边城。屠杀熟户烧障堡，十万驰骋山岳倾。国家防塞今有谁，官为承制乳臭儿。酗觞大嚼乃事业，何尝识会兵之机。符移火急搜卒乘，意谓就戮如缚尸。未成一军已出战，驱逐急使缘岭巇。马肥甲重士饱喘，虽有弓剑何所施。连颠自欲堕深谷，虏骑笑指声嘻嘻。一麾发伏雁行出，山下掩截成重围。我军免胄乞死所，承制面缚交涕洟。逡巡下令艺者全，争献小技歌且吹。其余刲馘放之去，东走矢液皆淋漓。首无耳准若怪兽，不自愧耻犹生归。守者沮气陷者苦，尽由主将之所为。地机不见欲侥胜，羞辱中国堪伤悲。（《庆州败》）

区区黠虏敢狂呼，遣使峨冠谒上都。辄出封章辞国命，妄传声势困军须。闭之塞漠为良策，啖以民膏是失图。淳俗易摇无自挠，每闻流议一长吁。（《串夷》）

《吴越大旱》描述大旱之年，江南地区哀鸿遍野。边地战事激烈，朝廷军需强劲，派征给江南地区的赋税、兵役负担并没有丝毫减轻。"炎暑发厉气，死者道路积。城市接田野，恸哭去如织。""是时西贼羌，凶焰日炽剧。军须出东南，暴敛不暂息。复闻籍兵民，驱以教战力。吴侬水为命，舟楫乃其职。金革戈盾矛，生眼未尝识。鞭笞血涂地，惶惑宇宙窄。三丁二丁死，存者亦乏食。冤怨结不宣，冲迫气候逆。"在此天灾战祸交加的背景下，朝廷和官府的赋税兵役催征暴虐冷酷，兵丁役夫死伤惨重，民间怨声载道。《城南感怀呈永叔》描写百姓饥荒惨状，批评达官大吏无视民瘼。"去年水后旱，田亩不及犁。""老稚满田野，斫掘寻凫茈。"诗篇描述饥民采摘野菜为食，许多人遭受"毒疠"丧失了性命："昔云能驱风，充腹理不疑。今乃有毒疠，肠胃生疮痍。十有七八死，当路横其尸。"达官大吏们对饥民的这种处境无动于衷，在荒政救助上无所作为，只知无济于事的高谈阔论："高位厌粱肉，坐论搀云霓。"高官们无视民瘼的行政作派与灾民求告无门的饥疫死亡形成了对照。《庆州败》记述仁宗景祐间宋军与西夏的交战，宋军惨败之状不忍直视。"今岁西戎背世盟，直随秋风寇边城。屠杀熟户烧障堡，十万驰骋山岳倾。国家防塞今有谁，官为承制乳臭儿。酣觞大嚼乃事业，何尝识会兵之机。符移火急搜卒乘，意谓就戮如缚尸。"宋军多年来居危处安，怠惰忘战，养尊处优，而这样的荒怠状态必然导致御敌惨败的结果。最直观的后果就是宋军与西夏军交战的窘态和丑态："马肥甲重士饱喘，虽有弓剑何所施。连颠自欲堕深谷，虏骑笑指声嘻嘻。一麾发伏雁行出，山下掩截成重围。我军免胄乞死所，承制面缚交涕洟。逡巡下令艺者全，争献小技歌且吹。其余劓馘放之去，东走矢液皆淋漓。"这样的丑陋场景，不仅是这些怠惰忘战的军士之耻，也是边策失败的国家之耻。诗篇宣泄了对朝廷和官军轻视边防、怠惰忘战的痛愤。《串夷》怨责朝廷应对边患的失策。"辄出封章辞国命，妄传声势困军须。闭之塞漠为良策，啖以民膏是失图。"朝廷在与夷敌的交涉中高估敌情，自乱阵脚，为息事宁人而轻易赔上金银绢帛，付出了高昂代价。

李觏（1009—1059），字泰伯，南城（今江西南城）人。皇祐间授将仕郎、太学助教。嘉祐间历海门主簿、太学说书等。

李觏的怨政诗记述徭役、赋税、吏治、民生几个方面的问题。如：

里中一老妇，行行啼路隅。自悼未亡人，暮年从二夫。寡时十八九，嫁时六十余。昔日遗腹儿，今兹垂白须。子岂不欲养，母岂不怀居。徭役及下户，财尽无所输。异籍幸可免，嫁母乃良图。牵车送出门，急若盗贼驱。儿孙孙有妇，小大攀且呼。回头与永诀，欲死无刑诛。我时闻此言，为之长叹呜。天民固有穷，鳏寡实其徒。仁政先四者，著在孟氏书。吾君务复古，旦旦师黄虞。赦书求节妇，许与旌门闾。繄尔愚妇人，岂曰礼所拘。蓬茨四十年，不知形影孤。州县莫能察，诏旨成徒虚。而况赋役间，群小所同趋。奸欺至骨髓，公利未锱铢。良田岁岁卖，存者唯莱污。兄弟欲离散，母子因变渝。天地岂非大，曾不容尔躯。嗟嗟孝治王，早晚能闻诸。吾言又无位，反袂空涟如。（《哀老妇》）

人皆喜膏泽，我独忧丰年。岁凶已贱粜，年丰安得钱。赋役忽惊骇，仓廪甘弃损。铢铜苟可换，富贵宁构怜。归来官事了，相吊柴门边。农夫未尽死，谷价应常然。王心幸仁圣，分职当忠贤。谓谷贱为美，咄咄无欺天。（《喜雨》）

产业家家坏，诛求岁岁新。平时不为备，执事彼何人。朱户仍奢侈，柴门转窭贫。若非衢室畔，无用说悲辛。（《村行》）

官家的要宽征，古时什一今更轻。州县酷嫌民渐富，几多率敛是无名。

白刃劫君君勿言，人生祸难俱由天。君家岁计能多少，未了官军一饭钱。

> 庭下缧囚何忿争，刀笔少年初醉醒。黄金满把未回眼，笑杀迂儒欲措刑。（《有感三首》）

《哀老妇》讲述了一个奇特的故事，一个守寡四十年的老妇居然重新嫁人了。对于这个妇人来说，不是喜事，而是苦事，以致如同流放，生不如死。"儿孙孙有妇，小大攀且呼。回头与永诀，欲死无刑诛。"老妇作此艰难选择实属无可奈何："徭役及下户，财尽无所输。异籍幸可免，嫁母乃良图。"可知徭役苛重是老妇的家人采取"嫁母"的下下策，以应对官府催科。而官吏对此老妇的遭遇，毫不怜悯，只有贪索和敲诈："奸欺至骨髓，公利未锱铢。"苛政加贪吏，百姓的日子当然难过。"良田岁岁卖，存者唯莱污。兄弟欲离散，母子因变渝。"官府的苛酷施治造成了这样的农家困境。《喜雨》描述丰年并没有给农夫带来喜悦，反倒是悲哀。"岁凶已贱粜，年丰安得钱。赋役忽惊骇，仓廪甘弃损。"沉重的赋税征收显然是这一丰年悲哀的原因。农夫把收获全都用于应对"赋役"，自身一无所有，万念俱灰之下寻了短见："归来官事了，相吊柴门边。"苛政逼得农夫走上了不归路。《村行》怨责苛政贻祸，民生凋敝。"产业家家坏，诛求岁岁新。""朱户仍奢侈，柴门转窭贫。"诗篇说得很明白，"诛求"是造成家家"产业"凋敝的原因。尤其是"柴门"贫户，命运更是"悲辛"不可言说。《有感三首》感慨百姓遭受的苛税、强征、冤狱苦难。这三首诗分别描述了官员、官军、书吏对百姓的欺诈勒索：州县官员向民众巧立名目敛财，"州县酷嫌民渐富，几多率敛是无名"。官军刀枪相逼抢劫民食，"君家岁计能多少，未了官军一饭钱"。书吏明目张胆向事主勒索钱财，"庭下缧囚何忿争，刀笔少年初醉醒"。这些公权人物如此欺凌榨取百姓，实在成了百姓的公害。

刘敞（1019—1068），字原父，新喻（今江西新余）人。庆历间进士。嘉祐间拜翰林院侍读学士，知永兴军、汝州。治平间历集贤院学士。

刘敞的怨政诗主要涉及两方面的内容，一是怨责朝廷用人失察，误军误政，如《没番士》《豫章儒者》等；一是怨责兵役赋役苛重，劳民伤财，如《石首县》《荒田行》《农哀》等。

> 丁年仕辕门，欲食万里肉。敌兵方强梁，边境日局缩。是时十月交，转战大河曲。落日天地昏，风尘蔽川陆。我师自凭陵，虏骑出深谷。路穷矢交坠，壮士同僇辱……忆昔万人出，今还一人复。可怜同时辈，视我犹鸿鹄。永弃绝域中，几时脱臣仆。叩门谒主帅，长跪向人哭。可汗

甚桀黠，其下亦辑睦。努力思长策，勿轻用人属。(《没番土》)

豫章有儒者，读书三十年。但识上古风，不知时俗迁。一闻西戎叛，有意摧群顽。诣阙上封章，臣知用兵权。不在劳士卒，不须役戈鋋。要先正其本，本正末自安。臣观朝廷中，或有可废员。臣观草泽中，或有可用贤。国家既失此，奸吏随矫虔。吏奸万事臕，外患随因缘……天子览表叹，当朝常拳拳。回头谓群公，可付史馆编。可使靡好爵，以补风化源。岂知贵臣忌，投尔南海壖。不得面指陈，胸襟曷由宣。走卒驱使行，行行酌贪泉。名与囚隶俱，位乃胥校联。九重竟不知，犹谓列王官。奈何乐尧舜，乃是取危颠。谁云遇明主，未免遭弃捐。遂令天下士，齰舌戒勿言。宁有死壑中，安有议君前。浮云蔽白日，自古同所叹。(《豫章儒者》)

令尹亦菜色，市楼寂无烟。皇天不纯命，百姓何震愆。苦云耕耘废，租税尚未蠲。赤子向飘荡，所存皆偶然。虽知负官输，未忍便弃捐。奈何唐尧世，复见昏垫年。何以救汝饥，朝廷急忧边。(《石首县》)

大农弃田避赋役，小农挈家就兵籍。良田茫茫少耕者，秋来雨止生荆棘。县官募兵有著令，募兵如率官有庆。从今无复官劝农，还逐鱼盐作亡命。(《荒田行》)

阴阳失常度，水旱互为灾。岁暮不成耕，闾里自相哀。相哀竟何奈，田亩弃污莱。欲行关租急，欲居兵赋催。同知罗忧患，谁复念婴孩。往往遗渠沟，顾之泪如颓。国庾须积粟，国帑须羡财。大臣职富国，尔命自宜哉。(《农哀》)

《没番土》描写朝廷任用将帅失误的后果。"敌兵方强梁，边境日局缩。"痛定思痛，感慨惨败的原因是己方将领无能，贻祸边卒："忆昔万人出，今还一人复。"显然，用人失察造成边战失利，用人得当才能避免将来重蹈覆辙："努力思长策，勿轻用人属。"《豫章儒者》借"豫章儒者"的仕宦经历，慨叹朝廷荒废人才。诗篇叙及这位"读书三十年"的儒者的经历，有心报效国家，"诣阙上封章，臣知用兵权"。看来也得到了皇上的赏识，"回头谓群公，可付史馆编"。接下来却遭忌被谤，外放僻远之地，与皂隶为伍："名与囚隶俱，位乃胥校联。九重竟不知，犹谓列王官。""谁云遇明主，未免遭弃捐。""宁有死壑中，安有议君前。"怨责朝廷用人机制的敝坏。《石首县》批评朝廷不恤民力，向农家横征暴敛。"皇天不纯命，百姓何震愆。""奈何唐尧世，复见昏垫年。"篇末讥刺称："何以救汝饥，朝廷急忧边。"对朝廷发出了直接的怨责。《荒田行》反映赋役沉重，侵农伤本。"大农弃田避赋役，小农挈家就兵籍。"为逃避苛酷赋役而弃农废耕,以致地方官员无农可劝,农耕凋敝不堪。《农哀》描述农夫在天灾打击之下无以为生的境况。"欲行关租急,欲居兵赋催。"要逃难到异乡,一路关卡勒索;要留乡忍受,无奈赋役催迫难以承受。农夫在此境况下,被逼得抛子不顾,看似冷酷,实则无奈。诗人感慨:"国庾须积粟,国帑须羡财。大臣职富国,尔命自宜哉。"正是朝廷和官府备荒措施不力,才造成了农家灾年走投无路的困境。篇末指斥大臣和官员失职,让百姓自生自灭,怨讽十分激烈。

三 王安石 刘攽 王令

王安石,生卒、事迹见前。

王安石怨政诗不少作品和诗人的变法主张有关。这些作品揭示了当朝政治的各种弊端,涉及吏治、兵政、盐政、税政、官风等,这些记述切合诗人变法主张的政治需要,也贴近诗人感知的社会现实。王安石怨政诗的创作与他施行新法的动机一样,都有针对性很强的改良时政的意图,与一般诗人的创作情形有别。"免役法者,变差役制为募役制,而令民出税钱以充募资之法也。差役之病民,当时言者甚多,而卒未能改。安石执政,始革其弊。"[1]"他看到土地兼并在农村剧烈地进行,看到无特权保护的下等农户或贫苦的农民把饥饿的婴孩抛弃路旁,看到在苛税重役下农民丧失生产的能力,看到吏胥的侵渔贪墨,看到严酷的自然灾害给农民以沉重的打击,看到饥荒的岁月富人闭粜不出。这一切,对一个'希踪稷契'的进士来说,不能不成为他要求政治变革的刺激因素。"[2] 王安石的这些怨政诗表现朝廷弊策和官府劣治下的民间苦难,涉及多项政事,描写较有深度。如:

贱子昔在野,心哀此黔首。丰年不饱食,水旱尚何有。虽无剽盗起,万一且不久。特愁吏之为,十室灾八九。原田败粟麦,欲诉嗟无赇。间关幸见省,笞扑随其后。况是交冬春,老弱就僵仆。州家闭仓庾,县吏鞭租负。乡邻铢两征,坐逮空南亩。取资官一毫,奸桀已云富。彼昏方怡然,自谓民父母。揭来佐荒郡,憪憪常惭疚。昔之心所哀,今也执其咎。乘田圣所勉,况乃余之陋。内讼敢不勤,同忧在僚友。(《感事》)

有客语省兵,兵省非所先。方今将不择,独以兵乘边。前攻已破散,后距方完坚。以众尢彼寡,虽危犹幸全。将既非其才,议又不得专。兵少败孰继,胡来饮秦川。万一虽不尔,省兵当何缘。骄惰习已久,去归

---

[1] 万国鼎:《中国田制史》,商务印书馆2011年版,第289页。
[2] 侯外庐等:《中国思想通史》第四卷(上册),人民出版社2011年版,第382页。

岂能田。不田亦不桑，衣食犹兵然。省兵岂无时，施置有后前。王功所由起，古有七月篇。百官勤俭慈，劳者已息肩。游民慕草野，岁熟不在天。择将付以职，省兵果有年。(《省兵》)

州家飞符来比栉，海中收盐今复密。穷囚破屋正嗟卹，吏兵操舟去复出。海中诸岛古不毛，岛夷为生今独劳。不煎海水饿死耳，谁肯坐守无亡逃。尔来贼盗往往有，劫杀贾客沈其艘。一民之生重天下，君子忍与争秋毫。(《收盐》)

河北民，生近二边长苦辛。家家养子学耕织，输与官家事夷狄。今年大旱千里赤，州县仍催给河役。老小相携来就南，南人丰年自无食。悲愁白日天地昏，路旁过者无颜色。汝生不及贞观中，斗粟数钱无兵戎。(《河北民》)

不得君子居，而与小人游。疵瑕不相摩，况乃祸衅稠。高语不敢出，鄙辞强颜酬。始云避世患，自觉日已偷。如傅一齐人，以万楚人咻。云复学齐言，定复不可求。仁义多在野，欲从苦淹留。不悲道难行，所悲累身修。(《寓言九首》其一)

《感事》描写恶官奸吏对百姓的种种伤害。"原田败粟麦，欲诉嗟无赇。"农家遭遇天灾，奸吏却借编造赈济名册向饥民索贿。"州家闭仓庾，县吏鞭租负。"州县官府关闭了存放赈粮的官仓，百姓籴米度荒落空，而县吏带着官符狐假虎威抓捕贫困的欠税户。"乡邻铢两征，坐逮空南亩。"农家被反复征索，田亩收成被搜刮殆尽。"彼昏方怡然，自谓民父母。"这些不恤民苦、胡乱作为的昏庸官员，养尊处优，却恬然以父母官自居。地方官吏恣意侵害农家，诗人深为不满，切望改变这种现状。《省兵》对朝廷兵政弊策提出了质疑。"方今将不择，独以兵乘边。前攻已破散，后距方完坚。"统兵的将领还未任命，却驱使兵卒匆忙赴守边地，致使攻防都陷于困境。宋军在缺乏将帅治军的情况下形成了懒散的习气："骄惰习已久，去归岂能田。不田亦不桑，衣食犹兵然。""择将付以职，省兵果有年。"任用得力的将帅比裁减兵员更重要，而选择时机裁减兵员也势在必行。诗人深感宋军的征兵、用兵、裁兵的一系列做法大有弊病，影响了国家边防和社会的稳定，因此提出了反思。《收盐》介绍官府发布紧急文书向盐户催征，盐户艰难煮盐却连最起码的生存都难以得到保障。"州家飞符来比栉，海中收盐今复密。""不煎海水饿死耳，谁肯坐守无亡逃。"诗人对官府向盐户过度催征深为不满："一民之生重天下，君子忍与争秋毫。"批评官府与民争利的收盐政策。《河北民》记述朝廷向"夷狄"畏缩让利，官府向百姓过度征役。"河北民，生近二边长苦辛。家家养子学耕织，输与官家事夷狄。""今年大旱千里赤，州县仍催给河役。"民众在大灾之年仍然要完成官府派征的繁重役务，这是遭受朝廷屈辱事敌政策直接伤害的边民生活的真实记录。王安石的怨政诗也有描写朝廷政治角力的作品。如《寓言九首》（其一）慨叹政坛恶习，显然与诗人自己的政治遭际有关。"不得君子居，而与小人游。疵瑕不相摩，况乃祸衅稠。高语不敢出，鄙辞强颜酬。始云避世患，自觉日已偷。""仁义多在野，欲从苦淹留。不悲道难行，所悲累身修。"这些概括，不妨看作是诗人遭受谗谮陷害、动辄得咎、身心俱疲的处境的投影，是熙宁年间朝廷政治交锋在作者心里留下的印迹。

刘攽（1023—1089），字贡父，新喻（今江西新余）人。嘉祐间进士。熙宁间通判泰州，知曹州等。元祐间历襄州、蔡州知州。入为秘书少监，拜中书舍人。

刘攽的怨政诗题旨丰富，涉及当朝的农政、币制、治军等多个领域的政事要务，对现实政治有敏锐的观察和评议。如：

> 种田江南岸，六月才树秧。借问一何晏，再为霖雨伤。官家不爱农，农贫弥自忙。尽力泥水间，肤甲皆疥疮。未知秋成期，尚足输太仓。不如逐商贾，游闲事车航。朝廷虽多贤，正许赀为郎。（《江南田家》）
>
> 老翁年侵耕作苦，官田税多不敢住。身携儿孙事渔钓，编竹为家寄江浦。朝寻菱芡逗烟水，暮饭鱼虾宿风雨。人生如此亦自由，何用车马称公侯。（《渔翁》）
>
> 关西居人多闭屋，屋底老翁相向哭。县官禁钱钱益轻，百姓无钱食不足。平时斗粟钱百数，今者千钱人不顾。大家萧条无十金，小家流离半途路。忆初铸钱为强国，盗贼无端皆得职。迩来救弊因宽民，盗贼自苦民逾贫。安得万物皆为铜，阴阳炽炭造化工。铸钱万万大似展，官定足用民家丰。（《关西行》）
>
> 缘边戍兵精绝伦，腹饱官粟思食人。健儿睚眦杀刺史，可怜百口同尘埃。燕云苍苍日色紫，帐前血流守尉死。乱兵相欢肯畏天，保州去边无百里。（《保州乱》）
>
> 军书羽骑晓纷纷，兵起清河一日闻。多少衣冠尽涂地，凭高依约见妖氛。
>
> 金印他时恩泽侯，专城意气凛生秋。军中成败如翻水，空使明堂盱食忧。（《贝州乱二首》）
>
> 汉军诛蛮蛮遁走，汉使约降蛮稽首。天威若日照四海，杀人得贼亦

何有。

　　官军万人宿山下,百姓避兵多旷野。秋来雨足荆棘生,邻里无复归耕者。

　　县官斩敌予金帛,健儿见赏不见贼。闻道杀人多老农,至今过客犹凄恻。(《蛮请降三首》)

《江南田家》怨责轻农重商、弊策伤农。"尽力泥水间,肤甲皆疥疮。未知秋成期,尚足输太仓。""官家不爱农,农贫弥自忙。"农家生存艰难而窘困,一是朝廷税重,一是朝廷轻农,导致了这样的农家境况。《渔翁》描述苛税伤农,农夫弃耕。"老翁年侵耕作苦,官田税多不敢住。身携儿孙事渔钓,编竹为家寄江浦。"老农因不堪税赋重压而弃耕就渔。《关西行》揭示币制混乱,贻祸百姓。当今的币制混乱状况,与朝廷制币初衷截然相反,民间流通的钱币质量低劣、分量不足,百姓也因缺乏钱币使用,耽搁了正常的营生。"县官禁钱钱益轻,百姓无钱食不足。"官府铸币政策失败,被不法之徒("盗贼")利用,掺杂使假,以假乱真,以劣驱良。"大家萧条无十金,小家流离半途路。"经济完全失序,人心惶惑不宁。诗篇分析了官家钱币政策失败的原因,希望朝廷恢复对制币的有效管控,向社会提供优良的钱币,保障钱币的信用,满足民间对钱币流通的需求:"铸钱万万大似展,官定足用民家丰。"诗中所描述的北宋政府铸币政策的失误给民间带来的痛苦是诗人直接闻见的。"宋朝显然是采用降低铜币质量的措施和政策,来解决铜币流通中的问题的。当然,在北宋初年情况甚好,到宋仁宗时候铜币质量降低已逐渐显露出来,到宋徽宗时候彻底暴露出来。试图用减少含铜量的做法以牟取厚利,结果正如庄裕所说:'适足以资盗窃。'"[1] 刘敞《关西行》就是这种币制弊政的现实记录,很有文献价值。《保州乱》《贝州乱二首》《蛮请降三首》等都是涉及兵事战祸的作品,揭示了当朝兵政军事的一些危机乱象。《保州乱》记述叛兵作乱,危害边境。"健儿睚眦杀刺史,可怜百口同尘埃。""乱兵相欢肯畏天,保州去边无百里。"诗篇对保州的乱兵杀官深为忧虑,因为这不仅是治军失败,而且因"保州去边无百里"致使这个兵变恶果造成了对边境安全的直接威胁。《贝州乱二首》也描写兵变:"军书羽骑晓纷纷,兵起清河一日闻。多少衣冠尽涂地,凭高依约见妖氛。""金印他时恩泽侯,专城意气凛生秋。军中成败如翻水,空使明堂旰食忧。"诗篇谴责了骄兵兴乱,威胁朝政,可知诗人对维护江山一统和朝廷权威的态度是鲜明的。《蛮请降三首》对官军"剿贼"的军事行动颇有怨言。"官军万人宿山下,百姓避兵多旷野。秋来

---

[1]　漆侠:《中国经济通史·宋》,经济日报出版社 2007 年版,第 936 页。

雨足荆棘生，邻里无复归耕者。""县官斩敌予金帛，健儿见赏不见贼。闻道杀人多老农，至今过客犹凄恻。"诗人怨责的不是官军"剿贼"，而是官军滥杀无辜，冒功骗赏。诗人尤其痛恨的是官军杀"贼"不力、杀民冒功的行为不仅造成民众惊惶逃亡，更破坏了朝廷安邦定国的大局。诗人对兵事战祸的忧虑与前述怨政诗对农政、币制的忧虑是一致的，有很强的现实针对性和鲜明的价值评判。

王令（1032—1059），字逢原，广陵（今江苏扬州）人。不求仕进，以教授生徒为业。

王令的怨政诗描写一些地方官府在治蝗、济荒等政务中的劣绩，并借以抒发了对各种社会乱象的愤慨。如：

　　至和改元之一年，有蝗不知自何来。朝飞蔽天不见日，若以万布筛尘灰。暮行啮地赤千顷，积叠数尺交相埋。树皮竹颠尽剥枯，况又草谷之根荄。一蝗百儿月两孕，渐死高厚塞九垓。嘉禾美草不敢惜，却恐压地陷入海。万生未死饥饿间，支骸遂转蛟龙醢。群农聚哭天，血滴地烂皮。苍苍冥冥远复远，天闻不闻不可知。我时心知悲，堕泪注两目。发为疾蝗诗，愤扫百笔秃。一吟青天白日昏，两诵九原万鬼哭。私心直冀天耳闻，半夜起立三千读。上天未闻间，忽作遇蝗梦。梦蝗千万来我前，口似嚅嗫色似冤。初时吻角犹喞喋，终遂大论如人间。问我子何愚，乃有疾我诗。我尔各生不相预，子何诗我盍陈之。我时愤且惊，噪舌生条枝。谓此腐秽余，敢来为人讥。尔虽族党多，我谋久已就。方将诉天公，借我巨灵手。尽拔东南竹柏松，屈铁缠缚都为帚。扫尔纳海压以山，使尔万噍同一朽。尚敢托人言，议我诗可否。群蝗顾我嗟，不谓相望多。我欲为子言，幸子未易呹。我虽身为蝗，心颇通尔人。尔人相召呼，饮啜为主宾。宾饮啜醴百豆爵，主不加诟翻欢欣。此竟果有否，子盍来我陈。予应之曰然，此固人间礼。候价迎召来，饮食固可喜。蝗曰子言然，予食何愧哉。我岂能自生，人自召我来啜食。借使我过甚，从而加诟尔亦乖。尝闻尔人中，贵贱等第殊。雍雍材能官，雅雅仁义儒。脱剥虎豹皮，借假尧舜趋。齿牙隐针锥，腹肠包虫蛆。开口有福威，颐指专赏诛。四海应呼吸，千里随卷舒。割剥赤子身，饮血肥皮肤。噬啖善人党，嚼口不肯吐。连床列竽笙，别屋连嫔姝。一身万橡家，一口千仓储。儿童袭公卿，奴婢联簪裾。犬豢羡膏粱，马厩余绣涂。其次尔人间，兵皂倡优徒。子不父而父，妻不夫而夫。臣不君尔事，民不家尔居。目不识牛桑，手不亲犁锄。平时不把兵，皮革包矛殳。开口坐待食，万廪倾所须。

家世不藏机，绘绣锦衣襦。高堂倾美酒，脔肉脍百鱼。良材琢梓楠，重屋擎空虚。贫者无室庐，父子各席居。贱者饿无食，妻子相对吁。贵贱虽云异，其类同一初。此固人食人，尔责反舍诸。我类蝗名目，所食况有余。吴饥可食越，齐饿食鲁邾。吾害尚可逃，尔害死不除。而作疾我诗，子语得无迂。(《梦蝗》)

雨雪不止泥路迂，马倒伏地人下无。居者不出行者止，午市不合入空衢。道中独行乃谁子，饿者负席缘门呼。高堂食饮岂无弃，愿从犬彘求其余。耳闻门开身就拜，拜伏不起呼群奴。喉干无声哭无泪，引杖去此他何如。路旁少年无所语，归视纸上还长吁。(《饿者行》)

良农手足胝，老贾不亲犁。歉岁糠糟绝，高门犬马肥。天心不宜咎，人理自谁尸。安得悠悠者，来同予一悲。(《良农》)

《梦蝗》表面记述仁宗至和二年（1055）蝗灾为祸，实则描写朝廷乱政对百姓的伤害超过蝗灾。诗篇在渲染了蝗虫为祸的可怕场景后，笔锋一转，借蝗虫的自嘲，对人世间各种祸害百姓的势力加以列示、声讨。"尝闻尔人中，贵贱等第殊。雍雍材能官，雅雅仁义儒。脱剥虎豹皮，借假尧舜趋。齿牙隐针锥，腹肠包虫蛆。开口有福威，颐指专赏诛。四海应呼吸，千里随卷舒。割剥赤子身，饮血肥皮肤。噬啖善人党，嚼口不肯吐。连床列竽笙，别屋连嫔姝。一身万橼家，一口千仓储。儿童袭公卿，奴婢联簪裾。犬彘羡膏粱，马厩余绣涂。其次尔人间，兵皂倡优徒。子不父而父，妻不夫而夫。臣不君尔事，民不家尔居。目不识牛桑，手不亲犁锄。平时不把兵，皮革包矛殳。开口坐待食，万廪倾所须。家世不藏机，绘绣锦衣襦。高堂倾美酒，脔肉脍百鱼。"诗人描述了社会现实中的种种乱象：贫富悬殊严重不公，官府对农家严酷压榨，百姓对苛政无所遁逃，官军怠惰不习武事，大臣渎职懈怠国事，官吏贪敛榨取民财，等等。诗篇揭示了一个无可辩驳的事实，人祸甚于天灾。诗篇的结语悲观而无奈："吾害尚可逃，尔害死不除。而作疾我诗，子语得无迂。"蝗虫对人世的嘲笑尤其凸显出世间政治秩序的荒谬。《饿者行》则描述了挣扎在死亡边缘的底层人群的艰难状况。"道中独行乃谁子，饿者负席缘门呼。高堂食饮岂无弃，愿从犬彘求其余。耳闻门开身就拜，拜伏不起呼群奴。喉干无声哭无泪，引杖去此他何如。"诗篇描述的场景足见社会对奄奄欲毙的贫弱人群的救助机制的缺失，也折射出社会贫富悬殊已到了十分危险的程度。《良农》对比了社会各阶层的悬殊境遇："良农手足胝，老贾不亲犁。歉岁糠糟绝，高门犬马肥。"可知诗人对这种劳而无获、不劳而获的贫富悬殊的社会现实是极为不满的。

四 苏轼 黄庭坚 张耒

苏轼（1037—1101），字子瞻，眉山（今四川眉山）人。嘉祐间进士。熙宁间任殿中丞等，知密州、徐州。元丰间贬黄州团练副使。元祐间历翰林学士，知制诰，出知杭州。绍圣间贬惠州、琼州等地。

苏轼的大半生都在政治旋涡中沉浮，但诗人的为官之道并未因个人的得失而改变，在于国于民的是非利害问题上始终秉持了利国利民的良知标准。他的怨政诗也体现了其对社会、对民众的这一基本态度。苏轼的怨政诗数量不多，主要涉及与王安石推行新法相关的农家生存状况，诗人对这些现实生活场景有自己的独特判断。"描写新法实施以来的民间疾苦，是从讽谏新法本身衍生出来的一个主要内容。"① 如《山村五绝》："老翁七十自腰镰，惭愧春山笋蕨甜。岂是闻韶解忘味，迩来三月食无盐。""杖藜裹饭去匆匆，过眼青钱转手空。赢得儿童语音好，一年强半在城中。"诗中所写的场景是苏轼所观察的王安石新法带来的农家收入落空、劳役加重的弊病，表现了诗人对新法的异见，在怨政诗中是一种政治背景性很强的作品。《汤村开运盐河雨中督役》："盐事星火急，谁能恤农耕。薨薨晓鼓动，万指罗沟坑。天雨助官政，泫然淋衣缨。人如鸭与猪，投泥相溅惊。"诗人担任督役，亲睹官府按朝廷政令强派劳役修造运盐河的场景，农夫在冷雨烂泥中苦不堪言，农事亦被延误。诗篇对这种不恤民苦的严苛政令极不认同。《除夜大雪留潍州元日早晴遂行中途雪复作》："三年东方旱，逃户连欹栋。老农释耒叹，泪入饥肠痛。春雪虽云晚，春麦犹可种。敢怨行役劳，助尔歌饭瓮。"农人经历旱灾后，逃亡络绎不绝，未能逃亡者仍旧投入耕耘。农耕最怕误时，农夫只盼望劳役轻一点，不敢期待没有劳役负担加身。但事实是，连年天灾之后，官府派征徭役没有酌情减轻。诗人代为农家表达了对苛政的怨愤。

《吴中田妇叹》怨责新政带来的农家痛苦，背景色彩十分鲜明。

> 今年粳稻熟苦迟，庶见霜风来几时。霜风来时雨如泻，杷头出菌镰生衣。眼枯泪尽雨不尽，忍见黄穗卧青泥。茅苫一月垅上宿，天晴获稻随车归。汗流肩赪载入市，价贱乞与如糠粞。卖牛纳税拆屋炊，虑浅不及明年饥。官今要钱不要米，西北万里招羌儿。龚黄满朝人更苦，不如却作河伯妇。

诗篇描述农家千辛万苦打下了粮食，向官府缴纳粮税，却遭遇"官今要

---

① 肖庆伟：《北宋新旧党争与文学》，人民文学出版社2001年版，第177页。

钱不要米"的困境。按当时的新法规定，农家缴纳赋税必须是钱币，而不是谷米，这就造成一时间农家无足够钱币可纳税，只能低价贱卖谷米来冲抵官赋。"汗流肩赪载入市，价贱乞与如糠粞。卖牛纳税拆屋炊，虑浅不及明年饥。"新政带来的这些额外税赋负担十分沉重，以致农家要拆屋卖牛自断生路。诗篇描写吴地农家的遭遇，揭示新政的弊端，虽有作者对王安石推行新法不以为然的个人政见的因素，但作者同情农家疾苦、怨责苛刻政策的价值取向仍然值得肯定。

黄庭坚（1045—1105），字鲁直，分宁（今江西修水）人。治平间进士。熙宁间任国子监教授。元丰间历太和知县、集贤校理。元祐间历起居舍人等。绍圣间贬涪州别驾。

黄庭坚的怨政诗主要记述天灾、苛税、虐政、凶吏、恶徒多重祸害下的农家悲苦生活。

朔方频年无好雨，五种不入虚春秋。迩来后土中夜震，有似巨鳌复戴三山游。倾墙摧栋压老弱，冤声未定随洪流。地文划劚水鬐沸，十户八九生鱼头。稍闻澶渊渡河日数万，河北不知虚几州。累累褔负裹叶间，问舍无所耕无牛。初来犹自得旷土，嗟尔后至将何怙。刺史守令真分忧，明诏哀痛如父母。庙堂已用伊吕徒，何时眼前见安堵。疏远之谋未易陈，市上三言或成虎。祸灾流行固无时，尧汤水旱人不知。桓侯之疾初无证，扁鹊入秦始治病。投胶盈掬俟河清，一箪岂能续民命。虽然犹愿及此春，略讲周公十二政。风生群口方出奇，老生常谈幸听之。（《流民叹》）

南村北村雨一犁，新妇饷姑翁哺儿。田中啼鸟自四时，催人脱袴著新衣。著新替旧亦不恶，去年租重无袴著。（《戏和答禽语》）

穷乡阻地险，篁竹啸夔魖。恶少擅三窟，不承吏追呼。老翁燕无凶，偃蹇坐里闾。后生习闻见，官不禁权舆。怀书斥长吏，持杖麕公徒。遂令五百里，化为豺豕墟……破家县令手，南面天子除。要能伐强梁，然后活茕孤。属为民父母，未教忍先诛。山川甚秀拔，人物亦诗书。十室有忠信，此乡何独无。（《金刀坑迎将家待追浆坑十余户山农不至因题其壁》）

虎号南山，北风雨雪。百夫莫为，其下流血。相彼暴政，几何不虎。父子相戒，是将食汝。伊彼大吏，易我鳏寡。矧彼小吏，取桎梏以舞。念昔先民，求民之瘼。今其病之，言置于壑。出民于水，惟夏伯禹。今俾我民，昏垫平土。岂弟君子，伊我父母。不念赤子，今我何怙。呜呼旻天，如此罪何苦。（《虎号南山》）

《流民叹》刻写旱灾、地震、洪水等天灾带给农家的苦难及不得官府赈灾救助的苦况。"疏远之谋未易陈,市上三言或成虎。祸灾流行固无时,尧汤水旱人不知。"灾难来临后,幸存者流离失所,社会陷入谣言四起的混乱状态,与诗人拟想中的古代良好荒政状况差距很大。《戏和答禽语》以戏谑口吻描述农家的税负处境。诗篇解嘲今年居然还有新衣可穿,实际是对官府连年苛重征税的怨讽。《金刀坑迎将家待追浆坑十余户山农不至因题其壁》记述恶徒横行乡里,地方官吏束手无策,百姓深受其祸。诗人发出"十室有忠信,此乡何独无"的追问,谴责官府惩恶不力。《虎号南山》描写"虎号南山,北风雨雪"的故事,斥责"相彼暴政,几何不虎"的暴政。诗人几次将古代良吏与当今恶吏对照,将当地百姓遭受虎患和遭受官害进行对比,表面写山间恶虎伤民,实则痛诉世间恶吏害民。黄庭坚怨政诗对各种弊政的感喟,反映了宋代士大夫对社会政治问题的自觉关注和道义立场,有一定代表性。

张耒(1054—1114),字文潜,淮阴(今江苏淮阴)人。熙宁间进士。元丰间为寿安尉、咸平丞。元祐间迁秘书省正字。绍圣间出知润州。

张耒的怨政诗反映的社会问题涉及税政、粮政、徭役等,也有作品反映了贫富悬殊、逼良为盗的严峻现实。

  南风吹麦麦穗好,饥儿道上扶其老。皇天雨露自有时,尔恨秋成常不早。南山壮儿市兵弩,百金装剑黄金缕。夜为盗贼朝受刑,甘心不悔知何数。为盗操戈足衣食,力田竟岁犹无获。饥寒刑戮死则同,攘夺犹能缓朝夕。老农悲嗟泪沾臆,几见良田有荆棘。壮夫为盗羸老耕,市人珠玉田家得。吏兵操戈恐不锐,由来杀人伤正气。人间万事莽悠悠,我歌此诗闻者愁。(《和晁应之悯农》)

  持钱粜官粟,日夕拥公门。官价虽不高,官仓常若贫。兼并闭囷廪,一粒不肯分。伺待官粟空,腾价邀吾民。坐视既不可,禁之益纷纭。扰扰田亩中,果腹才几人。我欲究其源,宏阔未易陈。哀哉天地间,生民常苦辛。(《粜官粟有感》)

  暑天三月元无雨,云头不合惟飞土。深堂无人午睡余,欲动儿先汗如雨。忽怜长街负重民,筋骸长毂十石弩。半衵遮背是生涯,以力受金饱儿女。人家牛马系高木,惟恐牛躯犯炎酷。天工作民良久艰,谁知不如牛马福。(《劳歌》)

  晚田既废麦初耕,冠盖侵星独出城。但见饥寒号岁晚,不闻箫鼓赛秋成。仓无农父千斯庆,税比周人什一轻。抚字从来须守令,莫辜圣世念疲氓。(《和李令放税》)

十夫操戈群入市，市人奔走争逃死。鸡飞犬逝闾里空，攘夺金珠房妻子。世人恶盗恐不深，真不为盗能有几。何况蚩蚩田野人，欲使饥寒不为此。(《有所叹五首》其一)

饥儿无食偷邻桑，主人杀儿尸道傍。母兄知儿死不直，行哭吞声空叹息。生重于桑亦易明，何为以身邀所轻。没身毫厘易其死，世上谁非窃桑子。(《有所叹五首》其二)

《和晁应之悯农》揭示官府逼民为盗的可悲现实和政治危机。"南山壮儿市兵弩，百金装剑黄金缕。夜为盗贼朝受刑，甘心不悔知何数。为盗操戈足衣食，力田竟岁犹无获。饥寒刑戮死则同，攘夺犹能缓朝夕。"诗里描写的良民为盗的现象具有强烈的反证意义，说明官府的施政致使农家努力耕耘却无以为生，铤而走险反倒可以苟延性命。《粜官粟有感》谴责官商勾结，利用粜米大肆搜刮。"持钱粜官粟，日夕拥公门。官价虽不高，官仓常若贫。兼并闭困廪，一粒不肯分。伺待官粟空，腾价邀吾民。"官府纵容奸商囤积居奇，以勒索百姓，榨取民财。在这种官商勾结的背后，是官员的贪渎、怠惰。《劳歌》则为劳力者的遭遇发出不平之鸣。"人家牛马系高木，惟恐牛躯犯炎酷。天工作民良久艰，谁知不如牛马福。"表达对无望无助的劳力者的同情，包含了诗人对社会不公的批判。《和李令放税》在劝导友人推行善政之中透露了百姓遭受的税赋苛重之苦。"但见饥寒号岁晚，不闻箫鼓赛秋成。""抚字从来须守令，莫辜圣世念疲氓。"正是由于税负过重，农家才在秋收之时没有喜悦，只有愁苦压在心头。《有所叹五首》感慨良民变身为盗、贫儿窃食桑葚被杀的严峻世相。"世人恶盗恐不深，真不为盗能有几。何况蚩蚩田野人，欲使饥寒不为此。""饥儿无食偷邻桑，主人杀儿尸道傍。母兄知儿死不直，行哭吞声空叹息。"前一幅是铤而走险图，百姓被逼得走投无路，以至于以命相搏；后一幅是草菅人命图，贫家少年饥饿难忍，仅仅偷食了一点儿桑葚，竟然被桑树主人夺去性命。诗篇除了谴责草菅人命的恶行，也凸显了世间贫富悬殊、穷人饥困濒死的严峻现实。

第三节　南宋颂政诗——和议息兵　修政攘夷

南宋一百五十多年的半壁河山，留下了一段况味复杂的历史。按时代变迁的不同，南宋政治历史可分为前期、中期、后期三个阶段。

南宋前期是指宋高宗建炎、绍兴时期。在经历了徽、钦二帝被金人掳掠的惊世巨变后，国家政局久久不能安定。高宗纠结于皇位问题，对抗金复土的大政国策摇摆不定，时战时和，在战和之间游移反复，最后选择了媾和之策。在这个偏安政治局面的形成过程中，权臣秦桧起到了举足轻重的作用。正如史家所论，"（高宗）其始惑于汪（潜善）、黄（伯彦），其终制于奸桧，恬堕猥懦，坐失事机"。① 南宋前期的国家政治的最大困境是宋金之间的战和问题，这个时期的颂政诗对和战之策的不同赞颂也揭示了这个不断变化的政治态势。南宋前期颂政诗创作，除了部分诗篇歌赞抗金复土，最引人瞩目的是涌现了大量的称颂媾和苟安的谀颂之作，其中尤以周紫芝为代表。"绍兴十二年（1142）以后，歌颂秦桧辅助高宗，通过贬逐主战官员、诛杀主战将领而换来的与金和议，成了文士在文学创作中经常表现的一个主题和一种自觉行为，终成一代士风和文学主流。而在表现这一主题的作者中，还包括了不少南渡前辈和正直君子。绍兴十八年（1148），敷文阁待制张嵲就进献了长达一百五十韵的《绍兴中兴上复古诗》。"② 这个竞相谄媚秦桧的颂政诗现象成为中国古代政治诗史上一段十分显眼的污秽之迹。

南宋中期是指宋孝宗至宋宁宗时期。在高宗赵构、丞相秦桧与金媾和形成的偏安局面维持二十年之后，南宋政局在随后即位的孝宗统御下发生了很大改变。孝宗赵昚在南宋列帝里是仅见的有为之君，其针对金国的政策最奋发进取，而内政治理也强健有力，国家政治焕发了活力。其后的光宗、度宗则是碌碌无为之辈，南宋政治重回萎靡之态。南宋中期颂政诗因应于这样的政局变化，产生了一批颂赞朝廷国事和地方政事的作品，包括称颂抗敌攘外的大政方针。

南宋后期是指宋理宗至帝昺时期。宋理宗赵昀在南宋诸帝里在位时间最长，施政起伏最大。理宗在位的四十年间，前后经历了史弥远、贾似道等权臣把持朝政，本人也曾亲自执掌朝政，整顿朝纲，整肃吏治。理宗统御的数十年间，宋王朝政治的整体变迁是趋向衰颓的，其后的度宗诸帝也难有作为，直至王朝覆灭。南宋后期的颂政诗已无太大声势，对理宗等宋末诸帝及权臣少有颂赞之作，更多的颂政诗是称扬地方官员的治绩。

南宋时期参与颂政诗创作的主要是朝廷及地方的士大夫官员，也有一些布衣文人及僧人。如李光、王庭珪、李处权、郭印、曹粹中、曾协、汪应辰、李吕、陆游、王质、张栻、王炎、崔敦诗、袁说友、彭龟年、袁燮、张镃、戴复古、陈宓、真德秀、邢凯、释善珍、方岳、李曾伯、程元凤、释文珦、王义山，等等。这些诗人怀着不同动机，创作了大量的颂政诗。南宋不同时

---

① （元）脱脱等：《宋史》卷三十二《高宗本纪九》，中华书局2000年版，第412页。
② 沈松勤：《宋代政治与文学研究》，商务印书馆2010年版，第268页。

期的颂政诗在内容上有一定的阶段差异性,如前期对宋金和战问题的关注显然比后期强烈得多,但整个南宋时期的社会政治状况在颂政诗中得到了主次分明的记述和感发。归结起来,主要有以下三类作品。

1. 反映宋金之间的战和问题。有的作品歌赞抗金复土的将士和战事,拥护朝廷在一些时期奉行的抗敌方针,属正颂之诗;更多的作品则是称颂朝廷与金国的媾和,将媾和的国策描述为善利天下的功德之业,属谀颂之诗。

李光(1078—1159)的《伏睹亲征榜又闻韩侯过江北是皆可喜然小臣区区亦有不胜忧者辄次韵成鄙句呈子骏侍郎》,描写绍兴初期高宗下诏征讨金军及伪齐军,为朝廷能有实际的抗敌行动感到由衷的喜悦,"顿觉中原气象还";期待长期颓丧的对外军事态势出现转机,"一掷乾坤胜负间",对高宗难得一见的抗战姿态甚为欣喜。虽然后来的史实证明高宗对抗金并无真正的决心和意志,辜负了朝野各方人士的期望,但李光对高宗此次诏令抗金的颂扬,已鲜明表达了诗人的立场和主张。

王庭珪(1080—1142)的《送向宣卿往衡山兼寄胡康侯侍讲朱陵衡岳仙人所居》,除了称赞朋友"胡公人品今第一",也称赞向宣卿"公为道州绩尤伟",更嘉赏其抗金的才干和立场,"京洛腥膻不难扫,潢池寇孽不难收"。并冀望向宣卿挺身而出,铲除奸佞,在抗金大业中有所作为。《送胡邦衡之新州贬所》称赞大臣胡诠对秦桧这类"奸谀"的强力抵制。"大厦元非一木支,欲将独力拄倾危。痴儿不了公家事,男子要为天下奇。当日奸谀皆胆落,平生忠义只心知。端能饱吃新州饭,在处江山足护持。"虽然胡诠遭受打击被贬谪,诗人反倒从心底钦敬他的品格和坚守,赞佩他曾经让秦桧之类主和派惶惶不宁,"当日奸谀皆胆落";更赞佩胡诠忠心国事的勇气和担当,"欲将独力拄倾危""平生忠义只心知"。在秦桧权势炙热、朝廷上下对秦桧趋炎附势的政治环境下,对因抵制秦桧而遭贬的胡诠大加称赞,尤为难得。因作此诗,诗人遭受了打击,被流放夜郎。后来,王庭珪又写有一首与朝政新变有关的颂政诗《赠别陈君授》,以诗人自己及患难朋友的获赦,歌咏了时局的好转,在感恩之中交集着对新政的期望。"十载投荒坐献书,忽逢飞诏下荆巫。归来好上升平颂,已死奸谀不足诛。""雷雨沅湘振滞冤,皇恩普出九重天。乞儿犹恋权门火,应谓死灰能复燃。"诗人在序言里提及自己"坐诗语窜夜郎",陈君授因事"忤秦太师意",后来"秦太师病死",此次幸遇"圣上慨然施旷荡之恩,尽放流人,某与君授始获生还"。显然,朝政的新变跟秦桧的死亡直接相关,朝政的这一变数,带来了正气上升、国运转好的契机,诗人因而有了唱出"升平颂"的希望。

胡寅(1098—1156)的《题浯溪》对和战未定的时政现状心有不满,但只能委婉地将高宗苟安江南描述为"皇威意无穷发北";而对高宗振奋抗金意志又未放弃希望,以"中兴圣主宣光类,群材合沓风云会"来表达对高宗得到忠臣襄助的期待;诗篇最后表示:"颂声谐激不为难,君王早访平戎策。"希望皇帝早日确定抗金复土的决策。胡寅此诗看似没有针对具体时事,但诗篇的题旨非常明确,与一般的虚浮颂政迥然有别。胡寅在高宗绍兴年间主张抗击金军、收复失土,其尊王攘夷、维护一统的政治立场与高宗犹豫和战、终归媾和的大政方针并不一致,但又对高宗的决策抱有终能改弦更张的期待,《题浯溪》就抒写了这样的矛盾心理。

曹勋(1098—1174)的《会庆圣节》称颂高宗中兴有望,表现了他拥护高宗和议政策的政治态度。"帝出乘时叶小春,中兴复古付曾孙。奉亲圣德躬仁孝,御极天章廓晏温。书轨自应归正统,蛮夷先已侍修门。凌虚志远吞寰宇,亿载端临四海尊。"显然歌咏的是高宗迎回生母韦贤妃的事。诗篇称颂高宗"奉亲圣德躬仁孝",全然不顾高宗屈从金人勒索的事实,将苟安江南浮夸为"凌虚志远吞寰宇"。曹勋曾奉高宗意旨数次前往金国,对高宗的媾和大策恭顺有加,故作诗称颂。

陆游(1125—1210)的《闻武均州报已复西京》为前线传来抗金战事捷报欢欣鼓舞。"白发将军亦壮哉,西京昨夜捷书来。胡儿敢作千年计,天意宁知一日回。列圣仁恩深雨露,中兴赦令疾风雷。悬知寒食朝陵使,驿路梨花处处开。"诗篇是绍兴三十一年(1161)陆游闻听宋军击退金军、收复洛阳的消息后写下的。"胡儿敢作千年计,天意宁知一日回"的感慨,是诗人久遭压抑、忽闻捷报的复杂心情的痛快宣泄,也流露出诗人重新点燃了对皇室坚持抗金的希望。

王质(1135—1189)的《和御制诗五首》是孝宗乾道年间所作。因是献给皇帝的奉和之作,免不了恭维之辞,但诗篇流露的对孝宗开辟新政的期待和信心,是对现实朝政的符合实际的认知。诗篇对南渡前后诸帝实行的和战之策略有回顾,委婉称之为"随时议战和",即因时变化而采取相应对策。对孝宗新朝的对金政策变化,诗人有直接的展望:"伫开新日月,重照旧山河。西北浮云敛,东南王气多。"这是诗人对孝宗变革朝政的期待,也带有对天下关切国运的人士进行宣示和劝导的意味,"君王既神武,父老莫悲歌"。相信孝宗的新国策定会带来时局的改观,"志定功应就,时来力不多"。"景运开乾德,升平到政和。"歌赞孝宗为提振国运所做的努力,透露孝宗的政纲国策带来了国运上升的新希望。

崔敦诗(1139—1182)的《金国使人到阙紫宸殿宴参军色致语口号》等十首作品称颂了宋朝与金国的交往。"圣主宽仁盟好水,和声细入鹿鸣章。"

"看取乾坤俱寿域，两朝时节聘车通。""要识八荒俱寿域，年年常看使星来。""看取年年来信使，定知天地一家春。""原隰有光交信睦，庙堂无事乐和平。"诗篇将宋金的太平现状描绘得一团和气，一派祥瑞，与孝宗即位后的对金政治态度并不完全相合。实际上，孝宗对宋朝向金国做出巨大让步达成的绍兴和议并未心安理得泰然接受，并未放弃收复失地的努力。诗篇这样描写，当然也受诗题的限制，难以全面反映孝宗朝的对金政治路线。

戴复古（1167—？）的《六月三日闻王鉴除殿前都虞候孟枢除夔路策应大使时制司籍定渔船守江甚急》当作于宁宗时期，称颂朝廷北伐抗金、恢复失土的努力。"闻说北风凛，其然其不然。新除策应使，急点守江船。设险浑无地，扶危赖有天。吾皇自神武，北伐美周宣。"诗篇描述王鉴、孟枢二官员赶赴前线，受命履职，为守险抗敌出力。在多年的隐忍退让之后，宋室向金人展开的北伐让心怀收复失地的各阶层人士感到鼓舞，诗人称颂"吾皇自神武，北伐美周宣"，就直接表达了这种政治态度。

陈宓（1171—1230）的《檄中原》当作于宁宗时期，以讨敌檄文的形式歌咏了朝廷抗金复土的新国策。诗篇回顾了宋朝历经的荣辱，在强烈的对照中烘托出当今皇室抗金复土的正确决策。从太祖、太宗、真宗，到仁宗、哲宗，"百年上下享安泰，万里一域惟熙熙"。展示了宋室列祖列宗传下的辉煌基业。然后诗篇叙及绵延数十年的国耻痛史："当时臣子不知义，视虏豺豹身狐狸。曲生苟活竟亦死，甘堕狡计宁非痴。三光晦昧五岳坠，二圣北狩无还期。忠臣至今痛入髓，下逮童鰥犹歔欷。"对媾和苟安的旧事表示了极大的痛心和耻辱。诗人借由中原遗老不忘故国、盼望恢复故土，转换到颂赞今皇决计复土："汝犹不念汝祖父，靖康狄祸几无遗。子孙壮大不能报，臣妾仇虏称男儿。天戈所麾速响应，拯汝涂炭革汝非。吾皇仁圣又恭俭，视民如子伤如饥。"诗篇从洗雪国耻、拯救父老的角度对今皇恢复中原的新国策表示了热烈的赞同，展示了宁宗时期朝政发生的重大变化，与高宗时期文人颂政诗连篇累牍称颂媾和的政治气象反差很大。

2. 歌赞国家的治事盛况，称颂朝廷的良策德政，颂扬皇帝的圣德宏业。这类颂政诗，既有基本符合事实的正颂之作，也有严重不合事实的谀颂之作。

李处权（？—1155）的《元夕陪张使君燕集》歌咏宋高宗时期的治世景象，称颂张使君施政仁厚，得到百姓拥戴。"使君民父母，谣颂布政优。"天下州县也都一派安宁祥和："中兴太平象，郡国皆鲁邹。丰年入醉乡，颁白卧道周。"高宗统御下的"中兴""太平"在作者看来已经达到了治世的境界，需要以司马迁、班固的史笔加以记述。称颂地方官员以德施政，其价值标准不违德型政治的传统，但将高宗世道称誉为盛世治道则显然远离了现实，滑入了谀颂的轨道。

李光（1078—1159）的《三月六日闻五马同郡僚出郊劝农》歌咏朝廷和府衙重农励耕。"遥闻鼓吹出城关，露冕寒裳意在民。父老莫疑频驻马，使君那顾采桑人。旋移瑶席盍朋簪，日暮行庖簇柳阴。力劝耕农颁汉诏，应知圣主爱民心。"诗人对地方官员贯彻朝廷"力劝耕农"的政策持赞赏态度，希望同僚能体察"圣主爱民心"，将农事落实到地方施政中去。这样的称颂，与作者关怀国计民生的一贯态度相呼应，不能看成媚上的谀颂之作。

曹勋（1098—1174）的《乾道圣德颂》称颂宋孝宗继统承绪、恢宏祖业。诗序描述孝宗统御的治绩，似乎一派政通人和的焕然一新景象："恭惟皇帝陛下，膺上圣之期，继中兴之统，绍登四载，恭勤百为。乃乾道改元，政事具举，营成罢屯。黎民于变时雍，廷臣大小率职。"诗篇正式展开对孝宗治国的歌咏，则据实和浮夸皆有，较有时政依据的描述是："维圣有作，绍隆兴运。天经地义，宗尧越舜。风俗惇厚，日星清润。""刑于四海，率土兴仁。至矣圣孝，悦安严亲。猾夏余种，久失我重。稍恢雄略，尽还尊奉。""从容总揽，用体乾刚。文武一道，督以经常。王化溥博，景风丕祥。格天圣治，时雍时康。"称颂孝宗承继高宗皇业大有作为，以仁孝之道治国："布昭圣武，式皇巨宋。""文武一道，督以经常。"隐约提到了孝宗在恢复失土的国策上有新谋划、新举措，与作者此前一味赞颂高宗的媾和之策有了一定区别。观察风向而转变颂政的调子，显然不只是诗坛的个别行为，而是一些文臣的共同倾向。

曾协（？—1173）的《老农十首》歌赞孝宗时期仁政宽厚、国泰民安。诗篇描述了一幅幅这样的画面："定无门外催租吏，赢得柴荆日晏开。""租税入官公事了，壤歌递与子孙赓。""不问神祠赛箫鼓，君臣有道四时调。""儿孙力作莫辞勤，仁政如天四海春。""淮上营屯尽偃戈，官军从此罢经过。"这些画面传达的国家治理状况很清晰，那就是租税不苛，施政宽厚，君臣有道，仁政温煦，战端不起，安宁太平。这些描述，有一定现实基础，但溢美夸大也很明显。

汪应辰（1118—1176）的《端午帖子词皇帝阁》当作于孝宗乾道年间，是作者在朝廷任职时为皇室奉献的时令应景之辞。"圣德临尊极，民心戴至仁。""欲识天颜喜，农家麦有秋。""圣心非独乐，均施遍多方。""躬行盛德基王化，密赞成谋授帝图。""王业艰难素所知，岁单喜见献新丝。"诗篇称颂皇帝仁厚爱民，重农恤民，与民同乐，勤俭守成。将皇帝受民众拥戴与皇帝仁政圣德直接联系，表现出作者对朝政发展方向的价值期待。虽然较空泛，仍然有其正面意义。

陆游（1125—1210）的《闻蜀盗已平献馘庙社喜而有述》歌咏朝廷征讨

"蜀盗"战事获胜，表达了诗人希望国家内忧得到缓解的心声："北伐西征尽圣谟，天声万里慰来苏。横戈已见吞封豕，徒手何难取短狐。学士谁陈平蔡雅，将军方上取燕图。老生自怜归耕久，无地能捐六尺躯。"一方面是北伐西征对外抗敌，一方面是平"盗"剿"贼"对内镇反，陆游对此"圣谟"予以支持的政治立场十分鲜明。至于国内的"盗""贼"究竟是在什么情况下武装对抗官府，诗人不予分辨；出于对国家安危、社稷存亡的关切，即出于对政权秩序稳定的关切，诗人拥护朝廷平定"盗""贼"。陆游既主张坚决抗金，消灭侵凌中原的"封豕"，也赞成征剿"盗""贼"，消灭危害社稷的"短狐"。诗人对内忧外患所持的政治立场，尤其是拥护朝廷剿"贼"的正统政治观念，其内在动机是希望国家实现安定和统一，有其时代的合理性，应放到当时政治背景下予以理解。

袁说友（1140—1204）的《赵再可邦君六月雨应祷》借答和友人喜雨，歌咏善政安民。诗篇明言喜雨天降是因善政感天，即所谓"诚意自知关善政，天心正不远人情"；天降喜雨而使农夫生计得到了保证，即所谓"四郊已报四家语，一饱应无百计营"。将喜雨与施政相联系，看似牵强，实则正常，符合古代政治文化的内在逻辑。

张镃（1153—1211）的《淳熙巳酉二月二日皇帝登宝位镃获厕廷绅辄成欢喜口号十首》，是其担任朝臣时为新皇（光宗）即位所作的颂政诗。如："文德岂惟循舜道，武功行见访尧勋。"赞新皇文德武功可与尧舜比肩。"聪哲从来简帝心，万方臣子合君临。"赞新皇圣明、君臣和谐。"不战自令边徼服，喜看风动媲唐虞。"赞新皇休兵不战，保境安民。"圣父移居太母傍，銮舆躬待袭龙香。"赞新皇继统承绪，光耀祖业。这类颂政诗，对新皇的颂扬放在预期新皇将建立武功文德的目标描述上，在逻辑上有其合理性。作为例行之词，溢美以至浮夸在所难免。

戴复古（1167—?）的《读改元诏口号》歌咏新皇即位，呈现了和一般的贺新皇之作不同的基调。诗篇没有泛泛地称颂新皇的圣德，没有泛泛地将新皇比作古代圣君，而是以"竞传新政事，方见好官家"透露出对新皇的期待。以"老儒居翰苑，正士作台官。有道为时用，非才处位难"表达了对新朝任用贤能的展望。以"国以人为重，人惟德可招。九重方厉政，诸老尽归朝"表达了对新朝尚德勤政的祈愿。这样的颂政，更像是政治建言，自然与词臣的谀颂之作有很大分别。

邢凯（1184?—?）的《上丞相平淮颂》作于理宗绍定四年（1231），是在宋军平定李全势力后给时任宰相的史弥远的献诗。李全原是金国反抗朝廷的民间武装头目，后曾投附宋室，又再反叛宋室，终被宋室发兵剿灭。邢凯此诗，主要歌咏"圣君贤相"平叛讨逆的安邦定国之功。作者将此战事比为唐宪宗及丞相裴度平定淮西藩镇，借此称颂今皇和当朝宰相史弥远，"圣君贤相，视昔则同"。接着描述了战事结束带来的安邦定国之效："男耕女桑，四民安职。玉烛即调，金穰可必。圣君贤相，益固本根。广求民瘼，博尽忠言。屏除贪吏，澄浴治源。狂谋不起，国势常尊。"诗篇表面称颂君臣同心协力，共襄成功。而其时正值理宗年幼，史弥远揽权，实际着意突出史弥远"罗致英才，虓将云会。贾勇摧锋，前无坚对"的功劳空前，恭维之意十分明显。

程元凤（1200—1269）的《宝祐五年史院修高孝光宁四朝国史成上进九月明堂升侑高宗礼成进诗三章称贺》借致贺"史院修高孝光宁四朝国史成"，称颂今皇（理宗）治国功绩。"宽条日布民安业，捷帜星驰将护边。"赞理宗仁政宽厚，百姓安居乐业，将士保境安边，一幅国泰民安图景。诗人表白："愚臣何幸际明时，才本敕庸玷宰司。""归美惭微天保颂，畏威原继我将诗。"将自己生逢当世描述为"何幸际明时"，唯恐恭维不周到。

释文珦（1210—?）的《田家谣》当作于绍定六年（1233）之后，其时擅权多年的宰相史弥远已卒，理宗亲政，郑清之出任新宰相，朝政及国运呈现好转的迹象。释文珦此诗即通过歌赞"官家用贤相"，表达对朝政出现转机的喜悦之情。诗篇描述"农家庆丰年"的欢快场面，烘托朝政变化带来的普天同庆景象。诗人明白宣示："官家用贤相"，"天威去元恶"，使天下万象更新。乡间百姓直接感知到的变化是："诏收宽徭榜村路，悍吏不来鸡犬乐。"诗人也正是从百姓的感受出发，对亲政后的皇帝任用新宰相治国理政寄予了很大的期待，故此高声歌赞。此种颂政诗，有真实的社会心理依据，不应视为一味媚上的谀颂之诗。

3. 歌赞地方官员勤政为民，德政惠民，对良官善治表达了赞佩之意，张扬了施政惠民的为官之道。即使是南宋后期的政治衰颓时期，士大夫文人的颂政诗仍不乏称颂勤政履职的作品，显示出宋代士大夫文人对儒家为官之道的推崇。

王庭珪（1080—1142）的《寅陂行》在称扬地方官员"赵君"德政惠民的同时，对朝廷官员无视民意表达了不满。诗序交代了"赵君"为地方百姓做成的兴修水利的大实事："绍兴十三年，适大旱，而寅陂溉万二千亩，苗独不槁，民颂歌之。国家方下劝农之诏，法有农田水利，实丞职也。然缘是而伪自增饰，以蒙褒显者，世不为怪，由是水利为虚名。今寅陂功绩崇崛，丞不肯自言，部使者终不及省察。某出城别君东门外，逢寅陂之民塞路涕泣言此，为叙其事，作《寅陂行》。"朝廷官员不仅不体察民意，褒扬为民兴利的赵君，反而怕因妨碍对兴修水利无所作为的丞相秦桧而对此事置若罔闻。"寅陂功绩崇崛，丞不肯自言，部使者终不及省察。"诗人对此深感不平，写诗嘉赞赵君的勤政为民："大江两岸皆腴田，古有寅陂置官属。自从陂废田亦荒，官中无人开旧渎。公沿故道堰横流，陂傍秔稻年年熟。今年虽旱翁不忧，田头已打新春谷。谁云此陂会当复，老父曾闻两黄鹄。嗟哉如君不负丞，躬行阡陌劝农耕。监司项背只相望，风谣满路胡不听。胡不听，寅陂行，为扣天阍叫一声。"诗篇既称赞赵君"躬行阡陌劝农耕"的施政作为，也对"风谣满路胡不听"的状况提出质疑。诗篇秉持的褒贬标准不是结好权势者，而是以民意所向为归依，这样的价值尺度跟南宋前期朝廷秦桧当权下的政治氛围显得格格不入，体现了诗人一贯的政治坚守。

郭印（1084？—?）的《和许守丰年行》称颂现任"太守"施政下的地方治理成效。"千里播种无不毛，妻儿温饱忘啼号。"农家的勤耕保证了家人的温饱。诗篇对比了现任"太守"和以前地方长官的差异，以前的情形是："古邛旧弊人人说，久困征诛心已折。析家荡产纷更迭，身罹罪罟无从雪。"现在的情形是："今年谁料胜常年，入绢得盐偿本钱。里绝追呼俗自便，闭门稚耋得安眠。"这种改变是今任"太守"带来的，"赖此贤侯百废举"，"坐使斯民愁叹为嬉娱"。对贤能"太守"的勤政和德政表达了赞佩。

曹粹中（1094？—?）的《周侯德政谣》以当地百姓的口吻，颂赞地方治理之道。百姓对官府和官长的态度很朴实，很实际，周侯的施政带给百姓安居乐业，百姓对官府和官长感恩戴德。诗篇以"歌侯之勋兮，颂侯之勤。颂侯之勤兮，歌侯之勋"的循环表述，将"勋"和"勤"相联系，突出和肯定了百姓对官长政绩的认知角度和评价标准。

李吕（1122—1198）的《送江宰别》歌赞地方长官施政有绩，造福一方。诗篇历数了这位"三年宰杭州"的江姓知州的为政佳绩："检身不容玷，清冰莹玉壶。"赞其清明廉政。"吐哺出延客，悬榻时待儒。"赞其礼贤尊士。"慈良恤民瘼，严惮戢黠胥。"赞其护民惩奸。"去夏忽大饥，米粒贵比珠。君以身任责，询谋及樵苏。"赞其为民解忧。诗篇对"江宰"政德和政绩的歌赞皆来自诗人的耳闻目睹，这样的颂政诗也就让人感到真切可信。《贺吴守被召》歌赞"吴守"先后在长汀、赣川刚直施政，使当地吏治和治安焕然一新。"吴守"所到之处，皆强力整顿治安，整肃吏治，且举措奏效，立竿见影。"谁知抚定有长策，不戮一夫令自新。""往年群盗号渊薮，一旦荒垄安锄耘。""贪吏望风争解去，冤民在处皆获伸。"一举扭转了困扰百姓多年的乱局。对这样尽职有为、才干超卓的官员，诗人以"陛下翻然采舆论，天意可见公宜处"贺其升迁。祝愿其不辱君命，建功边地："唾手燕云会有时，伫看大将建旗鼓。勒功异域鄙班超，归佐熙朝作申甫。"诗篇的歌赞和祝愿，包含了适当的恭维，但以勤政安民为价值取向，以地方官员的治绩为褒贬依据，尺度较为适中。

张栻（1133—1180）的《淳熙四年二月既望静江守臣张某奉诏劝农于郊乃作熙熙阳春之诗二十四章章四句以示父老俾告于乡之人而歌之》，彰显了张姓"守臣"的政绩，也借以宣介了诗人自己的政治主张。诗篇从地方官员"奉诏劝农"延伸开去，围绕诗题着重表达了劝农、重农的施政观点："嗟尔农夫，各敬乃事。往利尔器，诫尔妇子。惟生在勤，勤是及时。惟时之趋，时不尔违。""惟天之心，矜我下民。民不违天，使尔有成。""俾务于本，惟土物爱。不念其本，则越其思。所思既越，害斯百罹。"强调了以农为本的治国理念，表现出宋代颂政诗传达治国之道、为官之道的自觉意识具有一定的普遍性。

王炎（1137—1218）的《题清江常宰道院》称扬地方官清静简易的施政风格。诗篇对比了古今官员施政的不同特点："古人牧民如赤子，今人临民用笞棰。孰知官府本无事，独恨庸人扰之耳。"当今一般官员以"笞棰"压制民众，在诗人看来是庸人自扰的施政；而诗中夸赞的这位"长官"却能效法古代良官，施行"清静"无扰的地方治理。诗篇描述当地百姓对这位来自临邛的现任长官的直接感知是："老农共说长官好，桑柘阴中民小康。"可知当地百姓对这位长官施政的认可。诗篇没有桩桩件件描述这位"长官"的具体施为，但对他施政的成功之道做了概括："拨烦何自文书省，治道由来贵清静。"其实，诗篇并未简单地称赞这种"无为而治"，而是强调不扰民即是惠民，无"猛政"即是德政。

彭龟年（1142—1206）的《送赵使君老父吟》称颂"赵使君"治理地方恪尽职守、廉政恤民，实现了吏治清明，百姓得到了休养生息。诗篇描述"赵使君"政绩显著而奉诏升迁，百姓依依送别的场景，借一老农之口，嘉赞赵使君在当地的善政。"狡胥每欲挑民争，能令衽席生五兵。我公平易与民近，智巧有尽苦难行。里中少年号刀笔，曾向公庭睍消息。归来语我使君明，胸中是非纸上律。"显然，赵使君在当地的履职，最大的政绩是扭转了官吏的施政风气，整肃了吏治，使"猾胥""刀笔"无从为非作歹、欺诈百姓，当地百姓由此得以安居乐业。诗人对"赵使君"离去之后，继任者能否像他那样体恤百姓疾苦抱有疑问："吾农疾苦年来多，公今归去谁抚摩。"体现了诗人抱持有良官才能实现善治的政治理念。

袁燮（1144—1224）的《送李鸣凤使君》歌赞知州李鸣凤勤政恤民，治理有绩。"李侯"的为官为政值得称扬，除了他的"高情""远业"，就是他的恤民仁政、不逞私志。"黎庶多困穷，抚摩仗循良。""生财固有道，视同当如伤。宁乏强敏称，毋令本根戕。"因悯恤百姓的困穷，宁愿使自己的政绩不显著，也不愿让百姓受到戕害。诗人推崇这种为官之道，认为这样的"贤牧"不仅在民众中政声卓著，而且朝廷也定会予以褒扬。

真德秀（1178—1235）的《浦城劝粜》颂赞了浦城官员在赈济灾民过程中的善政良策。诗篇描述了春荒时节饥民的艰难状态："阳和二月春，草木皆生意。那知田野间，斯人极憔悴。"在此艰难时节，有为富不仁者乘机聚敛不义之财："忆昨艰食时，巨室争谋利。"亦有富而仁贤者平价售粮济民："取本不取息，所活岂胜计。"世间的赈灾情况如此不平衡，官府的作用就显得更有决定意义。诗篇大赞浦城官员在赈济大事上的作为："吾邦贤使君，爱民均幼稚。一闻平粜家，褒赏无不至。或与旌门闾，或与锡金币。独有颍川翁，宠光未之被。故作行路谣，庶彻铃斋邃。且俾殖利徒，闻风默知愧。"当地官员对出手救灾的"平粜"之家采取了很多措施褒赏奖励，使那些趁灾发财的"殖利徒"感受到莫大的压力，"闻风默知愧"，进而促成普遍的"平粜"局面，达到了赈济更多饥民的目的。诗人对浦城地方官员善于施政赈灾表示了很大的钦佩："谁欤为斯谣，西山真隐吏。"专作此诗予以称扬。这首颂政诗赞扬地方官府赈济举措成效显著，列举和分析十分有力，是一篇关于荒政事务的珍贵诗歌文献。

释善珍（1194—1277）的《山溪谣》在对恶吏、良吏的对比描写中，称颂了良吏的为官之道。诗人着意描写"官粜吏横如虎狼""吏奸积久为农患"的恶吏形象，与良吏形成对照："使君道上闻农叹，下车蠲粜不待旦。令行去奸如疾风，心宁负官不负农。溪流帖帖船上下，左司文成高纸价。""使君"上任伊始闻知了民众怨苦，迅疾着手施行新政。待民宽仁，治吏严厉，政风为之一新。诗人归结良吏"使君"的为官之道是"心宁负官不负农"，对以良知居官的良吏发出了由衷的赞叹。

方岳（1199—1262）的《送俞尉》歌赞"俞尉"恤民施政的为官之道。诗篇描述了一个看似矛盾的场景。一方面是灾荒降临，"频年岁不入，枯草生秋田。春深麦犹稚，米斗直万钱"。另一方面是百姓安定，"前村老翁姥，语笑何由缘。问知好官人，发廪不我朘"。当地之所以能遭灾而不为灾，恰是因为"俞尉"贯彻了所秉持的为官之道："官无高与卑，为政要可传。使我一念存，所至民瘼痊。常平吾故人，问俗惟初筚。为言民戚休，毋可诿老天。"当官员切实履职，与百姓休戚与共，不怨天尤人，不推诿塞责，就能实现"所至民瘼痊"，解除百姓苦痛。方岳借着歌赞"俞尉"的善政，推介了自己所赞同的为官之道。

李曾伯（1198—1268）的《戊申和嘉兴守瑞麦行》作于理宗淳祐年间，借致贺麦收丰登，称颂嘉兴地方长官勤于民事，赢得百姓口碑。诗篇描述

"嘉兴守"勤廉施政,造福当地:"贤侯政事师,其清一杯水。孜孜布上德,念念在民事。东都循吏孰,渔阳史君似。一麦露双颖,异世风同轨。"诗篇感念"嘉兴守"勤政履职,促成了民乐年丰的盛事:"务丰且重谷,感召至兹类。""相逢二三叟,相庆更相慰。不图田里叹,转作讴歌喜。"诗人禁不住歌赞这位政声在民的"嘉兴守":"摅毫颂公德,拜手及公赐。"传扬了"嘉兴守""孜孜布上德,念念在民事"的为官之志。

王义山(1214—1287)的《饯怡斋胡宪使》称颂朝廷派出的一位胡姓监察官员,赢得众口交赞。诗篇提到了胡宪使执法宽严有度:"严于三尺古来法,宽以一分天好生。"提到了胡宪使办案公平廉直:"仁意满腔皆恻隐,政声交口说廉平。"诗篇对胡宪使的评价,当然是诗人价值尺度的宣示,也展示了诗人对如何贯彻国家法度抱持的政治理念。

除了上述南宋诗人的这三类颂政诗,南宋时期颂政诗创作更有代表性的诗人有周紫芝、李纲、李正民、邓肃、张嵲、周麟之、庞谦孺、王十朋、王子俊、释宝昙、朱熹、张孝祥、曾丰、赵蕃、程珌、释居简、杜范、徐元杰、姚勉、刘黻等。此将其颂政诗的创作情况分述如下。

一 朝廷乐歌

朝廷乐歌。

高宗时期,朝廷御用词臣奉命写下了大量宗庙祭祀的乐歌,歌咏宋室列帝的功德勋业,以宣扬南渡之后的新王朝继统承绪、光大祖业的殷殷作为,移风易俗、提振国运的光明前景。其中以徽宗、高宗功业为题材的颂政诗,多为谀颂之作。

《高宗祀明堂前朝享太庙二十一首》着重歌赞了宋室先帝列祖的功德勋业,宣示了继统承绪的正统地位。如《基命》:"何庆之长,实兆于商。由商太戊,子孙其昌。皇基成命,宋道用光。诒厥孙谋,膺受四方。"赞宋室渊源于商朝,根脉久远。《天元》:"昭哉皇祖,骏发其祥。雕戈圭瓒,盛烈载扬。天锡宝符,俾炽而昌。神圣应期,赫然垂光。"赞宋室早远兴起,得天护佑。《皇武》:"猗欤皇祖,下民攸归。膺帝之命,龙翔太微。戎车雷动,天地清夷。峨峨奉璋,万世无违。"赞太祖秉承天命,民众归顺。《大定》:"煌煌神武,再御戎轩。时惠南土,旋定太原。车书混同,声教布宣。维天佑之,亿万斯年。"赞太宗安定南北,天下一统。《熙文》:"于皇真宗,体道之崇。游心物外,应迹寰中。四方既同,化民以躬。清净无为,盛德之容。"赞真宗治国之道,清净宽仁。《治隆》:"噫我大君,嗣世修文。维文维武,诞继虞勋。天锡丕祚,施于后昆。于荐清酤,酌之欣欣。"赞英宗亦文亦武,泽及后裔。

《大明》:"烝哉维后,继明体神。宪章文武,宜民宜人。经世之道,功格于天。子孙严祀,无穷之传。"赞神宗经略天下,功业伟大。《重光》:"明哲煌煌,照临无疆。丕承先志,嘉靖多方。朝廷尊荣,民庶乐康。珍符来应,锡兹重光。"赞哲宗光大祖业,安宁四方。《承元》:"圣考巍巍,光绍丕基。礼隆乐备,时维纯熙。天仁兼覆,皇化无为。功成弗处,心潜希夷。"赞徽宗圣德无为,功成身退。连篇累牍的溢美浮夸构成了这组朝廷乐歌的基本特色,尤其是对徽宗朝的赞誉,将徽宗败国被俘、丧权失位的晦暗事实涂抹成高风亮节的圣德高行,最能体现谀颂之辞昧事浮夸的本色。

《高宗郊祀前朝享太庙三十首》是一组郊庙乐歌,也如上一组乐歌一样,着重歌咏宋室列祖先帝的丰功盛德,宣示本朝承继祖业、光大祖业的神圣使命。如《基命》:"思文僖祖,基德之元。皇武大之,受命于天。积厚流光,不已其传。曾孙笃之,于万斯年。"赞宋室承奉天命,厚德相传久远。《天元》:"昭哉皇祖,源深流长。雕戈圭瓒,休有烈光。天佑潜德,继世其昌。永怀积累,嘉荐令芳。"赞宋室皇脉源远,天佑皇德。《皇武》:"为民请命,皇祖赫临。天地并贶,亿万同心。造邦以德,介福宜深。挹彼惟旨,真游居歆。"赞太祖受命于天,为民开国。《大定》:"皇矣太宗,嗣服平成。益奋神旅,再征不庭。文武秉德,仁孝克明。以圣传圣,对越紫清。"赞太宗武功安邦,文治仁厚。《熙文》:"思文真宗,体道之崇。憺威赫灵,遵制扬功。真符鼎来,告成登封。盛德百世,于昭无穷。"赞真宗祭告祖灵,秉承祖德。《美成》:"仁德如天,遍覆无偏。功济九有,恩涵八埏。齐民受康,朝野晏然。击壤歌谣,四十二年。"赞仁宗圣德治国,泽及天下。《治隆》:"穆穆英宗,持盈守成。世德作求,是缵是承。齐家睦族,偃武恢文。于荐清酤,酌之欣欣。"赞英宗禀德守成,休兵兴文。《大明》:"烝哉维后,继明体神。稽古行道,文物一新。润色鸿业,垂裕后人。灵斿沛然,来燕来宁。"赞神宗文治兴盛,泽及后世。《重光》:"明哲煌煌,照临无疆。绍述先志,实宣重光。诒谋燕翼,率由旧章。苾芬孝祀,降福穰穰。"赞哲宗光大祖业,遵循成规。《承元》:"于皇烈考,道化圣神。尧聪舜孝,文恬武忻。命子出震,遗骏上宾。罔极之哀,有古莫伦。"赞徽宗文武协和,经变保国。这组朝廷乐歌,除《美成》为徽宗御制,《承元》为高宗御制外,其余都是词臣所作。包括《美成》《承元》在内,这组颂赞列祖先帝德业的颂政诗,虽也力图概括出诸帝各自的统御特色,但在谀颂的题旨下,很难做到公允以评。

《绍兴以后时享二十五首》是宋孝宗至宋宁宗时期的朝廷乐歌,也是遵循旧制,歌咏宋室列祖先帝的功业皇德。如《基命》:"于穆文献,自天发祥。肇基明命,锡羡无疆。子孙千亿,宗社灵长。神之格思,如在洋洋。"赞宋室奉天创业,受命开基。《天元》:"天启炎历,集我大命。长发其祥,笃生上圣。夷乱芟荒,乾坤以定。时礼聿修,孝孙有庆。"赞宋室承运开国,平定四方。《皇武》:"赫赫艺祖,受天明命。威加八纮,德垂累圣。祀事孔明,有严笙磬。对越在天,延休锡庆。"赞太祖受天之命,威加海内。《大定》:"明明在上,时维太宗。允武允文,丕基绍隆。于肃清庙,昭报是丰。皇灵格思,福禄来同。"赞太宗武功文治,承先启后。《熙文》:"于穆真皇,维烈有光。丕承二后,奄奠万方。威加戎狄,道格穹苍。歆时禋祀,降福无疆。"赞真宗承继祖业,安邦定国。《美成》:"至哉帝德,乃圣乃神。恭己南面,天下归仁。历年长久,垂裕后人。礼修旧典,宝命维新。"赞仁宗盛德施治,恩泽天下。《治隆》:"炎基克巩,赫赫英宗。绍休前烈,仁化弥隆。笃生圣子,尧汤比踪。烝尝万世,福禄来崇。"赞英宗效法汤尧,造福后世。《大明》:"于昭神祖,运抚明昌。肇新百度,克配三王。遐荒底绩,圣武维扬。永言执竞,上帝是皇。"赞神宗维新旧制,比肩古圣。《重光》:"于皇浚哲,遹骏有声。率时昭考,丕显仪刑。功光大业,道协三灵。永绥厥后,来燕来宁。"赞哲宗宏大祖业,泽及后世。《承元》:"天锡神圣,徽柔懿恭。垂衣拱手,遵制扬功。配天立极,体道居中。佑我烈考,万福攸同。"赞徽宗宽柔治国,传承祖业。《端庆》:"于皇钦宗,道备德宏。允恭允俭,克类克明。孝遵前烈,仁翊函生。歆兹肆祀,永燕宗祊。"赞钦宗皇德彰明,恭敬勤俭。《大德》:"于皇时宋,自天保定。高宗受之,再仆景命。绍开中兴,翼善传圣。何千万年,永绥厥庆。"赞高宗承天佑国,继业中兴。《大伦》:"圣人之德,无加于孝。思皇孝宗,履行立教。始终纯诚,非曰笑貌。于万斯年,是则是效。"赞孝宗圣德垂范,泽及后世。《大和》:"维宋治熙,帝继于理。万姓厚生,三辰顺轨。对时天休,以燕翼子。肃唱和声,神其有喜。"赞光宗遵制理国,宽厚行政。这组颂政之作虽充满了浮泛的歌功颂德的套语,但颂赞的情况并不能一概而论。既有对太祖、太宗、真宗、仁宗、英宗、神宗、哲宗及孝宗的较为符合其历史建树的褒扬,也有对徽宗、钦宗、高宗、光宗的严重背离史实的浮夸,这样的称颂掩盖了英明之君和昏庸之君的差别,是庙堂颂政文学的一个普遍现象。

二 周紫芝

周紫芝(1082—1155),字少隐,宣城(今安徽宣州)人。绍兴间年过六旬始中进士。历礼部、兵部架阁文字,枢密院编修官、右司员外郎。出知兴国军。

周紫芝步入仕途时年事已高,其仕宦生涯几乎与宰相秦桧在朝当权的时期相始终。周紫芝任朝官时多次为秦桧祝寿献诗，写下了大量的专为秦桧歌赞功德的颂政诗。计有《时宰生日乐府四首》《时宰生日诗三十绝》《时宰生日诗六首》《时宰生日乐府七章》《时宰生日诗五首》等数十首作品。周紫芝连篇累牍创作此类诗歌，无以复加地颂赞秦桧的媾和之策，因此也很为后世所诟病。周紫芝的谀颂之作并非偶然，是南宋前期高宗和秦桧媾和政策占据主导地位的政治文化产物。考察周紫芝的颂政诗，不仅可以增进对高宗时期秦桧当权背景下的政治文化的认识，也可从中判读古代颂政诗一些带有规律性的政治文化信息。

负石填海海可干，铸铁削山山可刊。俟河之清岂易得，眼见太平真复难。春风辇路官槐绿，花绕汉宫三十六。喜入天颜人尽知，奉常新奏升平曲。前年被衮郊圆天，今年执玉朝涂山。汉官威仪久不见，三代礼乐俱追还。太师功大非人力，早向壶天赐新宅。消得官家驻六飞，画鼓咽咽燕瑶席。紫宸朝散千官行，四方警奏虚封章。衮司无事铃索静，牙牌报漏春昼长。但闻群贤岁歌舞，寿曲声中玉觞举。青衫小吏亦复欢，自采民谣神乐府。（《时宰生日乐府四首·升平谣》）

十雨五风年岁熟，万落千村俱种粟。人从南亩把金犁，谁在庙堂调玉烛。昔年避地今安居，前日荷戈今佩犊。开元宰相不开边，当时米贱斗数钱。自从罢武销剑戟，外户不闭俱安眠。人蒙更生家受赐，父老欢喜儿童颠。君不见天上宸章灿星斗，翔鸾惊飞翠蛟走。为言一德似阿衡，上格皇天赞元后。皇天报德亦可知，仁者必寿天无私。但愿天心锡难老，貂冠画衮常光辉。四国无兵谁不喜，共说生平自今始。（《时宰生日乐府四首·祈年歌》）

《时宰生日乐府四首》包括《御燕曲》《班师行》《升平谣》《祈年歌》，歌赞秦桧当政造福天下，主要功德是怀仁行政、结盟修好、休兵息战、安邦保民、国泰民安。这些颂政诗对偏安局面等时政的描述呈现一边倒的颂赞之声，对时政大势做出了完全符合高宗朝廷政策倾向的评判。尤其是宋金缔约媾和，本为屈辱无奈之举，但在诗序里被作者盛赞为"修两国之好，结百年之盟，休兵息战，使各保其骨肉父子之亲"，"公之阴德，岁所全活不可以巨万计"。遵循同样的逻辑，诗人看待半壁河山到处是升平景象，并将此归功于秦太师所为。如《升平谣》歌赞秦桧在宋金和议中劳苦功高有如精卫填海："负石填海海可干，铸铁削山山可刊。"功比天高好似得到了天神相助："太师功大非人力，早向壶天赐新宅。"《祈年歌》描绘秦太师当政下的太平繁荣景象，歌赞太平来自休战，休战来自秦太师的辛劳。秦太师的辛劳铸就了如唐代开元盛世一般的安宁繁荣，秦太师当然才德卓著如开元宰相。"人从南亩把金犁，谁在庙堂调玉烛。""四国无兵谁不喜，共说生平自今始。"诗篇以休战高于一切、太平高于收复来定调，得出的结论是天下人应该对造就太平局面的秦太师感恩戴德。

《时宰相生日乐府三首》颂赞秦桧功德，重点仍在宋金和议成功。诗篇序言强调了秦桧缔结宋金盟约，功在当代，利在后世。"自修盟以来至于今日，不交一戟，不遗一镞，而天下大定。其不世之功，无穷之利，使有班马之文，苏张之辩，安能一书再书而足。"诗篇称颂秦太师的功德和声望："官家异礼尊帝臣，八师七友无此勋。圣贤一出五百岁，开辟以来能几人。""昔年旧事一日新，廊庙功成不因武。群生欲报知何缘，再拜愿寿公千年。""青天那得白日升，仁能爱物功乃成。从来定乱必以战，公以不战为中兴。两朝岁活数百万，报公福禄知难名。"赞秦太师是千古一遇的圣贤，居庙堂而成大事，造就了"不战"的"中兴"局面，拯救了数百万生灵。

周紫芝在《时宰生日诗三十绝》的序里对宰相职位有这样的慨叹："某尝谓人臣而位极宰辅，固亦足矣。然而苟无功德足以惠利当时而流传后世，则虽尊位重禄，足以超冠百僚，使人歆艳，以为一时之荣可也。至其道德之不闻，功烈之不著，往往为人轻鄙姗笑，无所不至。"诗序以此慨叹，着意烘托出秦桧身居庙堂高位，建立了旷古盖世的功绩："今公以道德为天子之宰，以儒术为一世之宗，以尧舜不战之兵而定乱，以成康礼乐之治而化民，神功妙用，超冠今昔，书契以来，所未前闻也。"在这组绝句里，周紫芝仍是将秦太师为宋金休战缔约建立的功勋作为颂赞的中心。如："秦汉功由百战成，庙堂何代不谈兵。凌烟阁上从头数，谁解垂衣致太平。""南北交欢万国宁，不将黔首比金缯。时人未会新盟意，要与昭陵作中兴。""胸中治国计谁良，只有休兵是秘方。肯为八荒开寿域，能仁须号大医王。"把秦桧不遗余力促成宋金和议抬举到为天下开太平的伟大盛举予以称颂。

《时宰生日诗六首》称颂秦桧茂德高才，是旷古难遇的能臣贤相。"维时值中原，格斗弥岁月。帝命下抚摩，聊用究施设。王纲坠莫举，独以一手挈。至言等药石，黔黎尽生活。帝曰伊谁能，何以报殊烈。""大哉廊庙功，礼文灿交错。登歌奏郊社，率土被和乐。仁声沦肌肤，有识自忻跃。四海悉归仁，大信初不约。""中古称伊周，当代知无伦。公功出其上，未易今昔论。"赞秦太师力挽狂澜，只手擎天，将国家从"王纲坠莫举"的覆亡边缘拉了回来，拯救了天下苍生。如此功德，当然可以与古代的伊尹、周公相提并论。诗篇将秦太师比为不可或缺的国家栋梁，才高德厚，为国建功，泽惠天下，夸赞其崇高无比的"廊庙功"。

《时宰生日乐府七章》序称:"为人臣而有大功德于天下,人主倚以为安危,四海视以为治乱,阴阳调和,四夷驯服,教化修明,天地昭格。"将秦桧描绘为系天下安危、社稷存亡于一身的能臣贤相。诗篇连章称颂秦太师功德昭彰,如《乐贤臣章第一》:"阅万古,所未闻。肖说像,传尧文。盘诰出,德爵尊。"赞其为自古以来闻所未闻的贤臣圣人。《忠贯日章第二》:"韪公节,秋霜栗。繄公忠,贯白日。"赞其风节凛然,忠诚之心如长虹贯日。《回澜章第三》:"公决策,摅雾氛。佩橐鞬,朝帝阍。奸气奢,圣道尊。"赞其力排众议,毅然决策,捍卫了君道尊严,国家大统。

《时宰生日诗五首》盛赞秦桧为缔结宋金和议建立的丰功伟绩。"太师回狂澜,仅在谈笑中。伟业与智谋,谁能与公同。""尝闻活万夫,报在子与孙。只今父子懿,同拱义皇尊。""世罕班马流,无言可称赞。愿公守成勋,宝历庆千万。"诗篇对秦桧压倒主战派,完成宋金休兵缔约钦佩之极。作者只惭愧自己没有司马迁、班固的才华,不能将秦太师的丰功盛德大书特书,传于后世。

《大宋中兴颂》颂赞秦桧缔造了宋金媾和的"中兴"大局。

> 缅维圣宋,昔在中叶。四方多虞,万里喋血。大臣持谋,兴师肆伐。将臣持兵,日献戎捷。皇帝曰吁,黩武无烈。縻我赤子,膏我斧钺。孰与休师,一戟不折。因垒而降,舞干而悦。闭我玉关,归师解甲。犁我春田,销兵铸铁。使命交通,相望不绝。爱惜两朝,前师圣说。昭陵之仁,嘉祐之业。念昔兴师,堂陛虺虺。发言盈庭,更訾元莸。佩剑彼此,孰予孰决。庙谋一定,群议沮折。袖手何言,瞠目卷舌。草木苍苍,始有芽蘖。尽育恢胎,咸归块圠。灞上棘门,环卫拱列。罔敢擅师,始制君节。万夫属鞬,拜舞君阙。乃命叔孙,诹日绵蕝。搜讲阙遗,悉究悉设。皇帝孝思,上与天合。冀获一真,如响必答。翠舆南旋,红鸾秉翣。长乐钟闻,皇情允惬。我歌思齐,舆情激越。皇帝之祀,咸秩罔缺。合祭于郊,爰载苞栗。苍璧前陈,大裘始挈。我歌思文,以告丰洁。大庆御朝,王春正月。禹会涂山,万玉交戛。汉朝诸臣,图籍是阅。兵戈涢洞,士气销眘。俎豆不陈,军旅是急。大起廱泮,儒士鼓箧。韦带缟衣,骈冠累絷。论秀蒸髦,亹亹岌岌。农流于兵,病不生活。茫茫千塍,蒿藜是没。皇帝慨然,亲耕陇畷。耕根之车,飞檐辚辚。宣和之轨,明道之辙。圣心恳到,三推未辍。父老曰嘻,归告我邑。俾尔粳稌,屯云积雪。凡此大功,具载史牒。用告神明,以报夔契。帝坐法宫,礼备乐阕。

兽舞凤鸣，八音不夺。皇威所覃，雷动风发。南面垂衣，大壮帝室。曰皋曰雉，鼙鼓弗及。苍龙之阙，上摩星日。万目顾瞻，葱葱郁郁。澎澎海潮，吴会来集。天子万年，凤翔喜溢。孰磨苍崖，孰秉史笔。天子曰都，是任良弼。圣有至言，维德之一。是用作歌，以告万国。

周紫芝在诗序里称自己以《诗经》的颂诗为楷模，"咏盛德而赞成功"，盛赞南渡以后宋室的功业建树。在周紫芝看来，南渡后大宋的盛德和成功在于造就了"克绍远烈，尊用元臣，以扶昌运。寝兵以来，海内清平"的局面。这个局面的缔造者，除了"克绍远烈"的皇上，就是当政的"元臣"秦太师了。诗篇描述了在南渡前后经历的社稷危情及宋室转危为安的时政新局："缅维圣宋，昔在中叶。四方多虞，万里喋血。大臣持谋，兴师肆伐。将臣持兵，日献戎捷。皇帝曰吁，黩武无烈。糜我赤子，膏我斧钺。孰与休师，一戢不折。因垒而降，舞干而悦。闭我玉关，归师解甲。犁我春田，销兵铸铁。使命交通，相望不绝。"诗篇责难主战派"兴师肆伐"的抗敌之举是"喋血""黩武"的鲁莽行动，歌赞宋金媾和是朝廷拒绝黩武、休兵佑国的大政方针的胜利。诗篇将宋金和议成功视为有大功于国的旷世盛举，是皇上亲力亲为的结果，丰功伟绩可以上告神灵祖先，下慰百姓父老："宣和之轨，明道之辙。圣心恳到，三推未辍。父老曰嘻，归告我邑。俾尔粳稌。屯云积雪。凡此大功，具载史牒。用告神明，以报爽契。"而襄助皇上完成这一盛举的当然离不了当朝的秦太师，可以与皇上一样载入史册了。"孰磨苍崖，孰秉史笔。天子曰都，是任良弼。圣有至言，维德之一。是用作歌，以告万国。"显然，秦太师的"良弼"作用，才是作者想要凸显的真正目标。

周紫芝的系列颂政诗对秦桧的称颂，是宋代乃至历代颂政诗中的一个引人瞩目的现象。《四库全书总目提要》严厉批评周紫芝的这类颂歌："殊为老而无耻，贻玷汗青。"[1]言辞虽然激烈，评价基本客观。后世史家曾这样论定秦桧的政历及为人："桧两据相位者，凡十九年，劫制君父，包藏祸心，倡和误国，忘仇致伦。一时忠臣良将，诛锄略尽。其顽钝无耻者，率为桧用，争以诬陷善类为功。""开门受赂，富敌于国，外国珍宝，死犹及门。""桧阴险如崖阱，深阻竟叵测。同列论事上前，未尝力辨，但以一二语倾挤之。""晚年残忍尤甚，数兴大狱，而又喜谀佞，不避形迹。"[2]这些评价符合历史事实。即使就周紫芝所处的当世而言，秦桧在宋金和议中出卖国家利益以实现个人荣利，陷害忠良以排除政敌，滥用公权以纵逞私欲，这些事实在当朝是昭彰

---

[1] （清）永瑢等：《四库全书总目提要》卷一百五十九，中华书局1965年版，第1366页。
[2] （元）脱脱等：《宋史》卷四百七十三《奸臣传三》，中华书局2000年版，第10647页。

于世的；秦桧在高宗支持下向金国苟安求和，他的施为曾遭到胡铨、李光等主战派的强烈反对，周紫芝对此也是心知肚明的。周紫芝的系列颂政诗，将秦桧乱政祸国称颂为千古难遇的贤相治国，是作者为媚悦当朝权势者而倾心写就的篇章，是作者精神境界的真实展示，今人不必用认知的时代局限性来为其开脱。这种谀颂现象，既是颂政诗中的谀颂传统的延续，也是高宗时期秦桧当权的特殊政治环境的产物，即在政治权力极度病态运行的时期，指鹿为马的歌功颂德，可以被视为理所当然而大行其道。在这种政治文化背景下，周紫芝也就心安理得地写下了大量"贻玷汗青"的"无耻"之作。

三 李纲 李正民 邓肃

李纲（1083—1140），字伯纪，邵武（今福建邵武）人。政和间进士。宣和间为太常少卿。靖康间任通直郎等。绍兴间贬鄂州。后任荆湖广南路宣抚使等。

李纲在高宗建炎、绍兴年间朝廷的战和争议中，是坚定的主战派，他也因此而遭受了排斥和贬谪。李纲的政治立场未曾因自己的仕宦遭际而有过改变，其抗金复土的意志和情感在他的颂政诗里得到了很好的展示。李纲的颂政诗，主要歌咏一线抗金将领的事迹，也抒写了自己为国尽忠的心志。如《以旧赐战袍等赠韩少师二首》："胡骑当年犯帝阍，腐儒谬使护诸军。尚方宝剑频膺赐，御府戎衣幸见分。丈八蛇矛金缠筲，团栾兽盾绘成文。山林衰病浑无用，持赠君侯立大勋。""旧钦忠勇冠三军，每一相逢更绝伦。铁马金戈睢水上，碧油红旆海山滨。气吞勃敌唐英卫，力破群凶汉禹恂。圣主中兴赖良将，好陪休运上麒麟。"诗人对抗金大将韩世忠在"胡骑当年犯帝阍"的国家存亡危急之时挺身奋战颇为敬重，对其"气吞勃敌唐英卫，力破群凶汉禹恂"的卓越征战深表钦佩，称赞其在"圣主中兴赖良将"的重要时刻发挥了中流砥柱的作用。《蒙恩除荆湖广南宣抚兼知潭州具奏辞免》则表露自己尽忠国家的心迹："得罪明时忽六年，生还新自海南边。分甘伏死巉岩下，岂意犹还大将权。老似廉颇徒喜饭，才非祖逖敢先鞭。一封沥血输诚恳，深冀皇慈为恻然。""昔年宣抚两河间，行次覃怀已召还。壮志久拼身似叶，巧言终使罪如山。士风欺蔽犹前日，君命牢辞只厚颜。回首追思七年事，孤危易感涕空潸。"诗人一方面对皇帝的宽赦表示了感激，另一方面更强调了自己对国家的忠诚："老似廉颇徒喜饭，才非祖逖敢先鞭。"袒露自己愿为宋朝社稷披肝沥胆效命疆场的心志。《辞免不允蒙恩遣中使降赐趣行不获已受命二首》（其一）："圣主降恩雨露颁，特迁星使下天关。自嗟犬马虽衰疾，敢避朝廷正急难。龚遂有心安渤海，谢安无计恋东山。中原恢复吾何敢，且于君王镇百蛮。"这是自赞抗敌心迹的作品。在感恩皇帝宽信抗敌大臣的同时,表达了为抗敌效命的不变初衷。愿意受命出征,像西汉龚遂那样征服"盗贼",像东晋谢安那样抗击外寇,为解除朝廷的内忧外患而尽心竭力。这种自赞抗敌意志的作品,与那个时代连篇累牍颂扬丧权媾和的颂政诗形成了强烈对照。

李正民(1084?—?),字方叔,扬州(今江苏扬州)人。政和间进士。历知吉州等。绍兴间知陈州,为金人所俘。和议后归,历给事中、吏部侍郎等。

李正民的颂政诗,有歌咏抗金征战、收复失土的,有称颂宋金和议、休兵止战的。这种前后反差极大的颂政诗与诗人自身的经历应有直接关系。

《破贼凯歌八章》歌赞朝廷有志恢复、皇帝下诏征虏的激情岁月:"两宫北狩未能归,岁岁愁看塞雁飞。""君王圣武自临戎,诸将欢呼战必躬。""中兴功业休嗟晚,收复关河是壮图。""南北生民皆赤子,自然不战屈人兵。"诗人对徽钦二宗被俘北去的国耻痛切在心,对今朝皇帝(高宗)下诏征讨金人的战事抱有热切期待,认为皇帝的亲征姿态对将士的抗金意志将是莫大的鼓舞,相信朝廷的抗敌大业定能大获成功。诗篇这样高昂的抗金复土的基调是高宗时期部分颂政诗在内容上的共同倾向,显示出高宗起伏不定的对金战和策略给士大夫政治态度带来的影响。

李正民的《大宋中兴雅》作于绍兴十二年(1142),是作者经历了被金人俘虏又放归后,对宋金和议之事态度发生变化的心迹记录。

炎正中微,泰极而否。边陲云扰,中原糜沸。靖康之元,逼我京师。金汤弛备,兵缠紫微。天方佑宋,帝在济阳。貔貅十万,左右陈行。旌旗蔽野,戈铤慧云。八神警跸,七翠骏奔。移师商丘,亿兆乐推。讴歌狱讼,竭蹶咸归。爰登宝位,爰绍丕基。兢兢业业,一日万机。既巡淮甸,乃莅浙江。遣使聘问,原隰相望。两宫未复,凤夜靡遑。经之营之,十有余年。戊午之秋,使车来旋。谓彼邻国,远达温言。欲讲盟好,厥志已坚。使在淮浦,众言盈庭。如蜩如螗,如沸如羹。更唱迭和,万口猎猎。帝若不闻,默与神谋。圣志先定,惟相是诹。轺车戾止,和好是求。复我河南,旧县与州。疆界方交,左贤被罪。谋臣既歼,信誓中毁。古贤继之,矜其勇鸷。氛尘冥冥,侵我淮泗。帝赫斯怒,张我皇威。乃敕六将,建尔鼓旗。追奔逐北,于淮之湄。师入陈许,亦反潍涣。两都震惧,人心冰泮。元戎駉马,往告于金。群情愕眙,罔敢来侵。皇天悔祸,殊邻革心。按兵于境,旧盟是寻。锡以金帛,梱载方舟。皇华络绎,典礼具修。载书孔明,戎车遄迈。质于鬼神,万世永赖。龙楯来归,兆庶雨泣。圣心孺慕,哀恸罔极。百神毕会,缵禹之迹。永佑后昆,山川叶吉。长乐就养，祎衣褕翟。万寿称觞，怡心顺色。晨羞既进，夕膳载加。天子之孝，修于邦家。归马散牛，包戈束矢。大将释师，军政咸理。淮滨之民，夜眠晏起。秉尔耒耜，或耘或耔。天子之功，光于祖宗。惟相是辅，有勋有庸。天子之德，被于四海。惟相是辅，实运实载。在昔周宣，惟仲山甫。爱莫助之，民鲜克举。我宋之隆，君臣会通。咸有一德，协于尹躬。中兴之功，薰灼夷夏。臣作是诗，以继周雅。

诗篇描述高宗即位后宋金之争的态势，淡化了高宗在战和之间摇摆时曾经采取过的抗金举措，略微提及高宗"既巡淮甸，乃莅浙江"的抗敌姿态，然后着重渲染了高宗决策和议的政治取舍。"两宫未复，夙夜靡遑。经之营之，十有余年。戊午之秋，使车来旋。谓彼邻国，远达温言。欲讲盟好，厥志已坚。使在淮浦，众言盈庭。如蜩如螗，如沸如羹。更唱迭和，万口猜猜。帝若不闻，默与神谋。圣志先定，惟相是诹。轺车戾止，和好是求。复我河南，旧县与州。"诗篇交代了朝廷对和战大政方针的激烈争议以及高宗"欲讲盟好，厥志已坚"的决策过程，对高宗偏向和议的政治态度表达了颂赞之意。接着，诗篇对高宗其后的抗金行动有所称颂："帝赫斯怒，张我皇威。乃救六将，建尔鼓旗。追奔逐北，于淮之湄。""群情愕眙，罔敢来侵。"一方面颂赞宋军征战胜利，金人震恐收敛，另一方面对宋室决意和议抱以更大的颂扬。"按兵于境，旧盟是寻。锡以金帛，稛载方舟。皇华络绎，典礼具修。载书孔明，戎车遄迈。质于鬼神，万世永赖。龙楯来归，兆庶雨泣。""天子之孝，修于邦家。归马散牛，包戈束矢。大将释师，军政咸理。淮滨之民，夜眠晏起。秉尔耒耜，或耘或耔。天子之功，光于祖宗。"将高宗决策宋金媾和描述为有功于国、无愧先祖的伟业，歌赞其带来了铸剑为犁、百姓归耕的天下安宁，是光宗耀祖的盛事。诗篇结末，将时任宰相的秦桧比作古代辅佐圣君的贤臣："惟相是辅，有勋有庸。天子之德，被于四海。惟相是辅，实运实载。在昔周宣，惟仲山甫。爱莫助之，民鲜克举。我宋之隆，君臣会通。咸有一德，协于尹躬。中兴之功，薰灼夷夏。"一再强调秦桧在宋金媾和中的作用，赞其"君臣会通"，建立了"中兴之功"。李正民《大宋中兴雅》对高宗、秦桧君臣联手媾和苟安的称颂，与他早期颂政诗的抗金题旨反差很大，与他被俘放归后的政治立场相关，是其为献媚高宗、秦桧，以求个人处境安好的需求所致，是绍兴年间秦桧权势熏天之时畸形政治文化的产物。

邓肃（1091—1132），字德恭，沙县（今福建沙县）人。宣和间入太学，因作诗讽花石纲，被逐。靖康间授鸿胪寺主簿。建炎间上疏忤忤当政，罢归。

邓肃的《靖康迎驾行》《后迎驾行》是两首很奇特的颂政诗，歌咏的是宋钦宗靖康年间被金人扣押又短暂放归的经历，将遭受国耻后的片刻安宁当作天下重归太平予以颂扬。诗篇描述了大量的时政惨象，给作品蒙上了强作笑颜的悲哀色彩。如《靖康迎驾行》：

> 女真作意厌人肝，挥鞭直视无长安。南渡黄河如履地，东有太行不能山。帝城周遭八十里，二十万兵气裂眦。旌旗城上乱云烟，腰间宝剑凝秋水。雪花一日故蒙蒙，皂帜登城吹黑风。我师举头不敢视，脱兔放豚一扫空。夜起火光迷凤阙，钲鼓砰轰地欲裂。斯民嗷嗷将焉之，相顾无言惟泣血。仆射何公叩龙墀，围闭相臣臣噬脐。奇兵化作乞和欸，誓捐一死生群黎。游谈似霁胡帅怒，九鼎如山疑弗顾。郊南期税上皇舆，截破黄流径归去。陛下仁孝有虞均，忍令胡骑耸吾亲。不龟太史自鞭马，一出唤回社稷春。虏人慕得犹贪利，千乘载金未满意。钗钿那为六宫留，大索民居几卷地。六龙再为苍生出，身磨虎牙恬不恤。重城突兀万胡奴，杳隔銮舆今十日。南门赤子日骈阗，争掬香膏自顶然。怨气为云泪为雨，漫漫白昼无青天。太王事狄空金帛，坐使卜年逾八百。天听端在民心耳，苍苍谁云九万隔。会看春风拥赭黄，万民歌呼喜欲狂。天宇无尘瞻北极，旄头落地化顽石。

《靖康迎驾行》一诗的本事是，靖康元年（1126）十一月，金军包围宋都汴京，钦宗听信金人退兵之言，亲往金兵大营议和，遭到扣押，被逼向金人送上降表，向金人称臣，然后被金人放归。对这样的屈辱实事，邓肃的描述既委婉又悲哀，直至将事件的结局转为喜讯加以表述。诗篇对钦宗的赴约和议深为感佩："陛下仁孝有虞均，忍令胡骑耸吾亲。不龟太史自鞭马，一出唤回社稷春。"钦宗的形象当然是大仁大义、为国为民。诗篇描述钦宗的返归完全是一幅乌云散尽、充满希望的场景："会看春风拥赭黄，万民歌呼喜欲狂。天宇无尘瞻北极，旄头落地化顽石。"看似万众欢腾，实则充满苦涩。《后迎驾行》也是这个苦涩的基调，诗人怀着时局难测的不安心情，把屈辱转化成为喜讯加以传扬："端为大盗积，万里来贪狼。文移急星火，搜抉到毫芒。伐柯则不远，吾道其复昌。君看天宇间，紫微已辉光。跃马今朝去，定拜御炉香。恶衣供禹御，茅茨覆尧堂。为邦消底物，人心归则王。"诗篇一方面无法回避地提到了金人的远道侵凌，另一方面将钦宗被扣放归的遭遇和结局称颂为钦宗为苍生社稷解除国难的盛德勋业。邓肃将如此苦涩的事件，转化到正面予以称颂，表现作者在国难危急之时不愿放弃对国运的希望，故此描绘万民欢呼、天下归心的政治氛围。这样的颂政，有其不甘君国受辱的时代心理依据，不宜视为完全无视事实的谀颂。

四　张嵲　周麟之　庞谦孺

张嵲（1096—1148），字巨山，襄阳（今湖北襄阳）人。宣和间进士。绍兴间历秘书省正字、实录院检讨官，中书舍人等。

高宗绍兴年间和议之争中，秦桧在高宗支持下实行的对金国和议政策占了上风，官场出现了随波逐流的附和秦桧的政治局面，张嵲的《绍兴中兴上复古诗》就是这个背景的产物。史载：“方修好息兵，朝廷讲稽古礼文之事，嵲作《中兴复古诗》以进。”① 可知张嵲的《中兴复古诗》就是为迎合秦桧的和议政策而作的。诗篇引经据典，描述古往今来圣贤治国的成功之道，但题旨很鲜明，重心集中在颂赞当今皇上和宰相的大政方针和盛德勋业。对高宗的称颂，诗篇突出了他勤政治国、节俭奉国的盛德："皇帝嗣位，其仁如春。万邦欣载，共惟帝臣。垂衣高拱，惟务俭勤。恤民不怠，懋稼勤分。卑宫勿饰，服御无文。膳食取具，不羞庶珍。内宫弗备，简御嫔嫔。抑损戚畹，登崇缙绅。吏除苛绕，狱去放分。刑罚不试，号令不频。旰食宵衣，导率以身。行之期年，天下归仁。皇帝躬行，过于尧禹。"对秦桧的称颂，诗篇突出了他辅国有谋、相位建功的勋业："不有相贤，孰资察补。天舍其衷，遗之硕辅。实惟旧臣，乃吾肱股。昔以梦求，今以德错。皇帝曰咨，惟予与汝。我唱而和，无或疑阻。如手如臂，如心如膂。如彼事神，汝为椒糈。如彼琴瑟，相待戛拊。相臣受命，于帝其训。敢惮凤宵，以图淑问。衣不及带，冠不暇正。内事抚摩，外修好聘。忍尤攘纷，徂惟求定。"对秦桧在朝廷决策和施政中的角色，诗篇恭维有加，将其描述为与皇帝同心同德的忠臣，勤于国事、忠于国事的贤相。作者对绍兴时期高宗、秦桧主导的和议大政的拥护姿态，未必是个人政见与之相同，更主要的是对秦桧权倾一时的政治局面的附和与顺从。

张嵲的另一首颂政诗《绍兴圣孝感通诗》歌咏高宗迎其生母从金国回归一事，也涉及了绍兴时期宋金和战的大局。诗篇对此政治格局的描述虽有矛盾纠结，但题旨仍以附和高宗的媾和苟安为主。一方面，作者歌赞高宗曾经有过的抗金姿态："皇帝承统，甚武且仁。内销奸孽，外备殊邻。寖明寖昌，师武臣力。抵掌含怒，日思奋殛。"另一方面，对后来高宗君臣实行的和议苟安的国策表示拥护，称颂高宗迎生母、保皇位的行为是大仁大孝之举："吾亲是质。彼兵攸恃，我则德攻。麋以岁月，徼天之衷。彼虽刚戾，不可扰驯。我视其欲，以舒吾仁。""彼虽我诈，我惟尔忱。孝悌之至，神明可通。惟彼不信，天诱其衷。行人是来，言弃旧恶。我奉慈母，归御长乐。""皇帝之孝，

---

① （元）脱脱等：《宋史》卷四百四十五《文苑传七》，中华书局2000年版，第10224页。

振古曷遇。壑算无疆,永作民主。人无疾疠,田多稷黍。兵革不试,四夷款附。大母万年,康强燕豫。皇帝之孝,莫与比德。"其实,高宗曾袒露过自己在处理生母韦贤妃一事上的准则。高宗为迎回当初随徽宗、钦宗一起被掳往金国的韦贤妃,向金人表态,只要放回韦贤妃,一切条件都在所不惜。"金人若从朕请,余皆非所问也。""今立誓信,当明言归我太后,朕不耻和。"① 高宗为了保住自己的皇位及迎回生母,答应了金人的种种苛刻条件。但作者将高宗的苟安不战拔高为谨慎保民,将金国勒索进逼、宋朝步步退让描述为宋朝大德高怀、感化愚顽,将高宗私利自保的决策推尊为于国有义、于母有孝的盛德之策,谀颂的痕迹十分明显。

周麟之(1118—1164),字茂振,海陵(今江苏泰州)人。绍兴间进士,历秘书省正字、中书舍人、翰林学士、刑部侍郎、吏部尚书等。

高宗时期,朝廷对金国的政策一直以和议苟安为主,但也曾经在主战派的坚决要求下对金国进行过强力抗击,曾经起用宗泽、王彦、岳飞、韩世忠等大将对金征战并取得过鼓舞军心民心的胜利。周麟之的《破虏凯歌六首》《破虏凯歌二十四首》就是歌咏抗金征战胜利的颂政诗。如《破虏凯歌六首》:"夜半江风金鼓声,拔营初起石头城。虏情不料诸军渡,一战淮西唾手平。""莫怕南来生女真,皂旛罽马漫如云。黄头碧眼惊相语,切勿前逢八字军。""将军羽扇自临戎,帐下健儿争立功。铁马莫来淮上牧,汉家旗纛半天红。""江花闲队晓霏开,争看官军打贼回。十万羌胡今已破,不烦天子六飞来。""捷书日日到甘泉,使者联翩出劳旋。将士欢呼拜君赐,雕衔宝带鹄袍鲜。"诗篇对宋军的忠勇杀敌深为感佩,展示了一次次战事带给军民的鼓舞,如"黄头碧眼惊相语,切勿前逢八字军"即表现了抗金的"八字军"让金军震恐的战例。史载,王彦率兵对金作战,部下为表决心:"相率刺面,作'赤心报国,誓杀金贼'八字。"② 被称为八字军。周麟之的诗篇印证了宋军为国忠勇奋战的史实。《破虏凯歌二十四首》云:"似闻虏帐启行初,尽拥青毡入故都。便好乘机收赤县,长缨更缚北单于。""胜负端从曲直分,我军屡捷气凌云。坐听笳鼓传新曲,不怕蕃家铁塔军。""中兴天子汉宣光,自有深仁合彼苍。天遣百灵争助顺,神兵遍野拂云长。""此日君王自抚师,列营争望翠华旗。不失一矢戎酋毙,又胜澶渊却敌时。"诗篇对金兵骄狂南下被宋军予以打击的窘困和败况作了痛快的描述,尤其提到了宋军高昂的士气:"便好乘机收赤县,长缨更缚北单于。"提到了皇帝抗金决策的效用:"天遣百灵争助顺,神兵遍野拂云长"。提到了皇帝亲征对宋军士气的鼓舞:"此日君王自抚师,

---

① (元)脱脱等:《宋史》卷二百四十三《后妃传下》,中华书局2000年版,第7171页。
② (元)脱脱等:《宋史》卷三百六十八《王彦传》,中华书局2000年版,第9078页。

列营争望翠华旗"。这些情绪高昂的凯歌显然是作者对高宗抗金决策抱有信心的体现,因此诗中对高宗"中兴天子汉宣光"的称颂,就不是献媚皇帝的谀颂之词,而是歌咏抗金事业的真情表达。

庞谦孺(1117—1167),字祐甫,成武(今山东成武)人。绍兴间奏为将仕郎,历镇江府观察推官等。

庞谦孺的《闻虏酋被戕淮南渐平喜而作诗》歌咏了绍兴三十一年(1161)的采石矶之战,这是宋金战争中难得一遇的宋军取胜的战役。

圣主久临御,戢戈息生娄。狂胡犯天纪,跃马舍虏庭。四海涨烽烟,白昼亦晦冥。不惟师无名,岂有间可乘。大将失经略,淮壖气如蒸。虏骑犯和州,采石势不胜。登坛刑白马,意气甚凭陵。朝廷颇忧虞,众心若摇旌。谁知肘腋祸,自彼萧墙兴。皇天相我多,一失遂有能。黔黎卖钗钏,果见酒价腾。坐收不战功,宵旰今已宁。宸章粲星斗,蜂目见丹青。行行若死然,此亦不足称。谁云暴无伤,以兹庶可惩。

诗篇将宋军制胜的原因主要归结于金军内讧,金主完颜亮毙命,导致金军溃败,宋军"坐收不战功"。其实,这次战役,宋军在临危受命的文臣虞允文带领下,数次奇兵出击,给予金军重大打击,才致使金军自戕。所谓"谁知肘腋祸,自彼萧墙兴"不是无缘无故的。史载:"都督府参赞军事虞允文自采石来,督舟师与金人战。允文过镇江,谒锜问疾。锜执允文手曰:'疾何必问。朝廷养兵三十年,一技不施,而大功乃出一儒生,我辈愧死矣。'"[1] 这是同僚对虞允文的赞佩。"敌人退屯三十里,遣使议和。己亥,奏闻。召入对,上慰藉嘉叹,谓陈俊卿曰:'虞允文公忠出天性,朕之裴度也。'""明年正月,上至建康。寻议回銮,诏以杨存中充江淮、荆襄路宣抚使,允文副之。给、舍缴存中除命,于是允文充川陕宣谕使。陛辞,言:'金亮既诛,新主初立,彼国方乱,天相我恢复也。和则海内气沮,战则海内气伸。'上以为然。"[2] 可知虞允文的主张得到认可,甚至对高宗的抗金意志都有所影响。诗篇虽然对当事有功者褒扬不够准确、充分,但题旨在歌颂征战外敌,收复失土,仍是可取的。

五　王十朋　王子俊　释宝昙　朱熹　张孝祥

王十朋(1112—1171),字龟龄,乐清(今浙江乐清)人。绍兴间进士,

---

[1] (元)脱脱等:《宋史》卷三百六十六《刘锜传》,中华书局2000年版,第9048页。
[2] (元)脱脱等:《宋史》卷三百八十三《虞允文传》,中华书局2000年版,第9317页。

历秘书省校书郎、大宗正丞。隆兴间为起居舍人。乾道间知湖州等。任太子詹事。

王十朋是高宗绍兴后期及孝宗时期的朝廷重臣，基本政治主张包括对外抗金、对内任贤等，在朝廷和地方任职皆奋发进取，政绩昭著。王十朋的颂政诗，不论是歌咏前朝史事还是歌咏当朝时事，都鲜明表现出诗人对朝政是非的评判标准和价值取向。如《观国朝故事四首》对真宗、仁宗、哲宗时期任贤授能深有感慨，一一评议，表达自己的政治观点。"昔在景德初，胡虏犯中原。朝廷用莱公，决策辛澶渊。""伟哉澶渊功，天子能用贤。"称颂真宗重用寇准而收取到澶渊之盟的安邦定国长远功效。"昔在康定初，元昊叛西陲。朝廷起韩范，节制阃外师。二公人中龙，才略超等夷。胸中百万兵，对面千里机。""军中果兴谣，西贼心胆隳。逆节遂称臣，战士解甲归。社稷安泰山，四海绝疮痍。"称颂仁宗康定年间重用韩琦、范仲淹而平定西夏元昊之乱，安定了社稷江山。"昔在元祐初，朝廷用老成。元恶首窜殛，贤隽皆汇征。帝帏八年政，内外咸清明。四夷各自守，天下几太平。"称颂哲宗元祐间重用司马光而带来政治清明、四境安宁。"富公昔使虏，厉色争献纳。臣节安敢亏，君恩以死答。煌煌中国尊，忍为豺狼屈。堂堂汉使者，刚气不可折。斯人嗟已亡，英风复谁接。衔命房庭人，偷生真婢妾。"诗篇最后又特意追叙仁宗朝事，称颂仁宗重用富弼而促成对辽战略成功，捍卫了国格。诗篇对宋朝列帝使贤任能大加称颂，有很强的现实针对性。借着称颂富弼不辱使命的作为，直接表达了对当今朝廷"衔命房庭人，偷生真婢妾"的媾和政策的不满。

《范文正公祠堂诗》也是歌咏前朝贤臣的作品。诗篇借与同僚瞻仰范仲淹祠堂事，表达对贤能大臣的赞佩。"堂堂范公真天人，配我仁祖为元臣。材兼文武怀经纶，先忧后乐不为身，上与夔契相等伦。正色朝端批逆鳞，三黜愈光名愈闻。""要将清白风无垠，庶俾范公遗志伸。公乎为仙为明神，为泽为瑞为星辰。当宁焦劳思若人，九原唤起清边尘。"以称颂范仲淹在仁宗朝文武兼备的才干和先忧后乐的品格，呼唤当今朝廷能再现范仲淹式的能臣，以实现安定边境、解除国患的急迫政治目标。

《与赵安抚乞疏狱》歌咏地方长官的治理功绩。"皇天弥旬作淫雨，害及农桑一何酷。麦枯秧腐蚕不丝，无食无衣岂能育。使君今日贤方伯，政过龚黄同舜牧。僦金蠲放官与私，喜气欢声倾此屋。仁风已慰黎庶心，诚感苍穹理宜速。""伤和无乃有冤民，蠹政尚疑多大族。使君有术开青天，按劾奸赃疏滞狱。"诗篇描述赵使君在地方灾情严重、吏治敝坏的情况下赴任施政，蠲赈百姓，惩治奸恶，使民心得到安抚，正气得到伸张。对赵使君这样恪尽职守、绩效昭著的地方官员的称颂，与王十朋对范仲淹等朝廷能臣的称颂相较，其秉持的价值尺度有着内在的一致性，都是以能否为国解忧、为民造福为评判标准，显示了王十朋颂政诗在内涵上的道义高度。

王子俊（？—?），生卒不详，字才臣，吉水（今江西吉水）人。尝游京师，上史馆书，以荐得官，任四川制置使属官。

王子俊的《淳熙内禅颂》借歌咏孝宗禅位事，称颂高宗及孝宗的圣德勋业。孝宗于淳熙十六年（1189）禅位于太子，上尊号为寿皇圣帝。诗篇称颂了孝宗禅位的圣明之举，并将孝宗禅位与高宗禅位相提并颂。"钟我高宗，启我寿皇。爰及圣上，笃其明昌。惟是四条，式克至今。"诗中对高宗禅位于孝宗、孝宗禅位于今皇（光宗）大加称颂，尤其歌赞了高宗和孝宗在艰难时节治理国家，维护皇统："念我高宗，允逊孔艰。匪高宗是怀，艺祖之思。洗时之腥，仁涵于肌。灵旗焰焰，平国惟九。其酋既贷，矧彼群丑。""寿皇承之，匪亟匪徐。二十八年，四方于于。国是益孚，生齿益蕃。于野于朝，肃肃闲闲。"两相比较，诗篇对高宗的称颂夸大其词，将其描绘为消除国耻、实行仁政的圣君形象，与史实相距太远；而称颂孝宗二十八年的治理使国家政治修明，百姓繁衍，朝野和谐，概括虽不全面，但对孝宗治国有为的肯定，与史实基本相符。诗人将宋室诸帝的治国之道，称颂为"不以干戈，而置诗书。""列圣一心，讳兵与刑。"显然是对高宗媾和路线的曲笔遮护。对于高宗禅位于孝宗及孝宗在位期间的作为，史家曾有评议："高宗以公天下之心，择太祖之后而立之，乃得孝宗之贤，聪明英毅，卓然为南渡诸帝之称首，可谓难矣哉。即位之初，锐志恢复，符离邂逅失利，重违高宗之命，不轻出师，又值金世宗之立，金国平治，无衅可乘，然易表称书，改臣称侄，减去岁币，以定邻好，金人易宋之心，至是亦寝异于前日矣。"[①] 史家认为孝宗锐志恢复，意图振兴宋室，堪为南宋诸帝之首。史家的论定，比诗篇将高宗与孝宗等量齐观的褒赞，更符合历史的实际。

释宝昙（1129—1197），字少云，俗姓许，龙游（今四川峨眉山）人。绍兴间出家，依成都昭觉彻庵，历住四明仗锡山等。

释宝昙的《上叶丞相》当作于宋孝宗乾道年间，诗中称道的叶丞相即孝宗时期的叶颙。诗篇歌颂君臣协和，德政宽厚，国泰民安。

天子五载登群公，今年执圭殊有容。帝前兴俯丞相同，金石一律鸣黄钟。君臣合德通玄穹，四方和气来溶溶。仲山之衮归弥缝，只手可以扶六龙。甲兵净洗天河空，狱市芳日移帘栊。大州小县宽租庸，妇闲夜织农星舂，牲肥酒香歌岁丰。官事生理无缺供，洁廉淳厚俱成风。无心

[①]（元）脱脱等：《宋史》卷三十五《孝宗本纪三》，中华书局2000年版，第463页。

造物真天工，民生西南如蛰虫。闭户不见雷充充，愿公一震惊群聋。某也苏息还里中，载歌盛德昭无穷。

孝宗即位以来，任用贤能英才，"君臣合德通玄穹，四方和气来溶溶"。君臣同心协力的作为，使天下呈现一派大治景象，"甲兵净洗天河空，狱市芳日移帘栊。大州小县宽租庸，妇闲夜织农星春，牲肥酒香歌岁丰。官事生理无缺供，洁廉淳厚俱成风。"这样的描述显然是对叶丞相辅政之功的高度称扬，基本准确展现了其时政治清朗的时代气象，也基本准确呈示了孝宗时期治国有为、国运向上的历史事实。僧人释宝昙的颂政诗，在一定程度上表达了时人对当朝政治的认可。

朱熹（1130—1200），字元晦，尤溪（今福建尤溪）人。绍兴间进士，任同安主簿。淳熙间主管台州崇道观，后任江西提刑、兵部郎官。绍熙间历湖南安抚使等。庆元间历焕章阁待制。

朱熹的政治主张，比较突出的包括抗金复土、维护一统，他的颂政诗对此观点有显明的表达。如《闻二十八日之报喜而成诗七首》，歌赞虞允文率领宋军大败金军的采石矶大捷。

　　胡马无端莫四驰，汉家原有中兴期。旆袤喋血淮山寺，天命人心合自知。
　　天骄得意任驱驰，太岁乘蛇已应期。一夜旄头光殒地，饮江胡马未全知。
　　雪拥貂裘一马驰，孤军左袒事难期。奏函夜入明光殿，底事庐儿探得知。
　　渡淮诸将已争驰，兔脱鹰扬不会期。杀尽残胡方反斾，里闾元未有人知。
　　汉节荧煌直北驰，皇家卜世万年期。东京盛德符高祖，说与中原父老知。
　　追锋闻说日驱驰，旧德登庸倘有期。圣主聪明似尧禹，忠邪如许讵难知。
　　恭惟大号久风驰，清跸传呼却未期。此日不须劳玉趾，寸心那得待臣知。

诗人闻知前方传来的捷报，深受鼓舞，高声赞颂宋军此次大捷振奋军心民心。"天命人心合自知""饮江胡马未全知""底事庐儿探得知""里闾元未有人知""说与中原父老知""忠邪如许讵难知""寸心那得侍臣知"每首都用一个"知",奔走相告、一抒胸臆的心情热切可感。在屡战屡败之后,绍兴三十一年(1161)宋军采石矶大捷带来朝野欢欣,阴霾一扫而空。

《送张彦辅赴阙》借记述送友人到朝廷任职,称颂皇室抗敌攘外的大政方针。

执手何草草,送君千里道。君行入修门,披胆谒至尊。问君此去谈何事,袖有谏书三万字。明堂封禅不要论,智名勇功非所敦。愿言中兴圣天子,修政攘夷从此始。深仁大义天与通,农桑万里长春风。朝纲清夷军律举,边屯不惊卧哮虎。一朝决策向中原,著鞭宁许它人先。

诗人对友人赴职的使命深有了解:"问君此去谈何事,袖有谏书三万字。"然后借题发挥,表面转述友人的谏书要点,实则顺此伸张自己的主张:"愿言中兴圣天子,修政攘夷从此始。""一朝决策向中原,著鞭宁许它人先。"显然,"修政攘夷"是诗人最为赞同的当务之急,是应予落实的紧要"决策",其中驱逐金人、收复失土的意愿表达得极其强烈。

朱熹终其政治生涯,都坚持抗金攘外的主张,希望皇帝志存高远,实现中兴,这样的心声也构成了他的颂政诗的基调。

张孝祥(1132—1170),字安国,乌江(今安徽和县)人。绍兴间进士。历起居舍人等。乾道间历建康留守、荆湖北路安抚使等。

张孝祥入仕之后,不论是在高宗绍兴后期,还是孝宗时期,都是力主抗金的坚定主战派。张孝祥的《诸公分韵蹑冒顿之区落焚老上之龙庭得老庭字》虽是依韵作诗,但涉及时政颇深,借此称赞了奋身疆场、抗敌攘外的将士:"横槊能赋诗,下马具檄草。忠义乃天赋,勋名要时早。龙卧南阳客,鹰扬渭滨老。当其尚栖迟,众或轻潦倒。风云会相遇,氛祲当独扫。""吴甲组练明,吴钩莹青萍。战士三百万,猛将森列星。挥戈却白日,饮渴枯沧溟。如何天骄子,敢来干大刑。呜呼三十年,中原饱膻腥。陛下极涵容,宗祊甚威灵。犬羊尔何知,枭獍心未宁。囊血规射天,苍蝇混惊霆。佛狸定送死,榆关不须扃。房势看破竹,我师真建翎。便当收咸阳,政尔空朔庭。"诗人对"忠义乃天赋,勋名要时早"的价值取向十分赞同,不满于"呜呼三十年,中原饱膻腥"的屈辱现状,忧叹高宗"陛下极涵容"的和战摇摆姿态。由此,诗人对抗金形势在困境中抱有希望,期待出现"便当收咸阳,政尔空朔庭"的破敌前景。《辛巳冬闻德音二首》歌赞宋军采石矶之捷:"帐殿称觞送喜频,德音借与万方春。指挥夷夏无遗策,开合乾坤有至神。南斗夜缠龙虎气,北风朝荡犬羊尘。明年玉烛王正月，拟上梁园奉贡珍。"叙宋军夜半奋勇出击，寇房晨朝遭到冲荡。"鞑靼奚家款附多，王师直到白沟河。守江诸将遥分阃，绝漠残胡竟倒戈。翠跸春行天动色，牙樯宵济海无波。小儒不得参戎事，剩赋新诗续雅歌。"叙王师将军率部进击，金军内讧陷于溃败。从诗题可知，这是歌咏辛巳年（绍兴三十一年，1161）冬，虞允文等宋军将士大败金军的胜利之役。诗篇的描述，透着张孝祥来自内心政治信念支撑的自信和坚守。

六 曾丰 赵蕃 程珌 释居简 杜范

曾丰（1142—?），字幼度，乐安（今江西乐安）人。乾道间进士。淳熙间为赣县丞，知会昌等县。开禧间知德庆府。

曾丰的《绍兴淳熙两朝内禅颂》是作者在今皇（光宗）即位后不久写的，歌咏高宗、孝宗先后禅位。

维尧则天，与天同大。俯视九州，细于一芥。挈以畀舜，超然自迈。维舜则尧，与尧同高。俯视四海，细于一毫。挈以畀禹，熙然自陶。尧舜之禅，允矣嘉躅。若稽厥龄，或髦攸趣。洪惟高宗，才五十六。遽行尧事，有断于独。洪惟寿皇，才六十三。遽行舜事，不谋于佥。未倦于勤，先养其恬。功成身退，道与天参。圣人视天，递进递退。进退俱休，尧舜之运。于赫两朝，德宏业峻。铢较寸量，宁啻尧舜。尧七十六，治水云初。咨岳试鲧，不遑宁居。高宗时则，斯庆寿余。久与道息，心实若虚。舜六十三，即真云始。咨岳相禹，不遑宁止。寿皇时则，斯巽位已。新与道休，心豁若洗。凡退政几，等与大徽。此退之蚤，彼退之迟。迟容可及，蚤孰逾斯。凡传国玺，等谓大燉。彼传之贤，此传之子。贤容可求，子孰获只。传子若贤，一出于天。天固与子，尤人所便。便而遂者，荣具庆全。退蚤若迟，一关于数。数固与蚤，尤人所慕。慕而得之，荣全庆具。蚤于尧舜，三十三年。独不一后，独不一先。两朝吻合，时乃自然。舜后于尧，七岁而禅。胡为尔稽，匪有攸恋。不欲与尧，匹休齐善。寿皇禅意，盖与舜俱。所后七年，匪迹是拘。不期而同，自然之符。高宗禅时，久旸忽雨。雨应云何，恩洽以溥。寿皇禅时，久雨忽旸。旸应云何，德辉以光。得天之应，诞彰孔盛。新皇丕承，合为三圣。用牲于庙，靡灵弗歆。式昭新皇，上合天心。决政于堂，靡弗弗畅。式昭新皇，下符人望。天人同归，欲逃莫从。虽父传子，亶为至公。汉唐岂无，揖逊之主。非出本心，未为盛举。猗三圣君，真尧舜禹。三圣一家，累洽重华。前未之有，后无以加。小臣献颂，大而非夸。

诗篇反复将高宗、孝宗先后禅位比拟尧舜禅位。"维尧则天，与天同大。俯视九州，细于一芥。挈以畀舜，超然自迈。维舜则尧，与尧同高。""洪惟高宗，才五十六。遽行尧事，有断于独。洪惟寿皇，才六十三。遽行舜事，不谋于佥。未倦于勤，先养其恬。功成身退，道与天参。圣人视天，递进递退。进退俱休，尧舜之运。于赫两朝，德宏业峻。铢较寸量，宁啻尧舜。"诗篇称颂，尧舜禅位的圣德卓行与天齐高，而高宗、孝宗效法尧舜禅位，德行同样崇高；高宗、孝宗曾像尧舜一样建功于国，宏业同样伟大。高宗禅位孝宗、孝宗禅位光宗的圣德高行，感动上天，以至于天降祥瑞，雨霖、晴霁应时而生。"高宗禅时，久旸忽雨。雨应云何，恩洽以溥。寿皇禅时，久雨忽旸。旸应云何，德辉以光。得天之应，诞彰孔盛。"诗篇进而将高宗、孝宗、今皇的三朝相继，比为千古难逢的善事盛举："新皇丕承，合为三圣。用牲于庙，靡灵弗歆。式昭新皇，上合天心。决政于堂，靡弗弗畅。式昭新皇，下符人望。天人同归，欲逃莫从。虽父传子，亶为至公。汉唐岂无，揖逊之主。非出本心，未为盛举。猗三圣君，真尧舜禹。三圣一家，累洽重华。前未之有，后无以加。"作者将高宗、孝宗、今皇的皇位传承推举到"前未之有，后无以加"的高度，比作古代圣君尧、舜、禹那样的事业相继。而篇末又表白："小臣献颂，大而非夸。"唯恐被看作浮夸媚上之作。诗篇虽自称"大而非夸"，但谀颂的尺度太大，难免产生欲盖弥彰的效果。这种为媚上而扭曲事实、夸大其词的颂政之作，折射了古代颂政诗里的谀颂传统，很有认识价值。

赵蕃（1143—1229），字昌父，原籍郑州（今河南郑州）。乾道间任吉州太和主簿。宝庆间除太社令/直秘阁。

赵蕃有多首颂政诗歌赞地方官员治绩和政德，如《施衢州除浙西提刑以诗寄饯三首》《呈赵常德四首》《永丰令括苍章君尉上蔡谢君以淳熙改元二月晦日劝农于付郭祖应院事已率蕃为泛舟之役》《送周守二首》《莫万安生日》《送赵一叔江西漕赴召三首》等。《施衢州除浙西提刑以诗寄饯三首》赞"施衢州"在地方整肃吏治、秉公治理、除奸镇邪、赈灾济民的治绩。"吏恶必剪刈，士良必吹嘘。此自宰相事，于公定何知。""惟公治衢州，他郡盖无是。岂惟教条清，坐见风俗美。于今盗贼清，所系狱事尔。""去年旱无收，闾里惊欲惶。匪藉衢粟输，乌能免流亡。"又如《呈赵常德四首》（其三），歌赞赵常德施政宽厚，恤民惠民："丰年易为政，凶年易为德。政本拙催科，德乃足民食。蛮貊忠信行，田里愁叹息。德政只如斯，何用求赫赫。"诗篇对为实现百姓温饱而积极作为的德政极为赞佩。《永丰令括苍章君尉上蔡谢君以淳熙改元二月晦日劝农于付郭祖应院事已率蕃为泛舟之役》描述了官员下乡履职劝农的勤政事迹："前村后村桃李空，牡丹酴醾当春风。令君无暇问许事，亲率僚吏行劝农。""尔曹何幸生此世,身不知兵无横税。去秋小歉未足云,诏书屡下忧勤意。吏令奉行敢不躬,尔无自惰怼尔功。"永丰县令率领僚属劝农力耕,向百姓宣示幸逢"身不知兵无横税"的太平世道更当勤勉努力,展示出朝廷"诏书屡下忧勤意"、地方"吏令奉行敢不躬"的一派政通人和的良治图景。《送周守二首》歌赞治理袁州的周长官治绩显著、百姓得福。"我闻袁人道路言,往者颇病吏道烦。袁人溪公以为治,如赤子待父母安。问公治袁竟何如,宽不至弛严不残。不惟民绝催科瘝,吏亦不急惠文冠。"诗篇描述"周守"施政有方,宽严有度,使吏风焕然一新:"太平官府见今日,珥笔旧俗略不存。簿书期会足闲暇,江山风月忘游般。"诗人感慨这一切的变化皆因朝廷用人得当,所选派的循吏尽心履职,造福一方:"人言循吏治无迹,有如春风被田园。试看一一发生意,从千百数何由论。淳熙圣人叹才难,得人之路无不殚。而于守令最注意,往往六察并郎官。"朝廷在知州、县令的选派上慎重委任,"而于守令最注意"。而被选任到袁州的"周守"不负君命,勤政尽职,恤民施治,使袁州出现了吏治清明、百姓安居的良善局面。《莫万安生日》称扬莫姓官员在履职和恤民问题上的价值取向。"员多阙少铨曹病,陛下用人多择令。公今秩满代未除,召节盖来人侧听。我知天意从民欲,要暖袴襦饱餐粥。遂令局促滞腾骧,百里孰如天下福。我官白下未识公,谣俗往往闻其风。坐移不作趋走怕,政喜官曹退食同。我尝从容听公说,劳心抚字催科拙。昔人如此号循良,叹息今时异途辙。虽然自有公论在,民之所言上其采。"诗篇提到了一个现象,官员履职需要催科,恤民则需宽政。这位叫莫万安的官员不为催科惯例所囿,身体力行自己的为官之道:"我尝从容听公说,劳心抚字催科拙。"正因为拙于催科而劳心抚民是莫万安的施政特色,作者希望这样的施政取向得到朝野的一致认同:"虽然自有公论在,民之所言上其采。"表达了作者对施政宽仁的为官之道的推崇。

程珌(1164—1242),字怀古,休宁(今安徽休宁)人。绍熙间进士。嘉定间历枢密院编修官等。宝庆间历礼部、吏部尚书。绍定间出知建宁府。

程珌的颂政诗,既有称颂皇帝息兵媾和的,也有称颂官员矢志抗敌的,称颂对象不同而基调有很大差异。如《高宗皇帝贤训终编锡赉进诗》:"龙床犹御金华殿,方进群儒读宝编。编中并载神尧语,三十六年真复古。只今安用读遗书,卓然已复光前绪。高皇当日济艰难,犹在经纶未备间。今日山东河北地,百年膻去一朝还。"将高宗在位的三十六年比作效法古代圣君的"真复古",赞其克服艰难,振兴国家,乃至促成后来"百年膻去一朝还"的国运转机。诗篇称颂高宗的垂统,为今皇光宗的中兴事业打下了基础:"高皇一笑在天灵,神孙今日再中兴。锡与千秋万岁龄,甲兵洗尽年丰登。"诗人将高宗媾和带来的"甲兵洗尽"当作今皇继承的最重要基业,将宋金和议看作高宗"锡与千秋万岁龄"的莫大功绩。诗篇这样的评价,既是对高宗对金让步媾和国策的肯定,也是为今皇无意抗金的遮护。而《奉送季清赴山东幕府》则歌咏矢志抗敌,勇将建功。

  黄云衔雪天模糊,有客飘然出上都。青丝络马银兜鍪,红锦鞬弓金仆姑。剑光压匜照路隅,帕首百骑前诃呼。不知客本山泽臞,今胡为者意气粗。自言有将新孙吴,我欲与之同灭明。呜呼亡胡岂难且,病兵怯将自逃逋。胡不观昔我艺祖造中区,以兵为国垂洪模。河北河东义勇徒,二十四万鼓应桴。中兴益振尺五符,世忠淮左聚熊貙,刘锜淮西貔虎俱。上流岳飞弯天弧,金陵张浚黑捕狐。单于台下虽宽诛,采石山前已断颅。迩来残虏尚窥窬,门内群寇更睢盱。胡乃朘剥及其肤,岂止牛羊不求刍。我欲别幕飞于菟,十万一屯淮之区。技娴器利整平居,帜明鼓震搜彼庐。精神所折虏如无,而况山东群盗乎。五符倘缺听其虚,十年且尽一赋租。斩然圻画勿牵渠,他时混一更新图。伟哉玉帐得通儒,君复碧油吐良谟,凌烟岂一貂蝉与。

  诗篇对季青赶赴前线幕府参加抗敌表示极大敬意,更透露出对金人国运转颓的信心。诗中回顾了宋室的国策和宋军的战绩,尤其称颂了韩世忠、刘锜、岳飞、张浚等抗金勇将的对敌征战:"中兴益振尺五符,世忠淮左聚熊貙,刘锜淮西貔虎俱。上流岳飞弯天弧,金陵张浚黑捕狐。"这样指名道姓歌赞坚决抗金的宋军将领,在南宋时期的颂政诗里并不多见。这首颂政诗歌赞抗金的国策和战绩,与前一首颂政诗称颂媾和息兵形成了对照,是诗人在不同场景下对抗金战事所做的不同价值评判。

  释居简(1164—1246),字敬叟,俗姓龙,潼川(今四川三台)人。在家乡佛寺得度。后行游江西等地佛院。晚居天台。

  作为僧人,以诗歌阐发对社会治理、百姓生计等问题的看法,在宋代并不罕见。释居简的《谢江东丘少卿漕使》即称颂了官员的行政之绩和施治之道。

  宣城阡陌连当涂,山田瘦瘠圩田腴。筑塍作圩九十四,频年风水圩为湖。圩中饥氓水入户,私迫公催猛如虎。三分更索水花苗,名色创闻氓不谕。流移转徙道边泣,并日不能谋一食。有生谁弗惜天年,望望谁宽倒悬急。江东使者愁上眉,恝然轸怀若调饥。疾呼官吏访田里,蠲租除赋苏颠跻。劝粜开仓赈寒饿,氓命垂垂出汤火。贪残俗吏漫窥窬,狡狯猾胥成悚懔。家家祷公愿公寿,千亿子孙天地久。宣城彰教住山人,斐然相此歌谣声。

诗篇描述漕使丘少卿纠治地方旧弊,整肃吏治:"疾呼官吏访田里,蠲租除赋苏颠跻。劝粜开仓赈寒饿,氓命垂垂出汤火。贪残俗吏漫窥窬,狡狯猾胥成悚懔。"除了直接的赈济,更重要的是扭转了贪官恶吏欺诈"圩中饥氓"的风气,贪官恶吏惊恐收敛,彻底解除了困扰宣城圩地民众多年的灾祸源头。"家家祷公愿公寿""斐然相此歌谣声",诗篇描述当地百姓对丘少卿漕使的真心拥戴,张扬了恤民惩贪的施政之道。

释居简还有诗篇称颂抗金将领的忠勇。《哀三城》盛赞李冲、李实、陈寅仲坚守危城,舍身护国。

岁逢虎牛祸折萌,荡荡蜀道犹可评。喉奸反正善其计,振槁拉枯徒匀劝。初虽覆杯可扑灭,终焉决海难为平。智人三尺眼前暗,明玉一砧磨弗晶。因仍扰扰不知了,残金欲炀连轵人。武功夙著冲与实,貂蝉贵欲兜鍪成。孽成孤凤鸟不度,守有可死生无因。两公气节固相类,又类射虎飞将军。西和寅仲出儒素,开禧总饷先垂名。太丘是父有是子,冲楼跨灶前无伦。话头讲明有定见,不与奸谄相因循。犬戎日众我日寡,貔貅乍屈还乍信。贺兰饱鲜芳醉醇,啮指不仇南霁云。恸哭秦庭不肯援,有严玉帐无分兵。借令空卷可持满,飞镝已飞风中鸣。三城父兄一时陷,况复骨肉怀亲亲。有生必死死有所,此死可羞尸素群。矜韬炫略谩蠢蠢,妒功嫉效徒逡逡。幸灾之迹弗容掩,不掉之尾何足云。乡来益昌倡大义,阿源流芳千载荣。胜天倘可恃人众,公道莫于行路听。后先忠节贯日星,野史孰愈良史真。

作者在诗序里交代了写作此诗的缘由:"开禧至绍定,几三十年士不解甲。残虏假息轵人,扰乱我边陲,潼关以西,如无人之境。成守李冲、凤守李实,皆名将种,备御有严,不颓家声。西和守陈寅仲,开禧总饷不受伪命咸之冢嗣,奋仁勇于世家子,苦战无援,偕二城死义。壮其死而哀之,拟《悲陈陶》《悲青坂》,赋《哀三城》以泄。"诗篇描述了三位勇将在敌寇凶悍、内奸掣肘的困境中坚守城池,尤其称赞了他们的气节和忠义:"孽成孤凤鸟不度,守有可死生无因。两公气节固相类,又类射虎飞将军。"面对一些权臣懦夫营私背义的阻碍,三位勇将坚持了不愿苟且的抵制立场:"话头讲明有定见，不与奸谄相因循。"最终城池陷落，勇将殉节，诗人对他们的忠勇效命表示了极大的赞佩："有生必死死有所，此死可羞尸素群。"显然，诗人把三位勇将的气节与那些权臣懦夫的尸位素餐进行了对比，在鲜明的褒贬中张扬了对于宋军和宋朝来说极可宝贵的精神价值。诗篇展示了李冲、李实、陈寅仲三将为国效命的壮怀激烈，表达了作者支持抗金复土的政治态度。

杜范（1182—1245），字仪甫，黄岩（今浙江黄岩）人。嘉定间进士。嘉熙间历吏部侍郎、礼部尚书。淳祐间拜右丞相兼枢密使。

杜范《汉中行》歌咏孝宗以来对金征伐、收复失土的战事，借以表达对今皇（宁宗）抗敌决策的拥护。

思昔汉中殡，羯奴自荒遂。驱侵警边陲，腥膻污华国。官守蒙胡尘，宫庙入胡域。奸回执国命，地土轻弃掷。倒悬头足互，妖氛日月黑。念之不忍言，言之泪沾臆。寿皇雄武姿，一洗曾是得。祖宗固有灵，何以重此戚。忠贤固有心，何以久阻抑。忍耻坐薪亦几年，生聚教训亦纤悉。昨者飞诏天上来，积秽坐欲一朝涤。忘形感愤泣东南，气生果锐吞西北。似闻元戎已启行，官军所到无勍敌。倒戈横尸四十里，搴旗获马六千匹。长安遗老今尚在，壶浆筐筥输悃逼。勇威义气有如此，鼎鱼斗沸真假息。事虽未必合所闻，要之天地当开辟。池鱼一日羊角上，此理从来有通塞。世人信古今人非，动把国事和嘲敕。胡憸不念涵煦恩，坐看行人斗道侧。嗟予少小则古昔，有志未就夺弱植。茅檐独对参斗横，百感交还必须节屡击。男儿出世岂无为，七尺非供蝼蚁食。当年幕庭三诵人，乃有洙泗诗礼客。岂作今人蠹简编，琢肾雕肝缉文墨。干戈社稷不入用，有作以糜煮砂砾。我欲匹马胡儿中，直指燕山以功勒。

诗篇对比了汉中失陷于金人之手和从金人手中夺回的感受："思昔汉中殡，羯奴自荒遂。驱侵警边陲，腥膻污华国。官守蒙胡尘，宫庙入胡域。奸回执国命，地土轻弃掷。倒悬头足互，妖氛日月黑。念之不忍言，言之泪沾臆。寿皇雄武姿，一洗曾是得。"从靖康之耻的陷落，到孝宗时代"寿皇雄武姿，一洗曾是得"的恢复失土，坚决抗敌带来了河山面貌的变化，更带来了后世抗敌意志的传承。"昨者飞诏天上来，积秽坐欲一朝涤。忘形感愤泣东南，气生果锐吞西北。"新近获知朝廷要对敌征伐，宋军将进击西北，诗人深受鼓舞，乃至幻想王师所到，沦陷区父老箪食相迎："似闻元戎已启行，官军所到无勍敌。""长安遗老今尚在，壶浆筐筥输悃逼。"诗人期望抗敌征战的局面将迎来一个崭新的阶段："事虽未必合所闻，要之天地当开辟。"表达了渴盼彻底改变对金屈辱政治格局的心情。杜范这类宣扬抗敌恢复的颂政诗，政治态度十分鲜明，在南宋中期士人中具有一定代表性。

七 徐元杰 姚勉 刘黻

徐元杰（1194—1245），字仁伯，上饶（今江西上饶）人。绍定间进士。嘉熙间历秘书省正字、吉安知州。淳祐间历南剑州知州、工部侍郎等。

徐元杰的颂政诗主要歌咏地方长官的施政之绩和为官之道。如《送上饶皇甫宰》《送郡守》。

《送上饶皇甫宰》颂赞皇甫宰主政上饶后革除地方弊政，使政风为之一新，百姓受惠良多。诗篇描述此前的政衰民苦的情景是："上饶迩来号凋剧，苟焉称贷负赖随。况多权官惨剥割，又肆席卷公化私。吏奸得售科罚计，等第输钱与断词。"官贪吏奸，勒索民财，中饱私囊，已成为普遍的情形，民众之苦可想而知。而皇甫宰主政上饶后，展示了截然不同的为官之道和施政之方："公来愤悱感动处，与认前时已贷赀。谓令亲民民必及，民固可欺天莫欺。民脂民膏供我禄，胡宁又割民膏脂。催科仅仅欲逃责，毫分不忍科罚施。奉公洗手附庸邑，一孔一粒归州司。"诗篇以皇甫宰的口吻表达，欺民就是欺天，要对民众保持高度的敬畏之心；民众的赋税是自己的衣食之源，不能在俸禄之外"割民膏脂"，敛取民财；除了正常的课税，不向民众收敛一丝一毫。诗篇还描述了皇甫宰对民间讼事的处理："听讼元不以憚烦，使之无讼而民宜。相安田里闲耆保，懒出市廛讴髦倪。日长喧雀堪罗设，星散饥乌靡孑遗。"对已出现的讼案处置公正耐心，大大减少了新讼案的产生，官府的清静少事恰说明民间的安宁。正是由于皇甫宰恤民爱民，勤勉清廉，才带来了"此番政事行无事，默与古者气象追"的崭新局面。诗人对皇甫宰升迁赴京甚为欣喜："君今既展朝天翂，行人路上口成碑。"把朝廷对循吏的重用和民众对良官的拥戴相联系，表达了良官善治相辅相成的观念。《送郡守》也是颂赞地方官员施政仁厚的作品。诗篇描述这位郡守的为官姿态是："屈此偏州何小小，伟哉仁牧自肫肫。下车福十余万户，褰帷期三百六旬。廉恕公勤持四字，痒疴疾痛切吾身。""郡守"确实堪称"仁牧"，所治理的地方虽然狭小僻远，但没有懈怠，勤政奉公，关切民瘼，奉献了"伟哉"的治绩。郡守施政成功的秘诀是："智常周物能容物，政每近民深得民。"深谙民情而悯民如子，所推政事举措也就深得民心："不忍一毫伤赤子，了知方寸即苍旻。"诗篇对比了此地治理的前后差异。以前是恶吏横行，掠民以逞。"郡守"来此地后革除旧弊，整肃吏治，推行了许多宽厚的惠民政举："一分宽受一分赐，半减谁知半减因。问谷几何先给直，作舟用济广通津。听民乐与官为市，如己隐忧眉辄颦。怨气收声回逸乐，欢谣鼓腹饱轮囷。"百姓由过去的怨声载道到现在的安居乐业，当然要归功于这位行将升迁的良官。诗篇宣扬了作者所赞同的为官之道。

姚勉（1216—1262），字述之，高安（今江西高安）人。宝祐间进士，历平江节度判官、秘书省正字。开庆间除校书郎兼太子舍人。

姚勉的《日食罪言》是一首奇特的颂政诗。借今皇（理宗）在日食之后自责，称颂今皇圣明英武。称颂之中，实则又包含了诗人对改进朝政的建言献策。诗歌开篇描述了发生在嘉熙元年（1237）的这次日食："皇帝十四载，新元纪嘉熙。仲冬戊寅朔，午漏方中时。""儿童忽走报，日壁无全规。仓忙出仰视，如月初蛾眉。金乌失焰彩，玉象潜光辉。郁攸煽京畿。六月既望后，月蚀主旱饥。今兹复日食，灾异何繁滋。"对此灾异兆相，诗人按照传统的天人感应、天象预政的思维对当今的朝政进行了分析："天意不虚示，坐井聊管窥。""今者日之蚀，或恐由宫闱。然而吾君圣，未必耽燕私。""今者日之食，亦恐由群儿。然而吾君明，朝岂庸盲痴。人主向明治，武力不可隳。方今北有敌，负垒惊边陲。战士怯不勇，塞马纷骄嘶。""今者日之食，或由边事危。然而吾君武，安肯假彼资。"诗篇由今皇自责引申开去，顺此分析了在"宫闱""群儿""边事"三方面存在的朝政弊端，但都对应称颂了"吾君"的圣、明、武。在恭维了今皇的圣德之后，诗人提出了改进朝政的建言："重念此三者，急务诚在兹。万一或有是，是即变所基。""一者何所陈，无逸为元龟。""二者何所陈，用贤登皋夔。选众立一相，国论公主持。乌台执白简，妙选刚正姿。""三者何所陈，张皇吾六师。击楫如逖辈，天宠界节麾。卖国若桧等，电扫无孑遗。练军明赏罚，勇锐奔熊罴。"诗篇提出的这三方面建言，显然有很强的现实针对性，强调了节俭、用贤、抗敌的政纲，尤其是主张强军抗敌，褒赏祖逖类的勇将，排斥秦桧类的国贼。诗篇的建言很是慷慨坦诚，来自诗人坚守的政治信念："凡此三说者，中心久思维。"诗人相信以这些建言改进朝政，定能符合天意、实现中兴。"明白可举行，匪曰徒费词。能转乱为治，可回灾为厘。""五色太平象，重晕中兴期。"诗人的磊落自信，加强了作品的颂政功效。将天象赋予政治含义，是中国古代政治文化中的一个固有现象，汉代董仲舒为此创立了天人感应的理论。"天地之物，有不常之变者，谓之异。小者谓之灾。灾常先至，而异乃随之。灾者，天之谴也；异者，天之威也。谴之而不知，乃畏之以威。凡灾异之本，尽生于国家之失。国家之失，乃始有萌芽，而天出灾害以谴告之。谴告之而不知变，乃见怪异以惊骇之。惊骇之尚不知畏恐，其殃咎乃至。"[1] 姚勉的《日食罪言》是这种政

---

[1] 苏兴：《春秋繁露义证》卷八，中华书局2010年版，第259页。

治思想的自然发挥。

姚勉的《次杨监簿上陈守赈灾韵》歌咏赈灾官员宽政恤民，廉政护民。诗篇在描述了丰年忽遭洪涝的惨景后，介绍了赈灾官员对百姓遭灾感同身受的忧民恤民之举。"使君视民容有蹙，忧且萧墙非颛臾。家没半扉蛙上灶，食不一粟糟为铺。鹑衣鹄形避沦没，槁项鬓额相携扶。下车以来宣德意，但有宽政无急符。"这些赈灾之举中最重要的是"宽政无急符"，诗篇将"陈守"勉力赈济灾民的尽心履职，与当时很多地方贪官奸吏的趁灾打劫作了比较："四旬奚堪水五至，十室不忍烟九无。只求编氓易菜色，宁计私囊如鲍虚。方今污使争侵渔，溪壑不厌求赢余。官钱花破入私帑，期限火急催民输。"通过这样的对比，诗人所称扬的"陈守"等赈灾官员与那些劣官恶吏高下立判。诗篇结尾以正言若反的口吻感慨："贪者尽笑公迂儒，安得天下皆公迂。"其实，"陈守"等良官的所谓"迂"，正是诗人视为最可珍贵的政德，因作此诗加以宣扬。

刘黻（1217—1276），字声伯，乐清（今浙江乐清）人。景定间进士。咸淳间历秘书省正字、监察御史、吏部尚书等。

刘黻的《平寇》作于宝祐六年（1258），歌咏官府的"平寇"行动。

西江十二州，自昔闻寇警。按图览上游，峒俗号最梗。嗜杀等儿戏，纵掠恣狼犷。右通崆峒东，左接梅花岭。郴桂贯肘腋，相据易驰骋。巢穴聚一邑，流毒烈四境。宝祐戊午春，童石肆不静。蔓延及夏秋，养成痈在颈。聚落焦山寨，廛市空灶井。田野寂牛鸣，道路息人影。焚劫不可计，闻问已先哽。太守赵大夫，一饬切救拯。符移密有置，纪律务森整。宪铃选精锐，薙狝赫弄梃。凶丑恶已贯，屠掳势犹逞。提兵总郡将，指授疾雷霆。直捣姜坑屯，锋交生死顷。夹击驰若神，贼溃乱奔町。辎重委荆棘，累累殊首领。义丁群搜山，擒械半雄猛。天俾歼其渠，阳精遂昭炳。窠蜂果何号，花兽亦终阱。顾汝宇宙同，乃甘犬羊并。如醉复饮酒，亡生不知醒。圣德溥涵濡，皇心极忉悢。造化开生机，春寄雪霜冷。

古代诗歌里所谓的"贼""寇"，成分复杂，类别多样，不可一概而论。这些被官府称为"贼""寇"的武装势力，既有绿林好汉，也有恶匪凶徒。刘黻《平寇》所称的"寇"，当是指后一类情形。诗篇前半部分描述南宋末年"寇"的肆虐为祸。"西江十二州，自昔闻寇警。按图览上游，峒俗号最梗。嗜杀等儿戏，纵掠恣狼犷。右通崆峒东，左接梅花岭。郴桂贯肘腋，相据易驰骋。巢穴聚一邑，流毒烈四境。宝祐戊午春，童石肆不静。蔓延及夏秋，养成痈在颈。"在渲染了寇匪危害百姓、流毒四境的情况后，诗篇后半部分对官军的"平寇"行动大加称扬。"太守赵大夫，一仿切救拯。符移密有置，纪律务森整。宪铃选精锐，薙狝赫弄梃。凶丑恶已贯，屠掳势犹逞。提兵总郡将，指授疾雷霆。直捣姜坑屯，锋交生死顷。夹击驰若神，贼溃乱奔町。"诗篇描述"太守赵大夫"为首的官军，在"平寇"行动中纪律严明，勇锐能战，一往直前，终于平定了"恶已贯"的"凶丑"。诗人显然对"平寇"行动的政治意义有自己的认识，希望由"平寇"胜利向四境八方传达朝廷佑民安世的意旨："圣德溥涵濡，皇心极忉悙。"进而实现国家的安定，国运的复兴。当然，这个意旨随着宋朝的江山社稷在内忧外患的危机中最终覆灭而成了空想，但刘黻《平寇》歌咏的保民安世的价值观仍有值得肯定之处。

第四节　南宋怨政诗——媾和贻祸　"弭盗"失策

　　南宋王朝一百五十多年的统治，版图比北宋大幅缩小，始终处在国土沦丧、失土难复的苟安状态。虽然南宋社会在经济上也曾经有过空前的繁荣，但总体上的对外弱势最终导致了王朝覆灭。南宋的对内治理，也呈现了与很多王朝相同的弊政劣治现象。尤其是国家财赋用度严重畸形，民众经济压力巨大，社会资源虚耗靡费，国家政治运行陷入不良循环。"与北宋一样，南宋开支剧增也与养兵有密切的关系。南宋100万缗才能养活一万军队，比北宋蔡襄的估算增加了一倍。为养兵，为应付女真贵族、蒙古贵族的讹诈和掠夺，南宋君臣惶惶不可终日地寻求生财之道。"[①] 财政方面的畸形状况集中反映了朝廷在对外交往、对内治理上的全面困境。

　　按南宋政治历史变迁的步调，可分为前期、中期、后期三个阶段。南宋前期是指宋高宗建炎、绍兴时期。南渡之后的宋王朝，面临的最大政治危局是宋金之间的战和问题。"宋自南渡以后，所争者和与战耳。"[②] 高宗在位的三十多年间，也曾有过对金国的战争行动，但更主要的心思则是放在与金人的媾和上。高宗赵构与丞相秦桧不顾众多军民的反对，强力推进媾和之策，并最终以向金人纳贡称臣的屈辱代价得以维持苟安东南的政权秩序。南宋中期是指宋孝宗至宋宁宗时期。这个时期的几个宋帝，孝宗怀抱宏图大略，对

[①] 漆侠：《中国经济通史·宋》，经济日报出版社2007年版，第392页。
[②] （清）王夫之：《宋论》卷十三《宁宗》，中华书局1964年版，第234页。

抗金复土及战和问题都有新的政纲，改变了高宗绍兴和议之后的二十年苟安局面，南宋政坛出现了久已未见的振兴气象，但时战时和的格局并未真正扭转南宋对金国的不利态势。而后继的光宗、宁宗统御期间，宋朝政治再次陷入衰颓之势，宋朝对金国重现屈辱之态。南宋中期的内政治理，光宗、宁宗时期的赋税政策、徭役政策更为严苛，民生的痛苦更为严重。南宋后期是指宋理宗至帝昺时期。理宗在位长达四十年，很长时期是由史弥远、丁大全、贾似道等权臣操控朝政，包括处理宋金关系、宋蒙关系，败招迭出，恶果不断；内政施治方面滥用权力，尤其是搞乱了币制，物价腾贵，使民生饱受摧残。理宗亲自执掌朝政期间，整顿国政也曾有起色，但其在位的全过程，国运是整体衰落的。其后，度宗诸帝的败政劣治更是加速了南宋趋向覆灭。

南宋时期参与怨政诗创作的作者很多，遍及从朝廷大臣到地方官员的各类士大夫文人，乃至僧人。如朱淑真、孙觌、李正民、李清照、郭印、郑刚中、李弥逊、陈与义、张元干、张嵲、陈刚中、范浚、吴芾、王十朋、韩元吉、尤袤、汪师旦、章甫、陈造、虞俦、薛季宣、楼钥、王炎、滕岑、赵蕃、林升、傅诚、黄裳、陈藻、余复、徐照、刘过、周南、徐侨、刘学箕、赵汝绩、陈宓、钱时、陈耆卿、吴泳、杜范、释元肇、赵崇嶓、叶茵、赵崇鉘、赵孟淳、陈昉、罗椅、姚勉、刘黻、萧澥、舒岳祥、雷乐发、利登、方逢辰、马廷鸾、俞德邻、周密、董嗣杲、文天祥、袁玧、陈普、尹应许等。南宋怨政诗在前期、中期、后期的不同阶段关注的社会政治问题各有侧重，如前期、中期关于宋金和战问题的作品较多，后期关于对内治理方面的作品较多，但整个南宋怨政诗贯穿了几个共同的主题。归结起来，主要有以下三个方面的作品。

1. 反映宋金和战问题，对媾和苟安的时局深有不满，怨责朝廷无力恢复，屈辱事外，权奸当道，叛臣降敌。

李清照（1084—1155?）的《和张文潜浯溪中兴颂诗二首》假借讽咏唐代安史之乱，对靖康之耻中的君臣误国予以谴责。所谓"时移势去真可哀，奸人心丑深如崖"，矛头所向，直指乱国败政的权臣；所谓"西蜀万里尚能反，南内一闭何时开"，借玄宗能回返中原反衬徽、钦二帝不能返国，对宋室苟安忍耻表示不满。《上韩公枢密》在描述敌寇猖狂、时局艰难的同时，也披露了宋室当权者对敌战略决断失误："皇天久阴后土湿，雨势未回风势急。车声辚辚马萧萧，壮士懦夫俱感泣。间阎嫠妇亦何知，沥血投书干记室。夷虏从来性虎狼，不虞预备庸何伤。"诗人感慨，连民间百姓都能看穿敌寇贪婪残暴的本性，朝廷当权者却不能把握敌情，不能做出适当的应对，以至张皇失措，蒙受耻辱。《夏日绝句》以古喻今，批判苟安局面："生当作人杰，死亦为鬼雄。至今思项羽，不肯过江东。"诗篇以项羽知耻自刎，暗讽宋室当政者苟安受辱，也暗含了对朝廷向金国退让求和政治路线的鄙视。诗篇情感激越，震铄古今。

李正民（1084?—?）的《中兴》怨责中兴无望，国难深重。"中兴功业竟如何，决胜终疑算未多。使者出疆思陆贾，君王当馈忆廉颇。深思社稷堪流涕，闻说风尘合枕戈。自叹书生无远略，五湖烟浪整渔蓑。"诗人自问自答分析了抗敌复土的"中兴功业"，悲观心绪油然而生。"决胜终疑算未多""深思社稷堪流涕"，流露出对胜敌雪耻前景的质疑，这也是高宗在抗金问题上摇摆不定的朝政危机在士大夫心理上的真实投影。

郭印（1084?—?）的《送雷公达观赴召》宏观描述了天崩地裂的靖康之难。诗人对灾祸的由来和延续，有一番颇具胆识的感慨。诗篇指称国家遭受灭顶之灾，是由于"君臣失上著，社稷几危绝"；而国难尚未解除，是由于"铁骑稍稍去，佞谀归一辙。小臣更不容，排挤争媒蘖"。重奸臣，远贤人，国家就不会有复兴的希望。篇末虽表达了希冀，但掩盖不了对朝政失策的深切失望。

陈与义（1090—1138）的《伤春》怨责朝廷对金政策失败："庙堂无策可平戎，坐使甘泉照夕烽。初怪上都闻战马，岂知穷海看飞龙。孤臣霜发三千丈，每岁烟花一万重。稍喜长沙向延阁，疲兵敢犯犬羊锋。"诗中感慨朝廷对外敌入侵束手无策，乃至于京城丢失，皇帝外逃，堂堂一国之体顷刻间不复原貌。对敢于抗敌的忠勇将士的由衷赞叹，亦是对无能无德的逃跑将军的间接谴责，在那个时代的抗敌题材怨政诗中有一定代表性。

张元干（1091—1161）的《建炎感事》回顾南渡之际和战变换的非常时局，痛责朝廷失策误国。诗人认为是媾和派酿成了现在这样的局面："议和其祸胎，割地亦覆辙。"他们的政治抉择导致了国家的丧土失地。那些本该挺身赴国难的朝廷大臣完全靠不住，"肉食知谋身，未省肯死节"。反倒成为变节苟安之徒。诗篇将宋朝开国君臣的奋发有为与当朝皇室的退缩颓丧进行对比："巍巍开国初，真宰创鸿业。""于今何势殊，天王狩明越。"对当朝政治决策的错谬表示了极大的失望。

张嵲（1096—1148）的《行建溪上是晚同宿小桥感怀书事》感慨金人南侵十年后的江山分裂局面。诗人以自己在旅舍的亲历，写出漂泊中的社会各层人士的共同感受。"十年敌骑遍寰海，北客走到天南陬。天高地迥岂不广，南来北去皆离忧。传闻敌骑又深入，旌旄欲临瓜步洲。吁嗟华夏半为鬼，干戈喋血冲斗牛。"诗人痛心于敌寇纵横中华大地的猖獗，十年而不得恢复沦陷的河山。

吴芾（1104—1183）的《续潘仲严秋夜叹》对大难骤然降临的靖康之耻做了痛心的描述："烽火照天光夺日，杀气腾空暗如雾。皇家骨肉几千人，尽逐銮舆沙漠去。回头宫阙成一空，惟有山河在如故。"痛定思痛，诗人指出了酿成灾祸的肇因："咄咄奸谀何误国，二十年来启边隙。边隙已成犹自如，忍使吾民罹此极。"虽然直接谴责的是"奸谀"之臣，实则也怨责了朝廷对金国政策的失败。

王十朋（1112—1171）的《读亲征诏书二首》指斥将帅低能，征战不力。"久闻诸将拥强兵""中原未雪十年耻""诸将年来已极荣""八年犹未平淮甸"。诗人对靖康之难十年后宋军仍不能收复失土颇有怨言。

章甫（1128?—?）的《即事》怨责朝廷与金国和议，受骗招辱。"群寇仍猖獗，城边即弃捐。休兵虽上策，讲信竟虚传。人事今如此，天心恐未然。忍令唇齿地，重此染腥膻。"诗人直言朝廷与金媾和彻底失败，被毫无信义的敌寇欺诈，使中原大地遭受敌寇的凌虐。

楼钥（1137—1213）的《寄题临江徐秘阁儒荣堂》愤慨于国土沦丧，国体受辱，对朝廷主和派深恶痛绝。靖康之难是宋朝君臣对金人欺凌侵略政策妥协退让的恶果，诗人直言不讳地指出了这场事变的根源及祸害。"庙谟颠倒几逆施，中原丘墟责谁尸。高皇匹马兴涣滩，南巡国步尤陆危。"正是由于企图以忍辱退缩来息事宁人的苟安政策，才酿成了诗人描述的这种亘古未见的奇耻大辱和深悲剧痛。作者痛斥国贼奸臣只顾私利、背弃大义的行径："两邦交聘玉节驰，廿年不见红旌旗。狂胡穷凶不自知，意欲投棰凌江湄。安知送死芜城西，倒戈势如蚁溃堤。三年拜赐无能为，再寻和议平疮痍。中间记载纷是非，颠末不备多怀私。"替千百万人挥洒了国破家亡的泣血悲情。

林升（?—?）只留存了《题临安邸》这首怨政小诗："山外青山楼外楼，西湖歌舞几时休。暖风熏得游人醉，直把杭州作汴州。"朝廷对金媾和由来已久，造成朝野各色人等对国土沦丧、国家受辱的麻木回避，"直把杭州作汴州"的调侃包含着对当朝苟安政局的强烈怨讽。这首小诗对时政的讥刺，不逊于南宋同类题材长篇大作怨政诗在诗歌史上的影响。

傅諴（?—?）的《使金》以遗民思念故国表达了对朝廷与金国媾和的不满。百年忍辱退缩的苟安，万里如画河山的沦陷，"多少遗民思旧俗"的现状，究其实，是"可怜金帛岁包羞"的朝策造成的。

刘过（1154—1206）的《瓜州歌》痛斥不能履职守土的文臣武将。诗人对宋朝山河城邑沦入敌手深感痛心，追究祸端败因，将追责的矛头对准了畏缩避战、丢城失地的宋军将领。"寇来不能御，贼去欲自囚。""败军惨无主，蛇豕散莫收。"诗人悲慨宋朝版图的萎缩和尊严的沦丧："甲兵洗黄河，境土尽白沟。""金帛输东南,礼事昆夷优。"诗篇对半壁河山沦陷、金帛事敌苟安的现状描述,饱含着深深的耻辱和愤懑,"颇为执事羞"的斥责已经不加掩饰地表达了这种不满。

徐侨(1160—1237)的《樵夫行》从一个下层劳苦者的角度描述了官府劣治带给百姓的痛苦。诗人将此樵夫和世间更多人的生存艰难归因于权奸当道,敌寇肆虐,乱政祸国。"逢人说事只忧国,长哀无告穷已极。天下奸弊纷如麻,虎狼搏攫殚麋鏖。"危局如此,只能寄希望于朝廷及志士恢复王道,"安得人仁公且刚,一扫虿蛩完民疮"。改变眼下政颓民苦的社会状况。

徐照(?—1211)的《废居行》抱怨朝廷不能给边地带来安宁,百姓长期处在战争的阴影之下,临边的各州陷入萧条荒芜。"生身不合属中土,自昔无时无战争。""一路几州皆荒废,处处虞骨平草多。"诗人期待朝廷及文臣武将能振作奋起,收复失地。"传报将军杀胡虏,取得山河归汉主。"只有收复了失地,才能保证边地长久的安宁。"残生只愿还乡,且免后裔有兵祸。"诗篇对当前和战不定、百姓饱受兵祸的局面深为不满。

杜范(1182—1245)的《募兵》描写官府征役中对百姓的凶狠勒索和营私舞弊。有征召兵役的急苛:"文书急如雨,取办都保间。"有征召兵役中的营私:"恐被嗜利徒,无能御国患。"有征召兵役中的民苦:"挽之不得留,悲泣声彻天。"诗人既同情百姓的遭遇,也忧虑舞弊征召的低劣服役者不能担当抵御外侮之责。

赵崇嶓(1198—1255)的《劝农》怨责朝廷实行与金媾和政策,将负担转嫁给百姓:"边头几日静干戈,见说朝家已讲和。犹惜人家有汤镬,攒眉终日为催科。"边地出现了病态和平,这样的"讲和"是"朝家"用百姓的膏血、国家的财富向金人乞求来的,这个代价全部由百姓来承担,催科逼税,竭泽而渔。官家对外忍辱让利,求得息事宁人,国土财富、百姓生死也就弃之不顾了。

马廷鸾(1222—1289)的《纪梦》怨责权臣误国,失土未收:"白日青天一巨儒,清宵入梦忽蘧蘧。觉来猛省戊申疏,曾说中原乱易除。"诗篇描述一个爱做白日梦的"巨儒",曾经在理宗淳祐年间上疏朝廷,夸口收复中原失土。如今看来,这样的奏疏仿佛一场春梦。诗人对权臣在收复失土上无所作为的梦游姿态发出了鄙夷的嘲讽。《十一月十二夜梦南冠旧友感泣有赋》抒写由"梦断"带来的对当局苟安政策的失望。"麦秀渐渐禾黍新,清宵梦断泣遗民。只怜肝脑输宗社,不负当年第一人。"诗人痛心于朝廷辜负了中原遗民的故国之思。这些中原父老年年岁岁心向宋室,却等不来王师北定中原。

文天祥(1236—1283)的《纪事》组诗,除了抒写个人政治生涯的起伏,也有对朝廷文武官员无能救国的怨愤，对降臣叛将变节投敌的痛斥。诗人经历了抗击蒙元的诸多政治和军事事件，见识和识别了陈宜中、吕文焕、吕师孟等文武官员在危急时刻或背信弃义、临阵脱逃，或通敌投敌、危害故国。组诗以直接质问和直言宣告，痛斥降臣叛将，"甘心卖国问为谁"，"我将口舌击奸谀"。诗人虽然遗憾自己未能像拯救刘家皇室的汉臣那样建立大功，稳定宋朝社稷江山，但自己就像当年汉室忠臣诛杀叛逆吕产、吕禄那样尽心竭力，为抵制宋室降臣叛将做出了努力，可以无愧于心。《纪事》反复宣泄了对危难时刻背祖叛宗的文臣武将的怨愤，是宋末亡国痛史中的一份珍贵记录。

袁玠（？—？）的《伤乱二首》怨责权臣误国。诗篇描述宋军和蒙古军交战失败后的悲观局面："心惊塞马过淮北，梦逐关鸿度岭南。""野老有怀悲故国，孤臣无泪哭中原。"诗人对谁来担当招致国家覆亡的罪责发出了质问："肉食何人司重鼎，等闲挥麈事清谭。""司重鼎"的决策层的权臣只知"事清谭"，这样的空谈误国所导致的恶果，从宋军连遭败绩也就可想而知了。

尹应许（？—？）的《挽陆君实》在挽诗中借势谴责了祸国的奸臣："谁使权奸酿祸深，末流无复救危杌。君臣霄壤难同死，社稷丘墟可再生。叔宝井中空大辱，鲁连海上特虚名。一家骨肉俱鱼腹，留得丹心万古明。"陆君实即陆秀夫，是宋末抗敌忠臣，为避免宋朝皇室遭遇敌虏的直接凌辱，他背负小皇帝赵昺跳海。史载："秀夫度不得脱，乃先驱其妻、子入海，谓宋主曰：'国事至此，陛下当为国死。德祐皇帝辱已甚，陛下不可再辱。'即负宋主同溺。"[1] 在南宋亡国之际，苟且偷生、变节降元的辅臣比比皆是，陆秀夫蹈海殉国的惨烈行为让诗人深为感佩，提笔写下这首泣血之作。在赞佩陆君实"留得丹心万古明"忠勇品行的同时，极其强烈地表达了对国贼权奸的仇怨："谁使权奸酿祸深，末流无复救危杌。"权奸造下的罪孽让整个国家跌入了深渊，无能的庸臣更无力拯救朽弱的王朝。诗人回顾国难的酿成经过，禁不住发出了痛心的慨叹。

2. 反映对内治理问题，对朝廷和地方的弊政多有怨责，披露税政、粮政、荒政、币制、田制、吏治等方面的施政劣绩。

朱淑真（？—？）的《苦热闻田夫语有感》从农家在旱灾之年无助无望的处境披露官府的治灾缺失。诗人对农家遭受旱灾之苦欲哭无泪的处境除了同情，也连带着指出了官府面对"农忧田亩死禾黍，车水救田无暂处"的严重局面束手无策。"田中青稻半黄槁，安坐高堂知不知。"诗人质疑官员对治灾无所作为，怨责官员懒政渎职，语调十分激烈。

孙觌（1081—1169）的《次韵王似之龙图六绝》（其六）描写农家税负

---

[1] （清）毕沅：《续资治通鉴》卷一百八十四《世祖至元十六年》，中华书局1957年版，第5027页。

问题。"柔桑采采树头稀,蚕妇携笼陌上归。县吏催钱星火急,只将败壁倚空机。"诗篇描述了"县吏"向蚕妇催征赋税的一个小场景,"只将败壁倚空机"的事项传达出农家不堪税负重压的绝望心境。孙觌在政治操守上有为人诟病之处,但他的怨政诗忧思世乱国危、农家税负,不应因人废言,否定这些作品的正面价值。

李弥逊(1089—1153)的《交韵漳州邓教授二首》(其二)以"催科政拙民犹病,御侮才疏盗正骄"概括苛政殃民、内忧外患的时政特点,怨责朝廷和地方施政的拙劣。

陈刚中(1098?—?)的《视潦》表现洪灾酷吏双重摧折下百姓的艰难境况。洪灾后,乡民已经被扫荡得"饥欲死",但官府严苛征收租税毫不放松。"酷吏亦何主,诛求殊未已。岂繄竭膏血,直欲剥肤髓。哀此无告民,有生皆赤子。天灾自流行,助虐亦何理。"在此残酷的事实面前,"皇心念下民"的遮护之词就显得空洞而无力。

范浚(1102—1150)的《叹旱》愤慨农民面临天灾之外的人祸摧残。"饿死填沟自不辞,只愁逋负官家税。即今官税催输人,督吏临门如火急。老儿可是乐征呼,其奈黍头无一粒。"诗人在震撼之余,出于良知和焦虑,不得不做出这样的劝慰:"我感翁言情激烈,却笑老翁情太抽。为陈天子有深仁,予惠穷民念民切。"但在冷酷的人祸面前,这种劝慰是不具说服力的。

吴芾(1104—1183)的《有感》描述灾荒之后的大饥馑。"疗饥已无食,卒岁还无衣。"诗人对这场灾难更为忧虑的是,百姓走投无路,将铤而走险:"民穷聚为盗,自古诚有之。"这个忧叹,既是对当政者的警戒,也是对官府赈灾不力的怨责。

王十朋(1112—1171)的《粲米行》披露地方赈灾中出现的奸吏骗财害民的荒政乱象。"诏书发廪周饥荒,使君减价粲黄粱。奉行上意固已良,小人用心胡不臧。斗米大半杂以糠,横索民钱名贴量。怨语嗷嗷盈道傍,我惭寸禄偷太仓。见之不言咎谁当,言之人指为轻狂,作诗聊语同舍郎。"贪吏掺杂使假,骗诈民财,饥民未得实际赈济,反被骗走救命钱。

韩元吉(1118—1187)的《永丰行》描写地方官府在"围湖作田"政务上的弊策及其后果,独有认识价值。诗篇对比"官圩民圩"的今昔变迁,描述了永丰当地官府制定的弊策给农家带来的祸患。过去的"官圩"与"民圩"相安无事,今天的"官圩"侵害"民圩",百姓苦不堪言。诗篇分析了当地实情,"此地无田但有湖""围湖作田事应尔";现今官府制定政策,撤去了"田围",埋下了祸源,"削平为湖定何理""畚锸去决湖田围"。后来果然发生了灾患,诗人不禁为之发出了责问:"鸡惊上篱犬上屋,水至不得携妻儿。无田赴水均一死，善政养民那得尔。"诗人以善政对比弊政，谴责当地官府施行的弊策对众多农家造成了伤害，以此说明官府政策符合当地实际与否，其优劣效果会判若两样。这种对地方官府政务施行过程和结果的对比思考，既是宋代政治诗对地方治理施加舆论影响的用世功能的体现，也是宋代文人士大夫将治国责任内化于心、外化于诗的政治意识的体现。这种政治文化气象，富于时代特征。

章甫（1128?—?）的《悯农》记述农家灾年仍承受税负压力。"皇天不雨四十日，高田何止龟兆出。田家眼穿望早禾，早禾不熟奈饥何。""乞我滂沱半朝雨，免遭县吏鞭笞苦。"大旱之年，农家不但受天灾之苦，更担忧因收粮短缺不能给付官府的催征赋税，将遭到恶吏的凶酷鞭笞。《田家苦》怨责谷贱伤农，农商政策弊端明显。"何处行商因问路，歇肩听说田家苦。今年麦熟胜去年，贱价还人如粪土。""农商苦乐元不同，淮南不熟贩江东。"诗篇对造成这种状况的经济机制抱有很大的质疑。

陈造（1133—1203）的《布谷吟》以禽言鸟语的寓言式叙述，描述农家被催租逼税的境况。诗篇看似调侃布谷鸟，"人将近似测禽语，汝意真解忧农不"。实则是对"官中催科吏如虎"的怨责。

虞俦（1133?—?）的《乌程宰十三日往龙洞祷晴归言见田家两岸车水其声如雷兼刈获甚忙若得旬日晴则农事济矣因作田家叹》，描写官府强逼租税。年景良好，勤苦有加，农家唯愁的是官府的过度榨取，"只愁官里催租动，里正敲门沸似羹"。诗篇抒写春耕场景里的忧愁，透露出笼罩在农家头上的苛政寒意。《除日狱空唯欠租监系颇众因悉纵遣之期以开岁五日毕来因记东坡先生》怨责租税沉重。地方官员为了完成上司的赋税定额，以刑拘威胁农家，不容宽限。"胡不了租税，顾为此拘囚。催科迫星火，对案亦包羞。"个别有良知的官员虽心存戚念，也不得不无情施政。

薛季宣（1134—1173）的《九禽言》（之三、之四）怨叹官家施政严酷，世间贫富不公。诗篇借禽鸟之言诉百姓之苦，一声声"官家官家"的哀告，是对官家贪婪"征取"的怨责；"州府"的榨取，使辛劳数月的蚕妇两手空空，即使穷到衣不蔽体也无法遏止官府的"催科"贪求，"贵人"给"倡女"的赏馈更衬托出了蚕妇的不幸。

王炎（1137—1218）的《太平道中遇流民》揭示勤苦百姓成为"流民"的原因。"春蚕成茧谷成穗，输入豪家无孑遗。丰年凛凛不自保，凶年菜色将何如。"农夫一年到头劳作不休，却不论丰歉都不得温饱，由此走上了茫不可知的流离他乡之路。"但忧衔恨委沟壑，岂暇怀土安室庐。"在世世代代安土重迁的农耕环境中生长的百姓，被逼到抛舍故乡热土，流落他乡挨冻受饿。

诗人既同情"流民"的境遇,又感到无能为力施救。作为享受俸禄的官员,诗人表达了一种不乏良知的愧疚。

赵蕃(1143—1229)的《田家叹》描述农民一年四季担惊受怕的生活。农民在田间辛苦耕耘自不待说,经受旱涝之灾也是常有之事,但在挺过了天灾和饥馁的折磨后,最不堪承受的是官吏逼命般的勒索租税,"所嗟官吏不相察,借租日日来符移"。《书事》斥责官府对农家严苛的催租逼税。"早禾""晚禾"都已在官府征税的范围,吏胥持符相逼,不容宽限,百姓忧愁压满了心间。诗人质问:"为政本忧民,民忧政何德。"认为官家施政寡德是民众忧苦无助的根源。《田家即事》除了对农家在水旱之灾折磨下的处境深为同情,还替他们道出了心中最愁苦的事:"郡县无良吏,苛政甚天灾。"

黄裳(1146—1194)的《汉中行》描写征粮畸重,百姓不堪重负。诗篇从汉中沃野粮食丰饶叙起,介绍兵事频仍,官府向百姓的军需征调颇为浩大。"君不见屯军十万如貔貅,椎牛酾酒不得饱,飞刍挽粟无时休。禾稼登场虽满眼,十有八九归征求。军前输米更和籴,囊括颗粒无干糠。"官府官军的征粮索物如洪水掠地。"口边夺食与马啮,马饱人饥无处说。"百姓被搜刮得几乎没有活命的余粮。诗篇从汉中地方遭受的滥征粮食引申开去,展示多地战事不休的乱危局面:"君莫问我汉中连年事,肝膈难言眼流血。似闻今年春,关外四五州。岁饥人无食,饿者颇亦稠。蕃人欲寇边,此事信有不。""时涂苟如此,人生不如死。死即万事休,生则何时已。"百姓惶恐绝望到生不如死,可知时局乱危的严重程度。《罢籴行》描写官府征粮苛重凶悍。"田头刈禾人未归,吏已打门嗔我迟。名为和籴实强取,使我父子长寒饥。"对今年的征粮政策改进,农家深感庆幸:"今年官场有籴米,卖米是钱固其理。"农家唯恐官府征粮苛政重现,"莫使明年更开籴,老翁还作前年泣"。诗人抒写农家的悲喜忧乐,反映官府征粮政策对农家生计的莫大影响。

陈藻(1150?—1225)的《憎吏行》披露官吏操纵"词讼"的黑幕。"得钱即欢喜,道理那能公。""三尺既虚设,民冤诉高穹。高穹不垂耳,官吏屋俱丰。"这些贪婪揽讼的官吏靠着昧心办案,不顾民怨,践踏公义,聚敛了大量不义之财,得以营造华屋豪室。

余复(1152—?)的《西陂》怨责官吏怠惰职守,敷衍误农。"当时大父行,相与筑此堤。堤成百物丰,师承及见之。"往昔筑堤给当地农家带来的"堤成百物丰"的好处显而易见。"前功嗟已废,继者今其谁。曾闻部使者,询问及故基。水利固可究,具文怨徒欺。"今日堤坝颓坏,官吏公文往来,推诿敷衍,虚以应对:"有念不及此,但见冠盖飞。公家争相敛,星火惊文移。""农无地可耕,岁入何从亲。"最终的后果就是堤坝毁坏,农地难保。

周南（1159—1213）的《蚕妇怨》怨责赋税沉重。蚕妇织女勤苦养蚕缫丝，到头来却是挨冻受寒，"寒女卒岁号无衣"。蚕妇织女所付出的劳作连官府的赋税都应付不了，"丝成那望衣儿女，且织霜缣了官赋"。在官府不改赋税苛政的情况下，未来农家的境遇也只能是"剜肉医疮"。

刘学箕（？—？）的《社日喜晴分韵得前字》记述农家在勤劳耕耘获得粮食丰收后，遭受官府征收租税须以纸币交付的刁难。粮食在换算中被故意压价，严重损害农家的利益。"太公九府法已弊，楮币印出私相权。所司转变无善策，低昂用否难流传。县官那更租税急，白纸不问黄傍蠲。穷民非负实无有，里正罚责殊可怜。"农家被奸商与官吏勾结算计，遭受纸币和粮价一增一减的双重压榨。兼之朝廷的宽免诏令被县官刻意忽视，吏胥催科责罚变本加厉，农家的处境更加艰难。《插秧歌》记述农家从稻田栽秧直到秋收割稻几个月的辛勤劳作，丰收之后却遭受"私债""官赋"的严酷榨取。"秋收幸值岁稍丰，谷贱无钱私债重。连忙变转了官赋，霜雪冻饿愁穷冬。"农家的赋税负担太重，即使丰收了也陷入生计的愁苦。"吁嗟四民天地间，服田力穑良独艰。"诗人十分同情农家的不平境遇。

赵汝绩（？—？）的《无罪言》痛斥官吏灾荒年景苛刻征税。"朝忧夕恐惧，不得见新麦。城市逐末徒，奔走困贵籴。剥床遂及肤，近半死于疫。"地方官府无视朝廷缓征的诏令，阳奉阴违，趁灾打劫。"郡县乏宣化，鞭扑庭下赤。贪官猴而冠，健吏虎而翼。"诗人除了谴责贪官恶吏，只能寄希望于"吾皇"的"仁惠"。这种希望对于百姓来说太过遥远。

钱时（1175—1244）的《山翁吟》记述"催租暴卒打门户，妻子惊逃翁怖惧"的凶酷催征，向官吏发出责问："尽道长官如母慈，如何赤子投机虎。"叱骂官府苛政之虐甚于虎狼之暴。

吴泳（1180—？）的《促促词》描写官府赋役苛急。"麦方在场纳在轴，里正登门田吏趣。""闲时输官犹自可，况是兵符急如火。"农家要应对交粮交麦的赋税压力，还要承担"运粮"的徭役，双重压迫，让农家不堪重负。

释元肇（1189—？）的《县胥归耕》写到了一个奇特的困境：一个平时作威作福的"县胥"欲告别过去欺民的生活，"不将无事眉，闲为鞭笞皱"。"县胥"回到自己村里，遭到另外的吏胥来追征赋税，"门前有追胥，皂衣皆我旧"。"县胥"感受到了平时欺凌民众、现时被吏胥欺凌的复杂况味。诗篇从"县胥"的奇特境遇揭示了一个具有普遍意义的现象，吏胥狐假虎威欺民勒索，包括吏胥自己在内的民户，都免不了遭受滥权逞威的官府人员的威逼欺凌。

赵孟淳（？—？）的《谷》记述农家被官府强逼以钱币缴纳赋税。"终年辛苦不少懈，及到秋成拟偿债。谁知斛粟不百钱，利尚不偿本仍在。"贱价售粮，以钱币缴税，农家负担更重。此外，农家还要应付官府的荒政储备征粮，收成就更难有剩余，"况兼荒政输官急，不管农夫垂泪泣"。篇末委婉地对君主发出了质问："君王明哲洞无遗，此怨君王知不知。"诗人作为宋宗室子弟，发出这样的怨责，表现了可贵的道义感。

叶茵（1199？—?）的《田父吟》描写农夫好不容易碰上一个好年景，心里却满是愁苦。"有谷未为儿女计，半偿私债半官租。"还没有给家人留下不挨饥饿的粮食，就已经被"私债""官租"耗尽。

陈昉（？—?）的《辞役》以一个府衙吏员的口吻，交代经办了很多冤案。"尽是笔头那捻得，枝枝叶叶有冤声。"在断案量刑上很难秉持公正："刑重惟恐囚人怨，情轻又怕本官嗔。"可见地方法政事务中的公正性严重缺失。

罗椅（1214—?）的《田蛙歌》以田蛙的口吻讲述了走马灯式更换田主的故事。诗篇叙及，古来田制并未消除土地兼并的问题，但当今兼并之烈，前所未有："古田千年八百主，如今一年换一年。"农家的田地被大户兼并，失去了生计的依托，或将沦为流民。诗篇揭示了田地兼并的严重性。

姚勉（1216—1262）的《戊午喜罢和籴》组诗作于理宗宝祐年间，披露官吏"重籴"征粮的恶果。"到处相思虎政苛，设官本意果如何。民今不足将谁足，籴本名和岂是和。一例冉求增聚敛，几人阳子拙催科。""虐籴安能峙糇粮，只因根本暗中戕。并缘鼠猾丰衣食，受纳狼贪富橐囊。"靠这项弊策损民获利的是贪婪奸猾的恶吏，而农家普遍遭殃。诗篇指出，这项弊策会影响民心的向背："边尘顷洞烽烟急，民命如丝谨勿伤。"对朝廷和官府发出了警示。

舒岳祥（1219—1298）的《田公姥词》描述农夫与农妇的寻常生活和期望，在诗人假想的情景里，农家远离了使他们愁苦的现实压迫。"官税既输兮，公役不烦。男不为人驱，女不为伧妇，读书识字应门户。"这样劳作为生、避开赋役的情景并非现实，实为想象，恰好映衬出农家现实处境里输税服役的烦苦。

利登（？—?）的《野农谣》对官府宽慰和劝导农夫勤力耕作的公文不以为然："我勤自钟惰自釜，保用官司劝我氓。农亦不必劝，文亦不必述。但愿官民通有无，莫令租吏打门叫呼疾。或言州家一年三百六十日，念及我农惟此日。"希望官府闻知吏胥的凶蛮催征，不要空发公文。流露出对官府农政的极大不信任。《田父怨》写到了秋收之后的农家怨苦："黄云百亩割还空，垂老禾堂泣晚春。偿却公私能几许，贩山烧炭过残冬。"辛辛苦苦的百亩收成，在偿还官租私债之后所剩无几，只能另靠砍柴烧炭为生。诗篇揭示了农家不堪税负的问题。

方逢辰（1221—1291）的《田父吟》描述了农户在官吏追逼勒索下的税负痛苦。"曹胥乡首冬夏临，催科差役星火急。年年上熟犹皱眉，一年不熟家家饥。""只缘人穷怕饿死，可悲可吊又如此。有司犹曰汝富民，手执鞭敲目怒视。""都来一亩无百千，买身已费半百钱。""皂衣旦暮来槌门，今年苗税催得早。"农户经年累月被吏胥凶酷追逼，不管是寻常年景，还是灾荒年景，都伴随着难以应对税赋重压的烦苦和惶恐。诗篇还提及一个可怕的事实，即百姓遭受了天灾吏祸，居然还不敢把灾害实情申诉出来："更有一言牢记取，断不许人言灾荒。"相较酷官吏的穷凶极恶，天灾反倒情有可原了。

周密（1232—1298）的《甲戌八月武康安吉水祸甚惨人畜田庐漂没殁尽赋苦雨行以纪一时之实》记述宋末浙江武康安吉一带遭受水灾，百姓本已缺衣少食，却被官府不容宽限地逼迫完成赋役，"丁男冻馁弱女泣，今岁催苗如火急"。诗人斥责官府救荒缺位："呼天不闻地不知，县官不恤将告谁。""何人发廪讲荒政，笺天急抒生民命。"揭示宋末一些地方的施政底线已经荡然无存。

董嗣杲（？—？）的《芜湖县》记述作者闻见的芜湖地方施政的乱象。"国课转亏商旅瘠，县官频易吏胥肥。"官府征税催租居然出现亏欠，不是催征宽缓无力未见征收成效，而是"县官"频频更换，给狡诈的吏胥留下了诸多中饱私囊的漏洞，吏胥趁机从"国课"和"商旅"两条途径贪婪敛财，既损公，也掠商，以至达到了"肥足"的地步。《甲戌八月初九夜武康山中洪水骤发越十日漕司檄往检涝》描写宋末浙江武康荒政的失效，原本应该接受官府荒政赈济的灾民反而要承担额外的赋役。"民生不奠枕，复罹此酷罚。""检涝亦具文，民力各已竭。"百姓不堪天灾、赋役双重压力，国家也面临对百姓竭泽而渔后的国力衰竭："隐忧非一端，国脉存如发。"

陈普（1244—1315）的《蚕妇辞》描写蚕女怨苦生活，除了个人的家庭负担外，压力最大的是来自官府的赋税逼索。"前年养蚕不熟叶，私债未偿眉暗蹙。去年养蚕丝已空，打门又被官税促。"以至只有破衣破被遮体盖身，难怪产生了希望生活在古代"成周""治世"的奇特念头。

3. 反映"治盗"相关的问题，对用兵派役、"治盗"无方给百姓带来的灾难深有怨责，对"盗患"乱危局面满怀忧虑，揭示兵灾战祸的严重后果。

孙觌（1081—1169）的《余杭闻出师》描述了眼见耳闻的"治盗"乱局。"国蹙连群盗，时危仗老臣。分忧当北顾，请幸且东巡。肘足俄三晋，疮痍又一秦。不眠听野哭，愁杀路傍人。"诗篇所言"国蹙连群盗"，概括了内忧外患的严重局面：对外抗金不力，国土失陷未复；对内民变蜂起，"群盗"

作乱不休。显示出局势恶化的趋势。

郑刚中（1088—1154）的《辨毕方》直接披露了良民为盗的起因："比屋皆良民，为盗岂无以。富足义所生，贫穷盗之始。冻饿家无储，追呼官不已。妖幻随鼓之，安得不群起。纵火资盗威，势固自应尔。"良民饥寒交迫，无以养家，遇有外力鼓动，即可酿成灾祸。诗序里也表明了这个观点："穷民失业，乃相攻剽，白昼秉炬而相焚。"诗人如此分析肇乱之因，显然不是要煽动造反，而是要借此警戒当政者关切民生，使百姓有正当营生，不至于被逼为盗。诗人虽然是从维护统治秩序的角度去分析良民为盗之因，但仍不失为理性和良知之言。《避方寇五绝》这组怨政诗当作于徽宗宣和年间，记述方腊起事及其因果。"皇家休运正无疆，撼树蚍蜉不自量。未作天街一杯血，暂凭山谷恣跳梁。""唉惑愚民倚怪神，诛锄当见不淹旬。何尝耳目亲旗鼓，只是流离失业人。""朝廷平日只尊儒，文武于今遂两途。闻说官军又旗靡，谁收黄石老人书。""将军失策又颠摧，感激令人动壮怀。安得帐前围百万，悠悠旌旆夜衔枚。"诗人当然是站在官方角度看待方腊起事的，不过评判的尺度并不单一。既认定"方寇""撼树蚍蜉不自量"，必定覆灭；又认为这些为盗之徒"只是流离失业人"，变身为盗，事出有因；更不满清剿不力，"闻说官军又旗靡""将军失策又颠摧"。诗篇的这些评议，痛惜官军"剿贼"失利，也解释"愚民"起事，虽然都是出于恢复和维护"皇家休运"，但表现了较为公允的政治立场。

李弥逊（1089—1153）的《次韵学士兄发毗陵之作》从作者身经离乱引入，描述内外祸患未平的社会现状并对当政者的应对失策表示失望。"嗟吁肉食谋，捕贼如捕影。王师苦摧伤，胡骑困驰骋。""黄巾蔽行路，关户昼犹警。何当收戈铤，禁暴但制梃。"对朝廷"肉食谋"的素质庸劣尤有怨言。

尤袤（1127—1194）的《淮民谣》描写众多农家被官府严苛催征兵役徭役，流离失所，以致家破人亡。"勾呼且未已，椎剥到鸡豕。供应稍不如，向前受笞棰。""流离重流离，忍冻复忍饥。谁谓天地宽，一身无所依。""淮南丧乱后，安集亦未久。死者积如麻，生者能几口。"这样的悲惨场景是战乱之中官府滥征兵役的结果，所谓"官府严"，透露的就是这个祸因。

汪师旦（？—？）的《义役》披露了孝宗时期实行"义役"法产生的种种弊端，指出这种所谓"义役"实际是不折不扣的不义之役。这种源自民间自行调节每家每户官差劳役的做法，被官府不顾实际效果，强行推广。结果造成富豪大户获利，奸黠之徒逃役，狡诈胥吏发财，中小民户承受重役。"富者产日聚，贫者税不捨。懦者畏如鼠，强者虎而翰。""往往凭一纸，火急追至官。曰汝充保副，诘奸不停鞍。曰汝任户长，催科不容餐。稍或稽听命，怒诃裂巾冠。"无权无势的普通民户在这种弊策下平添烦忧,战战兢兢,役务难以了结,遭受捶楚逼迫。"棰械微完肤,路行为悲酸。平民如冤苦,回睇生理干。事势不获已,交兴争论端。甲寻乙之后,乙搜甲之瘢。碎家犹未平,宁复生聚欢。"诗篇揭示官府"义役"法给民间造成的扰乱,对此项政策的施行效果做出了否定的评判。

滕岑(1137—1224)的《官捕虎行》刻画百姓畏兵如虎的心情。官府派兵捕虎,捕虎未成,反成为掠民的祸害。"弓兵散在村落中,村民鸡犬为一空。四足之虎未可捕,两足之人与虎同。"诗人感慨:"人虎难避愈真虎,纵为虎食不闻官。"百姓宁被虎食也不愿遇见官兵,可见官军对百姓的侵害之深重。

徐照(?—1211)的《促促词》怨刺平民百姓和官宦子弟的兵役待遇差异太大,官宦子弟无苦无累就可轻松当差。"一年两度请官衣,每月请米一石五。小儿作军送文字,旬日一轮怨辛苦。"享受丰厚的供给,付出微小的劳作。而平民百姓则境况相反:"丈夫力耕长忍饥,老妇勤织长无衣。"官吏子弟的矫情和穷苦百姓的悲凄形成了强烈对照。

陈耆卿(1180—1236)的《种麦》展现了战乱不休世道的双重苦难。天灾战祸交相为害,"去年浙右当死岁""湘中死寇淮死兵";"催租官吏如束湿,里正打门急复急"。在此境况下,饥馑的百姓还要承受官府赋税的压力。《闻湖寇》忧愤"寇匪"之乱与官吏之恶。"淮上""浙河""湖南",多地的战祸、饥馑、"匪"患,此伏彼起的多重祸患,不仅无人对此担责解难,还有官吏仍在残民以逞:"食肉贵人无恙否,剥肤巧吏尚依然。"诗人虽然以"圣德如天大"的恭维回护了皇帝的权威,但"谁采吾言作奏篇"的责难,也包含了对朝政混乱、言路闭塞的不满。

赵崇鉘(?—?)的《书事》感慨百姓对徭役的惊恐:"东邻老翁寒不寐,百结悬鹑抆悲涕。自云子孙学灌园,不识江湖与风水。大儿里胥缚送州,小儿遁逃卒未休。老夫忍饥特未死,犁耙典尽春无牛。身为王民合徭役,运米操舟操不得。江湖风水未足愁,樯丧樯倾误人国。"这是一个杜甫《石壕吏》式的场面,官府强征差役,抓走了大儿,逼走了小儿,老翁还得忍饥受冻苦熬服役,只担心小船倾覆误了官事。被逼得家破人散的小民百姓,在官府的威势面前战战兢兢。

罗椅(1214—?)的《挑壕歌》描述被征徭役挖城壕的愁苦。"去年十月霜凄凄,挑壕人立霜中啼。今年一春春雨多,泥滑将奈挑壕何。""几人带雨壕上啼,半湿半饥春病痁。""只愁挑得壕始竟,公家又有守壕令。"烦苦的差事一个接一个,沉重的徭役让百姓不堪忍受。

刘黻（1217—1276）的《避寇》记述理宗宝祐年间官军清剿"盗贼"的战事。篇中渲染了"盗贼"纵横民间的严重情形："烹牛饫凶竖，刲人诌妖灵。长驱无龃龉，四境腾沸羹。野庐竞趋察，廛市争奔城。啼号震暮夜，阴气昏冥冥。""掷首视为戏，揭竿谁敢撄。"诗人对"盗贼"殃民害物深恶痛绝，但未揭示这些对抗官府的铤而走险者为何揭竿而起。从诗人忧虑"若非急讨捕，终难保桑耕"的角度看，诗篇对"盗贼"问题的评判是从民众是否遭受伤害出发的，价值取向仍是积极的。

萧澥（1217？—？）的《绍定庚寅纪事》组诗直言民间揭竿而起对抗官府，往往肇因于百姓饥寒交迫、走投无路。"民困饥寒为盗贼，却从乐处弄干戈。""风动绿林千里乱""人祸天刑先后来。"官府敷衍应付民间因饥寒举事的局面，以致"盗贼"作乱的情况更为严重。

雷乐发（？—？）的《道中逢老儒由蜀出》借一老翁之口描述蜀中战祸："丙穴鱼应好，曾经问钓矶。干戈今未定，城郭是耶非。诗社尊黄发，侯门薄布衣。乾坤满豺虎，见尔一嘘欷。""乾坤满豺虎"的比喻已经刻画出蜀中强人横行的兵荒马乱状况。《逃户》展示了世道凋敝的破败景象："租帖名犹在，何人纳税钱。烧侵无主墓，地占没官田。边国干戈满，蛮州瘴疠偏。不知携老稚，何处就丰年。"征租找不到对象，占地找不到主人，乡村十室九空；边地战事正酣，瘴疠肆虐。完全是一幅对内对外政治失败的社会溃败画面。

俞德邻（1232—1293）的《前哀哉行》《后哀哉行》描画宋末乱世"盗贼"为祸、官军殃民的严峻社会状况。《前哀哉行》从一民间女子的视角，表现兵匪战祸给民众带来的苦难。"去年边事起，处处惊为磷。"战事留下了触目惊心的处处白骨。"群盗正猖獗，白昼昏埃尘。""传闻官军至，草木生欢欣。岂料反纵暴，舞戈猎生人。"官军本为杀贼而来，到头来祸害百姓甚于"群盗"。"哀哉有如此，妾生何不辰"的悲叹，是百姓对暴虐世道的极端恐惧。《后哀哉行》描写了"强寇"与官军交相为祸的情景。"前年强寇至，仓忙避空谷。我里数百家，及归半鱼肉。"百姓在"强寇"的祸害下已经死伤惨重，谁知后来的官军祸患甚于"盗贼"，"纵暴与寇等，十家九家哭"。诗人期望世道恢复宁静，"乾坤等覆持，圣明均煦育"。但在宋末朝政失败、国运衰颓的现实政治中，这只能是一个无法实现的空洞愿望。

除了上述南宋诗人的这三类怨政诗，南宋时期怨政诗创作实绩尤为突出的诗人有李光、周紫芝、李纲、吕本中、沈与求、左纬、苏籀、邓肃、李若水、刘子翚、陆游、范成大、释居简、刘宰、戴复古、赵汝镳、刘克庄、严羽、高斯得、释文珦、方回、汪元量、郑思肖、于石，等等。此将其怨政诗的创作情况分述如下。

一 李光 周紫芝 李纲 吕本中 沈与求 左纬

李光（1078—1159），字泰发，上虞（今浙江上虞）人。崇宁间进士。靖康间为右司谏。建炎间知江州。绍兴间历吏部尚书、参知政事等。因忤秦桧，贬建宁军节度副使。

李光的怨政诗记述高宗绍兴年间朝政一系列内外危机事件，观察和概括很有深度。如：

> 嗟尔海南民，遭此赃吏厄。衔冤无所诉，相煽起为贼。为贼计诚拙，尚可活朝夕。摄官陈建中，贪猥最狼藉。有女攀势要，不料非偶匹。但务房奁多，苞苴又络绎。挟此恣贪惏，如虎傅以翼。贰车号按察，往诉遭捶击。最后差丁夫，欲免人十直。贫民卖妻孥，强者起持戟。至今文昌县，白昼无人迹。其次经界官，太守乃姻戚。随行纵狱吏，声势如霹雳。郡县遭唾骂，图册成覆易。三豪因众怒，从者如苇棘。去年从说谕，闾里已帖息。狂谋起赇吏，从此复反侧。愚民本无知，胁诱冒锋镝。焚荡玉石俱，老弱转沟洫。遗骸横道路，流血千里赤。杀戮诚快意，赃吏有德色。从今无忌惮，征敛几时息。沉香与翠羽，穷搜远弹射。乌衣遍村墟，气焰已可炙。久矣摄官弊，至此亦云极。祖宗有成法，赃吏盍杖脊。疲民正憔悴，使者宜悯恻。轺车难数来，时遣一幕职。永宽海外氓，精求二千石。世无采诗官，吾言徒感激。（《海外谣》）
>
> 中原困干戈，衣冠沦异域。忠臣愤切骨，义士血空滴。平生忧国心，岂以死生易。年来返田庐，门巷无辙迹。老骥万里心，垂耳卧空枥。（《伯宇知府给事宠和子贱与仆域字韵诗格力超绝辄复次韵》）

《海外谣》描写绍兴年间海南多地民变，揭示了良民为"寇"的深层社会原因。诗序明确交代了海南发生民间武装变乱的事由："琼、涯、儋、万四州，限在海外，地里险远，输赋科徭率不以法。所出沉香翠羽珍怪之物，征取无艺。百姓无所赴诉，不胜其忿，则相煽剽夺。致寇之因实因赃吏。"诗篇详细描写了民变经过及官府的弹压过程。当地的"赃吏""赇吏"搜刮勒索百姓，利用儿女嫁娶之事大肆敛财，摊派徭役，引发了严重的后果："贫民卖妻孥，强者起持戟。"招致官军血腥弹压，最终酿成了"遗骸横道路，流血千里赤"的惨状。虽然作者并不赞同民变举事，但更痛恨事前和事后贪官恶吏的所为："杀戮诚快意，赃吏有德色。从今无忌惮，征敛几时息。"诗人对贪官恶吏没有受到应有的惩治深感不安，希望朝廷从中得到鉴戒。"祖宗有成法,赃吏盍杖脊。疲民正憔悴,使者宜悯恻。轺车难数来,时遣一幕职。永宽海外氓,精求二千石。"也希望惩治赃官、善待百姓的愿望不致落空:"世无采诗官,吾言徒感激。"《伯宇知府给事宠和子贱与仆域字韵诗格力超绝辄复次韵》对国土失陷、收复不力的局面深为不满。"中原困干戈,衣冠沦异域。忠臣愤切骨,义士血空滴。"既是对南渡之际颓败局势的失望,更是对高宗朝廷无所作为的怨责。诗人抱持抗金复土的政治立场,在高宗暧昧、秦桧当权的媾和苟安的政治环境中,自然要遭受排挤。史载:"李光尝与桧争论,言颇侵桧,桧不答。及光言毕,桧徐曰:'李光无人臣礼。'帝始怒之。"① 但李光怨政诗对朝廷媾和政策的怨责,并非出于个人私怨,而是基于社稷安危,道义内涵不应混淆。

周紫芝,生卒、事迹见前。

高宗绍兴年间,周紫芝写下大量颂政诗向秦桧效忠,将权臣秦桧恭维成千古一遇的贤相,媚词邀好,唯恐不及。但周紫芝早年身处底层,目睹靖康之乱及民间事变的各种苦难场景,也写下了不少怨政诗,反映战祸兵灾,"盗贼"肆虐,记录了那个时代的社会痛苦。

周紫芝的《贼退后经旧居》《插秧歌》《秋霖叹》《布谷》《秋旱既久而大雨》等几首作品都涉及"盗贼"作乱的问题,揭示出南宋前期"盗患"内忧的严重性。如:

> 反侧虞戈兵,流离厌山谷。师兴解重围,乱定出荼毒。提携望乡关,老稚甘跰足。故里成丘墟,门巷亡诘曲。大木亦已薪,蔓草行可束。东邻杀翁媪,祸难云最酷。白骨在草间,零落不相属。西家各奔窜,系虏及僮仆。当时黄金囊,掉头不肯赎。新交半亡没,变故谁记录。举家竟何归,寄食叹局促。凶年大军后,旱气日熇熇。涸井不供炊,垢腻那得浴。不知病瘦躯,何以度蒸溽。自从关陕乱,威弧殊未韣。十人九无家,荡析岂所欲。微生何足论,主食久不玉。但愿早休兵,四海各安俗。(《贼退后经旧居》)

> 田中水满风凄凄,青秧没垄村路迷。家家趁水秧稻畦,共唱俚歌声调齐。树头幽鸟声剥啄,半雨半晴云漠漠。土白草斑谁敢闲,农夫晌田翁自作。去年两经群盗来,妇儿垂泣翁更哀。蚕丛烧尽不成茧,陵陂宿麦无根荄。今年插秧忧夏旱,旱得雨时兵复乱。官军捕贼何时平,处处村村闻鼓声。(《插秧歌》)

> 秋田有遗秉,未足饱一夫。细雨生谷芽,屯云几时舒。群凶剧豺虎,

---

① (元)脱脱等:《宋史》卷四百七十三《秦桧传》,中华书局2000年版,第10648页。

诸将劳驱除。横尸作京观，流血如决渠。高穹厌杀气，荆棘满郊墟。尚复此恒雨，未知当何如。岂欲令斯民，竟死不少纾。(《秋霖叹》)

田中水涓涓，布谷催种田，贼今在邑农在山。但愿今年贼去早，春田处处无荒草。农夫呼妇出山来，深种春秧答飞鸟。(《布谷》)

秋旱忧千里，灵湫卧蛰龙。丛祠亦何力，女魃遂论功。冻雨云霓过，秋田寇盗空。饥肠蒙一饱，叹甚雪髯翁。(《秋旱既久已而大雨》)

《贼退后经旧居》记述官军为剿灭"盗贼"大动干戈，连带着给百姓造成极大毁伤。"白骨在草间，零落不相属。西家各奔窜，系虏及僮仆。"诗篇提及，官军剿"贼"虽不得已而为之，但后果极其可怕。"凶年大军后，旱气日熇熇。""十人九无家，荡析岂所欲。"严酷的用兵、严重的旱灾，百姓在战祸、天灾的双重摧折下生机渺茫，存者寥寥。《插秧歌》描述农家勤苦劳作之时，挥之不去的阴影萦绕心头。"去年两经群盗来，妇儿垂泣翁更哀。"农家对去年"群盗"为祸的经历仍心有余悸，更担忧今年悬而未降的灾难。诗篇追问，"官军捕贼何时平"，对"盗寇"祸患难以平定感到焦虑。《秋霖叹》感慨天灾与人祸交相为害，一边是"群凶剧豺虎""流血如决渠"的"盗贼"肆虐，一边是"尚复此恒雨，未知当何如"的秋霖成灾。诗人忧虑，"岂欲令斯民，竟死不少纾"。表达了对百姓遭遇"盗贼"和秋潦双重灾难的同情。《布谷》对"贼"患已经遍布乡村深感不安。"贼今在邑农在山"，农夫只能逃往深山；诗人寄望："但愿今年贼去早，春田处处无荒草。"也正说明官军剿"贼"不力，城乡百姓皆不得安宁。《秋旱既久已而大雨》描写农家在遭受旱灾冻雨的为害之后，还经受了"秋田寇盗空"的"盗贼"掠抢之祸。诗人替"雪髯翁"的忧叹是真诚的，也充满了无奈，是"盗患"内忧持久未消的真实心理印象。

周紫芝的《输粟行》《次韵伯尹食糟民示赵鹏翔》记述官府征粮苛重，官军勒民劫掠。

天寒村落家家忙，饭牛获稻催涤场。燎薪炊黍呼妇子，夜半舂粟输官仓。大儿担囊小负橐，扫庾倾囷不须恶。县胥里正不到门，了得官租举家乐。去年有米不愿余，今年米白要如珠。路傍老人拍手笑，尽道官兵嫌米粗。良农养兵与胡竞，胡骑不来自亡命。田家终岁负耕糜，十农养得一兵肥。一兵唱乱千兵随，千家一炬无子遗。莫养兵，养兵杀人人不知。(《输粟行》)

十年用兵九不熟，人家有田不种谷。尽枯膏血作军储，却卖官糟贮饥腹。富者鬻田贫鬻妻,夜因桁杨晓敲朴。长腰一粒不下咽,输入官仓常满屋。昔年贯朽内府钱,诸公何苦开汉边。自从胡马饮江水,便恐黔首流饥涎。黄尘白骨尚满眼,锦裘绣帽谁当前。烹羊炰羔固不恶,饥民食糟真可怜。元侯幕下短主簿,肯与斯民作调护。不愁吏考拙催科,宁脱青衫赋归去。詹侯老文称大手,乐府诗高古无有。安得狂歌彻圣明,便叱风雷清九有。却驱群贼作良农,还我昭陵旧丁口。(《次韵伯尹食糟民示赵鹏翔》)

《输粟行》描述农家除了缴纳官府繁重的征粮,还要承受官军勒索精细谷米。"田家终岁负耕糜,十农养得一兵肥。一兵唱乱千兵随,千家一炬无孑遗。"农家供养了官军,反倒遭受官军的烧杀劫掠。《次韵伯尹食糟民示赵鹏翔》描写官军过度征粮造成的民间苦难。"十年用兵九不熟,人家有田不种谷。尽枯膏血作军储,却卖官糟贮饥腹。"农家的血汗收成尽被搜刮,自己一无所留,"长腰一粒不下咽,输入官仓常满屋"。这种情形从靖康之变以来更为严酷,"自从胡马饮江水,便恐黔首流饥涎"。诗人只能祈愿世道转运,"安得狂歌彻圣明,便叱风雷清九有"。希望皇帝能洞察世事,改良朝政,"却驱群贼作良农,还我昭陵旧丁口"。那些被逼为盗的农夫,才能够重新返归田园。诗篇描写农家承受的粮赋痛苦,"胡马""群贼"的内忧外患背景特征十分鲜明。

李纲,生卒、事迹见前。

李纲的怨政诗与他的政治立场和政治言行有着高度的一致性。作为主战派,李纲在高宗朝遭受了一系列的打击,但始终未改变自己抗金复土的政治主张,这种强烈而鲜明的情感和意绪贯穿在他的大量怨政诗里,成为南宋怨政诗中一个醒目的存在。李纲的怨政诗,涉及抗敌复土的作品,往往直斥权奸误国,有很强的现实批判力。如《建炎行》《恭闻诏书褒悼陈少阳赠官与一子恩泽赐缗钱五十万感涕四首》《夜霁天象明润仰观有感成一百韵时岁在斗荧惑在氐微甚辰镇陵犯于翼轸间夜半斗杓转占帝座未明台星尚拆云》《道延平适风雨雷电大作土人谓之剑归有感》等。

《建炎行》是一首痛陈宋朝国难、国耻的长诗,尤其痛斥了败坏朝纲、祸国乱政的当道权奸。诗篇首先交代了靖康年间宋室遭受的巨大灾难和耻辱。"金寇初犯阙,太岁在丙午。""銮舆幸沙漠,妃后辞禁御。皇孙与帝子,取索及稚乳。礼文包旌裳,乐器载笋簴。金缯罄公私,技巧到机杼。空余宗庙存,无复荐蘩藇。""丙午"即靖康元年(1126),金军俘获徽、钦二帝,宋室经历了灭顶之灾。在此背景下,上下各色人等出现了分化,有像作者一样在国家危难时节不离不弃的忠臣义士,"谋身虽拙计,许国心独苦"。也有抛弃气节、卖身投敌的叛将降臣,为金国效力奔走,"叩额宸扆前,臣敢论伪楚。易姓建大号,厥罪在砧斧。奈何坐庙堂,乃与臣等伍"。在国难深重之时,诗人并未放弃自己的担当,向朝廷建言献策抗敌复土,提出了解决外患内忧的举措和目标。"因陈御戎策,用此敢予侮。""据要争权衡,黠虏谋必沮。募兵益貔狳,买马增牧圉。号令新帜旗,仗械饬干橹。""经营年岁间,庶可事大举。灭虏还两宫,雪耻示千古。却隆太平基,不愧宗与祖。"诗篇痛斥对抗敌大业败事有余的朝廷权奸:"岂知肘腋间,乃有椒兰妒。含沙初射影,聚毒阴中蛊。规模欲破碎,谋议渐龃龉。"诗人深知朝廷内部畏敌势力的掣肘是抗敌大计不能成功实施的根本原因。"固知鲸鲵姿,自不敌媚妩。恨无回天力,剔此木中蠹。""今年虏益横,春夏蹂京辅。万骑略秦关,余毒被陈汝。""吁嗟乎苍天,乃尔艰国步。譬犹大厦倾,著力事撑柱。居然听颓覆,此身何所措。又如抱羸瘵,邪气久已痼。不能亲药石,乃复甘粗粝。膏肓骨髓间,性命若丝缕。"主和妥协的势力在朝廷占了上风,对敌态势十分晦暗,诗人难掩自己的悲愤和失望,凸显有着强烈家国情怀的士大夫在时代巨变面前的迷茫,有很强的时代特征。《恭闻诏书褒悼陈少阳赠官与一子恩泽赐缗钱五十万感涕四首》评述绍兴四年(1134)高宗追赠太学生陈少阳事,对陈少阳被冤杀深为痛惜。其实,陈少阳被杀案,本身就为高宗授意权臣黄潜善实施,是高宗为一己之私在抗金问题上反复摇摆所造成,但诗篇只能在措辞上适当予以回护。陈少阳为请求罢免黄潜善等权奸,招致杀身之祸,"无心圣主如天地,著意奸臣极虎狼"。诗人对陈少阳之死既有内疚,更怀有义愤:"血沾斧钺虽因我,心在宗祊岂计身。""一介草茅言世务,从今不复数刘蕡。""幽冥我已惭良友,忠愤君应念本朝。"这种义愤显然已超出了个人情谊范畴,是在更高层面上对朝廷奸佞谗害忠良表达了与之势不两立的政治立场。《夜霁天象明润仰观有感成一百韵时岁在斗荧惑在氏微甚辰镇陵犯于翼轸间夜半斗杓转占帝座未明台星尚拆云》描述靖康之难及当下的艰难时局。诗歌开篇慨叹朝政有序和失序的原因:"德隆乃循轨,政错因失躔。"强调了朝纲的重要。对靖康之难的演变,诗人认为除了敌寇的凶悍,朝廷的无能之辈、奸佞之臣的败政之举也是祸因。"胡雏遽犯顺,铁骑凌天阊。""愚儒不远虑,贼退已安眠。""谀臣秘其事,犹欲饰以文。"诗篇叙及南渡之后朝政的新变,一方面对新皇帝即位表示了政治的期待:"上帝眷明德,中兴属吾君。建炎继大统,威令赫以新。四海望膏泽,攘戎拯斯民。"另一方面也指出朝廷上主张对敌退让的势力将扰乱朝纲,断送社稷命运:"光明日初出,照烛穷天渊。阴云忽蔽塞,寰宇陡蒙昏。迄今四寒暑,天变何其繁。日中有黑子,翩若燕雀翻。"将高宗和围绕他的奸臣作了切割，出于礼节回护了皇帝。诗篇指斥那些以退缩求苟安的主和派："谁陈退避策，一一欲弃捐。儿戏失两河，甘心丧中原。"很明确地强调国土失陷的原因就在于权奸把持朝政，施行了丢土失地的误国之策。"岌然国势蹙，人谋益迥遭。飘腾虏骄横，搏逐逾鹰鹯。前年蹂关陕，杀气摩东川。去年破山东，轻骑犯淮壖。今年扰江湖，深寇台与温。"敌寇的步步得逞与宋室的步步退让形成了强烈对照。"废食念宗社，伤心痛元元。不知狂言发，感愤成此篇。"诗人对敌寇凶狂进逼和朝廷应对软弱感到痛心和愤慨。

李纲怨政诗中还有一些作品分别记述了南宋前期"盗贼"作乱、恶吏贪敛、战祸殃民。如《八月十一日次茶陵县入湖南界有感》《次衡州二首》《宿岳麓寺》等。

《八月十一日次茶陵县入湖南界有感》慨叹盗寇和贪官交相为祸。

> 忆昔湖南全盛日，郡邑乡村尽充实。连年兵火人烟稀，田野荆榛气萧瑟。我初入境重伤怀，空有山川照旌节。试呼耆老细询问，未语吞声已先咽。自从虏骑犯长沙，巨寇如麻恣驰突。杀人不异犬与羊，至今洞谷犹流血。盗贼纵横尚可避，官吏贪残不可说。挟威倚势甚豺狼，刻削诛求到毫发。父子妻孥不相保，何止肌肤困鞭挞。上户逃移下户死，人口凋零十无八。九重深远那得知，使者宽容失讥察。今朝幸睹汉官仪，愿使斯民再苏活。我闻此语心如摧，平生况有阳城拙。行移州县遣官僚，尽罢科须治奸猾。巨蠹推穷付图圄，社鼠城狐扫巢穴。削平群盗拊疮痍，报政何须待期月。祖宗德泽感人深，周汉正赖宣光哲。中兴之运期有在，庶以涓微助溟渤。少陵酷爱春陵行，千古知心有元结。

诗人对湖南地界今昔对比的感受极为强烈："忆昔湖南全盛日，郡邑乡村尽充实。"更加烘托出如今的凋敝凄凉，不忍卒睹，"连年兵火人烟稀，田野荆榛气萧瑟"。诗篇描绘了一幅凶险无比的乱世图景，这里有外寇、群盗的横行肆虐，有恶吏贪官的敲骨吸髓，"巨寇如麻恣驰突""杀人不异犬与羊"，"盗贼纵横尚可避，官吏贪残不可说。挟威倚势甚豺狼，刻削诛求到毫发"。面对如此乱局，诗人提出了明确的整治目标，"巨蠹推穷付图圄""削平群盗拊疮痍"，希图还百姓一个政治清朗的崭新世道。《次衡州二首》描述衡州战乱不休的景况。"弄兵赤子满潢池，渤海龚生真吏师。欲使循良买牛犊，会须哀痛问疮痍。东南王气虽方振，西北流民自可悲。七万虎狼皆敛戢，庙堂还有阿谁知。"面对乱兵遍野、流民失所，诗人诘问，"庙堂还有阿谁知"，直斥朝廷对时局的失控，表达了对地方乱局久久不能改观的忧愤。《宿岳麓寺》描述的兵连祸结、官吏贪索的乱世景象同样骇人听闻："胡骑中宵来，烈火光照天。杀人知几何，浮尸蔽长川。巨盗继凭据，奸贪争弄权。诛求到骨髓，荆棘生荒田。"胡虏巨盗杀人如麻，贪官奸吏诛求到骨，到处都充斥着血腥和荒败。诗人痛愤之余，发出了"安得有志士，王道还平平"的祈求，希望早日结束乱世局面，恢复王道秩序。

吕本中（1084—1145），字居仁，寿州（今安徽寿县）人。宣和间为枢密院编修官。靖康间迁职方员外郎。绍兴间赐进士出身，擢起居舍人，迁中书舍人。因事忤秦桧，罢官。

吕本中的怨政诗主要描写国土失陷、敌寇进犯、抗敌不力的艰难时局，在南宋时期描写宋金战争及国难危机的作品中有较高的代表性。

《兵乱后自嬉杂诗》是一组描述南渡之际战祸遍地、国家蒙难的作品，以诗人的所见所感纵横抒写，多层面展开了一幅幅世乱国破的悲怆时代画卷。

胡骑猖狂甚，连年窥西京。贪饕期竭泽，剪戮遂盈城。国论多遗策，人情罢请缨。有谁似南八，血指众心惊。

庐舍经兵火，头颅尚在门。风掀灰磕迹，月涩剑铓魂。鼠穴频遭断，燕巢犹半存。看花泪盈眼，宁忍复开尊。

碣石豺狼种，长驱出不虞。是谁遗此贼，故使乱中都。官府室如磬，人家锥也无。有司少恩惠，何忍复追呼。

叛将斩关入，通衢列众兵。军声逐飞瓦，杀气暗前旌。事定愁方剧，身危梦尚惊。乾坤空纳纳，何处寄余生。

万事多反复，萧兰不辨真。汝为误国贼，我作破家人。求饱羹无糁，浇愁爵有尘。往来梁上燕，相顾却情亲。

国命方屯厄，吾曹何所依。白驹将老至，黄鸟恨春归。柳巷清阴合，花溪红蕊稀。主忧闻未解，涕泗望天畿。

四郊多属垒，何地可逃生。水水但争渡，城城各点兵。牛亡罢春耕，马夺尽徒行。囊橐经抄掠，寇来浑不惊。

遭乱心纡郁，那堪茅舍空。百年窘食事，一旦堕兵戈。授简惭词客，据鞍成老翁。欲逃无所适，朝夕泣涂穷。

汾阳六甲士，率众出中都。欲使亲平虏，翻成远避胡。操戈取金币，夺马载妻孥。汝自违天意，何缘保汝躯。

平世多忘战，今真得阵梁。燕云拥豺虎，陆晋失金汤。汉将争奔北，胡兵尚崛强。何当合余烬，戮力共勤王。

闾巷经鏖战，空余池上亭。檐楹镞可拾，草木血犹腥。云汉悲鸿雁，郊原愧鹡鸰。白头两兄弟，各未保残龄。

乱后惊身在，端如犬丧家。沈吟悲世故，寂默对春华。堤外鸦藏柳，栏中蜂动花。今宵眠未稳，余寇尚纷拿。

诗人从自身经历切入，展开对这场浩劫的描述。"乱后惊身在，端如犬丧家。""欲逃无所适，朝夕泣涂穷。""国命方屯厄，吾曹何所依。"诗人和千万普通人一样被卷入了国破失所的颠沛流离。诗篇除了描述诗人亲历亲见的战祸，还宏观展示了金军侵凌、国人遭屠的惨景。"胡骑猖狂甚，连年窥西京。贪饕期竭泽，剪戮遂盈城。""闾巷经鏖战，空余池上亭。檐楹镞可拾，草木血犹腥。""庐舍经兵火，头颅尚在门。""偷生戎马内，室宇半摧残。""戈戟连梁苑，头颅塞浚渠。"对于这场大祸突降的国难的肇因，诗人归结于朝廷当政者的憸息忘危和奸佞的乱政误国："碣石豺狼种，长驱出不虞。是谁遗此贼，故使乱中都。""叛将斩关入，通衢列众兵。""汝为误国贼，我作破家人。""平世多忘战，今真得阵梁。燕云拥豺虎，陆晋失金汤。"而对于一些宋军的畏缩和无能，诗人深为憎恶和怨责："汉将争奔北，胡兵尚崛强。""欲使亲平虏，翻成远避胡。""汝自违天意，何缘保汝躯。""报国宁无策，全躯各有词。"组诗对靖康之耻和南渡之后那段痛史的描述具有相当的广度和深度，是朝政失败招致外寇侵凌、破国殃民的真实记录。

《城中纪事》慨叹南渡前后国家和民众遭遇内乱和外患双重祸难。"生平足艰窘，可叹不可言。两遭重城闭，再因群盗奔。""昨者城破日，贼烧东郭门。中夜半天赤，所忧惊至尊。是时雪正作，疾风飘大云。十室九经盗，巨家多见焚。至今驰道中，但行胡马群。翠华久不返，魏阙连妖氛。"虽是春天来临，诗人的心中没有一点阳春的温煦。"群盗"的肆虐和"胡马"的纵横让人触目伤怀。《寓会稽禹迹寺》怨责当局无能，兵连祸结。"所在兵犹斗，中原乱不休。庙堂如有意，更与万人谋。"认为朝廷对此乱局难辞其咎，直言庙堂当政者理应采纳朝野有益的建言，以做出正确的决断。

沈与求（1086—1137），字必先，德清（今浙江德清）人。政和间进士。靖康间除太学教授。建炎间任监察御史。绍兴间历吏部尚书、参知政事等。

沈与求的怨政诗斥责奸臣国贼畏敌退缩。如《次韵郑维心腊月十六日有作》："国难更频岁，胡尘动四溟。豺狼饱吞噬，溪壑变膻腥。""无人扞强虏，纵马饮长江。寇掠元千纪，兵临反诱降。将军自不武，惭色上旌幢。"国难来临时，受恩于国的朝廷将帅却临阵脱逃。诗人鄙夷他们鲜廉寡耻的行为。《山西行》在称赞"山西健儿""誓为官家扫群丑"的同时，指斥权奸误国，使君主受辱："肉食谋国帝子质，勒兵不动护送之。壮士束手猛将死，胡来侮人犹小儿。明明二圣尧舜主，天翻地坼徒尔为。天翻地坼徒尔为，北望血泪滂两颐。"诗篇描述了这场"天翻地坼"的剧变，将这"血泪"之痛归结于权臣无能，面对强虏的凶暴侵凌束手无策，以致招来徽钦二帝被掳至金国的奇耻大辱。

《闻招寇》质疑招安"绿林"的政策，批评朝廷姑息纵"盗"。

绿林煽余习，无奈国计左。海盗爵秩崇，纳叛金缯藿。戡奸在斧钺，赏诱讵云可。萌芽缓诛锄，猖披费裹结。战多数招安，奚用腰箭笴。悍兵昔已然，黠将近亦颇。昌言假报国，涅面刺投火。豺狼奋哮噬，蜂虿利掀簸。横行入通邑，焚掠穷委琐。况闻南陵寇，执事初意堕。出没势已张，蕲灭计未果。宣城俯百里，千室尽奔骋。王事吾有程，马头载印颗。叱驭疾其驱，语言纷炙輠。何当说黑貅，一洗根本祸。

诗篇的主旨是要强调，只有用武力剿灭"绿林"势力，才能"一洗根本祸"，彻底解决内患。诗人不赞同用招安手段解决"绿林"问题："绿林煽余习，无奈国计左。海盗爵秩崇，纳叛金缯藿。戡奸在斧钺，赏诱讵云可。"认为对"绿林"招安，只能是抱薪救火，养虎为患。诗人对"绿林""横行入通邑，焚掠穷委琐"的仇视，表现了作者的士大夫官员立场，符合维护朝廷政权秩序的正统政治文化观念。

左纬（1086？—1142？），字经臣，黄岩（今浙江台州）人。屡试不第，终身未仕。

左纬虽然在科举和仕宦上一无所成，但其论断世事的政治尺度比在朝的士大夫官员的正统立场毫不逊色，是普通文人秉持正统价值观评判政治事务的显著案例。左纬的怨政诗，都是关于朝廷"剿贼"的作品，对"贼寇"和"剿贼"作了态度鲜明的评判。《避贼书事十三首》云：

凶贼意何惨，杀人焚其庐。我命虽仅免，我家已为墟。譬如巢南鸟，巢破不得居。朔风吹黄草，飞去将何如。（其一）

生长城市间，吾其患驱逐。贼人俄涨天，举家如奔鹿。入山恐不深，但冀免杀戮。贼平无所归，独倚青松哭。（其二）

贼来属初夏，逃去穷幽荒。山深松萝密，野旷草木长。蟒蛇大如树，见我不忍伤。贼固不如蟒，害人无善良。（其四）

东邻有老人，金玉富无敌。恶贼一朝来，弃之如瓦砾。性命虽尚存，见人无颜色。老人自不思，本为大盗积。（其七）

保城恃义兵，误事真可惜。国家久升平，谁复睹锋镝。一旦驱市人，纷然冒矢石。逢敌先弃戈，罪之不可得。（其八）

妖贼本烝民，忽尔为猪豚。王师一日下，割剥恣啖吞。食尽固其所，恐伤仁圣君。招安俾复业，亦既不是人。（其十一）

这组诗从作者的亲身经历出发，反复渲染"妖贼"行凶世间，百姓张皇逃难的场景。"凶贼意何惨，杀人焚其庐。""贼人俄涨天，举家如奔鹿。入山恐不深，但冀免杀戮。""蟒蛇大如树，见我不忍伤。贼固不如蟒，害人无善良。""东邻有老人，金玉富无敌。恶贼一朝来，弃之如瓦砾。"诗篇的这些描述，突出了"盗贼"杀人掠财、贻害深重的基本判断；对于"盗贼"能纵横为患，作者认为是官府怠惰、官军废弛的结果："保城恃义兵，误事真可惜。国家久升平，谁复睹锋镝。""逢敌先弃戈，罪之不可得。"对于朝廷"剿贼"，作者在表达支持的同时，指出"贼寇"其实是从百姓蜕变而来，但并未进一步说明这些百姓为何会变为"贼"，只是诅咒"贼寇"没有好下场。"妖贼本烝民，忽尔为猪豚。王师一日下，割剥恣啖吞。"作者对朝廷招安平"贼"政策不以为然，认为他们已经不可能再重新成为顺民："招安俾复业，亦既不是人。"表达了对"贼寇"斩草除根的政治主张。诗篇的题旨很明确，其评判"贼寇"和"剿贼"的标准当然是维护皇权政治秩序，没有超出正统政治文化的观念。

又如《避寇即事十二首》：

凶贼起何暴，数州俄见残。杀人空骨乱，闻者为心寒。世治官军怯，城孤守吏难。天兵何日到，泪眼望长安。（其一）

遥闻乌合辈，数十破钱塘。故是升平人，胡为守备亡。天诛初不暴，贼势尚云张。作过古来有，未宜忧我皇。（其二）

无路扫妖氛，掀髯倚碧云。草茅难报国，畎亩敢忘君。民业稍云复，贼巢犹未焚。老臣筋力尽，洒泪对三军。（其十一）

太平无可议，妖孽欲何求。未足烦天讨，然犹假庙谋。鹰扬谁敢抗，乌散类难收。首恶闻犹在，王师愿小留。（其十二）

这组诗谴责"盗贼"杀人害命，行凶祸民："凶贼起何暴，数州俄见残。杀人空骨乱，闻者为心寒。"主张对"贼寇"赶尽杀绝，不留遗患："民业稍云复，贼巢犹未焚。""首恶闻犹在，王师愿小留。"诗篇还几次提到了"贼患"对皇上的惊扰及作者对皇上的牵挂："作过古来有，未宜忧我皇。""草茅难报国,眹亩敢忘君。"

左纬的这两组怨政诗忠君之态极其醒目,捍卫政权秩序的正统价值观极其鲜明,即对"盗贼"的仇视,对皇室的忠诚。作者的这种政治立场,有谴责"盗贼"滥杀世人的合理成分,但究其实,是要坚决维护皇权统治秩序,这个政治目标高于一切。不能简单地将这样的主张与普通意义上的除暴安良、惩恶扬善相提并论。

二 苏籀 华岳 邓肃 李若水 刘子翚

苏籀(1090?—1164?),字仲滋,眉山(今四川眉山)人。以祖荫为陕州仪曹掾。宣和间为迪功郎。绍兴间历大宗正丞、台州通判、朝请大夫等。

苏籀的怨政诗有的描写抗金不力、国土沦丧的外患,如《去年》;有的描写施政失败、"盗贼"纵横的内忧,如《群盗》《冻雨》等。

《去年》检讨宋金战争的惨败及其原因。

去年胡来清水岩,黄河狭隘冬凌顽。戾如飘风速如鬼,犬豕淫虐豺狼贪。探马星奔汗流地,猛士眦裂发指冠。潼雍见兵不及万,半阙甲胄屯河边。隆寒身体例皲瘃,亦复勉强横戈鋋。它司金缯封雍府,犒军纸袄如泥钱。胡人隔水相笑侮,杀身于尔何值焉。同州告急唇齿喻,无兵赴救诚难旃。元戎钤下兵八百,苍头厮养争后先。鄜延诏发五千骑,此日收兵姑自全。平时保甲例乌合,县符迫促挥空拳。甚哉田夫无斗志,一夕惊走如穹烟。汉将苍黄结旌遁,虏骑势合弥山川。关中控弦诚万骑,忠臣义士力可宣。书生命运亦蹇劣,我师疲少邻敌坚。却忆长安无事日,谈及祸乱为尤愆。饭囊酒瓮夸厚福,捧土揭木皆才贤。生灵未悉坐何罪,髓脑涂地尤苍天。天公诚能佑戎虏,岂复不解兴中原。案图戎索八百郡,我邦日蹙知谁怜。吴中据江恃舟楫,惴惴栗栗聊偷安。旅人流徙隘城郭,岁事寒薄理势然。去年往矣不须问,安枕而卧祈来年。

诗篇对宋金战争的描述十分痛切。敌寇凶悍进犯,淫虐滥杀:"去年胡来清水岩,黄河狭隘冬凌顽。戾如飘风速如鬼,犬豕淫虐豺狼贪。""生灵未悉坐何罪,髓脑涂地尤苍天。""案图戎索八百郡,我邦日蹙知谁怜。"宋军不堪一击,溃散奔逃,"元戎钤下兵八百,苍头厮养争后先。鄜延诏发五千骑,此日收兵姑自全"。"汉将苍黄结旌遁,虏骑势合弥山川。"诗篇揭示了宋军溃不成军的深层原因:"平时保甲例乌合,县符迫促挥空拳。甚哉田夫无斗志,一夕惊走如穹烟。""饭囊酒瓮夸厚福,捧土揭木皆才贤。"痛责兵制的弊端造就了一触即溃的乌合之众,也痛斥了朝廷官员在国家危难时节不能挺身担当。

《群盗》描述"盗贼"横行,有司怠职。

> 贪得不知义,流风紊四维。珪珇实盲昏,黥髡亦觊窥。谅非跮踽才,竟揭椎埋旗。巨猾肆滔天,小丑争攘欺。立国计安出,顾无以家为。三州破竹势,吏卒伤挠隳。越人竟何能,非复慰佗时。壶箪迎王旅,克捷剑之湄。闽府幸宴然,一毫未尝亏。噫吾有以待,致尔由他歧。残蘖失追袭,诸将咸思归。勉哉方伯职,力拯邻邦危。漳滨拿未解,蜂蝎生武夷。姑息倒困藏,谆复行文移。近事苟目前,远忧那敢知。天运未太平,佛力亦其微。武夫勿告劳,儒冠须出奇。知人与安民,此责诚塞之。

诗篇首先揭示了"群盗"起事的原因:"贪得不知义,流风紊四维。珪珇实盲昏,黥髡亦觊窥。"诗人认为民间变乱肇始于官吏的贪敛,是"珪珇"(官宦)的污浊引发了"黥髡"(犯科者)的图谋,酿成了严重的"盗"患。"巨猾肆滔天,小丑争攘欺。""三州破竹势,吏卒伤挠隳。"一时竟无可奈何,任其横行。诗人认为官府和官军协调不力,互相掣肘,应该各尽其职,共谋破"贼"。"武夫勿告劳,儒冠须出奇。知人与安民,此责诚塞之。"劝导文武官员勤谨职守,其实也就披露了官军和官府在"剿贼"行动中的怠惰和敷衍。《冻雨》表达了对民众营生匮乏、官员施政怠惰问题的忧虑。"淋淋冻雨滴春朝,正月寒威倍溧慄。泪淖不甘劳皂隶,执舆岂必胜刍荛。素餐致寇思长策,失业疲氓想易招。"诗篇描述寒冬时节百姓生计艰难,尸位素餐的官员无所用心,举措失策,将营生无着的"失业疲氓"推向了做"盗"做"寇"的危途。诗人认为应该强力调节"强豪"巨富对"馁乏"贫困者的赈助,应该改变过往已被证明失败的应对之策。诗人的建言表达了一个士大夫文人希望破解"盗患"难题的政治主张,具有一定的现实合理性。

华岳(?—1221),字子西,贵池(今安徽贵池)人。嘉定间登武科。历殿前司官属、殿前司同正将。谋去丞相史弥远,事发,杖死。

华岳是一位抗金志士,曾先后与权臣韩侂胄、史弥远相抗争。史载:"韩侂胄当国,岳上书。书奏,侂胄大怒,下大理,贬建宁圜土中。侂胄诛,放还,复入学登第,为殿前司官属,郁不得志。谋去丞相史弥远,事觉,下临安狱。狱具,坐议大臣当死。宁宗知岳名,欲生之,弥远曰:'是欲杀臣者。'竟杖死东市。"[①] 华岳的怨政诗集中抒写了自己对权臣当道、佞人害忠的怨愤。

---

① (元)脱脱等:《宋史》卷四百五十五《华岳传》,中华书局2000年版,第10385页。

英雄还要识英雄，不识英雄总是空。投鼠在人当忌器，见鸿非我独弯弓。情从忠佞分轻重，事戒恩威戾始终。说与翠微休截截，三缄从此更须工。（《有触述怀》）

神首罗睺欲蚀天，弯弓直造玉皇前。九重不忍诛林甫，一札翻令囿马迁。投鼠固知当忌器，得鱼谁敢便忘筌。吾今一死初无憾，愿把孤忠托孟坚。（《诉董寺丞》）

壮士刚肠不受冤，髑髅可断志难干。越仇未报薪当卧，汉贼犹存铗谩弹。情款不从囚口责，炙浆难塞吏肠宽。何当尽沥奸邪血，染作衣裳看孟安。（《狱中作》）

英雄不遇不忧贫，狱吏从教唤不应。煮饭只烧沽酒罐，读书权借守囚灯。堪嗟世事危如卵，无怪人情冷似冰。勿谓功名成幸致，志公终不是闲僧。（《囚中记贫》）

华岳经历的度宗、理宗时期，南宋朝政十分庸碌荒败，这种昏暗朝政导致诗人遭受冤狱。诗篇多方面描写了诗人遭受冤狱后的精神状态。《有触述怀》抒写一种政治姿态。诗人明知自己对抗权臣会招致祸患，但相信自己坚守正义并非孤独一人："投鼠在人当忌器，见鸿非我独弯弓。"《诉董寺丞》为自己扳倒奸臣的行动招致牢狱之灾深为怨愤："九重不忍诛林甫，一札翻令囿马迁。"以司马迁受屈来自我比拟、自我激励。《狱中作》抒写诗人宁愿受难而不愿改变自己的心志和抗争，"壮士刚肠不受冤，髑髅可断志难干"。《囚中记贫》抒写诗人坚守自己的政治立场，不为世事人情的冷暖而动摇。"堪嗟世事危如卵，无怪人情冷似冰。"诗人为自己的政治坚守付出了生命的代价。华岳的这些作品，留下了南宋中期朝廷政治斗争的珍贵记录。

邓肃，生卒、事迹见前。

邓肃的怨政诗揭示外敌强虏和朝廷奸臣交相为祸的时政现实。

《贺梁溪李先生除右府》谴责酿成国难的奸臣："胡尘漠漠四壁昏，诸将变名窜军伍。十万兵噪龙德宫，上皇避狄几无所。嗣君匹马诣行营，朕躬有罪非君父。奸臣草表遽书降，身率百官先拜舞。那知冯道冷笑渠，立晋犹存中国主。翠华竟作沙漠行，望云顿有关河阻。九天宫殿郁嵬峨，目断离离变禾黍。"诗篇描述宋室蒙羞、生灵涂炭的靖康之耻。"虏兵"的猖獗，"上皇"的狼狈，皆是"诸将""奸臣""百官"的临阵退却、妥协投降造成的："诸将变名窜军伍""奸臣草表遽书降"。诗人对这些本应是中流砥柱的群臣极其失望，充满责怨。《玉山避寇》呈现敌寇入侵、叛贼作乱的艰难时局。"前年十月间，胡兵满大梁。小臣阻天对，血涕夜沾裳。去年十月间，左省谪征商。

扁舟归无处,江浙俱豺狼。今年十月间,叛卒起南方。官兵且二万,一旦忽已亡。一身幸无责,奉亲走穷荒。"从诗人携家逃难切入,描述亲历亲见的外寇和内"贼"交相为祸的乱世场景。从"前年十月间,胡兵满大梁"到"今年十月间,叛卒起南方",天下大乱,百姓流离,悲凄惨淡的现状真是不堪言说。《和谢吏部铁字韵三十四首·纪德十一首》(其四)怨责奸臣当道,政风邪浊:"仕途例皆谄笑耳,随盘方圆无定水。前年天子思奇才,霜台曾擢古君子。"诗人深知朝廷被"谄笑"的小人把持,要改变朝政,须除去奸佞,所以诗人愤激地发出了祈愿:"凭谁去斩佞臣头,请公速铸楚山铁。"

邓肃还曾创作《花石诗》组诗,描写徽宗时期君主浮华奢靡、官吏敛财邀宠,揭示北宋后期朝廷政治气象和地方官府习气,很有深度。

  蔽江载石巧玲珑,雨过嶙峋万玉峰。舻尾相衔贡天子,坐移蓬岛到深宫。
  守令讲求争效忠,誓将花石扫地空。那知臣子力可尽,报上之德要难穷。
  天为黎民生父母,胜景直须函六宇。岂同臣庶作园池,但隔墙篱分尔汝。
  皇帝之囿浩无涯,日月所照同一家。北连幽蓟南交趾,东极蟠木西流沙。
  圣主胸襟包率土,天锡园池乃如许。坐观块石与根茎,无乃卑凡不足数。
  饱食官吏不深思,务求新巧日孳孳。不知均是囿中物,迁远而近盖其私。
  恭惟圣德高舜禹,一囿岂尝分彼此。世人用管妄窥天,水陆驱驰烦赤子。
  安得守令体宸衷,不复区区蹑前踪。但为君王安百姓,囿中无日不春风。

诗篇选取了一个少有人涉及的题材,宋室的花石纲事件。关于花石纲的劳民伤财,史书有确切记载:"岁运花石纲,一石之费,民间至用三十万缗。奸吏旁缘,牟取无艺,民不胜弊。用度日繁,左藏库异时月费缗钱三十六万,至是,衍为一百二十万。"[①]《花石诗》展示了这项弊政的概貌。朝廷诏令向京师运送各地搜来的奇石珍物,千里之遥,跋山涉水,劳民之极。"蔽江载石

---

① (元)脱脱等:《宋史》卷一百七十九《食货志下》,中华书局2000年版,第2924页。

巧玲珑","舻尾相衔贡天子";地方官吏为了邀宠得赏,升官发财,变本加厉地向地方搜刮,"守令讲求争效忠"。显然,花石纲的奢靡是徽宗皇帝的欲求,诗人要想改变这种荒唐政治就必须对皇帝进行劝谏,但又不能太直接和激烈。诗人委婉但坚决地表达了其意图,劝谏皇帝放弃这个不必要的嗜好。"圣主胸襟包率土,天锡园池乃如许。坐观块石与根茎,无乃卑凡不足数。"皇帝荒唐奢靡,地方官吏更是借花石纲事务营私舞弊,残民以逞:"饱食官吏不深思,务求新巧日孳孳。不知均是囿中物,迁远而近盖其私。""世人用管妄窥天,水陆驱驰烦赤子。"诗人对花石纲事件的讽谏和斥责,虽然在遣词上已经有所避忌,但仍然冒犯了皇帝的威权,为此被逐归乡里。史家载录了这个因写诗怨政而遭祸的事件:"(宣和元年十一月)时朱勔以花石纲媚上,东南骚动,太学生邓肃进诗讽谏,诏放归田里。"[①] 可知诗人抱有真实的谏诤动机,并非泛泛的感慨。

李若水(1093—1127),字清卿,曲周(今河北曲周)人。靖康间历太学博士、著作佐郎、徽猷阁待制。出使金,不屈胁迫,遇害。

李若水的怨政诗描写朝廷决策的昏败和地方施政的敝坏。《捕盗偶成》记述了徽宗时期宋江武装集团对抗官府的事件。

> 去年宋江起山东,白昼横戈犯城郭。杀人纷纷翦草如,九重闻之惨不乐。大书黄纸飞敕来,三十六人同拜爵。狞卒肥骖意气骄,士女骈观犹骇愕。今年杨江起河北,战阵规绳视前作。嗷嗷赤子阴有言,又愿官家早招却。我闻官职要与贤,辄啖此曹无乃错。招降况亦非上策,政诱潜凶嗣为虐。不如下诏省科徭,彼自归来守条约。小臣无路扪高天,安得狂词裨庙略。

宋江举事及被招安,史书有载:"淮南盗宋江等犯淮阳军,遣将讨捕,又犯京东、河北,入楚、海州界,命知州张叔夜招降之。"[②]《捕盗偶成》是怨政诗中少有的直接描写宋江举事的作品。诗人对这种"盗贼"事件有自己鲜明的政治评判。诗人笔下的宋江武装活动,是滥杀掠财的"盗寇"凶残行径,"白昼横戈犯城郭""杀人纷纷翦草如"。朝廷的应对之策是招安:"大书黄纸飞敕来,三十六人同拜爵。"诗人对朝廷的这种对策不以为然,认为是姑息养奸,养虎遗患:"招降况亦非上策,政诱潜凶嗣为虐。"诗人提出了对民间反叛活动的治理之道:"不如下诏省科徭,彼自归来守条约。"认为朝廷轻徭薄

---

① (元)脱脱等:《宋史》卷二十二《徽宗本纪四》,中华书局2000年版,第270页。
② 同上书,第272页。

赋，减轻农家的赋役，农家自然会安居乐业。诗篇宣示的政治态度既符合一般士大夫对待"盗贼"的正统立场，也披露了作者对民间反叛与朝廷、官府严苛赋役关系的看法，表现出一定的道义良知。诗篇留下了关于宋江事件的珍贵文献。《村妇谣》怨责官吏贪渎伤民。"村妇相将入城去，呵之不止问其故。我闻官中新籴米，比似民间较钱数。常平常平法甚良，先帝惠泽隆陶唐。愿尔官吏且勤守，无使斯民流异方。"诗篇提及朝廷推行的"常平法"，是一种向民间征购粮食以调剂丰歉、平抑粮价的政府粮食储备法。这项举措本应是一种良政，但在实际的施行中，一些地方官吏完全违背了常平法的初衷，征粮中向农家敲诈勒索，成为搜刮农家财富的一种弊政。《农夫叹》感慨赋税沉重，民不堪命。农家的赋税负担和生活现状是："卒岁辛勤输税外，倒困试量无斗储。"税赋苛重如此，一年辛苦到头，结果一无所获。《次韵张济川二首》，前一首怨责朝政昏败，战祸殃民。"涧底战骸霜雪枯，笼烟万瓦半荒墟。流离赤子马前位，争问九重知也无。"诗篇责问，世间战祸惨重，百姓流离，朝廷当政者竟浑然不知。后一首怨责冒功请赏，伤害忠义。"父老沾襟讼不平，千岩鬼哭乱泉声。乌鸢误饱忠义肉，点检战功谁眼明。"诗篇责问，忠义将士效命疆场，而那些冒功请赏者居然无人辨别。两首诗都以发问收束，包含了明显的谴责之意。

刘子翚（1101—1147），字彦冲，崇安（今福建崇安）人。以父荫补承务郎，入真定幕府。建炎间通判兴化军。

刘子翚的组诗《谕俗十二首》着重描写"盗贼"作乱和朝廷"剿贼"的时政乱局。

故园丧乱余，归来复何有。邻人虽喜在，忧悴成老叟。为言寇来时，白刃穿田亩。惊忙不知路，夜踏人尸走。屋庐成飞烟，囊橐无暇龋。匹夫快恩仇，王法谁为守。艰难历冬夏，迁徙遍林薮。深虞逻寇知，儿啼扼其口。树皮为衣裳，树根作粮糗。还家生理尽，黑瘦面如狗。语翁翁勿悲，祸福较长久。东家红巾郎，长大好身手。荒荒战场中，头白骨先朽。（其一）

西村人渐归，撑柱烧残屋。东村但蒿莱，死者无人哭。昔兹号富穰，被祸尤残酷。二三里中豪，丧乱身为僇。遗骸怅莫掩，饥鸢啄其腹。岂无平生时，意气凌乡曲。锥刀剥微利，舞智欺茕独。锦囊收地券，奕叶相传续。只今邻叟耕，岁岁输官谷。尔曹何专愚，人生固我欲。（其二）

何州无战争，闽粤祸未销。或言杀子因，厉气由此招。蛮陬地瘠狭，世业患不饶。生女奁分赀，生男野分苗。往往衣冠门，继嗣无双髫。前知饮啄定，妄以人力侥。三纲既自绝，余泽岂更遥。王化久淘漉，刑章亦昭昭。那无舐犊慈，恩勤愧鸤鸠。冤报且勿论，兹义古所标。（其三）

悬墙挂德音，尽驰今年租。旄倪发欢谣，助达和气舒。皇恩施甚厚，疲疗望少苏。吁嗟吏舞文，诏纸墨未渝。借贷尽白著，勾稽穷宿逋。掊克倘归公，民贫犹乐输。量权征倍耗，贪缘窃其余。宁逢盗剽攘，厌闻吏追呼。盗奸久必戢，吏奸无由锄。雷霆不言威，肉食忍自诬。故态勿狃习，穷阎勿侵渔。勿谓天听高，勿谓黔首愚。（其十二）

组诗揭示，官军清剿民间"盗寇"，反倒酿成更严重的灾祸。组诗描述的这些凄惨境况，披露了一些重要的政治信息，即民间的"盗寇"作乱，往往是官府、官军的胡作非为造成的。"吁嗟吏舞文，诏纸墨未渝。借贷尽白著，勾稽穷宿逋。掊克倘归公，民贫犹乐输。量权征倍耗，贪缘窃其余。""匹夫快恩仇，王法谁为守。"特别强调是奸吏催生了民间的变乱："宁逢盗剽攘，厌闻吏追呼。盗奸久必戢，吏奸无由锄。"警告奸吏不要欺君害民："勿谓天听高，勿谓黔首愚。"诗中的这些政治评判超越了具体事件，具有一定的历史贯通性。

刘子翚的《望京谣》《靖康改元四十韵》等诗篇主要描写宋金战争背景下金国的猖獗侵凌和宋朝的退缩受辱。如《望京谣》：

双銮北狩淹归毂，寂寞梁园春草绿。犹传故老守孤城，官军不到黄河曲。迟云楼橹已灰炉，更倚窗扉防箭镞。招兵太半出群盗，绣裤蒙衣屡翻覆。前宗后社力诛锄，白刃如霜挂人肉。州桥灯火夜无光，夹道狐狸昼相逐。往时汴泗绝行舟，市粜十千尘满斛。衣冠避胡多在南，胡马却食江南粟。谋臣武士力俱困，海角飘摇转黄屋。盘庚五迁方择利，昆阳一战何当卜。宁闻石氐乱中华，汉祚承天终必复。夕烽明处望千门，孤臣只欲知声哭。

诗篇描写金人南侵给宋室的巨大打击，展示徽钦二帝被掳，中原大地失陷的惨况，也交代了宋朝文武官员的表现："谋臣武士力俱困，海角飘摇转黄屋。"不满文臣武将在国家危难之时不能有效组织抵抗敌寇的侵凌。《靖康改元四十韵》描述这场天昏地暗的靖康之变场景，也企图揭示事变的因由。在诗人看来，引发金人南侵的祸因在于："肉食开边衅，天骄负汉恩。阴谋招叛将，喋血犯中原。"诗人对朝廷权臣决策失当深有怨言，认为是他们的一再失策招致了辱国失地的恶果。"横磨非嗜杀，下策且和番。割地烦专使，要盟胁至尊。"诗人对朝廷采取的"和番""割地"的"下策"显然不予认同，明确表示了自己反对退缩媾和的政治立场。

三　陆游

陆游（1125—1210），字务观，山阴（今浙江绍兴）人。隆兴间赐进士出身。乾道间历夔州通判、川陕宣抚使幕干办公事等。淳熙间历提举江西常平等。绍熙间迁礼部郎中。嘉泰间历实录院同修撰等。

陆游所在的时代，宋金对峙，复土渺茫。他经历过一段身临前线的军旅生活，对他的怨政诗情感倾向和价值判断有一定影响。史载："王炎宣抚川、陕，辟为干办公事。游为炎陈进取之策，以为经略中原必自长安始，取长安必自陇右始。当积粟练兵，有衅则攻，无则守。"[①] 陆游存世的近万首诗歌中，最能体现他人生价值和诗情性情的就是关于抗敌复土的作品，而陆游的怨政诗也基本上归属于这类作品。诗人的个性品行和诗意情怀，在这类作品中有鲜明的展示。如：

百战元和取蔡州，如今胡马饮淮流。和亲自古非长策，谁与朝家共此忧。（《估客有自蔡州来者感怅弥日》）

陇头十月天雨霜，壮士夜挽绿沉枪。卧闻陇水思故乡，三更起坐泪数行。我语壮士勉自强，男儿堕地志四方。裹尸马革固其常，岂若妇女不下堂。生逢和亲最可伤，岁辇金絮输胡羌。夜视太白收光芒，报国欲死无战场。（《陇头水》）

读书三万卷，仕宦皆束阁。学剑四十年，虏血未染锷。不得为长虹，万丈扫寥廓。又不为疾风，六月送飞雹。战马死槽枥，公卿守和约。穷边指淮淝，异域视京洛。呜呼此何心，有酒吾忍酌。平生为衣食，敛版靴两脚。心虽瞭是非，口不给唯诺。如今老且病，鬓秃牙齿落。仰天少吐气，饿死实差乐。壮心埋不朽，千载犹可作。（《醉歌》）

少小遇丧乱，妄意忧元元。忍饥卧空山，著书十万言。贼亮负函贷，江北烟尘昏。奏记本兵府，大事得具论。请治故臣罪，深绝衰乱根。言疏卒见弃，袂有血泪痕。尔来十五年，残虏尚游魂。遗民沦左衽，何由雪烦冤。我发日益白，病骸宁久存。常恐先狗马，不见清中原。（《感兴二首》其一）

山河自古有乖分，京洛腥膻实未闻。剧盗曾从宗父命，遗民犹望岳家军。上天悔祸终平虏，公道何人肯散群。白首自知疏报国，尚凭精意祝炉熏。（《书愤》）

[①]（元）脱脱等：《宋史》卷三百九十五《陆游传》，中华书局2000年版，第9493页。

诸公可叹善谋身，误国当时岂一秦。不望夷吾出江左，新亭对泣亦无人。(《追感往事》)

中原昔丧乱，豺虎厌人肉。辇金输虏庭，耳目久习熟。不知贪残性，搏噬何日足。至今磊落人，泪尽以血续。后生志抚薄，谁办新亭哭。艺祖有圣谟，呜呼宁忍读。(《闻虏乱次前辈韵》)

和戎诏下十五年，将军不战空临边。朱门沉沉按歌舞，厩马肥死弓断弦。戍楼刁斗催落月，三十从军今白发。笛里谁知壮士心，沙头空照征人骨。中原干戈古亦闻，岂有逆胡传子孙。遗民忍死望恢复，几处今宵垂泪痕。(《关山月》)

高寺坡前火照天，南定楼下血成川。从事横尸太守死，处处巷陌森戈鋋。此州雄跨西南边，平安烽火夜夜传。岂知痈疽溃在内，漫倚筑城如铁坚。从来守边要人望，纵有奸谋气先丧。即今死者端为谁，姓名至死无人知。(《泸州乱》)

皇天震怒贼得长，三年胡星失光芒。旄头下扫在旦暮，嗟此大议知谁当。公归上前勉书策，先取关中次河北。尧舜尚不有百蛮，此贼何能穴中国。黄扉甘泉多故人，定知不作白头新。因公并寄千万意，早为神州清虏尘。(《送范舍人还朝》)

公卿有党排宗泽，幄幄无人用岳飞。遗老不应知此恨，亦逢汉节解沾衣。(《夜读范至能揽辔录言中原父老见使者多挥涕感》)

今皇神武是周宣，谁赋南征北伐篇。四海一家天历数，两河百郡宋山川。诸公尚守和亲策，志士虚捐少壮年。京洛雪消春又动，永昌陵上草芊芊。(《感愤》)

陆游在这些作品里表达对无心收复、退缩求和的朝政国策的强烈否定，以及对自私怯懦的朝臣武将的厌憎鄙夷，抒写自己对时政现状的忧愤之情。如《估客有自蔡州来者感怅弥日》不满朝廷对金人的媾和退让："和亲自古非长策，谁与朝家共此忧。"《陇头水》指责朝廷一味退让求和，向金人奉送巨大的物质利益："生逢和亲最可伤，岁辇金絮输胡羌。"《醉歌》指斥朝廷权臣奉行畏缩求和政策，使疆域大为缩减，中原城邑沦为异域之地："战马死槽枥，公卿守和约。穷边指淮淝，异域视京洛。"《感兴二首》(其一)痛斥国贼媾和，致使国土沦丧，至今难以收复："请治故臣罪，深绝衰乱根。""遗民沦左衽，何由雪烦冤。"《书愤》悲慨抗金将领遭受打击，中原城邑沦为金人践踏之地："山河自古有乖分，京洛腥膻实未闻。剧盗曾从宗父命，遗民犹望岳家军。"《追感往事》谴责一些文臣武将只求个人自保，不惜媾和伤害国体：

"诸公可叹善谋身，误国当时岂一秦。"《闻虏乱次前辈韵》怨责朝廷的媾和政策只招来了赔款受辱，并未阻止金人的贪婪进逼："辇金输虏庭，耳目久习熟。不知贪残性，搏噬何日足。"《关山月》怨讽文臣武将畏敌主和，只求苟安，长期自我麻醉，享乐忘危。"和戎诏下十五年，将军不战空临边。朱门沉沉按歌舞，厩马肥死弓断弦。"这些诗篇针对的都是朝廷关于宋金关系的大政国策，对当今媾和苟安的误国之策进行了激烈的指责，在南宋士大夫文人这类题材的作品中时很有代表性的。陆游还有一些怨政诗斥责抗敌怠惰、败事有余的无能之辈，如《泸州乱》指斥内讧乱军之徒："从来守边要人望，纵有奸谋气先丧。即今死者端为谁，姓名至死无人知。"《送范舍人还朝》不满宋军无所作为："尧舜尚不有百蛮，此贼何能穴中国。"诗人对忠臣义士满怀报国之志而被打压排挤，以致蹉跎岁月空耗光阴，也大为感愤，如《陇头水》愤慨朝廷的苟安媾和政策压抑了无数志士期待收复失地的壮烈情怀："夜视太白收光芒，报国欲死无战场。"《醉歌》怨叹空有报国壮志，却只能在朝廷苟安政策下虚耗生命："读书三万卷，仕宦皆束阁。学剑四十年，虏血未染锷。""如今老且病，鬓秃牙齿落。仰天少吐气，饿死实差乐。壮心埋不朽，千载犹可作。"《夜读范至能揽辔录言中原父老见使者多挥涕感》痛斥朝廷权臣对抗敌主将宗泽、岳飞的排挤打击："公卿有党排宗泽，帷幄无人用岳飞。"《感愤》怨责朝廷权臣为维持苟安局面，压制怀抱抗敌意志的志士："诸公尚守和亲策，志士虚捐少壮年。"陆游这些诗篇感愤宋金和战的病态僵持局面，展示了南宋中期部分士大夫文人对朝廷媾和政策的明确反对态度，有一定样本意义。

此外，陆游还有一些怨政诗表现农家遭受重税压迫和恶吏伤害，以及官府施政失策，社会贫富不公。如：

> 柳姑庙前烟出浦，冉冉蒙空青一缕。须臾散作四山云，明日来为社公雨。小巫屡舞大巫歌，士女拜祝肩相摩。芳荼绿酒进杂沓，长鱼大胾高嵯峨。常年征科烦棰楚，县家血湿庭前土。妻啼儿号不敢怨，期会常忧累官府。今年家家有余粟，县符未下输先足。木刻吏，蒲作鞭，自然粟帛如流泉，储积不愁无九年。（《秋赛》）

> 井地以养民，整整若棋画。初无甚贫富，家有五亩宅。哀哉古益远，祸始开阡陌。富豪役千奴，贫老无寸帛。因穷礼义废，盗贼起憯迫。谁能讲古制，寿我太平脉。（《岁暮感怀以余年谅无几休日怆已迫为韵》）

> 齐民困衣食，如疲马思秣。我欲达其情，疏远畏强聒。有司或苛取，兼并亦豪夺。正如横江纲，一举孰能脱。政本在养民，此论岂迂阔。我

今虽退休，尝缀廷议末。明恩殊未报，敢自同衣褐。吾君不可负，愿治甚饥渴。(《书叹》)

僧庐土木涂金碧，四出征求如羽檄。富商豪吏多厚积，宜其弃金如瓦砾。贫民妻子半菽食，一饥转作沟中瘠。赋敛鞭笞县庭赤，持以与僧亦不惜。古者养民如养儿，劝相农事忧其饥。露台百金止不为，尚愧七月周公诗。流俗纷纷岂知此，熟视创残谓当尔。杰屋大像无时止，安得疲民免饥死。(《僧庐》)

小雨催寒著客袍，草行露宿敢辞劳。岁饥民食糟糠窄，吏惰官仓鼠雀豪。只要闾阎宽棰楚，不须亭障肃弓刀。九重屡下丁宁诏，此责吾曹未易逃。(《寄奉新高令》)

有山皆种麦，有水皆种秔。牛领疮见骨，叱叱犹夜耕。竭力事本业，所愿乐太平。门前谁剥啄，县吏征租声。一身入县庭，日夜穷笞榜。人孰不惮死，自计无由生。还家欲具说，恐伤父母情。老人倘得食，妻子鸿毛轻。(《农家叹》)

墙头累累柿子黄，人家秋获争登场。长碓捣珠照地光，大甑炊玉连村香。万人墙进输官仓，仓吏炙冷不暇尝。讫事散去喜若狂，醉卧相枕官道傍。数年斯民厄凶荒，转徙沟壑殣相望，县吏亭长如饿狼，妇女怖死儿童僵。岂知皇天赐丰穰，亩收一钟富万箱。我愿邻曲谨盖藏，缩衣节食勤耕桑，追思食不餍糟糠，勿使水旱忧尧汤。(《秋获歌》)

《秋赛》描写秋收后的祭祀活动，感慨官府赋税苛重。"常年征科烦棰楚，县家血湿庭前土。妻啼儿号不敢怨，期会常忧累官府。今年家家有余粟，县符未下输先足。"虽是秋收有成，但官符未下，农家的粮食已归了官府。至于全年的催科征税，更是鞭笞见血，从未有过放松。《岁暮感怀以余年谅无几休日怆已迫为韵》感慨世间贫富悬殊，以致逼良为盗："富豪役千奴，贫老无寸帛。因穷礼义废，盗贼起蹙迫。"诗篇警示，社会现实的这种严重不公已经威胁到了政权秩序的稳定。《书叹》感慨官员及豪强对普通农家的剥夺："有司或苛取，兼并亦豪夺。正如横江纲，一举孰能脱？"从税赋征收到土地兼并，这种一网打尽似的榨取，带给农家的只能是无望的贫困前景。实际上，土地兼并造成了农家无以为生的困境，这种情况由来已久。宋仁宗后期，"势官富姓占田无限，兼并伪冒，习以为俗，重禁莫能禁止焉"。[①] 宋代李觏感慨当时的兼并状况："自阡陌之制行，兼并之祸起，贫者欲耕而或无地，富者有地而或乏人，野夫有作惰游，况邑居乎；沃壤犹为芜秽，况瘠土乎。饥馑所以不

---

① （元）脱脱等：《宋史》卷一百七十三《食货志上》，中华书局2000年版，第2789页。

支，贡赋所以日削。"① 这种情形后来愈演愈烈，像陆游诗篇披露的严酷状况并未得到遏制。《僧庐》描写僧寺的佛像镀金耗费了太多的社会资源，官府纵容这种挥霍，加重了贫苦民户的生存危机。"富商豪吏多厚积，宜其弃金如瓦砾。贫民妻子半菽食，一饥转作沟中瘠。赋敛鞭笞县庭赤，持以与僧亦不惜。"贫苦百姓食不果腹，即将沦为饿莩，社会财富却这样被大量虚耗。《寄奉新高令》描写官吏不恤民苦，怠政渎职。"岁饥民食糟糠窄，吏惰官仓鼠雀豪。"民众陷入饥荒，官吏漠然视之，任由官仓储粮被鼠雀糟蹋而无动于衷。《农家叹》描写官府对农家催科逼税极其凶狠："门前谁剥啄，县吏征租声。一身入县庭，日夜穷笞搒。人孰不惮死，自计无由生。"农户在"县庭"被凶狠鞭笞，甚至感受到死亡的威胁，这样的税赋压迫已到了民不堪命的地步。《秋获歌》回顾灾荒年景百姓遭遇官府吏胥的冷酷相待。"数年斯民厄凶荒，转徙沟壑殣相望，县吏亭长如饿狼，妇女怖死儿童僵。"诗篇描述"县吏亭长如饿狼"般凶狠对待饥民，揭示了一些地方官府施政的恶劣状况。

<h3 style="text-align:center">四 范成大 释居简 刘宰 戴复古 赵汝鐩</h3>

范成大（1126—1193），字致能，吴县（今江苏苏州）人。绍兴间进士。隆兴间任枢密院编修官。乾道间历吏部员外郎等。以资政殿大学士使金。历成都府知府、参知政事。

范成大的怨政诗主要讽怨官府对农家的苛酷政策。看似调侃的种种情景描述，饱含着对农家境遇的同情和对官吏劣行的斥责。

采菱辛苦废犁锄，血指流丹鬼质枯。无力买田聊种水，近来湖面亦收租。(《四时田园杂兴六十首》其三十四)

输租得钞官更催，踉跄里正敲门来。手持文书杂嗔喜，我亦来营醉归耳。床头悭囊大如拳，扑破正有三百钱。不堪与君成一醉，聊复偿君草鞋费。(《催租行》)

老父田荒秋雨里，旧时高岸今江水。佣耕犹自抱长饥，的知无力输租米。自从乡官新上来，黄纸放尽白纸催。卖衣得钱都纳却，病骨虽寒聊免缚。去年衣尽到家口，大女临岐两分首。今年次女已行媒，亦复驱将换升斗。室中更有第三女，明年不怕催租苦。(《后催租行》)

我知吴农事，请为峡农言。吴田黑壤腴，吴米玉粒鲜。长腰饱犀瘦，齐头珠颗圆。红莲胜雕胡，香子馥秋兰。或收虞舜余，或自占城传。早

---

① （宋）李觏：《李觏集》卷六《国用》，中华书局2011年版，第106页。

籼与晚罢,滥吹甑甗间。不辞春养禾,但畏秋输官。奸吏大雀鼠,盗胥众螟蟓。掠剩增釜区,取盈折缗钱。两钟致一斛,未免催租瘿。重以私债迫,逃屋无炊烟。晶晶云子饭,生世不下咽。食者定游手,种者长充涎。不如峡农饱,豆麦终残年。(《劳畲耕》)

腊中储蓄百事利,第一先春年米计。群呼步碓满门庭,连杵成腊雷动地。筛匀簸健无粞糠,百斛只费三日忙。齐头圆洁箭子长,隔篱辉日雪生光。土仓瓦㼭分盖藏,不蠹不腐尝新香。去年薄收饭不足,今年顿顿炊白玉。春耕有种夏有粮,接到明年秋刈熟。邻叟来观还叹嗟,贫人一饱不可赊。官租私债纷如麻,有米冬春能几家。(《冬春行》)

《四时田园杂兴六十首》(其三十四)记述官府无所不至的苛刻征税。"无力买田聊种水,近来湖面亦收租。"苛税让农家逃无可逃,农家的怨愤里透着无可奈何。《催租行》描写吏胥假公济私,借催科勒索百姓。"输租得钞官更催,踉蹡里正敲门来。手持文书杂嗔喜,我亦来营醉归耳。床头悭囊大如拳,扑破正有三百钱。不堪与君成一醉,聊复偿君草鞋费。"恶吏上门威逼现钞交纳租税,乘机捞钱,农家不堪其扰。《后催租行》描写官吏催征税赋,逼得农家卖女偿租,家破人散。"佣耕犹自抱长饥,的知无力输租米。自从乡官新上来,黄纸放尽白纸催。卖衣得钱都纳却,病骨虽寒聊免缚。""室中更有第三女,明年不怕催租苦。"农家常年辛劳,却时时陷入食不果腹的境地,向官府交纳粟米税赋更是力不从心。写有蠲免租税诏令的"黄纸"被地方官府故意忽视,沦为一纸空文。而农家出卖自己的衣物以抵偿官税,税赋苛征使百姓陷入饥寒交迫的境地。《劳畲耕》对比巫山农家和吴中农家的税负,披露吴中地方官吏榨取农夫到了竭泽而渔的地步。"不辞春养禾,但畏秋输官。奸吏大雀鼠,盗胥众螟蟓。掠剩增釜区,取盈折缗钱。两钟致一斛,未免催租瘿。重以私债迫,逃屋无炊烟。""不如峡农饱,豆麦终残年。"农家畏惧秋收后向官府交纳粮税,无从逃脱吏胥的搜刮勒索,难免缺粮断炊,生计比自然条件恶劣的巫山农家更为艰难。《冬春行》怨责官租私债沉重不堪,农家无以为生。"邻叟来观还叹嗟,贫人一饱不可赊。官租私债纷如麻,有米冬春能几家。"贫苦农家冬春时节青黄不接的窘困,凸显缴纳官府税负过重,造成贫苦农家生计的恐慌。

范成大另有一些怨政诗不满朝廷对国土沦陷视若无睹。如《双庙》:"平地孤城寇若林,两公犹解障妖祲。大梁襟带洪河险,谁遣神州陆地沉。"《州桥》:"州桥南北是天街,父老年年等驾回。忍泪失声询使者,几时真有六军来。"沦陷区百姓的期盼和失望,映衬出媾和苟安政策带来的失败和耻辱。

释居简,生卒、事迹见前。

僧人创作怨政诗,在宋代并非个别现象。由此可以看出,宋代社会各阶层对政治现实的关切具有普遍性。释居简怨政诗对涉及宋室存亡的抗敌题材特别予以关注,激烈斥责了朝廷内外的谗谮之徒。如《读岳鄂王传》:

> 百钧不挽射羿弓,朔望酹酒马鬣封。从来知子莫若父,许以殉国输精忠。相州去谒大元帅,是时元帅方潜龙。华风忽与庆云遇,千载一德明良同。南薰门外众制寡,铁路步上雌决雄。浮屠连墙望尘靡,拐子如山随手空。伪齐可给不可杀,兀术可间毋庸攻。寇连诸道解如瓦,气吐千丈长于虹。声先到处皆春风,桀骜怙很摧枯蓬。中原跂踵戴旧德,萧墙稔祸基元凶。当时剑握不倒置,直北马首无由东。全尺寸地有余刃,半九十里骧奇功。老黑既陷百尺阱,长城遂摧千丈墉。群奸尾摇蜂虿毒,一蟆吻纳蟾蜍宫。强胡妄冀脱虎口,残喘忽重苏犬戎。难平者事有成算,可投之机无再逢。乡来望诸报燕惠,无怨无怒方雍容。其谁掩卷辄恸哭,主父儇与齐蒯通。黄金台圮置勿论,问之胡不达四聪。昔人已矣不可作,后来更复将焉从。审如机栝发必中,诚与日月昭而融。将军碧电摇百步,跨灶英勇尤折冲。乾坤不朽忠义骨,光腾抔土方朣朣。春秋不书六月雪,是日集霰回冷风。杞传百世子配食,天定胜人还至公。乱臣贼子生看好,遗臭不老均翻虫。坐令三光五岳气,百岁左衽昏濛濛。周南滞留奋椽笔,折奸全直传无穷。浯溪大字倘可法,燕然苍藓知谁舂。开禧之事如昨日,清淮洒血连天红。动逾二纪不解甲,残虏尚锐蕲黄锋。噬脐太息复太息,遗恨黯黯齐崆峒。至今奸血泽遗类,忠愤郁郁填人胸。向使二子及见此,恸哭岂止宣旻穹。古愁连环不可解,除是帝舜开重瞳。

记述岳飞忠勇护国的事迹和身受陷害的冤屈,感慨十分强烈。诗篇神采飞扬地渲染了岳飞威猛杀敌的战绩:"浮屠连墙望尘靡,拐子如山随手空。伪齐可给不可杀,兀术可间毋庸攻。寇连诸道解如瓦,气吐千丈长于虹。声先到处皆春风,桀骜怙很摧枯蓬。"史载,岳飞率军击杀金兵,以奇技及锐器勇猛克敌:"初,兀术有劲军,皆重铠,贯以韦索,三人为联,号'拐子马',官军不能当。是役也,以万五千骑来,飞戒步卒以麻札刀入阵,勿仰视,第斫马足。拐子马相连,一马仆,二马不能行,官军奋击,遂大败之。兀术大恸曰:'自海上起兵,皆以此胜,今已矣。'"[①] 岳飞这样的忠勇威猛之将,让金人震恐,也让朝廷内的国贼奸臣惊恐,招致他们对岳飞的阴狠陷害。"全

---

① (元)脱脱等:《宋史》卷三百六十五《岳飞传》,中华书局2000年版,第9036页。

尺寸地有余刃,半九十里隳奇功。老罴既陷百尺阱,长城遂摧千丈墉。群奸尾摇蜂虿毒,一蟆吻纳蟾蜍宫。"诗人对各方人物的爱憎态度极为鲜明:对岳飞的遇难,抒发了悲壮的感怀:"乾坤不朽忠义骨,光腾抔土方瞳瞳。"对权奸的下场,发出了强烈的诅咒:"乱臣贼子生看好,遗臭不老均蜖虫。"对奸臣当道的朝政,诗人也深感无奈和痛愤:"至今奸血泽遗类,忠愤郁郁填人胸。"在南宋描写岳飞事件的怨政诗中,这首作品感愤最为激烈,颇能代表当世社会众多人士对此事的评判态度,指标意义很强。

刘宰(1166—1239),字平国,金坛(今江苏金坛)人。绍熙间进士。历真州司法参军、泰兴令等。

刘宰《雅去鹊来篇》描写地方赋税征收的苛政弊端,深度披露了南宋地方田制的痼疾及其危害。

　　昨日雅鸣绕庭树,道上行人色惊惧。试呼行者问如何,身为户长催残税。税残自昔称难理,三年尤非四年比。加之逐保有逃户,每一申明官长怒。人逃信矣田不逃,其奈逃田不知处。厥初经界失区画,比近立租相什伯。大家置产钱欲轻,小家鬻产价欲增。上田只割上田赋,赋存田尽因逃去。或因土瘠遂流移,岁久田侵人不知。更有乡胥迫科抑,多推少割随胸臆。民愚而神难尽欺,往往增入逃户籍。以兹逃户日增多,户长茕茕奈若何。向来差役多轻重,户长之中中产众。比来里正多义役,各欲供须有全力。搜罗中产无孑遗,户长人人家四壁。官司祷雨遍明神,施行宽政蠲房缗。房缗仅可宽游手,那得实惠沾农民。千钱代输犹可出,今日方输又明日。父兮母兮叫不闻,遗体鞭笞同木石。日日雅鸣期会到,血洒公庭深不扫。遂令著处听雅鸣,魂飞魄散心如捣。和气致祥乖致异,已甘旱魃来为祟。忽惊雅散鹊交飞,高枝报喜仍低枝。万口欢呼声动地,府今尽放三年税。曳铃走卒天上来,立张大榜当衢市。黥胥骇愕顿两足,户长仰天攒十指。疮痍未愈失呻吟,感激过深仍涕泪。又说新租亦宽限,四年奋欠宁不尔。亦知经赋难遽责,少纾庶可容催索。使君从善真如流,仁人之言为虑周。画诺一时良易易,几人共拜更生赐。人意会同天意感,急足未回时雨至。始知此术胜祈禳,开阖阴阳俄顷耳。何妨甘泽尚愆期,我作此诗祷告之。象龙可仆蜥蜴纵,蛟龙自起霹雳随。谓予不信难强语,请验吾邦今日雨。诗成欲谢更有祈,新租输送此其时。分科本色归上户,细民勿使折纳迟。四年逃阁尚充数,积弊那能仓卒去。且应除豁见真的,孰恃强梁敢逋负。若然民病八九瘳,闲暇何妨版籍修。推排得人弊可见,逃租十失五可收。更令义役广前制,户长里胥同一体。庶几二役适均平,不使贫民偏受敝。岂惟澍雨快一朝，纵有凶年皆乐岁。报喜不惟乾鹊噪，丈人屋上乌亦好。

"雅"即鸦。诗篇以乌鸦喜鹊的来去，喻指田户面对赋税不公的心情。诗篇揭示了南宋中期地方田制管理中的一个明显弊政，即小有家产的"户长"们在催征租税的过程中陷入了公私两难周全的困境。"身为户长催残税""税残自昔称难理"，一方面要执行官府责令的催税公务，一方面又因"逃户"众多而难以完成官府定额，"每一申明官长怒"。逃户和逃户遗留的逃田，又极难核准数额，"厥初经界失区画，比近立租相什伯"。"上田只割上田赋，赋存田尽因逃去。或因土瘠遂流移，岁久田侵人不知。"对于田地的这些复杂变化，里胥一概不管不顾，胡乱推定地方的逃户数量，"更有乡胥迫科抑，多推少割随胸臆。民愚而神难尽欺，往往增入逃户籍"。这些逃户的欠税，户长不能催收满额，则由户长用自己的家产补偿，户长因此而焦头烂额，苦不堪言，甚至破产败家："以兹逃户日增多，户长茕茕奈若何。向来差役多轻重，户长之中中产众。""搜罗中产无孑遗，户长人人家四壁。"虽然朝廷颁布了宽限令，但对户长并无实质的保护："官司祷雨遍明神，施行宽政蠲房缗。房缗仅可宽游手，那得实惠沾农民。"诗人认为朝廷采取的宽限措施，理应除去往年的积弊，不能让"强梁"大户和"黠胥"奸徒有机可乘。诗篇提出了除弊兴利的变革主张："分科本色归上户，细民勿使折纳迟。""更令义役广前制，户长里胥同一体。"让"上户"和"细民""户长"和"里胥"在面对各自的田产、赋役时有相应的公平地位，不至于偏轻偏重，苦乐不均。作品所揭示的"中产"户长们应差过程中遭遇的弊政，是当朝地方田制管理及税赋征收政策造成的痼疾。"宋朝的赋役负担是沉重的，成为影响整个社会经济生活的重大因素。在不少场合，因官府竭泽而渔，甚至完全剥夺了乡村下户和客户的生存和再生产努力。"①刘宰诗篇为那些被逼得破产败家的"户长"鸣不平，显示作者对这一税赋弊政有自己的深入考察和思考，精准描述了这一弊政对乡村经济的破坏性影响。诗篇表现出宋代士大夫文人以诗歌促进社会革弊兴利的责任感和批判力。

戴复古（1167—1248?），字式之，黄岩（今浙江黄岩）人。绍熙至宝庆间行游今浙江等地。绍定间为邵武军学教授。

戴复古虽终身未仕，但他对国家危难和民生苦难的关切，并不逊色于心怀良知的正直官员，也超过了一般士大夫文人的精神高度。戴复古怨政诗观照的范围较广，涉及荒政、税负、徭役等，如《庚子荐饥》《梦中亦役役》

---

① 王曾瑜：《宋朝阶级结构》，中国人民大学出版社2010年版，第179页。

等；涉及抗金复土的大政国策，如《嘉定甲戌孟秋二十有七日起居舍人兼直学士院真德秀上殿直前奏边事不顾忌讳一疏万言援引古今铺陈方略忠谊感激辞章浩瀚诚有补于国家天台戴复古获见此疏伏读再三窃有所感敬效白乐天体以纪其事录于野史》。

《庚子荐饥》是一组记述理宗嘉熙四年（1240）前后连年灾荒的诗歌，呈现了彼时彼地可怕的饥荒图景。史载："嘉熙四年，绍兴府荐饥，临安府大饥，严州饥。"① 此诗当是诗人对这期间浙江多地饥荒及荒政情况的记录。

  正月彗星出，连年旱魃兴。自应多变故，何可望丰登。孰有回天力，谁怀济世能。蓥居不恤纬，忧国瘦崚嶒。（其一）
  连岁遭饥馑，民间气索然。十家九不爨，升米百余钱。凛凛饥寒地，萧萧风雪天。人无告急处，闭户抱愁眠。（其二）
  饿走抛家舍，从横死路岐。有天不雨粟，无地可埋尸。劫数惨如此，吾曹忍见之。官司行赈恤，不过是文移。（其三）
  乘时皆闭籴，有谷贵如金。寒士糟糠腹，豪民铁石心。可怜饥欲死，那更病相侵。到处闻愁叹，伤时泪满襟。（其四）
  杵臼成虚设，蛛丝网釜鬵。啼饥食草木，啸聚斫山林。人语无生意，鸟啼空好音。休言谷价贵，菜亦贵如金。（其五）
  去岁未为歉，今年始是凶。谷高三倍价，人到十分穷。险淅矛头菜，愁闻饭后钟。新来慰心处，陇麦早芃芃。（其六）

诗篇描述乡村的荒年景象，到处一片死寂，"连年旱魃兴""何可望丰登"，"连岁遭饥馑，民间气索然。""饿走抛家舍，从横死路岐。"面对饥荒横夺民命的遍地惨状，官府虚与委蛇，不予实质救援，"官司行赈恤，不过是文移"。朝廷的赈灾诏令几乎成了一纸空文，被地方官府敷衍应付，让饥民自生自灭。而为富不仁的大户对灾情也是视若无睹，"寒士糟糠腹，豪民铁石心"。社会救助的大门紧紧关闭着，"乘时皆闭籴，有谷贵如金"。"谷高三倍价，人到十分穷。""休言谷价贵，菜亦贵如金。"倾尽所有买谷疗饥，也只是权宜之计，无法维持长久。这样的年景和现实对穷人就意味着绝望，"人无告急处，闭户抱愁眠"。穷困人家求告无门，只有坐以待亡。即使逃亡他乡，也是死路一条。"荐饥"即连岁饥荒。诗篇是诗人对所见闻的庚子年间连续的严重饥荒和恶劣荒政的记录，与史载相参照，真实深刻，殊为宝贵。

《梦中亦役役》写出了苛酷徭役给百姓造成的心理重压。"半夜群动息，

---

① （元）脱脱等：《宋史》卷六十七《五行志五》，中华书局2000年版，第993页。

五更百梦残。天鸡啼一声,万枕不遑安。一日一百刻,能得几刻闲。当其闲睡时,作梦更多端。穷者梦富贵,达者梦神仙。梦中亦役役,人生良鲜欢。"诗篇刻画了梦境百态:"穷者梦富贵,达者梦神仙。"梦不成真只是奢望未能实现,未必是生存的必需,而农家常年忧念于心的赋税徭役之事,映现于梦中,则是另外一种情景了:"梦中亦役役,人生良鲜欢。"诗篇揭示,对官差徭役的畏惧,已经成了百姓挥之不去的痛苦噩梦。《织妇叹》感慨织者无衣:"春蚕成丝复成绢,养得夏蚕重剥茧。绢未脱轴拟输官,丝未落车图赎典。一春一夏为蚕忙,织妇布衣仍布裳。有布得著犹自可,今年无麻愁杀我。"从蚕到绢,蚕女织妇费尽心血换来的劳作成果,全部变为官府的税赋收入,"绢未脱轴拟输官,丝未落车图赎典"。自己落得连粗布衣衫都无望获得,愁苦感慨之中包含了良多不平之鸣。

《嘉定甲戌孟秋二十有七日起居舍人兼直学士院真德秀上殿直前奏边事不顾忌讳一疏万言援引古今铺陈方略忠谊感激辞章浩瀚诚有补于国家天台戴复古获见此疏伏读再三窃有所感敬效白乐天体以纪其事录于野史》怨责权奸误国、忍垢国耻、不事恢复。

禁城鸡唱金门开,起居舍人携疏来。榻前一奏一万字,历历写出忠义怀。顿首惶恐臣昧死,越录敢言天下事。百年河洛行胡朔,恨满东南天一角。夷甫诸人责未酬,志士愁眠剑锋落。天意未回事难举,乡来一试成千误。犬羊频岁自相屠,盛衰大抵由天数。昨臣衔命出疆时,自期有去必无归。屈膝穹庐当愤死,天相孤忠半道回。金山之下长江水,击楫中流书壮志。东风吹上妙高台,略望江淮见形势。形势从来只如此,几年待得天时至。朝廷为计保万全,往往忘却前朝耻。臣今未暇论规恢,胡虏已亡何虑哉。中原旷地无人管,政恐英雄生草莱。北方苦饥民骨立,万一东来窃吾粟。边头诸州无铁壁,供问谁能备仓卒。请朝廷,厉精兵,择良将。办多多,策上上。更选人材,老练通达。分守要冲,讲明方略。一贤可作万里城,一人可当百万兵。坐令国势九鼎重,所赖君心一点明。长笺奏彻龙颜悦,继言臣愚进此说。言虽甚鄙用甚切,宸断必行天下福,勿谓儒生论迂阔。臣之肝胆与人别,读书岂为文章设。王师若出定中原,玉堂敢草平羌策。

借由感慨大臣真德秀上疏言事,抒写对朝廷媾和势力的厌憎。诗篇首先称赞了真德秀"不顾忌讳""铺陈方略""榻前一奏一万字,历历写出忠义怀。"然后以代拟上疏的口吻,对宋金对峙的形势做了分析:"百年河洛行胡朔，恨满东南天一角。夷甫诸人责未酬，志士愁眠剑锋落。""昨臣衔命出疆时，自期有去必无归。屈膝穹庐当愤死，天相孤忠半道回。"描述之中寓含了对失土未复的苟安局面的不满。诗人指斥朝廷当权者忍垢国耻的麻木不仁状态："朝廷为计保万全，往往忘却前朝耻。臣今未暇论规恢，胡虏已亡何虑哉。中原旷地无人管，政恐英雄生草莱。"谴责权奸误国，希望皇帝改变朝纲，抗金恢复，"所赖君心一点明""宸断必行天下福"。进谏般的恳切之辞，其实也包含着对朝廷君臣未能在抗敌复土的大政上有所作为的怨责。戴复古这类怨政诗批判朝廷对金政策，代表了南宋后期部分士大夫文人的立场，很有指标意义。

赵汝鐩（1172—1246），字明翁，宜春（今江西宜春）人。嘉泰间进士。绍定间任郴州知州、荆湖南路提点刑狱。淳祐间知温州。

赵汝鐩的怨政诗有关于宋金战事的，如《荆门行》；有关于官府赋税的，如《翁媪叹》《耕织叹二首》。诗人对国事的忧虑有充分的现实依据，描绘的忧患图景较有内涵深度。

《荆门行》怨讽宋军遭遇外寇时的畏缩无能。

> 去年曾问荆门途，鸡鸣狗吠民耕锄。摇鞭重来意惨淡，前日井邑今丘墟。云昏雨涩草堆碧，四野荒荒人迹疏。深山扶携皆露处，骨肉荡没况室庐。老农无力倚林卧，少定举首来向余。官人且坐待侬说，未说泗涕先横裾。老夫老岂识兵革，忽见远近皆狂胡。悬崖绝壁鱼贯进，飞马上下争驰驱。吾军非是无身手，未鼓弃甲先奔趋。时平廪帛官不计，战胜爵赏官不辜。进怯锋镝退焚掠，虏既难堪堪汝乎。独来未暇正其罪，官有金币还招呼。老夫莫晓军旅事，但闻败衄深嗟吁。我听其言为蹙颇，含凄独下西山隅。金莲似恨膻风染，蒙泉未洗血水污。九秋半破明月夕，照我孤愤行绕壁。

诗篇借"莫晓军旅事"的老翁之口，描述宋军丢盔卸甲、一触即溃的狼狈失败。"吾军非是无身手，未鼓弃甲先奔趋。时平廪帛官不计，战胜爵赏官不辜。进怯锋镝退焚掠，虏既难堪堪汝乎。"诗人鄙夷宋军畏缩逃脱，不满朝廷赔钱媾和，"独来未暇正其罪，官有金币还招呼"。撕下了朝廷苟安政策的遮羞布。

《翁媪叹》《耕织叹二首》感慨官家赋税苛重。《翁媪叹》云："旱曦当空岁不熟，炊甑飞尘煮薄粥。翁媪饥雷常转腹，大儿嗷嗷小儿哭。愁死未死此何时，县道赋不遗毫厘。科胥督欠烈星火，诟言我已遭榜笞。壮丁偷身出走避，病妇抱子诉下泪。掉头不恤尔有无，多寡但照帖中字。盘鸡岂能供大嚼，杯酒安足直一醉。沥血祈哀容贷纳，拍案邀需仍痛詈。百请幸听去须臾，冲夜捶门谁叫呼。后胥复持朱书急急符，预借明年一年租。"虽然农家遭受饥饿之苦，官府的催征赋税却丝毫没有放松宽限，"科胥督欠烈星火""多寡但照帖中字""沥血祈哀容贷纳，拍案邀需仍痛詈"。今年的赋税还未了结，明年的催租又已经逼上门来，农家的哀求不能改变酷吏的催科。《耕织叹二首》云："一年苦辛今幸熟，壮儿健妇争扫仓。官输私负索交至，勺合不留但糠秕。我腹不饱饱他人，终日茅檐愁饿死。""全家勤劳各有望，翁媪处分将裁衣。官输私负索交至，尺寸不留但箱箧。我身不暖暖他人，终日茅檐愁冻死。"农耕和蚕织，两类不同的艰辛付出，换来了共同的结果："官输私负索交至，勺合不留但糠秕。""官输私负索交至，尺寸不留但箱箧。"农家一年到头的辛劳全都被剥夺了，落了个挨冻受饿的结局："我腹不饱饱他人，终日茅檐愁饿死。""我身不暖暖他人，终日茅檐愁冻死。"诗人对农家遭受的"官输私负"重压深感不平，认为官府苛重的税赋政策是农家劳动被剥夺殆尽的根源。

五 刘克庄 严羽 高斯得 释文珦

刘克庄（1187—1269），字潜夫，莆田（今福建莆田）人。淳祐间赐同进士出身。历秘书少监/国史院编修官/太常少卿。景定间历兵部侍郎等。

刘克庄的怨政诗大都描写军旅边塞场景，或刻写边塞士卒的饥寒境遇，或表现将帅的奢乐无度，或披露将军的作假贪功，或感叹役作的白费艰辛。如：

十月边头风色恶，官军身上衣裘薄。押衣敕使来不来，夜长甲冷睡难着。长安城中多热官，朱门日高未启关。重重帏箔施屏山，中酒不知屏外寒。（《苦寒行》）

行营面面设刁斗，帐门深深万人守。将军贵重不据鞍，夜夜发兵防隘口。自言虏畏不敢犯，射麋捕鹿来行酒。更阑酒醒山月落，彩缣百段支女乐。谁知营中血战人，无钱得合金疮药。（《军中乐》）

官军半夜血战来，平明军中收遗骸。埋时先剥身上甲，标成丛冢高崔嵬。姓名虚挂阵亡籍，家寒无俸孤无泽。乌虖诸将官日穹，岂知万鬼号阴风。（《国殇行》）

万夫喧喧不停杵，杵声丁丁惊后土。遍村开田起窑灶，望青斫木作楼橹。天寒日短工役急，白棒诃责如风雨。汉家丞相方忧边，筑城功高

除美官。旧时广野无城处，而今烽火列屯戍。君不见高城齾齾如鱼鳞，城中萧疏空无人。(《筑城行》)

前人筑城官已高，后人下车来开壕，画图先至中书省，诸公聚看称贤劳。壕深数丈周十里，役兵大半化为鬼。传闻又起旁县夫，凿教四面皆成水。何时此地不为边，使我地脉重相连。(《开壕行》)

在这些怨苦之作中，我们看到的是一幅幅将士苦乐不均的画面。诗人用对比的手法揭示了两个世界的悬殊和不平，一边是士卒挨冻、流血、丧命，如《苦寒行》："押衣敕使来不来，夜长甲冷睡难着。"《军中乐》："谁知营中血战人，无钱得合金疮药。"《国殇行》："姓名虚挂阵亡籍，家寒无俸孤无泽。"一边是将帅享乐、贪功、升官，如《苦寒行》："重重帏箔施屏山，中酒不知屏外寒。"《军中乐》："更阑酒醒山月落，彩缣百段支女乐。"《国殇行》："乌虖诸将官日穹，岂知万鬼号阴风。"刘克庄对边塞弊端的这些描写，是南宋苟安局面下边境军政情况的真实记录，有很强的社会批判价值。刘克庄的《筑城行》和《开壕行》也是与军旅题材密切相关的作品，对官府摊派的筑城开壕劳役颇有异议。"遍村开田起窑灶，望青斫木作楼橹。天寒日短工役急，白棒诃责如风雨。""壕深数丈周十里，役兵大半化为鬼。"诗中所展示的棍棒交加的督役和役兵化鬼的惨烈，都指向了官家不顾役兵死活的残酷政策。可悲的是，这些徭役的付出，纯属劳而无功："君不见高城齾齾如鱼鳞，城中萧疏空无人。""前人筑城官已高，后人下车来开壕。画图先至中书省，诸公聚看称贤劳。"显然，这些防御工程成了官员贪功邀赏的工具，而并非出于边备的必需。

严羽（1192?—1245?），字仪卿，邵武（今福建邵武）人。不事科举，行游赣、吴、湘、蜀各地，后隐居著述。

严羽的《庚寅纪乱》描述了理宗绍定三年（1230）"盗贼"为祸及清剿"盗贼"的完整过程。

承平盗贼起，丧乱降自天。荼毒恣两道，兵戈好相缠。此邦祸最酷，贱子忍具言。朝廷讨乱初，谁任主将权。辎重道间来，隐隐何阗阗。殿前尽貔虎，所向当无坚。组练照川明，戈戟耀日鲜。父老当时言，此贼不容吞。军兴法律在，进退非得专。奈何忽舍去，屯垒随之迁。留兵不五百，当贼逾数千。英英胡将军，策马奋独先。出入突且击，势绝飘风旋。杀贼不知数，尸骸相叠穿。谁谓散复来，其徒奈实繁。须臾塞城郭，合杳迷妖氛。将军怒一呼，誓死报国恩。拔剑复入阵，鼓声俄不闻。哀哉失壮士,白日为之昏。嗟彼城中人,欲生无由缘。连头受屠戮,赤族罹祸冤。妻孥悉驱虏,道路号相牵。或有小失意,性命无由全。言语方出口,腰领已不连。婉婉闺中女,未尝窥户边。白刃斥之去,不许暂稽延。回头顾父母,父母安敢怜。所掠靡孑遗,囊担无虚肩。衣冠困奴隶,怒骂仍答鞭。又有脱锋刃,多化为鱼鼋。途穷势复迫,忽若忘重渊。仓卒所传误,投身空弃捐。婴儿或在抱,粉黛犹俨然。沙碛腥人肠,衔啄集乌鸢。呜呼彼苍天,念此胡恶愆。比者因乱定,南归经旧廛。岂徒人民非,莫辨陌与阡。所见但荆棘,狐狸对我蹲。坡陁流血地,靡靡生寒烟。城头遇老翁,行泪为余论。云贼破城时,贼初攻南门。大军血战久,家得扶我奔。所免有万计,皆我胡君恩。不然尽鱼肉,遗黎何有焉。语罢复呜咽,余亦涕泗涟。军旅苦转输,饥馑仍荐臻。疮痍莽未复,千里惟空村。白骨不知谁,无人为招魂。四郊实多此,仁者宜恻然。近喜大告捷,所虏悉已还。凶渠戮庙社,党类归之田。当知釜中鱼,贷尔喘息悬。胡为迭恃险,高垒犹山巅。蛮獠本异性,土风来有年。力屈势暂伏,乞降非恶悛。胁从固罔治,群丑岂尽原。反复恐难料,安危仗诸贤。此师不再举,乘时须勉旃。国家刑罚在,庙算必不偏。感时须发白,忧国空拳拳。

严羽的这类怨政诗,描述南宋后期"盗贼"的行凶作恶,客观记录了"盗贼"为祸民间的事实,在古代怨政诗中有一定的代表性。诗篇描写了官军剿"贼"的曲折起伏。"留兵不五百,当贼逾数千。""杀贼不知数,尸骸相叠穿。谁谓散复来,其徒奈实繁。"尤其渲染了"贼"势浩大,纵横各地,劫掠民财,滥杀无辜:"嗟彼城中人,欲生无由缘。连头受屠戮,赤族罹祸冤。妻孥悉驱虏,道路号相牵。或有小失意,性命无由全。言语方出口,腰领已不连。婉婉闺中女,未尝窥户边。白刃斥之去,不许暂稽延。回头顾父母,父母安敢怜。所掠靡孑遗,囊担无虚肩。"诗篇描写官军对"盗贼"的清剿,招致更大的战祸殃及民间,饥馑遍地,白骨满野:"军旅苦转输,饥馑仍荐臻。疮痍莽未复,千里惟空村。白骨不知谁,无人为招魂。四郊实多此,仁者宜恻然。"诗篇对"盗贼"之祸民及"剿贼"之殃民都做了详细的描述,为刻画此类"匪患"、兵灾提供了一个较为客观的样本。事实上,历代的战争,除了抗击侵犯内地的外寇、开疆拓土的出击,更多的是朝廷派兵剿杀各种对抗官府的国内武装,这些国内武装形形色色,既有替天行道的起义者,也有掠民害物的真强盗。这些国内国外的战争,不管性质如何,战祸的承受者主要还是民众。严羽的诗篇记述战祸戕民的严峻事实,揭示的正是这样的社会规律。

高斯得（1199？—？），字不妄。蒲江（今四川蒲江）人。绍定间进士。淳祐间历严州知州、礼部郎中。咸淳间任工部侍郎。德祐间历兵部尚书，参知政事。

高斯得的怨政诗多数是伤叹税负沉重、民生艰难的作品，如《增赋》《劫桑叹》等；也有抱怨田制弊端的诗篇，如《官田行》。

吾哀天宝后，刻剥穷锥刀。豆实不得吃，蕨卖输官曹。民生于斯时，生意如鸿毛。安知咸淳际，赤子滋嗷嗷。税租责三倍，田野晨号咷。柔桑稊未苗，调帛已骚骚。骄兵饫酏鲜，黎民窄糠糟。九关虎豹守，哀吁愁天高。（《增赋》）

美哉齿郊道，风日清且熙。条桑纷冉冉，采蘩复祁祁。盛时不可再，乱世诚堪悲。守令既暗懦，凶黠何纷披。千林非无主，夺攘无孑遗。白刃斗源野，长乂守路重。羸童拥树泣，弱奈空篮归。更怜贫家女，束手看蚕饥。尔蚕何不幸，生此叔季时。千筐与万箔，委弃如京坻。昔闻花门乱，倒麦折桑枝。幸无风尘警，气象胡尔为。天门万里远，吾君那得知。恨无古肤使，观风采吾诗。（《劫桑叹》）

噫呼嘻乐哉，咸淳三年之秋大有年。近自浙河东西江与淮，远及七闽二广连四川。黄云一望千万里，莫辨东西南北阡。瓯窭污邪满沟塍，秧马折轴担赪肩。天公更好事，十日不打雨。三边不动尘，穑人更何虑。自从田归官，百姓糟糠难。况复连年苦饥馑，草根木实为珍餐。嵯峨殍骨横千里，待得今年能者几。只道伸眉得一笑，酒肉淋漓浑舍喜。谁知一粒不入肠，总是公家主家米。夜闻东家邻，偃仰啼孤婢。我问汝为谁，答云无食无儿穷妇人。今年公田分司官吏恶，那有遗秉滞穗沾饥贫。大家京坻那复有，惜米如珠藏在囷。我闻唐家天子即位当四年，天下斗米惟三钱。我皇不减贞观主，相公亦如房杜贤。奈何米价百倍逾贞观，此病岂得无其源。呜呼噫嘻，我知之矣。自从买公田，丰年亦凶年。此何人哉，悠悠苍天。更有一事尤堪怪，欲说未说心先怕。今年处处皆有秋，何故天台大水独无一粒收。一粒不收犹自可，臣水王，君火囚，此事颇关宗社忧。书生守经论白黑，无乃将身豺虪投。（《官田行》）

高斯得这些伤叹民生艰难的作品，比较一致地强调了百姓生计艰难的根本原因在于官府政策敝坏和官吏行政恶劣。不仅列举民众苦难的现象，更揭示了民众苦难的成因。如《增赋》《劫桑叹》《贵桑有感》围绕农家蚕桑事，揭示了农家苦难和官员行为的关联。《增赋》:"税租责三倍,田野晨号咷。柔桑稊未茁,调帛已骚骚。"桑叶尚未长成,农家的将来劳作果实,已全部计入官府绢税。《劫桑叹》:"守令既暗懦,凶黠何纷披。千林非无主,夺攘无孑遗。"农家赖以活命的桑树,被凶徒攘夺,官员怠职,躲避应担负的处置之责。《官田行》披露权臣贾似道推行的"公田"田制新政的弊端:"自从田归官,百姓糟糠难。况复连年苦饥馑,草根木实为珍馐。嵯峨殍骨横千里,待得今年能者几。""今年公田分司官吏恶,那有遗秉滞穗沾饥贫。"虽然勉力避忌指责皇帝,但仍然揭示了这个田制弊策来自于朝廷:"我皇不减贞观主,相公亦如房杜贤。奈何米价百倍逾贞观,此病岂得无其源。呜呼噫嘻,我知之矣。自从买公田,丰年亦凶年。"诗人除了同情农家的遭遇,也为弊政伤农将最终伤及社稷而担忧。"此事颇关宗社忧",此语真实披露了作者内心的深层忧思。史载:"德祐元年三月,诏:'公田最为民害,稔怨召祸,十有余年。自今并给田主,令率其租户为兵。'而宋祚讫矣。"① 史载的这个评判,印证了《官田行》对田制弊端的描述。

此外,《孤愤吟十三首》涉及对外对内的多方面政事,颇能体现高斯得怨政诗对国事民情忧思深广的特点。这组怨政诗激烈斥责韩侂胄专权乱国。"桧侂当权十五年,始终只被一私缠。人心失尽天心怒,燎火炎炎故不然。""金缯私许北方盟,君父前头却隐情。今日祸胎从此始,罪浮蘖桧与权京。"将韩侂胄比为罪孽深重的秦桧和蔡京,并表达了对权臣媚敌误国的强烈怨责:"孤臣泣血无他请,愿把奸臣诉九天。""悍将武夫心失尽,可知弃甲与投戈。"对韩侂胄仓促出兵招致宋军丢盔弃甲的失败也深有怨than。诗人对韩侂胄擅权误国的指责还涉及军事之外的其他政事,如弄权逞威排斥异己,"无罪无辜窜逐人,几经大霈不沾恩。更将改正张罗网,结尽千千万万冤"。田制弊政坑农殃民,"强买民田自噬肤,大家破尽为催租。几多怨气冲霄汉,天欲无诛可得乎"。关于韩侂胄在宁宗时期近十五年当权的评价,后世偏于将其视为弄权误国的奸臣。高斯得的《孤愤吟十三首》在一定程度上代表了同时代士大夫文人对韩侂胄施政的评价,与史载互相参证,有特殊的认识价值。

释文珦(1210—?),字叔向,于潜(今浙江临安)人。绍定间出家于杭州,行游浙、闽、淮等地。被谗入狱,得免后遁隐。

释文珦的怨政诗主要描写农民在苛捐杂税、烦苦徭役重压下的艰难生活。如:

吴侬三月春尽时,蚕已三眠蚕正饥。家贫无钱买桑喂,奈何饥蚕不

---

① (元)脱脱等:《宋史》卷一百七十三《食货志上一》,中华书局 2000 年版,第 2783 页。

生丝。妇姑携篮自相语,谁知我侬心里苦。姑年二十无嫁衣,官中催税声如虎。无衣衣姑犹可缓,无绢纳官当破产。邻家破产已流离,颓垣废井行人悲。(《蚕妇叹》)

厚地产桑谷,为民衣食资。井田取什一,公私两俱宜。今者异古昔,苛征常倍蓰。倍蓰犹未厌,泛索仍无时。官因字民设,胡为反害之。尽以应上求,民病莫能支。织者恒苦寒,耕者恒苦饥。空村绝鸡犬,败屋多流离。白叟与我言,其言乃如斯。老夫为悲吟,闻者当致思。(《感时》)

衰翁卧病山之阿,东村沈老来相过。首言年饥若无备,次说时政多烦苛。其间数事尽切己,具有本末非差讹。农家累世服畎亩,此外宁复知其他。世道愈变俗愈薄,天意亦复相折磨。举贷养蚕不收茧,尽瘁耕耨田无禾。千疮百孔正难补,前月里正来催科。家贫乏钱办酒食,卖却养命双种鹅。昨朝县吏又追唤,真如鸟雀遭网罗。儿女啼号顾弗及,心如乱丝头绪多。西邻寡妇更可念,譬彼坏木无枝柯。饥寒交煎绝生意,母子牵挽沈于河。句句皆从痛肠出,语罢涕泣俱滂沱。民之多艰有如此,呜呼彼苍其奈何。(《听野老所言》)

田家望西成,弥月雨霖霏。流潦迷川泽,粳稻尽漂淤。牛犬奔崇丘,鸡亦栖高树。室庐毕沈没,野老无归处。大家还急租,官中未蠲赋。妻子多转徙,天高不可吁。但愿吾皇知,圣恩加咻噢。下诏发仓廪,赈恤散红腐。不惟赤子知,亦使根本固。八表皆归仁,万岁永终誉。(《大水后作》)

夏日烈烈扬晖光,阳气入土土力强。望秋三日雨滂滂,庶物浡然俱阜昌。雨旸时若异忿恒,粳稻蓁蓁如人长。西风朝夕吹新凉,风来已作酒饭香。老农再拜谢穹苍,此去足以供烝尝。只今吏卒多豺狼,唯恐肆威回夺攘。一粒不得入我肠,父子悲啼茹糟糠。愿将此意达君王,毋官贪冒官循良。(《夏暑正隆望秋得雨风赋长句》)

斗种播良田,可收三十石。天予人夺之,耕夫每无食。(《农谣》)

田家翁媪颇自适,翁解耕耘妇能织。官中租赋无稽违,所养牛羊亦蕃息。岁时力作不徒劳,桑柘满园禾黍高。皆因勤俭百事足,老身不复愁逋逃。儿女长成毕婚嫁,只在东邻与西舍。翁头时复有新箓,亲戚团栾乐情话。神前祭赛宜丰腴,家中衣饭随精粗。县吏下乡鸡犬尽,但愿官府无追呼。(《田家》)

释文珦的这些怨政诗,围绕农家遭受的赋税重压之苦,揭示农家虽有不同家境,但遭遇严酷压榨的悲苦是一样的。《蚕妇叹》的催科逼税情景是:"官中催税声如虎""无绢纳官当破产。"《感时》写到了官府征税的严苛和勒民以逞的冷酷:"今者异古昔,苛征常倍蓰。倍蓰犹未厌,泛索仍无时。""尽以应上求,民病莫能支。"《听野老所言》描述吏胥催逼的冷酷:"前月里正来催科,""昨朝县吏又追唤。"《大水后作》记述大灾之后官府仍在催征租税:"大家还急租,官中未蠲赋。"《夏暑正隆望秋得雨风赋长句》描写吏胥逼征租税的凶悍:"只今吏卒多豺狼,唯恐肆威回夺攘。"诗人期待朝廷能整顿吏治:"愿将此意达君王,毋官贪冒官循良。"实际折射出官吏贪索的严酷现实。《农谣》描写农家在被征赋税后家无余粮:"天予人夺之,耕夫每无食。"《田家》期望官府施行正常征税,不要过度榨取:"官中租赋无稽违,所养牛羊亦蕃息。"但实际征税中除了税额沉重,还常遇恶吏,"县吏下乡鸡犬尽,但愿官府无追呼"。释文珦的这些作品表达对民间疾苦的关切,对官府苛政的不满,对里胥欺凌的愤懑,除了在具体描写、议论方面有其所见所感的独到之处,在内容上与一般士大夫文人怨政诗这类题材的作品相比没有特别之处。僧人创作怨政诗,在宋代诗歌中是一个具有标志意义的现象。释居简、释文珦等僧人对社会政治的强烈关注,直接介入议政,应该说是宋代社会,尤其是士大夫文人阶层普遍关怀国事的政治文化的产物。士大夫文人的议政、参政,在诗歌里激烈表达对社会政治的不满、责难,主动关切那些并不直接牵涉作者个人利益的国计民生事件,是他们自身得到社会重视,主人翁意识增强,并且生成了坚实的儒家济世安民价值观的必然结果。宋代文人普遍具有使命感的这样一种政治文化现象,延伸到了社会其他阶层,而部分僧人本身具有很高的文化修养,除了普度众生的佛教理念指引外,宋代文人奉行的大济苍生的儒家思想也渗透到了释居简、释文珦这些僧人的精神取向中。因此,他们的怨政诗才会与宋代文人士大夫的作品一样,完全融入共同的价值,成为宋代怨政诗独特的组成部分。

释文珦还有怨政诗斥责权奸当道,致使朝政溃败,社稷遭殃。如《纪事》,斥责贾似道擅权误国,也庆幸贾似道终被诛杀。"擅命十五年,肆毒侔蝶蚖。仁脉为之绝,善类为之殚。纳侮于北邻,征盟日嚣谨。兵戈满四海,天步极艰难。鄂汉距江淮,列郡多创残。人命若营蟈,闻之心胆寒。王家急军食,耕者不得餐。罪大已难逭,犹思掩其奸。驾言督诸军,翱翔向江干。小器不自量,妄冀于曹瞒。潜欲移帝室,微辞启其端。贤哉夏金吾,直气生忠肝。立欲碎其首,无奈师旅单。奸谋既已泄,局踏方自叹。畏诛竟宵遁,鸮鹏铩羽翰。逆贼幸屏迹,宗社得再安。"此诗作于释文珦晚年,其时权臣贾似道已被杀。诗篇痛责贾似道肇兴事端,将国家推入战祸兵灾:"纳侮于北邻,征盟日嚣谨。兵戈满四海,天步极艰难。鄂汉距江淮,列郡多创残。"诗人认为贾似道的用兵是祸国殃民之举,故对其责难十分激烈。诗篇斥之行"奸谋",呼之为"逆贼",折射出时人对贾似道"擅命十五年"的政治评判。

六 方回 汪元量 郑思肖 于石

方回(1227—1307),字万里,歙县(今安徽歙县)人。景定间进士。德祐间历通判安吉州、太常寺簿。后降元,授建德路总管兼府尹。元至元间任通议大夫。

方回晚年仕元二十多年间,或奔走于新贵门第,或纠缠于妓婢的夺与失,几无廉耻之心。方回晚节浊污,但他早年创作的怨政诗表现了曾经怀有的社会良知。方回的怨政诗创作于宋末乱世,地方官府的暴虐施政和恶吏赃官的贪敛勒索,加剧了战祸之中百姓的深重苦难。这些怨政诗,有描写乱军殃民、"盗贼"祸世的,如《杨村秋晓》《苦雨行》《雨不已》《闻军过》《路傍草》《废宅叹》《今秋行》《建康道中》《五月初二日闻祁门县四月二十七日大水没鼓楼蛟龙斗争溺死者多休宁县江潭等处亦多漂溺》《听客话二首》《店给叹》等;有描写税赋苛重、恶吏欺民的,如《彭湖道中杂书五首》(其五)《奔牛吕城过堰甚难》《筑城谣》《朱桥早行》等。

《闻军过》等十余首作品展开的是兵乱"贼"凶、战祸遍地的末世画卷。

> 老胆堪多恐,焦脾更积忧。军声时汹汹,债事日悠悠。西路危单骑,东滩乏便舟。情怀无一可,风雨五更头。(《闻军过》)
>
> 今日定复热,月落色亦红。东方垂欲明,忽被林雾浓。已有牧牛儿,出没黯淡中。暗行三十里,兀兀视马鬃。天宇悉已白,始见真秋容。宿鹭起空际,鸣雀出林丛。何所最可喜,稻熟岁粗丰。人世强食弱,生生终不穷。干戈汹海宇,幸存兹老农。古来几魏征,死为田舍翁。(《杨村秋晓》)
>
> 泥污后土逾月途,四月雨至五月初。七日七夜复不止,钱王旧城市无米。城中之民不饥死,亦恐城外盗贼起。东邻高楼吹玉笙,前呵大马方横行。委巷比门绝朝饭,酒庐日征七百万。(《苦雨行》)
>
> 空阶日夜梅霖滴,滴碎人心未肯休。山郡城沉遥可骇,水乡田没更胜忧。民饥盗起关时事,米尽薪殚滞客楼。燕玉谁家政微醉,倚栏撩鬓插红榴。(《雨不已》)
>
> 野火燎荒原,霜雪日皓皓。牛羊无可噍,众绿就枯槁。天地心不泯,

根芽蛰深杳。春风一披拂，颜色还媚好。如何被兵地，黎庶不自保。高门先破碎，大屋例倾倒。间或遇茅舍，呻吟遗稚老。常恐马蹄响，无罪被擒讨。逃奔深谷中，又惧虎狼咬。一朝稍苏处，追胥复纷扰。微言告者谁，劝我宿须早。人生值艰难，不如路傍草。（《路傍草》）

兹为何人宅，桂柏犹苍苍。楼阁已倾卸，下有室与堂。窗户半拆卸，髹漆留余光。釜去存破灶，画剥欹颓墙。想见全盛时，日夜崇豆觞。书塾在其左，子弟声琅琅。问今安所往，岂不有死丧。死丧则不然，避兵移他乡。他乡亦不远，深阻逾涧冈。自古有避地，兵来尚可避。惟有避役难，追逮穷所至。昔住大宅人，今为忍冻民。（《废宅叹》）

一叟西郊至，农谈半日闲。但容身少健，未觉世多艰。役倚淘金免，逋期获麦还。苦辛仍节俭，聊得老田闲。

客言乱时事，可骇不堪闻。田主戕凶佃，民妻掠乱军。草高城里屋，树赭垅头坟。降盗多珍贿，人传大将分。（《听客话二首》）

均为横目民，贤否天壤异。苟怀长者心，必徇君子义。道途分两歧，书木立标识。行人免颠迷，岂不亦一惠。大泽陷项王，亡楚固天意。奈何效田父，动以诡为智。军旅比骚动，所至尽迁避。有屋空无人，有人门亦闭。隔篱缪云云，前有佳店肆。荒榛狼虎间，日暮竟无诣。嘻其孰使然，险薄乃至是。试尝评往册，匪敢立怪议。友或失之初，绝交宜早计。临危乃卖之，吾终罪郦寄。呜呼今之人，此辈殆满世。（《店绐叹》）

从军去筑城，不如困长征。从军去掘堑，不如鏖血战。古今征战立奇功，貂蝉多出兜鍪中。徒教力尽锤与杵，主将策勋士卒苦。君不见每调一军役百室，一日十人戕六七。草间髑髅饲蝼蚁，主将言逃不言死。（《筑城谣》）

土入江东厚，民方浙右醇。疏松冈路雪，晴麦野田春。往事更离乱，衰年厌苦辛。兴亡不须叹，请看石麒麟。（《建康道中》）

八月十五夜赏月，楼台丝管沸金穴。百万珠帘卷嫩凉，茉莉花阑木犀发。八月十八日观潮，幕帘粉黛迎兰桡。雪山沃天雷动地，出没红旗争锦标。此是钱塘旧风俗，骄贵小儿生华屋。四时有春无秋风，常知歌笑不识哭。一年不似一年秋，渐衰渐老成白头。去年之秋尚云乐，今年之秋何其愁。中户田租三万石，水潦不容收一粒。况从兵乱窜避地，白璧黄金俱丧失。前朝后市旧富人，半作道傍蓝缕身。委巷小民或绝食，粥卖伉俪捐僮仆。一切时节不复讲，履长贺岁犹卤莽。淫雨连旬未必晴，潮何人观月谁赏。月缺月圆宵复宵，潮落潮生朝又朝。事与承平不异处，

唯有南来秋雁飘。(《今秋行》)

在这些诗篇中，诗人除了描述兵灾"匪"患的各种情景，也常常概括这些灾患的特点，揭示这些灾患的缘由及恶果。如《闻军过》述及民户对兵祸及重赋的感受："军声时汹汹，债事日悠悠。"《杨村秋晓》刻画乱世兵荒的景象："人世强食弱"，"干戈汹海宇"。《苦雨行》描述民众在饥荒和"盗贼"威胁下的惶恐处境："城中之民不饥死，亦恐城外盗贼起。"《雨不已》描写时局纷乱的景象是："民饥盗起关时事，米尽薪殚滞客楼。"《路傍草》记载民众在兵荒马乱下战战兢兢的境况："如何被兵地，黎庶不自保。高门先破碎，大屋例倾倒。""常恐马蹄响，无罪被擒讨。"《废宅叹》记述民众躲避兵灾、徭役的景况："避兵移他乡""惟有避役难"。《听客话二首》描写乱世之中民众死于非命、遭遇凌虐的情景："田主戕凶佃，民妻掠乱军。"还叙及官军将领贪占招降之盗的钱财，加重匪盗之患："降盗多珍贿，人传大将分。"《店给叹》描述民众惊惶不安，躲灾逃难："军旅比骚动，所至尽迁避。有屋空无人，有人门亦闭。"《筑城谣》感慨民众在沉重徭役下的生死煎熬："从军去筑城，不如困长征。从军去掘堑，不如鏖血战。""每调一军役百室，一日十人戕六七。"《建康道中》抒写对乱世的感慨："往事更离乱，衰年厌苦辛。"《今秋行》描写民众在兵灾匪祸的危乱时局下命如草芥："中户田租三万石，水潦不容收一粒。况从兵乱窘避地，白璧黄金俱丧失。前朝后市旧富人，半作道傍蓝缕身。委巷小民或绝食，粥卖伪俪揖僮偏。"在兵荒马乱的末世中，贫苦人家更容易被战祸吞没，任人宰割。即便是富家大户，也难免流离失所，人财两空，显示兵匪战祸带给全社会的是普遍的戕害。诗篇的这种对比和概括，对于认识覆巢之下无完卵的时局政治与个人命运的关系问题，有一定的启发意义。

《奔牛吕城过堰甚难》等多首作品描述了恶吏欺民、苛税殃民的情景。

> 每逢田野老，定胜市廛人。虽复语言拙，终然怀抱真。如何官府吏，专欲困农民。(《彭湖道中杂书五首》其五)
> 君不见奔牛吕城古堰头，南人北人千百舟。争车夺缆塞堰道，但未杀人春戈矛。南人军行欺百姓，北人官行气尤盛。龙庭贵种西域贾，更敢与渠争性命。叱咤喑呜凭气力，大梃长鞭肆鏖击。水泥滑滑雪漫天，欧人见血推人溺。吴人愚痴极可怜，买航货客逃饥年。航小伏岸不得进，堰吏叫怒需堰钱。人间官府全若无，弱者殆为强者屠。强愈得志弱惟死，无州无县不如此。(《奔牛吕城过堰甚难》)

今岁知何处，天刑亦惨哉。潢池犹未静，洚水复为灾。民叛非无说，官贪有自来。祁门郑龙斗，此祸又谁胎。(《五月初二日闻祁门县四月二十七日大水没鼓楼蛟龙斗争溺死者多休宁县江潭等处亦多漂溺》)

田间夜打稻，茅茨耿明灯。客行过篱外，吠犬似可憎。放马啮露草，小憩寒塘塍。坐念今民间，贪吏无与绳。幸此岁稍稔，庶足供科征。不然岂不窘，况乃军旅兴。往者执柄国，未谓杞遽崩。伪心感咎证，水旱常频仍。兹独有年屡，天仁良可凭。缓辔忽得句，数星陂水澄。(《朱桥早行》)

以上这些怨政诗，集中表现了南宋末年一些地方官府施政的恶劣状况。在重税和恶吏的双重压迫下，农家生计极其艰难，大多数"弱者"任人宰割，也有少数人铤而走险反抗官府。《彭湖道中杂书五首》（其五）以"如何官府吏，专欲困农民"的质疑表达了对吏治状况的不满。《奔牛吕城过堰甚难》描述地方恶吏借灾敲诈饥民，弱肉强食："人间官府全若无，弱者殆为强者屠。强愈得志弱惟死，无州无县不如此。"所有州县都陷入了无法无天的可怕境地。《五月初二日闻祁门县四月二十七日大水没鼓楼蛟龙斗争溺死者多休宁县江潭等处亦多漂溺》总结的"民叛非无说，官贪有自来"的官逼民反，显然是对诗人所闻所知的时政情况的概括。《朱桥早行》揭示了"贪吏"得以猖獗的原因："坐念今民间，贪吏无与绳。"贪吏因未受惩治，敛财勒民更加肆无忌惮。方回怨政诗对宋末地方政治颓坏的描写，有一定样本意义。

汪元量（1241—1317?），字大有，钱塘（今浙江杭州）人。景定间入宫给事。德祐间随谢太后北行入燕。元至元间徙居大都等地，后南归。

汪元量亲身经历了宋末的一些大事变，尤其是德祐年间随太后北行，亲睹宋室向蒙元当局奉上降表，宋朝在军事、政治上遭遇颠覆性失败，江山社稷实质沦入敌手。诗人耳闻目睹这些惨痛事变，对这段历史有着锥心刺骨的感知，写下了《醉歌》《越州歌》《湖州歌》等一系列诗篇宣泄自己的亡国哀痛，为宋末发生的军政大事留下了珍贵的记录。

如《醉歌》：

吕将军在守襄阳，十载襄阳铁脊梁。望断援兵无信息，声声骂杀贾平章。

援兵不遣事堪哀，食肉权臣大不才。见说襄樊投拜了，千军万马过江来。

淮襄州郡尽归降，鞞鼓喧天入古杭。国母已无心听政，书生空有泪成行。

> 六宫宫女泪涟涟，事主谁知不尽年。太后传宣许降国，伯颜丞相到帘前。
>
> 乱点连声杀六更，荧荧庭燎待天明。侍臣已写归降表，臣妾佥名谢道清。
>
> 伯颜丞相吕将军，收了江南不杀人。昨日太皇请茶饭，满朝朱紫尽降臣。

《醉歌》组诗里的多首作品，真切记录了宋末一系列败军乱政事件和血泪事变。有指挥失当、援军乏绝导致的兵败襄阳："望断援兵无信息，声声骂杀贾平章。""援兵不遣事堪哀，食肉权臣大不才。"有向蒙元请降，完成了宋朝的葬礼："太后传宣许降国，伯颜丞相到帘前。""侍臣已写归降表，臣妾佥名谢道清。""昨日太皇请茶饭，满朝朱紫尽降臣。"诗篇对这些事变的描述，流露了诗人亲历这些历史事变所感怀的屈辱和哀痛，也包含着对"食肉权臣"之类无能之辈的怨愤和指责。

又如《湖州歌》：

> 丙子正月十有三，挝鞞伐鼓下江南。皋亭山上青烟起，宰执相看似醉酣。
>
> 万马如云在外间，玉阶仙仗罢趋班。三宫北面议方定，遣使皋亭慰伯颜。
>
> 殿上群臣默不言，伯颜丞相趣降笺。三宫共在珠帘下，万骑虬须绕殿前。
>
> 十数年来国事乖，大臣无计逐时挨。三宫今日燕山去，春草萋萋上玉阶。
>
> 两淮极目草芊芊，野渡灰余屋数椽。兵马渡江人走尽，民船拘敛作官船。
>
> 客中忽忽又重阳，满酌葡萄当菊觞。谢后已叨新圣旨，谢家田土免输粮。

这些组诗也记录了宋末的亡国之痛和百姓之苦。"丙子正月十有三，挝鞞伐鼓下江南。"表明这是德祐二年（1276）之事，言之凿凿。"皋亭山上青烟起，宰执相看似醉酣。"记录蒙元丞相伯颜作为战胜者入主南宋都城的得意扬扬。"三宫北面议方定，遣使皋亭慰伯颜。""三宫共在珠帘下，万骑虬须绕殿前。"记录宋室作为国家主体向蒙元强权人物的屈辱投降。"兵马渡江人走尽,民船拘敛作官船。"记录百姓在兵荒马乱中被任意驱使。"谢后已叨新圣旨,谢家田土免输粮。"记录宋室当权者断送社稷后,个人私利得以保全。宋朝屈辱覆灭的这些系列记录,铭刻了诗人对朝政失败、王朝倾覆的痛愤之情。

再如《越州歌》:

淮南西畔草离离,万楫千艘水上飞。旗帜蔽江金鼓震,伯颜丞相过江时。

一阵西风满地烟,千军万马浙江边。官司把断西兴渡,要夺渔船作战船。

两峰云销几时开,昨夜京城战鼓哀。渔父生来载歌舞,满头白发见兵来。

鲁港当年傀儡场,六军尽笑贾平章。三声锣响三更后,不见人呼大魏王。

脱却黄袍心莫斯,魏王事业止于斯。孤舟走过扬州去,表奏朝廷乞太师。

群臣上疏纳忠言,国害分明在目前。只论平章行不法,公田之后又私田。

这组诗歌追记了宋末权臣乱政、江山沦陷的多个事件。"旗帜蔽江金鼓震,伯颜丞相过江时。"追记德祐元年(1275)宋军败绩,蒙元丞相率军渡江,入建康城。"官司把断西兴渡,要夺渔船作战船。""渔父生来载歌舞,满头白发见兵来。"追记百姓在宋元交战中被征役征船,惊惧惶恐。"鲁港当年傀儡场,六军尽笑贾平章。"追记芜湖鲁港之役,宋军在贾似道指挥下的败绩。"孤舟走过扬州去,表奏朝廷乞太师。"追记德祐元年(1275)丞相贾似道军事指挥失败,逃往扬州,被群臣向朝廷乞斩。"只论平章行不法,公田之后又私田。"追记丞相贾似道景定年间推行"公田法",假公济私。诗篇追记的这些历史事件,许多都与权臣贾似道有关。汪元量对贾似道的这些军事、行政行为给予了强烈的否定,是诗人对宋末朝政失败作出的评判,有一定认识价值。

郑思肖(1241—1318),字忆翁,连江(今福建连江)人。宋末太学生,曾应博学宏词试。元兵南下,赴朝廷献策,未获报呈。

郑思肖的怨政诗描写了宋末国破政息的时代悲剧。《德祐二年岁旦二首》悲慨中原无望恢复,国家趋向覆亡。"力不胜于胆,逢人空泪垂。一心中国梦,万古下泉诗。日近望犹见,天高问岂知。朝朝向南拜,愿睹汉旌旗。""有怀长不释,一语一酸辛。此地暂胡马,终身只宋民。读书成底事,报国是何人。耻见干戈里,荒城梅又春。"抒写了作者对宋朝经历跟蒙元交战的系列重大失败之后的悲观心绪:"一心中国梦,万古下泉诗。""有怀长不释,一语一酸辛。"面对比过去的敌人金国更强大的蒙元的侵凌,诗人对收复中原已经彻底失望,感到那是一个遥不可及的梦想。诗人悲愤地追问这个悲剧的由来:"日近望犹见,天高问岂知。"朝廷无人能回答,朝政已经走向死亡。

《陷虏歌》抒写对逆臣背叛国家的痛恨和对朝政失败的怨责:

> 德祐初年腊月二,逆臣叛我苏城地。城外荡荡为丘墟,积骸飘血弥田里。城中生灵气如蛰,与贼为徒廿六日。蛊蛊横目无所知,低面卖笑如相识。彼儒衣冠谁家子,靡然相从亦如此。不知平日读何书,失节抱虎反矜喜。有粟可食不下咽,有头可断容我言。不忍我家与国同休三百十六年,阅历凡几世,忠孝已相传。足大宋地,首大宋天,身大宋衣,口大宋田。今弃我三十五岁父母玉成之身,一旦为诋受虏廛。我忆我父教我者,日夜滴血哭成颠。我有老母病老病,相依为命生余生。欲死不得为孝子,欲生不得为忠臣。痛哉擗胸叫大宋,青青在上宁无闻。自古帝王行仁政,唯有我朝天子圣。老天高眼不昏花,尽拯下土苍生命。忍令此贼恣杀气,颠倒上下乱纲纪。厥今帝怒行天刑,一怒天下净如洗。要荒仍归禹疆土,四海草木沾新雨。应容隐者入深密,岁收芋粟供母食。对人有口不肯开,面仰虚空双眼白。

诗篇叙及德祐元年(1275)的事变。蒙元军队侵入江南,宋军遭遇了一连串的重大失败,各地守将降元投敌的比比皆是。"德祐初年腊月二,逆臣叛我苏城地。"即史载元至元十二年(1275)苏州守将王安抚背叛宋朝投降蒙元事:"(至元十二年)至苏州,宋守臣王安抚以城降。"① 州城被叛将王安抚交给了元军,百姓生命财产遭受了摧残,"城外荡荡为丘墟,积骸飘血弥田里"。诗篇以极大的怨愤追问致使国家覆亡的罪责:"痛哉擗胸叫大宋,青青在上宁无闻。""老天高眼不昏花,尽拯下土苍生命。忍令此贼恣杀气,颠倒上下乱纲纪。"除了谴责敌寇的肆虐,诗篇的追问也蕴含着对宋室对内对外政策彻底失败的不满,这也是那个时代众多臣民共同的怨愤责问。

于石(1247—?),字介翁,兰溪(今浙江兰溪)人。宋亡后隐居不仕。于石的怨政诗描述宋末战乱中的百姓苦难。《小石塘源》以远离战乱的

---

① (明)宋濂等:《元史》卷一百二十九《唆都百家奴传》,中华书局2000年版,第2087页。

避世之地对比映衬战祸灾难中的广大地域。"万山郁回合,群木尤老苍。细路百盘折,崎岖陡羊肠。凉阴覆峭壁,萦回涧流长。缘萝下百尺,笑挹清泉香。甘寒试一漱,齿颊凝冰霜。拂石坐未去,樵叟来我旁。云此涧中水,其源来浦阳。"诗篇对比桃源仙境般的深山和纷乱血腥的世间:"风埃暗宇县,干戈几抢攘。朽骨缠蔓草,呻吟卧残创。荒丘奔狐兔,断础悲蛩螿。奔逃不相顾,流离各凄伤。十年未返业,几人失耕桑。"在这样的对比中,间接表达了对造成战祸不休的朝廷政治失败的怨责。《己卯寒食》作于宋帝昺祥兴二年(1279),描述了宋末战乱的惨况。"今年客路逢寒食,村落无烟春寂寂。荒冢累累人不识,芳草凄凄吐花碧。麦饭一盂酒一滴,哀哀儿女春衫湿。我过其傍因太息,有坟可酹何须泣。干戈满地边云黑,路傍多少征人骨。"诗篇对政局没有直接的评议,但所展示的"干戈满地边云黑,路傍多少征人骨"的残酷图景,凸显了宋末政局混乱颓败的社会现实。《邻叟言》借老农讲述的自家故事,揭示宋末战祸给民间带来的苦难。"客行归故乡,依依一邻叟。把酒向我言,重叹生不偶。大男年二十,前年方娶妇。府帖点乡兵,井邑备攻守。万骑声撼天,战骨今欲朽。小男年十三,娇痴犹恋母。所恃惟此儿,未忍辄笞殴。垂白力耕耘,一饭仅充口。东邻数十家,兵火十无九。西邻破茅屋,萧然一无有。悍吏猛索租,摧剥及鸡狗。"南宋末期,元军对宋朝的军事压迫已呈万钧之重,宋朝中央政府基本上已无心也无能去有效抗敌。而一些地方尚在进行的军事行动,需要巨大的人力物力资源投入。官府将此重负全部压在普通百姓身上:"府帖点乡兵,井邑备攻守。""悍吏猛索租,摧剥及鸡狗。"酿成了千村万落无数百姓家破人亡的巨大社会悲剧:"东邻数十家,兵火十无九。西邻破茅屋,萧然一无有。"大宋王朝也在血雨腥风中消亡了。

第五章　元代政治诗

概　论

　　蒙古在灭掉宋金之后重新建立了大一统的王朝。蒙元王朝政权建立过程中造成的伤害十分巨大，其开疆拓土的历史影响也十分突出。"在中国作为统一多民族国家的形成过程中，元朝起了极其重要的作用。这样空前规模的统一，进一步密切了我国各族人民之间的联系，边疆地区和中原地区的政治、经济、文化交往都得到加强。统一还有助于经济生活的活跃和发展。但是，元朝的统一是统治者用暴力手段实现的，在统一过程中，充斥着血腥的屠杀和无耻的掠夺，各族人民蒙受了巨大的灾难。"[①] 史家曾感慨蒙元王朝的辽阔版图："自封建变为郡县，有天下者，汉、隋、唐、宋为盛，然幅员之广，咸不逮元。汉梗于北狄，隋不能服东夷，唐患在西戎，宋患常在西北。若元，则起朔漠，并西域，平西夏，灭女真，臣高丽，定南诏，遂下江南，而天下为一，故其地北逾阴山，西极流沙，东尽辽左，南越海表。盖汉东西九千三百二里，南北一万三千三百六十八里，唐东西九千五百一十一里，南北一万六千九百一十八里，元东南所至不下汉、唐，而西北则过之，有难以里数限者矣。"[②] 蒙元王朝开拓并巩固了幅员辽阔的疆域，对中国大一统政治格局的延续发展有着十分积极的历史意义。蒙元君臣的颂政诗，秉持中国大一统的正统观念，歌咏了包含这些政治意识的历史功绩。

　　统御地域如此广大的国家，蒙元政权需要建立一个对他们来说未曾经历的政治秩序。入主中原的蒙古族皇室在百年统治期间实行了一系列独特的大政国策来巩固政权秩序。除了朝廷大臣等核心官员的任用始终防范占人口多数的汉民族外，在政治、经济、文化等各方面还赋予蒙古族特权。但是，在

[①] 白钢等：《中国政治制度通史·元代》，社会科学文献出版社2011年版，第6页。
[②] （明）宋濂等：《元史》卷五十八《地理志一》，中华书局2000年版，第903页。

政治、经济、文化等方面,蒙古统治集团几乎全盘采用了中国历代统一王朝所沿袭的基本制度。"自成吉思汗建国以来,蒙古国以族名为国名。忽必烈根据汉族的古文献《易经》,改国号'大元',进一步表明他所统治的国家,已经不再是蒙古一个民族的国家,而是一个多民族的统一国家了。"① "由元世祖忽必烈确立的皇帝制度,是蒙古统治机制与中原王朝传统政治制度相结合的产物,包括年号、国号、帝号、印玺、诏旨、朝仪、都城及巡幸、岁赐、怯薛、忽里台等内容。"② 对农业的重视,即是蒙元当政者新的国家政策取向。史载,元世祖忽必烈对实行农耕生产方式深有感悟:"夫争国家者,取其土地人民而已。""保守新附城壁,使百姓安业力农。"③ 史家评述元朝皇帝接受中原农桑为本的治国理念:"农桑,王政之本也。太祖起朔方,其俗不待蚕而衣,不待耕而食,初无所事焉。世祖即位之初,首诏天下,国以民为本,民以衣食为本,衣食以农桑为本。于是颁《农桑辑要》之书于民,俾民崇本抑末。其睿见英识,与古先帝王无异,岂辽、金所能比哉。"④ 实际上,这个历史进程的演变代价非常高昂。"忽必烈前的几任大汗并没有充分认识到保护农业的重要性,蒙古军队嗜杀成性,所到之处,稍有反抗,即行屠城。"⑤ "忽必烈之所以能采取重农措施,并不是他比成吉思汗等人仁慈,而是因为他已经不是游牧民族的大汗,而是统治农业民族的封建皇帝了。为使其政权能够巩固并长期存在下去,就必须坚决改变屠杀掠夺的政策,采取保护农业生产、保护农业劳动力的政策。"⑥ 元代皇室政治转型体现在实实在在的行政举措,"元廷中央还设有专管农业、水利、牧业的机构大司农司、都水监、太仆寺等。大司农司作为中央劝农机构,主要是管理官府开办的屯田和推广农业技术,《农桑辑要》等农书就是由大司农司刊行的,具体农业赋税的管理,还是由中书省户部负责"。⑦ "忽必烈当政的时代,实现了由轻视农业向重视农业的转变。就重视农业、推行劝课农桑的诸多措施而言,忽必烈与中原历代以农业立国的各皇朝统治者简直没有什么区别。"⑧ "元初,取民未有定制。及世祖立法,一本于宽。其用之也,于宗戚则有岁赐,于凶荒则有赈恤,大率以亲亲爱民为重,而尤惓惓于农桑一事,可谓知理财之本者矣。""世称元之

---

① 朱耀廷:《蒙元帝国》,人民出版社2010年版,第178页。
② 白钢等:《中国政治制度通史·元代》,社会科学文献出版社2011年版,第26页。
③ (明)宋濂等:《元史》卷八《世祖本纪五》,中华书局2000年版,第112页。
④ (明)宋濂等:《元史》卷九十三《食货志一》,中华书局2000年版,第1563页。
⑤ 朱耀廷:《蒙元帝国》,人民出版社2010年版,第337页。
⑥ 同上书,第339页。
⑦ 白钢等:《中国政治制度通史·元代》,社会科学文献出版社2011年版,第76页。
⑧ 陈高华等:《中国经济通史·元》,经济日报出版社2007年版,第139页。

治以至元、大德为首者，盖以此。"① 建立大一统国家后，蒙元的基本政治制度和具体施政措施，能够调整适应于农耕为主的社会新现实，是蒙元政权得以站稳脚跟，江山社稷得以巩固的根本保证。

蒙元政权继承了前代王朝政权许多长期行之有效的治国措施和治理办法并有新的发展，取得了良好的治绩。"凡荒闲之地，悉以付民，先给贫者，次及余户。每年十月，令州县正官一员，巡视境内，有虫蝗遗子之地，多方设法除之。其用心周悉若此，亦仁矣哉。"② "元之取民，大率以唐为法。其取于内郡者，曰丁税，曰地税，此仿唐之租庸调也。取于江南者，曰秋税，曰夏税，此仿唐之两税也。"③ "元都于燕，去江南极远，而百司庶府之繁，卫士编民之众，无不仰给于江南。自丞相伯颜献海运之言，而江南之粮分为春夏二运。盖至于京师者一岁多至三百万余石，民无挽输之劳，国有储蓄之富，岂非一代之良法欤。"④ 在政治文化观念方面，蒙古皇室逐步接受了大一统、仁德治国、农耕立国等中国传统治国理念。如，史载："仁宗天性慈孝，聪明恭俭，通达儒术，妙悟释典，尝曰：'明心见性，佛教为深；修身治国，儒道为切。'又曰：'儒者可尚，以能维持三纲五常之道也。'"⑤ 不仅是仁宗崇儒，元朝历代皇帝都很重视对孔庙的修建和祭祀，以发挥儒家政治文化体系对统治秩序的维护作用。包括科举取士制度在内的前代王朝的文治体系也都得到恢复和发展，并且产生了新的文治效力。"元朝版图辽阔，大批少数民族进入汉文化地区。在这样的背景下推行科举制度，其影响范围，当然要比前代更大。"⑥ 蒙古皇室在政治制度和政治观念上对中国历代王朝治国平天下传统的继承和沿用，较快适应和融入了根基深厚的中国政治文化环境，大大增强了蒙元政权对庞大国家的治理效率。蒙元政权接受和运用中国历代王朝政治文化以治国施政的情况，在元代颂政诗中得到了直接的反映。如迺贤的《京城杂言》感慨："车书既混一，田野安农耕。"典型展示了元代治国理念对中国传统政治观念的继承和发扬。

从《全元诗》所收集的作品来看，元代百余年历史上的颂政诗鲜明展现出各个时期政治运行的阶段性差异。元代前期颂政诗表达最强烈的政治意愿是对大一统观念的高度认同，对平定天下之功的高度推崇。如铁木真的《开成之曲》，忽必烈的《混成之曲》，耶律楚材的《和张敏之诗七十韵》，伯颜

---

① （明）宋濂等：《元史》卷九十三《食货志一》，中华书局2000年版，第1561页。
② 同上书，第1564页。
③ 同上书，第1565页。
④ 同上书，第1569页。
⑤ （明）宋濂等：《元史》卷二十六《仁宗本纪三》，中华书局2000年版，第402页。
⑥ 姚大力：《蒙元制度与政治文化》，北京大学出版社2011年版，第277页。

的《克李家市新城》，郝经的《开平新宫五十韵》等，君臣诗人都在自己的颂政诗里传达了强烈的国家观念。而进入蒙元统治的中后期，皇室成员作者表达的是对文治兴邦、重农强本等治国之道的赞同，如成宗铁穆耳的《守成之曲》，武宗海山的《禧成之曲》，仁宗爱育黎拔力八达的《歆成之曲》，文宗图帖睦尔的《凝安之曲》，明宗和世㻋的《丰宁之曲》等。元代中后期士大夫文人的颂政诗十分推重勤政奉公、仁德抚民的为官之道和治理之效，如释希陵的《正元祝赞诗》，汪炎昶的《上李侯》，揭傒斯的《题临江同知问流民事迹》，王结的《捕蝗叹》，聂古柏的《题参政高公荒政碑》，黄镇成的《投赠郑守光远三十韵》，史伯璇的《代颂常平》，顾瑛的《官籴粮》，陈基的《吴侬谣》，张庸的《田家乐》，王祎的《义乌括田诗》。也有很多颂政诗对朝廷官军的"剿贼"行动十分关注，流露出维护蒙元中央政权的强烈臣民意识。如张耒的《后出军五首》，成廷珪的《赠六合县宣差伯士宁因兵乱滁泗之间独县境肃然作诗以叙其实》，杨维桢的《闻诏有感》，吴讷的《破红巾》等。元代各个时期的颂政诗总体来说较为贴近所在时代社会政治实际，比较同步地表现了所在时代的政治变迁；元代各个时期的颂政诗秉持的政治文化价值观与历代颂政诗并无实质差异，可以看出中国历代颂政诗在传承天命政权观、仁德治国观等儒家政治文化观念方面是一脉相通的。

作为蒙古人建立的政权，蒙元皇室在近百年的全国统治中，给这个王朝的社会各方面都打上了前所未有的独特政治烙印。首先是民族歧视的大政方针。在入主中原、征服南北的血腥战争及其后的长期统治中，蒙元当权者都实行过严酷的民族歧视政策。其次是统治手段的承接运用。蒙元当权者在实施统治过程中出现的政治经济文化各方面的水土不服，使他们不得不转而承接运用前代行之有效的统治手段，包括推崇儒学，提倡理学，以及用科举手段将文人士大夫置于政权的约束之下，并客观上让士大夫文人为维护和巩固蒙元政权出力。第三是社会治理的相对粗疏。游牧民族建立的政权，先天就有与汉族农耕文化的人文传统不相适应的地方，虽经过磨合有所相融，但仍然是在武力压制上手段有余，而在文治措施上则相对显得不足，文网不如唐宋及其后的明清严密老到。"元代政治制度既是前代的延续，又具有明显的不同于以往朝代的特色。造成元代政治制度种种特色的原因主要有两个：一个是蒙古传统和中原'汉法'的二元混合，一个是统一多民族国家所致的相应变化。"① "蒙古传统和中原'汉法'的二元混合，在元代政治制度的各个方面都有所表现。二元之中，很难笼统说哪一种因素占有主导的地位。可以指出的是，正是由于二元产生了种种矛盾，严重地影响了国家机器的运作。这

---

① 白钢等：《中国政治制度通史·元代》，社会科学文献出版社2011年版，第307页。

是元朝之所以短命的一个重要原因。"① 除了蒙元政权制策施政的特异性，元代的一些弊政，其他朝代也相应出现过。如朝廷和官府派役所产生的弊端："按照元朝政府的规定，差役应是富户或较富裕的人户中差充的。对于不少富户来说，当里正、主首、坊正、隅正之类差役，是他们把持地方、鱼肉乡里的机会，可以利用职权，上下其手，为所欲为。因为当里正、坊正等名目致富者固然有之，但也有不少人因此倾家荡产，其原因是多方面的，主要是下放摊派的赋税太重，官吏还要从中牟利，承当里正等名目不仅无利可图，而且往往要赔补。不断加重的赋税和无主的赋税，负责征收的里正、主首通常就分摊在见在人户头上。见在人户因负担过重，往往也被迫加入逃亡的队伍。逃亡日增，征赋愈难，而政府由于支出浩大，经费日绌，对赋税不但不肯减免，反而不断增加，拼命向里正、主首等施加压力。既然人们普遍把应当差役视为畏途，于是便出现了逃役现象。许多富户不当差役，实际应当差役的，很多是贫苦百姓。富户逃役，贫难下户当役，他们无力应办征收赋税等事，等待他们的只可能是悲惨的结局。"② 这些弊政与其他朝代的同类弊政有很大的共性。总体上看，元代统治的严酷和粗疏并行不悖。

自元世祖至元八年（1271）定国号为"元"，几年后灭南宋，建立大一统王朝；至元顺帝至正二十八年（1368）蒙古皇室退出北京，回到草原，蒙元政权的统治延续了不到一百年。作为幅员辽阔、人口众多的大王朝，元朝也依循了历代王朝的兴亡规律。王朝的前期至中期，国运处于上升势头；王朝的中期至后期，各种政治痼疾拖累了王朝的运行活力，终致覆灭。结局虽然一致，故事则各有不同。从社会的物质生活，到朝野的精神状态，元朝政治经历了自身的跌宕起伏。比如，"元代前期自中统经至元至大德的四十多年间，市场粮价波动不大，一般是石米1贯涨至10贯为止。元中期自大德末迄于至正改元不久，米石价约为10至30贯。元末则发生了极其严重的通货膨胀，石米价由60、70贯暴涨至300、500贯以上。民间普遍拒绝使用此种坏钞"。③ "钞法完全失败也就标志着元朝政府财政制度的崩溃，以致百姓对这个政府完全失去信心。元朝的灭亡，是和钞法的失败有着密切关系的。"④ 兼之河政、荒政、税政连连失控，民众怨声载道，造反之声一呼百应。其后顺帝即灰心放弃，怠于国事，荒疏朝政，社会政治经济呈现每况愈下的严重态势。元末陶宗仪曾经采录一首小令《醉太平》，描述当世的乱政景象，很有概

---

① 白钢等：《中国政治制度通史·元代》，社会科学文献出版社2011年版，第310页。
② 陈高华等：《中国经济通史·元》，经济日报出版社2007年版，第527页。
③ 黄冕堂：《中国历代物价问题考述》，齐鲁书社2008年版，第50页。
④ 陈高华等：《中国经济通史·元》，经济日报出版社2007年版，第321页。

括性:"堂堂大元,奸佞专权,开河变钞祸根源。惹红巾万千。官法滥,刑法重,黎民发怨。人吃人,钞买钞,何曾见。贼做官,官做贼,混愚贤。哀哉可怜。"① 陶宗仪感慨这首小令的流行:"《醉太平》小令一阕,不知谁所造。自京师以至江南,人人能道之。""今此数语,切中时病。"② 元代从开国到覆灭的不同阶段,社会政治状况差异很大。元代的怨政诗创作,比较准确地呈现了这些阶段政治运行不良状况的各自特点。如李存的《伪钞谣》,记述元代后期币制劣政造成的社会后果,即是元代怨政诗同步记录时事政治的范例。

元代怨政诗是在元代社会特殊的政治和文化背景下产生的,但其基本内涵和风貌与唐宋怨政诗没有根本的差别,是中国古代怨政诗不可忽视的一个发展新阶段。从作品内容看,元代各个时期怨政诗描写的社会政治问题各有侧重。元代前期的怨政诗,描写战争灾难、徭役痛苦的作品所占比例较大,如胡祗遹的《征戍叹》,王恽的《挽漕篇》,公孙辅的《入沽益乱后伤怀》,戴表元的《南山下行》,尹廷高的《过故里感怀》等。这显然跟元军攻取宋朝江山发生的惨烈战争有直接关系。也有不少描写荒政弊端的作品,如胡祗遹的《哀饥民》,王恽的《流民叹》,鲜于枢的《水荒子歌二首》等。元代中期和后期,记述赋税、徭役、漕政、盐政、荒政等方面政务弊端的作品最多,如朱思本的《庙山九日》,揭傒斯的《大饥行》,王虎臣的《缫丝行》,黄溍的《览元次山舂陵行有感近事追和其韵以寓鄙怀》,马祖常的《六月七日至昌平赋养马户》,吴师道的《苦旱行三首》,释继善的《大雪行》,许有壬的《养马户》,王冕的《伤亭户》,张翥的《人雁吟》,朱德润的《水围深》,杨维桢的《盐车重》,释宗衍的《乍川行》,胡奎的《田妇谣》,刘永之的《猛虎行》,郭钰的《采蕨歌》,袁介的《检田吏》等。也有很多记述"剿贼"不力的作品,如范梈的《乐会县》,成廷珪的《丁十五歌》,刘鹗的《官军破苏村恶其与贼通贼兵破白沙恶民之不相随》,谢应芳的《狗寨谣》,傅若金的《广西谣》,舒頔的《故里叹》,释大圭的《筑城曲》,廼贤的《颍州老翁歌》,袁士元的《闻海寇有作》,李晔的《哀钱塘》,王逢的《竹笠黄》,练鲁的《徐州故城》等。元代中后期的怨政诗揭示这个时期的各种社会弊端,不乏见识深刻的批评。如王冕《盘车图》斥责朝廷和官府无情掠取百姓财富:"玉帛谷粟取不穷,诛求那信人民苦。"《遣兴》揭示百姓正在经受的现实苦难的祸根:"人民正饥渴,官府急诛求。"对元代各级当权者施政效果的评判极为深刻,振聋发聩,空谷传响。

由于元代社会奉行的统治理论仍然是儒家学说,因此,作为元代怨政诗

---

① 丁如明等:《宋元笔记小说大观·六》,《南村辍耕录》,上海古籍出版社 2013 年版,第 6430 页。
② 同上书,第 6431 页。

创作主体的士大夫文人,在作品里表现出了很强的儒家思想意识。从作品的题材类别可以清楚地感知,元代和唐宋时期怨政诗人奉行的政治价值观几乎没有差别,仍然保持了对社会的批判精神和对善恶的鲜明爱憎。从由宋入元的诗人戴表元,到元朝政权巩固后的新一代诗人萨都剌、揭傒斯、马祖常、许有壬、王冕,到元代政治危机逐渐加深时期的诗人朱德润、杨维桢,以他们为代表的元代各个时期的怨政诗人,秉持了唐宋以来士大夫文人对社会政治的自觉批判,发扬光大了唐宋怨政诗为民请命、疾恶如仇的道义原则,延续了中国古代怨政诗的良好价值传统。

第一节　元代前期颂政诗——申言正统　宣示仁政

元代前期是指蒙古灭金直至元世祖忽必烈时期。蒙元王朝的建立,在中国大一统历史上意义重大。"元之有国,肇基朔漠。虽其兵制简略,然自太祖、太宗,灭夏剪金,霆轰风飞,奄有中土,兵力可谓雄劲者矣。及世祖即位,平川蜀,下荆襄,继命大将帅师渡江,尽取南宋之地,天下遂定于一,岂非盛哉。"[①] 蒙元皇室在建立政权和巩固政权的过程中,经过比较选择,采纳了耶律楚材等大臣的建议,逐渐实行了中国历代行之有效的政治、经济、文化制度。"这些新的(游牧)统治者被告知,如果他们想要填补汉族皇帝的角色,他们就必须躬行皇室礼仪和季节性祭祀,所有这些都是儒家的内容。他们还意识到这些做法是其政权合法化的基础。"[②] 包括祭祀礼仪在内的中国古代王朝政治文化步步融入了蒙元皇室的治国举措中。

在这个政治文化的接纳和传承的历史进程中,蒙元王朝的君臣都创作有颂政诗表达对中国古代政治文化中的大一统、仁义、勤政、德治等观念的赞同。这些颂政诗都回避了蒙元入主中原、征服南北过程中的血腥暴虐,采用了宣示仁德政治的表达方式,一是标榜采纳更有感召力的中国古代政治文化,二是展现新政权的治国之道。如元太祖铁木真的《开成之曲》表达了建立统一王朝的宏大志愿,元世祖忽必烈的《皇帝入门》表达了对"六合大同"一统观念的认同、对"典礼会通"礼乐文化的认同。这些以铁木真、忽必烈名义留下的颂政诗,在一定程度上可以测知元王朝对中国传统政治文化的接受和运用情况。大臣耶律楚材的颂政诗,如《和平阳王仲祥韵》《和冀先生韵》《壬午西域河中游春》《和高丽使》《和李世荣韵》《和张敏之诗七十韵》等,

---

① (明)宋濂等:《元史》卷九十八《兵志一》,中华书局2000年版,第1663页。
② [英]塞缪尔·E. 芬纳:《统治史》卷二,王震译,华东师范大学出版社2014年版,第150页。

称颂朝廷顺天应命、效法尧舜，奉行"宽仁""仁绥"的儒家治国之道；伯颜的《克李家市新城》《奉使收江南》《军回过梅岭冈留题》等，既夸示元军的武功，更张扬元军的仁德，强调了取得天下的道义高度。元朝君臣颂政诗的这些描述未必都符合事实，但这种强调仁德道义本身，也显示了蒙元当权者对中国古代政治文化的接受和运用，很有认识价值。

一 铁木真 忽必烈 耶律楚材 伯颜

铁木真（1162—1227），即元太祖。蒙古王朝可汗，尊号成吉思汗。于1206年建立大蒙古国。

铁木真建立了蒙古王朝，以他的名义留下的颂政诗，其题旨已经与中国传统政治理念完全相合，推尊一统，敬从天命。如太庙乐章《开成之曲》："天扶昌运，混一中华。爰有真人，奋起龙沙。祭天开宇，亘海为家。肇修禋祀，万世无涯。"诗篇作为祭祖敬天的乐辞，表达了建立统一王朝的宏大志愿。"天扶昌运，混一中华。""祭天开宇，亘海为家。"宣示王朝的建立是顺应天意，要一统中华河山，整合海内邦国。这样的志愿既是蒙古政治势力开疆拓土、建立宏大版图统一王朝事业的写照，也传达了铁木真及其后继者融合中国正统政治价值观的开国精神。

忽必烈（1215—1295），即元世祖。1260年即汗位，建元中统，改"大蒙古"国号为元。1272年迁都大都（今北京）。在位三十四年。

忽必烈为首的蒙元政治势力入主中原，征服南北，正式建立元朝，其开创之功已载入史册。以忽必烈名义创作的太庙乐章歌辞，诗篇题旨贯彻了天下一统、圣德宏功等中国政治正统价值观。如《皇帝入门》："熙熙雍雍，六合大同。维皇有造，典礼会通。金奏王夏，祗款神宫。感格如响，嘉气来丛。"表达了对"六合大同"一统观念的认同，对"典礼会通"礼乐文化的认同。《混成之曲》："于昭皇祖，体健乘乾。龙飞应运，盛德光前。神功耆定，泽被垓埏。诒厥孙谋，何千万年。"表达了对"龙飞应运"周易文化的认同，对"盛德""神功"功德观念的认同。《昌宁之曲》："缉熙维清，吉蠲致诚。上仪具举，明德荐馨。已事而竣，欢通三灵。先祖是皇，来燕来宁。"表达了对"明德荐馨"尊崇盛德的认同，对"欢通三灵"天人和谐的认同。这些诗篇包含的题旨意蕴，已经折射出中国的传统政治文化的深层影响。

耶律楚材（1190—1244），字晋卿。契丹人。金时任开州同知、左右司员外郎。蒙古占领燕京后，见重于太祖成吉思汗。太宗窝阔台时任中书令。

耶律楚材是契丹人，在金王朝已有仕宦经历，对汉文化有着深切的了解。耶律楚材先后被元太祖、太宗重用，是蒙古新政权的肱股之臣，有机会向蒙古最高当权者建言，在帮助蒙古政权沿用中国传统的政治、经济、文化制度中发挥过重要作用。耶律楚材的颂政诗歌赞蒙古政权追求建立统一王朝的宏大功业，尤其注重传达仁政德治、选贤任能、大一统、修德抚远、以民为本等观念，表现出深受中国政治文化影响的深层内涵。耶律楚材在世时，蒙古政权虽尚未完成建立大一统的王朝，但其颂政诗仍然清晰地传达了以中国正统的治国之道施治天下的政治主张。

耶律楚材的颂政诗，往往在作品里抒写多重题旨，表现蒙古政权得天下、治天下的政治进程和施政举措。如《和平阳王仲祥韵》：

一圣扬天兵，万国皆来臣。治道尚玄默，政简民风纯。明明我嗣君，宽诏出丝纶。洪波浃四海，圣训宜书绅。逆取乃顺守，皇威辅深仁。贪饕致天罚，长吏求良循。河表背盟约，羽檄飞边尘。圣驾亲徂征，将安亿兆人。

诗篇称颂朝廷平定天下，"一圣扬天兵，万国皆来臣"。称赞朝廷施政简易，"治道尚玄默，政简民风纯"。推崇仁德治国，"逆取乃顺守，皇威辅深仁"。强调惩治贪吏、任用良吏，"贪饕致天罚，长吏求良循"。诗篇围绕着实现良政善治，宣示了儒家治国之道。

《和冀先生韵》评议蒙古王室的平治之道，对中国传统政治文化深为推重。

运出三爻兑，龙飞九五乾。要荒归化育，豪哲入陶甄。有幸恩涵海，无私德应天。偏师收百越，一鼓下三川。天子能身正，元戎不自贤。重光道同轨，累圣德相联。策决九重内，功归万乘权。群雄哀稽颡，多士喜摩肩。辅弼规左右，丞疑赞后前。开夷逾汉武，平叛跨周宣。冠盖通穷域，车书过古埏。览机云母障，受谏翠华轩。款塞诸蛮洞，来朝百济船。降王趋陛阙，强房列氓编。净扫妖氛变，潜消烽火烟。词臣游馆阁，幽隐起林泉。尧舜文明盛，商姬礼乐全。九成合古奏，二雅咏新篇。世卜千年世，年斯亿万年。宗亲成蒂固，国祚等瓜绵。圣政舆人颂，天威万古传。勉旃封禅事，不用策安边。

诗篇对朝廷得天下的称颂，秉持的是中国正统政治尺度，使用的是中国传统政治文化符号："运出三爻兑，龙飞九五乾。"表示朝廷顺天应运。"有幸恩涵海，无私德应天。"标榜朝廷有德而顺天。"开夷逾汉武，平叛跨周宣。"将占据全国比成汉武帝开疆拓土，将覆灭宋朝比成周宣王平叛中兴。"冠盖通穷域，车书过古埏。"夸示扩大化育、同文同轨直至边远之地。"款塞诸蛮洞，来朝百济船。降王趋陛阙，强房列氓编。"夸示四方来朝，敌逆归顺。"尧舜文明盛，商姬礼乐全。"宣示尊崇尧舜圣德，依循商周礼乐。诗篇将朝廷征服南北描述成顺天应命，将治国之道宣示为继承尧舜圣贤，运用中国古代政治逻辑来阐释蒙古朝廷征服天下、平治天下的历史。《壬午西域河中游春》这组作品歌咏春明景和的太平景象，称颂蒙古朝廷统一天下的平定之功："何日要荒同入贡，普天钟鼓乐清平。""天兵几日归东阙，万国欢声贺太平。""凭谁为发丰城剑，一扫妖氛四海平。"将入主中原、平定海内的征战过程描述成天兵顺天讨逆、为天下赢得太平，四海平定、万国来贺。诗篇的题旨与顺天应人得天下的中国古代政治观念是一致的。《和高丽使》云："神武有为元不杀，宽仁常愧数兴戎。仁绥武震诚无敌，重驿来王四海同。"诗篇展示作者独特的政治文化标准，既宣示朝廷对外政策的原则是"宽仁""仁绥"，标榜儒家的修德抚远传统；又夸示蒙古的"神武""武震"军威，显示蒙古朝廷以武定国的政治本色。

《和李世荣韵》宣示新朝的治国理念，传统政治色彩十分明显。

圣主题华旦，熊罴百万强。兵行从纪律，敌溃自奔忙。百谷朝沧海，群阴畏太阳。黎民欢仰德，万国喜观光。尧舜规模远，萧曹筹策长。巍然周礼乐，盛矣汉文章。神武威兼德，徽猷柔济刚。自甘头戴白，误受诏批黄。我道将兴启，吾侪有激昂。厚颜悬相印，否德忝朝纲。佐主难及圣，为臣每愿良。翠华来北阙，黄钺讨南疆。明德传双叶，宽仁洽万方。九服无不轨，四海愿来王。兵革虽开创，诗书何可忘。洪恩浮晓露，严令肃秋霜。符应千龄运，功垂万世昌。绵绵延国祚，烨烨受天祥。多士咸登用，群生无败戕。此行将告老，松菊未全荒。

诗篇歌赞蒙古皇室建立新王朝，夸示新王朝得到了百姓的拥护："黎民欢仰德，万国喜观光。"自称是继承了中国正统治国之道："尧舜规模远，萧曹筹策长。巍然周礼乐，盛矣汉文章。"也宣示新朝施政是武威文德并重："神武威兼德，徽猷柔济刚。""兵革虽开创，诗书何可忘。"自信新朝能修德抚远，赢得四方来贺："明德传双叶，宽仁洽万方。九服无不轨，四海愿来王"。诗篇宣示的这些治国理政方略，有着浓厚的中国古代德型政治文化观念。

《和张敏之诗七十韵》从多方面展示了蒙古朝廷实行的政纲和取得的政绩，歌赞了新王朝的治国之道。

壮年多辗轲，晚节叹行藏。故国颓纲秩，新朝明德香。雄材能预算，大略固难量。迭出神兵速，无敌我武扬。本图服叛逆，何止剪诗张。西讨穷于阗，东征过乐浪。彗侵天垒壁，光动太白铓。整整车徒盛，鳞鳞旗鼓望。天皇深责重，贤帅庙谟臧。江左将擒楚，河阳已灭商。英雄皆入彀，强御敢跳梁。采访轩车闹，司农官吏忙。轻徭常力足，薄赋不财伤。勋业超秦汉，规模迈帝王。流言无管蔡，奇计有平良。增葺新文物，耕耘古战场。蛟龙方奋迅，雕鹗得翱翔。偶遇风云会，争依日月光。永酬千古耻，一怒四夷攘。虎帐十年梦，龙庭几度霜。迎降初请命，出郭远相将。久敌真宜死，宽恩何敢当。赦书民有幸，歌咏寿无疆。扶杖听黄诏，称觞进白狼。散财竭库藏，拔将出戎行。殷绝仁犹在，周倾道不亡。来招燕郡内，入觐大食傍。戎服貂裘紫，星轺驳马苍。中春辞北望，初夏过西凉。瀚海汹而涌，阴山彷且徨。闲云迷去路，疏雨润行装。出处空兴叹，风光自断肠。典刑陈故事，利病上封章。天下援深溺，中州冀小康。风俗承丧乱，筹策要优长。痼疾如神附，游魂笑鬼伥。仁术能骨肉，灵药起膏肓。避祸宜缄口，当言肯括囊。遭逢心欲剖，涉苦胆先尝。北漠绝穷域，西隅抵大洋。诗书犹不废，忠信未能忘。毡补连腮帐，绳穿朽脚床。郊行长野兴，人静若禅房。回鹘交游熟，昆仑事迹详。风烟多黯黯，云水两茫茫。灾变垂乾象，妖氛翳太阳。骊龙三岛去，玉叶一枝芳。明主初登极，愚臣敢进狂。九畴从帝锡，五事合天常。大乐陈金石，朝服具冕裳。降升分上下，进退有低昂。拓境时方急，郊天且未遑。应兵无血刃，降房自壶浆。按堵无更肆，因敌不馈粮。宸心尊德义，圣政济柔刚。恩泽涵诸夏，威棱震八荒。势连西域重，天助北方强。举我陪三省，求贤守四方。锦衣捐氅褐，肉食弃糟糠。隐逸求新仕，流亡集故乡。百官欣戴舜，万国愿归唐。耕钓咸生遂，工商乐未央。会将封泰岳，行看建明堂。每叹才雕篆，长惭学面墙。君恩予久负，贤路我深妨。覆𫗧恒忧惧，持盈是恐惶。故山松径碧，旧隐菊花黄。太守方遗舄，初平正牧羊。厚颜居此位，若已纳于隍。吟啸须归去，香山老侍郎。

诗篇对新朝得天下和治天下的功德都有叙及，除对朝廷的武威稍有张扬外，主要宣示了新朝施行宽仁厚德的治国方略。"故国颓纲秽，新朝明德香。""迭出神兵速，无敌我武扬。本图服叛逆，何止剪诗张。西讨穷于阗，东征过乐浪。"宣扬蒙古王朝以神武之师平定天下，一统海内。"英雄皆入彀，强御敢跳梁。采访轩车闹，司农官吏忙。轻徭常力足，薄赋不财伤。勋业超秦汉，规模迈帝王。流言无管蔡，奇计有平良。"展示新朝建立后各色人等归心顺服，各级官吏履职行政，轻徭薄赋不伤百姓，建言献策渠道畅通，丰功伟业已经超过了古代圣王。"迎降初请命，出郭远相将。""赦书民有幸，歌咏寿无疆。"宣示新朝政策宽厚，化降臣为顺民。"典刑陈故事，利病上封章。天下援深溺，中州冀小康。"申明新朝法政有合适的典章可以依循，除弊兴利靠奏章反映世情，救助天下困厄的百姓，实现南北大地的安宁。"宸心尊德义，圣政济柔刚。恩泽涵诸夏，威棱震八荒。"标明新朝政治路线的基本内核是仁政德治。"百官欣戴舜，万国愿归唐。耕钓咸生遂，工商乐未央。"展现蒙古新王朝已经开辟了新时代，官员敬尊虞舜古贤，天下心向唐尧古圣，农夫渔父勤奋生计，工匠商人安然乐业，一派欣欣向荣。诗篇的叙述显然带有理想愿望的色彩，抑或是粉饰夸大，未必是事实的描述，但采纳仁政德治的价值取向是十分明显的。

伯颜（1236—1295），蒙古八邻部人。至元间受忽必烈赏识，留为侍臣。拜中书左丞相，同知枢密院事，行省荆湖，率兵攻宋。

伯颜身为元军大将和元廷丞相，曾领兵攻宋，征战江南，是宋元朝代更迭时期的重要人物。以他的名义留下的颂政诗，除了炫耀元军的武功，也不忘为元军的征战点染上仁义之师的色彩，显示诗篇题旨受到中国政治文化影响的痕迹。《克李家市新城》作于至元十一年（1274），歌颂以武定国，宣扬元军征战无敌："小戏轻提百万兵，大元丞相镇南征。舟行汉水波涛息，马践吴郊草木平。千里阵云时复暗，万山营火夜深明。皇天有意亡残宋，五日连珠破两城。"诗篇描述元军渡江攻宋，夸示元军征战的威势，"小戏轻提百万兵，大元丞相镇南征"。炫耀蒙元的赫赫军功，"皇天有意亡残宋，五日连珠破两城"。诗篇将南宋趋于覆灭称为"皇天有意亡残宋"，宣示蒙元的征战是顺应天命，在题旨上不忘表明道义的高度。《奉使收江南》描述南渡攻宋的战事："剑指青山山欲裂，马饮长江江欲竭。精兵百万下江南，干戈不染生灵血。"一方面强调元军所向无敌，一方面强调元军不滥杀无辜，不忘表明元军的仁德之举。《军回过梅岭冈留题》描述元军江南征战的武功："马首经从庾岭归，王师到处悉平夷。担头不带江南物，只插梅花一两枝。"除了夸示元军武功的显赫，也突出了元军"王师"的定位，强调了元军的正统地位。这种题旨，仍是一贯重视政权正统性的中国政治文化的产物。伯颜宣扬蒙元征战的颂政诗，遮蔽了战事的暴虐，与历史事实不相吻合；但注意标榜这些征战中元军的仁德性质和正统定位，可见其中蕴含的中国德型政治文化观念。

二　郝经　胡祗遹　王恽　滕安上　张之翰

郝经（1223—1275），字伯常，陵川（今山西陵川）人。中统间任翰林侍读学士。充国信使，出使南宋议和，被囚十余年，伯颜攻宋时放归。

郝经的《开平新宫五十韵》当作于元世祖中统元年（1260），歌咏蒙古王朝上都开平城落成，由此称颂蒙古王朝以武功定国，息兵养民，一统天下。

日月旋天盖，星辰合斗枢。光腾掌内铁，气绕泽中蒲。金帛羞重赐，弓刀奋一呼。真人翔灞上，天马出余吾。尺棰初开辟，群雄竞走趋。无劳为更举，乘胜即长驱。蹴踏千年雪，骁腾万里驹。长城冲忽断，弱水饮先枯。肃杀威灵盛，驱除运会俱。华夷尘顽洞，天地血模糊。地尽诸蕃外，兵穷两海隅。九州皆瓦砾，万国一榛芜。谁与重休息，徒为妄骇吁。治平须化日，杀伐岂良图。圣子曾当璧，神孙会握符。铁山深蕴玉，瀚海特生珠。历数终当在，讴歌信不诬。欲成仁义俗，先定帝王都。畿甸临中国，河山拥奥区。燕云雄地势，辽碣壮天衢。峻岭蟠沙碛，重门限扼狐。侵淫冠带近，参错土风殊。翠拥和龙柳，黄飞盛乐榆。岐山鸣鹭鹭，冀野牧驹䮺。风入松杉劲，霜涵水草腴。穹庐罢迁徙，区脱省勤劬。阶土遵尧典，卑宫协禹谟。既能避风雨，何用饰金朱。栋宇雄新造，城隍屹力扶。建瓴增壮观，定鼎见规模。五让登皇极，群生赐大酺。还闻却走马，即见弛威弧。简策询前代，弓旌聘老儒。恢弘回一气，侥幸绝多途。雷雨施庞泽，乾坤洗旧污。直为提赤子，遂使出洪炉。远徼收疲尔，穷边罢转输。江壖遗鄂岳，石窟弃巴渝。刀槊存残骨，膏粱换毒痛。却令逢有道，免使叫无辜。契阔还同室，鳏茕得字孤。八荒皆寿域，六合极欢娱。白叟休垂泣，苍生获再苏。只知期用夏，更拟论平吴。旭日冰天透，仁君雪国无。终能到周汉，亦足致唐虞。遇主得知己，逢时合舍躯。弭兵通信誓，奉招敢踟蹰。顿觉心田豁，还将肝纸刳。行行重回首，瑞气满闉阇。

诗篇描述了蒙古王朝多年的征战杀伐，"地尽诸蕃外，兵穷两海隅。九州皆瓦砾，万国一榛芜"。征战的目的是要实现平定四方，"治平须化日，杀伐岂良图"。"历数终当在，讴歌信不诬。"诗篇接着描述了开平新城带给新王朝的政治格局及施政措施："欲成仁义俗，先定帝王都。畿甸临中国，河山拥奥区。燕云雄地势，辽碣壮天衢。""五让登皇极，群生赐大酺。还闻却走马，即见弛威弧。简策询前代，弓旌聘老儒。"诗篇展望了上都建成后朝廷施政的前景："却令逢有道，免使叫无辜。契阔还同室，鳏茕得字孤。八荒皆寿域，六合极欢娱。白叟休垂泣，苍生获再苏。"这是一幅海内一统、治理和谐的政治图景，"苍生获再苏"的憧憬尤其凸显了诗人希望新王朝实现天下大治、百姓安宁的政治目标。诗篇题旨蕴含的"治平""仁义""有道"的价值观，在对开平上都落成的政治叙述中得到了较为突出的表达，是新王朝的一些政治人物希图采用中国德型政治观念去治理天下的明证。

胡祗遹（1227—1295），字绍闻，武安（今河北武安）人。中统间为员外郎。至元间历应奉翰林文字、荆湖北道宣慰副使等。

胡祗遹的《送信县令乐平任满东还》称道尽职奉公的良吏。

  县尹诚卑职，烦劳责最先。条条论国政，一一自民编。秋敛征输税，春耕劝力田。张灯昏理讼，应限夜催钱。但恐成逋欠，安能问瘝捐。顽嚚哀健讼，水旱虑凶年。赐半恩慈溥，蠲征雨露遍。府人同震电，州介若鹰鹯。星火忱违命，衾帏未省眠。爱民诚惨怛，守职更愁煎。贫婆衣鹑结，逃亡室罄悬。搒笞心不忍，劝谕语空怜。黾勉饥寒下，销磨战伐前。茧丝蚕不箔，商课灶无烟。墙外无余地，生平仅一廛。有肠攻苦淡，无梦到荤膻。壮健他乡外，茕孤若个边。妇嫠何寄倚，叟独更颠连。身只名犹在，家亡赋尚全。力疲催种植，体废被干挺。不疾长三叹，无尤带百愆。千忧恒积虑，万事一呼天。坐视群黎苦，惭持百里权。去思那有颂，遗爱若为篇。赖有桐乡令，依稀似昔贤。

  诗篇描述了"信县令乐平"仁厚爱民、悯民施政的履职情形。诗篇首先概括了地方政府官员从事的繁重政务："县尹诚卑职，烦劳责最先。""条条论国政，一一自民编。秋敛征输税，春耕劝力田。张灯昏理讼，应限夜催钱。""星火忱违命，衾帏未省眠。"对"信县令乐平"的艰难施政，诗人表示理解和同情："爱民诚惨怛，守职更愁煎。""搒笞心不忍，劝谕语空怜。"也表达了对"信县令乐平"清廉行政、尽心履职的赞佩，"有肠攻苦淡，无梦到荤膻"。诗篇对"信县令乐平"的称颂，是对良吏现象的肯定，显示作者对新王朝的地方治理抱有期待和信心。

王恽（1227—1304），字仲谋，汲县（今河南汲县）人。中统间历中书省详定官、国史院编修官。至元间历监察御史、平阳路总管府判官等。

王恽的《免租谣》歌咏朝廷仁政宽厚，蠲减租税，恤民以治。

  君不见燕南饥民行且泣，膏泽屯来三百日。蚕沙啮尽木皮空，剗末草根充糇食。追胥星火县帖严，官不汝怜需税石。人生乡土孰不恋，一殍迫临那得惜。扶羸载瘵总南逋，鹄面乌形犹努力。比之坐毙不相保，趁熟庶几延旦夕。刑司府解两虚文，道路无言空叹息。吾皇德并唐虞圣，轸虑斯民期日靖。传闻一介或可相，不问草茅分政柄。因思治道责有归，未洽鸿熙臣下病。才丰禄秩即患失，又以材疏难仰称。蹲而不去嗫无声，老凤饥鸟同一证。西台入奏沃渊衷，蹴踏群疑开善政。尽蠲秋赋出御女，百色支供皆省并。若稽黄屋帝尧心，一语乂安无不听。万方欢喜声一概，远过汉家宽大令。三钱斗米说开元，二税户除闻大定。限田固是平世法，未免区区与民竞。况今江淮岁入数不赀，经画有方财恐剩。人和天地气自舒，一雨行随明诏应。老癃扶杖愿少留，又赖鸿恩拯吴罄。两河千里麦青青，预贺有年天子庆。

诗篇自注："入奏行美圣政而重民急也。"可知此诗是为称颂朝廷的善政之举而作。诗篇首先描述了此前"燕南"地方遭灾之后百姓的惨状，以及地方官吏不恤民情的催科逼税："燕南饥民行且泣，膏泽屯来三百日。蚕沙啮尽木皮空，到末草根充糇食。追胥星火县帖严，官不汝怜需税石。"接着对举描写了"吾皇"圣君和"西台"贤臣的仁政善举，展示圣君贤臣体恤民苦的赈济举措："吾皇德并唐虞圣，轸虑斯民期日靖。""西台入奏沃渊衷，蹴踏群疑开善政。尽蠲秋赋出御女，百色支供皆省并。""三钱斗米说开元，二税户除闻大定。"诗篇称颂朝廷君臣省并开支，厉行节俭，对百姓则宽厚仁爱，这样的仁政善举已经超过了前代的宽厚政策，必定会重现唐代开元盛世的粮丰物茂，减税蠲租也必定使百姓心绪安定。诗人对圣君贤臣的德政称颂，或有夸大，但其秉持的价值尺度是可取的。

滕安上（1242—1295），字仲礼，中山安喜（今河北定州）人。至元间历中山府教授、太常院丞。元贞间任监察御史、国子司业。

滕安上的颂政诗都是歌咏朝廷的大政国策的作品。《至元德音诗》作于至元十九年（1282），其时元朝征服南北、统一全国不久，原金国所在的北方已并入蒙古王朝版图几十年，蒙元在全国的统治已经出现稳定的大趋势。滕安上在蒙元北方入仕多年，对元朝统治秩序深为认同，此篇颂政诗即歌咏了元廷的治国新格局。

温温德音，敷于下土。癃老黎庶，是蹈是舞。德音惟何，天子神圣。奸逸蒙蔽，咸革而正。逸人罔极，窃弄威福。负且乘器，凶以覆铗。林甫剖棺，弘羊既烹。百僚稽首，天子之明。乃命元老，载谋载惟。有积其弊，以新以厘。命相选贤，允协帝心。鳏寡无盖，式昭德音。奸事箕敛，民多逋亩。天子怜之，贳租已负。奸事罗织，民罹惨酷。天子怜之，省刑绥狱。养老恤孤，和钧平价。次第举行，彰我王化。琴瑟不调，解而更张。四海熙熙，跻于一堂。惟我天子，万寿无疆。皇皇有元，古无比隆。浸以唐德，扇以虞风。惟我天子，垂祚无穷。地平天成，风恬俗熙。臣今何幸，乃亲见之。拜手稽首，献此颂诗。

诗篇对蒙元王朝新秩序的总体概括是:"温温德音,敷于下土。癃老黎庶,是蹈是舞。"宣示元廷施行德政,赢得百姓拥护。诗篇展示了元世祖施行"德政"的各项举措。"奸谗蒙蔽,咸革而正。""百僚稽首,天子之明。"赞其在朝廷祛除奸邪谗佞之徒。"命相选贤,允协帝心。"赞其选贤任能。"天子怜之,贳租已负。""天子怜之,省刑绥狱。"赞其悯民施政,法政清明。"养老恤孤,和钧平价。"赞其扶助民生,公平民营。"次第举行,彰我王化。"赞其项项举措都有序实施,王道善政彰明于天下。诗人赞叹元世祖治下的世道,呈现人人称羡的古代圣贤时代景象:"皇皇有元,古无比隆。浸以唐德,扇以虞风。惟我天子,垂祚无穷。地平天成,风恬俗熙。"诗篇对元廷及元世祖的称颂,仍以唐尧、虞舜为楷模,"浸以唐德,扇以虞风"的治国风范显示出蒙元王朝对中国古代政治文明的认同,这是元代颂政诗在价值取向上一个较为明显的共同特征。

张之翰(1243—1296),字周卿,邯郸(今河北邯郸)人。中统间任洺磁知事。至元间历户部郎中、松江知府等。

张之翰的《检荒租》歌颂地方官员施政惠民,仁德宽厚。

> 头田乱插白红牌,翁媪相看不敢猜。十八年愁今日散,爱民使者检荒来。(其一)
> 三载徒劳三载过,旁人休笑拙催科。浙西尽有荒闲地,不似松江分外多。(其二)

诗篇描写松江府官员勤谨履职,"十八年愁今日散,爱民使者检荒来"。革除了多年的积弊。"三载徒劳三载过,旁人休笑拙催科。"表示即使在催征租税事务上被他人讥笑,也不愿严苛对待勤苦的农家。此诗是作者对自己决心施行宽缓惠民政策的自我表彰,也是对仁德政治的推崇。

第二节 元代前期怨政诗——指斥战祸 怨尤重役

元代前期是指蒙古灭金直至元世祖忽必烈时期。蒙元王朝的建立,是伴随着蒙古铁骑踏入中原,其后跨过长江,南宋河山沦入血雨腥风的过程而实现的。元代前期,蒙元政权执掌全国政权时间不长,文人士大夫创作(留存)的怨政诗数量不多。"全国的统一并没有带来太平盛世,社会仍然动荡不安。"[①] 元代前期的怨政诗中,描写战争徭役苦难的诗歌占了较大比例,是那

---

① 白钢等:《中国政治制度通史·元代》,社会科学文献出版社2011年版,第7页。

个时代的战乱阴影的投射，如胡祗遹的《征戍叹》，王恽的《挽漕篇》，公孙辅的《入沽益乱后伤怀》，戴表元的《南山下行》，尹廷高的《过故里感怀》等。此外，描写税政苛刻、荒政缺失的作品也占比较高，如胡祗遹的《哀饥民》，王恽的《流民叹》，鲜于枢的《水荒子歌二首》等。这个时期的怨政诗人，有从前朝来的，如杨宏道、戴表元等；有后来入仕元朝的，如王恽、尹廷高等。他们各自的经历不同，但凭着社会良知创作怨政诗，记述时代苦难，为后世留下了珍贵的历史画面。

一　胡祗遹　王恽　公孙辅　戴表元　仇远

胡祗遹，生卒、事迹见前。

胡祗遹的怨政诗，在题旨上比较集中于批评地方治理的弊政，涉及赋役苛重、土地兼并、贫富不公、荒政失策、法政污浊、吏治败坏等。如《征戍叹》《哀饥民》《田讼有感》《户差有感》《又巡安即事口号》。作者对所观察到的地方弊政予以披露，有深厚充分的现实依据，表达了希望新王朝能够实现良吏善政的真切愿望。

吁嗟兵制胡不均，富室益富贫益贫。百丁万亩不介胄，重以高爵荣其身。鞭答卒伍等徒配，暴横刮刻谁为嗔。两椽茅屋一孤影，妻子寒饿常酸辛。终年应役欲谁代，穷边刁斗昏复晨。枢府哀怜立新法，三家两家为一门。终竟富不与贫偶，扶持支助徒虚文。困弱相依日词讼，只与案牍供钱缗。病亡逃代奸百出，勘会保结何纷纷。一兵征行一夫送，征人甘分嗟农民。长途往返少违限，追呼挞楚连比邻。积年逋审不可复，官吏负罪眉亦颦。我无长策拯斯弊，执笔判署空忧勤。（《征戍叹》）

天灾流行孰可御，水灾何如旱灾苦。秋旱十日已成灾，自夏穷秋天不雨。细民安敢厌藜藿，谷菜无苗尽焦土。谁能一日不再食，火湿寒泉釜空煮。义仓虚名固无用，所费不赀无寸补。天下常平几万间，公廪空廒走饥鼠。千家一室粗储畜，亦岂有余供贷举。山家入山收橡实，不避林深遇熊虎。平野村村食榆槐，寒滑那能辞肿吐。树求叶实草寻根，男执斧斤妇筐筥。不忧涌贵忧无籴，俗吏区区定时估。一年凶荒遽如此，再岁何方逃死所。牧民谁作父母官，尚惜一言申省府。前催和籴后催粮，流殍遗民今几户。迩来马牛皆半价，刍豆俱无难作主。何时斗米复三钱，山积陈陈到红腐。（《哀饥民》）

井田既废开阡陌，万古交争启讼门。朝盛暮衰频易主，吏奸文冗不胜冤。务开务闭冬连夏，人是人非祖到孙。塞破县衙重足立，草深未耡

倚荒原。(《田讼有感》)

租庸调外事纷纭,版籍胡为故不真。贫重富轻犹黾勉,彼逃我代实酸辛。身亡户绝鬼应役,妇寡夫鳏名累身。笃疾高年休赴诉,无穷冤抑向谁申。(《户差有感》)

罢农失业镇随衙,调发行移乱似麻。听讼谁能使无讼,圣师愿学鲁东家。

提刑职分刷稽违,剖决如流尚恐迟。五载十年出头苦,下民冤抑有谁知。

细民情伪岂难明,黠吏般调起讼争。卷若牛腰不能决,片言折狱反堪惊。

烦文虚检奸顽吏,错判乔批糊突官。宣化承流到如此,翻言照刷不从宽。

昭明条画谨钦依,更向何人禀例为。钞法可怜虚十倍,忍令奸猾恣贪欺。

圣恩雨露恤逃民,虐吏科摊见累身。当匠当军及当站,代当重纳实艰辛。

年深岁久不通推,贫富高低几变移。官吏坐观恬不问,妄增擅减在乡司。

监临主典共偷钱,举世无言问罪愆。不劾不弹谁任责,无人合在察司前。(《又巡按即事口号》)

《征戍叹》披露元初一些地方派役抓夫,兵制有弊,役务不公。"吁嗟兵制胡不均,富室益富贫益贫。"富者倚财仗势逃避兵役徭役,官府只向小民摊丁剑财:"百丁万亩不介胄,重以高爵荣其身。鞭笞卒伍等徒配,暴横刮刻谁为嗔。"贫者成为征役的主要对象,窘困无助,哀告无门:"两椽茅屋一孤影,妻子寒饿常酸辛。终年应役欲谁代,穷边刁斗昏复晨。"虽然官府对弊端似乎有所觉察,但采取的应对之策并不见效。"枢府哀怜立新法,三家两家为一门。终竟富不与贫偶,扶持支助徒虚文。"旧的弊端又带来新的弊端,贫者不堪苛役,寻机逃亡,家乡为之担保者又因此遭受连累。地方官吏很难应对追逃之责,备感公务压力沉重。"一兵征行一夫送,征人甘分嗟农民。长途往返少违限,追呼挞棰连比邻。积年逋窜不可复,官吏负罪眉亦颦。"诗篇剖析乡村征派兵役徭役出现的弊端,强调其根源在于官府没能对富者贫者公平摊派役务,一重弊端引出另一重弊端,使问题越来越严重。《哀饥民》描述灾荒年景,官府的救荒之政失去了效能,任由灾民陷入自生自灭的悲惨境地。"义仓虚名固无用,所费不赀无寸补。天下常平几万间，公廪空廒走饥鼠。千家一室粗储畜，亦岂有余供贷举。"地方的义仓，官府的常平仓，都是耗费了无数资财的救荒机构，结果是虚有其名，仓库空空如也，没有实际用处。诗人忧叹："一年凶荒遽如此，再岁何方逃死所。"一年的凶荒已经无法招架，以后的年岁再遇天灾，百姓连逃生之处都无可寻觅。"有元一代，常平仓、义仓在救荒中的作用是很小的。政治腐败，官吏贪婪，是元代常平仓、义仓衰败的根本原因。"[①]《哀饥民》所描述的这个情形，有一定的普遍性。《田讼有感》怨责法政不公。"朝盛暮衰频易主，吏奸文冗不胜冤。""塞破县衙重足立，草深耒耜倚荒原。"田地纠纷引发的诉讼，因府衙奸吏弄权，公文烦琐，造成冤案，致使田地撂荒，平添累赘。《户差有感》愤慨地方官吏胡乱派役："贫重富轻犹黾勉，彼逃我代实酸辛。身亡户绝鬼应役，妇寡夫鳏名累身。"贫者除了承担主要的赋役，更是被安排去顶替富者的逃役，甚至连贫者已亡故的家人都要被官府计算为应役者，让贫者去顶替。《又巡按即事口号》怨责法政不公，冤狱殃民，胥吏贪酷。这组诗是作者的随感，对所见所闻的冤案表达了自己的义愤。"五载十年出头苦，下民冤抑有谁知。"遭受冤屈的小民百姓有冤难诉。"细民情伪岂难明，黠吏般调起讼争。"猾吏营私舞弊恶意挑起讼事。"烦文虚检奸顽吏，错判乔批糊突官。"猾吏愚弄庸官作奸犯科。"钞法可怜虚十倍，忍令奸猾恣贪欺。"奸吏乘隙贪索敛财。"圣恩雨露恤逃民，虐吏科摊见累身。"恶吏欺君罔上，勒索逃民。"官吏坐观恬不问，妄增擅减在乡司。"官吏渎职滥权，随意处置官司。"不劾不弹谁任责，无人合在察司前。"贪赃枉法者未受到惩处。诗人对所闻见的司法办案中的种种乱象予以展览式的陈述，揭示这类讼案内幕的晦暗邪浊，以期引起朝廷有司的关注，对其给予纠正，还民众以公平的王法秩序。

王恽，生卒、事迹见前。

王恽的怨政诗对所闻见的地方治理中的各种弊政有多方面的记录，现实感很强。如：

> 荡荡汶水波，西鹜复东注。势虽汗漫来，止可流束楚。发源本清浅，才夏即沮洳。安能浮重载，通漕越齐鲁。有时泛商舶，潦涨藉秋雨。船官行有程，至此日艰阻。巨野到齐东，著浅凡几处。必资州县力，涩滞方可度。漫村赶丁夫，所在沸官府。先须刮流沙，推挽代篙橹。硬拖泥水行，冥异夏汤努。涉寒痹股胼，负重伤背脊。咫尺远千里，跬步百举武。兹焉幸得过，断流行复阻。又须集牛车，陆递入前浦。中间吏因缘，

---

① 赫治清等：《中国古代灾害史研究》，中国社会科学出版社2007年版，第218页。

为弊不可数。蛮梢贪如狼,总压暴于虎。所经辄绎骚,不若被掠虏。盼盼入海口,未免风浪鼓。舟中一斛粟,百姓几辛苦。今复起堰坝,雍积百方御。木石动万计,科配困泯伍。不思根源微,堤障深几许。转漕本便民,广储实国补。事功贵顺成,勉强终龃龉。海道事已然,又复有此举。惜将生民力,委弃若泥土。山东实重地,一静乃可抚。尝闻建隆间,有相曰赵普。凡百投利人,罢遣皆不取。以兹报国恩,后世比申甫。黄阁十余年,清风一万古。(《挽漕篇》)

我家本燕云,未省离乡国。前年一霜秋稼空,望入田间禾穗黑。忍饥犹待下年收,一涝高原水三尺。人生重迁乃本心,一馁催人忘南北。水采无菱芡,山收阙橡栗。虽云生处乐,乏物得生活。扶携远趁河南丰,道路无资日行乞。毳衣穿结杖蒿藜,气力凌兢双胫赤。我闻尧水与汤旱,民免流移少捐瘠。不出九年耕,长有三岁食。朝家劝课尽忧劳,只为有名多少实。(《流民叹》)

武昌南楼跨空碧,满目江山犹往昔。笑抛霜简佐行枢,去作南楼幕中客。羌予游宦江之南,江南军务多疏阔。摘差押取固多弊,甚是养威并练习。十羊九牧苟非人,未免因缘出枝节。卒然警急幸无事,若论罪功孰褒黜。就中贫难最可悯,孀妇盲翁死应绝。依然名姓在军书,按籍来征岂容说。唐兵六十即放免,七十一丁令侍侧。当时贞观开元间,三代仁风略无别。幸今守战有专职,整暇虞奸正今日。兵惟禁暴本卫民,不致侵渔乃良策。蛮陬溪洞既荒远,颠桲其间不无孽。畲军新附用得宜,以彼为攻易摧折。前年盗起江西东,千万为群恣冲突。只缘浪战乏总戎,空使民残兵耗力。请君详此能一行,四院规模自吾出。此时乘月庚南楼,谈笑胡床能事毕。(《南楼行送信御史佐鄂岳行院》)

《挽漕篇》描写百姓被征调苦役,劳民伤财营造的工程,并无实际价值。"中间吏因缘,为弊不可数。蛮梢贪如狼,总压暴于虎。""所经辄绎骚,不若被掠虏。""惜将生民力,委弃若泥土。"诗人规劝当政者不要滥用民力。《流民叹》怨责荒政失策,流民悲苦。诗人在诗题下自注:"六月七日有丐者过门,闻其说因录而作此。"作者亲闻四方流落的灾民诉说灾情,感慨乡民流离失所,"人生重迁乃本心,一馁催人忘南北"。诗人对比了古今荒政的实施情况,"我闻尧水与汤旱,民免流移少捐瘠"。间接批评了当今荒政的失败。《南楼行送信御史佐鄂岳行院》怨责征役不公、剿"盗"不力。"就中贫难最可悯,孀妇盲翁死应绝。依然名姓在军书,按籍来征岂容说。""兵惟禁暴本卫民,不致侵渔乃良策。"如此欺凌贫弱滥征兵役,之后派兵征剿"盗贼"却是胡乱指挥调度，虚耗民力，空无建树。"前年盗起江西东，千万为群恣冲突。只缘浪战乏总戎，空使民残兵耗力。"征役平"盗"最终成为空耗国财民力的误军败政之举。

公孙辅（？—？），生卒年不详，字翼之。至元年间任中兴路总管。

公孙辅的《入沾益乱后伤怀》描写元初云南行省所辖沾益州经历战祸后的荒败景象。

驱马沾益川，南望滇海头。向来繁华地，变灭如浮沤。迥不见人烟，但见河水流。青山宛然在，风景何萧飕。郡县生荆棘，污莱翳田畴。夜听虎豹号，昼顾麇鹿游。群乌集战垒，野磷飞林邱。灼灼道旁花，只为行者愁。缅思寇乱际，藩垣失防秋。空虚起外侮，口语兴戈矛。盛衰虽天运，祸端亦人谋。生灵尔何辜，吾欲天公尤。

战乱留下的景象一片死寂，白骨累累，磷光闪闪。"郡县生荆棘，污莱翳田畴。""群乌集战垒，野磷飞林邱。"这样的恶果都是当权者政举失当所致。"缅思寇乱际，藩垣失防秋。空虚起外侮，口语兴戈矛。"诗人以怨尤天公的口吻谴责了当政者的决策错谬："盛衰虽天运，祸端亦人谋。生灵尔何辜，吾欲天公尤。"诗篇怨责的对象，当是"空虚起外侮，口语兴戈予"的宋室当权者。

戴表元（1244—1310），字帅初，庆元奉化（今浙江奉化）人。宋咸淳间进士，任建康府教授。元大德间被荐为信州教授，再调婺州教授。

戴表元的怨政诗多是描写战争灾祸的作品，在宋末元初的血腥年代，这样的战祸场景并不出奇，但足以惊心。如《南山下行》《行妇怨次李编校韵》《江行杂书》。诗人也有表现农家困苦的作品，怨责恶吏横行乡里，忧虑官府荒政失效。如《采藤行》《刭民饥》。

南山高，北山高，行人山下闻叫号。旁山死者何姓氏，累累骸骨横林臯。鸟喧犬噪沙草白，酸风十里吹腥臊。中有一人称甲族，蔽膝尚着长襦袍。不知婴触为何罪，但惜贵贱同所遭。妻来抱尸诸子哭，魂气灭没埋蓬蒿。人言杀身由货宝，山村岂得皆权豪。一言不酬兵在颈，性命转眼轻鸿毛。龙争虎斗尚未决，六合一阱何所逃。振衣坐石望太白，寒林夜籁声潺潺。（《南山下行》）

赤城岩邑今穷边，路傍死者相枕眠。惟余妇女收不杀，马上娉婷多少年。蓬头垢面谁氏子，放声独哭哀闻天。传闻门阀甚辉赫，谁家避匿山南巅。苍黄失身遭恶辱,鸟畜羊縻驱入燕。平居邻墙不识面,岂料万里从征鞭。酸风吹蒿白日短,天地阔远谁当怜。君不见居延塞下明妃曲,惆怅令人三过读。又不见蔡琰十八胡笳词,惭貌千年有余戮。偷生何必妇人身,男儿无成同碌碌。(《行妇怨次李编校韵》)

荒城日暮秋江长,秔稌野熟秋风香。青天茫茫不知处,扁舟卧入菰蒲乡。波深浪静鱼鸭乐,遥林堕景同飞扬。铜山乳窦青最远,羞缩不似来时妆。但余田鸟如匹练,双双飞点暗烟黄。山川一百几变态,人事百年安可常。停舟起问鱼酒户,此时几年成战场。虹梁羽化新起废,白骨无数埋前冈。惆怅令人百忧起,饮客正酣歌发狂。坐中悲乐谁竟是,归来玉兔摇沧浪。(《江行杂书》)

君不见四明山下寒无粮,九月种麦五月尝。一春辛苦无别业,日日采藤行远冈。山深无虎行不畏,老少分山若相避。忽然遇藤随意斫,手触藤花落如猬。藤多力困一辇呻,对面闻声不见人。日昃将业各休息,妻儿懒拂灶中尘。须臾叩门来海贾,大藤换粮论斛数。小藤输市亦值钱,籴得官粳甜胜乳。明朝满意作晨炊,饱饭入山须晚归。南村种麦空早熟,逐日扃门忍饥哭。(《采藤行》)

刬民饥,山前山后寻蕨萁。副萁所得不满掬,皮肤皴裂十指秃。皮皴指秃不敢辞,阿翁三日不供糜。不如抛家去作挽船士,却得家人请官米。(《刬民饥》)

《南山下行》描写元兵的凶残暴虐,杀人如蝼蚁。"人言杀身由货宝,山村岂得皆权豪。一言不酬兵在颈,性命转眼轻鸿毛。"杀人儿戏,肆虐为乐,轻贱生命到了令人发指的地步。《行妇怨次李编校韵》描述战乱之中良家妇女惨痛屈辱之事。"惟余妇女收不杀,马上娉婷多少年。"苍黄失身遭恶辱,鸟畜羊縻驱入燕。元兵豕奔狼突,祸害四方,肆意凌辱妇女。诗人将汉末蔡文姬的屈辱痛苦类比自己睹闻的宋末乱世妇女的遭遇,披露了蒙元新朝建立过程的丑恶凶蛮。《江行杂书》写诗人沉重缓行于曾是战场杀人之地的静谧江边,"停舟起问鱼酒户,此时几年成战场。虹梁羽化新起废,白骨无数埋前冈。"从当地渔户店家的口中得知了彼时惨况,也得见了彼时曾经鲜活的无数生命变成眼前累累白骨。这样的场景见证了新朝建立者当年的残暴无道。《采藤行》描写农民种麦一无所获,只得到远山冒险采藤,卖藤挣得小钱换来一点活命粮食。自己辛苦种下、收获的麦子去了何处,诗篇没有直接写出,但从"逐日扃门忍饥哭"可知,农家的粮食已经被掠夺一空。《刬民饥》描写灾民活命的艰难。"山前山后寻蕨萁,副萁所得不满掬。""皮皴指秃不敢辞,阿翁三日不供糜。"连野菜都挖不成了，只得另寻出路，祈求熬过这催命的日子。饥荒严重，底层百姓生计没有得到官府荒政的丝毫救助。

仇远（1247—1326），字仁近，钱塘（今浙江杭州）人。至元间历溧阳州儒学教授、将仕郎、杭州路总管府知事。

仇远的《寄董无益》描述宋元之际的战乱景象。

> 邮铃带箭发纷纷，何日山深耳不闻。迁客无乡难避祸，饥民失业半充军。马蹄乱踏湖西雪，雁阵平拖塞北云。我亦懒谈今世事，自看吊古战场文。

诗篇对陷入战乱的平民境遇刻写颇为深刻："迁客无乡难避祸，饥民失业半充军。"即使已四处漂泊，仍无处可躲避战祸的威胁，生计无着的饥民还可能被抓去送往战场。这样的乱世政局为诗人所诅咒，也烘托出对太平治世的向往。

二 鲜于枢 黄庚 蒲道源 尹廷高 黄玠 王祯

鲜于枢（1256—1301），字伯机，渔阳（今河北蓟县）人。至元间历江浙行省都事、太常寺典簿。

鲜于枢的《水荒子歌二首》怨责官府田政及荒政失策，致使农夫弃耕，流民遍地。

> 水荒子，日日悲歌向城市。辞危调苦不忍闻，妻孥散尽余一身。城中米贵丐者众，崎岖一饱经千门。城中昔食城外米，城外人今食城里。耕者渐少田渐荒，政恐明年不如此。水荒子，行歌乞食良不恶，犹胜弄兵狱中死。
>
> 水荒子，听我语，忍死休离去乡土。江中风浪大如山，蛟鳄垂涎宁贳汝。路旁暴客掠人卖，性命由他还更苦。北风吹霜水返壑，稍稍人烟动墟落。赈济欲下逋负除，比着当年苦为乐。水荒子，区区吏弊何时无，闻早还乡事东作。

诗篇描写农夫遭受水灾流落他乡的漂泊之苦，一声声"水荒子"的呼唤凄凉伤心。"水荒子"们不仅哀告无门，乞食难得，也早已家破人散。诗人看到了这个沉重的困境来自田政的失败："耕者渐少田渐荒，政恐明年不如此。"官府如果不改变弊政，耕者离开田地失去生计的悲剧还将继续上演。诗人希望有司切实推行赈济灾民的荒政，整治营私舞弊的恶吏，流离无依的"水荒子"才可能返乡居家耕作，实现安居乐业。

黄庚（1260—1328?），字星甫，天台（今浙江天台）人。至元间欲仕而未得，布衣终身。

黄庚的《田家辞》感叹胥吏凶悍、赋税苛重。

春蚕未上箔，已拟新丝卖。秋谷未登场，已偿旧来债。心头既无肉可剜，眼前却有疮难瘥。疮医不瘥犹自可，悍吏催粮似星火。官司明文减分数，苛征急欲催全课。我愿君王莫赐租，转教官吏急追呼。但愿赐我贤守令，牛多千头桑万株。

诗篇描述的是唐人聂夷中《咏田家》描述过的情景。新丝未成，新粮未收，却都已归官家所有；这种挖肉补疮的填债偿租让农家年年处在劳而无获的可悲境地。"疮医不瘥犹自可，悍吏催粮似星火。官司明文减分数，苛征急欲催全课。"朝廷下令蠲减赋税的公文被地方官吏敷衍应付，反而变本加厉全额征收。农家的困境，究其实是贪婪吏胥的苛酷催征压榨所致。

蒲道源（1260—1336），字得之，南郑（今陕西南郑）人。曾为郡学政，罢归。至顺间任国子博士。

蒲道源的《闲居纪事》怨责荒政失措，灾民饥困。

客从长安回，叙阔访邻里。貌悴于去时，因而问所以。客悲向我言，此行幸脱死。长安遭饥荒，食尽到糠秕。升合贵不赀，珠金何足恃。凌晨出求籴，于于如栉比。暮归持空囊，菜色皆相似。老弱困且羸，行随墙壁倚。村墟向昏黑，剽掠群凶起。咸云田中麦，苗枯无雨水。今年如弗收，炊爨当易子。予闻重叹嗟，祸及乃至此。八政食为先，周书本微旨。天下苟有饥，稷思若由己。梁惠战国时，民粟知移徙。一夫不获所，古人心愧耻。如何填沟壑，遽忍立而视。此邦粗偷生，唇亡寒及齿。嗷嗷食口众，身不亲未耜。今朝听此言，徒增惊悸耳。

诗篇呈现了作者听闻的长安遭遇粮荒的惨状。"长安遭饥荒，食尽到糠秕。升合贵不赀，珠金何足恃。凌晨出求籴，于于如栉比。暮归持空囊，菜色皆相似。"对造成这种现状的成因，诗人认为是当政者谋划应对举措失当，这与古代贤君能臣以粮为纲的治国之道相比更显短拙与失败。"八政食为先，周书本微旨。天下苟有饥，稷思若由己。""如何填沟壑，遽忍立而视。"灾民沦为饿殍，有司漠然无视，荒政的现状十分恶劣。

尹廷高（？—？），生卒不详，字仲明，处州遂昌（今浙江遂昌）人。大德间曾任处州路儒学教授。

尹廷高的《过故里感怀》描写战后江南乡村的破败景象。

> 松菊荒凉二十年，衣冠散尽只空村。烧明断堑山云暝，鬼哭寒芜巷月昏。水涸蛟龙移窟宅，草深狐兔长儿孙。谁消一夜昆仑雨，洗净千峰见绿痕。（其二）

诗篇没有直接写到战争的流血场面，但展示了战祸的遗迹。"松菊荒凉二十年，衣冠散尽只空村。"描述蒙古铁蹄践踏二十年之后村落仍然一片破败的景象，即间接谴责了当年新政权建立过程的暴行。"衣冠散尽"的景象，暗示当年江南礼仪之地遭受的祸害。

黄玠（？—1355?），字伯成，慈溪（今浙江慈溪）人。不求仕进，隐居授徒为业。

黄玠的《慎勿买良田》怨责苛政虐农、田产危殆。

> 慎勿买良田，良田有豺虎。豺虎不汝食，官司推剥汝。公廪多急输，里正遭棰楚。肉尽即见骨，家破无死所。茹薄何必辛，茹荼何必苦。伤哉浙水民，困此一犁土。

诗篇指斥官府施行的田制及税制弊策，殃民甚于豺虎。"慎勿买良田，良田有豺虎。豺虎不汝食，官司推剥汝。"这显然是指责官府弊策使家有田产者不堪承受税负榨取之重而陷于破产。"公廪多急输，里正遭棰楚。肉尽即见骨，家破无死所。"担任地方官府役职的里正，并不总是能够作威作福，甚至在有些情况下境遇非常悲凄。"里正、隅正、坊正等行使的是基层政权的职能，他们本身就是基层政权的职事人员。但是，里正、隅正、坊正都不是官职，而是役职。里正、隅正、坊正，按照田地资产多寡摊派，依制应由上户充当。对于一些富豪大户来说，承当里正、隅正、坊正之类差役，是他们把持地方、鱼肉乡里的大好机会，可以利用职权，为所欲为。还有一些人则希望依仗豪强，仗势欺人，愿意充当里正、隅正、坊正。但是，由于政府摊派的赋税太重，官吏还要从中取利，承当里正、坊正、隅正有时不仅无利可图，弄得不好还要赔补，因此许多富户不再愿意充任里正等差役。"[①]《慎勿买良

[①] 陈高华等：《中国经济通史·元》，经济日报出版社2007年版，第72页。

田》描述的情景很有认识价值。

王祯(?—?),字伯善,东平(今山东东平)人。元贞间任旌德县尹。大德间任永丰县尹。

王祯对元代的农政、农技都有深透的了解,著有《农书》。王祯还创作了大量描写农耕、农具、农技的诗歌,也有少许篇章涉及农政、税政等政治内容。如《荞麦歌》,怨责赋税苛重官府挥霍,致使农家劳苦不堪,烦忧不断。

> 田家食力不食智,䵈麦年年勤种莳。老农八十谙地利,暑夏呼儿先暵地。再耕再耨土华腻,手把耧犁知已试。土沃不妨投种概,今年已报春泽被。覆垄苗深如栉比,薰风长养见天意。猎猎青旗催稚穗,才结秠胞花雪坠。赫赫曦轮炽钻燧,尽著精华输至味。粒饱芒森密如彗,顿失前时浪翻翠。岂知真宰调元气,化作黄云表嘉瑞。老农眼饱虽自慰,旦夕却忧风雨至。子妇奔忙事荞器,钐绰翩翩转双臂。曳笼腰间盈复弃,急载牛箱夜无寐。转首登场簇高积,风翻日碾半犹未。已向公门奉新馈,曲材和籴凡几次。年饷巡门仍语诶,夏税有程今反易。自余宿负如取寄,指此有秋争蚁萃。一得岂能偿百费,终岁勤劳一歔欷。昨日公堂宴宾贵,尊俎横陈混肴胾。檀板珠绳按歌吹,万钱不值供一醉。庖人搓揉出精粹,尚喜食新夸饼饵。物不天求皆力致,饱食何人知所自。春祈夏荐礼所记,报本从来追古义。但愿斯民不畏吏,吏不扰民民自遂。凡在牧民遵此治,坐见两岐歌政异。日富囷仓均被赐,不使老农忧岁事。

诗篇首先详尽描述了农耕的每个环节,"田家食力不食智,䵈麦年年勤种莳"。农家千辛万苦打下粮食后,官府的籴粮征税将农家的丰收吞噬得干干净净:"已向公门奉新馈,曲材和籴凡几次。""一得岂能偿百费,终岁勤劳一歔欷。"被搜刮殆尽后,农家剩下的只有悲泣。诗篇接着对比了贫富悬殊的两种生活场景:"檀板珠绳按歌吹,万钱不值供一醉。""物不天求皆力致,饱食何人知所自。"怨责世道不公,同情农家遭遇;诗人在篇末提出了期望:"但愿斯民不畏吏,吏不扰民民自遂。"相对于篇中描述的农家境遇现状有很大距离。虽然愿望良善,仍不免有一种脱离实际的无力感。

第三节 元代后期颂政诗——称颂农政 褒赞官德

元代后期是指元成宗至元顺帝时期。这个时期经历了两个阶段,第一个阶段是成宗至明宗时期，第二个阶段是顺帝时期。

第一个阶段，元王朝在大一统格局下的政治秩序得到稳定延续，朝廷治国举措中包含的中国古代政治观念在颂政诗中有相当的展示。接连几朝元帝都写有颂政诗，表达崇尚仁德、重视农本、文治兴国等儒家治国观念，如成宗的《守成之曲》，武宗的《禧成之曲》，仁宗的《歆成之曲》，文宗的《镇宁之曲》，明宗的《镇之曲》。这几代元帝的治国实绩有优有劣，其中的成宗、仁宗堪称有为之君，这些以他们名义留下的颂政诗，对治国功业的颂赞基本属于正颂之作。此阶段，士大夫文人的颂政诗数量最多的是歌咏官员善政德治的作品，其中以称颂至治、泰定年间官员郭郁政绩功德的系列作品尤为突出，有申屠伯骐等三十余人以《饯郭侯浙漕之任》《饯郭侯诗》为题称赞郭郁的政德政风，有方仁卿等三十多人以《江西宪佥郭公德政诗》为题褒扬郭郁政德政绩，凸显了这个时期颂政诗在价值取向上的共同倾向。

第二个阶段，顺帝在位时间很长，在元王朝政治经济全面下降的背景下执掌国家，国事艰危，力图有所作为。顺帝曾经施行各种变革之举，任用权臣执行朝政要务。无奈所用非人，致使朝廷多项政策举措失当。在朝政失败、施政失意之后，顺帝怠于政事，国势趋于恶化，终致王朝覆灭。此阶段，颂政诗少有对朝政全面歌赞的作品，只有泰不华的《陪幸西湖》歌赞顺帝治下的太平景象。其余的颂政诗称扬地方官员的治理。如黄镇成的《投赠郑守光远三十韵》，苏天爵的《送都元帅述律杰云南开阃》，史伯璇的《代颂常平》，顾瑛的《官籴粮》，陈基的《吴侬谣》，张庸的《田家乐》，王祎的《义乌括田诗》等；还有一些作品称赞官军"剿贼"的功绩，如张翥的《后出军五首》，成廷珪的《赠六合县宣差伯士宁因兵乱滁泗之间独县境肃然作诗以叙其实》，杨维桢的《和杨参政完者题省府壁韵》，吴讷的《破红巾》等。这些颂政诗展示的社会政治情况，折射出地方治理局部尚有可观，但天下大局的失败已无可挽回。

一　汪炎昶　揭傒斯　王结　刘敏中　释希陵

汪炎昶（1261—1338），字懋远，婺源（今江西婺源）人。不求仕进。汪炎昶的《上李侯》歌颂恤民施政。

贡以土作，法莫于禹。筐箧与丝，青兖暨豫。制有常经，无斯焉取。世降土瘠，德不远柔。或九州赋，萃于一州。贸无为有，薄人于尤。维皇启运，蠲我疾苦。视青兖豫，不物而估。上便下安，踵以为故。觊蹴肆欺，蒙人曚已。几创茧丝，涂我赤子。我侯曰嘻，害无我始。蕴隆挥汗,义动省闱。万钧回斡,民以恬熙。匪人实难,孰心疲羸。维此陋邦,桑稀田瘠。苟重以此,其何能息。自今寸缕,皆服侯德。弭蝗固德,今兹之康。此而非侯,筐贡是常。吏因以蝗,厥祸弥长。

诗序交代了事情的原委:"歙不宜蚕,丝赋折估,其来已久。蝗至之夏,或以土产欺省,下征丝令,民骇惧不知所为。侯晨夜兼驰,力还其旧。民德侯甚,皆言自始附版图逮今,未见牧守爱民有如此者。"诗篇叙及,当地原来的征税物品中没有蚕丝:"维皇启运,蠲我疾苦。视青兖豫,不物而估。上便下安,踵以为故。"恶吏不顾当地物产特点,乱改征税物品:"虮蚑肆欺,蒙人瞵已。几创茧丝,涂我赤子。"而"李侯"能从地方实情出发,施行恤民政策。"维此陋邦,桑稀田瘠。苟重以此,其何能息。自今寸缕,皆服侯德。"诗人借当地百姓对良吏"李侯"的感激,表达了对政风仁厚、办事求实的官员的赞佩。

揭傒斯(1274—1344),字曼硕,龙兴富州(今江西丰城)人。延祐间被荐举为翰林院编修官,国子助教。天历间为授经郎。元统间历翰林待制、侍讲学士等。

揭傒斯的《题临江同知问流民事迹》称赞"临江守"恪尽职守,"剿匪"安民。

> 江北流民七十口,三十余年在江表。朋凶结恶四百余,白刃差差历村保。崩腾所向如投空,白昼攫金都市中。顷由南昌入丰邑,反赂守者为先容。长官坐堂寇入室,妻子莫逃况金帛。岂无乡民敢相敌,长官一挥翻辟易。临江贰守廉且武,手缚其渠散其伍。岂惟乡民得安堵,邻境闻之皆鼓舞。其渠在狱伍四归,天府上功民俗熙。乃知一念敬厥职,万事至难皆可为。人民社稷我所有,安得坐视如鸡狗。人在鸡狗犹爱之,民社岂在鸡狗后,请君看取临江守。

诗篇对比描写了临江地方"匪患"情况的前后巨大反差。先前的长官受贿渎职,坐视流民为"盗":"朋凶结恶四百余,白刃差差历村保。崩腾所向如投空,白昼攫金都市中。"临江守令惰政和渎职,宽纵"盗贼"掠民逞凶。新来的长官重整临江治安,强力打击掠民以逞的"贼寇",抓住了"贼"首,使临江百姓得以安居乐业:"临江贰守廉且武,手缚其渠散其伍。岂惟乡民得安堵,邻境闻之皆鼓舞。其渠在狱伍四归,天府上功民俗熙。"诗人在称赞新来临江守的治盗有绩后,将其事放到安定"人民社稷"的高度加以评判,从而称扬了以社稷民众为重的为官之道。诗篇对"剿贼"的评判，依据的当然是正统政治观念。

王结（1275—1336），字仪伯，祖籍定兴（今河北州兴）。皇庆间历集贤学士，顺德、扬州诸路总管。天历间任中书参政。

王结《捕蝗叹》歌赞朝廷和官府赈灾救民，德政宽恤。

田家爱苗如爱身，朝锄夕拥屯苍云。那知螟蝥作妖孽，雄吞恣食何纷纷。田间四望无边垠，老农蹙额心如焚。飞文令丞报郡守，扫除扑击连朝昏。桑林骇骇伐鼖鼓，万指奔趋赫如怒。火云烜赫日方炎，御灾捍患宁辞苦。夜深然火更焚瘗，恐入邻州罹罪罟。蝗虫未尽苗已空，妇子哀哀泪如雨。九重睿哲烛幽远，庙堂至计宽邦本。诏书已复田租半，赈乏行看倒仓囷。贫民小忍勿逃亡，眼中乐土知何乡。皇家盛德惠黎庶，能令饥馑为丰穰。

诗篇描述蝗灾骤降，农家遭遇绝收破家的威胁。"那知螟蝥作妖孽，雄吞恣食何纷纷。田间四望无边垠，老农蹙额心如焚。"灾情被层层火速上报，地方对抗灾作出了应急安排："飞文令丞报郡守，扫除扑击连朝昏。桑林骇骇伐鼖鼓，万指奔趋赫如怒。"但灾情太重，农家不堪承受，"蝗虫未尽苗已空，妇子哀哀泪如雨"。朝廷下诏减免租税，开仓赈荒，"九重睿哲烛幽远，庙堂至计宽邦本。诏书已复田租半，赈乏行看倒仓囷"。诗人对朝廷和官府的救灾赈荒是满意的，发出了由衷的赞叹："皇家盛德惠黎庶，能令饥馑为丰穰。"描述治灾及救灾官方业绩的颂政诗并不多见，此篇有较高参考价值。

刘敏中（1243—1318），字端甫，章丘（今山东章丘）人。至元间历中书省掾史、监察御史等。大德间任宣抚使。至大间任山东宣慰使。

刘敏中的《感化谣》，据作者自注作于大德七年（1303），诗人时任宣抚使奉命宣抚辽东灾荒。诗篇描述了辽东洪灾的惨状，歌咏了朝廷和官府对灾民的赈济。

锦州西南海茫茫，桃花岛前感化乡。羸民络绎遮马拜，且诉且泣令人伤。皆云二年田不熟，饥不足食寒无裳。今春虽旱耕种彻，到秋苗稼庶可望。岂期此月月三日，雷雨黑暗半夜强。不知西山有龙斗，但觉雨大特非常。水头高约一丈许，平地奄至齐加墙。出门堕水走不得，更顾器用及仓箱。强者登树幸不死，稚弱已入鼋鼍肠。天明水落哭声起，父子夫妇知存亡。泥干沙底掘犬豕，潮退海上寻牛羊。刮土已空千顷禾，连根又仆万本桑。凄凉田宅半沟壑，剥啮草木充粮粮。巡行使者官乃是，我极至此愿审详。殷勤下村为遍阅，彼言不欺我涕滂。尽呼其众加抚慰，此虽汝苦实天殃。圣慈忧民无不至，重息累赐周饥荒。海船近到苇子城，南米三万输官仓。开仓活汝诚我责，已檄太守星火忙。朝堂新拜贤宰相，治具一切咸更张。民痌吏弊以次理，徐顺气节调阴阳。汝曹但自强努力，小沴顿可还丰穰。众皆感泣叩首谢，天地大德终难忘。

诗篇从诗人奉旨宣抚的亲历场面叙起，"羸民络绎遮马拜，且诉且泣令人伤"。描述了洪灾后乡民的惨状，"刮土已空千顷禾，连根又仆万本桑。凄凉田宅半沟壑，剥啮草木充粮粮"。接着诗篇详述了宣抚使细致严谨的勘灾，诚恳周到的抚慰，"巡行使者官乃是，我极至此愿审详。殷勤下村为遍阅，彼言不欺我涕滂"。朝廷诏令赈灾济民，官府及时部署实施，"海船近到苇子城，南米三万输官仓。开仓活汝诚我责，已檄太守星火忙"。诗篇记述成宗诏令救荒，官府赈灾及时，呈现一幅高效的荒政赈灾画卷，是对惠泽百姓的赈荒德政的真诚歌赞，留下了元成宗时期政府荒政济民的一项光明记录。

释希陵（1247—1322），字西白，义乌（今浙江义乌）人。至元间于东阳资寿院出家，后住持仰山太平兴国寺。延祐间移杭州径山寺。

释希陵的颂政诗对皇帝的治国之道和天下大治的盛世前景作了热烈的歌赞，如《正元祝赞诗》。诗序称："皇帝即位之明年，改元元贞。海宇乂安，万邦欣戴，罔敢违拒，太平之兆，见于斯矣。"可知此诗是为成宗皇帝即位而作的礼赞献诗。

皇帝践祚，圣同尧禹。纂承丕基，光显宗祖。载宏洪烈，继离照午。昭德惟新，民物咸睹。明视达聪，通今博古。登能庸贤，左右规矩。克剪奸凶，靡遗细巨。服德畏威，局踏伏俯。海夷毕臣，罔敢违拒。天锡皇元，混一寰宇。绥厥黎庶，德滂仁煦。岛壤蛮陬，无远弗溥。元贞元日，百典具举。龙戟鸾旗，排执而伍。百辟跄跄，拜笏蹈舞。众乐奏和，凤翼应拊。地产百祥，天降百祜。贡璧献琛，摩肩踵武。天锡皇元，作万邦主。如日之升，下熙九土。箙矢櫜弓，式偃兵旅。国既阜丰，民亦无寠。愿永万年，惟馨德辅。祈与天齐，无坠厥绪。臣作歌诗，播诸乐府。

诗篇从各个方面称颂了成宗皇帝的圣德和政道。赞其承统继业、光耀祖业："皇帝践祚，圣同尧禹。纂承丕基，光显宗祖。"赞其选贤任能，威德并举："昭德惟新，民物咸睹。明视达聪，通今博古。登能庸贤，左右规矩。克剪奸凶，靡遗细巨。"并由此延伸开去，赞咏海内一统，国运隆兴："天锡皇元，混一寰宇。""天锡皇元，作万邦主。""国既阜丰，民亦无窭。"献诗虽然不免有恭维之词，但对成宗政德政举的礼赞，与成宗在位期间的政绩基本相合。这种称颂，反映了元代社会趋于平稳治理背景下，臣民对国泰民安治世的期望。

二　姚畴　陈应举　王昭德　马祖常　聂古柏　汪志坚

姚畴（？—？），字号不详。浮梁州（今江西景德镇）人。皇庆间在世。

仁宗皇庆年间，姚畴作《昌江百咏诗》称颂地方官员郭郁善政。关于郭郁，《元史》未有载录，《新元史》有载："皇庆元年，擢浮梁知州。赋役验实有户，以定上中下之则，于是诡名规避者无所隐匿。官田额重者折收轻赋，以剔偏负虚包之弊，民翕然颂之。省、台考绩，升秩一等。""泰定元年，擢金江西湖东道肃政廉访司事，举劾务存大体，不以苛察为事。吉、赣、南安饥，郁经营赈济，活者数十万人。二年，除亚中大夫、庆元路总管，兼劝农事。始下车，决疑狱三百余事，民为立德政碑。四年，进嘉议大夫、福建等处都转运盐使。是时，盐法久弊，民不堪命。郁曰：'水不清者，宜澄其源。'乃白于省府，裁冗滥职事百余人，请给分司印，以革私盐之弊，禁预辨增余带耗。又盐徒犯法，辄妄引平民，株运者众，郁谳之，止坐犯事之家，应时科断，不增入一人。由是狱无冤滞，民安其业。"① "郁廉洁自持，不可干以私，所至有声，为元明善、马祖常诸人所重。"② 可知郭郁是位循吏，尽职奉公，严谨执法，勤恳为民，清理弊策，减民赋税，赈灾救荒，改良盐政，政声卓著。皇庆间，文人儒士纷纷献诗称颂郭郁政德政绩，计有姚畴、郑兰玉、郑子宽、章之才、姚希愈、俞彦圣、林德芳、宋则翁、方玉父、方仁存、方则芳、吴鹏飞、毛翼、潘东明、陈天翼、屠铨、张衢、陆元德、许应旗、唐理、施文振、闵全、闵齐、刘恪、郑思道、赵镇远、俞希圣、刘铉、史台孙、胡维杓、仇几、吴韶发、宋尧辅、方希愿、章谷、臧廷凤、徐云龙、吴仲迁、释志胜、释可权等四十余人参与作诗，歌咏其人其事。

《昌江百咏诗》是姚畴创作的一组颂政诗，诗序交代了写作组诗的目的："皇庆壬子，复斋郭侯来尹吾州，公明廉惠之政，洋溢乎耳目，铭镂乎心肝。同僚和衷以治，邦人乐而歌之，纪善政为民谣，目曰《昌江百咏》。辞不尚文，事纪其实，以俟观民风者得焉。"

抑强扶弱凛秋霜，落胆奸豪走欲僵。金石可销山可动，毫端未易转

---

① 柯劭忞：《新元史》卷一百九十四《郭郁传》，上海古籍出版社2018年版，第3900页。
② 同上书，第3901页。

炎凉。

税粮置局记年年，监局人情与限钱。今岁但令甘限状，里胥催办反争先。

往载金粮多宿弊，增亏生没笑谈间。远稽旧籍还元额，赖有明公烛吏奸。

口词自古出词人，书状谁知巧撰新。不是明公能挡伏，良民冤讼几时伸。

走税飞粮役不均，混淆玉石伪成真。设非挨究更前弊，豪猾皆为漏网人。

不畏官刑号泼皮，良民往往被侵欺。一经痛断仍书壁，应有翻然改过时。

往岁官瓷卖土夫，专胥破釜攫犁锄。近来何事欢趋役，工雇无亏食有余。

主首屠儿共协谋，撰词脱判欲槌牛。色观词听知奸状，枷令谁能更效尤。

庭揭西山戒谕文，同僚相与励廉勤。水南水北欢声远，惠政何愁不上闻。

佃有奸顽每负租，欺凌田主反相诬。装伤幸不逃明鉴，杖遣终须伏罪辜。

公事悠悠夜便休，从来词讼叹淹留。圆厅就状多庭决，犴狴常空少系囚。

官长书衙号劝农，郊行每岁费迎逢。我公官榜衙前散，公老欢然酒一钟。

诗篇对郭郁政绩的歌赞，主要集中于治安、法政、吏治、税政、廉政等几个方面。如强力整顿治安："抑强扶弱凛秋霜，落胆奸豪走欲僵。"清理司法积案："圆厅就状多庭决，犴狴常空少系囚。"严明执法惩奸："装伤幸不逃明鉴，杖遣终须伏罪辜。"整肃吏治政风："近来何事欢趋役，工雇无亏食有余。"清除税政积弊："今岁但令甘限状，里胥催办反争先。"清廉施政惠民："水南水北欢声远，惠政何愁不上闻。"诗人对郭郁在当地勤政、廉政、德政的称扬，是从当地民众关于郭郁政德政绩的口碑中提炼而成的，即诗序所言"纪善政为民谣"，具有较为真实、充足的民意依据。

陈应举（？—？），字里、履历不详。至治间在世。

英宗至治年间，高邮知州郭郁调任两浙都转运盐使司同知。计有陈应举、张庸、金汝砺、陈普、叶知木、赵良复、刘震、刘克敬、张焕、张砺、李概、张子寿、张文纲、崔裕、符子真、常圻、许士权、叶鼎来、梅亨、高相孙、范良佐、胡霖、周冕、范澄志、朱益之、王君济、顾瞻、申屠伯骐等三十余人以《饯郭侯浙漕之任》《饯郭侯诗》为题，歌赞郭郁的政德政风。如陈应举的《饯郭侯浙漕之任》：

> 海滨漠漠多斥卤，圣人既作庶物睹。保和三事敷九州，息养万灵修六府。造化蹉咸备五行，源流贡赋因三古。民生日用虽锱铢，财运泉源满寰宇。贾贸商炫有大资，国阜民饶非小补。有限光阴寸寸金，无穷世利璘璘土。人事萧疏苦不禁，天时叵测难俸件。海氓顽犷贫者多，甑釜生尘衣更缕。消资丧产不聊生，桂薪玉粒犹何取。冒暑吞饥且惮劳，道政齐刑翻跋扈。灶冷灰寒不继烟，官输欲裕时难聚。棰脊鞭臀血不干，焦头烂额身犹苦。官守可无言责忧，餐寐不遑流泪雨。全吴一旦福星临，碧天万里晴旸煦。辉辉秋月照襟怀，盎盎春风到编户。散金出帑手自分，束杖宽刑人尽抚。床头琴剑生光辉，案上簿书岂旁午。万夫千夫自赤心，千仓万仓贮白羽。有道生财民自生，榷利世徒非汉武。鼎鼐盐梅滋味长，天子责难在贤辅。苍生愿沐染指恩，早施大手扶明主。

诗人从郭郁将赴任两浙都转运盐使司同知这个角度歌赞了他的施政风范。先前当地盐司对盐民的压榨和欺凌十分严重："冒暑吞饥且惮劳，道政齐刑翻跋扈。灶冷灰寒不继烟，官输欲裕时难聚。棰脊鞭臀血不干，焦头烂额身犹苦。"显然，这样的盐政对正常的盐产极为不利。诗人对郭郁即将到任履职寄予了很高期待："全吴一旦福星临，碧天万里晴旸煦。辉辉秋月照襟怀，盎盎春风到编户。散金出帑手自分，束杖宽刑人尽抚。"相信他能施行公平仁德的盐政，消除当地的盐政积弊，盐户将如沐春风般感受到新官长的宽厚仁政。诗篇最后寄愿："苍生愿沐染指恩，早施大手扶明主。"对郭郁在新官位上施政的前景，抱有高度期许。

王昭德（？—？），字号不详，太和州（今江西太和）人。

泰定年间，郭郁由江淮地方官转赴福建新任，邑人纷纷赋诗相送。计有苗子方、刘伯寿、郭余庆、许炎、万士元、饶拯、虞尧臣、赵良偁、熊文渊、黎庶、樊炫、陈桦、陈宗文、晏咏通、连元寿、夏玘、黄约、黄润、黄文海、刘开孙、汪允文、郑尧心、倪洪、宜起霖、邓茂生、岳天佑、李守中、艾天瑞、王辰、方仁卿等三十多人以《江西宪佥郭公德政诗》为题歌颂郭郁政德政绩。欧阳有、陈景常、黄极立、钱原道、洪耕、何祯、李光国、李沂、徐天麟、徐省翁、周伯颜、吴旭等十多人以《东湖去思》《鄱阳饯草》为题称颂郭郁政德政绩。

王昭德的《江西宪使郭文卿德政诗》称颂郭郁任江西宪使整肃吏治、平反冤狱、善施荒政的事迹。

  一道澄清仰景光，福星移次照西昌。威名震动摇山岳，风采凝严凛雪霜。禁戢奸邪明国法，纠弹官吏正台纲。从今囹圄无冤滞，元恶潜消化善良。

  有民有土有斯财，尽是农家力作来。去岁旱伤惟独甚，今年饥馑可怜哉。闾阎不见覆盆日，衙署难为业镜台。四者已蒙收养济，道傍无数可胜哀。

诗篇对举写出了郭郁政绩中特别突出的两点。一是对官吏的整肃极为有力。"禁戢奸邪明国法，纠弹官吏正台纲。从今囹圄无冤滞，元恶潜消化善良。"惩奸镇恶，消除冤狱，也就是保护了善良平民。二是对贫弱者的救助极为有效。"去岁旱伤惟独甚，今年饥馑可怜哉。""四者已蒙收养济，道傍无数可胜哀。"遭灾饥馑，生计无依，鳏寡孤独得到了有效的赈济，避免了倒毙道旁。

《又绝句十二首》从惩治贪墨、救助贫弱、公平赋役、礼乐教化等几个方面歌赞郭郁在江西宪使任上的政绩。

  圣朝广大恤民多，台宪分官出抚摩。贪墨奸邪惊破胆，太平民唱太平歌。
  圣旨如何敢节该，尧汤盛世有天灾。四时玉烛阴阳序，皆自吾皇仁政来。
  文王发政及施仁，念念惟先四者贫。天下穷而无告者，不知籍外几多人。
  大元社长为农桑，社内勤耕实得安。官府清明均赋役，细民无扰免贫寒。
  科举数年又复兴，好乘桃浪过龙门。廉车礼乐崇儒雅，激起江西教子孙。
  圣人万代帝王师，盛礼春秋释奠时。郡守作新诚有益，奉承教化谢廉司。

组诗述及惩治贪官赃吏的成效："贪墨奸邪惊破胆，太平民唱太平歌。"

展示了一幅对比极其鲜明的画面。组诗述及郭郁在任内对遭灾无助、鳏寡孤独等贫弱群体的救济："圣旨如何敢节该，尧汤盛世有天灾。四时玉烛阴阳序，皆自吾皇仁政来。""文王发政及施仁，念念惟先四者贫。天下穷而无告者，不知籍外几多人。"诗篇借古圣比附今皇，称颂郭郁依循今皇圣旨赈济救助鳏寡孤独。对施行公平赋役取得的成效，诗人也给予了很高的评价："官府清明均赋役，细民无扰免贫寒。"显然贫弱者的利益得到了很好的保护。组诗述及郭郁大力提倡礼乐教化，大大提升了当地礼乐教化的水平："廉车礼乐崇儒雅，激起江西教子孙。""郡守作新诚有益，奉承教化谢廉司。"组诗对郭郁勤政、廉政、德政的称颂，突出地记录了当地百姓的口碑，赞佩地方官员的良政善治，在泰定年间同一题材的作品中有较高的代表性。

马祖常（1279—1338），字伯庸，西域人，迁居光州（今河南潢川）。延祐间进士。历翰林待制、礼部尚书。元统间历御史中丞、枢密副使。

马祖常的《北歌行》称颂元廷一统天下后的太平局面。

君不见李陵台，白龙堆，自古战士不敢来。黄云千里雁影暗，北风裂旗马首回。汉家卫霍今何用，见说军还如裹痛。不思百口仰食恩，岂念一身推毂送。如今天子皇威远，大积金山烽燧鲜。却将此地建陪京，滦水回环抱山转。万井喧阗车夏轮，翠华岁岁修时巡。亲王觐圭荆玉尽，侍臣朝绂玭珠新。高昌句丽子入学，交趾蛮官贡麟角。斗米三钱金如土，国人讴歌将军乐。将军乐，四海清，吾皇省方岂田猎，观风察俗知太平。

诗篇从自古北方多战事叙起，推出元廷完成统一大业后的崭新格局："如今天子皇威远，大积金山烽燧鲜。"战端平息，烽燧消失，太平降临大地。"高昌句丽子入学，交趾蛮官贡麟角。"诸邦来朝，四方来贺，天下敬服皇庭。"斗米三钱金如土，国人讴歌将军乐。"谷米丰足，财物充裕，百姓乐享太平。诗篇描绘的这幅太平治世图，与元代中期的社会总体安宁局面较为相符。

聂古柏（？—？），字号、籍贯不详。至大间为吏部侍郎。曾出使安南。

聂古柏的《题参政高公荒政碑》称颂"参政高公"荒政恤民、口碑载道。

庐山插天千仞青，明公高节逾棱层。西江月冷秋无际，明公此心清彻底。厌梁道上豺虎多，手搏不待弓与戈。前年魃虐遍南国，饥者以充僵者立。洪州父老遮道傍，上书乞留涕泗滂。丰碑大字记荒政，要使遗爱如甘棠。我来观风闻此语，未见仪容心已许。愿公从此召赴中书堂，早为四海苍生作霖雨。

诗篇没有详叙"参政高公"赈灾救民的具体事迹，但在对当地百姓遭灾境遇的前后对比中已经凸显了他的赈济功德："丰碑大字记荒政，要使遗爱如甘棠。"表明百姓对其赈济恩德的感激。篇末送上诗人对循吏的祝语："愿公从此召赴中书堂，早为四海苍生作霖雨。"寄望这位政德良善的官员赴任朝廷新官后能够更好地施政惠民，也传达出民间对从朝廷到地方良官善政的普遍期待。

汪志坚（？—？），字里、履历不详。

汪志坚的《大有年》歌颂盛世太平，国运兴隆。

　　五十年无赤白囊，民安田井乐耕桑。鸡豚社雨家家酒，穄稑秋风处处香。已验天文占斗覆，胜收地利应金穰。王风喜值时雍盛，仰祝皇图日月长。

天下太平，久已不见传递紧急军情的"赤白囊"，诗人对数十年已无战祸殃世深为庆幸，描绘了太平治世百姓安居乐业的生活画面："民安田井乐耕桑"，"鸡豚社雨家家酒"。并祈愿国泰民安之世绵长久远："王风喜值时雍盛，仰祝皇图日月长。"诗篇对太平治世的描述，未必意味着元廷治下的社会生活已经至臻完善，但一个拥有较长统治时期的王朝出现持续安宁的社会生活，既是历史的真实，也是诗人对农耕社会良好治理状态的直观呈现。

三　铁穆耳　海山　爱育黎拔力八达　图帖睦尔　和世㻋

铁穆耳（1265—1307），即元成宗。在位十四年。

成宗是元廷建立统一王朝后的第二任皇帝，他对外结束征战，对内减轻赋税，保持了王朝的稳定局面。"成宗承天下混一之后，垂拱而治，可谓善于守成者矣。"[1] 以铁穆耳名义留下的郊庙乐辞，称颂元廷承统继业、秉德持国、国运上升。如《守成之曲》："天开神圣，继世清宁。泽深仁溥，乐协韶英。宗枝嘉会，气和惟馨。繁禧来格，永被皇灵。"歌赞元朝得到神圣皇天的眷顾，王朝延续了清平安宁的局面，对臣民普遍施以仁德的政策，文治礼乐和谐，国运隆盛长久。《皇地祇位酌献》："至哉坤元，与天同德。函育群生，玄功莫测。合飨圜坛，旧典时式。申锡无疆，聿宁皇国。"称颂元朝盛德天佑，百姓安宁，皇运长久。成宗的颂政诗展示了秉持仁德治国、推动国运蒸蒸日上的良好政治意愿，与成宗在位期间治国有誉、守成有绩的历史记录基本

---

[1] （明）宋濂等：《元史》卷二十一《成宗本纪四》，中华书局 2000 年版，第 319 页。

相合。

海山（1281—1311），即元武宗。以战功封怀宁王。成宗死后，被拥立即皇帝位。在位四年。

武宗在位期间理政决策正误交集，治绩平平。既有设置常平仓、平抑粮价的善政，也有发行"至大银钞"致使币制混乱的劣政。以海山名义留下的郊庙乐辞歌赞了此时期的元廷洪业。如《禧成之曲》："绍天鸿业，继世隆平。惠孚中国，威靖边庭。厥功惟茂，清庙妥灵。歆兹明祀，福禄来成。"诗篇称颂朝廷继承先帝洪业，延续治世太平，惠民造福四方，武威安定边境，功业盛大宏伟。武宗颂政诗宣示的治绩与实际的治绩之间有一定距离，名实并不相当。

爱育黎拔力八达（1285—1320），即元仁宗。在位九年。

仁宗在位期间推重儒教，恢复科举，调谐朝政，较有治绩。以爱育黎拔力八达名义留下的颂政诗着重歌赞了文治之功。如郊庙乐辞《歆成之曲》："绍隆前绪，运启文明。深仁及物，至孝躬行。惟皇建极，盛德难名。居歆万祀，福禄崇成。"诗篇称颂朝廷承统继业，仁孝治国，在文德化育方面建树颇盛。诗篇的颂政，与仁宗的施治风范和文治功业较为相符。

图帖睦尔（1304—1332），即元文宗。武宗次子，两次即位，在位共计四年。

文宗在位期间文治昭著，其颂政诗亦着重展示这方面的治绩。如郊庙乐辞《凝安之曲》："大哉宣圣，道尊德崇。维持王化，斯文是宗。典祀有常，精纯并隆。神其来格，于昭盛容。"诗篇宣示了朝廷对以孔子为代表的儒家正统的尊崇，与文宗重视文德化育之功，重视推行中国王道政治的实际作为较为相合。《镇宁之曲》则歌颂重农强本，国基稳固："以社以方，国有彝典。大哉元德，基祚绵远。农功万世，于焉报本。显相默佑，降监坛墠。"称颂朝廷实行重农的国策，坚守安民的根本。文宗颂政诗把重农视为社稷稳固的根本国策，显示受到中国传统重农政治文化的鲜明影响。

和世㻋（1300—1329），即元明宗。武宗子，文宗兄。即位八个月后暴卒。

以和世㻋名义留下的颂政诗，尤其注重宣示重农立国的治国思路。如郊祀乐辞《丰宁之曲》："文治修明，相成田功。功为特殊，仪为特隆。终如其初，诚则能通。明神毋忘，时和岁丰。"诗篇将"相成田功""时和岁丰"视为国泰民安的保证，显示了重农才能安民的治国态度。《镇宁之曲》云："民生斯世，食为之天。恭惟大圣，尽心于田。仲春劭农，明祀吉蠲。馨香感神，用祈丰年。"诗篇称颂了以农为本、以粮为天的治国之道，是农耕政治文化对元朝当政者发生实际影响的表现。《镇宁之曲》云："耕种务农，振古如兹。爰粒烝庶，功德茂垂。降嘉奏艰，国家攸宜。所依惟神，庸洁明粢。"诗篇将"耕种务农"视为国家治理"功德茂垂"的盛事洪业，称颂了以农立国的治国思路。明宗在位时间很短，治绩并不显明，但其颂政诗一再宣示重农安民的治国之策，仍然值得肯定。元代后期的朝廷颂政诗展示了以农立国的国策大政，可知以游牧文明开国的蒙元王朝接受农耕文明之后，其治国决策的重心有很大的改变。元明宗的颂政诗即为其例。

四　张翥　黄镇成　成廷珪　苏天爵　杨维桢　史伯璇

张翥（1287—1368），字仲举，襄陵（今山西临汾）人。至正间历国子助教、太常博士、集贤学士、翰林学士承旨等。

张翥的颂政诗，有歌颂官军"剿贼"的，如《后出军五首》；有歌咏朝廷选贤任能的，如《送成礼部谊叔察访守令河南山东》。

《后出军五首》描写朝廷派兵征伐江南地区"盗贼"的战事，着重渲染"王师"的所向无敌。

> 步卒伧楚健，长刀短甲衣。大叫前搏敌，跳荡如鸟飞。左提血髑髅，右夺贼马归。黄金得重赏，顾盼生光辉。尔辈疾归命，将军足天威。
>
> 我军城东门，呼声震屋瓦。百万山压来，此贼何足打。狂锋尚力拒，转斗血喷洒。城中有暗沟，多陷人与马。将令毋轻入，明当一鼓下。
>
> 先锋才攻门，后军已登陴。拔都不怕死，直上搴贼旗。马前献逆首，脚下踏死尸。长河走败船，疾遣飞将追。幕中作露板，应有傅修期。
>
> 行行铁兜鍪，队队金骆驼。呜呜吹铜角，来来齐唱歌。总戎面如虎，指顾挥珊戈。马蹄无贼垒，手棰可填河。王师本无敌，安用战图多。
>
> 魔贼生汝毫，獠贼起于海。婴锋天狗触，堕网奔鲸骇。徐方一战收，振旅已奏凯。江浙尘既清，豫章围亦解。诸将如竭力，削平行可待。

诗篇题旨单一，除了夸示官军"剿贼"的神勇无敌，没有战事之外的更多相关信息。充斥诗中的都是"王师"横扫"盗贼"的画面："黄金得重赏，顾盼生光辉。尔辈疾归命，将军足天威。""我军城东门，呼声震屋瓦。百万山压来，此贼何足打。""拔都不怕死，直上搴贼旗。马前献逆首，脚下踏死尸。""马蹄无贼垒，手棰可填河。王师本无敌，安用战图多。"看不到"盗贼"因何而起，有何"作恶"；看不到"王师"为何而战，战有何义。诗篇如此歌赞王师之征，缺乏对战事的道义价值关注，极大降低了颂扬朝廷征伐的政治高度。

《送成礼部谊叔察访守令河南山东》称颂朝廷选用良吏，安邦济民。

  历数开千载，明良会一时。朝廷严守令，宵旰为黔黎。南服方多故，东州复阻饥。郎官膺简拔，使者出询咨。此命于今重，如君众论推。直承廉察往，肯作畏难辞。灵雨随华毂，流风度彩旗。草兼骢一色，柳与辔同丝。梁宋分淮甸，青齐并海涯。政苛嗟虎猛，民散念鸿离。罢耎宁胜任，奸贪只自私。中牟因雉见，单父得鱼知。或有旷其职，谁能慎所司。张弦从急缓，朗鉴各妍媸。治道诚先务，皇心实在兹。俱为良吏选，足慰远人思。空阔青云步，孤高玉树姿。暂倾冠盖饯，行赴简书期。事业悬钟鼎，光华映羽仪。归来前席问，请入史臣词。

诗篇首先歌赞了朝廷选官为民的政治举措，"朝廷严守令，宵旰为黔黎"。对地方"守令"慎重其事的任用，表明朝廷对当地黎民百姓的高度关注。诗篇作这样的定性，宣示了这项政举的政治重要性。诗篇接着称赞礼部官员成谊叔领受使命，赴任新职，"此命于今重，如君众论推。直承廉察往，肯作畏难辞"。并将成谊叔要赴任地方的吏治状况和施政状况作了交代："政苛嗟虎猛，民散念鸿离。罢耎宁胜任，奸贪只自私。"由此烘托出朝廷整顿地方治理和惩治地方贪吏的政治决断，"治道诚先务，皇心实在兹。俱为良吏选，足慰远人思"。诗篇对朝廷选用循吏和良吏不辱使命的双重称颂，表明诗人对君臣协心合力实现良政善治的前景抱有强烈的期待。《送成礼部谊叔察访守令河南山东》对朝廷选用良吏实现善治的描述，与《后出军五首》对官军"剿贼"战事的叙述缺乏政治敏感形成了对照，其题旨在境界上有很大差异。

黄镇成（1288—1362），字元镇，邵武（今福建邵武）人。奏授江西儒学副提举，未果。

黄镇成的《投赠郑守光远三十韵》歌赞良吏德政，救治民瘼。

  累洽开皇极，分藩重守臣。列茅周土旧，分竹汉符新。师帅能宣化，仪刑最近民。隼旟张日月，雉阁丽星辰。地纪逾荒服，天光照远人。选材归德器，分命耸朝绅。一代文章伯，群心怙恃亲。祖风光蔼蔼，家学早振振。听履曾驰誉，工书固绝伦。九苞腾鸑鷟，千里骤骐驎。仗引陪供奉，官联属选抡。河源通析木，星象拥勾陈。暂辍中朝绂，来纡外府轮。土风连太末，山节耸全闽。佐乘临漳浦，搴帷入剑津。近河能借润，依烛解光邻。化雨苏民望，祥风洗瘴尘。袴襦歌已浃，刀剑俗咸悛。山郭惟樵郡，封邻接海滨。地偏田少沃，土狭户多贫。捐瘠饥瘥并，流亡寇役频。震凌思大厦，枯槁溪洪钧。幸借循良牧，咸依抚字仁。昼长帘似水，更静月如银。赤社分南服，清都拱北辰。报看三月政，和睹万家春。少日探经笥，颓年愧席珍。雨畦仍把耒，风艇自收缗。喜见瘵民瘳，无由传吏循。祇须成德化，濡笔颂坚珉。

诗篇为称颂循吏郑光远而作。朝廷慎重选官，以实现一方之治："累洽开皇极，分藩重守臣。""选材归德器，分命耸朝绅。"所选官员须能当此大任。郑光远所赴任的地方，土地贫瘠，治理恶劣，"地偏田少沃，土狭户多贫。捐瘠饥瘥并，流亡寇役频"。郑光远到任后尽责履职，使当地民生状况得到极大改善，实现了朝廷托付的使命："幸借循良牧，咸依抚字仁。""报看三月政，和睹万家春。"诗人赞叹郑光远恤民疾苦，改善民生，可以进入史书收载的良吏之列："喜见瘵民瘳，无由传吏循。"诗篇以对郑光远的循吏形象的描述，传达了良吏才能保证善政的观念。

成廷珪（1289—1360），字原常，扬州（今江苏扬州）人。未仕进。

成廷珪的《赠六合县宣差伯士宁因兵乱滁泗之间独县境肃然作诗以叙其实》记述至正十四年（1354）江淮六合县地方官抵御郭子兴红巾军的战事。

风尘千里暗淮壖，六合孤城独晏然。保障正符明主意，歌谣争颂长官贤。公庭吏散门如水，驿馆宾来酒似川。疏水为湟成重地，返风灭火动皇天。军需会计多雄略，兵会森罗总少年。兴学未闻忘俎豆，防边仍见戢戈铤。编民辟地增输赋，远客移家愿受廛。封壤远连瓜步外，妖氛不到瓦梁边。鱼盐山市宵鸣柝，米麦江桥晓泊船。十邑自今称第一，前程谁谓隔三千。王纲正尔关名教，民瘼何人解倒悬。舆论已传霄汉上，丰碑立在县衙前。

诗篇将郭子兴红巾军此次在江淮征战中未能攻取六合县视为当地官长的非凡政绩加以称颂。"风尘千里暗淮壖，六合孤城独晏然。保障正符明主意，歌谣争颂长官贤。""封壤远连瓜步外，妖氛不到瓦梁边。"诗人欢呼此事已闻报朝廷，立碑县衙，"舆论已传霄汉上，丰碑立在县衙前"。诗人的欣喜之情难以抑制。诗篇对反元武装势力即所谓"盗贼"的仇视态度，是诗人希望维护皇权统治秩序的正统政治观念的反映，未必意味着诗人对民众的敌视。这种看似矛盾、实则正常的态度，从成廷珪创作有大量的怨政诗描写百姓疾苦可以得到印证。这种既维护皇权政治秩序、敌视反叛朝廷的民间武装，而又同情百姓、期望仁政的政治立场，在历代很多政治诗作者身上都存在，是古代政治诗创作的一个常态。

苏天爵（1294—1352），字伯修，真定（今河北正定）人。泰定间任翰林国史院典籍官。至正间历国子祭酒，江浙行省参知政事。

苏天爵的《送都元帅述律杰云南开阃》称颂述律杰赴任云南，为国建功。

世祖神武真天纵，万里中华归一统。当时六诏亦亲征，大丑小夷咸入贡。圣泽涵濡垂百年，昆虫草树犹生全。岂意狂童耸边鄙，戈鋋一扫成萧然。君侯累世称将种，落落奇才奋忠勇。往岁乘轺谕蜀归，威名烜赫传秦陇。迩来天子褒前功，玺书进拜明光宫。腰间金符射白日，胯下宝马鸣春风。金碧山高天拱北，瘴雨蛮烟今已息。元戎为国保遗民，日读丰碑歌圣德。

诗篇将述律杰赴任云南的意义提到维护统一的高度加以称颂。开篇即强调了元廷统一海内的丰功伟业："世祖神武真天纵，万里中华归一统。""圣泽涵濡垂百年，昆虫草树犹生全。"由此烘托出述律杰在边务危机之时赴云南"开阃"（开置府署、执掌军务）的价值："岂意狂童耸边鄙，戈鋋一扫成萧然。君侯累世称将种，落落奇才奋忠勇。"诗人对朝廷有效处置危机和将领勇于担当君命深表钦佩："迩来天子褒前功，玺书进拜明光宫。""元戎为国保遗民，日读丰碑歌圣德。"诗篇歌赞朝廷君臣维护统一，这样的题旨具有超越时代的正面价值。

杨维桢（1296—1370），字廉夫，绍兴（今浙江绍兴）人。元泰定间进士。历天台县尹、江浙行省四务提举、江西儒学提举等。明洪武间奉召修礼乐书，后还乡。

杨维桢的《和杨参政完者题省府壁韵》《闻诏有感》歌赞元顺帝时期平定反元武装的战事。

皇元正朔承千岁，天下车书共一家。一柱东南擎白日，五城西北护丹霞。宝刀雷焕苍精杰，天马郭家狮子花。收拾全吴还圣主，将军须用李轻车。（《和杨参政完者题省府壁韵》）

近报相臣亲奉诏，吾皇今是中兴年。江东邺下无三日，岭北湖南共一天。诸葛出师机未失，子仪见房信应坚。老臣欲借食前箸，愿与君王策万全。（《闻诏有感》）

至正十六年（1356）六月，元廷任命苗军杨完者为将领，攻打反元武装张士诚部，获胜。《和杨参政完者题省府壁韵》即歌咏此事。诗篇将元廷平定反元武装视为维护天下一统局面的道义之战，对杨完者的战功大加称扬："收拾全吴还圣主，将军须用李轻车。"赞其为朝廷平叛守城，建功立业，将其誉为汉代为国建功的轻车将军李蔡。《闻诏有感》歌赞将相遵从君命，出征平乱。诗篇记述元顺帝时期朝廷派兵与红巾军等反元武装之间的战事。"江东邺下无三日，岭北湖南共一天。"表明朝廷不允许天下被反叛势力分割。"诸葛出师机未失，子仪见虏信应坚。"表彰将相率军平乱，如诸葛亮、郭子仪一样有谋有勇。诗篇对这些战事的歌咏，显然是一种基于官方立场的政治表态，展示了一般士大夫对待维护朝廷的官军和反叛朝廷的武装势力的不同评判标准，是诗人所持正统政治观念的自然流露。

史伯璇（1299—1354），字文玑，平阳（今浙江平阳）人。嗜读博学，终身未仕。

史伯璇的《代颂常平》歌咏良吏在地方切实施行朝廷颁布的常平法，调剂丰歉，平抑粮价，达到了惠农稳农、济世安民的目的。作者在诗序里简明介绍了常平法的由来及当地长官施行常平法的效果："常平之法，创自汉制，至隋朝行之，独为尽善，唐宋以来皆莫能及。国朝常平之制，官给其本，谷贱则增价而籴，贵则减价而粜，良法美意，又非隋氏所及。挈诸古而无愧矣。""今来本州贤侯，公同讲究，商榷时事，莫若依时价收籴，既不厉民，将来谷倘腾贵，则减价出粜，庶得官民两利，实为至便至当，千古救荒良法也。故作歌以纪之。"

  国以民为本，民以食为天。古者九年耕，食足支三年。后来常平法，庶几无瘠捐。胡今叔季世，法在意不传。皇家立民命，敛散尤光先。承宣苟得人，何患民食艰。横阳濒海郡，斥卤皆王田。旱涝苦不常，丰穰间有焉。贤侯公辅器，来操司牧权。斯年民大化，丰稔固宜然。省檄发帑楮，广积为储胥。价增民乐籴，输期及惠鲜。官不有严急，民岂终迁延。
  斗大横阳郡，少歉防流离。常平信良法，前牧未之思。岳侯莅兹土，利民无不为。广籴趁丰岁，预备他年饥。侯量如海宽，侯仁如春施。感化有深浅，输将有疾徐。公庾欠充牣，遂成侯悠违。星使来催督，民方悟前非。担负与舟载，奔赴惟恐迟。昔殿今乃最，果在权力欤。至诚感神明，中孚化豚鱼。在侯固余事，陋邦今乃知。歌谣岂虚发，千载奇功垂。

天地有所憾，造化无全功。歉年未尝歉，丰岁岂常丰。所以常平法，济人亦裕农。横阳在版图，片土千崖中。蛟龙宅窟宅，溟渤界其东。储积倘弗豫，坐视天民穷。贤侯京都彦，秉麾东抚封。下车民欢欢，赋政春融融。一和之所围，人心与天通。其年书大稔，欢声千里同。增价官与敛，务使公庾充。侯不事督劝，民庶亦乐从。输将犹未半，岁事已告终。星使动轺车，薄责萃侯躬。深仁所感动，舟车遂憧憧。千钟不日致，威刑竟勿庸。仁哉二千石，不逊黄与龚。嗟叹犹未足，作歌以形容。

　　帝遣贤侯福横阳，民和酝酿成丰穰。去秋省檄发帑楮，付郡籴贮常平仓。侯恐民病宽约束，民恃侯仁宽输将。一朝催督使者至，胥吏错愕民仓惶。侯方雍容坐黄堂，慎勿旁惊有所伤。民有未化我治良，我愆我尤我自当。民感深恩弗能忘，道途担负川舟航。四方云集不胜量，实坚实栗无秕糠。白叟黄童聚康庄，共言未睹神无方。垂青将来久弥光，书生作歌岂荒唐。

　　炎刘七业功巍巍，常平设法真良规。丰无狼戾歉无饥，利民莫大民莫知。自汉至今非一代，徒法奚救民生危。圣人继天不遐遗，常平平法周九围。横阳片土如掌大，介山濒海非丰腴。由来敛散非文具，承宣匪人民病之。精忠家世有良牧，异代邵杜何加诸。下车啄啄歌来暮，和气适与丰穰期。省檄付价籴民余，愿粜之民皆尽输。民恃侯仁输不时，牧不忍迫宁愆违。明年催督来使车，输犹未半将何如。忧民之忧侯所为，民忧其忧尚何疑。舟车四集争驱驰，公庾不日无空虚。旁观感叹惜未有，鹄形菜色期充饥。此特阳春一露耳，牧多善政宁惟兹。书生作歌如举隅，传循吏者当备书。

　　伤农那得不伤人，好趁丰登与籴新。宁使愆违归自己，忍为严迫病吾民。使君催督急如火，公庾充盈若有神。不是深仁沦骨髓，输将何故集如云。

　　在这首长诗里，诗人褒扬了横阳地方长官"贤侯"贯彻常平法这种调剂粮价的荒政举措。"贤侯公辅器，来操司牧权。斯年民大化，丰稔固宜然。省檄发帑楮，广积为储胥。价增民乐籴，输期及惠鲜。"诗篇反复咏及"贤侯"忧心民事，在买粮卖粮的籴粜掌控上，宁可自己受上司责难，也不愿让百姓生计窘困。"常平信良法，前牧未之思。岳侯莅兹土，利民无不为。广籴趁丰岁，预备他年饥。侯量如海宽，侯仁如春施。感化有深浅，输将有疾徐。""省檄付价籴民余，愿粜之民皆尽输。民恃侯仁输不时，牧不忍迫宁愆违。""宁使愆违归自己，忍为严迫病吾民。""侯恐民病宽约束，民恃侯仁宽输将。"因籴粮粜粮事宜造成官仓收储调度未达标准,"贤侯"将受罚担责。当地百姓闻讯而动,争先恐后向官府交粮,回报"贤侯"的爱民之心。诗篇反复描述了这样的官民良性互动:"公庾欠充牣,遂成侯愆违。星使来催督,民方悟前非。担负与舟载,奔赴惟恐迟。""星使动轺车,薄责萃侯躬。深仁所感动,舟车遂憧憧。千钟不日致,威刑竟勿庸。""民有未化我治良,我愆我尤我自当。民感深恩弗能忘,道途担负川舟航。四方云集不胜量,实坚实栗无秕糠。""使君催督急如火,公庾充盈若有神。不是深仁沦骨髓,输将何故集如云。"诗篇在对"贤侯"执行常平法的德政善行歌咏中,一再描述的是官长爱民恤民而履职担当、百姓受惠受仁而感恩报义,呈现出施仁报义的良性互动的官民关系。官员真诚地施行这项惠民政策,收到了良好的社会政治效果,诗人内心深为感动,极为详细地描述了施政成功的每个环节。

五 泰不华 迺贤 顾瑛 陈基 张庸 王祎 吴讷

泰不华（1304—1352）,字兼善,色目人。至治间进士。至正间历秘书卿、礼部尚书、翰林侍读学士。

泰不华的《陪幸西湖》歌赞顺帝治下的太平景象。"葵倾惟日向,荷偃借风张。宝马鸣沙路,华舟迥石塘。金吾分禁御,武卫四屯箱。小大濡深泽,仁明发正阳。皇皇星斗润,落落股肱良。朝野崇无逸,邦家重有光。赐租宽下国,传诏出中堂。布政亲巡省,观民或愆荒。麦禾连野迥,桑柘出林长。乐岁天颜喜,回銮月下廊。"诗篇称颂顺帝圣德仁厚,君臣协心,"小大濡深泽,仁明发正阳。皇皇星斗润,落落股肱良"。朝廷施行减轻租税的政策,"赐租宽下国,传诏出中堂"。又派遣大臣巡省四方,"布政亲巡省,观民或愆荒"。诗篇所称颂的顺帝朝这些政举,史书也有载录:"遣官分道奉使宣抚,布朕德意,询民疾苦,疏涤冤滞,蠲除烦苛。体察官吏贤否,明加黜陟,有罪者,四品以上停职申请,五品以下就便处决。民间一切兴利除害之事,悉听举行。"[①] 可知泰不华对顺帝朝廷所推行政策和政举的称颂都是有依据的歌咏,并非虚泛无依的谀颂。虽然顺帝并未扭转元朝在整体上走向衰亡,但他为实行新政所做的努力,包含着利民的成分,这样的政举有值得诗人称扬的正面价值。

迺贤（1309—1368）,字易之,西域葛逻禄人,祖居南阳（今河南南阳）。至正间荐为翰林国史院编修官。后奉命祭祀南岳、南镇、南海。

迺贤的《京城杂言六首》组诗歌赞元朝得天下、治天下的历史。

[①] （明）宋濂等:《元史》卷四十一《顺帝本纪四》,中华书局 2000 年版,第 591 页。

神京极高峻，风露恒泠然。憧憧十二门，车马如云烟。紫霞拥宫阙，王气浮山川。峨峨龙虎台，日月开中天。圣祖肇洪业，永保万亿年。（其一）

世皇事开拓，揽策群雾清。完颜据中原，一鼓削蔡城。赵氏守南壤，再鼓宗祚倾。车书既混一，田野安农耕。向非圣人出，何能遂吾生。（其二）

丘公神仙流，学道青海东。维时儒教师，矫矫真天龙。乾坤始开廓，鱼水欣相从。扣马谏不杀，嘉辞动天容。保此一言善，元祚垂无穷。（其三）

高槐拱朱垣，楼阁倚空起。剑佩何陆离，车马若流水。昔有社稷臣，艰难辟荆杞。歃血饮黑河，剖券著青史。国家感勋劳，报施及孙子。（其五）

千金筑高台，远致天下士。郭生去千载，闻者尚兴起。我亦慷慨人，投笔弃田里。平生十万言，抱之献天子。九关虎豹严，抚卷发长喟。（其六）

组诗选取了奠基开国的太祖、世祖，展开对元廷得天下、治天下丰功伟业的称颂。"圣祖肇洪业，永保万亿年。"赞太祖铁木真创立基业，国祚绵长。"世皇事开拓，揽策群雾清。""车书既混一，田野安农耕。向非圣人出，何能遂吾生。"赞世祖忽必烈一统天下，安邦定国。"扣马谏不杀，嘉辞动天容。保此一言善，元祚垂无穷。"赞世祖纳谏如流，避免滥杀。"昔有社稷臣，艰难辟荆杞。""国家感勋劳，报施及孙子。"赞大臣为国效忠，朝廷论功授勋。诗人在称颂了元廷的丰功勋业后，表达了希望朝廷招贤纳士，自己效力国家的愿望："千金筑高台，远致天下士。""平生十万言，抱之献天子。"诗人对元廷抱持的这种期待，表明顺帝时期的新政带给士人的政治希望，这跟诗人至正年间被荐为翰林国史院编修官的仕历是相吻合的。

顾瑛（1310—1369），字仲瑛，昆山（今江苏昆山）人。至正间举茂才科。征辟未就。

顾瑛的《官籴粮》歌赞江西检校官赵伯坚尽职奉公，籴粮护民。

官籴粮，官籴粮，东吴之民自惶惶，去年今年来侍郎。凛凛六月生秋霜，官钱未给先取将。今朝十万上官仓，明朝十万就船装。小斛较斛大斛量，吏弊百出那可当。输钱索物要酒浆，磨牙吮血如虎狼。满身鞭棰成痍疮，郡侯视之泗滂滂。忍使吾民雁厌殃，实欲止之无计张。官籴粮，官籴粮，东吴之民无积藏。山东赵公来南昌，南昌杀贼如犬羊。贼虽解围民亦荒，贫者守死富食糠。爱民谁如赵平章，手发官帑钱百囊，公既得之夜乘航。缘江逋贼肆猖獗，操舟帕首来取攘。我公挽弓一石强，百发百中贼始亡。倍道十日抵苏杭，誓不移文下官坊。微服民间身作商，指廪发粟酬其偿。十万月就民不伤，千艘万斛如龙骧。黄旗赤帜分两纲，南风开船若雁行。船头击鼓声锽锽，六月牵江过鄱阳。新米未熟旧米香，江西之民无枯肠。官籴粮，官籴粮，粒粒尽是民脂肪。天子端居白玉堂，相君峨峨坐庙廊，紫衣朱服列两厢。天门九重启煌煌，豹蹲虎踞严其防。覆盆不照日月光，谁能奏额奏帝旁。以公籴粮为典常，东吴之民始安康。官籴粮，官籴粮，东搬西载道路长。去年押粮上蕲黄，今年五月未还乡。安得风尘静四方，羊肠蜀道成康庄。舟车所至皆来王，普天之民乐而昌。天子圣寿垂无疆，万年千载不用官籴粮。

诗篇首先交代了"东吴之民"过去遭受"官籴粮"的痛苦："小斛较斛大斛量，吏弊百出那可当。输钱索物要酒浆，磨牙吮血如虎狼。满身鞭棰成癞疮，郡侯视之泗滂滂。忍使吾民罹厥殃，实欲止之无计张。"恶吏舞弊勒索钱物，滥施体罚威逼百姓，使得产粮之地粮食匮乏，"东吴之民无积藏"。接着诗篇描述赵伯坚到南昌履职后的积极作为。身先士卒，杀"贼"护粮，"山东赵公来南昌，南昌杀贼如犬羊"。"我公挽弓一石强，百发百中贼始亡。"籴粮时又竭力维护价格公道，不伤民利，"爱民谁如赵平章，手发官帑钱百囊"。"微服民间身作商，指廪发粟酬其偿。"由于"官帑"使用得当，买卖公平，百姓过往遭遇的"吏弊百出"的敲诈勒索没有了，东吴之地的积弊得到了清除，境况大为改观，百姓售粮后有剩余，官粮也完成了定额，"新米未熟旧米香，江西之民无枯肠"。"以公籴粮为典常，东吴之民始安康。"赵伯坚的履职，既奉公守规，又公平惠民，完成了公务，保护了百姓，实在算得是良吏善政，得到了作者的由衷称扬。

陈基（1311—1370），字敬初，临海（今浙江临海）人。元统间授经筵检讨，历行枢密院都事、浙江行省郎中。

陈基的《吴侬谣》歌赞良吏恤民，籴粮赈济。

城上日出行且趋，吴民负米欢且呼。漕府君侯长万夫，籴米食侬如哺雏。君侯运粟输京都，都人食税复衣租，又以余力苏焦枯。连年和籴喧九衢，吴侬有粟不得铺。遂令斗米如斗珠，不贵楮币贵青蚨。乡村白屋多逃逋，尫羸操瓢行塞途。微侯哀侬釜生鱼，嗷嗷枵腹多作殍。昨日儿饥泣呜呜，今日饭饱走匍匐。君侯长漕非剖符，不忍赤子坐艰虞。使君归朝掌吁谟，济世升平乐有余。天下米贱酒可沽，上及父母下妻孥。天子行当赐锋车，君侯幸勿迟其驱。

据诗序交代，"至正十四年（1354），吴岁饥。秋七月，海道都漕运万户府达鲁花赤明善公为籴米赈之，吴民感德，歌是以颂。"可知本篇是称赞漕运官"明善公"的赈民德政。诗篇叙说先前官府在吴地籴粮过度，使粮食丰饶之地缺粮少米，百姓流亡。"连年和籴喧九衢，吴侬有粟不得铺。遂令斗米如斗珠，不贵楮币贵青蚨。乡村白屋多逃逋，尪羸操瓢行塞途。"相较之下，"明善公"反其道而行之，籴粮赈民，百姓得粮无忧，感激称谢。"城上日出行且趋，吴民负米欢且呼。漕府君侯长万夫，籴米食侬如哺雏。"诗人对"明善公"担任漕运官能体恤民苦深为赞佩，祝愿其回到朝廷能当大任，普济天下百姓安宁乐生："君侯长漕非剖符，不忍赤子坐艰虞。使君归朝掌呼谟，济世升平乐有余。"诗篇对"明善公"的歌赞，是对其为官之道的肯定；由连年积弊造成民怨，到一朝除弊得到"吴民感德"，可知是良吏才能实现了善政，并非元代地方治理的普遍现象。

张庸（？—？），字惟中，慈溪（今浙江慈溪）人。至正间居乡授徒为业。

张庸的《田家乐》称颂地方治理良善，百姓安居乐业。

朝敛溪下田，暮敛溪上地。禾穗累累黍穗长，笑语归来皆满意。登场未用偿私逋，官家况免今年租。州县廉能选吏胥，门前横索绝迹无。东邻相庆西邻续，我亦床头新酒熟。醉卧茅檐尚未醒，家人又报牛生犊。明日多耕数亩田，所愿长得如今年。

诗篇描述的这幅乡村生活图景，是顺帝至正年间的地方治理情形。官府征租收税并不苛重，吏胥履职也不贪敛，"登场未用偿私逋，官家况免今年租。州县廉能选吏胥，门前横索绝迹无"。农民在辛劳丰收之后，能过上安宁的田园生活。诗篇描述的这种农家安居生活，虽然不是至正年间元朝农村的普遍社会生活情景，但并不排除这种治理良善的情况在部分地方真实存在，也是作者对治世秩序的向往和礼赞。

王祎（1322—1373），字子充，义乌（今浙江义乌）人。至正间上书言时政，被荐举未果。入明，授江西儒学提举司校理、国史院编修官等。

王祎的《义乌括田诗》称颂官员"真定范侯公琇"勤政尽职，治吏尽规，公平行政，口碑载道。诗序交代了至正十年（1350）发生在义乌的公平赋役的来龙去脉："至正十年，浙东部使者言，民役不均，徭民田有不实。乃俾属郡括其实以赋役，且命有田者随其田之所在而受役。真定范侯公琇遂被檄来莅其事于义乌。义乌，婺属县，而侯实仕衢为录事。衢婺异郡，而檄侯者，慎重其事。非其人不以诿之也。侯莅事精敏，凡所行科条具有绳墨。以故令既下，而事易集；法既定，而民不争。竣事还衢县，民相与言曰，侯之来部，使者之命也，虽然，所以易弊革奸，引公示正，使吾富者不敢私其逸，而贫者得以遂其安者，侯之惠也。"可知此事最得民心的是行政公正，赋役均衡。

  维县义乌，有腴其田。畇畇原隰，有陌有阡。田则民有，税入于官。岁取几何，石万三千。民之徭役，视税寡多。维民之偷，虚实以讹。富累千百，役仅一加。贫或斗升，顾同其科。官有臬司，视民孔明。曰兹富贫，弗均弗平。宜括其实，使无遁情。役以税差，税由籍征。维事之殷，匪才莫支。孰以才称，范侯在衢。臬司檄侯，侯莫敢违。义乌之事，俾侯来尸。侯来尸之，躬其劳勤。凡民有田，俾其自陈。里胥载核，徂隰徂畛。且稽故籍，质其伪真。钩隐弗遗，增崇弗逾。既括而实，乃籍乃图。图籍既完，弗缪弗污。按籍以役，庳高用敷。豪民大家，徭兼役重。单夫婺人，获免于佣。富既弗病，贫将终丰。民情载愉，颂声汹汹。颂声伊何，民役孔均。匪役之均，惟侯之恩。侯恩曷忘，膏泽我身。我身之余，施及子孙。愿侯毋行，侯行不留。岂惟我人，人皆徯侯。侯其行矣，莫维侯舟。我歌我诗，以相民讴。

  诗篇叙及义乌过去在田亩收入统计和家庭赋役征派上的积弊："维民之偷，虚实以讹。富累千百，役仅一加。贫或斗升，顾同其科。"一些奸猾之徒乘隙钻漏，虚报漏报，使富家赋役更轻，贫家赋役更重。要解决这个积弊，需要彻查田产，实估家情："宜括其实，使无遁情。役以税差，税由籍征。"这样才能使奸猾欺诈的行为无所遁藏。"范侯"来到义乌后，为纠正积弊亲力亲为，加强稽核，以免统计有误。"侯来尸之，躬其劳勤。凡民有田，俾其自陈。里胥载核，徂隰徂畛。且稽故籍，质其伪真。钩隐弗遗，增崇弗逾。既括而实，乃籍乃图。图籍既完，弗缪弗污。按籍以役，庳高用敷。"经过这样颠覆式的整改，使义乌地方的田地赋役问题彻底改观："豪民大家，徭兼役重。单夫婺人，获免于佣。富既弗病，贫将终丰。"公平赋役赢得了义乌民众的交口称赞："民情载愉，颂声汹汹。颂声伊何，民役孔均。匪役之均，惟侯之恩。侯恩曷忘，膏泽我身。"这样的称誉所包含的理念是，公平行政才能赢得民心。

  吴讷（1331—1357），字克敏，休宁（今安徽休宁）人。至正间为杨维桢荐举，授建德路判官，兼义兵万户。

  吴讷的《破红巾》称颂至正年间朝廷派兵平定红巾军的战事。

君不见蕲黄儿，纷纷白马张红旗。去年陷湖北，今年陷淮西。遂令深山之民皆带甲，四海顑洞含疮痍。堆金积玉亦何有，略地攻城徒尔为。又不见黄连寨，左带溪山右淮海。天兵如日照雪霜，百万红巾一朝败。亲王按剑定中原，丞相分兵救吴会。边人不识韩将军，极口争夸铁元帅。八座东开昱岭关，群偷欲度愁跻攀。奇兵间道绝归路，可怜白骨高如山。桂林老臣再征起，坐镇西垣几千里。昨闻余党犯其锋，血作龙沙半江水。南方猺獠勇莫当，自谓効义收蕲黄。贼徒一见惊丧胆，坚壁不出知天亡。诸君力尽在此举，巢穴不平鼠为虎。相期麟阁画丹青，却忆虞廷舞干羽。

　　诗篇对朝廷派兵平定红巾军大加称道，是作者坚守正统立场的真实表达。在诗人看来，红巾军是乱世之祸源，搅得天下不宁山河疮痍、民众流离。"去年陷湖北，今年陷淮西。遂令深山之民皆带甲，四海顑洞含疮痍。"在诗人笔下，朝廷出兵平"寇"，势不可挡，"贼寇"土崩瓦解："天兵如日照雪霜，百万红巾一朝败。亲王按剑定中原，丞相分兵救吴会。""贼徒一见惊丧胆，坚壁不出知天亡。"这样的褒贬表现了作者鲜明的政治观点。将对抗朝廷的民间武装视为大逆不道的"贼寇"，是吴讷等许多士大夫文人固有的评判标准。作者的这种评判虽然也包含有反对战祸殃民等正面的理念，但不顾朝廷政治彻底失败的现实，不知反省朝政失败的原因，不能直面元廷已经无法挽回国运颓败的大趋势，只一味蒙头夸耀所谓王师无敌的平寇之功，表现出一些士大夫文人在江山和民心的价值关系判断中的偏狭立场。

第四节　元代后期怨政诗——怨刺庸政　忧叹"盗患"

　　元代后期是指元成宗至元顺帝期间。元代后期可分为两个阶段。第一个阶段，元成宗至元明宗时期；第二个阶段，元顺帝时期。

　　第一个阶段，政权已经巩固下来，社会进入经济发展、城市繁荣的稳定时期，但朝廷弊策和地方劣治造成的社会不公和百姓痛苦仍然不断发生。这个阶段的怨政诗数量不是很多，但关注的社会政治问题较为广泛，记述了税政、盐政、荒政、漕政、吏治、币制等多方面的弊策劣治，对当代社会政治问题保持了敏锐的观察和尖锐的批判，在儒家政治文化相对单薄的蒙元政权时期传承了历代怨政诗的优良传统，留下了亲见亲闻的时代记录，值得珍视。

　　第二个阶段，元顺帝曾经力图振兴朝政，但一系列政治举措遭受挫折，尤其是币制混乱，钱钞极度贬值，引发社会震恐。这个阶段的怨政诗明显增多,记述了民众在税赋、徭役、盐政、荒政等方面承受的弊政之苦。比如,饥荒在元代后期第二阶段尤为严重:"按各时期来统计元代北方饥荒发生情况,可见世祖、成宗、武宗、仁宗四朝,饥荒频率较低,每年平均不超过10%的路州发生饥荒。泰定帝至宁宗六朝,是元代饥荒最为频繁的时期,且分布范围较广,平均每年约有20%的路州发生饥荒。根据史书中有近50余次'人相食'现象的记载,可以推断顺帝后期,是元代饥荒程度最为严重的时期。"[①] 与此相关的荒政弊端在怨政诗中得到了一定的披露。此外,这个阶段政权危机十分严重,记述"盗贼"作乱问题的怨政诗很多,呈现了明显的时代特征。

元代后期参与怨政诗创作的诗人分布于从朝廷到地方的各级士大夫文人乃至僧人。如刘敏中、张养浩、范梈、王虎臣、曹文晦、黄溍、胡助、周权、释继善、许有壬、张翥、黄镇成、郑元祐、沈梦麟、释必才、蔡明、释本诚、卢琦、何景福、释宗衍、胡奎、郭钰、鲁渊、王逢、黄如征、陈汝言、袁介、李晔、练鲁、涂渊、释克新等。元代后期第一阶段和第二阶段的怨政诗主要描写对内治理的各项政务弊端及各种时政乱象,第一阶段和第二阶段怨政诗的内容虽各有侧重,但仍有一些共同的特点。归结起来,记述各类社会政治问题的元代后期怨政诗,主要有以下五类作品。

1. 记述朝廷和官府税赋苛重,官吏催科凶酷,百姓不堪其苦。这是元代后期怨政诗里占比最高的作品。

刘敏中(1243—1318)的《拾麦行》描述农家勤苦劳作、勉力耕耘,无奈官府租税苛重,以致劳而无获。"传闻县吏下村去,鞭朴但说催征严。老翁停身泪先泣,稚弱相看空失色。""赫赫日驭停,沥沥汗雨滴。黄埃满面无人恤,饥渴何曾饮与食。"正常年景尚难得温饱,又遭遇了灾年大饥荒:"今年天降饥,重我忧戚戚。汝亦何由缘,受此饥饿厄。"诗篇借此老翁的悲诉,交代了致使千家万户陷入家破人散境地的社会原因:"一从构得青州祸,举家计业随烟尘。三年流窜无地着,断蓬飘泊风中根。憔悴归来闾井改,桑田满目惟荆榛。"除了天灾战祸交相为害,官吏不容宽限催科逼税也是百姓生计艰难的重要原因:"昨朝吏胥急叩门,逼促要输丝与银。逾垣四走不敢出,意绪恍惚忧纷纷。"与此形成对照的是富豪的穷奢极欲:"君不见朱门犬马余粮肉,万庾千仓饱僮仆。穷欢极乐锦绮筵,日废千金犹不足。"诗人借老翁之口表达了卑微的生活期待:"何当买牛多种田,尽力向天祈有年。剩与官中充府库,我亦饱食鼓腹忻忻然。"勤苦农家的这种卑微生活期待与富豪们的肆意挥霍构成的对立画面,包含了对官府施政损不足以补有余的谴责。

---

① 王培华:《元代北方灾荒与救济》,北京师范大学出版社2010年版,第176页。

王虎臣（？—？）的《缲丝行》描写税负沉重、织女劳而无获。织女缲丝经历了诸多的艰辛："车声愈急丝愈永，比妾愁肠犹易尽。""探汤入绪手欲烂，辛苦无人慰憔悴。"织女交税后，面临饥寒的威胁："去年丝成尽入官，敝衣不足常苦寒。今年蚕苗犹在纸，已向豪家借仓米。"年年缲丝交税，年年不得温饱。

曹文晦（129？—1360）的《夜织麻行》叙及农妇终岁辛劳、绩麻织布，到头来自己却落得衣不蔽体。"输官未足私债急""门外催租吏声厉"，农家的赋役负担看不到缓解的希望。

郑元祐（1292—1364）的《岁暮感事》描写百姓和官员各自的困境。百姓无力承担过重的租税，被官府追捕缉拿；官吏在榨尽民力后仍没有完成上司下达的征税定额，感到惶恐。"民庶逋租悉系官""上力已穷民力瘁"，官民都陷入精疲力竭的状况。

沈梦麟（1309？—？）的《答赵季石》描写天灾和人祸对百姓的双重打击："震惊二月天飞雹，野哭千家吏索租。"在天灾横祸之外，是官府不恤民苦的催科逼税。

蔡明（？—？）的《淘金户》讲述民户在"水深沙浅"的大江侧淘金，虽然金少"淘不得"，但官府的课税不会有丝毫减轻。"夜闻叫呼来打门，官司追课如追魂。"课税太重，淘金太少，民户的下场就是被官府鞭笞催逼，"卖金买宽限，金尽限转急。""南庄有田仍可卖，莫遣过限遭鞭笞。"逼得民户卖田卖屋以交足课税。

释本诚（？—？）的《余尝作二诗观者皆喜文卿见余写此卷俾余书之于上》描写官府对民户房屋土地征收重税。造屋者无力缴纳房屋契税，房屋被拆毁。"造屋人在堂，拆屋人在腹。不知造时荣，但见拆时辱。"造屋本为添置家产，却成为破家受辱的源头；民户买田之后，被豪贵者兼并，又被官府强征重役，"西陌东阡恣兼并，不知户役随田至"。买田本为发家，却成为毁家遭罪的缘由。诗篇记述元代房屋契税和土地税赋问题，披露当时税政弊端，很有认识价值。

何景福（1368前后在世）的《伤田家二首》感慨谷贱伤农。农家终年的辛劳被"三钱一斗"的低贱粮价抵消了，被"私债官逋"的催科剥夺了。"里正不慈胥吏酷，穷民空感半租恩。"朝廷颁布的蠲免租税的诏令，在恶吏们的执行中严重失效，空有虚名，未得其实。

释宗衍（1309—1351）的《乍川行》对比描写了渔家和农家的两种生活。"乍川"地方的渔家下海捕捞有获，足以养家糊口："编篷结网待春潮，海熟今年胜田熟。""斫鱼踏鳌换米归，不信农家有劳苦。"甚至还可以过上"美食鲜衣新屋庐"的生活。相较之下，农家的辛劳换来的是起码的温饱都不能保证："君不见风雨萧萧田舍破，纳税还租忍寒饿。"诗人为了突出农家税赋的不公，渲染了渔家劳而有获的小康生活，对渔家的境况有所夸大。

胡奎（1309?—1381）的《田妇谣》叙及"田妇"一家承受的徭役、租税之重。"长兄筑城行不归，西到钱唐百余里。"除了家人被强征徭役去往他乡，"田妇"最忧虑的是"输租"交税不能达到官府要求。"妾家种田三十春，输租不劳官吏瞋。去年输官曾卖屋，今年输官应卖身。"官府的催征把辛苦耕种的农家逼得卖房卖人以偿官税。《伤田家》叙及农家承受的税负。"秋来雨多禾耳黑，县吏索租催上仓。""宁教借米倍还人，莫遣打门官吏瞋。"农家对官府的期待很低，也反衬官府的税负太重。

陈增（?—?）的《湖田谣》描写农家在遭灾缺食情况下仍为官府租税事忧急焦心。农家遭遇久雨成涝的灾害，忙着车水排涝，已经是饥肠辘辘："秕糠已空糟粕尽，食尽蒲根食芦笋。"官府的催科却没有丝毫宽减："食不充肠饥不妨，只恐公家无积仓。里胥征租急星火，树头乌鹊皆彷徨。"农家忧急惶恐，尤显官家税政苛酷。

李晔（1314—1381）的《田家苦》作于至正十八年（1358），叙及农家在旱灾之年仍然不能免除税赋重压。农夫为救庄稼倾尽了血汗："一寸秋苗一寸心，汗血愿为三尺水。"吃尽苦头，粮食还不知能否救下。"老农有胆谁尝苦，租吏敲门夜骑虎。"吏胥似狼，苛政如虎，农家度日艰难，心惊胆战。

朱希晦（?—?）的《冬雨叹》作于至正二十三年（1363）。气候的灾变使农夫忧心忡忡，停下了播种耕耘，"农夫辍耒耜，劳叹心怛怛。二麦不得种，饥坑讵能填"。更让农夫焦心的是，天下战乱不休，朝廷的军需加重了对百姓的赋税征收，"格斗况未息，中原拥戈铤。天家重租税，疮痏谁能怜"。"安得倚天剑，一扫开青天。"停止战乱的呼声显然触及到了社会政治的要害。

刘永之（?—?）的《猛虎行》是一首寓言兼纪实的怨政诗。诗篇对虎患和苛政殃害百姓的描述是交叉进行的。猛虎进村咬噬耕牛，使农家耕耘大受影响，"夜深月黑风号谷，还向近村噬黄犊。十室九室牛圈空，野翁嗷嗷老妇哭"。官府向农家增加税赋，冷酷催科，"田荒无牛不得耕，官中增赋有严刑。鞭棰恣狼藉，羸老岂足胜"。官军劫掠耕牛，吏胥助纣为虐，"去年甲士频经过，白昼劫人家复破。军中货牛动千头，贫家无钱那可求。里胥晓至门，怒目气如山"。猛虎多次进村袭牛，农家损失惨重，"猛虎夜复来，衔之上山去。猛虎□，尔何愚，天遣乌兔肥尔躯。今胡使人饥不得食寒不得衣，憔悴如枯株"。在这样交叉反复的描写虎患和虐政危害百姓后，诗人宣泄了对危害者的愤恨，"思剸尔类缓我生""食尔之肉寝尔皮"。诗篇的怨愤之语，不仅是针对猛虎噬牛，更是针对虐政害民的人祸。

2. 记述朝廷和官府荒政劣绩，赈灾失效，灾民无望。

张养浩（1270—1329）的《哀流民操》伤叹荒政缺失、灾民绝望的社会悲剧。"哀哉流民，为鬼非鬼，为人非人。哀哉流民，男子无缊袍，妇女无完裙。哀哉流民，剥树食其皮，掘草得其根。哀哉流民，昼行绝烟火，夜宿依星辰。哀哉流民，父不子厥子，子不亲厥亲。哀哉流民，言辞不忍听，号哭不忍闻。哀哉流民，朝不敢保夕，暮不敢保晨。哀哉流民，死者已满路，生者与鬼邻。哀哉流民，一女易斗粟，一儿钱几文。哀哉流民，甚至不得将，割爱委路尘。哀哉流民，何时天雨粟，使女俱生存。哀哉流民。"穿的衣不蔽体，吃的草根树皮，住的被天席地，严重的缺衣少食还不是流民的灾难尽头。流浪灾民拖着奄奄一息的身体，漫无目的地飘荡，最可能的目的地就是路边沟壑。流民已知自己可能死无葬身之地，唯感割舍不下的就是自己的骨肉子女。诗篇在流民牵肠挂肚的忧念中结束。这是元王朝建立几十年后出现的社会场景，官府的荒政救助没有踪影，透露出大批流浪灾民自生自灭的可怕社会危机。

黄溍（1277—1357）的《览元次山春陵行有感近事追和其韵以寓鄙怀》描述多地官府在荒政救助上的无所作为。"有司"面对灾害却束手无策，"奈何问流殍，束手无一施"。幸存者逃往他乡也躲不过恶吏的勒索，"仍闻恣鞭棰，惨忉伤肤皮"。况且，官府对灾民并未宽免征收租税："尚惭噢咻恩，稍缓租税期。云胡有仓卒，征敛更相随。"乡民在冷酷官吏的催逼下，看不到希望，也就只有等死了："宁知为州人，俟死无他为。"

释继善（1285—1357）的《大雪行》描写江南隆冬时节灾民的悲惨状况。"冻卧饥氓不开户"，"妻啼儿泣面西东"。对灾民的困境，官府束手无策，"官仓私廪例空虚，苍生何以守环堵"。作者寄语当道官员，希望他们能拿出切实有效的救助举措，"凭谁寄与东诸侯，恤民有道无轻举"。

许有壬（1287—1364）的《哀弃儿》描写了父母弃子的惨痛。父母离弃骨肉不是人之常情，诗里描述了父母与子女分离的惨痛情景："木皮食尽岁又饥，夫妇行乞甘流离。负儿远道力已疲，势难俱生灼可推。"为了儿子渺茫的生存机会，这对贫贱夫妻只能作出这样的取舍。《书所见》也是伤痛民间卖子惨剧的作品。诗里所提及的"郑监门"即郑侠，以画流民图知名。诗人称"人间惟欠郑监门"，即指眼下的流民之痛，足可动人心魄，画家需留下这样的图景以警示世人。

张翥（1287—1368）的《人雁吟》写到了一个特殊的民生困境。本来以猎雁为生的猎户，却因大雁缺食、雁身少肉，猎户赖以为生的行当也岌岌可危了。官府虚有一纸赈荒文书，却无济于事。"县官赈济文字来，汝尚可生当自力。"闻听他乡已有易子相食的饥荒惨剧，猎户忧心忡忡。

黄镇成（1288—1362）的《采薇行》描写贫苦人家采薇充粮，野菜果腹。"家家捣薇根，春杵声相闻。经旬不粒食，杵重筋力微。汲泉澄粉作饵薄，菜色已觉容颜非。"与此形成巨大反差的：是"达官贵客不到此，日醉华筵知不知。"诗人发出"知不知"的责问，痛斥官员们醉生梦死，怠惰职守。

黄复圭（？—？）的《蕨萁叹》对比描写信州地方长官和百姓在灾年的生活境况。"信州州官万钟粟，杀牛捶马日丝竹。信州乡民蕨作粮，三月怀饥聚头哭。"长官奢乐依旧，百姓野菜充饥，已是显而易见的不平；更大的不平是官府在仓米丰裕的情况下见死不救："县不申闻郡不知，官仓有米重封闭。"用于赈济的官仓被封闭，荒政明显缺失。

袁介（？—？）的《检田吏》讲述了从路旁老翁那里听来的当地官吏胡乱勘灾的故事。老翁交代自己租种官田的情况："我家无本为经商，只种官田三十亩。延祐七年三月初，卖衣买得犁与锄。朝耕暮耘受辛苦，要还私债输官租。"赋税本已沉重，不幸又遭了天灾，老翁把希望寄托在官府勘灾之后能酌情减轻上交官粮份额。哪知前来勘灾的官吏玩弄伎俩，颠倒丰歉，谎报灾情。"官司八月受灾状，我恐征粮吃官棒。相随邻里去告灾，十石官粮望全放。当年隔岸分吉凶，高田尽荒低田丰。县官不见高田旱，将谓亦与低田同。文字下乡如火速，逼我将田都首伏。只因嗔我不肯首，却把我田批作熟。"为了填补被官员乱报灾情而增加交纳的官粮，老翁无奈卖儿卖女以偿官债，以致落得孤身一人。勘灾官吏贪渎殃民，荒政环节欺上瞒下，透露出元代荒政实施的部分真实状况。

3. 反映吏治败坏，贪官恶吏残民以逞。

范梈（1272—1330）的《闽州歌》描写闽地吏胥贪敛，诛求无度。官吏在上司规定的赋役上还要增加名目搜刮。"那更诛求使者急，鞭棰一似鸡羊群。""官胥掊克常十八，况以鸠敛夺耕耘。"诗篇揭示了闽州"民劳"的根源。

周权（1280?—1330?）的《田家辞》责问："官污岁复歉，我窭何由黔。"天灾歉收再加官吏勒索，农家连寻常的生活都很难维持。

何景福（？—？）的《买犊歌》描述农家耕牛被掠夺的惨痛。老实巴交的勤苦农夫，几家人东拼西凑用活命钱买下牛犊，被"答剌罕"权势者抢走，连安身立命的最后一点希望都被无情地剥夺了。"三家聚哭无奈何，一人扶来两人拖。新秧节出田草多，犊乎犊乎还遇时苗么。"这个世道的昏暗已经让人无以言说。

黄如征（？—？）的《怨歌谣》直接痛斥朝廷官员和地方官员的贪渎行径。据陶宗仪《南村辍耕录》载，至正年间黄如征上书朝廷，历数权臣散散、王士宏等罪状："散散、王士宏等，不体圣天子抚绥元元之意，鹰扬虎噬，雷厉风飞。声色以淫吾中，贿赂以缄吾口，上下交征，公私朘剥。赃吏贪婪而不问，良民涂炭而罔知，闾阎失望，田里寒心。"① 可知诗篇是针对朝廷使臣和地方官吏的滥权舞弊而发的感慨。朝廷派遣使臣前往江西、福建等地"宣抚"，纾解天灾给民众造成的困境，但这些"奉使"来到当地后，给当地带去的是与百姓的期待截然相反的伤害。"九重丹诏颁恩至，万两黄金奉使回。"奉使们本应带着皇帝的恩诏去安抚灾民，带回的却是受纳的万两贿金。"奉使来时惊天动地，奉使去时乌天黑地。"奉使来时排场很大，奉使走时结果很糟："官吏都欢天喜地，百姓却啼天哭地。"当地贪吏对奉使的渎职如亲如故，当地百姓对奉使的滥权寒心痛愤。"官吏黑漆皮灯笼，奉使来时添一重。"当地官吏本已贪渎滥权，奉使来后贪渎更上层楼。诗人厌憎这些来自朝廷的贪渎使臣和藏身地方的污渎官吏，借闾阎歌谣形式进行了痛斥。

4. 反映兵役徭役沉重，征调劫掠凶酷。

许有壬（1287—1364）的《养马户》记述官府对养马户的驱使苛酷无情。养马户是被朝廷编为专门户籍的役使对象，一年四季的生活连温饱都未实现，但对马匹的呵护犹如爱护孩子。"盛冬裘无完，丰岁食不足。为民籍占驿，马骨犹我骨。"朝廷公文征调，官府差役驱遣，养马户只能应命服役，战战兢兢，唯恐有失。

张翥（1287—1368）的《潮农叹》讲述了"潮南"一老农沉重服役的悲苦故事。老翁前后几次被征役，"翁无应门儿，老身当一夫"。死里逃生回归后仍不得安宁，"府帖星火下，尔乘仍往输。破产不重置，笞棰无完肤"。在鞭笞的威逼下又踏上不知生死的劳役之路，"有司更著役，我实骨髓枯。仰天哭欲死，醉吏方歌呼"。面对这样的虐政恶吏，老翁哀告无效。仰天悲泣的老翁和醉酒歌呼的恶吏，形成了对立的画面。

释必才（？—？）的《即事》叙及农家耕耘无获，产粮充公，以致欲从军掠民。农家有田不种，全是因为官府近乎抢劫的征粮使百姓丧失了种粮的动力，弃农弃耕比比皆是。诗人责问："明年谁复事犁锄"。更严重的是，农家交粮后陷入了"卒岁浑家受饥冻"的生存困境。在此情况下，官府仍然没有放宽对百姓的搜刮，甚至为逼迫农家交粮而焚毁其室庐。无奈之下，有的农夫选择从军，"去学短衣带刀箭，倒刮他家养良贱"。这种恶性循环的征粮状况，将百姓逼上了从军劫民的道路。

---

① 丁如明等：《宋元笔记小说大观·六》，《南村辍耕录》，上海古籍出版社2013年版，第6375页。

卢琦（1306？—1362）的《忧村氓》描述民间对官府滥征壮丁的恐惧。由于此前被抓去的兵丁九死一生，百姓已经深受其祸，因此在官府又一次张贴征夫时，幸存的青壮年只得选择逃亡。"邻里争遁逃，妻儿各分别。莫遭一遭逢，皮骨俱碎折。"《早发黄河》描写官府滥征河役的恶政。"丑妇有子女，鸣机事耕畴。上以充国赋，下以供松楸。去年筑河防，驱夫如驱囚。人家废耕织，嗷嗷齐东州。饥饿半欲死，驱驱长河流。"农家子女们像囚犯一样被粗暴驱使着去修筑河防，自家的耕耘绩织尽被荒废，即使缺食断粮也仍然被迫干着苦活。

李晔（1314—1381）的《踏车行》描写田家正当农事要紧之时，被官府强征劳役，被迫放弃自家农活去应官差。"县吏捉人应差役，令严岂得营私家。"由于耽误了农时，错过了风调雨顺，之后又遇到了旱灾，农夫车水耘田加倍辛苦。"老妻贷谷犹未归，力疾无奈吞声泣。"田家面对被耽搁农事后的困境，流下了痛苦无奈的泪水。

郭钰（1316—？）的《采蕨歌》记述农家被官府摊派的沉重军需征调压得惊惶不堪。"情知世乱百忧煎，得归茅屋心悬悬。痴儿啼怒炊烟晚，打门又索军需钱。"苛酷的军需征调搜刮上来后，却被官军肆意挥霍，"君不见将军拥旌节，红楼夜醉梨花月"。

释克新（1321—？）的《壮丁行》描写官府连年"差壮丁"，民间怨声载道。诗篇连续对举列示了去年、今年官府滥征壮丁的情况，尤其渲染了去年、今年"差壮丁"家破人散的凄惨气氛及死伤惨烈的严酷消息。"爷娘顿足妻招手，号哭向天泪如雨。阴风萧萧黄尘飞，日落哭声犹未已。近闻河北新战平，血流如海尸如城。"诗篇揭示，元末战争酷烈，官府滥征兵役，边地兵丁死伤惨重，百姓受到严重伤害。

陈高（1314—1366）的《即事漫题五首》组诗几乎每首都写到了战祸兵灾、兵役徭役。"不是风光近来别，只缘兵战此时频。"山河依旧，人事全非，战乱改变了一切。"前日山中新战死，昨宵梦里见归来。"家人从征，噩耗传回，战祸导致家破人亡。"官粮预借三年后，军食尤居两税先。"官府征粮，税赋不减，军需加重了百姓负担。"农父江边立荷戈，无人南亩种嘉禾。"农夫被征，放弃耕种，战事威胁到百姓生存。诗人集中描写战乱带给农家的灾难，最直接披露了国家政治陷入秩序混乱的社会后果。篇幅虽小，蕴含很大。

5. 反映官军"治盗"不力，官军"盗贼"交相为祸。

范椁（1272—1330）的《乐会县》描述琼州乐会县出现的匪患。这些作恶一方的势力肆意掠民，滥杀无辜："居民绝烟爨，搬并入淮甸。却又遭劫杀，流动靡安奠。群夷尽蜂起，尽用血洗箭。公然肆浮暴，请与官军战。官军幸努力,摧落得深便。""于今郊原间,芳草白骨遍。"虽然匪患最终被扑灭,但民众已遭受了极大戕害,人烟断绝,白骨遍地。

黄镇成(1288—1362)的《岛夷行》描写"岛夷"肆虐,官方剿寇不力。来自海外的倭寇"岛夷"极其凶残,给元代后期的沿海居民带来极大危害:"岛夷出没如飞隼,右手持刀左持盾。大舶轻艘海上行,华人未见心先陨。"而官方对付"岛夷"的办法并未彻底解决祸患:"千金重募来杀贼,贼退心骄酬不得。"以致作者发出了"省命防城谁敢责"的质疑,对官府无能应对"岛夷"之祸表示失望。

顾瑛(1310—1369)的《长歌寄孟天晫都事》对元代后期包括"盗贼"为祸的社会变乱作了俯瞰式的描述。战乱的到来改变了一切,社会进入世无宁日的惶恐无序状态。"太平天下起干戈,从此百忧如猬集。"有轻率征伐,劳民伤财:"天子仁慈尚姑息,丞相南征兴重役。乘时饿虎昼吃人,谁与苍生系休戚。"也有滥发纸币,米价飞涨,"民力不堪供奉承,董责尽用尚书丞。新行交钞愈涩滞,米价十千酬四升"。而天下"盗寇"趁机作乱,"今年顽民起西山,帕首举火烧闻关"。官府对民众饥荒漠然视之,"频年官粜廪为空,数月举家朝食粥"。"饥农仰天哭无食,今秋无成将奈何。"诗篇描述的这些社会乱象,展现国家政治陷入不可逆转的颓败局面。诗人连声悲叹:"皇天流毒虐下土,自此天下何由安。呜呼,自此天下何由安。"可知朝政失败导致"流毒"危害"下土",天下无法重回安宁。

李晔(1314—1381)的《逃难》描述战祸横降,官军铁骑滚滚而来。"朝来有警急,铁骑如云屯。""路逢逃难人,纷纷亦来奔。""十步九颠踬,欲哭声复吞。""牛羊亦随逐,飞桥为之翻。"这样一幅惊惶的逃难图是社会陷入整体灾难的真实写照。《哀钱塘》描写官军烧杀戕民的灾难。诗篇当是描写至正十二年(1352)七月的杭州战事,反元军队与元朝军队在杭州交战,元军在杭城大肆烧杀,留下了诗中描述的"城郭今为瓦砾场""满前骸骨白如霜"的惨景。

郭钰(1316—?)的《悲庐陵》记叙至正年间朝廷派兵征剿反元武装的战事,披露其间朝臣、将领的背叛。"连兵七年间,省臣兼节制。朝廷寄安危,幕府保奸宄。势骄改令图,反侧久窥伺。"本是朝廷依靠的文臣武将,却成为朝廷的心腹之患。"今日卖降人,昨朝清议子。奈何英雄姿,因之秽青史。朝为龙与虎,夕为狗与彘。"诗人对这些叛逆之臣的指责,既是士大夫正统立场的表现,也揭示出元末朝政的溃败情形。

鲁渊(1319—1377)的《越中避难适周桥》感慨兵灾之下民众漂无定所:"丧乱今如此,漂零岂偶然。有身长作客,无地可归田。"造反与"剿贼",

两种武装对立厮杀,世间深深陷入战乱。《长安市》描写战祸之后,世间破败不堪:"坏道蘿荆棘,阴房聚骷髅。凄凉兵火地,人物总荒丘。"

王逢(1319—1388)的《忧伤四首上樊时中参政苏伯修运使》组诗包括《古青徐》《竹笠黄》《官柳场》《江海壖》,描写元末地方治安混乱、官军"剿贼"怠惰、治军松弛散漫、私盐争斗大动干戈等。《古青徐》叙及要津之地治安混乱,劫掠成风。"守无官军法度疏,居无巨室城隍虚,欲去卤掠当何如。"《竹笠黄》描写官军将校"剿贼"怯懦,不战自乱。"边隅将校望尘拜,州县曹佐闻风僵。""不因灾疫自焚船,那致生灵轻陨命。"《官柳场》披露官军背弃君命,军纪懈怠。"几处私恩误主恩,一回酒令行军令。酒醉边隅事不闻,边隅扰扰多烟氛。"《江海壖》描写盐政混乱,酿成大祸。"私盐渐多法渐密,隩里干戈攘白日。寻常恶孽不肯除,本固枝蕃祸非一。"王逢这组怨政诗每首作品记叙的施政领域各有不同,但都有一个共同特点,就是指斥当权者怠惰渎职,敷衍塞责,致使所司职事溃败,社会一方一域陷入失序混乱之中。

陈汝言(1318?—1371?)的《述言》组诗感慨元末的时政变局,揭示国策大政的错谬与文臣武将的滥权。"大夫拥专城,陪臣干国政。布衣操刃梃,亦执生杀柄。边将总兵戎,朝廷孰号令。"权臣擅政,奸佞干政,边将号令一方,无视君命,朝廷的权威已丧失殆尽。"桓桓杨将军,落落真英杰。""大功曾未成,身名遽磨灭。谁令养虩虎,逾圈乃自啮。"这个威势赫赫的杨将军即杨完者,在与反元的红巾军交战中立功,后恃功骄矜,招致自缢的覆灭下场。

练鲁(?—?)的《徐州故城》描写元末官军与"盗贼"的战事状况,对"盗贼"对抗官府、官军征剿"盗贼"做出自己的政治评判。诗篇所写是至正十二年(1352)元丞相脱脱率军征剿红巾军"芝麻李"部的战事。史载:"十二年,红巾有号芝麻李者,据徐州。脱脱请自行讨之,以逯鲁曾为淮南宣慰使,募盐丁及城邑趫捷,通二万人,与所统兵俱发。九月,师次徐州,攻其西门。贼出战,以铁翎箭射马首,脱脱不为动,麾军奋击之,大破其众,入其外郭。明日,大兵四集,亟攻之,贼不能支,城破,芝麻李遁去。获其黄伞旗鼓,烧其积聚,追擒其伪千户数十人,遂屠其城。"[1] 诗篇记载的战事始末与史载相符,且敌视红巾军的立场基点也完全一致,都指责了"盗贼"的造反和"行凶"。"杀人烈火下,四面山河明。贼酋坐官府,列刃胁同盟。牧守既宵遁,蚩蚩不敢争。揭竿立钩戟,斩木悬旆旌。铩砺锋刃合,攘刮困廪盈。"诗人强烈反对"盗贼"们"揭竿立钩戟,斩木悬旆旌"的叛逆行为,故而对官军后来的屠城肆虐表示认可:"斯民不自白,杀气严秋声。"作者并

---

[1] (明)宋濂等:《元史》卷一百三十八《脱脱传》,中华书局2000年版,第2222页。

未对官军屠城导致大量百姓死亡提出异议，也未揭示"盗贼"们斩木揭竿的造反原因。由于不能恰当评判元代后期国家治理彻底失败、民不堪命铤而走险的大势，作者的叙事也就带上了强烈的政治偏见，但也符合其所秉持的维护皇权秩序的正统政治立场。

涂渊（？—？）的《御寇纪事》组诗描写诗人亲身参与的征剿"贼寇"的战事，记录了士大夫眼中元末官军、民团、"贼寇"交战的实况。诗人对"贼寇"势力纵横南北的汹汹大乱局面充满了忧虑，描述"贼寇"给民众生计带来了极大的伤害。"坏斯民田业，污斯民女男。焚斯民庐舍，迫斯民苦艰。我民用大棘，我民受大难。""哀民患孔棘，哀民患孔殚。哀民心孔伤，哀民骨孔刓。"对"皇师"官军、"义师"民团"剿贼"失利深感痛心，对追随"贼寇"的"愚民"越来越多深感无奈："皇师不整旅，下民效愚强。""贼兵复大聚，凶横势更扬。阓围边四塞，震天来四方。"诗人焦虑于天下大乱，民生艰危："民患犹未除，民气犹未回。民命各奔逃，民心伤流离。"诗篇的关注点没有离开民众的生死安危，但作者鲜明地表示了对"贼寇"对抗官府的造反行动的仇视态度。诗人所描述的"贼寇"伤害民众的行径或许有其现实依据，对这种伤害民众行径的谴责也有其道义正当性。但从另一方面看，诗人对"贼寇"反抗官府的缘由及"愚民"愿意追随"贼寇"的原因，没有作出适当的回应，对朝廷及官府施政失败造成民不堪命、官逼民反的现实不予正视，才形成了作者站在正统立场的倾向性十分强烈的政治叙事。

除了上述元代后期诗人的五类怨政诗，元代后期怨政诗创作实绩尤为突出的诗人有萨都剌、朱思本、揭傒斯、马祖常、李存、吴师道、王冕、成廷珪、刘鹗、周霆震、朱德润、杨维桢、谢应芳、贡师泰、傅若金、舒頔、释大圭、迺贤、陈基、袁士元等。此将其怨政诗的创作情况分述如下。

一　萨都剌　朱思本　揭傒斯　胡助　马祖常

萨都剌（1272？—1355？），字天锡，祖籍西域，雁门（今山西代县）人。泰定间进士。历江南行御史台掾史、燕南宪司照磨等。

萨都剌的怨政诗有描写战争祸民的，如《过居庸关至顺癸酉岁》《漫兴》；有描写民生困苦的，如《早发黄河即事》。

居庸关，山苍苍，关南暑多关北凉。天门晓开虎豹卧，石鼓昼击云雷张。关门铸铁半空倚，古来几度壮士死。草根白骨弃不收，冷雨阴风哭山鬼。道傍老翁八十余，短衣白发扶犁锄。路人立马问前事，犹能历历言丘墟。夜来锄豆得戈铁，雨蚀风吹失颜折。铁腥唯带土花青，犹是将军战时血。前年人复铁作斗,貔貅万灶如云屯。生存有功挂玉印,死者谁复招孤魂。居庸关,何峥嵘。上天胡不呼六丁,驱之海外休甲兵。男耕女织天下平,千古万古无战争。(《过居庸关至顺癸酉岁》)

去年干戈险,今年蝗旱忧。关西归战马,海内卖耕牛。元老知谁在,孤臣为尔愁。凄风吹短发,落日倦登楼。(《漫兴》)

晨发大河上,曙色满船头。依依树林出,惨惨烟雾收。村墟杂鸡犬,门巷出羊牛。炊烟绕茅屋,秋稻上陇丘。尝新未及试,官租急征收。两河水平堤,夜有盗贼忧。长安里中儿,生长不识愁。朝驰五花马,暮脱千金裘。斗鸡五坊市,酣歌醉高楼。绣被夜中酒,玉人坐更筹。岂知农家子,力穑望有秋。短褐常不完,粝食常不周。丑妇有子女,鸣机事耕畴。上以充国税,下以祀松楸。去年筑河防,驱夫如驱囚。人家废耕织,嗷嗷齐东州。饥饿半欲死,驱之长河流。河源天上来,趋下性所由。古人有善备,鄙夫无良谋。我歌两河曲,庶达公与侯。凄风振枯槁,短发凉飕飕。(《早发黄河即事》)

《过居庸关至顺癸酉岁》追述了战争往事,虽然没有明确说出这些战事的背景,但蒙元为建立新王朝血腥征战的往事,显然激发了作者的这个联想:"草根白骨弃不收,冷雨阴风哭山鬼。道傍老翁八十余,短衣白发扶犁锄。路人立马问前事,犹能历历言丘墟。"冷酷的战场遗迹带给诗人对战争的沉思,期望这种生灵涂炭的战祸不再降临。《漫兴》感慨战祸与天灾交相重叠:"去年干戈险,今年蝗旱忧。关西归战马,海内卖耕牛。"《早发黄河即事》在对比奢侈和贫困两极生活景象中宣泄自己的不平之感。"长安里中儿,生长不识愁。朝驰五花马,暮脱千金裘。斗鸡五坊市,酣歌醉高楼。绣被夜中酒,玉人坐更筹。岂知农家子,力穑望有秋。短褐常不完,粝食常不周。"同龄人的命运竟然有这么大的差距,贫苦阶层的人们,承受了官府税赋、徭役的全部重负:"尝新未及试,官租急征收。""去年筑河防,驱夫如驱囚。"诗篇揭示了这种社会阶层之间巨大的不平等,政治批判意味十分强烈。

朱思本(1273—?),字本初,临川(今江西抚州)人。龙虎山道士,出家于上清宫三华院。至治间主持玉隆万寿宫。

朱思本虽身为道士,并非士大夫官员,但其斥责苛政酷吏、忧思民生困苦的怨政诗,在广度和深度上都十分突出,显示了诗人强烈的道义感和深厚的同情心。朱思本怨政诗涉及漕政、税政、盐政、荒政等多个层面的政务民情,作品直面现实,留下了地方弊政的真实记录。

畴昔使钱塘，夜宿庙山驿。维时九日至，丰年尽欢怿。亭长醉如泥，推情靡呵责。迩来二十年，驻此感今昔。黄花复重九，采采耀颜色。良田没巨浸，鱼鳖为鲜食。壮健多流亡，老羸转沟洫。厨传恒萧然，酒炙那复得。清晨驱车去，城闉更寥阒。当道多相知，欲语泪沾臆。东南千万斛，岁漕输上国。今兹民力竭，何以继供亿。圣明仁如天，闻此应怆恻。谁当绘为图，献纳通宸极。（《庙山九日》）

长芦际东海，海水日夜盈。斥卤白皓皓，穷年事煎烹。舟车遍燕赵，射利俱营营。官盐苦高价，私粥祸所婴。里胥肆奸贩，均输及编氓。食货实邦本，损益偕时行。竭泽匪中道，无乃伤其生。丙魏垂休光，弘羊竟何成。（《长芦镇》）

君不见浙右良田千万顷，陈陈积粟深于井。又不见东南漕运输上京，舳舻千里浮沧溟。去岁江淮丁旱暵，黎民饿死殆将半。米舟来者皆东吴，处处延颈争欢呼。今岁东吴遭海溢，太湖涌波高百尺。夏秋之间阴气凝，十旬风雨韬阳精。吴江浙水不复辨，仿佛蓬莱眼中见。稽天巨浸十六州，良田潾潾蟠蛟虬。豪家发粟赈贫乏，室如垂罄无余留。饥民即死不能舍，聚为盗贼横戈矛。此邦租赋半天下，安得不贻黄屋忧。明年海运何自出，必藉邻境交相求。江闽湖广迭兵旱，比岁疮痍殊未瘳。救荒有术在青史，河东河内非良谋。太平天子至神圣，亿万苍生仰司命。一念通天天必从，普天愿见年年丰。（《东吴行》）

御河注东北，汩汩如浊泾。流尸日夜下，水气为之腥。饮食常呕吐，欲住不可停。舟子向我言，此辈皆天刑。东吴没巨浸，食及箬与萍。死者十七八，存者多飘零。为奴逐商贾，疫疠剿其龄。脂膏饲鱼鳖，魂魄游沧溟。守令肆豺虎，里胥剧蝗螟。庙堂列皋夔，直以远莫聆。绣衣自天来，号令驱雷霆。遗民愿绥辑，庶用答皇灵。（《御河》）

客行秦邮道，触目增惨凄。死人乱如麻，肝脑倾涂泥。草屋半颓压，牢落如鸡栖。一室四五人，骨肉同颠挤。狗彘既厌食，乌鸢亦悲啼。腥风彻云汉，沴气干虹霓。问之何为尔，苦饥食蒿藜。春夏生疾疫，累累委沟溪。亲戚俱已没，他人各东西。过者皆拥鼻，我何独酸嘶。掩骼著经训，仁人讵终迷。安得元结辈，惠化周群黎。（《秦邮道中》）

朱思本的这些作品，每首都揭示了官府的一项弊政。《庙山九日》怨责征粮苛重，漕政弊端丛生，民力已近枯竭。"东南千万斛，岁漕输上国。今兹民力竭，何以继供亿。圣明仁如天，闻此应怆恻。谁当绘为图，献纳通宸极。"诗人希望朝廷能闻知漕政的弊端，减轻东南民众的漕粮负担。《长芦镇》怨责盐政不公，胥吏贪酷。"官盐苦高价，私粥祸所婴。里胥肆奸贩，均输及编氓。"认为盐价高昂，盐政漏洞被奸吏利用。"食货实邦本，损益偕时行。竭泽匪中道，无乃伤其生。"因盐产关系国计民生，必须适量生产和营销。现时的盐政竭泽而渔，绝非善策。《东吴行》怨责荒政失策，逼良为盗。"去岁江淮丁旱暵，黎民饿死殆将半。""豪家发粟赈贫乏，室如垂罄无余留。饥民即死不能舍，聚为盗贼横戈矛。"诗人对东南灾民被逼铤而走险深为忧虑："此邦租赋半天下，安得不贻黄屋忧。""江闽湖广迭兵旱，比岁疮痍殊未瘳。救荒有术在青史，河东河内非良谋。"认为朝廷要解决这个忧患，可以借鉴古人赈荒的有效办法，在荒政措施上做出实质改进。《御河》斥责奸吏滥权，荒政失效。"东吴没巨浸，食及箬与萍。死者十七八，存者多飘零。为奴逐商贾，疫疠剿其龄。"在此缺乏荒政救助的困境中，恶吏居然趁火打劫，榨取民财，"守令肆豺虎，里胥剧蝗螟"。使灾民的处境越发艰难。《秦邮道中》披露荒政缺失，民命如草芥。"客行秦邮道，触目增惨凄。死人乱如麻，肝脑倾涂泥。""问之何为尔，苦饥食蒿藜。春夏生疾疫，累累委沟溪。亲戚俱已没，他人各东西。"诗人追问："安得元结辈，惠化周群黎。"可见现实中缺乏的恰是像唐代元结那样悯民施政的官员，官府荒政缺失的后果才会如此严重。

揭傒斯，生卒、事迹见前。

揭傒斯的怨政诗几乎都是关注和表现民生痛苦的作品，通过对民生艰难的现实生活场景的描述，揭示了其背后朝廷政策的错谬和地方治理的敝坏。

> 寒向江南暖，饥向江南饱。莫道江南恶，须道江南好。（《秋雁》）
> 夫前撒网如车轮，妇后摇橹青衣裙。全家托命烟波里，扁舟为屋鸥为邻。生男已解安贫贱，生女已得供炊爨。天生网罟作田园，不教衣食看人面。男大还娶渔家女，女大还作渔家妇。朝朝骨肉在眼前，年年生计大江边。更愿官中减征赋，有钱沽酒供醉眠。虽无余羡无不足，何用世上千钟禄。（《渔父》）
> 杨柳青青河水黄，河流两岸苇篱长。河东女嫁河西郎，河西烧烛河东光。日日相连苇篱下，朝朝相送苇篱旁。河边病叟长回首，送儿北去还南走。昨日临清卖苇回，今日贩鱼桃花口。连年水旱更无蚕，丁力夫徭百不堪。唯有河边守坟墓，数株高树晓相参。（《杨柳青谣》）
> 去年旱毁才五六，今年家家食无粟。高囷大廪闭不开，朝为骨肉暮成哭。官虽差官遍里间，贪廉异政致泽殊。公家赈粟粟有数，安得尽及乡民居。前日杀人南山下，昨日开仓山北舍。捐躯弃命不复论，获者如囚走如赦。豪家不仁诚可罪，民主稔恶何由悔。（《大饥行》）

    千金之子不死市，楚人竟杀陶朱子。生者可杀死可生，千金为重骨肉轻。谁为平阳有燕氏，倾家乃出而兄死。弟再有兄兄见弟，里闾惊嗟官吏喜。呜呼，安得天下之吏廉且循，庶政如水无冤民。(《燕氏救兄诗》)

《秋雁》对朝廷向江南地区的过度征敛表示了极大的异议，因为这种征敛的重负最终都要摊派到江南地区的贫苦人家头上去。《渔父》描述渔家寻常生活中的"奢望"。"更愿官中减征赋，有钱沽酒供醉眠。"渔夫一家老小都在风雨中奔波，虽然辛苦贫贱，但相安无事，唯有官家过重的征赋是渔家所忧虑的。诗篇在渔家乐的场景中顺势透露了渔家苦的缘由。《杨柳青谣》描写农夫的儿子被派役去了远方，自己也被迫拖着病体去打鱼谋生，却又被"百不堪"的徭役逼得另寻生路："连年水旱更无蚕，丁力夫徭百不堪。唯有河边守坟墓，数株高树晓相参。"诗篇揭示了百姓"百不堪"的艰难处境。《大饥行》写出了元代中期一些地方官府赈灾不力的真相。地方官府放纵豪家囤积，无视饥民饿死，"高囷大廪闭不开，朝为骨肉暮成哭"。官吏纵容豪户为富不仁，饥民们获得一点赈粮瑟瑟缩缩如囚犯获释。"前日杀人南山下，昨日开仓山北舍。捐躯弃命不复论，获者如囚走如赦。"诗人责问，豪家作恶该受处罚，为民做主的官吏渎职作恶更是不可宽恕，"豪家不仁诚可罪，民主稔恶何由悔"。《燕氏救兄诗》描述贪吏徇私舞弊，制造冤案以榨取民财。"平阳有燕氏，倾家乃出而兄死。"百姓被贪吏勒索钱财以致倾家荡产的情况，显然并非个别案例。诗人呼吁改善吏治，呼唤循吏施政，"安得天下之吏廉且循，庶政如水无冤民"。使天下百姓不致遭遇官司即沦为"冤民"。

  胡助（1278?—1355?），字古愚，婺州东阳（今浙江东阳）人。至元间举茂才，后历建康路儒学学录、国史院编修官等。
  胡助的《哀太师》描写元文宗丞相燕帖木儿的发迹、奢靡和覆灭。

    自从天历干戈起，四海一家如鼎沸。权奸簸弄贪天功，攀龙附凤皆倒置。海内苍生望太平，鼎湖仙驭俄上升。老虎未死人莫测，孰扶日毂迟迟行。大夫当时秉大义，手挈神器正天位。爱立作相隆委寄，太师秦王势益炽。朝廷大权既已归，斥贤用邪图己私。变乱法度施横政，卖官鬻狱谁敢非。王侯将相望尘拜，歌功颂德多丰碑。九重深拱方无为，天下万事由太师。起居玉食胜天上，生杀贵贱操主威。千兵万马常自卫，爪牙武士争光辉。龙虎大符擅天宠，振古权臣无若斯。天变民灾何足恤，神人怨怒宗社危。纲常万古不可绝，君臣之分不可越。近郊出猎果何谋，飞扬跋扈当车裂。一朝天子奋乾刚,下诏薄责流远方。太阳杲杲冰山摧,凶徒恶党潜逃藏。家财簿录不胜计,石崇元载犹毫芒。德音屡闻天下喜,治道复还旧典章。呜呼太师权势如火灭,鼎覆𬂩兮车覆辙。作诗哀之戒后来,遗臭百世何为哉。

燕帖木儿因拥立文宗即位有功,成为势倾一时的权臣。诗篇从燕帖木儿帮助文宗上位叙起,着重描写了他政治发迹后的贪婪揽权和滥权非为:"权奸簸弄贪天功,攀龙附凤皆倒置。""爱立作相隆委寄,太师秦王势益炽。朝廷大权既已归,斥贤用邪图己私。变乱法度施横政,卖官鬻狱谁敢非。"诗篇展示了燕帖木儿权倾一时的得意忘形:"王侯将相望尘拜,歌功颂德多丰碑。九重深拱方无为,天下万事由太师。起居玉食胜天上,生杀贵贱操主威。"对燕帖木儿及其追随势力后来的政治覆灭,诗篇也予以了交代:"天变民灾何足恤,神人怨怒宗社危。""一朝天子奋乾刚,下诏薄责流远方。太阳杲杲冰山摧,凶徒恶党潜逃藏。"诗人最后慨叹:"呜呼太师权势如火灭,鼎覆𬂩兮车覆辙。作诗哀之戒后来,遗臭百世何为哉。"从维护皇权秩序的正统立场痛斥了乱臣贼子败坏朝纲的行径。

马祖常,生卒、事迹见前。

马祖常是元代少有的位至朝廷高官的怨政诗人之一,他的怨政诗表现了深厚的儒家士大夫情怀。诗人描写农家的苦难,完全站在被欺凌者的立场,充满了道义的怨愤,没有达官显贵沽名钓誉的惺惺作态。如:

松槽长长栎木轴,龙骨翻翻声陆续。父老踏车足生茧,日中无饭倚车哭。干田䎡确稚禾槁,高天有雨不肯下。富家操金射民田,但喜市头添米价。人生莫作耕田夫,好去公门为小胥。日日得钱歌饮酒,朝朝买绢与豪奴。识字农夫年四十,脚欲踏车脚失力。宛转长谣卧陇间,谁能听此无凄恻。(《踏水车行》)

河伯朝宗日,黄尘出岸高。蛟龙分窟穴,舟楫用波涛。使者修堤急,田农弃屋逃。无钱谁贳汝,岁晚更嗷嗷。(《宿迁县》)

江田稻花露始零,浦中莲子青复青。楚船祠龙来买酒,十幅蒲帆上洞庭。罗衣熏香钱满箧,身是扬州贩盐客。明年载米入长安,妻封县君身有官。(《湖北驿中偶成》)

马足与石斗,石齿啮马足。足趼背生疮,突兀瘦见骨。官家日有事,陆续使者出。使者贵臣子,骑驰日逐毂。驿吏报马毙,鞭挞寡妇哭。寡妇养马户,前年夫死役。占籍广川郡,有田种菽粟。翁姑昔时在,城邑复有屋。连岁水兼旱，荐饥瘴不淑。夫死翁姑亡，田屋尽质鬻。寡妇自养马，远适雕窝谷。绩纺无麻丝，头葆胫肤黑。塞下藜苋小，空釜煮水泣。驿吏鞭买马，磨笋向山石。安得天雨金，马壮口有食。（《六月七日至昌平赋养马户》）

《踏水车行》写到的农夫勤苦劳作场面很特别："识字农夫年四十，脚欲踏车脚失力。宛转长谣卧陇间，谁能听此无凄恻。"这个悲歌诉怨的农夫是一个能识文断字的汉子，这在历代怨政诗所描写的农夫形象中是一个罕见的人物，他的凄恻的歌谣直接传达了一般农夫难以尽诉的怨苦。这个"识字"农夫感知的世道不公是："富家操金射民田，但喜市头添米价。人生莫作耕田夫，好去公门为小胥。日日得钱歌饮酒，朝朝买绢与豪奴。"豪家富户借灾发财，兼并民田，操纵米价，靠不义之财花天酒地。诗篇将斥责的矛头对准了为富不仁的豪户和视民命如草芥的官吏。《宿迁县》披露乡民被劳民伤财的徭役逼得离乡而逃。"使者修堤急，田农弃屋逃。无钱谁贳汝，岁晚更嗷嗷。"官府派人来催修堤坝，事情看来有利于农家，农家居然逃亡了。这蹊跷事情的背后，透露的是农家出钱出力，到头来一切都落空，不得不弃屋而逃。《湖北驿中偶成》对富商用金钱买得官位、跻身上层的招摇行为表示憎恶。"罗衣熏香钱满箧，身是扬州贩盐客。明年载米入长安，妻封县君身有官。"联系作者的其他怨政诗，可知诗人对当下社会苦乐不均、贫富悬殊是深有怨言的。《六月七日至昌平赋养马户》描写一个养马户寡妇的遭遇。"驿吏报马毙，鞭挞寡妇哭。寡妇养马户，前年夫死役。""夫死翁姑亡，田屋尽质鬻。寡妇自养马，远适雕窝谷。"这个寡妇虽然已经是孑然一身了，官府给养马户规定的供马赋役丝毫没有减少。寡妇自己缺吃少穿，还要典卖田屋去换粮喂马。"驿吏鞭买马，磨笋向山石。安得天雨金，马壮口有食。"诗篇真实记录了养马户在苛酷马政下的艰难生活。

二　李存　吴师道　王冕　成廷珪　刘鹗　周霆震

李存（1281—1354），字明远，饶州安仁（今江西安仁）人。延祐间应试不第，其后隐居，授徒为业。

李存的怨政诗直接披露朝廷的币制劣策，对时政的观察和剖析很有深度。如《伪钞谣》批评钞法弊策，奸吏犯科。

国朝钞法古所无，绝胜钱贯如青蚨。试令童子置怀袖，千里万里忘羁孤。岂期俗下有奸弊，往往造伪潜隈隅。设科定律非不重，奈此趋利甘捐躯。纵然桎梏坐囹圄，剩有囊橐并尊壶。生平心胆死相遁，口舌所挂多无辜。人生既以不堪此，恶卒乃藉生危图。苦之捶楚甘酒肉，役用在手犹桦珠。或思夙昔报仇怨，或出希觊倾膏腴。搜求宁肯剩鸡狗，污辱间有连妻孥。何如巧遇贤令尹，烛照剑断神明符。先穷支蔓到根本，矿铁虽硬归红炉。非唯此境少忧畏，亦遣邻邑多欢愉。自怜弱肉脱虎口，从此饮水皆醍醐。誓将白首至死日，顶戴岂与劬劳殊。愿推此举遍天下，咸使良善安田庐。

诗篇先肯定了朝廷推行纸钞给民众带来的交易方便："国朝钞法古所无，绝胜钱贯如青蚨。试令童子置怀袖，千里万里忘羁孤。"接着，描述了奸猾之徒使假作伪，用伪钞蒙骗世人，即使冒着囹圄之灾的风险也要以身试法："岂期俗下有奸弊，往往造伪潜隩隅。设科定律非不重，奈此趋利甘捐躯。纵然桎梏坐囹圄，剩有囊橐并尊壶。"元代法律对制造和使用伪钞有严厉的惩罚："诸伪造宝钞，首谋起意，并雕版抄纸，收买颜料，书填字号，窝藏印造，但同情者皆处死，仍没其家产。两邻知而不首者，杖七十七。坊里正、主首、社长失觉察，并巡捕军兵各笞四十七。""买使伪钞者，初犯杖一百七，再犯加徒一年，三犯科断流远。诸父子同造伪钞者，皆处死。诸父造伪钞，子听给使，不与父同坐；子造伪钞，父不同造，不与子同坐。诸夫伪造宝钞者，妻不坐。诸伪造宝钞，印板不全者，杖一百七。"[①] 其实，作奸犯科者的使假作伪只是元代纸钞弊端的一部分，朝廷滥发纸钞致使民财被无形吞噬才是更大的祸端。诗篇对此并未涉及，而是描述了官府应对奸徒伪造纸钞的手段失效："搜求宁肯剩鸡狗，污辱间有连妻孥。"未能制止伪钞的祸世。诗篇对元代后期伪钞流行的描述，是对当时社会经济乱象的真实记录，认识价值颇高。

吴师道（1283—1344），字正传，婺州兰溪（今浙江兰溪）人。至治间进士，授高邮县丞。后历池州建德县尹、国子博士等。

吴师道的怨政诗基本上是记述官府荒政失策、灾民悲苦失助的作品。如：

五月苦旱今未休，青空烈火燔新秋。雨师不仁龙失职，百鬼庙食茫无谋。我欲笺天诉时事，只恐天公亦昏睡。苍生性命吁可哀，风云何日从天来。

皇天不雨一百日，千丈空潭断余湿。连山出火槁叶黄，大野扬尘烈风赤。田家父子相对泣，枯禾一茎血一滴。中夜起坐增百忧，云汉苍苍星历历。

---

① （明）宋濂等：《元史》卷一百五《刑法志四》，中华书局2000年版，第1772页。

吴乡白波田作湖，越乡赤日溪潭枯。袅绸不换一斗米，细民食贫衾已无。连艘积廪射厚利，乌乎此曹天不诛。闻道闽中米价贱，南望梗塞悲长途。（《苦旱行三首》）

青空晶晶月色白，竟夕飘风篦城陌。禾垄扬尘未足惊，千顷沧江亦龟坼。前年一旱困未苏，四年三年见所无。荒村十空减八九，斯人化作沟中枯。田庐尽入兼并室，妻子存者今为奴。空名赈饥不得实，并缘官粟私门储。民田无限纷自恣，贫弱只赖天公扶。吁嗟旱祸独尔及，天道冥漠知何如。（《后苦旱行》）

县南县北几百里，沿道苍松半枯死。蟊虫无数枝上悬，食尽青青成茧子。雪霜不朽千年质，摧败一朝天所使。残髯磔磔怒犹张，流膏滴滴泣未止。顿令林壑少光色，政似鳣鲸困蝼蚁。土人云此实旱兆，昔岁逢之旱无比。炎风烈日势转虐，更说飞蝗西北起。救灾无策空自嗟，谁能为挽天河洗。（《七月十八日出郊外抵昭潭沿道观虫食松叶尽枯感而赋》）

《苦旱行三首》记述吴越地方旱灾深重，百姓忧急如焚。"苍生性命吁可哀，风云何日从天来。""田家父子相对泣，枯禾一茎血一滴。""袅绸不换一斗米，细民食贫衾已无。"对此灾情，官府没有有效的救助之策，完全没有实行对粮食资源的合理调配，"闻道闽中米价贱，南望梗塞悲长途"。坐视吴越灾民在旱灾缺粮的境况下自生自灭。《后苦旱行》描述连年旱灾对吴越百姓的戕害。"前年一旱困未苏，四年三年见所无。荒村十空减八九，斯人化作沟中枯。田庐尽入兼并室，妻子存者今为奴。"对灾民来说，更严重的伤害来自人祸。当地无良官吏假公济私，借赈济之名中饱私囊。"空名赈饥不得实，并缘官粟私门储。"官仓赈米流入了私人手中，囤积居奇，趁灾打劫。如此一来，灾民只能听天由命，官府的荒政对于他们来说是徒具虚名罢了。《七月十八日出郊外抵昭潭沿道观虫食松叶尽枯感而赋》对官府治灾效能低下表达了失望。诗人看见道旁苍松显现的旱灾先兆，不免忧心忡忡。经过这么多年的眼观耳闻，诗人对官府的治灾能力已不抱期待："救灾无策空自嗟，谁能为挽天河洗。"

王冕（1287？—1359），字元章，诸暨（今浙江诸暨）人。屡试不第，绝意仕进。至顺、至正间游历各地，慷慨吟啸，诗酒自适。后携家隐居会稽。

王冕的怨政诗在内容上主要涉及农家困苦、官吏贪酷、赋税苛繁、劳役沉重、贫富悬殊等问题。对蒙元政权的一些政策也有独到的观察和披露，很有时代特征。如：

悲风吹沙堕空屋,老乌号鸣屋上木。谁家男子从远征,父母妻孥相送哭。哭声呜咽已别离,道旁复对行人悲。去者一心事,悲者百感随。前年鬻大女,去年卖小儿。皆因官税迫,非以饥所为。布衣磨尽草衣折,一冬幸喜无霜雪。今年老小不成群,赋税未知何所出。昨夜忽惊雷破山,北来暴雨如飞湍。此时江南正六月,酸风入骨生苦寒。东村西村无火色,痴云著地如墨黑。瞆翁瞽妪相唤忙,屋漏床床眠不得。开门不敢大声语,门外磨牙多猛虎。自来住此十世余,古老未尝罹此苦。我感此情重叹吁,不觉泪下沾裳裾。安得壮士挽天河,一洗烦郁清九区,坐令尔辈皆安居。(《悲苦行》)

草衣老子双鬓皤,拍手夜唱沧浪歌。浮生不信巢穴好,卖屋买船船作家。明月满天天在水,别调新歌水中起。萧散可同甫里翁,逃名不比鸱夷子。大儿船头学读书,小儿船尾学钓鱼。病妻未脱乡井梦,梦中犹虑输官租。前年扬帆箕子国,矫首扶桑看日浴。蓬莱可望不可到,海浪翻空倒银屋。去年鼓枻游潇湘,湘南云尽山苍苍。灵均死处今尚在,使我吊问空凄怆。今年来往太湖曲,三万顷波供濯足。玉箫吹散鱼龙腥,七十二峰青入目。脱巾袒裸呼巨觥,旁人睥睨笑我狂。我狂忘势亦忘利,坐视宇宙卑诸郎。君不见江西年少习商贾,能道国朝蒙古语。黄金散尽博大官,骑马归来傲乡故,今日消磨等尘雾。又不见江南富翁多田园,堆积米谷如丘山,粉白黛绿列间屋。竞习奢侈俱凋残,今日子女悲饥寒。呜呼,噫嘻,何如尚志富,曷足求贵曷足恃。秦时李斯丞相位,汉家韩信封侯贵。堂堂勋业亘乾坤,赤族须臾无噍类。何如老子船上闲,朝看白水暮青山。艰险机忘随处乐,顾盼老小皆团圆。且愿残年饱吃饭,眼底是非都不管。兴来移棹过前汀,满船白雪芦花暖。(《船上行》)

忆昔常过居庸关,关中流水声潺潺。雪花飞寒大如席,白色粲烂西南山。山家野店隐烟雾,水榭云楼有幽趣。汉家封侯已消磨,秦时长城作行路。天险不设南北通,风俗一混归鸿蒙。今人不解古时事,使我感慨心忡忡。滦水城头无首蓿,马驴尽食江南粟。八月九月朔风高,更有饥鹰啄人肉。太平时节无烽尘,金舆玉辇从时巡。关南关北草色新,四海贡赋来相亲。大车连属小车侣,雪地冰天无险阻。玉帛谷粟取不穷,诛求那信人民苦。书生潦倒家无储,凄凉忽见盘车图。侧身怅望长嗟吁,天子亦念东南隅。(《盘车图》)

我行冀州路,默想古帝都。水土或匪昔,禹贡书亦殊。城郭类村坞,雨雪苦载涂。丛薄聚冻禽,狐狸啸枯株。寒云著我巾,寒风裂我襦。盱衡一吐气,冻凌满髭须。程程望烟火,道傍少人居。小米无得买,浊醪无得酤。土房桑树根，仿佛似酒垆。徘徊问野老，可否借我厨。野老欣笑迎，近前挽我裾。热水温我手，火炕暖我躯。丁宁勿洗面，洗面破皮肤。我知老意仁，缓缓驱仆夫。窃问老何族，云是奕世儒。自从大朝来，所习亮匪初。民人籍征戍，悉为弓矢徒。纵有好儿孙，无异犬与猪。至今成老翁，不识一字书。典故无所考，礼义何所拘。论及祖父时，痛入骨髓余。我闻忽太息，执手空踌躇。踌躇向苍天，何时可能苏。饮泣不忍言，拂袖西南隅。(《冀州道中》)

江南民，诚可怜，疫疠更兼烽火然。军旅屯驻数百万，米粟斗直三十千。去年奔走不种田，今年远丁差戍边。老羸饥饿转沟壑，贫富徭役穷熬煎。豺狼左右虎后先，况尔不肯行楮钱。楮钱不行生祸怨，官司立法各用权。生民自此多迍邅。君不见海东风起浪拍天，海中十载无渔船。又不见淮南格斗血满川，淮北万里无人烟。通都大邑尽变迁，新鬼旧鬼皆衔冤。今上圣明宰相贤，政如日月开尧天。大布德泽清八埏，百辟忠义何以言。捐生弃死非徒然，我在畎亩心拳拳。无能与尔扶颠连，老眼迸泪如飞泉。(《江南民》)

直北黄河走，江南白浪浮。人民正饥渴，官府急诛求。处处催兵器，城城建火楼。老吾头已白，忍死为君忧。(《遣兴》)

雨淋日炙四海穷，经纶可是真英雄。岐丰禾黍泣寒露，咸阳草木来悲风。京邦大官饫酒肉，村落饥民无粒粟。东鲁儒生徒步归，南州野老吞声哭。纷纷红紫已乱朱，古时妾妇今丈夫。有耳何曾听韶武，有舌不许论诗书。昨夜虚雷槌布鼓，中天月破无人补。休说城南有韦杜，白璧黄金天尺五。(《痛哭行》)

清晨渡东关，薄暮曹娥宿。草床未成眠，忽起西邻哭。敲门问野老，谓是盐亭族。大儿去采薪，投身归虎腹。小儿出起土，冲恶入鬼录。课额日以增，官吏日以酷。不为公所干，惟务私所欲。田园供给足，醝数屡不足。前夜总催骂，昨日场胥辱。今朝分运来，鞭笞更残毒。灶下无尺草，瓮中无粒粟。旦夕不可度，久世亦何福。夜永声语冷，幽咽向古木。天明风启门，僵尸挂荒屋。(《伤亭户》)

去年江北多飞蝗，今年江南多猛虎。白日咆哮咋行人，人家不敢开门户。长林空谷风飕飕，四郊食尽耕田牛。残膏剩骨委丘壑，髑髅啸雨无人收。老乌衔肠上古树，仰天乌乌为谁诉。逋逃茫茫不见归，归来又苦无家住。老翁老妇相对哭，布被多年不成幅。天明起火无粒粟，那更打门苛政酷。折胫断肘无全民，我欲具陈难具陈。纵使移家向廛市，破猰㺢喧成群。(《猛虎行》)

陌上桑，无人采，入夏绿阴深似海。行人来往得清凉，借问蚕姑无个在。蚕姑不在在何处，闻说官司要官布。大家小家都捉去，岂许蚕姑独能住。日间绩麻夜织机，养蚕种田俱失时。田夫奔走受鞭笞，饥苦无以供支持。蚕姑且将官布办，桑老田荒空自叹。明朝相对泪滂沱，米粮丝税将奈何。(《陌上桑》)

《悲苦行》揭示百姓痛苦的根源是官家的苛重赋税。"前年鬻大女，去年卖小儿。皆因官税迫，非以饥所为。""今年老小不成群，赋税未知何所出。"赋税压榨到了如此地步，百姓的日子也就只能是一片昏暗了。"此时江南正六月，酸风入骨生苦寒。东村西村无火色，痴云著地如墨黑。"社会昏暗，诗人的悲情不可抑制："我感此情重叹吁，不觉泪下沾裳裾。"诗人为素不相识的普通百姓申诉怨苦，悯民济世、为民请命的创作动机十分真朴自然。《船上行》倾吐的不平之感更为强烈。诗篇首先描写了船家贫困艰难的生活现状："卖屋买船船作家。明月满天天在水，别调新歌水中起。萧散可同甫里翁，逃名不比鸱夷子。大儿船头学读书，小儿船尾学钓鱼。病妻未脱乡井梦，梦中犹虑输官租。"而与勤苦民众这种吃苦受累、担惊受怕的生活截然相反的是，那些偷奸取巧的猾黠之徒招摇过市，聚敛财富，奢侈挥霍："君不见江西年少习商贾，能道国朝蒙古语。黄金散尽博大官，骑马归来傲乡故，今日消磨等尘雾。又不见江南富翁多田园，堆积米谷如丘山，粉白黛绿列间屋。"所谓"能道国朝蒙古语"，就能获得经商牟利的极大优势，很有样本意义和认识价值。《盘车图》咏叹古迹画面，感讽当代政治，揭示了社会财富不合理流向的轨迹。"滦水城头无苜蓿，马驴尽食江南粟。八月九月朔风高，更有饥鹰啄人肉。太平时节无烽尘，金舆玉辇从时巡。关南关北草色新，四海贡赋来相亲。大车连属小车侣，雪地冰天无险阻。"诗人对朝廷过度榨取东南地区百姓创造的财富深有异议，怀着憎恶之情刻画大车小车络绎不绝输送贡品的场面，并揭示了这种社会现象产生的缘由："玉帛谷粟取不穷，诛求那信人民苦。"诗篇斥责朝廷和官府无情掠取百姓财富，也揭示了当政者为满足贪欲，把创造财富的百姓踩在脚下的执政实质。《冀州道中》剖析元王朝滥派赋役的现象，还揭示了这种弊政鲜为人知的另一种社会恶果。"自从大朝来，所习亮匪初。民人籍征戍，悉为弓矢徒。纵有好儿孙，无异犬与猪。至今成老翁，不识一字书。典故无所考，礼义何所拘。论及祖父时，痛入骨髓余。"诗人对老翁痛惜自己丧失文化之根的感受深为感慨，也借此表达了对朝廷赋役苛政和文化弊策的怨责。《江南民》突出诉说江南百姓的赋役之苦。"军旅屯驻数百万，米粟斗直三十千。去年奔走不种田，今年远丁差戍边。""君不见海东风起浪拍天，海中十载无渔船。又不见淮南格斗血满川，淮北万里无人烟。"这里虽然有鲜明的地域性，但诗人诉说的这种苦难显然又不仅止于江南百姓才不幸承受。"老羸饥饿转沟壑，贫富摇役穷熬煎。"这样的情形在元代中后期具有一定的代表性。《遣兴》揭示了百姓正在经受的现实苦难的祸根："人民正饥渴，官府急诛求。"谴责的矛头直指贪酷的官府。《痛哭行》感叹贫富悬殊的极端现状。"京邦大官饫酒肉，村落饥民无粒粟。"显然，这个社会已陷入了病态的危机状态。《伤亭户》专门为悲苦的盐民而作。诗人对盐民这个群体的生存状况深感痛心，他看到了官吏、场胥等各层管事者对盐民敲骨吸髓的榨取、勒索，唤牛使马的驱迫、打骂。"课额日以增，官吏日以酷。不为公所干，惟务私所欲。田园供给足，嗟数屡不足。前夜总催骂，昨日场胥辱。今朝分运来，鞭笞更残毒。"盐民在此非人处境下无以为生，走向了绝路："天明风启门，僵尸挂荒屋。"这样惨痛的一幕，是对苛酷盐政的怨诉。《猛虎行》指斥苛政猛于虎。"去年江北多飞蝗，今年江南多猛虎。"但人间的苛政比山间猛虎更凶恶："天明起火无粒粟，那更打门苛政酷。折胫断肘无全民，我欲具陈难具陈。"谴责了残民以逞的贪酷官吏。《陌上桑》记述官府赋役租税苛酷。"日间绩麻夜织机，养蚕种田俱失时。田夫奔走受鞭笞，饥苦无以供支持。蚕姑且将官布办，桑老田荒空自叹。明朝相对泪滂沱，米粮丝税将奈何。"诗篇陈述的事实是严酷的，"蚕姑"被捉去办"官布"，"田夫"不能分担"官布"的事，自家需要交给官府的"米粮丝税"一点没有减轻，沉重的负担让农家不禁悲从中来。王冕的怨政诗，描写元代中后期社会基层人群的艰难生存状况，展示出元王朝常态统治下的严峻社会画卷。

　　成廷珪，生卒、事迹见前。

　　成廷珪的怨政诗基本上是咏叹战争的作品，描写战祸殃民、官军急惰、"匪"患严重、兵"匪"并患等。诗人描述的兵"匪"纵横、民命如草芥的乱世图景，并不局限于一时一地，而是已经蔓延于中原至沿海的广大地域。如：

　　　　戚戚复戚戚，白头残兵向人泣。短衣破绽露两肘，自说行年今七十。军装费尽无一钱，旧岁官粮犹未得。朝堂羽书昨日下，帅府然灯点军籍。大男荷锸北开河，中男买刀南讨贼。官中法令有程期，笳鼓发行星火急。阿婆送子妇送夫，行者观之犹叹息。老身今夕当守城，犹自知更月中立。（《戚戚行》）

　　　　丁十五，一百健儿如猛虎。几年横行青海头，牛皮裁衫桑作弩。射阳湖上水贼来，白昼杀人何可数。将军宵遁旌旗空，倭甲蛮刀贼为主。

西村月黑妻哭夫，东坞山深母寻女。屋庐烧尽将奈何，往往移家入城府。不是丁家诸健儿，仗剑谁能剪狐鼠。楼头酾酒齐唱歌，争剖贼心归桴鼓。官中无文立赏功，还向山东贩盐去。(《丁十五歌》)

阿侬手挽竹枝弓，射鸭绿杨湖水东。三三五五似学武，一箭误中双飞鸿。前船唱歌后船哭，月黑湖中夜潜伏。东海健儿不敢过，人命几如几上肉。老翁入县前致辞，夜夜全家犹野宿。丁宁门户且勿开，明朝又怕官军来。(《射鸭谣》)

中原九月黄河水，平陆鱼龙吹浪起。飞霜肃肃鸿雁来，禾黍漂流桑枣死。大风怒号扬飞尘，白昼剽掠如无人。官军不诛海东贼，县吏乃杀西村民。夜闻羽书起丁力，老稚嗷嗷向谁泣。我当六十将奈何，扶杖淮南望淮北。(《闻中原河决盗起有感》)

彭城八月风尘起，数郡义兵多战死。良家子女复何辜，尽作黄河水中鬼。髑髅填海几时归，千古沈冤无处洗。王师一日天上来，舻船夜斫浮桥开。守桥将军不敢敌，狂澜倒泻声如雷。三山回望平如掌，野旷犹闻金鼓响。军中少年当封侯，争入辕门请功赏。江边老翁死即休，血泪沾襟空白头。(《悲徐州》)

边风六月作秋声，世事惊心百感生。台阁故人犹嗜酒，闾阎小子亦谈兵。红巾似草何时尽，白骨如山几日平。甚欲移家渡江水，老来幽独最关情。(《六月十三日闻边警甚急有感而作》)

白沙消息苦难真，军事危如火上薪。老去未能生报国，愁来只与死为邻。豺狼夜啸逃亡屋，虦虎秋惊战伐尘。怅望天长一条路，王师何处渡淮津。(《八月十五日闻真州官民溃窜道路踩躏而死者不可胜言黄军因之剽掠则天长六合莽为丘墟矣》)

干戈满地起风尘，民物凋零府藏贫。黄犊乌犍烹作食，雕梁画栋拆为薪。江淮经理须贤俊，草泽诛求到隐沦。谩道宽心应是酒，老夫三日不沾唇。(《六月二日书所见》)

城郭空虚鸟乱鸣，彩旗拂柳夕阳明。山林乐土非畴昔，兵火残民思太平。海燕归来无旧主，野花满地有余情。一尊酹月悲歌后，搔首灯前百感生。(《灯下有感》)

《戚戚行》悲诉战争带给百姓的痛苦。"大男荷锸北开河，中男买刀南讨贼。官中法令有程期，笳鼓发行星火急。阿婆送子妇送夫，行者观之犹叹息。老身今夕当守城，犹自知更月中立。"一个儿子被抓去开挖城壕，一个儿子被征召开赴"讨贼"的战场，老翁自己也被抓去守城。眼下虽然还未身死人亡，但未来家破人亡的阴影已笼罩在老翁的心头。《丁十五歌》怨责"盗贼"掠民滥杀、官军"剿匪"不力。能够驱赶"盗贼"保护民众的，反倒是"丁十五"之类的民间武装，但他们没有得到官府的奖励支持，"不是丁家诸健儿，仗剑谁能剪狐鼠"。"官中无文立赏功，还向山东贩盐去。""丁十五"们的有效作战，反衬出官军的无能、官员的失职。《射鸭谣》怨责官军扰民，兵患如匪。"老翁入县前致辞，夜夜全家犹野宿。丁宁门户且勿开，明朝又怕官军来。"官军前来"剿匪"，却让百姓避之唯恐不及，对官军的恐惧甚至超过了对"盗贼"的惧怕。《闻中原河决盗起有感》愤慨官军不剿"贼"、恶吏专扰民。"大风怒号扬飞尘，白昼剽掠如无人。"眼见着"盗贼"劫掠民众、横行肆虐，理应剿"贼"安民的官军和官吏却与民为敌，"官军不诛海东贼，县吏乃杀西村民"。官军、官吏这样的作为对于百姓来说更是加重了灾难，前景充满了绝望的阴霾。《悲徐州》怨责将帅无能，士卒冤死。"彭城八月风尘起，数郡义兵多战死。良家子女复何辜，尽作黄河水中鬼。""王师一日天上来，舫船夜斫浮桥开。守桥将军不敢敌，狂澜倒泻声如雷。"统兵者不仅无能平乱，更断送了无数"良家子女"的性命。《六月十三日闻边警甚急有感而作》忧心"贼"势强大，官军无能。"红巾似草何时尽，白骨如山几日平。"红巾军纵横天下，世间死亡惨状惊心，"何时尽""几日平"的疑问流露出对官军无力平定天下的绝望。《八月十五日闻真州官民溃窜道路踩躏而死者不可胜言黄军因之剽掠则天长六合莽为丘墟矣》伤叹官军战事不顺。"豺狼夜啸逃亡屋，貔虎秋惊战伐尘。怅望天长一条路，王师何处渡淮津。"诗题所披露的战祸殃民的惨状，甚至比诗中直接描写到的情况还要严重。《六月二日书所见》描写遍地干戈之后，百姓无处免祸。"干戈满地起风尘，民物凋零府藏贫。黄犊乌犍烹作食，雕梁画栋拆为薪。"这个画面十分沉重，朝政失败后天下大乱，吞没了各个阶层的人们，物质财富的毁灭仅仅是这末世惨剧的一部分。《灯下有感》慨叹战祸已经改变一切。"山林乐土非畴昔，兵火残民思太平。"诗人感慨最深的，是远离闹市的山林静地也被兵火侵扰了，天下百姓要想回到过去的太平生活已是奢望。作者这种对社会秩序将要被根本颠覆的忧虑，流露了对朝廷无力回天的内心深层的政治恐惧。这些诗篇，很多都涉及元末官军与民间反叛武装之间的战事。诗人对官军平定"盗贼"之乱的态度，自是其士大夫正统价值观的表现，但其对政治稳定的治世的向往、对败政殃民的乱世的诅咒，值得肯定。

  刘鹗（1290—1364），字楚奇，永丰（今江西永丰）人。至正间历秘书郎、广东廉访副使、江西行省参政等。

  刘鹗的怨政诗对元末战乱摧折下的社会有多方面的深度描写，涉及军旅战阵的兵政之事居多。有叙及官军征伐"盗贼"不力,"盗贼"纵横肆虐的;有叙及官军虚报战绩,冒功骗赏的;有叙及官府征调徭役,催逼筑城的;有叙及士卒饥寒难耐,军中苦乐不均,失败溃散的。如:

  我辞五羊来,老气凌云浮。意谓此孽丑,端可一战收。秋初抵韶阳,事有大不佯。主将恣贪暴,田里多怨愁。军马晨星稀,盗贼春云稠。倏围响石寨,穷迫已可忧。又闻湖南陈,围困连桂州。谭侯弃南雄,笃意归旧丘。牒报关外寇,复有开韶谋。民情堪恟恟,俨如浪中舟。乞师与请粮,使者交庭陬。塞余持空拳,无可应其求。虽云百冗集,乌足回其头。精神强奋迅,随意相应酬。或诱以好爵,或赉以银瓯。或时纠丁壮,相与执戈矛。南北各有事,惟幄聊运筹。胸次日扰扰,回首已仲秋。连桂忽报捷,杀贼如星流。州城虽无恙,民物日已偷。皇天实相我,幸不贻时羞。所嗟响石寨,竟为贼俘囚。援兵既不利,与贼空为仇。桓桓蒙将军,忠义谁与俦。讨贼为己任,誓灭贼乃休。雍容风鸣树,便捷鹰脱鞲。临事每深虑,为虑靡不周。聚粮辄充栋,犒士时椎牛。意气益倾倒,士乐从之游。于时赖有此,长笑看吴钩。(《秋日即事》)

  苍生果何辜,十载堕涂炭。天心不可知,令我重悲惋。自从丧乱来,盗贼苦构患。有田不能耕,有园不能灌。牛羊被虏掠,妻子各分散。穷冬尚无衣,日午犹未饭。官府不我恤,沈浮等鸥雁。胁从姑偷生,纵死冀少缓。昨夜官军来,又复诛反叛。粗豪甚豺虎,猛毒如猱犴。一概尽杀掠,去贼才一间。玉石俱不分,生民重糜烂。纵贼官府嗔,为民贼杂乱。左右将安归,泛若无畔岸。新春雨潇潇,何忍听悲叹。愿言忍须臾,维持夜将旦。(《官军破苏村恶其与贼通贼兵破白沙恶民之不相随》)

  近城民寨十破九,元戎束手末如何。宜章军马虽无敌,只恐来时风雨多。

  弯头又益湖南贼,近郭时时虏掠人。足食足兵无早计,明年此际恐无人。

  得财纵贼寻常事,为报私仇或灭门。我亦临风长太息,一家富贵百家冤。

  蒙君号令明如日,兵罕相违便斫头。孺子纷纷无足数,滥叨功赏取封侯。

  直将民社同儿戏,不蓄干戈不蓄兵。军马不来无别策,只催百姓急修城。

  群贼知无兵可恃,迩来充斥遍西郊。官陂忽听兵云合,赖有元戎为解嘲。

东村丧牛不满百,西村丧牛百有余。牛尽田荒民困苦,争趋刀剑去犁锄。

生民困苦亦已极,官府征呼又逼人。上下但知求富利,不知总为贼驱民。

生民憔悴可痛哭,无处告诉只颠狂。更看消息还何似,亦复东风到五羊。

贼兵如入无人境,村落多为失主民。束手待看台领破,班超介子果何人。

可怜日蹙国百里,昨日又破陂头村。哑子食荼徒自苦,少陵欲哭又还吞。(《野史口号碑》)

《秋日即事》对最近知闻一些的"剿贼"战事作了忧喜参半的描述。作者交代了这些战事进展带给自己的心理落差,原以为可以毕其功于一役的理所当然取胜的战事,却被贪婪无能的将军引向了扰民恣贼的溃败局面。"主将恣贪暴,田里多怨愁。军马晨星稀,盗贼春云稠。倏围响石寨,穷迫已可忧。又闻湖南陈,围困连桂州。谭侯弃南雄,笃意归旧丘。""所嗟响石寨,竟为贼俘囚。援兵既不利,与贼空为仇。"接二连三的败局,不仅凸显了将帅指挥的失败,也凸显了官军不能安民反而扰民的事实。虽然也有"剿贼"得胜的战例,但对百姓的侵害也十分严重,"连桂忽报捷,杀贼如星流。州城虽无恙,民物日已偷"。诗篇既称赞官军"剿贼",也怨责官军掠民,态度鲜明。《官军破苏村恶其与贼通贼兵破白沙恶民之不相随》描写"盗贼"、官府、百姓之间纠结互动的情况。"自从丧乱来,盗贼苦构患。有田不能耕,有园不能灌。牛羊被房掠,妻子各分散。""官府不我恤,沈浮等鸥雁。胁从姑偷生,纵死冀少缓。昨夜官军来,又复诛反叛。""玉石俱不分,生民重糜烂。纵贼官府嗔,为民贼杂乱。"百姓已受"盗贼"多年祸害,官府不悯恤百姓生死,百姓被裹挟投身为"盗",官军"剿贼"不分青红皂白胡乱杀人。百姓是做"盗",还是做民,进退两难。诗篇描述官军、"盗贼"、百姓卷入战事的情况,复杂真实,很有深度。《野史口号碑》组诗描述了官军"剿贼"的各种情形。"盗贼"对平民的抢掠欺凌是诗人愤慨的一个重要方面:"弯头又益湖南贼,近郭时时房掠人。""群贼知无兵可恃,迩来充斥遍西郊。""贼兵如入无人境,村落多为失主民。"组诗更多地写到了官军"剿贼"不力,指挥失当:"近城民寨十破九,元戎束手末如何。"写到了官军贪婪掠财,冒功骗赏:"得财纵贼寻常事,为报私仇或灭门。""孺子纷纷无足数,滥叨功赏取封侯。"写到了官府滥征徭役，民众不堪承受："军马不来无别策，只催百姓急修城。""生民困苦亦已极，官府征呼又逼人。"写到了噩耗不断，城乡纷纷陷入"贼"手："可怜日蹙国百里，昨日又破陂头村。"刘鹗的这些怨政诗，表达效忠蒙元朝廷政权、不满官军"剿贼"不力、愤慨"盗贼"造反作乱、同情百姓苦难遭遇、忧惧政权秩序崩溃，所持政治观点十分鲜明。刘鹗后来被红巾军俘获，曾留下绝笔诗："生为元朝臣，死作元朝鬼。忠节既无惭，清风自千古。"可知刘鹗怨政诗表达的政治观点与他一贯的政治立场是一致的。上述诗篇的这些感喟，正是诗人作为士大夫文人所持正统价值观的真实呈现。

周霆震（1292—1379），字亨远，安福（今江西安福）人。屡试不第，设馆授徒。

周霆震的怨政诗对元末战乱遍天下的末世景象有多角度的描述，记录了官军虚冒军功、官府滥征徭役、租税负担沉重、官吏残民掠财等各类政治乱象，为后世留下了一个普通文人眼中的元末社会乱危图景。

北风翻天送高梢，西江浪起如海潮。千艘平城箭飞雨，城溃曾不烦兵交。冯夷启扉众争赴，万栋烟氛毕方怒。司徒命尽抚州营，国公匹马杉关去。遡流西上旌旗红，列城楼橹转盼空。干戈七载遍宇内，朝野狼顾无英雄。悲哉上下交征利，四维不张巧蒙蔽。忧来却意贾长沙，痛哭当年继流涕。豫章逝水通钱塘，汉川北渡趋洛阳。洗日咸池佳气在，闻鸡矫首向扶桑。（《海潮吟》）

去年征西丧师旅，暮夜怀金首如鼠。吏奸嗜贿务欺瞒，佥谓罪疑兵气沮。一官失律忍致刑，万夫性命何其轻。群邪逞志忠义屈，无怪寇至无坚城。今兹又复迁南来，渔猎编氓偿宿负。纷纷行伍被余风，迎望贼旗尽回顾。窃闻上方龙剑昨哀鸣，为我提此斩血官街淋，并取贪吏刳其心。（《征西谣》）

出城十里西南去，行役经过倦休处。嵬鬼古干络苍藤，相传此是埋冤树。树名那得呼埋冤，阅人累岁官道边。朝吁械系逮词讼，夕散鞭朴逋税钱。富豪招权逞滥入，孱弱破家哀子立。几人饮恨泪彻泉，树不能言天为泣。埋冤得名良可悲，郡中守令知不知。（《埋冤树》）

万田草生农务忙，饭牛夜半饥且僵。侵晨荷耒散阡陌，和买犒军官取将。高堂大嚼饮继烛，持遗妻子丰括囊。苍头庐儿饱欲死，义丁谁敢染指尝。锄耰漫劳犊方稚，十步九顿空彷徨。将军大笑不负腹，东皋南亩从渠荒。（《农谣》）

痛哭群庸误主恩，遗民无路叩天阍。荒凉甲第有焦土，仓卒深闺无

固门。青血传餐供士卒，黄金为土赎儿孙。囊胶谁造昆仑顶，念此长河骇浪浑。(《民哀》)

《海潮吟》对连年干戈、国运颓败甚为悲观。"干戈七载遍宇内，朝野狼顾无英雄。"尤其让诗人灰心失望的是各级官吏在此危亡时刻的表现："悲哉上下交征利，四维不张巧蒙蔽。"官吏们对私利孜孜以求，将礼义廉耻置之脑后，只顾欺瞒蒙骗朝廷。《征西谣》描述败军之将为遮掩指挥失败，贿赂贪吏，欺瞒过关。"去年征西丧师旅，暮夜怀金首如鼠。吏奸嗜贿务欺瞒，佥谓罪疑兵气沮。"诗篇披露了这个军中黑幕，为冤死的士卒深为不平："一官失律忍致刑，万夫性命何其轻。群邪逞志忠义屈，无怪寇至无坚城。"诗人的愤慨十分强烈，以至于发出了"并取贪吏刲其心"的诅咒。《埋冤树》描写了一个寓言式的故事。城外官道边有树名埋冤树，目睹了途经此地的大小冤屈之事："朝吁械系逮词讼，夕敝鞭朴逋税钱。富豪招权逞滥入，孱弱破家哀孑立。"富豪仗恃钱财买通官吏逃税免税，贫穷者被苛酷重税逼得家破人散。诗人责问："埋冤得名良可悲，郡中守令知不知。"谴责地方长官贪赃舞弊、劫贫济富的施政恶行。《农谣》写官军以军需之名催逼百姓捐钱捐物，肆意挥霍。"和买犒军官取将。高堂大嚼饮继烛。""苍头庐儿饱欲死""将军大笑不负腹"，留给农家沉重的债务和愁苦。《民哀》抒发国破政息的悲哀。"痛哭群庸误主恩，遗民无路叩天阍。"国运颓败之时，群臣无能救国。"青血传餐供士卒，黄金为土赎儿孙。"乱世兵灾之中，民众竭尽所能挣扎求生。如此种种，都是朝政失败的国家破亡乱象。

三 朱德润 杨维桢 谢应芳 贡师泰 傅若金

朱德润（1294—1365），字泽民，睢阳（今河南商丘）人。延祐间荐举为应奉翰林文字，任国史院编修官。至治间任镇东行中书省儒学提举。至正间任江浙行中书省照磨等。

朱德润的怨政诗在元代怨政诗中独树一帜，在历代怨政诗中也有其独特的价值。他的系列作品对社会阶层的对立、财富分配的荒谬、官员政绩的虚假、赋税政策的苛酷等社会现实政治问题都有尖锐的批判。如：

外宅妇，十人见者九人慕。绿鬓轻盈珠翠妆，金钏红裳肌体素。贫人偷眼不敢看，问是谁家好宅眷。聘来不识拜姑嫜，逐日绮筵歌宛转。人云本是小家儿，前年嫁作僧人妻。僧人田多差役少，十年积畜多财资。寺傍买地作外宅，别有旁门通巷陌。朱楼四面管弦声，黄金剩买娇姝色。

邻人借问小家主,缘何嫁女为僧妇。小家主云听我语,老子平生有三女。一女嫁与张家郎,自从嫁去减容光。产业既微差役重,官差日夕守空床。一女嫁与县小吏,小吏得钱供日费。上司前日有公差,事力单微无所恃。小女嫁僧今两秋,金珠翠玉堆满头。又有肥膻充口腹,我家破屋改作楼。外宅妇,莫嗔妒,廉官儿女冬衣布。(《外宅妇》)

  德政碑,路傍立石高巍巍。传是郡中贤太守,三年秩满人颂之。刻石道傍纪德政,傍人见者或歔欷。借问歔欷者谁子,云是西家镌石儿。去年官差镌此石,官司督工限十日。上户敛钱支半工,每年准备遭驱责。城中书生无学俸,但得钱多作好颂。岂知太守贤不贤,但喜豪民来馈送。德政碑,磨不去,劝君改作桥梁柱。乞与行人济不通,免使后来观者疑其故。(《德政碑》)

  无禄员,仓场库务税课官。尊卑品级有常调,三年月日无俸钱。既无禄米充口食,家有妻儿徒四壁。冬来未免受饥寒,聊取于民资小力。宁将贪污受赃私,不忍守廉家菜色。贪心一萌何所止,转作机关生巧抵。臣闻古者设官职,俸禄养身衣食备。父母妻儿感厚恩,清白传家劝子孙。良吏每书廉吏传,邑民常奉长官尊。国家厚德际天地,禄养官曹有常例。更祈恤养无禄人,免教饕餮取于民。(《无禄员》)

  官买田,买田忆从延祐年。官出缗钱输里正,要买膏腴最上阡。不问凶荒岁水旱,岁纳亩粮须石半。农家无收里正偿,卖子卖妻俱足算。每岁征粮差好官,米价官收仍助钱。不是军储与官俸,长宁寺内供斋筵。寺僧食饱毳帽红,不知农耕水旱与荒凶。里正陪粮家破荡,剥肤槌髓愁难穷。普天之下皆王土,赋税输官作编户。春秋祭祀宗庙中,长宁僧饭真何补。官买田,台不谏,省不言。不知尧汤水旱日,曾课民粮几千石。(《官买田》)

  水深围,田畴荡荡如湖陂。围低水深岸不立,虽有木石将何施。里正申官官不允,征粮每岁归仓廪。稻粮无种长菰蒲,民产陪偿官始准。今春水涝忽无津,四分灾作五分申。问渠何故作此弊,府州伏熟成三分。吏胥入乡日旁午,二分征作陪官赋。倘逢人诉熟为荒,破尽家赀犹不补。因此年年怕官恼,水淹水深俱不报。东南民力日渐穷,不愿为农愿为盗。人生盗贼岂愿为,天生衣食官迫之。水淹偿米或时稔,陪粮无奈水深围。(《水深围》)

  九月五日夜,抱衾方熟眠。半夜闻传呼,巡官敲玉鞭。连街报遗火,援救喧争先。老兵起惊讶,烟焰上逼天。小桶灌滴水,巨索相钩连。健儿走掠夺,贫富分目前。孰云可扑灭,况非燎于原。钱塘辐辏地,居处层楼巅。版墙不隔尺,万家手可传。一遭回禄灾,乐岁如凶年。明朝出闾巷,行听老翁言。火患尚可延,输官忧酒钱。(《寓武林闻失火》)

《外宅妇》写到了元代社会一个突出的怪现状,富裕僧人养蓄外室。所谓外宅妇,是指男子养在别宅的女子,一般情况是商人、官员之类的富裕阶层奢靡淫乐的产物。但在元代,寺院经商已是司空见惯的事,以至出现了大量的富裕僧人。这些富僧过起了和许多世俗富翁一样的骄奢淫逸的生活。朱德润的这首诗写的就是这种情形。诗中娉娉婷婷的美貌女子,披金戴银,绫罗绸缎,富丽逼人,她的豪奢生活就来自富僧的养蓄。"人云本是小家儿,前年嫁作僧人妻。僧人田多差役少,十年积畜多财资。寺傍买地作外宅,别有旁门通巷陌。朱楼四面管弦声,黄金剩买娇姝色。"这样的咄咄怪事,居然大行其道。僧人能够积累起私有的巨额财富,社会经济运行机制显然存在严重的缺陷。《德政碑》记录了官员花钱买德政美名的奇事。德政碑,顾名思义应是对拥有良好政声的官员之类人物树立的歌功颂德之碑,但地方官员出于沽名钓誉的需要,花钱雇工为自己树立德政碑。树碑的工程耗资、碑文的撰写付费,都由官府授意"上户敛钱"支付。"去年官差镌此石,官司督工限十日。上户敛钱支半工,每年准备遭驱责。城中书生无学俸,但得钱多作好颂。岂知太守贤不贤,但喜豪民来馈送。"这种树立虚假功德碑的事,不仅元代存在,很多朝代都发生过,是吏治败坏的特殊形式。《无禄员》披露元代政府雇员当差政策的严重弊病。所谓"无禄员",是官府不给固定俸禄而差遣的雇员。这些雇员收入不稳定,酬劳很低。为了维持生计,这些"无禄员"就利用职务向百姓勒索钱财,以弥补最低生活开支的严重不足:"既无禄米充口食,家有妻儿徒四壁。冬来未免受饥寒,聊取于民资小力。宁将贪污受赃私,不忍守廉家菜色。贪心一萌何所止,转作机关生巧抵。"巧设名目、擅自收费、中饱私囊,"无禄员"的这些违法行径成为元代官府的一大痼疾。诗篇揭示,这种情况的出现,显然跟朝廷的相关政策有直接关系,而不全是"无禄员"品行恶劣所致。《官买田》披露了仁宗延祐年间官府强买民户良田的事。上级官府拿出低于市价的钱,通过乡间的"里正"强买民间的良田,酿成了很多悲剧。膏腴之地被买走,灾年歉收,贫瘠之地的农户仍要足额纳税,不能完成的则要"里正"补足,"里正"往往被逼到破产境地。"农家无收里正偿,卖子卖妻俱足算。""里正陪粮家破荡,剥肤槌髓愁难穷。"诗人因此疾呼:"普天之下皆王土,赋税输官作编户。"希望朝廷、官府停止这种"官买田"的政策,减少对民间的榨取,让农户能够正常经营生计。《水深围》亦揭示了乡间胥吏替官府强征高额赋税的严重事态。百姓被追逼到家破人亡之后,就出现了官逼民反的激烈抗争:"东南民力日渐穷,不愿为农愿为盗。人生盗贼岂愿为,天生衣食官迫之。"历代怨政诗叙及官逼民反的不少,但像诗人这样愤激指出民众亡命"为盗"情有可原,且为民众反抗朝廷而辩护,并不多见。《寓武林闻失火》描写杭州城火灾,掀开了官府各色人等的真面目。有尽职救援的,"巡官敲玉鞭""援救喧争先"。有拣选贫富顺序救火的:"健儿走掠夺,贫富分目前。孰云可扑灭,况非燎于原。"尽管火灾(即回禄之灾)紧急,延缓扑救后果严重,"一遭回禄灾,乐岁如凶年"。但"健儿"救火居然挑三拣四,还趁机"掠夺"民财。诗人引述"老翁"之言,揭开按贫富排列救火缓急,不管火势有可能连片蔓延的个中原因:"火患尚可延,输官忧酒钱。"原来这些官府的"健儿"对火灾蔓延并不忧心如焚,而是唯恐扑救富家火灾不及,惹恼富豪、惹怒官员,会断了自己的财路。诗篇记述元代城市公共消防运行的真实情况,很有认识价值。朱德润的这些怨政诗,描述他所观察到的元代后期各种社会乱象,揭示这个时期的政治危机已沉浸到社会生活的各个层面。

杨维桢,生卒、事迹见前。

杨维桢的怨政诗写盐场生活的较多。有写场工艰辛生活的,有写盐户痛苦身世的,有写盐商豪奢骄世的,如《盐商行》《苦雨谣》《盐车重》等。这些诗篇显然来自作者曾经担任钱清盐场司令这一职务的所见所闻。杨维桢也有怨政诗记述农家税赋徭役沉重,如《吴农谣》《贫妇谣》等。

  人生不愿万户侯,但愿盐利淮西头。人生不愿万金宅,但愿盐商千料舶。大农课盐析秋毫,凡民不敢争锥刀。盐商本是贱家子,独与王家埒富豪。亭丁焦头烧海榷,盐商洗手筹运握。大席一囊三百斤,漕津牛马千蹄角。司纲改法开新河,盐商添力莫谁何。大艘钲鼓顺流下,检制孰敢悬官铊。吁嗟海王不爱宝,夷吾策之成伯道。如何后世严立法,只与盐商成富媪。鲁中绮,蜀中罗,以盐起家数不多。只今谁补货殖传,绮罗往往甲州县。(《盐商行》)

  去年雨,坍碱土。今年雨,没灶釜。灶釜三月青无烟,官家火程不问雨。胥靡移来坐监主,旬申亏官走插户。(《苦雨谣》)

  盐车重,盐车重,官骥牵不动。官铊私秤秤不平,秤秤束缚添畸令。盐车重,重奈何,畸令带多私转多。大商鬻不尽,私醝夹公引。乌乎江南转运涩如胶,漕吏议法方呶呶。(《盐车重》)

  吴农竭力耕王田,王赋已供常饿眠。邓通董贤何为者,一生长用水衡钱。(《吴农谣》)

> 西家妇，贫失身。东家妇，贫无亲。红颜一代难再得，皦皦南国称佳人。夫君求昏多礼度，三日昏成戍边去。龙蟠有髻不复梳，宝瑟无弦为谁御。朝来采桑南陌周，道旁过客黄金求。黄金可弃不可售，望夫自上西山头。夫君生死未知所，门有官家赋租苦。姑嫜继殁骨肉孤，夜夜青灯泣寒杼。西家妇作倾城姝，黄金步摇绣罗襦。东家妇贫徒自苦，明珠不传青州奴。为君贫操弹修竹，不惜红颜在空谷。君不见人间宠辱多反复，阿娇老贮黄金屋。（《贫妇谣》）

《盐商行》写到了与盐工生活截然对立的盐商的豪奢，诗人展示了一幅盐商富比王侯的惊世骇俗的图画。"盐商本是贱家子，独与王家埒富豪。""吁嗟海王不爱宝，夷吾策之成伯道。"而盐商能够大发横财，是因为朝廷的相关政策造成了盐商独享特权的局面："司纲改法开新河，盐商添力莫谁何。"诗人的观察和思考是深刻的，揭示了两极分化的社会政治根源，有很高的社会批判价值。《苦雨谣》叙及盐户因久雨成灾，盐产未达官府要求引发的痛苦。"去年雨，坍碱土。今年雨，没灶釜。灶釜三月青无烟，官家火程不问雨。"官府不顾久雨无法晒盐的困境，仍然火急火燎催逼出盐，盐户苦不堪言。《盐车重》描写盐政管理中的奸吏舞弊情况。"官铊私秤秤不平，秤秤束缚添畸令。"奸吏在秤砣上做手脚，榨取盐户利益。《吴农谣》感慨农家税赋过重："吴农竭力耕王田，王赋已供常饿眠。"农夫辛劳耕作，打下粮食都交了税赋，到头来落得忍饥挨饿。《贫妇谣》怨责兵役沉重，百姓家破人亡。"夫君生死未知所，门有官家赋租苦。姑嫜继殁骨肉孤，夜夜青灯泣寒杼。"丈夫被征兵役生死未卜，官府又来催征赋税；公公婆婆经受不了打击先后离世，农妇孤苦一人独自咀嚼这一切苦痛。

谢应芳（1296—1392），字子兰，武进（今江苏常州）人。元末被荐为衢州清献书院山长，未就。入明，未入仕。

谢应芳的怨政诗主要描写元末兵灾战祸下的社会惨状，揭示了政治乱局下四方百姓遭遇的种种不堪命运。如：

> 往闻淮西军食人，狗亦有寨屯如军。是时江南幸无事，尚谓传者言非真。安知吾乡今亦尔，地方百里皆荆榛。三村两村犬成群，见人如见东郭魏。跳踉大嗷猛于虎，跛跎高踞声猙猙。路旁青草堆白骨，天外飞鸢衔断筋。征夫早去胆欲落，冤鬼夜哭情难伸。可怜性命葬馋腹，往往多是还乡民。向来丧家狗绝食，遗骸或与狐狸分。乘时为暴至若此，此事千古同悲辛。寝皮食肉不可得，张牙弄爪何由驯。虞廷九官分厥职，

益必掌火山泽焚。犬乎犬乎，胡不革尔心，全尔身。主尔主，邻尔邻。摇尾乞食仍相亲，毋使狗寨之名天不闻。(《狗寨谣》)

甫里水东头，垂萝系客舟。客心清似水，吟鬓白于鸥。词赋知无用，干戈苦未休。篷窗三日雨，农事忆西畴。

五十不富贵，蹉跎又六年。新愁添鹤发，故国暗狼烟。白帽看云坐，青灯听雨眠。痴儿书懒读，翻笑腹便便。

吴地方千里，齐民总荷戈。人生无可奈，天运竟如何。米市黄金贱，沙场白骨多。故山时一望，老眼泪悬河。

近闻哀痛诏，使者出江东。兵革何时息，车书四海同。落梅春雨后，芳草夕阳中。俯仰长流涕，穷途一老翁。(《漫兴》)

朝发吴门东，暮宿锡山下。隔墙语呜咽，云是流移者。生来本村居，白首事耕稼。居城仅期月，区区避兵马。狂奴称老虎，哑人空四野。城降人出关，方幸虎遭咼。里胥俄促人，负郭一网打。监官驱上船，寸步不少假。不知遣何之，骨肉忍相舍。语罢哭声悲，涕与泪交泻。同行千数人，瘦骨皆一把。铁索连系颈，俯首若喑哑。天高恐未闻，尔悲知者寡。(《过无锡书所见》)

忆昔走避兵，弃别乡井去。意将朝暮归，行行重回顾。安知逾一纪，方踏去时路。四郊皆蔓草，白日暝如雾。披榛访闾里，隔水拜丘墓。伤哉脊令原，黄蒿走狐兔。别墅破垣在，邮亭乃新作。邻儿二三辈，衡茅昼扃户。初若不相识，熟视肖厥父。坐久泣且言，为我话亲故。什九死兵戈，余亡不知处。其词吐未终，我泪已如注。对食不能餐，相期归蚁聚。吾将语吾儿，卖书买农具。归耕漏上田，宜若乌返哺。吾其正丘首，此心庶无负。(《归故里》)

《狗寨谣》描述兵灾之中的食人惨剧。"往闻淮西军食人，狗亦有寨屯如军。是时江南幸无事，尚谓传者言非真。安知吾乡今亦尔，地方百里皆荆榛。三村两村犬成群，见人如见东郭魏。跳踉大噉猛于虎，跛跎高踞声狺狺。路旁青草堆白骨，天外飞鸢衔断筋。"诗篇描写的场景包含了两方面的血腥凶残信息："淮西军食人"，乡村群犬食人。淮西军是元末民间反元武装，其凶残食人的事在当时为诗人所耳闻；诗人更目睹了自己家乡战乱引发的惨景，百里荆棘丛生，村村群犬食人。除了应征兵役外出的乡民，留在乡里和返归的村民都葬身犬腹。诗人感慨："向来丧家狗绝食，遗骸或与狐狸分。乘时为暴至若此，此事千古同悲辛。"所谓"乘时为暴"，也正说明这样的惨剧是战乱不断所引发的恶果。《漫兴》怨叹兵连祸结的时代灾难："词赋知无用，干戈苦未休。""新愁添鹤发，故国暗狼烟。""米市黄金贱，沙场白骨多。""兵革何时息，车书四海同。"这些怨叹充满了忧愤，也充满了无奈，弥漫着对国运颓败的悲观失望。《过无锡书所见》描写诗人目睹的官府催征兵役徭役的场景。"里胥俄促人，负郭一网打。监官驱上船，寸步不少假。不知遣何之，骨肉忍相舍。""铁索连系颈，俯首若喑哑。天高恐未闻，尔悲知者寡。"绳索捆绑，铁链索系，严酷的征役造成大量百姓家破人散，诗人忧心这样的征役不为朝廷所知。其实，这些兵役徭役的苛征正是朝廷政策的严重后果。《归故里》叙述离开和返归故乡的经历。原以为离乡避兵短时间就能返回，没想到乱世艰难，居然一去十二年才得返归。回返故乡见到的已是破败不堪的战祸废墟。"四郊皆蔓草，白日暝如雾。披榛访闾里，隔水拜丘墓。伤哉脊令原，黄蒿走狐兔。""什九死兵戈，余亡不知处。"诗篇描述的故乡破败景象，其实也是战乱遍天下的社会政治局面的缩影。

贡师泰（1298—1362），字泰甫，宣城（今安徽宣城）人。泰定间进士。历歙县丞、监察御史等。至正间历礼部侍郎、户部尚书等。

贡师泰的怨政诗主要记述河政、税政的弊端及其后果。如：

去年黄河决，高陆为平川。今年黄河决，长堤没深渊。浊浪近翻雪，洪涛远春天。滔滔浑疆界，浩浩裹市廛。初疑沧海变，久若银汉连。怒声恣砰磕，悍气仍洄㳽。毒雾饱鱼腹，腥风喷龙涎。鼋鼍出滚滚，雁鳬下翩翩。人哭菰蒲里，舟行桑柘颠。岂惟屋庐毁，所伤坟墓穿。丁男望北走，老稚向南迁。县官出巡防，小吏争弄权。社长夜打门，里正朝率钱。鸠工具畚锸，排户加答鞭。分程杵登登，会聚鼓阗阗。虽云免复溺，谁复解倒悬。弥漫势稍降，膏血日已胗。流离望安集，荒原走疲㾓。孤还尚零丁，旅至才属联。园池非故态，邻里多可怜。贫家租旧地，富室买新田。颓垣吠黄犬，破屋鸣乌犍。秋耕且未得，夏麦何由全。窗泥冷窥风，灶土湿生烟。顷筐摘余穗，小艇收枯莲。卖嫌鸡鸭瘦，食厌鱼虾鲜。榆膏绿皮滑，莼菹紫芽圆。乍见情多感，久任心少便。金堤塞已溃，淇园竹为梴。玉璧沈白马，冠盖相后先。舜禹事疏凿，汉唐劳委填。瓠子空作歌，宝鼎徒纪年。昨闻山东饥，斗米直十千。即今江南旱，骨肉皆弃捐。仓廪岂不实，赈贷犹逡巡。恐是廊庙远，不闻道路传。恐是天听高，致使雨露偏。小臣思复载，百念倍忧煎。踌躇惨莫发，愤结何由宣。作诗备采择，孰敢希陶甄。平成谅有在，更献河清篇。（《河决》）

扁舟落日成安驿，驿前危樯密如簪。岸高浪急不得前，争先进寸复退尺。须臾缆定心稍安，独据胡床坐深夕。水边灯影正晶荧，陌上铃声还络绎。才听打鼓按官船,又见驱车送行客。揽衣近前试问谁,往来一日多数百。中原征需苦繁剧,江南转输严督责。况今使者类狼贪,水陆鲜肥随口索。致令编户疲差役,生计萧条徒四壁。已将弱女纳官钱,更遣中男补丁额。曩时河上几人家,今日飘零竟无迹。请君置此勿复言,言罢空令愁思积。几点残星散空碧,船头别我东窗白。(《书河上成安驿》)

《河决》记述黄河决堤后,百姓遭灾,无良官吏趁灾打劫,勒索百姓。"县官出巡防,小吏争弄权。社长夜打门,里正朝率钱。鸠工具畚锸,排户加笞鞭。分程杵登登,会聚鼓阗阗。虽云免复溺,谁复解倒悬。"灾民们的生存前景变得极其黯淡:"弥漫势稍降,膏血日已朘。流离望安集,荒原走疲瘨。"诗人强烈建议朝廷需另施良策,以救民于水火。"小臣思复载,百念倍忧煎。踌躅惨莫发,愤结何由宣。作诗备采择,孰敢希陶甄。"对朝廷的河政失败,官府的河役苛酷,都有直接的怨斥。《书河上成安驿》描写官府为供军需,向民间征调物品,贪吏趁机敛取、挥霍民财。"中原征需苦繁剧,江南转输严督责。况今使者类狼贪,水陆鲜肥随口索。"除了征物,强征赋役更为繁苛,使一方百姓难以为生。"致令编户疲差役,生计萧条徒四壁。已将弱女纳官钱,更遣中男补丁额。曩时河上几人家,今日飘零竟无迹。"诗篇记录了元末江南地区在苛重征物征役压力下的百姓生活苦况。

傅若金(1304—1343),字与砺,新喻(今江西新余)人。以异才被荐举入仕。元统间佐使安南。后任广州儒学教授。

傅若金的怨政诗反映元代后期广西战乱背景下官军残民、官吏敛财的残酷世情。如:

广西谣,一何悲。水泠泠,山凄凄。宁逢猺贼过,莫逢官军来。猺贼尚可死,官军掠我妻与子。(《广西谣》)

桂林之区,猺贼杂处。南有八十里之高山,绝天绵延开险阻。贼人倚之作巢寨,劫掠经年势还大。官军收捕费供给,主将逡巡竟何待。居民近山昼夜愁,山下行人皆白头。况闻良家半为贼,官府贪横仍诛求。安得大聚边头兵甲铸田器,尽锄高山作平地。高山平,猺贼毙。(《八十里山行》)

南屯老翁年七十,官府征猺困供给。大男送粮赴军前,次男守寨不得眠。盗贼时时劫生口,东邻西舍日夜走。今朝喜见朝廷使,持酒含凄说前事。筋力虽微不敢休,辛勤更备官军至。教儿应役莫逃亡,县男成

长身日强。但愿明年尽杀贼，耕种官田得儿力。(《南屯老翁行》)

《广西谣》描写官军对反抗官府的瑶族武装的"征剿"。诗中所言"猺"，是旧时对瑶族的辱称，"猺贼"即对抗官府的瑶人武装。"宁逢猺贼过，莫逢官军来。猺贼尚可死，官军掠我妻与子。"诗篇借广西百姓之口，诉说官军残民之苦。百姓宁愿遭受"猺贼"的烦扰，也不愿遭受奉命前来征剿"猺贼"的官军的劫掠，可见官军反倒成为殃民的恶势力。《八十里山行》也披露了官军以"剿贼"之名戕害广西百姓的事实。"贼人倚之作巢寨，劫掠经年势还大。官军收捕费供给，主将逡巡竟何待。"诗篇提到了官府不愿正视的一个情况："况闻良家半为贼，官府贪横仍诛求。"正是官府、官军对百姓的勒索搜刮，才使占当地人口半数之多的"良家"百姓成为对抗官府的"贼"。《南屯老翁行》叙及官府征剿"猺贼"给百姓带来的困境。一方面，百姓要承受官府征伐而产生的军需索求："南屯老翁年七十，官府征猺困供给。大男送粮赴军前，次男守寨不得眠。"另一方面要遭受"盗贼"的劫掠，"盗贼时时劫生口，东邻西舍日夜走"。诗人既有士大夫敌视民间反叛力量的正统价值观，也有对百姓遭受双重伤害的同情，其立场较有代表性。

四　舒頔　释大圭　泗贤　陈基　袁士元

舒頔（1304—1377），字道原，绩溪（今安徽绩溪）人。后至元间辟为贵池教谕，调丹徒校官。至正间归隐授徒。入明未仕。

舒頔的怨政诗对元末朝廷"剿贼"的失败和地方治理的弊政都有较深入的描写。前者如《故里叹》等，记述朝廷"剿贼"失策，逼良为盗；后者如《缲丝行》《缲丝叹》《大雪歌》《秋粮行》《招军行》《田家叹》《梅雨叹》《绩民怨》《秋霖怨》《田家谣》等，记述税赋沉重、官吏苛酷的地方治理实情。

> 凄哉四郊雨，草木青变黄。时序各有态，世情何悲伤。前月本州陷，蒸黎尽流亡。或远处岩谷，或命罹刀枪。积尸横道途，秽气不可当。内城已坚垒，壮士森锋芒。立木两其外，复浚城下隍。各村守砦卒，功赏分田粮。将吏岂不知，今年田多荒。秋来渴雨水，秕稻徒纷穰。家家愁岁馑，复虑寒无裳。大事未宁静，小民尚惊惶。百物付残替，诸郡成荒凉。仁义日益衰，盗贼日益昌。古今治乱象，此理明昭彰。天道苟或乖，人咸受其殃。十家九无室，市井瓦砾场。始因官府贪，朝廷乏忠良。承宣备故事，庶姓思虞唐。痛流烈士涕，恨塞征夫肠。关塞秋渐老，鹰鹯

绝飞扬。青冥叹蹭蹬，白首瞻时康。(《故里叹》)

小麦褪绿大麦黄，吴姬踏车缫茧香。筦铛入沸高下忙，雪霓万斛浮潇湘。千丝万缕雪光炯，五色期补帝舜裳。县吏夜打户，租税无可措。犹豫欲输官，又恐奉上误。踌躇展转无奈何，东方渐明事更多。(《缫丝行》)

东家缫丝如蜡黄，西家缫丝白如霜。黄白丝，出蚕口，长短缫，出妇手。大姑停车愁解官，小姑剥茧愁冬寒。向来苦留二月卖，去年宿债今未还。手足皲瘃事亦小，官府鞭笞何日了。吏胥夜打门，稚蠢生烦恼。君不见江南人家种麻胜种田，腊月忍冻衣无边，却过庐州换木绵。(《缫丝叹》)

昨夜平原深一尺，鸟兽无踪蝗辟易。邻家饥寒坐太息，黠吏打门租甚急。豪贵醺酣银碗调蜜吃，歌姬笑弄狮儿作戏剧。银杯缟带句缜密，撒盐柳絮女儿口中出，笑杀闭门僵卧成何益。只今岂特长安贫，海内多少饥寒人。愿得君心似明烛，照彼颠连并孤独。愿得天花年年变谷粟，普天之下家给而人足。(《大雪歌》)

运粮严陵寔艰危，滩高水涩舟行迟。尖石森立如芒锥，失手乏力倾覆随。大仓斗斛已足讫，未审失钞来何日。曲折盘纡三百滩，每滩丈余峻且急。三百里外非迁延，如何定限依常年。天寒地冻饥馁半，身陷缧绁谁为怜。下民无辜受酷虐，官府何曾认差错。一年并作三年轮，事若牛毛情太恶。朝廷安得知民间，多少痛苦愁破颜。钱粮固是分内事，既居民上当从宽。古来视民犹赤子，饥溺不啻出诸己。苟以尧舜心为心，四海一家天下理。(《秋粮行》)

兵家招军无老丑，民畏从军挈家走。老天不念民困穷，疫疠刀兵亡八九。匹夫耀武黄荆旗，小卒扬威红结首。饥岁凶年事可知，荒凉谁为耕南亩。古来军旅起于民，今日充军民罕有。况乃衣食出农桑，农不力田将谁咎。催促上道打衢州，裂采纫衣愁各妇。居者蠢蠢缩角蜗，行者累累丧家狗。东村西村声呜呜，破屋磬悬犹掣肘。大江南北各分疆，天意年来从愿否。群竖叫啸将奈何，弃仁尽饮为长戈。君不见自古列爵与分茅，一时辈出皆英豪，河洛尚觉龙光韬。(《招军行》)

触热山家日将暮，扪萝披荆迂回路。入门轧轧机杼声，老妪悲啼织官布。尺八阔幅三丈长，里甲号叫喧村乡，杀鸡炊黍赊酒浆。须臾吏卒亦堕突，老幼奔走彻夜忙。大儿出县当夫役，小儿襄阳隶军籍。户田官粮不满石，白头昼夜无休息。我闻此语重嗟吁，县里鞭笞血流膝。(《田家叹》)

梅天风雨几十日，门外水深三二尺。我欲出门出不得，茅屋十家九缺食。廉明县官偶中疾，大府军需日催急。皇天替人愁，云雾暗朝夕。东堰田始秧，昨夜水冲激。西村又叹麦不收，儿女缚饥掩袂泣。但见淮西健妇累累过，襁褓牵驴满身湿。丈夫久从军，关塞守剑戟。闻道由村乡，检括谁与敌。大户煮硝括地卤，小户拘官凿炮石。又复筑城疏城隍，屡筑屡仆不可当。上司催并急急欲成就，此事重困民力皆逋亡。年来楮币世不用，金玉珠翠行怅怅。商贾通有无，贸易稻与粮。摩肩接踵不得去，千里险阻道路长。欲将此意告平章，平章近日军情忙。拟陈数事府中诉，府官但云事有故。忧民忧国今何人，上下公然行贿赂。天公且放晴，庶免嗟怨声。但愿四方无事兵革息，五风十雨百谷成。岂特书生饱一饭，更使四夷八蛮歌太平。（《梅雨叹》）

添设县令何不仁，克复两月仍杀人，刳心食肉破肠脑，一命亦是天之民。民生年来大不幸，大府总戎俱不问。罪逆当诛理固然，无辜受戮法度紊。东海孝妇干三年，廷尉宽狱三公连。君不见燕山窦家有阴德，五枝丹桂至今传。（《绩民怨》）

农夫耕春田，好鸟鸣布谷。山田率硗确，斩草委田腹。五月莳新秧，炼石资以沃。孰知农家苦，事育两不足。朝芸妻乏晌，暮获母忘宿。十日九充夫，间隙岂虚辱。去岁为茶课，逼迫卖黄犊。今年布折粮，父子商议屋。鞭笞无了期，穷窘日益促。皇天谅鉴之，采采寄民牧。（《田家谣》）

密云惨惨秋无色，雨脚垂垂四山黑。农家拔穗充朝饥，欲燃薪湿烧不得。秋来雨少禾怯干，雨多又虑不结实。寨麦夏租雨未了，岁赋输金复催逼。天不解民忧，民苦天亦愁。征繁敛愈重，荼毒何时休。荷夫运麦去宁国，道路猛卒森戈戟。劫掠大半垂涕归，卖牛典田复官入。壮丁筑城下新安。棰楚敲扑日夕不得宽。健者缚饥老弱死，积尸城下令人心胆寒。官府酷虐甚，贫富俱入禁。如此便作仁政看，天下纷纷恶乎定。君不见，嬴秦东连万余里，数年之间亦纷起。（《秋霖怨》）

《故里叹》描述了"盗贼"作乱及官军"剿贼"的经过。"前月本州陷，烝黎尽流亡。或远处岩谷，或命罹刀枪。积尸横道途，秽气不可当。"兵事加上天灾，百姓更为困苦："家家愁岁馁，复虑寒无裳。大事未宁静，小民尚惊惶。"在叙述了战事的危害情形后，诗篇强调了"盗贼"起事的原因："仁义日益衰，盗贼日益昌。古今治乱象，此理明昭彰。""始因官府贪，朝廷乏忠良。"诗人对"盗贼"起因的感慨，在客观上揭示了官逼民反的道理，承认了朝政失策和官吏贪敛酿成民变的事实。《缲丝行》描述农家承受的租税沉重压力。"县吏夜打户，租税无可措。犹豫欲输官，又恐奉上误。踌躇展转无奈何，东方渐明事更多。"农家女一年辛劳到头，没有得到回报，反被沉重租税压得夜不成寐。《缫丝叹》描写蚕妇织女为交税还债愁苦不堪。"大姑停车愁解官，小姑剥茧愁冬寒。向来苦留二月卖，去年宿债今未还。手足皲瘃事亦小，官府鞭笞何日了。吏胥夜打门，稚耄生烦恼。"农家女辛苦奉献了劳动所得的全部茧丝，却要遭受官府鞭笞逼税的惊惶担忧。《大雪歌》对比描写了贫家富家在冬雪严寒时节的悬殊境况。"邻家饥寒坐太息，黠吏打门租甚急。豪贵醺酣银碗调蜜吃，歌姬笑弄狮儿作戏剧。"劳苦者饥寒交迫仍被催租逼税，豪贵者奢乐享受花样翻新。诗人期待朝廷关怀民瘼："只今岂特长安贫，海内多少饥寒人。愿得君心似明烛，照彼颠连并孤独。"这样的期待其实也蕴含着对税政不公、荒政失效的社会现实的不满。《秋粮行》记述民户被征徭役运输官粮，在险滩处倾覆船只，被官府打入牢狱无情折磨。"尖石森立如芒锥，失手乏力倾覆随。""天寒地冻饥馁半，身陷缧绁谁为怜。"诗人直接为遭此不幸的百姓叫屈："下民无辜受酷虐，官府何曾认差错。一年并作三年轮，事若牛毛情太恶。"诗人向朝廷当政者发出了责问："朝廷安得知民间，多少痛苦愁破颜。钱粮固是分内事，既居民上当从宽。"直接对朝廷进行指斥，情绪非常愤激。《招军行》描写百姓遭受苛酷兵役的摧残。"兵家招军无老丑，民畏从军挈家走。老天不念民困穷，疫疠刀兵亡八九。"被征兵役者不仅家破人散，自己也很难逃脱九死一生的凶险。"饥岁凶年事可知，荒凉谁为耕南亩。""群竖叫啸将奈何，弃仁尽饮为长戈。"农家在这种苛酷兵役的压迫下，农事尽废，农耕凋敝，哀苦之声无人理睬。《田家叹》描写吏胥借催科之事勒索百姓。"老妪悲啼织官布。尺八阔幅三丈长，里甲号叫喧村乡，杀鸡炊黍赊酒浆。须臾吏卒亦堕突，老幼奔走彻夜忙。"农家还遭受了徭役兵役的摧折："大儿出县当夫役，小儿襄阳隶军籍。户田官粮不满石，白头昼夜无休息。我闻此语重嗟吁，县里鞭笞血流膝。"诗篇描述农家在赋税、徭役、兵役多重压迫下的痛苦生存状态，画面冷峻、情感沉痛。《梅雨叹》概述民众赋税负担沉重、官家纸币信用失效、吏治败坏贿赂公行等各种施政乱象。"大户煮硝括地卤，小户拘官凿炮石。又复筑城疏城隍，屡筑屡仆不可当。上司催并急急欲成就，此事重困民力皆逋亡。"官员为了捞取政绩，不顾民力承受，肆意征敛，逼得百姓纷纷逃亡。"年来楮币世不用，金玉珠翠行怅怅。""欲将此意告平章，平章近日军情忙。"朝廷滥发纸币，虚耗信用，以致世人弃用纸币。对此困境，朝廷却敷衍搪塞。"忧民忧国今何人，上下公然行贿赂。"大小官员不忧国事，忙于贿赂敛财。诗人忧心忡忡，发出了无奈的慨叹。《绩民怨》披露地方酷吏草菅民命。"添设县令何不仁，克复两月仍杀人。刳心食肉破肠脑，一命亦是天之民。民生年来大不幸，大府总戎俱不问。罪逆当诛理固然，无辜受戮法度紊。"县令残民以逞，对身陷牢狱的无辜者"刳心食肉破肠脑"，手段令人发指。诗篇谴责了法度紊乱的暴虐施政。《田家谣》描述农家承受的苛捐杂税之苦。"去岁为茶课，逼迫卖黄犊。今年布折粮，父子商议屋。鞭笞无了期，穷窘日益促。"诗人看到了现实的残酷，但也无可奈何，只能寄望于有良吏出现："皇天谅鉴之，采采寄民牧。"愿望虽好，但显得缥缈无力。《秋霖怨》描写天灾肆虐时节官府对百姓索命般的赋税榨取和徭役压迫。"征繁敛愈重，荼毒何时休。荷夫运麦去宁国，道路猛卒森戈戟。劫掠大半垂涕归，卖牛典田复官入。壮丁筑城下新安。棰楚敲扑日夕不得宽。健者缚饥老弱死，积尸城下令人心胆寒。"诗人除了直接指斥"征繁敛愈重""官府酷虐甚"，直切描述民不堪负的税赋徭役，更是愤激地发出了警告："君不见，嬴秦东连万余里，数年之间亦纷起。"这样的警告已经昭示了元代暴虐施政将招致天下覆灭的政治前景。

释大圭（1304？—1362？），字恒白，俗姓廖，晋江（今福建晋江）人。至正间居泉州紫云寺。

释大圭的怨政诗都是对元末徭役兵役繁苛严峻现实的记录。作为僧人，释大圭的作品还从出家人的角度对官府弊政作出了自己的评判。如：

筑城筑城胡为哉，使君日夜忧贼来。贼来犹隔三百里，长驱南下无一跬。吏胥督役星火催，万杵哀哀亘云起。贼来不来城且成，城下人语连哭声。官言有钱雇汝筑，钱出自我无聊生。收取人心养民力，万一犹能当盗贼。不然共守城者谁，解体一朝救何得。吾闻金汤生祸枢，为国不在城有无。君不见泉州闭门不纳宋天子，当时有城乃如此。（《筑城曲》）

驱僧为兵守城郭，不知此谋谁所作。但言官以为盗防，盗在深山啸丛薄。朝朝上城候点兵，群操长干立枪槊。相看摩头一惊笑，竹作兜鍪殊不恶。平生独抱我家法，不杀为律以自缚。那知今日堕卒伍，使守使攻受官约。谓僧非僧兵非兵，未闻官以兵为谑。一临仓卒将何如，盗不来时犹绰绰。敌人日夜狙我城，示以假兵无乃弱。我官自有兵与民，愿放诸僧卧云壑。（《僧兵守城行》）

饥民聚为盗，邻警来我疆。有兵既四出，头会家人良。趣赴义军选，万室日夜忙。吏言僧实多，亦可就戎行。牧守为所误，驱僧若驱羊。持兵衣短夹，一时俱反常。伊余生不辰，逢此只涕滂。慈悲以为教，王臣所金汤。复之勿徭赋，甲令明有章。胡为不尔念，而此出仓皇。军旅托

未学,佳兵云不祥。永言愧二子,归哉慎行藏。(《僧兵叹》)

《筑城曲》描写地方长官为防"盗贼"攻城,派出吏胥抓夫筑城,劳民伤财,怨声一片。"吏胥督役星火催,万杵哀哀亘云起。贼来不来城且成,城下人语连哭声。官言有钱雇汝筑,钱出自我无聊生。"诗人从城池稳固与民心稳定之间的关系,强调了与其筑城防"贼",不如休养民力:"收取人心养民力,万一犹能当盗贼。不然共守城者谁,解体一朝救何得。"诗篇的评议很有深度,堪称良知卓见。《僧兵守城行》记述官府征召僧人为兵卒,参与防守城池。"驱僧为兵守城郭,不知此谋谁所作。""平生独抱我家法,不杀为律以自缚。那知今日堕卒伍,使守使攻受官约。""敌人日夜伺我城,示以假兵无乃弱。"官府连僧人都驱赶上阵去抵挡"盗贼",足见兵力捉襟见肘,更披露官府应对"盗贼"的举措荒诞不堪,尽显颓势。《僧兵叹》怨责官府驱僧为兵的荒唐政举。诗篇从"盗贼"犯境叙起:"饥民聚为盗,邻警来我疆。"成为"盗贼"的人,许多都是饥寒之下铤而走险。官府张皇失措,滥征僧人加以抵挡。"吏言僧实多,亦可就戎行。牧守为所误,驱僧若驱羊。""慈悲以为教,王臣所金汤。复之勿徭赋,甲令明有章。"诗人认为官府此项政策的谬误,不仅在于驱僧为兵相当于逼迫僧人违背不杀生的戒律,也侵害了僧人免服兵役的权利。诗人质问:"胡为不尔念,而此出仓皇。"诗篇披露"盗贼"势力浩大、官府驱僧为兵的情形,是元末政治乱危局面的一个侧面,很有文献价值。

迺贤,生卒、事迹见前。

迺贤的怨政诗,记述"新乡""颍州"等地一家一户百姓的痛苦故事,展示此地与彼地千家万户百姓的相同悲剧,诗篇的锐利批判具有普遍意义。如:

蓬头赤脚新乡媪,青裙百结村中老。日间炊黍饷夫耕,夜纺棉花到天晓。棉花织布供军钱,借人辗谷输公田。县里公人要供给,布衫剥去遭笞鞭。两儿不归又三月,只愁冻饿衣裳裂。大儿运木起官府,小儿担上填河决。茅檐雨雪灯半昏,豪家索债频敲门。囊中无钱瓮无粟,眼前只有扶床孙。明朝领孙入城卖,可怜索价旁人怪。骨肉分离岂足论,且图偿却门前债。数来三日当大年,阿婆坟上无纸钱。凉浆浇湿坟前草,低头痛哭声连天。恨身不作三韩女,车载金珠争夺取。银铛烧酒玉杯饮,丝竹高堂夜歌舞。黄金络臂珠满头,翠云绣出鸳鸯裯。醉呼阍奴解罗幔,床前爇火添香篝。(《新乡媪》)

颍州老翁病且羸,萧萧短发秋霜垂。手扶枯筇行复却,探瓢丐食河之湄。我哀其贫为顾问，欲语哽咽吞声悲。自言城东昔大户，腴田十顷桑阴围。阖门老稚三百指，衣食尽足常熙熙。河南年来数亢旱，赤地千里黄尘飞。麦禾槁死粟不熟，长镵挂壁犁生衣。黄堂太守足宴寝，鞭扑百姓穷膏脂。聒天丝竹夜酣饮，阳阳不问民啼饥。市中斗粟偿十千，饥人煮蕨供晨炊。木皮剥尽草根死，妻子相对愁双眉。鹄形累累口生焰，商割饿殍无完肌。奸民乘隙作大盗，腰弓跨马纷驱驰。啸呼深林聚凶恶，狎弄剑槊摇旌旗。去年三月入州治，踞坐堂上如熊罴。长官邀迎吏再拜，馈送牛酒罗阶墀。城中豪家尽剽掠，况在村落人烟稀。裂囊剖箧取金帛，煮鸡杀狗施鞭笞。今年灾虐及陈颍，疫毒四起民流离。连村比屋相枕藉，纵有药石难扶治。一家十口不三日，藁束席卷埋荒陂。死生谁复顾骨肉，性命喘息悬毫厘。大孙十岁卖五千，小孙三岁投清漪。至今平政桥下水，髑髅白骨如山崖。绣衣使者肃风纪，下车访察民疮痍。绿章陈辞达九陛，彻乐减膳心忧危。朝堂杂议会元老，恤荒讨贼劳深机。山东建节开大府，便宜斩琢扬天威。亲军四出贼奔溃，渠魁枭首乾坤夷。拜官纳粟循旧典，战士踊跃皆欢怡。淮南私廪久红腐，转输岂惜千金资。遣官巡行勤抚慰，赈粟给币苏民疲。获存衰朽见今日，病骨尚尔难撑持。向非圣人念赤子，填委沟壑应无疑。老翁仰天泪如雨，我亦感激愁歔欷。安得四海康且阜，五风十雨斯应期。长官廉平县令好，生民击壤歌清时。愿言观风采诗者，慎勿废我颍州老翁哀苦辞。(《颍州老翁歌》)

老人家住黄河边，黄茅缚屋三四椽。有牛一具田一顷，艺麻种谷终残年。年来河流失故道，垫溺村墟决城堡。人家坟墓无处寻，千里放船行树杪。朝廷忧民恐为鱼，诏蠲徭役除田租。大臣杂议拜都水，设官开府临青徐。分监来时当十月，河水塞川天雨雪。调夫十万筑新堤，手足血流肌肉裂。监官号令如雷风，天寒日短难为功。南村家家卖儿女，要与河伯营祠宫。陌上逢人相向哭，渐水漫漫及曹濮。流离冻饿何足论，只恐新堤要重筑。昨朝移家上高丘，水来不到丘上头。但愿皇天念赤子，河清海晏三千秋。(《新堤谣》)

卖盐妇，百结青裙走风雨。雨花洒盐盐作卤，背负空筐泪如缕。三日破铛无粟煮，老姑饥寒更愁苦。道傍行人因问之，拭泪吞声为君语。妾身家本住山东，夫家名在兵籍中。荷戈崎岖戍吴越，妾亦万里来相从。年来海上风尘起，楼船百万秋涛里。良人贾勇身先死，白骨谁知填海水。前年大儿征饶州，饶州未复军尚留。去年小儿攻高邮，可怜血作淮河流。中原封装音信绝，官仓不开口粮缺。空营木落烟火稀，夜雨残灯泣呜咽。东邻西舍夫不归，今年嫁作商人妻。绣罗裁衣春日低，落花飞絮愁深闺。

妾心如水甘贫贱，辛苦卖盐终不怨。得钱籴米供老姑，泉下无惭见夫面。君不见绣衣使者浙河东，采诗正欲观民风。莫弃吾侬卖盐妇，归朝先奏明光宫。(《卖盐妇》)

《新乡媪》叙写"新乡媪"全家都在为官府摊派的徭役奔劳。"县里公人要供给，布衫剥去遭笞鞭。""大儿运木起官府，小儿担上填河决。茅檐雨雪灯半昏，豪家索债频敲门。"难以承受繁苛徭役加上沉重租税的双重压迫，以致"新乡媪"绝望之中幻想化身为"三韩女"，可以逃脱人世间没有尽头的苦难。《颍州老翁歌》以颍州一老翁的落难遭遇披露了荒政缺失、"盗贼"肆虐的地方治理乱象。这个"病且羸"的颍州老翁，原本家境尚好，后来连年大旱耗空了家底。更为致命的是，当地长官不恤民苦，仍旧勒索百姓，搜刮民财，享乐挥霍。"黄堂太守足宴寝，鞭扑百姓穷膏脂。聒天丝竹夜酣饮，阳阳不问民啼饥。"官吏懈怠救荒的举措，任由灾民自生自灭，以致出现了饿殍遍地的人间惨剧："市中斗粟偿十千，饥人煮蕨供晨炊。木皮剥尽草根死，妻子相对愁双眉。鹄形累累口生焰，脔割饿殍无完肌。"在此情形下，一些饥民铤而走险，做"盗贼"以求生："奸民乘隙作大盗，腰弓跨马纷驱驰。啸呼深林聚凶恶，狎弄剑槊摇旌旗。""城中豪家尽剽掠，况在村落人烟稀。"颍州老翁自己也经历了家破人亡的惨痛故事："今年灾虐及陈颍，疫毒四起民流离。连村比屋相枕藉，纵有药石难扶治。""至今平政桥下水，髑髅白骨如山崖。""颍州老翁"的故事尤其凸显了官府荒政的缺失。诗人在篇末的呼吁和期盼虽是由衷而发，但在这场天灾肆虐、人祸横行的双重悲剧面前，未免有些远离其时其地的社会政治现实。《新堤谣》从黄河边一老人的境遇切入，披露了黄河决堤灾难之后朝廷官员的应对失策。虽然朝廷诏令蠲免租税，顾及了民苦，但朝廷一些官员治河的错谬决策给百姓带来了新的痛苦。"大臣杂议拜都水，设官开府临青徐。分监来时当十月，河水塞川天雨雪。调夫十万筑新堤，手足血流肌肉裂。监官号令如雷风，天寒日短难为功。南村家家卖儿女，要与河伯营祠宫。"官员不切实际胡乱决策，催逼着本就陷入黄河泛滥之苦的灾民出钱出力重筑新堤，不仅劳民伤财，仓促筑就的新堤并不具有可靠的防洪功效，反而增添了再次决堤的风险。"流离冻饿何足论，只恐新堤要重筑。"诗人的忧虑，是对朝廷有司草率治河之策的强烈质疑。《卖盐妇》描述一个盐妇的不幸身世，揭示官府严苛兵役带给普通百姓的灾难。"良人贾勇身先死，白骨谁知填海水。前年大儿征饶州，饶州未复军尚留。去年小儿攻高邮，可怜血作淮河流。"盐妇哭诉自己的丈夫和儿子被征从军，丈夫死于边地，长子服役难归，幼子丧命战场。诗篇反映底层百姓在苛酷兵役下家破人亡的不幸命运。

陈基，生卒、事迹见前。

陈基的怨政诗都是记录各地战乱兵灾及赋役弊政的作品，如《通州》《如皋县》《上乐》《述老妪语》《施家庄》等。所汇集的各地战事及政务实情，展示出元代后期地方治理的恶劣状况。

渡江潮始平，入港涛已落。泊舟狼山下，远望通州郭。前行二舍余，四野何漠漠。近郭三五家，惨淡带藜藿。到州日亭午，余暑秋更虐。市井复喧嚣，民风杂南朔。地虽江海裔，俗有鱼盐乐。如何墟里间，生事复萧索。原隰废不治，城邑靳可托。良由兵兴久，羽檄日交错。水陆飞刍粟，舟车互联络。生者负戈矛，死者弃沟壑。虽有老弱存，不足躬钱镈。我军实王师，耕战宜并作。惟仁能养民，惟善能去恶。上官非不明，下吏或罔觉。每观理乱原，愧乏匡济略。抚事一兴慨，悲风动寥廓。（《通州》）

晓行过如皋，草露凄已白。井邑无人烟，原野有秋色。缁褐两三人，牢落徒四壁。似讶官军至，拱立衢路侧。伊昔淮海陬，土俗勤稼穑。舄卤尽桑麻，闾阎皆货殖。及兹值兵燹，道路分荆棘。十室九逃亡，一顾三叹息。王师重拯乱，主将加隐恻。戒吏翦蒿莱，分曹理盐筴。眷眷恤疮痍，迟迟历阡陌。上天合助顺，九土期载辟。白首忝戎行，临风增感激。（《如皋县》）

夕次泰州郭，朝行上乐里。密雨洒蒹葭，秋风落菰米。颇闻承平际，鱼盐贱如水。箫鼓乐丛祠，讴歌动成市。中原正格斗，击柝闻四鄙。官道日榛芜，生人等蝼蚁。依依烟际舟，两两舟中子。来往卖鱼虾，出入官军里。生长离乱间，不识纨与绮。失喜见王师，被服多华靡。买物不论钱，仆仆更拜起。何当罢战伐，万国收戎垒。山河归带砺，车书复大轨。有地尽蚕桑，无人不冠履。腐儒亦何需，归山守松梓。击壤尽余年，此乐无穷已。（《上乐》）

岁暮涉淮海，不辞行路难。从军岂不乐，即事每长叹。老妪八十余，日晡未朝餐。自云遭乱离，零落途路间。岂无子与孙，充军皆不还。男战陷贼垒，孙存隔河山。数月无消息，安能顾饥寒。语毕双泪垂，使我心悲酸。上天未悔祸，豺虎方构患。近闻山东变，世路复多端。悠悠颠沛人，何时即平安。（《述老妪语》）

陆行已兼旬，岁暮诚劳苦。积雪兼层冰，跬步忧龃龉。暝投施家庄，居民喜相语。累日阴冱消，舟行了无阻。勇辞所乘车，侧耳听柔橹。棹歌杂吴讴,颇复慰羁旅。人言前年夏,洪河走平楚。漕渠当其冲,漫溗不可御。民庐悉漂沈,桑田眇何许。所以亡命徒,潜踪匿芦渚。乘间作盗贼,往往遭杀虏。我方为饥驱,愿言适乐土。中原不稼穑,去去复何所。(《施家庄》)

《通州》描写诗人在通州看到的战乱留下的萧条景象。经过战事摧残,到处残破不堪,幸存的百姓已寥寥可数,无力承担重振当地农耕的重负。"如何墟里间,生事复萧索。原隰废不治,城邑靳可托。良由兵兴久,羽檄日交错。水陆飞刍粟,舟车互联络。生者负戈矛,死者弃沟壑。虽有老弱存,不足躬钱镈。"诗人对通州战乱不休的前景深感忧虑,认为官吏执行朝廷策令有误:"上官非不明,下吏或罔觉。"这样的"下吏"耽误政令的执行,延续了战事对社会的破坏。《如皋县》描写战祸之后如皋的破败和百姓的流离。"及兹值兵燹,道路分荆棘。十室九逃亡,一顾三叹息。"虽然诗人对官军平定战乱表示了期许:"王师重拯乱,主将加隐恻。"但相对于战祸的严重后果,这种期待并没有现实的条件支持。《上乐》对比了承平之时和战乱之后的"上乐里"的两种社会状况,感慨乱世之中民命如草芥。"中原正格斗,击柝闻四鄙。官道日榛芜,生人等蝼蚁。"对战乱何时结束,诗人表达了期待:"何当罢战伐,万国收戎垒。山河归带砺,车书复大轨。"这种对安定的期望与现实战乱仍然有着很大的距离。《述老妪语》叙及"老妪"一家儿孙充军,家人离散,生死未明。"自云遭乱离,零落途路间。岂无子与孙,充军皆不还。男战陷贼垒,孙存隔河山。数月无消息,安能顾饥寒。"披露淮海地方的战事将当地百姓卷入了祸乱,而战乱的结束还遥遥无期:"近闻山东变,世路复多端。悠悠颠沛人,何时即平安。"《施家庄》描述了当地天灾之后"盗贼"肆虐的情况。"人言前年夏,洪河走平楚。漕渠当其冲,漫溗不可御。民庐悉漂沈,桑田眇何许。所以亡命徒,潜踪匿芦渚。乘间作盗贼,往往遭杀虏。"诗篇叙及"亡命徒"铤而走险:"乘间作盗贼,往往遭杀虏。"许多人死于"盗贼"之手,更多人流离失所,而所去的地方也没有安居的希望。"我方为饥驱,愿言适乐土。中原不稼穑,去去复何所。"诗人对时局重获安定、自己重归故土显然没有抱持什么希望。这些诗篇呈现的都是与战乱相关的景象,传递出元代后期多地乱危、世道险恶的真实信息。

袁士元(?—?),字彦章,鄞县(今浙江鄞县)人。至正间以茂才荐举,授县学教谕,历西湖等书院山长。

袁士元的怨政诗描写元末战事频仍、战祸殃民的实况,时代特征十分鲜明。如:

至正十七载，丁酉夏六月。江淮尚兵戈，岁久未休息。捍敌百万兵，甲胄生虮虱。有司供馈饷，费冗每匮乏。上官急诛求，僚属走折屐。嗟此穷海邦，田赋岁不给。巨室能几家，何如有蓄积。况罹去年秋，农苗半无实。民生正艰危，朝来不谋夕。未秋先借粮，粮米从何出。吏曹幸此灾，公檄出如蝶。皂隶且欣然，纷纷入村落。喧呼夜打门，鸡犬尽惊怛。恣取无不为，孰忍受驱迫。顾兹田野间，青黄曾未接。米缸久无来，楮币不堪籴。一升百青蚨，杖头何处觅。督责严限程，十室九逃匿。田莱尚多荒，讵暇顾耕织。隔篱有邻翁，头颅白如雪。七十苦膚门，一日两遭责。日暮寄衣归，斑斑血犹湿。相看重叹伤，家资复谁惜。负郭数亩田，出鬻不论直。求售卒亦难，搔首了无策。新谷曾未升，巢一从折十。肯为身后思，且济目前急。养兵固自壮，剥民无乃瘠。寄言吾父母，夫何至此极。所愿食民者，报赐当以力。须知民之粮，粒粒乃脂血。王事在勇往，宁能坐而食。急为定祸乱，车书复为一。斗米价三钱，重逢太平日。（《征粮叹》）

唐虞极治州有九，皇元一统古无有。八蛮九夷皆入贡，宵旰相思忘已久。绿林纷纷何太愚，敢以蚁身为山负。朝瓯暮越忽东西，闯隙投奸或前后。存心暴如虎与狼，杀人不异鸡与狗。男儿掳去赛江神，女子擒归从配耦。生灵被害那可言，鱼鸟犹惊失渊薮。残州破县尽燔劫，官廪公然恣强取。今年边报犹未宁，戎马萧萧渡江柳。人家十室九逃亡，谁复妻儿依户牖。犁锄尽铸作兵器，野草含烟没农亩。城头昨日点义兵，健儿三千半耕叟。麦舟海上绝消息，六百青蚨米一斗。总戎大将天上来，斯民仰之如父母。晓当虎帐出良筹，高筑城池坚所守。天风何日扫妖氛，坐使群凶来授首。（《闻海寇有作》）

《征粮叹》实录"至正十七载"（1357）前后的大规模战事带给江淮民众的苦难。"江淮尚兵戈，岁久未休息。捍敌百万兵，甲胄生虮虱。有司供馈饷，费冗每匮乏。上官急诛求，僚属走折屐。"百万官军久战未息，巨大的军需负担被层层下压到江淮百姓身上，官府吏胥乘机变本加厉贪敛勒索。"吏曹幸此灾，公檄出如蝶。皂隶且欣然，纷纷入村落。喧呼夜打门，鸡犬尽惊怛。恣取无不为，孰忍受驱迫。"在此苛酷的诛求之下，百姓不堪重负，弃耕逃亡："督责严限程，十室九逃匿。田莱尚多荒，讵暇顾耕织。"诗人目睹乡村经济社会的严重破败，不禁向官军发出了愤怒的斥责："养兵固自壮，剥民无乃瘠。""须知民之粮，粒粒乃脂血。"诗篇描写遭受战祸、重税、恶吏多重戕害的江淮地区民生苦况，极其真实地呈现了元末政治溃败状况下的社会生活灾难图景。《闻海寇有作》描写元末"瓯越"地方"盗贼"横行掠民、官军"剿贼"不力的社会乱危景象。"绿林纷纷何太愚,敢以蚊身为山负。朝瓯暮越忽东西,闯隙投奸或前后。存心暴如虎与狼,杀人不异鸡与狗。男儿掳去赛江神,女子擒归从配耦。""残州破县尽燔劫,官廪公然恣强取。""人家十室九逃亡,谁复妻儿依户牖。"诗人眼中纵横瓯越的"绿林"武装,烧杀劫掠,戕害百姓。诗篇的这些描述和评判,固然带有士大夫正统观念的倾向,但以是否伤害百姓生命财产为评判标准,其记叙仍然有较高的道义价值。